Unglaubliche Geschichten

Nächte des Schreckens

Unglaubliche Geschichten

PIERRE BELLEMARE
JEAN-FRANÇOIS NAHMIAS

Nächte des Schreckens

Wahre Begebenheiten

Aus dem Französischen
von
SYLVIA MADSACK

NYMPHENBURGER

Auswahl aus der französischen Originalausgabe:
»Nuits d'angoisse«, erschienen bei TF1 Éditions, 1990

3. Auflage 2000 Sonderproduktion

Umschlaggestaltung: Wolfgang Heinzel, München
Satz: Fotosatz Völkl, Puchheim
Gesetzt aus 10/12 Punkt Times
Druck und Binden: GGP Media GmbH
Printed in Germany 1999
ISBN 3-485-00692-0

Inhalt

Die Augen

Es gehört nicht zu den Gewohnheiten des Arztes Hermann Geiler, früh schlafen zu gehen. Nach dem Abendessen pflegt er sich in sein Arbeitszimmer zurückzuziehen, um sich mit Fachliteratur zu beschäftigen. Und normalerweise kann er sich seinen Studien in aller Ruhe widmen, da das kleine Dorf Bergen im bayerischen Alpengebiet, wo er sein Häuschen hat, ein besonders abgeschiedener Ort ist.

Dennoch wird er an diesem 10. März 1957 ungefähr gegen Mitternacht jäh aus seiner Literatur gerissen, als er von der Straße her lautes Rufen vernimmt.

»Doktor, kommen Sie schnell!«

Hermann Geiler öffnet das Fenster. Er erblickt ein Auto, das mit laufendem Motor und aufgeblendeten Scheinwerfern vor seinem Haus steht. Ein Mann steigt aus und zieht eine Person aus dem Wagen, die in sehr schlechter Verfassung zu sein scheint.

»Der Mann ist verletzt. Er hatte zwei Kilometer weiter unten einen Unfall. Bitte kümmern Sie sich um ihn!«

Der Arzt ruft aus dem Fenster: »Aber wer sind Sie denn?«

Der andere gibt keine Antwort. Er steigt wieder in seinen Wagen und fährt davon. Hermann Geiler verläßt sein Arbeitszimmer, um dem Verletzten, der auf der Straße einfach zurückgelassen worden ist, zu Hilfe zu eilen.

Dieser nähert sich schwankend, klammert sich dann an einen Baum und sinkt zu Boden. Der Arzt trägt ihn ins Haus und legt ihn im Wohnzimmer auf das Sofa. Erst jetzt sieht er, in welch besorgniserregendem Zustand der Mann ist. Sein Körper ist mit Wunden übersät, seine Kleidung ist verkohlt, und er hat schwere Verbrennungen an den Armen, an der Brust und im Gesicht. Am schlimmsten sind jedoch seine Augen betroffen. Aller Wahrscheinlichkeit nach ist der Mann blind.

Martha, Doktor Geilers Frau, bringt ihm seine Tasche und Verbandszeug.

»Schnell«, ruft er ihr zu, »verständige die Polizei!«

Dann beugt er sich über den Verwundeten und beginnt, Erste Hilfe zu leisten. Eine Viertelstunde später sind die Polizeibeamten bei ihm. Wachtmeister Friedrich, dem das Polizeirevier von Bergen untersteht, berichtet ihm, was sich zugetragen hat: »Wir haben in dem Unfallauto noch eine weitere Person gefunden. Sie ist tot.«

Der Doktor verliert keine Zeit und fragt: »Wo ist die Leiche?«

»In unserem Einsatzwagen.«

Wortlos verläßt Hermann Geiler den Raum und läßt die Beamten mit dem Verletzten allein. Als er ein paar Minuten später zurückkehrt, erklärt er: »Sie können jetzt beide ins Krankenhaus bringen. Die Augen des Toten haben keinen Schaden erlitten. Die einzige Chance, um diesem Mann hier die Sehfähigkeit zurückzugeben, besteht in einer sofortigen Transplantation.«

Die Polizisten tragen den Verletzten hinaus, der nach wie vor bewußtlos ist. Unterdessen nimmt Hermann Geiler Wachtmeister Friedrich beiseite: »Der Mann wurde von einem Autofahrer vor meiner Tür abgesetzt. Er wollte seinen Namen nicht nennen und ist sofort weggefahren.«

Der Beamte notiert das. Ob jener den Unfall verschuldet hat?

Die erste Untersuchung des Unfallorts scheint eher darauf hinzudeuten, daß das Fahrzeug von der Spur abgekommen ist. Und der geheimnisvolle Autofahrer ist wahrscheinlich einfach jemand, der mit der Polizei nichts zu tun haben will, aber man muß diesem Punkt natürlich trotzdem nachgehen.

Da es im Moment jedoch vor allem darum geht, den Ver-

wundeten zu retten, verschwinden die Beamten mit heulender Sirene in der Nacht.
Eine Woche später sitzt Wachtmeister Friedrich am Bett des Mannes in der Klinik. Aus den Papieren, die dieser bei sich hatte, geht hervor, daß er Franz Ehrhard heißt und in München wohnt, woher auch sein verstorbener Begleiter stammte, ein Mann namens Martin Groschen.
Im Augenblick erinnert Franz Ehrhard eher an eine Mumie, denn sein ganzer Körper ist bandagiert, und die Augenpartie wird von einer schwarzen Binde verdeckt.
Der Wachtmeister beginnt das Gespräch mit ein paar Floskeln: »Nun, Sie haben ja wirklich eine Menge Glück gehabt, Herr Ehrhard, wenn man bedenkt, daß Ihr Wagen nur noch ein Schrotthaufen war!«
Franz Ehrhard setzt sich auf: »Ja, ich bin verdammt froh, noch am Leben zu sein. Und was ist mit Martin? Wie geht es ihm?«
Der Beamte räuspert sich: »Es tut mir sehr leid, aber Martin Groschen war auf der Stelle tot. Aus dem Grund muß ich auch einen genauen Bericht erstellen.«
Franz Ehrhard zittert am ganzen Leib.
»Der arme Martin ... es ist meine Schuld! Das werde ich mir nie verzeihen!«
Wachtmeister Friedrich legt ihm die Hand auf die Schulter: »So beruhigen Sie sich doch, Herr Ehrhard! Sind Sie in der Lage, mir ein paar Fragen zu beantworten?«
Der andere macht eine bejahende Kopfbewegung.
»Es stimmt also, daß Sie am Steuer saßen?«
»Ja.«
»Die Blutproben, die wir sowohl Ihnen als auch dem Opfer entnommen haben, ergaben, daß Sie beide einiges getrunken hatten.«
»Ja, wir waren bei einem Fest unseres Sportvereins.«
Kopfschüttelnd fragt der Polizist: »Wissen Sie noch genau, wie es zu dem Unfall kam?«
»Nein. Ich erinnere mich nur an einen furchtbaren Krach,

und dann sah ich Flammen. Was vorher war, weiß ich nicht. Vermutlich bin ich eingeschlafen.«
»Und hinterher? Erinnern Sie sich daran?«
»Mir war schlecht. Und ich konnte nicht mehr richtig sehen. Man hat mich getragen, und dann war ich im Krankenhaus.«
Der Beamte beugt sich über den Patienten: »Ein Autofahrer hat Sie in seinem Fahrzeug mitgenommen. Können Sie sich daran vielleicht noch erinnern?«
Franz Ehrhard schüttelt den bandagierten Kopf: »Nein. Wirklich nicht.«
In diesem Moment geht die Tür auf. Mit fröhlicher Stimme erklärt der Beamte: »Dies ist Doktor Geiler. Ich glaube, Sie haben allen Grund, sich bei ihm zu bedanken. Er hat Sie gerettet!«
Franz Ehrhard drückt dem Arzt herzlich die Hand: »Vielen Dank, Herr Doktor! Und die Sache mit meinen Augen ist hoffentlich nicht allzu schlimm, oder? Werde ich bald wieder sehen können?«
Lächelnd meint der Arzt: »Schon sehr bald. Die Transplantation ist vollkommen gelungen.«
Der andere fährt hoch: »Eine Transplantation? Wieso das?«
»Ja, ich weiß. In Anbetracht Ihres Zustands wollten wir Ihnen zunächst nichts davon sagen. Aber Ihre beiden Augen waren nicht mehr zu retten. Nur eine sofortige Transplantation hat Ihnen die Sehfähigkeit wiedergeben können.«
Franz Ehrhard tastet mit den Händen über die Binde: »Heißt das, daß ich mit den Augen irgendeines Toten sehen werde?«
Hermann Geiler zögert einen Moment, bevor er fortfährt: »Ja, aber Sie wissen noch nicht alles. Noch über den Tod hinaus hat Ihnen Ihr Freund Martin ein Geschenk von unschätzbarem Wert hinterlassen. Sein Leichnam wurde zum selben Zeitpunkt ins Krankenhaus gebracht wie Sie selbst. Der Chirurg hat die Augen des Toten entnommen und anschließend sofort die Transplantation durchgeführt.«

Franz Ehrhard stammelt ein paar unverständliche Worte und wird plötzlich von heftigen Zuckungen geschüttelt. »Das ist doch nicht möglich!« wiederholt er immer wieder aufs neue. Seine Erregung steigert sich dermaßen, daß der Arzt eine Schwester rufen muß, damit sie dem Patienten eine Beruhigungsspritze gibt. Hermann Geiler ist wegen einer so heftigen Reaktion nicht allzu überrascht. Für viele Menschen haben die Augen eine starke symbolische Bedeutung, und es kann psychologische Schwierigkeiten verursachen, mit den Augen eines Menschen zu leben, den man gekannt hat. Dennoch bereut er es nicht, dem Patienten die Wahrheit gesagt zu haben. Irgendwann hätte er sie doch erfahren müssen.

Da stößt Hermann Geiler plötzlich einen Schrei aus: Franz Ehrhard hat die Schwester heftig zurückgestoßen, steht auf, eilt zum Fenster und reißt sich die Augenbinde herunter.

Der Arzt stürzt sich auf ihn: »Sind Sie verrückt geworden? Sie dürfen die Binde nicht anrühren! Wenn Sie zu früh ins Licht schauen, riskieren Sie zu erblinden!«

Doch der Patient wehrt sich mit aller Kraft.

»Blind!« schreit er, »genau das will ich sein, blind!«

Er greift nach einem kleinen Löffel und versucht, sich damit auf die Augen zu schlagen. Es bedarf der Unterstützung mehrerer Krankenschwestern, ihn zu überwältigen.

Mittlerweile macht sich Hermann Geiler Vorwürfe wegen seines Verhaltens. Er hat dem jungen Mann zu früh die Wahrheit gesagt. Der durch den Unfall verursachte Schock war doch größer, als er angenommen hatte. Während Ehrhard unter der Wirkung der Injektion endlich einschlummert, zieht sich der Arzt gemeinsam mit dem Polizeibeamten zurück.

Am nächsten Morgen erscheint Hermann Geiler erneut im Krankenhaus, um nach dem Patienten zu sehen. Sobald dieser die Stimme des Arztes vernimmt, gerät er abermals

in Rage: »Da sind Sie ja wieder! Sie haben wirklich ganze Arbeit geleistet! Sie können stolz auf sich sein!«
Der Doktor versucht, ihn zu beruhigen, so gut er kann: »Sie müssen sich einfach klarmachen, daß das Auge ein menschlicher Körperteil ist wie jeder andere. Hätte man Ihnen eine fremde Niere eingepflanzt, würden Sie nicht so reagieren. Machen Sie sich nicht so viele Gedanken. Sie werden es schon bald vergessen haben!«
Da richtet sich der junge Mann im Bett auf, als sei er von einer Sprungfeder aufgezogen: »Doch, ich werde immer daran denken! Warum haben Sie mich nicht blind gelassen? Weshalb mußten Sie sich einmischen?«
Der Arzt ist nun doch verblüfft, daß der Patient nach wie vor so heftig reagiert: »Natürlich, es handelte sich um Ihren Freund, aber warum regen Sie sich dermaßen auf?«
Ein Schrei ist die Antwort: »Weil ich ihn getötet habe!«
Hermann Geiler ist wie versteinert und bringt kein einziges Wort hervor.
Ehrhard streckt ihm die Hände entgegen: »Mit diesen Händen habe ich ihn getötet! Glauben Sie etwa, ich könnte es ertragen, diese Hände mit seinen Augen anzusehen? Und wenn ich mich im Spiegel betrachte, dann ist er es, der mich betrachtet. Er wird mich immer sehen, ganz gleich, was ich tue, und er wird immer wieder zu mir sagen: ›Du bist ein Mörder!‹«
Fassungslos ruft Hermann Geiler die Schwester herbei, damit sie dem Patienten erneut eine Spritze gibt. Ohne noch ein Wort zu sagen, verläßt er das Krankenzimmer und macht sich in ziemlich verwirrtem Zustand auf den Weg nach Hause. Es fällt ihm ein Gedicht aus seiner Schulzeit ein: »Das Auge lag im Grabe und betrachtete Kain ...«
Schuldgefühle, die einen bis zum Tode verfolgen, genau darum ging es hier ...
Als er zu Hause in Bergen ankommt, verständigt er die Polizei.

Wachtmeister Friedrich begibt sich sofort ins Krankenhaus. Niemals hätte er es für möglich gehalten, daß dieser Unfall etwas mit einem Verbrechen zu tun haben könnte. Lediglich der geheimnisvolle Autofahrer, der den Verletzten gefunden hatte und der nicht mehr aufzuspüren war, bereitet ihm noch Kopfzerbrechen.

Als er das Krankenzimmer betritt, betrachtet er den bandagierten Mann im Bett mit einer Mischung aus Mitleid und Entsetzen. »Ich glaube, Sie haben mir einiges zu sagen, Herr Ehrhard!«

Der andere scheint beinahe erleichtert zu sein, die Stimme des Beamten zu hören.

»Ja, ich werde Ihnen alles erzählen. Oh, wenn ich dadurch doch wenigstens Vergessen finden könnte!«

Ehrhard schluckt schwer und fährt fort: »Ich schuldete Martin eine große Summe Geld, nämlich fünfzigtausend Mark. Ich habe ihn getötet, weil ich ihm das Geld nicht zurückgeben konnte.«

Obwohl er einen Patienten vor sich sieht, der gerade eine schwere Augenoperation hinter sich hat, gewinnt bei Wachtmeister Friedrich nun die berufliche Routine die Oberhand. Immerhin handelt es sich hier um ein Verbrechen, auch wenn der Täter und vor allem die Gründe, die zu seinem Geständnis geführt haben, mehr als ungewöhnlich sind.

»Wann haben Sie beschlossen, Martin Groschen zu töten?«

»Es war kein vorgefaßter Plan, das schwöre ich Ihnen! Wir kehrten an dem Abend von einem Festessen unseres Sportvereins zurück und hatten beide ziemlich viel getrunken. Er sagte zu mir: ›Du bist mir schon lang das Geld schuldig ...‹ Und das stimmte auch, denn ich war mit dem Rückzahlungstermin einen Monat überfällig. Ich sagte, ich könne das Geld jetzt nicht zurückzahlen, und flehte und bettelte, doch er wollte nichts davon hören. Er lachte nur höhnisch, und dann zog er ein Blatt Papier aus der Tasche. Obwohl ich am Steuer saß, konnte ich lesen, daß es ein Schuldbekenntnis war. Er lachte noch immer und sagte dann: ›Wenn du bis Ende der Woche nicht bezahlst, bringe ich dich ins Gefängnis!‹«

Wachtmeister Friedrich macht sich Notizen. Der junge Mann schweigt einen Moment, und man hört nur das Kratzen des Füllfederhalters auf dem Block.

»Danach habe ich sofort daran gedacht, irgendwie einen Brand zu verursachen. Es war einfach stärker als ich. Ich sagte mir, daß dieses Stück Papier unbedingt verbrannt werden mußte. Aber wie hätte ich das anstellen sollen, ohne daß der Wagen auch mit verbrannte? Ich wiederhole, ich hatte viel getrunken ...«

Franz Ehrhard setzt sich auf sein Bett, dem Polizisten gegenüber, den er nicht sehen kann.

»Ich hielt den Wagen an und erklärte, wir hätten eine Panne. Er argwöhnte nichts, als ich ausstieg. Ich holte den Wagenheber aus dem Kofferraum, und er stieg ebenfalls aus. Ich schlug ihm damit auf den Kopf und beförderte ihn dann wieder auf den Beifahrersitz. Ich hatte vor, den Wagen in einen Abgrund zu stoßen, damit es wie ein Unfall aussieht. Also fuhr ich ein paar Kilometer weiter, doch er kam plötzlich wieder zu sich und warf sich auf mich. Ich war vollkommen überrascht und verlor die Kontrolle über den Wagen, so daß wir gegen einen Baum prallten.«

Ehrhard tastet mit der Hand über die schwarze Binde.

»Ich erlitt einen Schock. Ich konnte nicht mehr richtig sehen, ich war aber noch bei Bewußtsein. Martin rührte sich nicht mehr neben mir. Ich durchwühlte seine Taschen, und als ich das Blatt Papier ertastete, nahm ich es an mich. Ich stieg aus und bewegte mich auf allen vieren vorwärts, bis ich die Straßenböschung erreicht hatte. Mit den Fingern grub ich eine Kuhle in die Erde und versteckte mein Schuldbekenntnis darin.«

Erschöpft läßt sich Ehrhard in die Kissen zurücksinken.

»So ist es gewesen. Ich habe Ihnen alles gesagt, und trotzdem fühle ich mich nicht erleichtert. Ich weiß nicht, wozu man mich verurteilen wird, aber selbst wenn es eine lebenslängliche Gefängnisstrafe ist, habe ich meine eigentliche Strafe bereits erhalten. Doktor Geiler hat sie mir auferlegt – durch Martins Augen!«

Der Beamte läßt sich davon nicht beeindrucken. Er kehrt zu den konkreten Fakten zurück: »Und was war mit diesem Autofahrer, der Sie gefunden hatte? Hatte er mit der Sache etwas zu tun?«

Ehrhard wirkt jetzt sehr müde.

»Nein, wieso sollte er? Das muß jemand gewesen sein, der wie viele andere seine Zeit nicht mit der Polizei verschwenden will.«

Die bei Franz Ehrhard durchgeführte Augentransplantation war ein voller Erfolg. Er konnte fast wieder ganz normal sehen, als er im Januar 1958 vor dem Münchner Schwurgericht erschien. Die besonderen Umstände, die zu seinem Geständnis geführt hatten, beeindruckten die Geschworenen zweifellos, da sie ihn nur zu zehn Jahren Gefängnis verurteilten.

Doch Ehrhard fürchtete weder das Gericht noch den Schuldspruch, wie auch immer dieser ausfallen mochte. Seine eigentliche Strafe war ihm durch Hermann Geiler zuteil geworden, ohne daß dieser davon gewußt hatte.

Diese Strafe zu ertragen, war er nicht imstande. Im Juni 1958, sechs Monate nach seiner Verurteilung, fand man ihn erhängt in seiner Zelle. Er hatte die Augen weit offen, die Augen seines Opfers.

Ob sie ihm bis ins Grab gefolgt sind?

Pamelas Neujahrsfest

Pamela Wright schiebt die Kapuze ihres Pelzanoraks zurück, so daß man ihr wunderhübsches Gesicht und die blonden Haare sehen kann. Mit ihren fünfunddreißig Jahren ist sie der Inbegriff der modernen, selbstbewußten Amerikanerin. Sie ist geschieden, hat zwei Kinder und betreibt in Denver, Colorado, eine Praxis als Gynäkologin.

Pamela Wright atmet tief durch, und in der Kälte wird ihr Atem sichtbar. Diese ungewöhnlichen Ferien mißfallen ihr bis jetzt keineswegs. Sie hatte sich ganz spontan dazu entschlossen, als sie in einer medizinischen Fachzeitschrift die Anzeige las: »Verbringen Sie Silvester und Neujahr in Grönland! Entdecken Sie das Leben der Eskimos! Beschränkte Teilnehmerzahl von zehn Personen.«

Die Reise war sündhaft teuer, aber sie besaß die Mittel dazu und verspürte darüber hinaus den Impuls, ihrem Leben eine ganz neue Richtung zu geben.

So kommt es, daß sie sich am 31. Dezember 1979, nach einer Fahrt mit dem Hundeschlitten, nun an dem Ort befindet, an dem sie alle zusammen die Silvesternacht verbringen sollen: in einem Iglu, das man eigens für diesen Zweck in der Nähe der Stadt Thule aufgebaut hat.

Interessiert betrachtet Pamela die Konstruktion ihrer Unterkunft, die eine große Kuppel bildet. Es stimmt tatsächlich, daß es in einem Iglu, entgegen aller Erwartung, wirklich nicht kalt ist, was Pamelas Reisegefährten jetzt ebenfalls bemerken. Auch sie stammen allesamt aus wohlhabenden Verhältnissen: ein Rechtsanwalt, ein Architekt, ein Vorstandsvorsitzender, ein Ehepaar, das ein gutgehendes Geschäft betreibt, sowie die Witwe eines Industriellen.

Die Ankunft in ihrem Quartier und die Vorfreude auf die Silvesternacht versetzen alle in ausgelassene Stimmung.
Tommy Moore öffnet eine Flasche Bourbon. Er ist ein Mann um die Dreißig mit sportlichem Aussehen und trägt die Verantwortung für die Gruppe. Er füllt die Gläser und scherzt: »Wenn Sie Eis dazu wollen, brauchen Sie sich nur zu bedienen!«
Lachend kommen die Teilnehmer seiner Aufforderung nach. Tommy fällt dazu gleich ein weiterer Scherz ein: »Das ist bestimmt das erste Mal, daß Sie Ihr Haus trinken können!«
Schallendes Gelächter ist die Antwort. Der Witz war zwar nicht übermäßig geistreich, doch ist die Stimmung auf dem Höhepunkt.
Pamela und die übrigen Gäste stoßen miteinander an, während sich im Hintergrund zehn Eskimos schweigend zu schaffen machen. Sie sind die Hundeschlittenführer und betätigen sich zugleich als Hotelpersonal. Jeder der Touristen hat nämlich einen eigenen Hundeschlitten für sich allein. In ihrer jeweiligen Unterkunft verwandeln sich die Männer dann in Ober.
Nachdem sie den Tisch gedeckt haben, befestigen die Eskimos Girlanden und Bänder mit Neujahrswünschen in den Eiswänden. Die Feriengäste werden immer fröhlicher, doch plötzlich macht Tommy eine Handbewegung in ihre Richtung.
»Bitte einen Moment Ruhe!« sagt er. »Ich empfange gerade ein Radiosignal.«
Im Iglu befindet sich tatsächlich ein Gerät, mit dem Nachrichten gesendet und empfangen werden können, was bis dahin keiner der Anwesenden bemerkt hatte. Jetzt blinkt ein rotes Kontrollicht. Tommy Moore drückt auf einen Knopf, setzt Kopfhörer auf und notiert etwas auf einem daneben liegenden Block. Eine Minute später kehrt er mit einem leicht gezwungen wirkenden Lächeln zu den anderen zurück und hebt erneut sein Glas.

»Was war los, Tommy?«
»Das hatte mit uns nichts zu tun.«
Sofort werden alle neugierig.
»Sagen Sie uns doch, was es war! Wir wollen es wissen!«
Der Chef der kleinen Gruppe versucht, dem Ansturm zu widerstehen: »Ich würde Ihnen nur die Stimmung verderben ...«
Aber da ist nichts zu machen, er muß klein beigeben: »Es war ein Notruf.«
»Von einem Schiff, das auf dem Meer treibt? Ist draußen ein Sturm?«
»Nein. Der Notruf kam aus Avigut, einem Fischerdorf etwa dreißig Kilometer entfernt von hier. Sie haben einen Kranken. Es sieht nach einer Blinddarmentzündung aus, und sie brauchen einen Arzt.«
»Gibt es dort keinen Arzt?«
»Doch, aber zu allem Unglück ist der gestern gestorben.«
»Und was soll jetzt geschehen? Gibt es in der Gegend denn keinen anderen Arzt?«
»Nein, nur auf der amerikanischen Militärbasis, aber die ist zweihundert Kilometer weit entfernt. Das ist zu weit weg.«
Pamela ergreift zum erstenmal das Wort: »Wer hat die Blinddarmentzündung?«
Tommy Moore überhört die Frage einfach und sagt: »Lassen Sie uns das alles schnell wieder vergessen, da wir ohnehin nichts tun können ... Ist einer von Ihnen so nett, noch etwas Eis für den Champagnerkübel zu holen?«
»Wer hat Blinddarmentzündung?«
Widerwillig und kaum hörbar antwortet Tommy schließlich: »Es handelt sich um ein Kind.«
Pamela Wright erhebt sich spontan.
»Ich bin Ärztin. Ich muß dorthin.«
»Sie?« ruft Tommy.
»Ja, ich! Ich weiß, was Sie denken: Ich bin Gynäkologin und keine Chirurgin. Trotzdem bin ich in der Lage, eine Blinddarmoperation durchzuführen!«

Tommy schüttelt den Kopf.
»Nein«, sagt er, »ich meine etwas ganz anderes! Avigut ist dreißig Kilometer entfernt, und wissen Sie, was dreißig Kilometer in Grönland mitten in der Nacht und noch dazu im Dezember bedeuten? Draußen sind vierzig Grad minus, und es hat angefangen zu stürmen. Selbst ein Eskimo würde sich jetzt nicht hinauswagen.«
Pamela nähert sich der Gruppe der kleinen Männer mit der ledrigen Haut.
»Ich bin sicher, daß einer von Ihnen bereit sein wird, mich hinzubringen, nicht wahr?«
Ein junger Mann löst sich aus der Gruppe und nickt zustimmend.
Da verliert Tommy die Geduld: »Ich hege große Bewunderung für Ihre noblen Absichten, Miß Wright, aber Sie werden sich nicht von hier fortbewegen! Es wäre heller Wahnsinn, auch nur einen Fuß hinauszusetzen!«
»Ich werde trotzdem gehen!«
»Ich bedaure. Ich bin auf dieser Reise für Ihre Sicherheit verantwortlich.«
Ruhig erwidert Pamela: »Ich verstehe Ihren Standpunkt vollkommen. Ich werde Ihnen eine entsprechende Erklärung unterschreiben.«
»In dem Fall ... nun gut. Ich kann Sie anscheinend nicht daran hindern, Selbstmord zu begehen.«
»Ich begehe keineswegs Selbstmord. Ich denke an ein armes kleines Lebewesen, das sonst in der Neujahrsnacht sterben muß.«
Ein langes Schweigen breitet sich im Iglu aus. Pamela zieht sich die Kapuze ihres Anoraks ins Gesicht. Aus Liebe zu einem unbekannten Kind, das irgendwo da draußen in der undurchdringlichen Polarnacht leidet, ist sie bereit, an diesem 31. Dezember 1979 ihre gesamte eigene Existenz aufs Spiel zu setzen.
Als sie ins Freie tritt, zuckt sie dennoch unwillkürlich zusammen. Das Dunkel und die eisige Luft lassen sie inner-

lich erschaudern. Sie hätte nicht gedacht, daß es derart kalt sein würde. Zudem macht der Sturm einen ohrenbetäubenden Lärm. Tommy Moore hatte recht: Unter solchen Bedingungen die Fahrt anzutreten ist reiner Wahnsinn. Eine solche Umgebung ist nicht menschlich!

»Hier entlang!« ertönt neben ihr die Stimme ihres Führers, und Pamela fühlt sich ein wenig erleichtert.

»Danke für das, was Sie tun wollen!« sagt sie zu ihm. »Wie heißen Sie?«

»Umanaq.«

Umanaq steuert auf ein kleineres Iglu in der Nähe zu, in dem die Hunde schlafen. Gebell und aggressives Knurren sind die Folge.

»Bewegen Sie sich nicht«, warnt er sie. »Die Hunde könnten Sie sonst beißen.«

Pamela bleibt reglos in der kalten, schwarzen Nacht stehen, bis sie plötzlich von einem gleißend hellen Licht geblendet wird: Umanaq hat eine jener Fackeln entzündet, wie man sie auch bei Rettungsarbeiten im Gebirge verwendet. Sie kann jetzt den Schlitten und die darum gruppierten Hunde erkennen. Offensichtlich gefällt es den Tieren überhaupt nicht, wieder in die Nacht hinaus zu müssen. Sie knurren und zeigen dabei ihr scharfes Gebiß.

Pamela hat sie noch nie so erlebt. Man würde sie eher für Wölfe halten als für Hunde. Es sind richtige Raubtiere …

Umanaq geht auf Pamela zu und reicht ihr die Fackel.

»Ich werde sie jetzt anschirren. Leuchten Sie mir, aber kommen Sie nicht zu nahe.«

Mit raschen, geübten Bewegungen weist der Eskimo jedem Hund seinen Platz zu, indem er ihn bei seinem Namen ruft und genau auf die strenge Hierarchie des Rudels achtet. Dann deutet er auf den Schlitten und sagt zu Pamela: »Bleiben Sie während der ganzen Fahrt dort ausgestreckt liegen, und geben Sie mir jetzt die Fackel!«

Er springt mit einem Satz auf den Führersitz und läßt seine Peitsche um die Ohren des Leithundes knallen.

»Los, Kabouk!« ruft er ihm zu.
Trotz der Kälte, die in ihre Wangen schneidet und in ihren Augen brennt, ist Pamela von dem ungewöhnlichen Schauspiel fasziniert, das sich ihr jetzt bietet. Mitten in der finstersten Nacht und nur von einer einzigen Fackel erhellt, setzt sich der Schlitten mit dem Hundegespann in Bewegung und saust davon. Die zwölf Hunde, die jeweils in Zweiergruppen hinter dem Leittier Kabouk angeschirrt sind, wirbeln eine Wolke von Schnee auf. Von Zeit zu Zeit verläßt Umanaq kurz seinen Platz und beugt sich zur Seite, um das Geschirr der Tiere zu kontrollieren, und nimmt dann rasch seinen Führersitz wieder ein.
Pamela hat nichts anderes zu tun, als sich fahren zu lassen, doch sie bedauert fast, zur Passivität gezwungen zu sein, denn die eisige Luft läßt sie immer mehr erstarren.
Zum Glück ist sie nicht sehr empfindlich gegen Kälte. In Denver mit seinem felsigen Gebirge gibt es sehr strenge Winter, und Pamela liebt es seit ihrer Kindheit, im Schnee zu wandern. Dennoch ist das mit dem, was sie hier erlebt, nicht vergleichbar. Wie kalt mag es sein? Minus vierzig Grad, hatte Tommy gemeint. Das ist gut möglich. Wenn man eine bestimmte Schwelle überschritten hat, kann man es nicht mehr abschätzen. Die Nerven nehmen die Kälte nicht mehr wahr.
Sie wendet sich zu Umanaq und muß laut schreien, damit er sie bei dem Sturm verstehen kann: »Wann ungefähr werden wir da sein?«
Obwohl ihr Führer ganz in ihrer Nähe ist, kommt seine Antwort wie aus weiter Ferne und seltsam abgehackt: »Die Hunde ziehen gut ... In vier Stunden vielleicht ...«
Pamela beißt die Zähne zusammen. Sie denkt an das kleine Wesen, das irgendwo im Fieber glüht. Was sie selbst jetzt durchmacht, ist nichts gegenüber dem, was dieses Kind erleiden muß. Umanaq drosselt die Geschwindigkeit und ruft ihr zu: »Hier kommt eine gefährliche Passage. Es gibt überall Gletscherspalten.«

Zehn Minuten vergehen. Umanaq läßt die Peitsche knallen, während er immer wieder die Namen der Hunde aufruft, und es gelingt ihm, das Gespann sicher durch diese unwirklich scheinende Landschaft zu steuern, wo überall unsichtbar der Tod lauert.

Doch da geschieht es auf einmal: Pamela fühlt sich nach vorne geschleudert und findet sich mit dem Gesicht im Schnee wieder. Der Schlitten ist umgestürzt!

Sie rappelt sich hoch. Wie durch ein Wunder ist ihr nichts geschehen, und sie beginnt, ihre Umgebung zu untersuchen. Die Fackel ist zu Boden gefallen und beleuchtet in bizarrer Weise die Szene. Der Schlitten liegt auf der Seite, und die Hunde, die sich in ihrem Geschirr verheddert haben, sind ganz offensichtlich in Panik geraten. Einige winseln verzweifelt, während andere sich mit aller Kraft zu befreien versuchen.

Doch das ist noch nicht das Schlimmste. Als Pamela um den Schlitten herumläuft, entdeckt sie Umanaq, der mit schmerzverzerrtem Gesicht im Schnee liegt.

»Mein Bein!« stöhnt er. »Es tut furchtbar weh … bestimmt ist es gebrochen!«

Pamela Wright muß kurz daran denken, daß diese Silvesternacht eigentlich der Höhepunkt ihrer luxuriösen Ferienreise hätte werden sollen … Statt dessen befindet sie sich verlassen und verloren an einem der schrecklichsten Orte dieses Planeten. Doch gleich darauf denkt sie an das kleine Wesen, das irgendwo in der Polarnacht gegen sein Leiden ankämpft, und Pamela weiß: Wenn sie selbst stirbt, wird dieses Kind ebenfalls sterben. Daher muß sie alle Kräfte mobilisieren!

Im selben Moment richtet Umanaq sich auf und stößt einen Schrei aus: »Ich kann nicht mehr stehen!«

Pamela verliert keine Zeit mit nutzlosen Diskussionen.

»Wir müssen weiterfahren. Sagen Sie mir, was zu tun ist!«

»Als erstes muß man den Schlitten wieder aufrichten, er ist nicht sehr schwer.«

Tatsächlich gelingt es Pamela mit einiger Mühe, das Gefährt umzudrehen, während Umanaq ihr weitere Anweisungen gibt: »Jetzt müssen Sie die Hunde befreien.«
Pamela steuert auf die Tiere zu, doch ihr Führer schreit warnend: »Nein, nicht so! Nehmen Sie den Knüppel! Sobald sie knurren, müssen Sie ihnen auf die Schnauze schlagen, wenn Sie nicht wollen, daß sie Ihnen die Hand abbeißen!«
Zitternd tut die junge Frau wie ihr befohlen. Es fällt ihr schwer, Umanaqs Anordnung zu befolgen, da sie Hunde sehr liebt. Dennoch merkt sie rasch, daß für derlei Empfindsamkeit hier kein Platz ist. Es genügt, die wilden Blicke der Tiere zu sehen und die entblößten Lefzen ...
Nach einer Viertelstunde hat Pamela ihre ebenso mühselige wie gefährliche Arbeit beendet. Sobald sie Umanaq auf den Schlitten gebettet hat, nimmt sie seinen vorherigen Platz ein. Der Eskimo erklärt ihr genau, was sie zu tun hat. Das Gespann wird vom Leithund geführt. Die anderen ziehen, während er die Geschwindigkeit und die Richtung angibt. In der Sprache der Eskimos muß man ihm die Kommandos zurufen: »Nach links, Kabouk!« »Schneller, Kabouk!« »Stop, Kabouk!« Dies wird jetzt von dem auf dem Schlitten liegenden Umanaq ausgeführt, doch die Kommandos müssen von einer entsprechenden Bewegung der Zügel begleitet werden, und das kann nur Pamela tun. Die beiden haben anfangs Mühe, Kommandos und Zügel zu koordinieren, aber irgendwie gelingt es ihnen am Ende doch. Zwei Stunden sind vergangen, seitdem Pamela die Zügel übernommen hat. Das Dorf Avigut ist nicht mehr sehr weit, und sie fahren jetzt immer schneller, da es nur noch abwärts geht. Pamela glaubt sich bereits fast am Ende der beschwerlichen Unternehmung angelangt, doch ist genau das Gegenteil der Fall. Umanaqs Stimme ertönt: »Halten Sie an!«
»Was ist los? Wir kommen sehr gut voran!«
»Eben deshalb! Das Gefälle ist zu stark. Wenn wir nicht

aufpassen, wird der Schlitten in die Hunde hineinfahren und sie erschlagen. Bremsen Sie auf der Stelle, rasch!«
Pamela gehorcht widerwillig.
»Und was jetzt?«
»Sie müssen die Hunde losbinden und hinter dem Schlitten anschirren. Auf die Weise wird er gebremst statt gezogen.«
Pamela begreift, daß es nicht anders geht, und verbringt nicht enden wollende Minuten mit dieser schwierigen Aufgabe.
Eine weitere Stunde vergeht, bis der Boden wieder eben wird und die junge Frau die ganze Prozedur im umgekehrten Sinn erledigen muß, nämlich die Hunde wieder vor dem Schlitten anzuschirren!

In Grönland kann man ein Dorf von weitem kaum erkennen. Es gibt keine Straße und keine Beleuchtung, und auch durch die Fenster der Häuser dringt keinerlei Licht, da sie mit Tierhäuten hermetisch verschlossen werden.
Es ist Umanaq, der mit den scharfen Augen der Eskimos das Dorf als erster erblickt.
»Da!« ruft er. »Ich sehe ein Haus!«
Und tatsächlich erblicken sie jetzt ganz in ihrer Nähe eine niedrige graue Fischerhütte. Sie sind in Avigut! Beinahe wären sie daran vorbeigefahren, ohne es zu merken.
Pamela klopft an die Tür. Die Bewohner sind völlig überrascht, doch Umanaq erklärt alles in wenigen Worten.
»Das Kind befindet sich im Nachbarhaus«, antwortet man ihnen.
Pamela wird nach nebenan geführt. Rasch untersucht sie die kleine glühende Gestalt, die ganz in Felldecken eingehüllt ist. Alles ist jetzt gut. Sie kommt nicht zu spät. Die chirurgischen Instrumente des verstorbenen Arztes stehen zu ihrer Verfügung, und sie muß nur noch operieren. Nach einer halben Stunde ist es geschafft: Der Eingriff war erfolgreich!
Pamela Wright hat den 1. Januar des Jahres 1980 in Avigut

verbracht. Als die Soldaten der amerikanischen Militärbasis von Thule sie zwei Tage später dort abholen, sagt sie nur: »Das wird für mich stets der schönste Neujahrstag meines Lebens sein!«

Das Haus des Unheils

Caroline und Nicolas Dupré durchqueren die großen, leeren Zimmer eines Hauses, das sich in der Nähe des Dörfchens Soisy-la-Forêt im Département Oise befindet.
Der fünfunddreißigjährige Nicolas ist Verkaufsleiter einer Automobilfirma und verkörpert ganz den Typus eines jungen, dynamischen Mannes. Die fünf Jahre jüngere Caroline ist eine hübsche kleine Blondine, die etwas eigentümlich Zartes und Verletzliches in ihren Zügen hat.
Nicolas deutet auf eine Stelle im Raum: »Dort kann ich mir sehr gut die Sitzgruppe vorstellen!«
Caroline Dupré zuckt unwillkürlich zusammen: »Nein, auf keinen Fall! Du weißt genau, daß man dort ... daß man dort diese Unglückselige gefunden hat!«
»Nun fang nicht schon wieder damit an!«
»Es ist einfach stärker als ich. Ich muß immer wieder daran denken.«
Nicolas legt seiner Frau die Hände auf die Schultern. Als spräche er zu einem Kind, sagt er: »Hör mal, Caroline, wir können das Haus nur deshalb erwerben, weil hier dieser Mord geschehen ist. Für nur eineinhalb Millionen! Bist du dir nicht darüber klar, daß es glatt das Doppelte wert ist? Niemand will dieses Haus jetzt kaufen!«
Mit furchtsamen Augen betrachtet Caroline Dupré ihren Mann. »In Soisy-la-Forêt nennt man es ›das Haus des Unheils‹.«
»Die Leute sind wirklich Dummköpfe! Welches Unheil sollte uns denn hier zustoßen?«
Caroline schweigt. Sie ist nicht diejenige, die in ihrer Ehe

das Sagen hat, und sie weiß, daß es keinen Sinn hat, sich weiterhin zu widersetzen.
Trotzdem wird sie von schrecklichen Visionen geplagt: Vor sechs Monaten, am 16. Januar 1962, hatte sich in diesem Haus ein blutiges Drama zugetragen. Der Vorbesitzer hatte seiner Frau im Laufe eines heftigen Streits die Kehle durchgeschnitten. Im Gefängnis wartet er nun auf seinen Prozeß. Und so sehr Caroline auch versucht, dagegen anzukämpfen und sich selbst gut zuzureden: Sie hat Angst ...

16. Januar 1963. Seit einem halben Jahr wohnen die Duprés in ihrem Haus in Soisy-la-Forêt. Carolines Befürchtungen haben sich als unbegründet erwiesen. Nicolas hat sehr viel Geschmack, was die Inneneinrichtung betrifft, bewiesen und aus dem Haus ein richtiges Schmuckstück gemacht. Sie selbst kümmert sich um den Garten, den sie neu angelegt hat. Und so kann man gerade an diesem ersten Jahrestag des Verbrechens sehen, daß ›das Haus des Unheils‹ seinen Namen ganz und gar zu Unrecht trägt.
Am Abend essen die Duprés zusammen mit Carolines Schwester Juliette. Die Mahlzeit verläuft wie jede andere, und gegen zehn Uhr verabschiedet sich Juliette, weil es zurück nach Paris doch sehr weit ist und die Straßen vereist sind.
Caroline und Nicolas wollen gerade schlafen gehen, als es an der Tür läutet. Caroline blickt aus dem Fenster und sieht Gendarmen draußen stehen.
»Madame Dupré?« rufen die Beamten. »Sie müssen mit uns kommen. Ihre Schwester hatte einen Unfall.«
Caroline stößt einen Schrei aus.
»Ist es schlimm?« fragt sie.
»Ja, Madame, es ist schlimm.«
Im Polizeiauto schmiegt sich Caroline dicht an ihren Mann. Sie haben keine sehr lange Strecke zu fahren. Zwei Kilometer weiter sieht man bereits die Blaulichter.
Einer der Beamten wendet sich an die junge Frau: »Sie

müssen jetzt all Ihren Mut zusammennehmen, Madame ...«
Wie hypnotisiert steigt Caroline aus und folgt dem Polizisten. Neben Juliettes Wagen, der nur noch ein Schrotthaufen ist, liegt eine Tragbahre. Einer der Beamten zieht die Decke zurück: Juliette ist tot, doch auf welch schreckliche Weise! Bei dem Unfall wurde ihr die Kehle durchtrennt!
Obwohl er selbst tief erschüttert ist, geht Nicolas Dupré auf der Fahrt nach Hause immer wieder ein Gedanke durch den Kopf: Wenn Caroline sich jetzt nur nicht einredet, daß hier ein Zusammenhang besteht! Wenn Caroline jetzt nur nicht ›das Haus des Unheils‹ dafür verantwortlich macht, daß Juliette auf diese Weise gerade ein Jahr nach dem Mord damals zu Tode kommen mußte ...
Denn er weiß: Wenn sie das tut, wird ihr gemeinsames Leben eine einzige Tortur werden.

16. Januar 1964. Caroline Dupré ist allein zu Hause. Das Wetter ist furchtbar, es schneit und stürmt, und obwohl es erst vier Uhr nachmittags ist, wird es bereits dunkel. Seit dem Tod ihrer Schwester Juliette ist das Leben für Caroline zur Hölle geworden. Sie ist jetzt ganz sicher, daß ihre Ahnungen richtig waren und daß dieses Haus unter einem Fluch steht. Nicolas hatte nicht auf sie hören wollen, und deshalb war Juliette durch seine Schuld gestorben.
Gleich nach der Beerdigung hat sie versucht, Nicolas dazu zu bewegen, das Haus wieder zu verkaufen. Sie hat ihn angefleht, sie hat geschrien und gedroht, aber es war umsonst. Nicolas blieb stur. Für ihn waren das alles nur Ammenmärchen. Er war überzeugt, daß die Dinge sich normalisieren würden, sobald Caroline den Tod ihrer Schwester einigermaßen überwunden hätte. Jedenfalls kam es für ihn nicht in Frage, das Haus aufzugeben. Seitdem war das Verhältnis zwischen den beiden sehr gespannt. Es wurde sogar schon von Scheidung gesprochen.
Der Sturm draußen tobt immer heftiger. Obwohl die Heizung gut funktioniert, friert Caroline. Natürlich kommt die

Kälte, die sie empfindet, von innen. Sie hat Angst! ›Das Haus des Unheils‹ hatte bereits in den vorhergehenden beiden Jahren jeweils am 16. Januar den Tod eines Menschen verursacht, und heute würde das Verhängnis erneut seinen Lauf nehmen. Wer wird die dritte junge Frau sein, wer, wenn nicht sie selbst?
Caroline erhebt sich und läßt ihre Augen im Raum umherwandern. Als ihr Blick auf das Sofa fällt, erschaudert sie. Dort passierte es, vor zwei Jahren ...
Zu allem Unglück ist sie auch noch allein an diesem Tag! Nicolas ist auf einer Geschäftsreise in Deutschland, doch hat er ihr versprochen, am Abend zurück zu sein. Dies war das einzige Zugeständnis, zu dem er bereit gewesen war. Schließlich hatte er ja gesehen, in welchen Zustand sie die Aussicht versetzte, die Nacht des 16. Januar allein zu Hause verbringen zu müssen.
Inzwischen ist es Abend geworden. Caroline macht überall Licht an. Der Wind streicht um das Haus, das völlig isoliert mitten im Wald liegt. Man hört das Heulen der Sturmböen in den Bäumen. Caroline sagt sich plötzlich, daß man nur die Fensterscheiben einschlagen muß, um einzubrechen. Es ist besser, wenn sie die Läden schließt und den Schlüssel in der Haustür noch einmal umdreht.
Und genau in dem Moment klingelt das Telefon. Von einer unguten Vorahnung überwältigt, hebt sie den Hörer ab.
Am anderen Ende ertönt Nicolas' Stimme: »Liebling, kannst du mich verstehen? Bitte bleib ganz ruhig, ich muß dir etwas sagen ...«
Caroline schreit auf: »Nein, das darf nicht wahr sein!«
»Hör mir doch zu, Caroline ...«
»Sag jetzt bloß nicht, daß du heute abend nicht kommst! Das kann ich nicht glauben!«
»Sei vernünftig. Mein Flugzeug konnte wegen des schlechten Wetters nicht starten, aber ich nehme den Zug und bin morgen früh bei dir.«
Mit einem Stöhnen erwidert die junge Frau: »Morgen früh

ist es zu spät. Heute nacht mußt du bei mir sein! Vor genau zwei Jahren wurde die unglückliche Frau ermordet, und vor genau einem Jahr ist Juliette gestorben!«
Nicolas' Stimme am anderen Ende der Leitung nimmt einen härteren Klang an: »Ich verbiete dir, weiter an solche Schauermärchen zu glauben! Ich kann jetzt nicht länger sprechen. Ich bin morgen früh da.«
Caroline antwortet nicht. Sie hat zu schluchzen begonnen. Seufzend sagt Nicolas: »Hör zu, wenn du nicht allein bleiben willst, frag doch Françoise, ob sie dir heute nacht Gesellschaft leistet. Also, ich muß jetzt Schluß machen, es will jemand telefonieren. Ich umarme dich. Mach dir keine Sorgen, es wird alles gut.«
»Nicolas!«
Doch im Hörer ertönt nur noch das Freizeichen. Nicolas hat aufgelegt.
Caroline legt den Hörer auf die Gabel. Sie ist wie versteinert und vollkommen unfähig, irgend etwas zu tun. Sie fühlt sich von etwas gefangen, das stärker ist als sie. Daß das Flugzeug nicht starten konnte, ist der letzte Schlag des Schicksals, der noch gefehlt hatte. Was vermag sie dagegen auszurichten? Sie ist verloren!
Da stößt sie einen Schrei aus. Die Lichter sind plötzlich erloschen. Sie ist ganz allein in der Dunkelheit. Bei einem solchen Wetter kann es sich nur um einen Stromausfall handeln, das ist ganz logisch und war durchaus vorherzusehen. Doch Caroline ist zu logischem Denken nicht mehr fähig. Oder vielleicht doch, denn alles scheint jetzt einer anderen Art von Logik zu gehorchen, einer unerbittlichen, teuflischen Logik, wie sie nur ein fluchbeladenes Haus wie dieses hervorbringen kann …
Dennoch beschließt sie, etwas zu unternehmen. Sie klammert sich an die letzte Hoffnung, die ihr bleibt. Nicolas hatte recht. Ihre Jugendfreundin Françoise wird sie nicht im Stich lassen. Sie wird sicher bereit sein, zu ihr zu kommen, und an ihrer Seite wird sie keine Angst mehr haben.

Caroline nimmt das Telefon zur Hand und wählt, im Dunkeln tastend, die Nummer. Die Stimme der Freundin zu hören, verschafft ihr sofort Erleichterung.
»Françoise, bitte komm auf der Stelle zu mir. Nicolas kann nicht kommen. Ich sitze hier ganz allein im Dunkeln, und ich habe Angst!«
Zum Glück begreift Françoise sofort den Ernst der Situation.
»Er hat dich ausgerechnet am 16. Januar allein gelassen?«
»Es ging nicht anders. Er war verhindert. Aber du kommst, nicht wahr?«
»Natürlich. Ich bin in einer halben Stunde bei dir. Bis gleich also. Ich setze mich sofort ins Auto.«
Caroline steht auf und bewegt sich vorwärts, ohne irgend etwas sehen zu können. Die Kerzen sind in der Küchenschublade. Sie stößt einen Beistelltisch um, doch sie achtet nicht darauf. Das ist alles unwichtig.
Endlich hat sie die Kerzen gefunden. Sie zündet zwei davon an und kehrt mit ihnen ins Wohnzimmer zurück, doch die Stimmung ist jetzt womöglich noch unheimlicher als zuvor in der vollkommenen Dunkelheit. Die flackernden kleinen Lichter lassen eher an eine Totenmesse denken ...
Caroline Dupré sieht auf ihre Armbanduhr. Eine Viertelstunde ist vergangen. Françoise wird erst in einer weiteren Viertelstunde bei ihr eintreffen. Erst dann wird Caroline sich endlich in Sicherheit fühlen. Doch kann sie so lange noch durchhalten? Wird bis dahin womöglich noch etwas geschehen?
Die halbe Stunde ist vorbei. Die nächsten Minuten verstreichen, und Caroline wird von einer Angst ganz anderer Art erfaßt. Weshalb kommt Françoise nicht? Weshalb verspätet sie sich? Hat sie womöglich ebenfalls einen Unfall erlitten? Nein, der Gedanke ist zu schrecklich!
In diesem Moment wird an die Haustür geklopft. Caroline springt auf, stößt einen Sessel um und stürzt zur Tür. Fieberhaft sucht sie auf dem Abstelltisch im Flur nach den

Schlüsseln. Dann entriegelt sie das Schloß und öffnet. Eisige Luft kommt ihr entgegen, doch sie verspürt nichts als Erleichterung.
»Françoise! Fran ...«
Trotz der Dunkelheit erkennt sie sofort, daß es sich nicht um Françoise handeln kann. Françoise ist nicht einen Meter achtzig groß und hat keine breiten Schultern.
Caroline begreift ihren nicht wiedergutzumachenden Irrtum. Sie hätte fragen müssen, wer da ist.
Der Mann tritt langsam näher. Er lächelt ...

17. Januar 1964, acht Uhr morgens. Nicolas Dupré trifft mit einem Taxi vor dem Haus in Soisy-la-Forêt ein. Der Schneesturm hat aufgehört, und der Morgen dämmert. Die ganz in Weiß gehüllte Landschaft sieht zauberhaft aus.
Nicolas hat sich vorgenommen, seiner Frau wegen ihrer Angstzustände sanft, aber entschieden ins Gewissen zu reden. Plötzlich stößt er einen Schrei aus.
»Was ist denn hier los?«
Vor dem Haus entdeckt er ein Polizeiauto sowie ein weiteres Fahrzeug. Von einer schrecklichen Vorahnung überwältigt, springt er aus dem Taxi.
Die Haustür ist offen. Nicolas stürzt hinein und stößt mit einem Beamten zusammen, der ihn zurückhalten will.
»Monsieur Dupré?« fragt der Polizist.
»Ja, aber lassen Sie mich in Ruhe!«
»Ich muß Ihnen etwas sagen, Monsieur: Ihre Frau hatte einen Unfall.«
»Einen Unfall?«
»Sie liegt auf dem Sofa im Wohnzimmer ...«
An dem Beamten vorbei stürmt Nicolas ins Zimmer. Schon beim bloßen Anblick der mit einer Decke umhüllten Gestalt weiß er Bescheid. Er hebt die Decke mit zitternden Fingern. Caroline ist tot. Ihre Kehle ist durchtrennt.
Nicolas greift sich mit beiden Händen an den Kopf.
»Sie hatte recht!«

Der Chef der Gendarmerie legt ihm die Hand auf die Schulter.
»Es war ein tragischer Unfall, Monsieur Dupré. Ich werde Ihnen erklären, was geschehen ist ... oder vielmehr, dieser Herr hier wird es Ihnen erklären.«
Erst jetzt bemerkt Nicolas in der Ecke des Zimmers einen Unbekannten. Es ist ein stattlicher Mann um die Dreißig. Er ist kreidebleich und wirkt vollkommen fassungslos.
»Wer sind Sie?«
»Mein Name wird Ihnen nichts sagen. Der Zufall hat mich hierhergeführt, ein überaus tragischer Zufall ...«
Und dann erzählt der Mann seine unglaublich klingende Geschichte. Er erzählt, wie und warum Caroline Dupré sterben mußte.
»Es geschah gestern abend. Ich saß am Steuer meines Wagens, als das Auto vor mir auf einer vereisten Stelle der Straße ins Schleudern geriet. Das Fahrzeug drehte sich einmal um sich selbst und fuhr dann in einen Baum. Ich hielt an, um dem Fahrer zu Hilfe zu eilen, und sah, daß es sich um eine junge Frau handelte.«
»Françoise!« schreit Nicolas.
»Ja, genau. So hieß sie mit Vornamen. Ihren Nachnamen habe ich vergessen. Sie hatte eine Kopfverletzung, die nicht allzu schlimm zu sein schien, aber sie verlor viel Blut. Ich habe sie in meinen Wagen gelegt und bin mit ihr nach Soisy gefahren. In dem Café dort habe ich telefonisch einen Arzt herbeigerufen ...«
Nicolas erhebt sich unvermittelt und geht mit geballten Fäusten und verzerrtem Gesichtsausdruck auf den Mann zu.
»Was hat das alles mit meiner Frau zu tun?«
»Es war diese Françoise, die mich bat, Ihre Frau aufzusuchen. Sie sagte, es sei sehr wichtig, und sie könne nicht allein bleiben. Ich sollte ihr ausrichten, daß sie einen Unfall gehabt hatte, und dann sollte ich sie zu ihr ins Hospital fahren.«

»Und danach?«
»Ich tat, worum sie mich gebeten hatte. Zumindest hatte ich das vor ...«
»Was haben Sie getan?«
Der Mann wird noch eine Spur bleicher. Er beißt sich auf die Hand.
»Ich habe nichts Böses getan, das schwöre ich! Ich klopfte, weil der Strom ausgefallen war und die Klingel nicht funktionierte. Ihre Frau öffnete. Ich kam nicht mehr dazu, ihr auch nur ein Wort zu sagen. Sie stieß einen fürchterlichen Schrei aus ... Ich werde diesen Schrei niemals vergessen. Sie muß in dem Moment in Panik geraten sein ...«
Nicolas Dupré versucht, sich auf den Mann zu stürzen, doch die Polizisten halten ihn zurück.
»Sie haben sie getötet!«
»Nein, nein! Ich wollte ihr keine Angst machen. Ich lächelte sie an, um Sie zu beruhigen, aber sie ist auf der Stelle geflüchtet. Sie stürzte zurück in den Flur, wo alles dunkel war ... und da ist es dann passiert.«
Der Mann läßt sich in einen Sessel fallen, und der Polizeibeamte fährt an seiner Stelle fort: »Als Ihre Frau, von Panik übermannt, ins Innere des Hauses zurückstürzte, stieß sie in der Dunkelheit kopfüber gegen die geschlossene Glastür des Flurs. Dabei wurde ihr die Kehle durchschnitten.«
Der Mann erhebt sich wieder: »Ich rief sofort die Polizei und die Feuerwehr an, aber man konnte nichts mehr tun. Als die Beamten eintrafen, war sie bereits tot. Sie hatte zuviel Blut verloren.«
Nicolas Dupré schüttelt fassungslos den Kopf.
»Sie hatte von Anfang an recht. Ich bin ein Narr, ein Verbrecher!«
Nicolas Dupré hat das ›Haus des Unheils‹ für ein Butterbrot verkauft. Zu diesem Preis war es fast geschenkt, doch war das Geschenk möglicherweise vergiftet ...

Die Abgründe der Erinnerung

Antoine Chartier erhebt sich schwerfällig von seinem Stuhl. Mit dem Handrücken schiebt er die Weinflasche und das Glas beiseite, die gleich darauf auf dem Steinboden zerschellen. Mit trunkener Stimme ruft er: »Emilie!«

In der Wohnküche des Bauernhofes ist es beinahe vollkommen dunkel. Das Herdfeuer ist so gut wie erloschen, und die rauchende Petroleumlampe verbreitet nur noch ein schwaches grünliches Licht.

Antoine Chartier schlägt mit der Faust auf den Tisch und wiederholt: »Emilie!«

Da er keine Antwort erhält, steuert er mit schwerem Schritt, seine Holzpantinen über den Boden schleifend, auf die Treppe zu, die zu den Schlafkammern führt.

Der fünfunddreißigjährige Antoine Chartier ist ein Koloß von einem Mann. Er ist ein hart arbeitender Bauer, der gerne überall mit anpackt. Nur nicht, wenn er getrunken hat, was leider jeden Tag der Fall ist. Dann verwandelt er sich in ein wildes Tier.

Polternd öffnet er eine Tür im oberen Stock, und gleich darauf steht ein dunkelhaariges, etwa achtzehnjähriges Mädchen vor ihm. Sie ist gut gewachsen und hat hübsche, rosige Wangen.

Ohne vor ihm zurückzuweichen, begegnet sie seinem Blick.

»Was wollen Sie von mir?«

Antoine Chartier versucht, sie um die Taille zu fassen.

»Du weißt genau, was ich von dir will, du kleines Frauenzimmer!«

Entschieden macht Emilie sich los.

»Lassen Sie mich in Ruhe. Ich habe Ihnen schon einmal ge-

sagt, daß ich nicht will. Ich will ein anständiges Mädchen bleiben.«
Doch der Bauer hört nicht auf das, was sie sagt, und stürzt sich auf sie. Emilie weicht ihm aus, so daß er mit einem dumpfen Geräusch zu Boden fällt. Schwankend erhebt er sich.
»Verdammtes Weibsstück! Na warte ...«
Jetzt bekommt Emilie wirklich Angst. Keuchend und mit blutunterlaufenen Augen versucht Chartier, sich ihrer zu bemächtigen, doch sie hat längst die Flucht ergriffen. So schnell sie kann, stürzt sie die Treppe hinunter, als er sie auch schon eingeholt hat und ihr einen Fausthieb in die Magengrube versetzt. Bewußtlos sinkt sie nieder.
Das ist allerdings auch besser für sie, denn sonst hätte sie gehört, wie ihr Peiniger im Geschirrschrank wühlt und dabei vor sich hin grummelt: »Wo zum Teufel ist das verdammte Messer, damit ich ihr den Rest geben kann?«
Ein junges Mädchen als Opfer einer betrunkenen Bestie ... Was an diesem 16. März 1904 nicht weit von dem Dörfchen Brévielle im Département Manche geschieht, scheint ein Mord zu sein wie viele andere. Und dennoch nehmen die Dinge genau von dem Moment an eine höchst eigenartige Entwicklung ...

Zwei Wochen später begibt sich der Chef der örtlichen Gendarmerie, der Brigadier Adrien Ferrand, in Begleitung von zwei seiner Männer zum Bauernhof von Antoine Chartier.
In Bréville kursieren seit einiger Zeit Gerüchte: Die junge Emilie Janvier, die vor sechs Monaten als Magd in Antoine Chartiers Dienste getreten ist, wird vermißt. Bei einem Trunkenbold wie Antoine muß man mit dem Schlimmsten rechnen.
Dieser bewohnt den Bauernhof übrigens nicht allein. Sein Onkel, Felix Chartier, lebt bei ihm, und besagter Felix ist eine alles andere als vertraueneinflößende Person. Er hat

gerade eine zehnjährige Zuchthausstrafe verbüßt, nachdem er einen Mann getötet hatte, mit dem er in einem Cabaret in Streit geraten war. Wie um alles in der Welt war ein so hübsches junges Mädchen wie Emilie Janvier, die sogar einen Pfarrer auf andere Gedanken hätte bringen können, wie war sie nur auf die verrückte Idee gekommen, sich ganz allein diesen beiden Rohlingen auszuliefern? Manche Menschen waren selbst für ihr Schicksal verantwortlich!
Der Brigadier Ferrand befragt Antoine Chartier: »Es sieht so aus, als ob Emilie verschwunden ist, oder?«
»Nun ja, eines Tages ist sie einfach fortgegangen ...«
Der Polizist zwirbelt seinen Schnurrbart und meint: »Ich würde gern einen Blick in ihre Kammer werfen.«
Der Brigadier und seine Männer folgen Antoine in das obere Stockwerk. Im Flur begegnen sie Felix Chartier. Dieser sieht sie gleichmütig an und schlurft dann mit gebeugtem Rücken und starrem Blick davon.
Seit seiner Entlassung aus dem Gefängnis ist der alte Chartier nicht mehr derselbe. Es heißt, er habe sich dort irgendeine Krankheit geholt, und er sei nicht mehr ganz richtig im Kopf. Als der Polizeibeamte Emilies Kammer besichtigt, stellt er mit Genugtuung fest, daß es genau so ist, wie er erwartet hatte: Alles deutet darauf hin, daß sie nicht etwa fortgegangen, sondern verschwunden ist.
Das einzige Kleid des jungen Mädchens hängt an einem Nagel, und ihre wenigen persönlichen Besitztümer sind noch vollzählig vorhanden. Auf einer Kiste neben ihrem Bett, die ihr als Nachttisch diente, liegt ein Kalenderbuch, das auf der Seite des 16. März aufgeschlagen ist.
Der Gendarm hält Antoine Chartier das Beweisstück unter die Nase: »Das alles werden Sie mir erklären müssen. Also los, folgen Sie uns, und nehmen Sie den Onkel gleich mit ...«
Auf dem Polizeirevier leugnen Antoine und Felix Chartier heftig. Das junge Mädchen sei fortgegangen, weil sie sich mit Antoine gestritten habe. Wenn sie ihre persönlichen

Sachen zurückgelassen habe, so sei das ihre Angelegenheit. Nichtsdestotrotz werden Onkel und Neffe festgenommen und ins Gefängnis von Saint-Lô gebracht, wo Felix Chartier jedoch nur wenige Stunden bleibt. Der alte Mann, dessen Geisteszustand schon recht labil war, hatte es offenbar nicht ertragen können, erneut eingesperrt zu werden, und war endgültig wahnsinnig geworden. Man hat ihn in die Nervenheilanstalt überführt.

So erscheint Antoine allein vor dem Untersuchungsrichter Millet, der versuchen will, ein Geständnis aus ihm herauszuholen. Was der Bauer über den Zustand seines Onkels erfahren hat, scheint ihn sehr schockiert zu haben. Als gebrochener Mann betritt er das Büro des Untersuchungsrichters.

»Ja«, gesteht er sofort, »Felix und ich haben die Kleine getötet. Ich hatte getrunken und wußte nicht mehr, was ich tat ...«

Und Antoine Chartier berichtet, was sich in jener dramatischen Nacht des 16. März zugetragen hat: »Sie hörte nicht auf, mich zu provozieren, bis ich endgültig genug davon hatte. Ich lief ihr hinterher und gab ihr einen Hieb in den Magen. Sie fiel ohnmächtig zu Boden. Dann holte ich ein Messer aus dem Schrank ... ich wußte nicht mehr, was ich tat, verstehen Sie!«

Der Untersuchungsrichter Millet lächelt Antoine ermutigend zu. Endlich mal ein Verhör ohne Probleme!

Chartier fährt fort: »Aber ich kam nicht dazu, das Messer zu benutzen, Herr Untersuchungsrichter. Der Felix tauchte in dem Moment auf. Er sagte: ›Laß das sein, Antoine, das ist meine Sache!‹ Und dann hat er die Kleine erwürgt.«

Erstaunt hebt Richter Millet die Braue: »Weshalb sollte er Emilie Janvier getötet haben? Was hatte er denn gegen sie?«

Antoine Chartier zuckt die Schultern: »Das ging gleich zu Anfang los, als das Mädchen zu uns kam. Aus unerfindlichen Gründen hat der Alte sie immer spüren lassen, daß sie vorher von der Fürsorge gelebt hatte. Und sie antwortete ihm immer: ›Besser, von der Fürsorge zu leben, als im Gefängnis zu sitzen!‹

Na, und das hat der Felix nicht verdaut. Als er sie erwürgt hat, da hat er immer wieder geschrien: ›Das ist jetzt die Strafe dafür ...‹«

Der Untersuchungsrichter Millet verzieht angewidert das Gesicht. Dann fährt er fort: »Und wo habt ihr den Leichnam verschwinden lassen?«

Ungerührt erwidert Antoine Chartier: »In dem Weiher unterhalb meines Kräutergartens. Aber die Kleine war noch gar nicht tot. Sie hat geschrien, als sie ins Wasser fiel ...«

Damit ist für den Untersuchungsrichter das Verhör beendet. »Nun gut«, meint er abschließend, »wir werden das alles überprüfen. Ihr Onkel Felix scheint in der Sache jedenfalls der Hauptschuldige zu sein. Es ist sehr bedauerlich für Sie, daß er außerstande ist, Ihre Angaben zu bestätigen.«

Eine Woche später finden sich der Untersuchungsrichter, der Brigadier Ferrand und dessen Männer am Weiher unterhalb des Kräutergartens von Antoine Chartier ein. Letzterer, der mit Handschellen gefesselt ist, deutet mit einer Kopfbewegung auf eine Ecke des Weihers und erklärt: »Dort haben wir die Kleine reingeworfen ...«

Gemeinsam mit mehreren Freiwilligen aus Bréville suchen die Gendarmen stundenlang das Gewässer ab. Außer Atem und schweißüberströmt erscheint der Brigadier Ferrand schließlich wieder bei Richter Millet.

»Wir haben nichts gefunden, Herr Richter, nicht die geringste Spur. Dieser Kerl hat sich auf unsere Kosten lustig gemacht!« Mit strenger Miene wendet sich Millet an den Verdächtigen: »Was hat das zu bedeuten, Chartier? Sie sind uns eine Erklärung schuldig!«

Antoine Chartier wirkt sehr verlegen.

»Jetzt erinnere ich mich wieder ... als ich eine Woche danach wieder zum Weiher ging, war der Leichnam nicht mehr da. Ich habe den Onkel gefragt, ob er ihn woanders hingebracht habe, und er sagte: ›Ja.‹ Ich wollte wissen wohin, aber er meinte nur: ›Was kümmert's dich?‹ Und da habe ich nicht weiter nachgefragt.«

Den Richter scheint diese Auskunft nicht sehr zufriedenzustellen. »Auch wenn man die Leiche nicht findet, ändert das nichts am Tatbestand. Sie werden trotzdem vor Gericht kommen. Also, zum letzten Mal: Wo ist die Leiche?«

Doch Chartier erwidert nur trotzig: »Ich weiß es nicht. Fragen Sie den Onkel!«

Den Onkel zu fragen, ist allerdings völlig zwecklos. Felix Chartiers Zustand hat sich so verschlimmert, daß man ihn festbinden mußte, und jetzt gibt er nur noch wirres Zeug von sich.

Drei Wochen lang untersuchen die Gendarmen zusammen mit mehreren Freiwilligen sämtliche Weiher der Umgebung. Nachbarn hatten den Gendarmen außerdem gemeldet, daß die Chartiers kurz nach dem Verbrechen ein gewaltiges Feuer in ihrem Ofen entzündet hatten. Doch in der Asche finden sich keinerlei Überreste eines menschlichen Körpers.

Die Ermittlung wird abgeschlossen. Das Verbrechen des Antoine Chartier bleibt ein Verbrechen ohne Leichnam. Dennoch sieht es nach allgemeiner Einschätzung für Antoine nicht gut aus. Bei dem Prozeß Ende Dezember 1904 vor dem Schwurgericht von Saint-Lô wird es um seinen Kopf gehen.

10. November 1904. Als er die Person erblickt, die gerade sein Büro betritt, fühlt sich Adrien Ferrand einem Schlaganfall nahe. Eine ganze Weile kann er nur immer wieder stottern: »Sapperlot! Sapperlot!«

Schließlich gelingt es ihm, eine halbwegs vernünftige Frage zu formulieren: »Aber wer sind Sie denn bloß?«

Gelassen erwidert das junge Mädchen: »Ich bin Emilie Janvier.«

Der brave Polizist glaubt nicht an Gespenster, sonst hätte

er sicherlich auf der Stelle die Flucht ergriffen. Aber sie ist es tatsächlich. Er hatte sie sofort erkannt. Da hatten sie lange den Weiher absuchen können!

»Aber Sie müßten doch tot sein!« stammelt er. »Man hat Sie doch ermordet!«

Bestürzt antwortet das junge Mädchen: »Man hat mich für tot gehalten? Wenn ich das gewußt hätte, wäre ich eher gekommen.«

Inzwischen hat der Beamte seine Fassung wiedererlangt.

»Allerdings hat man Sie für tot gehalten«, fährt er sie an, »und dafür riskiert Antoine Chartier jetzt den Kopf! Sie werden mir jetzt alles erzählen, und zwar ein bißchen plötzlich!«

Emilie Janvier sinkt auf einen Stuhl und beginnt: »Ich schwöre Ihnen, daß ich davon keine Ahnung hatte. Es war am 16. März ...

Antoine Chartier hatte mir einen Fausthieb versetzt, und ich fiel zu Boden. Er glaubte, ich sei ohnmächtig geworden. Dann ging er zum Wandschrank, und ich hörte ihn murmeln: ›Wo ist das verdammte Messer, damit ich ihr den Rest geben kann?‹ In dem Moment nahm ich die Beine in die Hand und raste davon. Ich lief immer geradeaus durch den Wald, bis ich morgens zu einem Bauernhof kam. Die Leute dort nahmen mich auf, ohne viel zu fragen, und ich blieb drei Tage lang bei ihnen. Dann traf ich einen Viehzüchter, der zum Markt in Bayeux wollte, und er war bereit, mich mitzunehmen. In Bayeux wohnt meine alte Amme. Sie hat mich versteckt, denn ich traute mich nicht, zurückzukehren. Ich hatte Angst vor Antoine, verstehen Sie? Schließlich sagte ich mir aber, daß man sich vielleicht Sorgen um mich machte ...«

Ferrand schlägt mit der Faust auf den Tisch.

»Was ist das für eine unglaubliche Geschichte? Und was ist mit dem Onkel? Hat er etwa nicht versucht, Sie zu erwürgen?«

Höchst überrascht erwidert Emilie Janvier: »Aber nein,

keineswegs. Er hat mir nicht das geringste getan. Er ist gar nicht aus seiner Kammer herausgekommen.«
Adrien Ferrand setzt eine strenge Miene auf: »Dergleichen gefällt mir überhaupt nicht. Sie werden das alles morgen dem Untersuchungsrichter erzählen, und bis dahin behalte ich Sie hier.«
Am folgenden Tag wird die junge Dienstmagd nach Saint-Lô gebracht. Der Untersuchungsrichter Millet läßt sich die ganze Geschichte noch einmal erzählen und meint dann in ungläubigem Ton: »Aber warum beschuldigt er sich dann? Warum sollte er eine Lüge erfunden haben, die ihn den Kopf kosten kann?«
Der Richter beschließt, sich auf der Stelle Gewißheit zu verschaffen, und läßt Antoine Chartier vorführen, um ihn seinem angeblichen Opfer gegenüberzustellen.
Eine Viertelstunde später erscheint der Bauer in Handschellen erneut vor dem Untersuchungsrichter. Als er Emilie erblickt, schreit er: »O nein! Das kann doch nicht wahr sein! Das ist nur ein böser Traum! Das ist sie nicht wirklich!«
Entsetzt weicht er zurück. Er gerät derart außer sich, daß mehrere Beamte ihn bändigen müssen.
Richter Millet wartet, bis er sich etwas beruhigt hat, und fragt ihn dann: »Weshalb haben Sie sich selbst beschuldigt, am Mord an Ihrer ehemaligen Magd beteiligt gewesen zu sein?«
Chartier schüttelt den Kopf. Mit starrem Blick erwidert er: »Weil es wahr ist!«
Der Richter hat so etwas noch nie erlebt. Er versteht überhaupt nichts mehr, und langsam wird er wütend.
»Wollen Sie sich über mich lustig machen? Wollen Sie sich über die Justiz lustig machen?«
Während Chartier es nach wie vor vermeidet, seine frühere Bedienstete anzusehen, beteuert er: »Aber ich schwöre Ihnen, daß sich alles so abgespielt hat, wie ich es Ihnen erzählt habe, Herr Richter! Zuerst habe ich Emilie geschlagen, und

dann bin ich das Messer holen gegangen, und in dem Moment ist Onkel Felix aufgetaucht und hat sie erwürgt. Hinterher haben wir den Leichnam in den Weiher geworfen.«
Der Untersuchungsrichter versucht noch immer zu begreifen. Vielleicht ist das junge Mädchen diejenige, die lügt. Als man sie ins Wasser geworfen hatte, war sie noch nicht tot. Sie konnte sich in Sicherheit bringen und hat hinterher diese Geschichte erfunden, um ihren ehemaligen Brotgeber zu retten, in den sie trotz allem verliebt war. So könnte es gewesen sein …

Auf jeden Fall sagt einer von beiden nicht die Wahrheit, und er schwört sich, daß er herausfinden wird, wer es ist.

Doch die Wahrheit wird erst von den Psychiatern entdeckt, die Antoine Chartier später untersuchen. Als die Ärzte ihn nach seiner Vergangenheit ausfragten, erfuhren sie, daß er sich seit seinem zwölften Lebensjahr jeden Tag zu betrinken pflegte. Inzwischen war er fünfunddreißig, und in dreiundzwanzig Jahren hatte der Alkohol in seinem Gehirn beträchtlichen Schaden angerichtet.

Im Laufe einer gründlichen klinischen Untersuchung fand man heraus, daß die von Antoine geschilderte Mordszene eine sogenannte falsche Erinnerung darstellte, wie man sie häufig bei Alkoholikern im fortgeschrittenen Stadium antrifft.

In seinem gestörten Erinnerungsvermögen glaubte Antoine tatsächlich, die Dinge seien so geschehen, wie er behauptete. Für ihn war der Onkel wirklich aus seiner Kammer herausgekommen, und sie hatten wirklich später den Leichnam in den Weiher geworfen. Er glaubte so sehr daran, daß ihn nicht einmal der Anblick seines angeblichen Opfers vom Gegenteil überzeugen konnte.

Selbstverständlich wurde Antoine Chartier sofort wieder auf freien Fuß gesetzt. Bei der Verhandlung verurteilte man ihn zu sechs Monaten Gefängnis auf Bewährung und zu hundert Francs Geldstrafe wegen Körperverletzung und falscher Zeugenaussage, was der gesetzlichen Mindeststra-

fe entsprach. Dann kehrte er auf seinen Bauernhof zurück und nahm dort seine Arbeit wieder auf.
Ob die Psychiater wohl dieselbe Diagnose gestellt hätten, wenn Emilie nicht zurückgekehrt wäre? Und ob sie wohl vor dem Schwurgericht in Saint-Lô erklärt hätten, daß das Geständnis des Angeklagten aufgrund seines Geisteszustands nicht den geringsten Wert besaß und er zur fraglichen Zeit ohnehin unzurechnungsfähig gewesen war?
Man tut gut daran, dies zu glauben, so wie man besser auch daran glaubt, daß all jene, die aufs Schafott gekommen sind, tatsächlich schuldig waren!

Der Teufel von Sheffield

16. Mai 1893. Lächelnd betrachtet sich Wilbur Barnett in dem zerbrochenen Spiegel seiner schäbigen Behausung in einem Arbeiterviertel der englischen Industriestadt Sheffield. Ja, seine Aufmachung ist perfekt! So kann er sich ans Werk machen, so kann sich der ›Teufel von Sheffield‹ aus seinem Versteck wagen!

Wilbur Barnett ist gerade erst zwanzig Jahre alt, und doch hat er vom Leben schon eine ganze Menge mitbekommen, in einer Umgebung, wie sie Dickens in seinen Romanen beschreibt: Nachdem er ein paar Jahre zur Schule gegangen war, hatte er sechs Monate lang im Bergwerk gearbeitet wie sein Vater. In dieser Zeit hat er all die Schrecken eines solchen Daseins gründlich kennengelernt und lebt seitdem mehr oder weniger auf der Straße und vagabundiert umher.

Wilbur Barnett wird niemals ein echter Kumpel werden, o nein! Er ist ein Dieb, doch kein Dieb wie die anderen! Um nicht erkannt zu werden, färbt er sich das Gesicht mit schwarzer Schuhwichse, und diese an und für sich eher harmlose Idee hat schon spektakuläre Wirkungen erzeugt. Bis jetzt hat er nur kleinere Diebstähle verübt, doch dabei ist er von mehreren Zeugen gesehen worden. Diese waren von seinem furchteinflößenden Aussehen so sehr beeindruckt, daß sie der Polizei allerlei wirre Beschreibungen des Täters gaben.

Mittlerweile ist die Öffentlichkeit wegen des Falles sehr aufgebracht, zumal sich die Sensationspresse der Sache angenommen hat. Sie hat dem Dieb den Beinamen ›der Teufel von Sheffield‹ gegeben …

Um ehrlich zu sein: Wilbur hat noch einen anderen Grund,

sich bis zur Unkenntlichkeit zu schminken: Ohne die schwarze Farbe wäre sein Gesicht nämlich fast noch schrecklicher anzusehen. Er hat eine platte, fast eingedrückte Nase, hervorstehende Augen und häßliche, wulstige Lippen.
Da er den Menschen also in jedem Falle angst macht, zieht er es vor, sich unter dieser Maske zu verstecken. Für ihn selbst ist das weniger gefährlich, und außerdem schmeichelt es seiner Eigenliebe …
Inzwischen ist es Abend geworden. Wilbur Barnett agiert stets nur bei Dunkelheit. Er streicht jetzt an den Mauern entlang, versteckt sich hinter einem schützenden Hausvorsprung, sobald ein Passant auftaucht, und schreitet dann schnell seinem Ziel entgegen: dem Laden eines Trödlers.
Während eines Erkundungsganges durch das Viertel hat er herausgefunden, daß die hintere Ladentür nicht richtig schließt. Er erhofft sich von dieser nächtlichen Unternehmung zwar nicht viel mehr, als ein paar alte Kleider zu erbeuten, aber das wird ihm immerhin einige Schillinge einbringen.
Der junge Mann bewegt sich im Dunkeln vorwärts, ohne von jemandem gesehen zu werden. Seine genaue Ortskenntnis kommt ihm dabei sehr zu Hilfe. Er weiß genau, daß er sich notfalls in einem verlassenen Innenhof oder auf einem unbebauten Stück Land verstecken kann.
Der Diebstahl selbst läßt sich mühelos bewerkstelligen. Der Übeltäter mit dem schwarzen Gesicht greift sich die erstbesten Gegenstände, die er im Laden findet: Kleider und ein paar Geldscheine, und will gerade wieder verschwinden, als er hinter sich ein melodisches Geräusch vernimmt.
Erschrocken fährt er herum, doch er erholt sich rasch von seinem Schrecken. Es war nur eine Kuckucksuhr, die soeben die volle Stunde geschlagen hat. Ein kurzer Griff, und schon wandert die Uhr zu der übrigen Beute, die er in einem großen Leinensack verstaut hat.

Mit dem Sack über der Schulter tritt Wilbur Barnett den Rückweg an. Schließlich gelangt er zu einem kleinen Platz, der einzigen gefährlichen Stelle, da es auf einer Strecke von etwa fünfzig Metern keinerlei Deckung gibt. Er blickt nach rechts und links … alles ist vollkommen dunkel. Schon setzt er sich in Bewegung, als er jemanden schreien hört:
»He, Sie da! Wohin wollen Sie mit dem Sack? Bleiben Sie stehen!«
Barnett dreht sich um: Polizei! Er rennt los, wird jetzt aber von zwei Beamten verfolgt, die immer mehr aufholen. Der Leinensack auf seiner Schulter behindert ihn beim Laufen, doch er will sich von seiner Beute nicht trennen.
Plötzlich bleibt er stehen. Gelassen zieht der ›Teufel von Sheffield‹ einen Revolver aus der Tasche – sein einziges wirklich wertvolles Beutestück –, den er in der Ladenkasse eines Bäckers gefunden hat.
Die beiden Polizisten, die ihrerseits nicht bewaffnet sind, begreifen sofort die Gefahr und bleiben jetzt ebenfalls in einigen Metern Entfernung stehen. Seelenruhig zielt Wilbur auf denjenigen, der ihm am nächsten steht, und feuert zwei Schüsse ab. Der Mann fällt zu Boden, während sich sein Kollege hinter eine Mauer flüchtet.
Mit dem Sack auf der Schulter läuft Barnett jetzt weiter. Er hat nur eine einzige Chance, und das ist der Bahnhof weiter unten. Es ist auch niemand an den Fenstern der umliegenden Häuser zu sehen. Entweder haben die Leute die Schüsse nicht gehört, oder sie haben zu große Angst. Darüber hinaus hat es in dieser Gegend keiner besonders eilig, der Polizei zu Hilfe zu kommen.
Im Laufen zieht der junge Bursche sein Taschentuch hervor und wischt sich die Schuhwichse vom Gesicht. Völlig außer Atem erreicht er schließlich den Bahnhof, und auch hier rührt sich nichts.
Im Vorbeigehen betrachtet er sich rasch im Spiegel einer Fensterscheibe. Die schwarze Farbe ist verschwunden, und so dürfte er keinerlei Aufmerksamkeit mehr erregen.

Er zwingt sich, in gemächlichem Schritt auf die Geleise zuzusteuern, und kann gleich darauf nur mit Mühe einen Freudenschrei unterdrücken: Ein Güterzug fährt langsam in den Bahnhof ein! Mit einem Satz springt er auf die Plattform des letzten Waggons. Niemand hat ihn gesehen, und er hat nicht einmal seine Beute verloren. Er ist gerettet!
Lange Zeit läßt sich Wilbur Barnett von der rhythmischen Bewegung der Räder wiegen. Er wird eine Weile in London bleiben und, wenn sich alles wieder beruhigt hat, nach Sheffield zurückkehren.

Auf dem Polizeiposten in der Hampton Road ist alles in wildem Aufruhr. Soeben hat man den Leichnam des Polizisten Julius Irvin hereingetragen, der durch eine Kugel in den Kopf getötet wurde. Sein Kollege, der gemeinsam mit ihm die Runde gemacht hatte, konnte den Mörder nicht fassen. Er war ihm in einiger Entfernung gefolgt, doch am Bahnhof hatte er seine Spur verloren. Das war alles.
Mit bleichem Gesicht lauscht Inspektor Horace Falks dem Bericht des Beamten. Der Mord an einem Polizisten kommt in England äußerst selten vor. Sie sind niemals bewaffnet, und selbst die Ganoven der Unterwelt betrachten es als Feigheit, auf sie zu schießen.
Man muß den Mörder daher um jeden Preis finden, zu einem Geständnis bewegen und vor Gericht stellen. Über das Schicksal, das ihn dann erwartet, kann sich der Täter nicht die geringste Illusion machen.
Wenige Minuten später sind fast sämtliche Polizisten von Sheffield auf den Beinen und durchkämmen die Umgebung. Jeder Schlupfwinkel wird systematisch durchsucht, und Inspektor Falks, der die Aktion vor Ort leitet, braucht nicht lange zu warten. Nach einer halben Stunde schaffen zwei seiner Leute einen etwa zwanzigjährigen jungen Mann herbei. Er hat blondes Haar, ist von kleinem Wuchs und wehrt sich wie ein Wilder.

»Lassen Sie mich los! Ich habe nichts getan! Ich habe geschlafen.«
Einer der Beamten klärt den Chef auf: »Wir haben ihn am Bahnhof gefunden, in einem aufgelassenen Eisenbahndepot. Und das da hatte er bei sich.«
Er deutet auf einen großen, halbvollen Leinensack.
»Es sind ein paar Kleidungsstücke darin und Konservendosen. Das ist natürlich alles gestohlen.«
Inspektor Falks wendet sich an den jungen Burschen.
»Dein Name?«
Er sagt dies in einem Ton, daß der Verdächtige sofort aufhört zu protestieren.
Furchtsam erwidert er: »John Normann.«
»Alter?«
»Zwanzig.«
»Wohnsitz?«
»Nun ja ...«
»Bist du geflohen?«
Der junge Mann scheint jetzt wirklich Angst zu haben.
»Ja, aber nicht aus dem Gefängnis, sondern aus der Besserungsanstalt! Ich habe nichts Böses getan.«
Der Inspektor ruft seinen Untergebenen zu: »Führt ihn weg! Wir werden das bis morgen überprüfen.«
Kaum hat man den Verdächtigen hinausgebracht, als sich der Kollege des ermordeten Beamten an seinen Chef wendet: »Das ist er! Er hat nicht mehr die schwarze Farbe im Gesicht, aber es ist derselbe Gang und dieselbe Art, sich zu bewegen. Ich bin ganz sicher, daß ich mich nicht irre!«
Am Nachmittag des folgenden Tages läßt Inspektor Horace Falks den jungen Mann erneut in sein Büro bringen. Er hat die Sache inzwischen ausführlich untersucht, und das Ergebnis ist für den Verdächtigen äußerst belastend, um nicht zu sagen niederschmetternd.
John Normann ist totenbleich, als er sich dem Inspektor gegenübersetzt. Schüchtern versucht er zu protestieren, doch der Beamte schneidet ihm das Wort ab.

»Ruhe«, donnert er, »ich bin es, der hier spricht! Du bist also am 21. Dezember aus der Besserungsanstalt von Saint-Joseph geflohen?«
»Ja, aber ...«
»Ruhe! Nun, zufällig hat der ›Teufel von Sheffield‹ genau zehn Tage später seinen ersten Coup gelandet, nämlich am 31. Dezember!«
John Normann reißt die Augen weit auf.
»Der ›Teufel von Sheffield‹? Was heißt das?«
Man merkt, daß Inspektor Falks nur mit Mühe die Beherrschung wahrt.
»Spiel nicht den Unschuldigen! Wir haben deine Kameraden in Saint-Joseph befragt. Hast du nicht zu einem von ihnen gesagt: ›Die Bullen sind gemeine Schweine. Eines Tages werde ich einen von denen niedermachen!‹?«
Der junge Mann ist jetzt weiß wie die Wand.
»Ich ... ich habe das nicht so gemeint.«
Der Inspektor schlägt mit der Faust auf den Tisch.
»Und als du gestern abend den Polizisten Irvin getötet hast, da hast du das wohl auch nicht so gemeint, wie? Wo hast du den Revolver versteckt?«
John Normann ist, als durchlebe er einen Alptraum.
»Ich habe niemanden getötet! Und ich habe auch noch nie einen Revolver besessen!«
Doch der Inspektor fährt fort: »Und was du in dem Sack hattest, das war wohl auch nicht alles gestohlen, oder?«
Normann verliert immer mehr den Boden unter den Füßen.
»Doch, aber nicht hier in Sheffield, sondern in Manchester.«
Horace Falks erhebt sich plötzlich: »Gib dir keine weitere Mühe. Der Beamte, der zusammen mit dem Opfer auf Patrouille war, hat dich wiedererkannt. Ich lasse ihn jetzt hereinkommen ...«
Am nächsten Tag verkündet die Zeitung »Sheffield News« auf der Titelseite: »Der ›Teufel von Sheffield‹ verhaftet! Der brutale Polizistenmörder ist ein gewisser John Nor-

mann, der kurz zuvor aus einer Besserungsanstalt geflohen war. Der Beamte Smith, der Begleiter des ermordeten Polizisten, hat ihn eindeutig wiedererkannt. Der Täter leugnet weiterhin, doch er ist bereits des Mordes angeklagt.«
In einem übel beleumundeten Pub in London hält ein kleinwüchsiger junger Mann mit eingedrückter Nase, hervorstehenden Augen und wulstigen Lippen eben diese Zeitung in der Hand. Zur Überraschung der übrigen Gäste bricht er plötzlich in lautes Gelächter aus.
Sein Tischnachbar, ein ziemlich betrunkener Matrose, beugt sich zu ihm vor: »Hast du gute Neuigkeiten, Kumpel?«
Wilbur Barnett entblößt eine Reihe schwärzlicher Zähne. »Das kann man wohl sagen! Also, zum Wohl! Ich denke, ich werde eine kleine Reise machen. Es gibt da ein Schauspiel, das ich mir auf keinen Fall entgehen lassen will ...«
Eine Stunde später sitzt Wilbur Barnett im Zug London – Sheffield und drückt sein Gnomengesicht gegen die Fensterscheibe des Abteils. Er lächelt noch immer vor sich hin. Da hatte er geglaubt, er müsse sich monatelang verstecken, und jetzt hat die Polizei einen anderen an seiner Stelle verhaftet! In der Zeitung steht, der Prozeß werde so bald wie möglich stattfinden. Natürlich wird er dabeisein!
Was den armen Kerl betrifft, den man an seiner Stelle aufhängen wird, so ist das natürlich Pech, aber so sind nun einmal die Spielregeln. Er wird sich auf keinen Fall stellen. Schließlich nennt man ihn den ›Teufel von Sheffield‹, und man darf den Teufel nicht mit dem lieben Gott verwechseln ...

23. September 1893. Vor dem Schwurgericht von Sheffield wird der Prozeß gegen John Normann eröffnet. Die Behörden haben keine weitere Zeit verlieren wollen, denn der Mord liegt inzwischen vier Monate zurück.
Unter all den Menschen, die sich zahlreich in das Justizgebäude hineindrängen, weiß ein einziger, daß John Nor-

mann unschuldig ist, und das ist Wilbur Barnett, der wahre Täter.
Er hat sich schon frühmorgens angestellt, um einen guten Sitzplatz zu ergattern. Und nun lächelt er mit seinen schwärzlichen Zahnreihen, während er den Angeklagten eingehend mustert.
John Normann ist ein magerer junger Mann mit blondem Haar, und sein Gesicht ist ebenso weiß wie sein Hemd. Auf Verlangen des Vorsitzenden erzählt er seine Lebensgeschichte, die kurz und deprimierend ist. Er entstammt einer Bergarbeiterfamilie, doch zu Hause sind sie zu viele, und so findet er sich eines Tages auf der Straße wieder, wo er sich bald einer Bande von Jugendlichen anschließt. Dann steckt man ihn in die Besserungsanstalt, aus der er später flieht, und das ist alles!
Doch für die Geschworenen, die ihm mit einer vorgefaßten Meinung begegnen, ist es offenbar ausreichend. Wenn man so früh auf die schiefe Bahn gerät, kann man später leicht auch zum Mörder werden!
Im Laufe der Verhandlung werden die Vorurteile gegenüber dem Angeklagten von allen Seiten nur bestätigt. Der Polizeibeamte Smith behauptet, ihn eindeutig wiederzuerkennen, und sein ehemaliger Kamerad aus der Besserungsanstalt wiederholt, was John Normann einst zu ihm gesagt hatte: »Die Bullen sind gemeine Schweine. Eines Tages werde ich einen von denen niedermachen ...«
Angesichts von so viel belastendem Material kann der unglückselige Normann, der völlig zusammengebrochen ist, nur immer wieder beteuern: »Ich war es nicht, das schwöre ich!«
Die Anklagerede des Staatsanwalts ist eine bloße Formsache. Selbstverständlich fordert er die Todesstrafe. Was Normanns Verteidiger betrifft, so fehlt es dessen Plädoyer entschieden an Überzeugungskraft. Er beschränkt sich darauf, mit matter Stimme Betrachtungen allgemeiner Art über die Größe des Verzeihenkönnens anzustellen.

Und so verkündet der Vorsitzende am 24. September 1893 nach nur zwei Tagen Gerichtsverhandlung den von jedem erwarteten Schuldspruch: »John Normann, Sie sind des Mordes für schuldig befunden und zum Tod durch Erhängen verurteilt worden. Möge Gott sich Ihrer Seele erbarmen!«

Niemand im Saal empfindet das geringste Bedauern, und schon gar nicht Wilbur Barnett, der sich vornimmt, am Tag der Hinrichtung auch dem letzten Akt beizuwohnen.

Zu jener Zeit sind Hinrichtungen in England nicht mehr öffentlich. Sie werden angezeigt, indem genau im Moment der Vollstreckung auf dem Dach des Gefängnisses eine schwarze Fahne gehißt wird. Die Hinrichtung von John Normann ist auf den 18. Oktober 1893 festgelegt worden, nachdem die Königin sein Gnadengesuch abgelehnt hat.

Wilbur Barnett gehört zu der kleinen Gruppe von müßigen Gaffern und allerlei Gesindel, die sich vor dem Gefängnis aufgepflanzt hat. Er verspürt eine gewisse innere Unruhe, denn der Morgen graut schon.

Was, wenn in letzter Minute noch etwas dazwischengekommen ist? Wenn es Normann doch noch gelungen sein sollte, den Staatsanwalt von seiner Unschuld zu überzeugen?

Dann wäre es mit seiner eigenen Sicherheit aus und vorbei. Er müßte sich von neuem verstecken und um sein Leben zittern. Der Tag ist beinahe schon angebrochen, als Wilbur Barnett einen Schrei ausstößt, während sich die Umstehenden bekreuzigen. Ein kleines schwarzes Rechteck ist soeben auf dem Dach des Gefängnisses erschienen. John Normann ist gehängt worden. Für alle Welt wurde damit der Gerechtigkeit Genüge getan.

Wenn Wilbur Barnett jetzt genügend Realitätssinn gezeigt hätte, so wäre die Geschichte an dieser Stelle zu Ende gewesen, und niemand hätte je die Wahrheit erfahren.

Doch als er in seine armselige Behausung nach Sheffield zurückkehrt, kommt ihm eine verrückte Idee. Die Tatsache, daß ein anderer statt seiner verurteilt und hingerichtet worden ist, läßt ihn glauben, er sei unbesiegbar und werde vom Schicksal besonders beschützt. Und so beginnt er eines Abends erneut, sich das Gesicht mit schwarzer Schuhwichse zu färben, und läßt den ›Teufel von Sheffield‹ aus seinem Versteck herauskommen …

Mehrere Zeugen sehen ihn bei seinen Beutezügen, und auch die Tagespresse berichtet wieder über den ›Teufel von Sheffield‹, allerdings diesmal in einem ganz anderen Sinne. Vorsichtig deuten die Journalisten die Frage an, ob die Behörden womöglich einen Fehler gemacht haben und es sich hier um einen schrecklichen Justizirrtum handelt …

Bei der Polizei teilt man derlei Befürchtungen nicht. In scheinbar unwiderlegbarer Weise erklärt Inspektor Falks, schließlich könne sich jeder mit schwarzer Farbe einschmieren. Es handle sich um eine besonders abgeschmackte Form von Irreführung, und die Polizei tue alles, um den Täter bald dingfest zu machen.

Doch die Monate vergehen, und der ›Teufel von Sheffield‹ scheint von einer geradezu unverschämten Glückssträhne zu profitieren. Obwohl er mehrmals gesichtet wird, gelingt es ihm immer wieder, der Polizei zu entwischen.

30. Oktober 1894. Vor einem Jahr ist John Normann gehängt worden. Zwei Polizisten drehen ihre nächtliche Runde durch das Industrieviertel von Sheffield, als sie plötzlich einen Schatten vor sich flüchten sehen.

Sofort nehmen sie die Verfolgung auf, und diesmal schaffen sie es, den Mann einzuholen und zu überwältigen, bevor er seinen Revolver ziehen kann. Sein Gesicht ist schwarz gefärbt …

Vor Inspektor Falks spielt Wilbur Barnett am anderen Tag natürlich Theater.

»Durch die Zeitungen bin ich auf die Idee gekommen, es so zu machen wie Normann! Ich sagte mir, daß mich auf die Weise niemand erkennen wird.«

Der Inspektor würde ihm nur zu gern glauben, aber er kann nicht. Barnetts Revolver ist derselbe Typ wie der, mit dem

Irvin erschossen wurde, und außerdem hat man in seiner Behausung eine Kuckucksuhr gefunden. Sie steht auf der Liste jener Gegenstände, die am Tag des Verbrechens gestohlen wurden. Während der Inspektor das Gnomengesicht ihm gegenüber betrachtet, murmelt er mit halberstickter Stimme: »Auch wir haben ein Verbrechen begangen!«

Ein zweites Verdun

Wir befinden uns in einer belebten Straße im französischen Städtchen Nogent-sur-Marne. Soeben betreten Christine und Sophie Lefèvre das Gebäude, in dem die beiden wohnen. Gebäude ist allerdings fast zuviel gesagt, denn es handelt sich um ein aus nur drei Stockwerken bestehendes Haus, dessen Wände schon vom Schimmelpilz befallen sind und das eher abbruchreif wirkt. Hier leben Christine und Sophie in einer Dreizimmerwohnung, die sich über die gesamte zweite Etage erstreckt.

Für zwei Schwestern haben die beiden sehr wenig Ähnlichkeit miteinander. Christine, die Ältere, ist zweiundzwanzig. Sie ist blond und sehr schlank. Die zwanzigjährige Sophie hingegen ist eine kleine Brünette, die ein wenig zur Dicklichkeit neigt.

Vor einem halben Jahr hatten die zwei beschlossen zusammenzuziehen. Dies nicht etwa, weil sie sich mit ihren Eltern nicht mehr verstanden, sondern weil sie ihre Unabhängigkeit wollten, das war der einzige Grund. Außerdem verdienten beide inzwischen ihren Lebensunterhalt selbst: Christine ist Sekretärin, und Sophie arbeitet als Verkäuferin.

Das Erdgeschoß des Hauses ist unbewohnt. Es besteht nur aus einer Zweizimmerwohnung, die der Eigentümer für sich selbst reserviert hat, ohne sie je zu nutzen.

Die beiden Mädchen gehen die knarrende Treppe hinauf, doch sie sind noch nicht im ersten Stock angelangt, als eine sonore Stimme ertönt: »Es lebe Frankreich!«

Halb mitleidig, halb belustigt, wechseln Christine und Sophie mit leiser Stimme ein paar Worte: »Der alte Bertoux ist wirklich unverbesserlich!« meint die eine.

»Trotzdem kann er einem leid tun!« erwidert die andere.
Derjenige, den sie ›den alten Bertoux‹ nennen, steht in militärisch strammer Haltung am Treppenabsatz der ersten Etage und schwenkt ein Schild in der rechten Hand.
Auguste Bertoux war seinerzeit ein mehrfach ausgezeichneter Kriegsheld, der in Verdun von einem Granatsplitter verwundet wurde und sich anschließend einer Gehirnoperation unterziehen mußte. Inzwischen ist er sechsundsechzig und wirkt eher schwächlich in seinem abgetragenen schwarzen Anzug und seiner Baskenmütze.
Gutmütig erwidern Christine und Sophie: »Es lebe Frankreich, Monsieur Bertoux!«
»Was steht denn da auf Ihrem Schild? Lassen Sie mal sehen: ›Ich werde am 11. November angreifen!‹ Ach ja, tatsächlich, morgen ist der 11. November, und außerdem ist es der vierzigste Jahrestag! Werden Sie mit Ihren alten Kriegskameraden zur Parade gehen, Monsieur Bertoux?«
Auguste Bertoux antwortet nicht. Seine Gestalt strafft sich noch mehr, sein mageres Gesicht verzerrt sich, und sein Blick wird seltsam starr. Dann stößt er mit abgehackter Stimme hervor: »Hab' keine Angst vor den Deutschen, ich nicht! Wir werden sie vernichten!«
Die beiden jungen Mädchen gehen in die zweite Etage hinauf. Sie lächeln ein wenig traurig. Zunächst hatte der Alte ihnen Angst eingeflößt, aber inzwischen haben sie sich an ihn gewöhnt. Er ist ein armer Mann, dessen Geist seit der Kopfverletzung verwirrt ist. Er könnte Hilfe brauchen, und sie haben ihm wiederholt angeboten, das eine oder andere für ihn zu erledigen, aber er hat jedesmal abgelehnt.
Christine und Sophie vergessen diesen tragikomischen Zwischenfall rasch wieder. Dennoch hatte Auguste Bertoux auf sein Schild geschrieben: ›Ich werde am 11. November angreifen‹, und heute ist der 10. November 1958, acht Uhr abends. Der 11. November bricht in vier Stunden an …

Die beiden Schwestern sitzen am Küchentisch und schreiben einen Brief, wie sie es jeden Tag zu tun pflegen. Sie schreiben an ihre Verlobten, die beide als Soldaten nach Algerien mußten. Robert und Guy stammen ebenfalls beide aus Nogent-sur-Marne und waren bereits Freunde, bevor sie die Schwestern auf dem Ball am Nationalfeiertag kennengelernt haben. Sie haben sich alle am selben Tag verlobt, und nach ihrer Rückkehr werden sie am selben Tag heiraten.

Christine hebt den Kopf: »Schreibst du ihm, daß heute abend Ball ist? Es ist doch Martinstag ...«

Sophie hält im Schreiben inne.

»Nein, denn wir gehen ja nicht hin.«

»Dann schreib ihm eben, daß wir nicht gehen. Er wird sich darüber freuen.«

Sophie dankt ihrer Schwester für die Anregung und beeilt sich, die Sache schwarz auf weiß niederzuschreiben, denn beide Schwestern nehmen es mit der Treue sehr ernst und haben ihren Verlobten geschworen, während deren Abwesenheit keinen Ball zu besuchen. An diesem Abend werden sie genauso brav zu Hause bleiben wie an allen anderen Abenden auch. Plötzlich läßt Christine ihren Federhalter sinken.

»Was ist das denn schon wieder? Was ist heute nur mit dem Alten los?«

Und tatsächlich dröhnt jetzt von unten aus einem uralten Grammophon ein Marschlied aus dem Ersten Weltkrieg.

In der ersten Etage ist Auguste Bertoux damit beschäftigt, die beiden Rollen eines imaginären Dialogs zu bestreiten: »Wir werden um Mitternacht angreifen. Ich zähle auf Sie, Sergeant!« Er nimmt stramme Haltung an: »Wir werden sie alle schlagen, Herr Hauptmann!«

»Gut so, Bertoux. Legen Sie jetzt Ihre Uniform an.«

Der alte Kämpfer schlägt die Hacken zusammen. Er geht zum Kleiderschrank und holt einen Helm, eine himmelblaue Uniform sowie einen Ordonnanzrevolver hervor.

Mit drohendem Lächeln sagt er dann: »Wir werden sie vernichten, Herr Hauptmann! Wir werden sie alle vernichten. Sie sitzen in der Falle!«

Es klingelt an der Wohnungstür der Schwestern Lefèvre. Es ist neun Uhr abends. Christine und Sophie, die nach einer rasch eingenommenen Mahlzeit früh zu Bett gehen wollten, fragen sich verwundert, wer das sein mag.
Doch hinter der Tür ertönt gleich darauf die Stimme ihres Bruders Jérôme: »Ich bin es. Macht auf!«
Jérôme tritt ein. Er ist ein junger Bursche von achtzehn Jahren und trägt eine Bürstenschnittfrisur. Er ist jedoch nicht allein. Drei Jungen und zwei Mädchen sind in seiner Begleitung.
Christine weicht vor dieser Invasion ein wenig zurück.
»Ihr wollt euch doch nicht etwa alle sechs bei uns einladen?« fragt sie.
Lächelnd erwidert Jérôme: »Im Gegenteil, wir wollen euch einladen. Wir gehen zum Ball.«
Sofort schüttelt Christine den Kopf: »Du weißt genau, daß wir nicht gehen werden, Jérôme. Sophie und ich haben es geschworen.«
Sophie mischt sich jetzt ein: »Wir würden schon gern mitkommen, aber wir können nicht. Laß es gut sein!«
Doch Jérôme läßt nicht locker: »Aber ihr tut doch wirklich nichts Böses, wenn ihr mit mir und meinen Freunden hingeht ...« Dann läßt er sich in einem Sessel nieder und erklärt: »Ich verlasse diese Wohnung nicht, ohne daß ihr ja gesagt habt.«

Auguste Bertoux betrachtet sich im Spiegel seines Kleiderschranks. Mit der himmelblauen Uniform, dem Revolver im Gürtel und all den Auszeichnungen auf der Brust ist er eine eindrucksvolle Erscheinung.
Er steht stramm und nimmt seinen imaginären Dialog wieder auf: »Zu Befehl, Herr Hauptmann!«

»Stehen Sie bequem, Bertoux! Sie können jetzt mit den Vorbereitungen beginnen.«
Und Auguste Bertoux begibt sich in die Küche. Diese ist ein schmutziger und übelriechender kleiner Raum. Auf dem kohlebetriebenen Ofen stapelt sich unabgewaschenes Geschirr.
Plötzlich verzieht er schmerzerfüllt das Gesicht, das feuerrot anläuft. Er reißt sich den Helm herunter, öffnet den Wasserhahn und hält den Kopf unter den Strahl. Eine Viertelstunde lang verharrt er so, denn dies ist das einzige Mittel, um die unerträglichen Kopfschmerzen zu lindern, die ihn seit mittlerweile zweiundvierzig Jahren immer wieder plagen.
Triefend und mit durchnäßter Uniform richtet er sich schließlich wieder auf und erklärt mit lauter Stimme: »Das 115. Regiment wird nicht zurückweichen, Herr Hauptmann!«
Er öffnet den Besenschrank, bückt sich und erhebt sich dann schnaufend. Es ist wirklich keine Kleinigkeit, in seinem Alter eine Butangasflasche zu transportieren!
Nach einigen Anstrengungen gelingt es ihm, die Flasche ins Eßzimmer zu befördern. Erneut begibt er sich zum Besenschrank. Er muß sich beeilen. Es ist schon halb zehn, und er hat noch sehr viel zu erledigen.

Bei den Lefèvres wird unterdessen heftig diskutiert. Die Fronten haben sich mittlerweile verändert: Sophie hat sich am Ende von ihrem Bruder überreden lassen, und nun versucht sie gemeinsam mit ihm, auch Christine zum Mitkommen zu bewegen.
»So hör doch«, sagen sie zu ihr, »dieses eine Mal könnten wir wirklich hingehen!«
Doch Christine will nichts davon wissen: »Geh nur, wenn du unbedingt willst. Ich bleibe auf jeden Fall hier.«
Sophie stößt einen Seufzer aus.
»Du weißt genau, daß ich ohne dich nicht gehe!«

Mit einem resignierten Blick in Richtung ihres Bruders meint sie: »Ich bleibe also auch hier. Im Grunde hat Christine ja recht: Geschworen ist geschworen ...«
In diesem Moment ertönen von unten abermals die Klänge eines Kriegsmarsches.

Zufrieden betrachtet Auguste Bertoux die beiden Butangasflaschen und die achtunddreißig Benzinkanister, die er im Eßzimmer aufgereiht hat: »Alles ist bereit zum Angriff, Herr Hauptmann!«
»Sehr gut, Bertoux. Sie haben hervorragende Arbeit geleistet!«
Auguste Bertoux lächelt geschmeichelt. Allerdings hat er hervorragende Arbeit geleistet! Er wird die Festung von Douaumont ganz allein in die Luft jagen. Die Deutschen haben die Festung eingenommen, aber jetzt werden sie dran glauben müssen! Zuerst werden sie geröstet, diese Deutschen, und am Schluß wird nichts mehr von ihnen übrigbleiben!
Er bricht in lautes Gelächter aus, doch gleich darauf hält er inne. Jemand hat kräftig an seine Tür geklopft.
»Hören Sie endlich mit diesem Getöse auf, Sie verrückter alter Mann!«
Die Stimme hinter der Tür gehört einem jungen Burschen von achtzehn Jahren. Auguste Bertoux öffnet und findet sich Jérôme gegenüber.
»Du Spitzbube!« schimpft der Alte. »Dir werd' ich helfen!«
Doch Jérôme Lefèvre läßt sich nicht einschüchtern.
»Und ich sage Ihnen, daß Sie es mit mir zu tun bekommen, wenn Sie nicht aufhören, meinen Schwestern auf die Nerven zu gehen!«

Der Ball des Martinstages, der am Ufer der Marne stattfindet, ist ein voller Erfolg. Die ganze Jugend der Gegend gibt sich hier ein Stelldichein.

Dennoch vermag Jérôme sich nicht richtig zu amüsieren. Etwas macht ihm zu schaffen. Dieser verrückte alte Kriegsveteran beunruhigt ihn, ohne daß er genau weiß, warum. Plötzlich fällt es ihm wie Schuppen von den Augen. Als der Alte die Tür geöffnet hatte, konnte man durch den Spalt in sein Eßzimmer blicken, und für den Bruchteil einer Sekunde hatte Jérôme eine riesige Menge von Benzinkanistern erspäht, darauf könnte er jetzt schwören! Mitten im Tanzen hält er inne. Seine Partnerin, eines der jungen Mädchen, mit denen er gekommen war, sieht ihn verwundert an.
»Was ist los mit dir?«
Doch Jérôme fragt nur: »Weißt du, wie spät es ist?«
»Viertel vor zwölf. Warum?«
So schnell er kann, bahnt sich der junge Mann einen Weg durch die Menge der Tanzenden. Er eilt zu seinem Fahrrad, das er in einer Seitenstraße abgestellt hatte. Das junge Mädchen ist ihm gefolgt und fragt ihn immer wieder: »Aber was ist denn bloß passiert? Wohin willst du jetzt?«
Während Jérôme bereits im Sattel sitzt und hart in die Pedale tritt, ruft er ihr rasch zu: »Zu meinen Schwestern. Ich habe Angst vor dem Verrückten dort!«

Auguste Bertoux sieht auf die Uhr. Es ist fünf Minuten vor Mitternacht.
Erneut wendet er sich zu seinem imaginären Gesprächspartner: »Können wir jetzt anfangen, Herr Hauptmann?«
»Noch nicht, Sergeant. Es sind noch anderthalb Minuten bis zur Stunde Null. Bertoux, sehen Sie das da unten? Das ist Douaumont. Sie werden die Festung ganz allein sprengen. Sie sind ein Held, Bertoux!«
Der ehemalige Soldat sieht die düsteren Umrisse der Festung hinter dem Stacheldraht wieder vor sich. Bei ihrer Erstürmung hatte er damals in vorderster Reihe gekämpft. Und dann war da nur noch lautes Gebrüll und ein plötzlicher Blitz, und dann war alles um ihn herum dunkel geworden ...

Bertoux faßt sich an den Kopf. Oh, nein, bloß nicht jetzt! Das kann er sich jetzt nicht erlauben. Da der Angriff in fünf Minuten losgehen soll, hat er keine Zeit, den Kopf unter den Wasserhahn zu halten.
Erneut sieht er auf die Uhr und befiehlt mit der Stimme des Hauptmanns: »Sergeant, bereiten Sie die Zündung vor!«
Bertoux schlägt die Hacken zusammen, begibt sich zu den achtunddreißig Benzinkanistern und öffnet einen nach dem anderen, worauf sich ein durchdringender Geruch im Zimmer verbreitet.
Als der letzte Kanister geöffnet ist, konsultiert er abermals seine Uhr: In dreißig Sekunden ist es Mitternacht. Er holt eine Schachtel mit Streichhölzern, nimmt stramme Haltung an und beginnt die ›Marseillaise‹ zu intonieren. Als er bei der Zeile angelangt ist: ›... le jour de gloire est arrivé‹, entzündet er ein Streichholz und hält es an einen der Benzinkanister ...
Jérôme Lefèvre wäre beinahe vom Fahrrad gestürzt. Als er die Straße erreicht hatte, wurde er von der Druckwelle der Explosion erfaßt und fast zu Boden geschleudert.
Mit vor Entsetzen geweiteten Augen starrt er auf das Schauspiel, das sich ihm jetzt bietet: Das ganze Gebäude ist in Flammen aufgegangen und brennt wie eine Fackel. Das Feuer schießt in Geysiren heraus und züngelt mächtig gegen den Himmel.
Jérôme muß an die Napalmbomben denken, die er manchmal in der Wochenschau gesehen hat. Der Vergleich drängt sich ihm unwillkürlich auf.
Er steigt von seinem Fahrrad ab und bleibt wie versteinert stehen. Dann murmelt er: »Wenigstens haben sie nicht gelitten ...«

Sinn für Sparsamkeit

23. März 1915, gegen sechs Uhr morgens. Eine dichte Schneeschicht bedeckt seit dem Vorabend die im Kolonialstil erbauten Häuser der kleinen amerikanischen Stadt West Selby im Bezirk Orleans.

Der fünfundzwanzigjährige Karl Stielow, Landarbeiter bei Gregor Phleps, kommt auf dem tief verschneiten Pfad nur mühsam vorwärts. Schwerfällig stapft seine mächtige Gestalt durch die Landschaft, in der außer ihm noch niemand unterwegs ist.

Offensichtlich hat er sich in aller Eile etwas übergezogen. Seine Füße stecken in dicken Stiefeln, und über dem Pyjama trägt er einen unförmigen Wintermantel.

Endlich ist er bei der Farm seines Arbeitgebers angelangt und ruft mit rauher Stimme ins Innere des Hauses: »Mister Phleps?«

Keine Antwort. Er macht ein paar Schritte auf den Eingang zu und stolpert, noch immer etwas schlaftrunken, über den reglosen Körper einer Frau im Nachthemd. Er beugt sich hinunter und stößt einen Schrei aus. Die Frau, die vor ihm auf dem Boden liegt, ist Margaret Woolcott, die Haushälterin von Gregor Phleps. Sie ist blutüberströmt!

Karl Stielow will ins Haus hineinstürzen, doch obwohl die Tür nicht verschlossen ist, kann er sie nur mit Mühe öffnen. Etwas Schweres leistet von innen Widerstand. Es ist der Leichnam seines Arbeitgebers, und auch er ist blutüberströmt.

So schnell ihn seine Beine tragen, läuft Stielow zum Sheriff. Er ist vollkommen fassungslos. Unterwegs ruft er immer wieder: »Nein, so etwas aber auch! Nein, so etwas!«

Der erst kürzlich aus Deutschland eingewanderte Karl Stielow ist ein braver Bursche, wenn auch geistig etwas schwerfällig. Dennoch ahnt er dunkel, daß ihm diese Angelegenheit noch eine Menge Ärger einbringen wird.
Warum muß ausgerechnet ihm so etwas passieren? Er wollte doch nichts anderes, als sein bescheidenes, ruhiges Leben führen, zusammen mit seiner Frau, die in wenigen Tagen niederkommen wird.
Gregor Phleps hatte ihm Arbeit gegeben und ihn für vierhundert Dollar im Jahr auf seiner Farm beschäftigt. Jetzt wird er alle möglichen Fragen beantworten müssen, und vielleicht wird man ihn sogar nach Deutschland zurückschicken. Weiter reicht sein Vorstellungsvermögen in dieser Sache nicht, aber Phantasie war auch noch nie seine Stärke.

Auf Karl Stielows lautes Rufen hin erscheint Nelson Barlet, der Sheriff des Bezirks Orleans, auf der Schwelle seines Farmhauses.
Er ist um die Fünfzig, mit fortschreitender Glatzenbildung und Bauchansatz. Auch er ist Farmer wie die anderen hier, und sein Amt als Sheriff hat eher eine Art Symbolcharakter.
Man hat ihn nämlich keineswegs aufgrund besonderer kriminalistischer Fähigkeiten zum Sheriff gemacht. Wozu auch? In West Selby ist noch nie etwas passiert. Nein, die Leute haben ihn gewählt, weil er bei ihnen sehr hohes Ansehen genießt.
Nelson Barlet ist ein Mann von untadeliger Moral, er ist Vater von zwölf Kindern, er geht fleißig zum Gottesdienst, und er hat einen ausgeprägten Sinn für Sparsamkeit. Mit anderen Worten, er verkörpert jene puritanische Mentalität, die Amerikas Stärke ausmacht.
Schimpfend eilt der Sheriff herbei: »Bist du es, Stielow? Was ist denn in dich gefahren, mein Junge? Hast du etwa getrunken?«

Doch der andere antwortet mit verwirrter Stimme: »Es ist schrecklich … Gregor Phleps … er ist ermordet worden!«
Dem Sheriff verschlägt es die Sprache.
»Aber in West Selby ist noch nie ein Mord verübt worden«, stottert er dann.
In noch gebrochenerem Tonfall setzt Karl Stielow hinzu: »Es gibt sogar zwei Tote … Margaret Woolcott, die Haushälterin, ist ebenfalls ermordet worden!«
Kurz darauf ist der Sheriff unterwegs zum Tatort. Er wird von ein paar Nachbarn begleitet, weil es in West Selby keine Polizeibeamten gibt.
Bald haben sich alle dort eingefunden. Nachdem Barlet sich von der grausamen Realität überzeugt hat, stöhnt er immer wieder: »Welch ein Unglück! Welch ein Unglück!«
Karl Stielow beugt sich über den Körper von Phleps. Er bringt den Sheriff wieder zur Besinnung, indem er sagt: »Es scheint, daß er noch lebt. Man muß ihn sofort ins Krankenhaus schaffen.« Einer der Umstehenden besitzt ein Auto und bietet sich an, diese Aufgabe zu übernehmen. Endlich kann sich der Sheriff dazu entschließen, erste Ermittlungen aufzunehmen.
Die Opfer sind beide durch mehrere Schüsse niedergestreckt worden. Da der Schreibtisch in Gregor Phleps' Büro aufgebrochen wurde, handelt es sich offenbar um einen Raubmord.
Ansonsten hat Nelson Barlet nicht die geringste Ahnung, wie er weiter vorgehen soll. Er schickt all die Leute wieder nach Hause, kehrt zu seiner Farm zurück und wartet erst einmal ab.
Der erste ernsthafte Hinweis erreicht ihn am Morgen aus dem Krankenhaus, in dem Gregor Phleps kurz nach seiner Einlieferung gestorben ist.
Bei der Autopsie hat der Arzt festgestellt, daß der Farmer durch drei Schüsse aus einem Revolver Kaliber 22 getötet wurde. Die Haushälterin wurde mit demselben Revolver erschossen.

Auf diese Tatsache stützt Nelson Barlet nun seine weitere Ermittlungsarbeit. Es fällt ihm nichts Besseres ein, als die Leute von West Selby reihum in ihren Häusern aufzusuchen und ihnen die Frage zu stellen: »Sie haben wohl nicht zufällig einen Revolver Kaliber 22? Es handelt sich dabei nämlich um die Tatwaffe ...«
Selbstverständlich erhält er überall dieselbe Antwort: »Aber nein, Sheriff! Natürlich besitze ich Waffen, aber keine Kaliber 22 ...«
Karl antwortet genauso wie alle anderen.
Niedergeschlagen kehrt der Sheriff nach Hause zurück. Ihm wird klar, daß er der Sache nicht gewachsen ist. Polizeiliche Unterstützung anzufordern kommt jedoch nicht in Frage. Diese Beamten müßte man ja bezahlen, und das würde das Haushaltsbudget des Bezirks zu sehr belasten. Andererseits sind die Bewohner von West Selby durch das erste Verbrechen in der Geschichte ihrer Stadt sehr verstört. Sie fordern eine rasche Aufklärung des Falles und wollen einen Schuldigen sehen. Egal, wer es ist, aber ein Schuldiger muß her!
Wie soll er nur beidem gerecht werden: dem Sinn für Sparsamkeit und dem Verlangen nach effizienter Ermittlungsarbeit?
Einen ganzen Tag lang brütet der Sheriff über dieser Frage, und plötzlich kommt ihm eine Idee! Vor kurzem hat er in der Zeitung über die erstaunlichen Erfolge des Privatdetektivs Frank Newton gelesen. Dieser hat der Polizei anscheinend schon mehrmals geholfen und auch schwierige Fälle in atemberaubender Geschwindigkeit aufgeklärt. Das ist die Lösung! Ein einzelner Mann kostet viel weniger als ein ganzer Trupp von Polizeibeamten, zumal diese dann unter seinem Kommando stehen würden und er gar nicht wüßte, welche Anweisungen er ihnen erteilen sollte.
Am übernächsten Tag kommt Frank Newton nach West Selby. Er ist wirklich eine ungewöhnliche Erscheinung: Er ist sehr groß, hat ständig einen Kaugummi im Mund, trägt

einen weißen Cowboyhut, einen hellgrauen Samtanzug und Krokodillederstiefel.
Nachdem der Sheriff ihn über alles informiert hat, meint Newton kurz und bündig: »Das macht hundert Dollar sofort und weitere hundert bei der Verhaftung des Täters.«
Nelson Barlet verzieht schmerzhaft das Gesicht in Anbetracht dieser Summe, die ihm ungeheuer hoch erscheint. Er versucht, den Preis herunterzuhandeln, doch es ist nichts zu machen, und so gibt er schließlich klein bei.
»In Ordnung«, sagt er, »aber es muß schnell gehen.«
Mit breitem Grinsen steckt der Detektiv das Geld ein.
»Der Fall ist schon so gut wie aufgeklärt. Machen Sie sich keine Sorgen, ich habe meine eigene Methode.«
Und Frank Newton hat in der Tat seine eigene Methode. Sie besteht darin, nach einem Verdächtigen Ausschau zu halten, der weder über Einfluß noch Mittel verfügt und der außerdem wenig gewitzt ist. Ein solches Opfer pflegt er dann so lange weichzukochen, bis es gesteht. Ohne Zeit zu verlieren, macht er sich an die Arbeit.
»Wer hat das Verbrechen entdeckt?«
»Karl Stielow.«
»Wer ist das?«
»Ein Landarbeiter. Ein etwas einfältiger Bursche.«
»Sehr gut! Fangen wir mit ihm an.«
Eine Stunde später durchsuchen die beiden Karl Stielows bescheidene Behausung, und o Wunder, sie werden fündig! Unter dem Bett hatte er einen Revolver Kaliber 22 versteckt. Blind vor Bewunderung für seinen neuen Mitarbeiter, verhaftet der Sheriff den armen Stielow auf der Stelle und bringt ihn in das winzige Bezirksgefängnis.
Dort beginnt die zweite Phase der Aktion: das Verhör. Barlet und Newton wechseln sich bei dem Verdächtigen ab und traktieren ihn mit einer unablässigen Flut von Fragen:
»Warum hast du nicht gesagt, daß du diesen Revolver besitzt?«
»Weil ich Angst hatte, daß man mich dann verdächtigen

würde. Aber ich bin nicht der einzige, der ein Kaliber 22 hat. Von den anderen haben auch einige gelogen, da bin ich sicher.«

»Was wolltest du um sechs Uhr morgens auf der Farm deines Arbeitgebers?«

»Ich hatte Geräusche gehört.«

»Wo hast du die Beute versteckt?«

Und so geht es achtundvierzig Stunden lang ohne Unterbrechung. Während dieser Zeit kann Karl Stielow sich weder eine Minute ausruhen noch etwas essen. Newton hat ein vollständiges Geständnis vorbereitet und drängt ihn immer wieder, es endlich zu unterschreiben.

Doch der Landarbeiter hält stand. Vergeblich versuchen die beiden, ihm einzureden, es verpflichte ihn zu nichts, wenn er unterzeichne. Er ist zwar nicht sonderlich intelligent, aber er begreift sehr wohl, daß dies ein Fehler wäre. Nein, er unterschreibt auf keinen Fall, denn er ist es nicht gewesen.

Nach zwei Tagen beendet der Detektiv mit dem Cowboyhut erschöpft das Verhör.

»So kommen wir nicht weiter«, erklärt er Nelson Barlet. »Der Kerl ist stur wie ein Maulesel, einer von der schlimmsten Sorte. Aber es bleibt uns noch ein Mittel: Wir ziehen einen Experten heran. Ich werde meinem Freund Albert Hamilton schreiben. Er hat mir schon in mehreren schwierigen Fällen geholfen.«

Zu jener Zeit ist das Auftreten von Sachverständigen bei Gerichtsverhandlungen noch eine ziemlich neue Einrichtung und gesetzlich noch nicht genau geregelt. Dies kommt so manchen zweifelhaften Gestalten sehr gelegen ...

Auch der angebliche Experte Albert Hamilton ist auf seine Weise eine imposante Persönlichkeit. Er ist um die Sechzig, versteckt seine Augen hinter besonders dicken Brillengläsern und spricht in jenem schneidenden Tonfall, der auf die Geschworenen Eindruck macht. Seine Visitenkarte liest sich wie ein ganzes Gedicht. Darauf heißt es: »Albert Hamilton, diplomierter Sachverständiger – ohne Angabe, wo er das Diplom erworben hat – in Mikroskopie, Graphologie, Schreibmaschinentypen, Photographie, Fingerabdrükken, Toxikologie, Blutspuren, Todesursachen verschiedener Art, Einbalsamierungen, Verletzungen, Identifikation von Geschossen und Sprengkörpern.«

Da die Identifikation von Geschossen zu seinen zahlreichen Spezialitäten gehört, wird Hamilton von seinem Freund Frank Newton ersucht, die in den Leichen der Opfer gefundenen Kugeln mit Stielows Revolver zu vergleichen und darüber einen Bericht zu verfassen.

Eine Woche später liegt der Bericht des Experten vor: »Die Kugeln sind tatsächlich aus Stielows Revolver abgefeuert worden. Der Lauf seiner Waffe weist eine charakteristische Riffelung auf, die sich auch auf den Kugeln erkennen läßt. Ich habe Photos davon angefertigt, die ich dem Gericht zeigen werde ...«

Damit ist der Fall geklärt. Frank Newton erhält seine weiteren hundert Dollar, und Karl Stielow wird offiziell des Mordes angeklagt.

Am 15. Juli jenes Jahres wird der Prozeß gegen ihn eröffnet. Sheriff Barlett ist sehr zufrieden. Die Ermittlung ist zügig durchgeführt worden, und sie hat nur zweihundert Dollar gekostet. Die Finanzen des Bezirks sind nach wie vor in Ordnung, und er hat seine Pflicht bestens erfüllt.

Der vorsitzende Richter ist hingegen weniger zufrieden. Nachdem er den Angeklagten befragt hat, der weiterhin seine Unschuld beteuert, weist er auf einige grobe Unstimmigkeiten hin. So hat man zum Beispiel das gestohlene Geld bis heute nicht gefunden. Um aber die Kosten für die Niederkunft seiner Frau begleichen zu können, hat Karl Stielow sogar seine einzige Kuh verkaufen müssen. Das ist doch immerhin recht merkwürdig!

Die Geschworenen, alles brave Leute aus dem Bezirk Orleans, sind verärgert. Wenn der Angeklagte unschuldig ist, wird es eine neue Untersuchung und einen neuen Prozeß

geben, und all das kann teuer werden. Natürlich wollen sie an keinem Justizirrtum schuldig sein, aber sie wünschen sich von ganzem Herzen, Karl Stielow möge der Täter sein. Und dann kommt der entscheidende Moment: das Auftreten des ›diplomierten Sachverständigen‹ Albert Hamilton. Mit großer Überzeugungskraft behauptet er, die Kugeln seien aus der Waffe des Angeklagten abgeschossen worden, und dann zieht er mit theatralischer Geste eine Serie von Photos hervor, die er bei den Richtern und den Geschworenen reihum gehen läßt. »Wie Sie sehen, meine Herren, sind die Riffelungen deutlich erkennbar!«
Bedauerlicherweise ist auf den Photographien nicht die geringste Riffelung zu sehen. Als der Vorsitzende ihn darauf aufmerksam macht, gerät Albert Hamilton keineswegs aus der Fassung. In einem Ton, der keinen Widerspruch duldet, erklärt er: »Das kommt daher, daß ich die Kugeln versehentlich von der falschen Seite aus aufgenommen habe.«
Karl Stielows Verteidiger, ein Anfänger, der sehr beeindruckt zu sein scheint, erstmals vor einem Schwurgericht auftreten zu dürfen, erhebt keinerlei Einwände. Und so wird sein Mandant am Ende der Verhandlung zum Tode verurteilt.
Die Geschworenen aus dem Bezirk Orleans sind mit dem Ergebnis zufrieden. Sie brauchen sich nichts vorzuwerfen, denn sie haben nichts anderes getan, als den Ausführungen des Experten zu folgen. Der Prozeß ist zügig abgewickelt worden, und die Sache hat fast nichts gekostet!

Juli 1916. Seit einem Jahr wartet Karl Stielow, der wegen Mordes an seinem Arbeitgeber und dessen Haushälterin zum Tode verurteilt worden ist, auf den elektrischen Stuhl. Mit wachsender Verzweiflung beteuert er nach wie vor seine Unschuld, und nachdem eine Wiederaufnahme des Verfahrens abgelehnt wurde, sind alle Rechtsmittel ausgeschöpft. Wie es in den Vereinigten Staaten allerdings häu-

fig vorkommt, ist das Datum der Hinrichtung ebenfalls verschoben worden.
Und doch ereignet sich in diesem Jahr 1916 etwas Entscheidendes: Der Staat New York, zu dem auch der Bezirk von Orleans gehört, hat einen neuen Gouverneur gewählt. Dieser läßt sich die Akten der Todeskandidaten vorlegen, und der Fall von Karl Stielow erregt sein besonderes Interesse. Er beschließt, eine neue Untersuchung durchführen zu lassen.
Zehn Polizeibeamte des Staates New York erscheinen daraufhin in der kleinen Stadt West Selby und beginnen, die Bewohner erneut zu befragen. Sie werden mit großem Widerwillen empfangen. Was wollen diese Polizisten denn nur von ihnen? Der Prozeß ist doch längst abgeschlossen, oder etwa nicht? Es kommt jedenfalls nicht in Frage, daß ein neuer Prozeß auf Kosten ihres Bezirks geführt wird, und überhaupt, wer soll all diese Polizisten bezahlen? Nachdem die Beamten eine Woche lang vergeblich ermittelt haben, entschließt sich einer der Bewohner von West Selby dennoch auszusagen, was er weiß. Es ist einer von jenen, die Sheriff Barlet am Morgen des Verbrechens zu der Farm begleitet hatten. »Es gibt da einen gewissen Chuck O'Connors … Er hielt sich an dem Tag in der Stadt auf.«
»Wer ist dieser Chuck O'Connors?«
»Ein Landstreicher, ein richtiger Tunichtgut, aber nicht bösartig. Zumindest glaube ich das. Trotzdem ist es seltsam, denn als ich damals von der Farm zurückkehrte, lief er mir über den Weg, und da sagte er zu mir: ›Sie waren wohl bei Phleps, und sie sind beide tot, wie?‹«
Der Mann überlegt einen Moment und fährt dann fort: »Sehen Sie, die Sache war deshalb so merkwürdig, weil zu dem Zeitpunkt noch niemand von dem Mord gehört hatte. Ich frage mich, woher er das wissen konnte.«
Der Polizist kann seine Genugtuung nicht verbergen. Endlich gibt es einen Hinweis!

»Und was meinen Sie, wo ich diesen O'Connors finden kann?« fragt er den Zeugen.
»Na, ich schätze, der Kerl steckt mal wieder im Gefängnis, da ist er ja die meiste Zeit ...«
Und tatsächlich kann die Polizei den Landstreicher mühelos ausfindig machen, denn er verbüßt gerade eine einmonatige Haftstrafe in einem Gefängnis des Staates New York.
Er wird sofort verhört.
»Du warst es also, wie? Gib es schon zu! Wenn du gestehst, wirst du nicht zum Tode verurteilt, das versprechen wir dir. Wen du aber leugnest, werden wir am Ende doch beweisen, daß du es warst, und dann mußt du dran glauben. Und außerdem kommt es nicht in Frage, daß so ein armer Teufel an deiner Stelle auf dem elektrischen Stuhl schmoren muß!«
Chuck O'Connors, der sich bis dahin nichts Ernsthaftes hatte zuschulden kommen lassen und mehr per Zufall zum Mörder geworden war, überlegt nicht lange. Er gibt den Mord an Phleps und dessen Haushälterin zu und unterschreibt ein Geständnis. In West Selby schlägt diese Nachricht wie eine Bombe ein. Alle Welt ist nicht nur äußerst bestürzt, sondern schlimmer noch, man reagiert mit Zorn und Entrüstung!
Wenn es zu einem weiteren Prozeß auf Kosten des Bezirks kommt, wird sich der Bau der neuen Straße von West Selby nach Orleans um mindestens ein Jahr verzögern, wenn nicht sogar länger!
Die Leute sind sehr aufgebracht gegen Sheriff Nelson Barlet, den sie für all das verantwortlich machen. Es ist seine Schuld! Wie konnte er ihnen nur den falschen Täter präsentieren? Schließlich hatte man ihn gewählt, weil man ihn für fähig gehalten hatte, auf Anhieb den richtigen Täter zu finden ...
Nelson Barlet ist am Boden zerstört. Er fühlt sich des Vertrauens unwürdig, das seine Mitbürger ihm entgegenge-

bracht hatten. Er ist ein Verschwender von öffentlichen Geldern, und das ist in seinen Augen die schlimmste Schande.
Für seine Wählerschaft, für die Finanzen des Bezirks und für die neue Straße Orleans – West Selby gilt es jetzt zu handeln, und so macht er sich auf, Chuck O'Connors in seiner Zelle zu besuchen.
»Was ist in dich gefahren, O'Connors? Bist du verrückt? Hast du es so eilig, auf den elektrischen Stuhl zu kommen?«
Der Landstreicher, der sehr beeindruckt ist, daß der Sheriff sich persönlich herbeibemüht hat, gerät immer mehr in Bedrängnis.
»Aber die Polizisten haben gesagt, daß man mir das Leben läßt, wenn ich gestehe!«
»Sie haben dir Unsinn erzählt! Du glaubst doch nicht im Ernst, daß man dir zwei Morde verzeihen wird! Man hat dich reingelegt, jawohl!«
Nelson Barlet versteht es, sehr überzeugend zu wirken, und gleich nach dem Besuch des Sheriffs zieht Chuck O'Connors sein Geständnis zurück.
Im Bezirk Orleans atmet alles auf: Die neue Straße erscheint wieder am Horizont!
Karl Stielow in seiner Zelle glaubt, damit sei seine letzte Hoffnung dahingeschwunden. Doch die Polizei läßt nicht locker. O'Connors hat sein Geständnis zwar widerrufen, aber es liegt ja noch das ballistische Gutachten des berühmten ›diplomierten Sachverständigen‹ vor, dessen Ergebnis äußerst zweifelhaft ist. Man fordert ein Gegengutachten an, und diesmal bei einem echten Experten.
Dieser kommt zu dem eindeutigen Resultat, daß die tödlichen Schüsse nicht aus Karl Stielows Revolver abgefeuert worden sind. Die Riffelung auf den Kugeln unterscheidet sich gänzlich von der Riffelung, die durch den Lauf seiner Waffe hervorgerufen wird.
Ab sofort ist Karl Stielows Unschuld bewiesen, auch wenn der Hauptverdächtige sein Geständnis widerrufen hat.

Trotzdem kann man die Dinge nicht einfach auf sich beruhen lassen. Jetzt muß über das Schicksal von Chuck O'Connors entschieden werden.
Nach amerikanischem Recht hat eine Jury darüber zu befinden, ob er angeklagt werden soll oder nicht. Diese setzt sich aus den Bewohnern des Bezirks zusammen, in dem das Verbrechen begangen wurde.
Wenig später steht der Landstreicher also vor den Bewohnern von West Selby. Die Verhandlung dauert jedoch nicht lange. Nach kurzer Beratung beschließt die Jury einhellig, den Verdächtigen nicht anzuklagen. Zu seiner großen Verblüffung wird Chuck O'Connors lediglich ersucht, den Bezirk zu verlassen. Er ist wieder ein freier Mann, und vor dem Gesetz gilt er als unschuldig … Denn ein zweiter Prozeß in ihrem Bezirk kam für die Leute nicht in Frage! Als es darum ging, zwischen der Gerechtigkeit und der neuen Straße zu wählen, haben die Bewohner von West Selby nicht einen Moment lang gezögert.

Die Klinik »Unter den Linden«

Von einem luxuriösen Krankenhauszimmer aus sieht man auf einen Park, in dem zahlreiche Linden stehen. Die Atmosphäre wirkt erholsam und elegant zugleich. Wer würde glauben, daß wir uns mitten im Herzen von Frankfurt befinden?

Johann Menzel packt seinen kleinen Koffer aus und entfaltet sorgfältig die darin befindlichen Kleidungsstücke. Menzel ist ein Mann um die Vierzig und alles in allem eine sehr vornehme Erscheinung. Man spürt außerdem, daß er eine gewisse Autorität ausstrahlt, denn als Chef einer bedeutenden Bekleidungsfirma ist er es gewohnt, Anweisungen zu geben.

Teresa Menzel hilft ihrem Mann, seine persönlichen Sachen zu verstauen. Sie ist klein, platinblond und äußerst gepflegt. Sie hat ein einnehmendes Lächeln, und in ihrem gutgeschnittenen Kostüm wirkt sie sehr elegant.

Johann Menzel nimmt seinen Klinikaufenthalt sehr gelassen hin. »Solch kurze Ferien außer der Reihe sind keineswegs unangenehm«, meint er zu ihr.

Teresa Menzel wendet sich zu ihrem Mann: »Willst du wirklich nicht, daß ich heute nacht hierbleibe? Die Schwester hat mir gesagt, es wäre ohne weiteres möglich.«

Schulterzuckend erwidert Johann: »Wegen einer simplen Blinddarmoperation? Das ist doch eine Routinesache. Du kannst mich morgen besuchen kommen, wenn alles vorbei ist.«

Teresa beharrt nicht darauf. Im Grunde ist sie derselben Ansicht. Sie umarmt ihren Mann zum Abschied und geht.

Um nicht allein im Haus bleiben zu müssen, beschließt sie, den Abend und die Nacht dieses 22. Mai 1961 bei ihren Eltern zu verbringen. Natürlich ist ihr klar, daß sie dann zu Hause nicht erreichbar ist, falls die Klinik anruft, aber sie hält das nicht für erforderlich. Sie ist keine sehr ängstliche Natur. Und weshalb sollte sie sich Sorgen machen, wo es doch nur um eine Blinddarmentzündung geht?

Am 23. Mai kehrt Teresa Menzel gegen zehn Uhr morgens nach Hause zurück. Kaum ist sie eingetroffen, klingelt das Telefon.

»Frau Menzel? Hier ist Kommissar Petermann. Bitte kommen Sie sofort zu mir aufs Kommissariat in der Wilhelmstraße. Es geht um Ihren Mann. Er ist hier bei mir. Die Sache ist ... sehr ernst.«

Nach dem ersten Überraschungsmoment reagiert Teresa Menzel in der einzig möglichen Weise: »Das kann nicht sein, Herr Kommissar! Es muß sich um eine Verwechslung handeln!«

Doch die Stimme am anderen Ende der Leitung klingt sehr entschieden: »Es tut mir leid, aber es handelt sich tatsächlich um Ihren Mann. Wir haben seine Papiere in seiner Jacke gefunden.«

Teresa ist fassungslos: »Hören Sie, Herr Kommissar, mein Mann ist gestern operiert worden. Er befindet sich momentan sicherlich im Krankenhaus und liegt im Bett!«

Diese Erklärung scheint den Beamten keineswegs zu verunsichern, ganz im Gegenteil: »Ging es dabei nicht um eine Blinddarmoperation?«

Frau Menzel hat plötzlich das Gefühl, einen Alptraum zu erleben. Sie stammelt nur: »Ja ... aber ... was ist denn geschehen? Was ist ihm zugestoßen?«

Der Kommissar wartet einen Moment, bis er schließlich mit ernster Stimme erwidert: »Es ist wohl besser, wenn ich es Ihnen gleich sage: Ihr Mann ist tot. Hallo, Frau Menzel? Soll ich einen meiner Leute schicken, um Sie abzuholen?«

Doch Teresa flüstert, bevor sie den Hörer auflegt: »Ich komme ...«

Kommissar Petermann geht auf Teresa Menzel zu, die sich in ihrem schicken Kostüm bewegt wie eine Schlafwandlerin. »Bitte folgen Sie mir, Frau Menzel. Ich möchte Ihnen helfen und gemeinsam mit Ihnen nach der Lösung des Rätsels suchen. Aber zunächst bin ich verpflichtet, Sie einer sehr schmerzlichen Situation auszusetzen. Fühlen Sie sich dem gewachsen?«
Teresa beißt sich auf die Lippen und nickt stumm. Sie folgt dem Kommissar in eine leere Zelle. Auf der Bank liegt eine Gestalt, die mit einer Decke umhüllt ist. Der Polizeibeamte zieht diese vorsichtig zurück.
Teresa Menzel schlägt die Hände vors Gesicht und stößt einen dumpfen Schrei aus. Ja, das ist tatsächlich ihr Mann. Sein Gesicht ist schrecklich verzerrt, als sei er einem ungeheuerlichen Terror ausgeliefert gewesen. Johann ist vollständig bekleidet. Er trägt den Anzug, den sie am Vorabend selbst in den Schrank gehängt hatte.
»Warum?« stammelt sie. »Und wie ...?«
Der Kommissar nimmt sie sacht bei der Schulter: »Kommen Sie mit in mein Büro, Frau Menzel. Ich werde Ihnen sagen, was wir bereits wissen.«
Schwankend geht Teresa den Flur entlang. Ihr ist, als müsse sie jeden Moment zusammenbrechen, doch ein einziger Gedanke hält sie aufrecht: Sie muß wissen und verstehen, was passiert ist.
Sie nimmt dem Kommissar gegenüber Platz, der ganz behutsam mit ihr spricht: »Ich wurde heute morgen um sieben Uhr verständigt und habe sofort versucht, Sie zu erreichen, aber Sie waren nicht zu Hause. In der Nacht hatte einer unserer Streifenwagen einen Mann entdeckt, der taumelnd die Wilhelmstraße entlangkam. Einer der Beamten stieg aus, um nach dem Rechten zu sehen, doch Ihr Mann schlug heftig um sich. Meine Leute konnten ihn überwältigen und brachten ihn in eine Ausnüchterungszelle, weil sie glaubten, es mit einem Betrunkenen zu tun zu haben. Heute morgen haben wir ihn tot aufgefunden.«

Dieser völlig unwahrscheinlich klingende Bericht verstärkt bei Teresa das Gefühl, sich mitten in einem Alptraum zu befinden.
»Tot? Aber woran soll er gestorben sein?«
»Ich weiß es nicht, Frau Menzel. Wir haben sofort einen Arzt geholt. Ihr Mann hat außer seiner Operationsnarbe keinerlei Verletzungen. Man kann momentan nichts Genaues sagen, der Arzt glaubt an einen Herzstillstand, der durch einen heftigen Schock verursacht wurde, beispielsweise durch eine starke Gemütsbewegung. Wo ist Ihr Mann operiert worden? Dort werden wir sicherlich mehr über die Wahrheit erfahren.«
»In der Klinik ›unter den Linden‹ in der Hamburgstraße ...«
Eine Viertelstunde später treffen Teresa Menzel und Kommissar Petermann im Krankenhaus ein. Obwohl der Chef der Klinik, Doktor Wilfried Steiner, ein sehr beschäftigter Mann ist, empfängt er die beiden sofort. Wenn ein Polizeikommissar ihn zu sprechen wünscht, kann es sich eigentlich nur um etwas sehr Schlimmes handeln. Wilfried Steiner ist ein Mann um die Sechzig mit silbergrauem Haar. Er macht einen sehr gepflegten Eindruck und hat beste Manieren. In leicht beunruhigtem Ton fragt er: »Worum geht es denn? Ich muß zugeben, daß ich sehr überrascht bin ...«
Teresa Menzel unterbricht ihn: »Was ist mit meinem Mann passiert? Was haben Sie ihm angetan?«
Sie bricht in Schluchzen aus. Der Kommissar schaltet sich jetzt ein und erklärt die Angelegenheit mit knappen Worten. Während er erzählt, scheint der Arzt sehr verblüfft zu sein. Als der Beamte fertig ist, sagt Doktor Steiner mit weit aufgerissenen Augen: »Aber ich verstehe diese ganze Geschichte nicht! In meiner Klinik hat es noch nie einen Patienten dieses Namens gegeben, weder wegen einer Blinddarmoperation noch wegen etwas anderem. Ich zeige Ihnen gern meine Kartei, damit Sie sich überzeugen können!«
Frau Menzel schreit: »Er ist ein Lügner! Dieser Mann lügt!

Ich kann mich genau an Sie erinnern. Sie selbst sollten meinen Mann operieren!«
Sie springt vom Stuhl hoch.
»Ich will das Zimmer sehen, Nummer 25, Trakt B!«
Wie eine Wilde stürzt sie in den Flur hinaus, während der Kommissar und Wilfried Steiner im Laufschritt folgen. Schließlich langen sie in Trakt B an, wo Teresa Menzel vor Zimmer 25 stehenbleibt. Sie stößt die Tür auf: Es ist ein sehr geräumiges Zimmer, dessen Fenster zum Park hinausgehen, doch es ist leer, vollkommen leer. Frau Menzel öffnet den Kleiderschrank und die Nachttischschublade, doch auch sie sind leer.
Mit sanfter Stimme sagt der Arzt: »Nun? Was habe ich Ihnen gesagt?«
Teresa wird plötzlich von einem hysterischen Lachkrampf geschüttelt: »Ich weiß nicht ... ich weiß überhaupt nichts mehr!«
»Ich werde veranlassen, daß man sich um Sie kümmert«, erklärt Doktor Steiner. Auf sein Geheiß erscheint kurz darauf eine Krankenschwester und nimmt Teresa beim Arm, die sich widerstandslos fortführen läßt.
Der Kommissar nimmt unterdessen das Gespräch mit Doktor Steiner wieder auf. In knappem Ton meint er zu ihm gewandt: »Es bleibt dennoch die Tatsache bestehen, daß Herr Menzel kurz vor seinem Tod am Blinddarm operiert wurde. Weshalb hat seine Frau behauptet, es sei in Ihrer Klinik geschehen?«
»Sie hat sich eben geirrt.«
»Bei so etwas irrt man sich doch nicht!«
»Sehen Sie ruhig in meiner Kartei nach, und fragen Sie auch meine Mitarbeiter.«
»Worauf Sie sich verlassen können.«
Doch die Untersuchungen des Kommissars bleiben ohne jedes Ergebnis. In den Unterlagen des Krankenhauses ist kein Johann Menzel eingetragen, und was die Oberschwester betrifft, die in der vergangenen Nacht Dienst hatte, so

ist deren Aussage unmißverständlich: »Aber Herr Kommissar, das alles ergibt doch nicht den geringsten Sinn! Das Zimmer 25 war überhaupt nicht belegt. Es steht seit drei Tagen leer.«
»Und Sie haben auch noch nie von einem Herrn Menzel gehört?«
»Nein, bestimmt nicht.«
Um ganz sicherzugehen, begibt sich der Beamte in die beiden angrenzenden Zimmer. Auch diese sind leer, und die Schwester erklärt, daß sie in der letzten Nacht nicht belegt gewesen seien. Unter solch schwierigen Bedingungen beginnt Kommissar Petermann seine Ermittlungen. Er fragt natürlich in sämtlichen Krankenhäusern und Privatkliniken der Stadt Frankfurt nach, doch das Ergebnis ist genau das, was er befürchtet hat: Nirgendwo ist ein Herr Menzel am Blinddarm operiert worden. Und die Autopsie bestätigt, was der Polizeiarzt vermutet hatte: Johann Menzel ist an einem Herzanfall gestorben, als Folge eines starken Schocks. Die Operation kann als Ursache für seinen Tod nicht in Frage kommen. Weder handelt es sich um einen Operationsfehler, noch waren es Folgen der Narkose.
Die Tage vergehen, doch die verrückte Geschichte läßt den Kommissar nicht los. Immer wieder stellt er sich dieselben Fragen: Weshalb ist Johann Menzel gestorben? Und wer ist für seinen Tod verantwortlich?

Am 30. Mai 1961 erfährt er dann endlich, wie sich die Dinge wirklich zugetragen haben. Ein Mann verlangt ihn in der Angelegenheit Johann Menzel zu sprechen. Selbstverständlich läßt er ihn sofort herein.
Der Mann ist etwa fünfzig Jahre alt, blaß und mager. Er scheint erst soeben von einer Krankheit genesen zu sein.
»Darf ich mich vorstellen: Mein Name ist Heinrich Neuburg. Ich bin gestern aus der Klinik ›unter den Linden‹ entlassen worden, wo ich einige Zeit Patient war …«

Der Kommissar unterdrückt einen Schrei. Jetzt kommt die Lösung des Rätsels!
»In der Klinik habe ich keine Zeitungen gelesen. Erst heute habe ich von der Sache erfahren, und mir wurde klar, daß ich Zeuge von etwas sehr Wichtigem geworden war ...«
Der gerade erst entlassene Patient macht eine Pause, um Luft zu holen, und fährt fort: »In der Nacht des 22. Mai lag ich im Zimmer 24 in Trakt B. Durch laute Schreie, geradezu unmenschlich klingende Laute, wurde ich plötzlich geweckt. Das ging so längere Zeit, bis ich so etwas Ähnliches wie Kampfgeräusche hörte. Dann rief ein Krankenpfleger: ›Ihm nach! Fangen Sie ihn wieder ein!‹ Danach war alles still. Als ich am Morgen davon erzählte, sagte man mir, ich müsse das alles im Schlaf phantasiert haben. Da ich Fieber hatte, glaubte ich das. Man sagte mir auch, man werde mich in ein anderes Zimmer verlegen. Ja, das ist alles ...«
Das ist alles, aber das ist mehr als genug. Der Kommissar weiß jetzt, daß Frau Menzel die Wahrheit gesagt und daß sich das Drama tatsächlich in jener Klinik abgespielt hat. Doktor Steiner und seine Mitarbeiter haben gelogen, um irgend etwas zu verbergen, doch was mochte das sein?
Der Kommissar würde es in Erfahrung bringen, denn jetzt mußten die Beteiligten endlich reden.
Und in der Tat: Als der Klinikchef in seinem Büro von der belastenden Zeugenaussage hört, senkt er den Kopf und scheint um Jahre gealtert.
Schließlich ergreift er seinerseits das Wort, doch seine Stimme klingt gebrochen: »Ich hatte alles auf eine Karte gesetzt, denn ich wollte nicht auf einen Schlag all das wieder verlieren, was ich aufgebaut hatte: meine Klinik und meinen guten Ruf. Deshalb habe ich gelogen ...«
Der Polizeibeamte unterbricht ihn kurz angebunden: »Was ist geschehen?«
Und Doktor Steiner schickt sich an zu erzählen: »Etwas, das sehr selten vorkommt. Es war das erste Mal im Laufe meiner Karriere als Arzt, aber ich wußte, daß es so etwas

gibt. Man nennt es eine ›postoperative Psychose‹: Wenn der Patient aus der Narkose erwacht, kann er einen Tobsuchtsanfall bekommen, und genau das trat bei Herrn Menzel ein.«
»Waren Sie dabei?«
»Nein, ich war zu einem Empfang eingeladen, aber ich hinterlasse immer eine Telefonnummer, unter der ich zu erreichen bin. Die Oberschwester rief mich gegen dreiundzwanzig Uhr dort an. Herr Menzel hatte sich angezogen und wollte flüchten. Er hatte bereits versucht, die Schwester zu erwürgen, und einer der Pfleger rang nun mit ihm und versuchte ihn zu überwältigen. In solchen Fällen entwickeln die Betroffenen nämlich übermenschliche Kräfte.«
Doktor Steiner fährt sich mit der Hand über die Stirn, während er im Geiste die Ereignisse jener dramatischen Nacht nochmals durchlebt.
»Ich konnte alles durchs Telefon mitanhören. Menzels Schreie wurden immer lauter, und dann rief die Schwester: ›Halten Sie ihn zurück!‹ Die Schwester ließ den Hörer fallen und setzte ebenfalls dem Patienten nach. Fünf Minuten später kehrte sie atemlos zurück und teilte mir mit, er sei entflohen. Ich sagte ihr, daß ich sofort kommen werde.«
»Und dann?«
»Wir haben die ganze Nacht nach ihm gesucht, sowohl im Klinikgebäude als auch in den umliegenden Straßen, aber wir konnten ihn nicht finden. Kein Wunder, denn er war ja bereits bei Ihnen.«
Kommissar Petermann blickt den Arzt durchbohrend an: »Warum haben Sie in dem Moment nicht die Polizei verständigt?«
»Ich verlor den Kopf. Ich hoffte bis zuletzt, daß wir ihn aufspüren würden, um ihn in sein Bett zurückzuschaffen, als wäre nichts geschehen. Als ich dann begriff, daß nichts mehr zu machen war, beschloß ich, die Wahrheit zu verheimlichen. Ich fälschte die Kartei, ich ließ Menzels Sachen verschwinden, und ich schüchterte das Personal durch Dro-

hungen ein, damit die Leute schwiegen. Das war kindisch, ich weiß, aber andernfalls wäre meine ganze Existenz vernichtet worden.«

Doktor Steiner hält kurz inne und fügt dann hinzu: »Was jetzt doch der Fall ist …«

Nachdem Doktor Steiner zu sechs Monaten Gefängnis mit Bewährung sowie einer hohen Schadensersatzzahlung verurteilt worden war, verkaufte er seine Klinik. Sie hat jetzt einen neuen Besitzer und zieht nach wie vor begüterte Patienten an, und wenn man die prachtvollen Linden im angrenzenden Park betrachtet, kann man sich kaum vorstellen, welches Drama sich hier einst in einer Mainacht zugetragen hat.

Tanz mit einer Toten

5. Juni 1976. Im Festsaal einer großen französischen Provinzstadt findet wie an allen anderen Samstagen ein Ball statt. Ein hundsgewöhnlicher Ball, wie er zum selben Zeitpunkt in Dutzenden von kleineren und größeren Gemeinden in Frankreich stattfindet und bei dem die gesamte Jugend der Gegend sich ein Stelldichein zu geben pflegt.

Gérard Davout und Michel Girod sind beide achtzehn Jahre alt. Sie sahen aus wie die meisten jungen Burschen ihres Alters. Gérard Davout lernt Elektriker, und Michel Girod arbeitet als Mechaniker in einer Garage. Beide tragen Jeans und einen Blouson und haben sich verschwenderisch mit Rasierwasser eingesprüht.

Sie bahnen sich einen Weg durch die Menge der tanzenden Paare, die sich zu den Klängen eines eher mittelmäßigen Orchesters bewegen. Aber sie interessieren sich nicht für die Qualität der musikalischen Darbietung, und die eher trostlose Dekoration des Festsaales ist ihnen ebenfalls gleichgültig. Wie die anderen jungen Männer sind sie hier, um zu flirten und ein Mädchen aufzureißen. Gérard Davout stößt seinen Kameraden mit dem Ellbogen an: »He, sieh dir mal die da drüben an!«

Michel Girod blickt in die angegebene Richtung.

»Also wirklich nicht«, meint er dann, »die finde ich ziemlich seltsam. Irgendwie macht sie mir sogar Angst.«

Und während Michel auf dem Absatz kehrtmacht, nähert sich Gérard dem Mädchen. Sie hat tatsächlich etwas Seltsames an sich. Außerdem sitzt sie ganz allein da. Die Stühle neben ihr sind alle unbesetzt, als ob niemand es wagt, ihr zu nahe zu kommen. Ab und zu bewegt sich ein Junge in

ihre Richtung, doch zieht er sich meist schnell wieder zurück.
Wie alt mag sie sein? Höchstens achtzehn oder zwanzig, auf keinen Fall älter. Sie ist dunkelhaarig und hat braune Augen, und die Schwärze ihrer Haare bildet einen interessanten Kontrast zur Blässe ihres Teints. Sie ist jedoch nicht nur blaß, sondern geradezu unnatürlich weiß im Gesicht. Selbst aus ihren Lippen scheint jede Farbe gewichen zu sein.
Davon abgesehen ist sie schön gewachsen und trägt ein rotes Kleid, das ihr hervorragend steht. Um den Hals hat sie ein kleines, ebenfalls rotes Tuch geschlungen.
Gérard Davout baut sich vor ihr auf, doch sie scheint ihn nicht zu sehen. Mit ausdrucksloser Miene fixiert sie einen entfernten Punkt im Saal.
Gérard beginnt die Unterhaltung auf seine übliche Art: »Es ist seltsam, aber ich habe das Gefühl, daß wir uns schon einmal begegnet sind ...«
Das junge Mädchen fährt zusammen. Sie dreht sich zu ihm um und mustert ihn aufmerksam.
»Wir sind uns schon begegnet? Sind Sie sicher? Wissen Sie noch, wann?«
Gérard gerät ein wenig in Verlegenheit. Für gewöhnlich ruft dieser wenig originelle Annäherungsversuch keine derartige Reaktion hervor.
Er stammelt daher: »Ich weiß nicht ... ich erinnere mich nicht mehr genau ...«
Das junge Mädchen mustert ihn eingehend.
»War es hier?«
»Ja, ich glaube.«
»Ist es lange her?«
»Nein, nicht sehr lange ...«
Das Mädchen erhebt sich.
»Lassen Sie uns tanzen!«
Gérard ist durch dieses seltsame Benehmen gleichzeitig verwirrt und entzückt. Noch nie sind die Dinge so schnell gegangen. Beim Tanzen unterhält sich seine Partnerin wei-

terhin mit ihm, und was sie sagt, ist genauso eigenartig wie alles andere.
»Ich heiße Monique Dupré. Können Sie sich noch immer nicht erinnern?«
Diese abrupte Art der Fragestellung bringt Gérard ein wenig aus der Fassung, doch er will sich seine Chancen nicht verderben.
»Nein, im Moment nicht. Aber Monique ist ein sehr hübscher Name. Ich heiße übrigens Gérard.«
Monique fährt fort, als habe sie ihm gar nicht zugehört: »Sie erinnern sich wirklich nicht? Lesen Sie keine Zeitung?«
»Hat man etwa über Sie in der Zeitung berichtet?« erkundigt er sich. »Was machen Sie denn beruflich?«
»Nichts, ich ruhe mich aus ...«
Konsterniert starrt er sein Gegenüber an. Sie betrachtet ihn ihrerseits mit geradezu inquisitorischem Blick.
»War es nicht der 1. Mai 1974, als wir uns das letzte Mal gesehen haben?« will sie jetzt wissen.
Der junge Mann hat plötzlich das Gefühl, als befinde er sich vor einem Tribunal. Ganz offensichtlich hat er es mit einer Person zu tun, die nicht vollkommen normal ist. Andererseits will er seine neue Eroberung keineswegs aufs Spiel setzen.
»Das ist schon möglich«, erwidert er daher. »Aber wissen Sie, an Daten kann ich mich nie erinnern ...«
Auch im weiteren Verlauf des Abends ändert sich nichts an Monique Duprés seltsamem Verhalten. Von Zeit zu Zeit läßt sie Gérard einfach stehen und tanzt mit dem erstbesten Burschen, der daherkommt. Dann entledigt sie sich ohne ein Wort der Erklärung auch dieses neuen Kandidaten und kehrt zu Gérard zurück.
Auch diesen anderen pflegt sie seltsame Fragen zu stellen, als wolle sie etwas ganz Bestimmtes herausfinden. Und immer wieder kommt sie auf jenen 1. Mai des Jahres 1974 zu sprechen. Nach einer Weile gesellt sich Michel Girod wieder zu seinem Kameraden. Er langweilt sich auf dem Ball,

und er möchte gehen. Da er Gérard auf seinem Motorrad mitgenommen hatte, bleibt diesem jetzt nichts anderes übrig, als ebenfalls zu gehen. Frustriert verabschiedet er sich von Monique, doch das junge Mädchen sieht ihn nicht einmal an.
In nüchternem Ton sagt sie zu ihm lediglich: »Sie sind es jedenfalls nicht gewesen!«
Gérard gibt trotzdem nicht auf und fragt sie nach ihrer Adresse.
Unwillig erwidert sie: »Rue Gambetta Nummer 2 ...«
Eine Viertelstunde später fahren Gérard und Michel auf ihrem Motorrad die Rue Gambetta entlang. Gérard hatte unbedingt sehen wollen, wo Monique wohnt, und Michel hatte schließlich nachgegeben.
Das Motorrad hält vor der Nummer 2 an. Die beiden jungen Männer steigen ab, nähern sich ein paar Schritte und bleiben dann schweigend stehen.
Michel bricht in Gelächter aus: »Na, wenn sie sich über dich lustig machen wollte, dann ist ihr das bestens gelungen! Sie hat dir den Friedhof als Adresse angegeben! Komm schon, mach nicht so ein Gesicht! Das ist wirklich zum Lachen!«
Doch Gérard lacht nicht. Dies ist tatsächlich die Adresse des Friedhofs, und wenn seine Gesichtszüge jetzt eher verschlossen wirken, so nicht etwa aus gekränkter Eitelkeit, sondern weil ihn ein schwer erklärbares Unbehagen beschleicht. Als er zu Hause angekommen ist, kann er nicht sofort schlafen gehen. Dieses seltsame Erlebnis hat ihn zu sehr aufgewühlt. Weshalb hat ihn Monique zum Friedhof geschickt? Weshalb hat sie ihn einer Art Verhör unterzogen? Und weshalb hat sie immer wieder von diesem Datum gesprochen, vom 1. Mai 1974? Plötzlich kommt ihm eine Idee. Leise, um seine Eltern nicht zu wecken, klettert er auf den Dachboden. Monique hatte auch von einer Zeitung gesprochen, und hier oben bewahrt sein Vater alle Jahrgänge der Tageszeitung auf, die er zu lesen pflegt.

Gérard räumt rasch ein paar verstaubte Gegenstände beiseite und stößt schließlich auf das, was er gesucht hat. Im Schein seiner Taschenlampe blättert er die Zeitungsbände durch. Als er beim Mai 1974 angelangt ist, schreit er leise auf.
In der Ausgabe des 2. Mai blickt ihn Moniques Photo auf der ersten Seite an. Das ist sie, das ist genau dasselbe Mädchen, von dem er sich vor knapp einer Stunde verabschiedet hat. Auf dem Photo lächelt sie und trägt genau dasselbe Kleid wie heute abend. Obwohl inzwischen mehr als zwei Jahre vergangen sind, hat sie sich überhaupt nicht verändert.
Erneut stößt er einen kleinen Schrei aus.
»Nein«, stammelt er vor sich hin, »das kann doch nicht wahr sein!«
Mit offenem Mund und weit aufgerissenen Augen liest er, was in der Zeitung steht. Er ist vollkommen entsetzt, und was da berichtet wird, kann er einfach nicht glauben.
Die Schlagzeile lautet: »Ball mit tragischem Ausgang«, und in dem Artikel heißt es: »Gestern abend begab sich die achtzehnjährige Monique Dupré auf den allwöchentlich stattfindenden Ball, den die Stadt für die Jugend veranstaltet. Die hübsche, dunkelhaarige Monique, die zudem eine sehr gute Schülerin war, hatte ihr schönstes rotes Kleid angezogen und hoffte, dem jungen Mann ihrer Träume zu begegnen. Doch was sie statt dessen erwartete, war der Tod. Man fand sie erwürgt hinter dem Festsaal auf. Mehrere Zeugen haben sie mit einem jungen Mann ihres Alters tanzen sehen, aber die Angaben sind nicht sehr präzise.«
Erneut murmelt Gérard: »Nein … nein …«
Das Tuch … das rote Tuch! Dies ist das einzige Kleidungsstück, durch das sich die Monique von heute abend von der Monique auf dem Photo unterscheidet. Als ob sie die Würgemale auf ihrem Hals damit verbergen wollte …
Durch eine unbeabsichtigte Bewegung stößt Gérard den

Stapel mit den Zeitungen um, und dabei fällt sein Blick auf die Ausgabe des 6. Mai. Im nächsten Moment wird er weiß wie die Wand. Unter der Titelzeile »Beisetzung der jungen Monique Dupré« ist ein weiteres Photo abgebildet. Es zeigt einen schwarzen Trauerzug hinter einem ganz mit Kränzen bedeckten Sarg. Gérard erkennt die Szenerie sofort wieder, denn erst vor einer halben Stunde ist er dort gewesen: Es ist der Eingang des Friedhofs in der Rue Gambetta Nummer 2!

Zitternd steht er auf und stammelt mit tonloser Stimme: »Ich habe mit einer Toten getanzt!«

Am nächsten Tag begeben sich Gérard Davout und Michel Girod erneut in die Rue Gambetta Nummer 2. Sie steigen von ihrem Motorrad ab und durchqueren die Friedhofspforte.

Gleich in den frühen Morgenstunden war Gérard zu seinem Freund geeilt und hat ihm alles erzählt. Michel wäre sicher nicht bereit gewesen, ihm zu glauben, wenn er ihm nicht die Zeitungsausgaben mitgebracht hätte. So hat er sich nun selbst davon überzeugen können. Und anschließend hatte Gérard so sehr darauf bestanden, zum Friedhof zu fahren, daß Michel es ihm nicht abschlagen konnte.

Langsam schreiten die beiden jungen Männer die Friedhofsallee entlang, wobei sich der eine die rechte Seite vornimmt und der andere die linke. Da bleibt Michel plötzlich stehen. Gérard bleibt ebenfalls stehen und gesellt sich dann zu seinem Kameraden. Die Kehle ist ihm wie zugeschnürt ...

Ja, dort ist es. Als erstes sieht er das Photo eines lächelnden jungen Mädchens in einem ovalen Rahmen. Und darunter steht in Goldlettern: »Monique Dupré 1956–1974.«

Michel packt Gérard am Arm.

»Sieh nur ...!«

Gérard schaut hin ... Die Erde ist leicht feucht, und Spuren sind deutlich zu erkennen: Es sind Fußspuren, die zum Grab führen und sich wieder entfernen und die von einem Paar Damenschuhen mit hohen Absätzen stammen!

Eine Woche lang kann Gérard an nichts anderes denken. Doch er klammert sich an zwei Dinge, die er genau weiß: Erstens pflegen Tote nicht aus ihren Gräbern zu steigen, und zweitens hat er das alles nicht geträumt.

Tatsache ist, daß er mit einem jungen Mädchen getanzt hat, das Monique Dupré zum Verwechseln ähnlich sieht und das behauptet hat, diese Monique Dupré zu sein. Außerdem hat sie sich ihm gegenüber sehr seltsam benommen. Für all das muß es eine Erklärung geben, und er ist fest entschlossen, sich Gewißheit zu verschaffen.

Am kommenden Samstag findet er sich erneut im Festsaal zum Ball ein. Sein Gefühl sagt ihm, daß seine geheimnisvolle Tanzpartnerin wieder dort sein wird.

Er kommt zu früh. Also nimmt er an der Stelle Platz, wo das Mädchen bei ihrer ersten Begegnung gesessen hatte, und dann wartet er ab.

Es sind noch keine zehn Minuten vergangen, als er sie kommen sieht. Sie ist genauso gekleidet wie vor einer Woche, mit demselben Kleid und demselben Tuch um den Hals. Und wie beim letzten Mal ist sie fast weiß im Gesicht.

Als sie ihn erblickt, verzieht sie das Gesicht und versucht, auf dem Absatz kehrtzumachen. Doch Gérard ist schneller. Er springt auf und packt sie beim Arm.

Während sie sich losmacht, sagt sie: »Was wollen Sie von mir? Lassen Sie mich in Frieden!«

Unbeeindruckt erwidert Gérard: »Ich will mit Ihnen reden. Sie haben sich ganz schön lustig über mich gemacht!«

»Ich brauche mich vor Ihnen nicht zu rechtfertigen. Lassen Sie mich in Ruhe!«

Mit einer etwas theatralischen Geste zieht der junge Mann die Zeitungsausgabe vom 2. Mai 1974 aus der Tasche.

»Und was ist hiermit? Müssen Sie sich deswegen etwa auch nicht rechtfertigen?«

Wenn sie nicht bereits ganz weiß im Gesicht gewesen wäre, so wäre Monique Dupré oder diejenige, die sich für sie ausgibt, jetzt erblaßt.

Sie schweigt einen Moment lang und fragt dann mit furchtsamer Stimme: »Sind Sie von der Polizei?«

»Nein.«

Sofort findet sie ihre Selbstsicherheit wieder.

»Dann verschwinden Sie jetzt. Ich habe Ihnen nichts zu sagen!«

Dennoch hat Gérard Davout ein paar Tage später die Wahrheit erfahren, und abermals durch die Zeitung. Der Zufall wollte es nämlich, daß das junge Mädchen noch am selben Abend verhaftet wurde, und das kam so: Seit einiger Zeit wurde in der Gegend mit Drogen gehandelt, und an jenem Samstag führte die Polizei im Festsaal eine Razzia durch. Alle Anwesenden wurden auf die Wache mitgenommen, auch die angebliche Monique.

Am nächsten Tag wurde sie als einzige nicht wieder freigelassen. Wenn man einen Revolver in der Handtasche trägt, wenn man keinerlei Erklärung dafür liefern will und wenn man sich außerdem auch noch weigert, seine Identität anzugeben, muß man sich natürlich auf einige Schwierigkeiten gefaßt machen.

Was das junge Mädchen Gérard Davout gegenüber nicht zu sagen bereit war, konnte sie vor den Polizeibeamten schließlich nicht länger verschweigen. Diesen war nämlich ihre ungewöhnliche Ähnlichkeit mit Monique Dupré aufgefallen. So brachte man sie mit dem Fall in Verbindung, der jetzt zwei Jahre zurücklag und nie aufgeklärt werden konnte.

Man bedrängte sie mit Fragen, und am Ende brach das junge Mädchen zusammen.

»Sie war meine Schwester ...«

»Und wie heißen Sie?«

»Anne-Marie Dupré. Monique war meine Zwillingsschwester.«

»Ist das ihr Kleid, das Sie da tragen?«

»Ja.«
»Und dieses Tuch und diese weiße Schminke? Wozu dieses Theater?«
Schluchzend erwiderte Anne-Marie Dupré: »Ich wollte den Mörder meiner Schwester finden, nachdem Sie dazu nicht fähig gewesen waren. Mir war eine Idee gekommen. Ich vermutete, daß der Mörder öfter solche Bälle besucht und daß man ihn dort wieder antreffen würde. Ich hoffte, er würde sich vielleicht verraten, wenn er sich plötzlich dem ›Geist‹ seines Opfers gegenübersah. Ein junger Bursche sagte zu mir, er glaube, mich schon einmal gesehen zu haben, und zunächst hielt ich ihn für den Mörder. Aber er war es nicht. Das war nur so eine Masche von ihm, um Mädchen aufzureißen.«
»Und wenn der Täter sich wirklich verraten hätte, was hätten Sie dann getan?«
»Ich hätte ihn mit meinem Revolver erschossen.«
Dies war die Erklärung für das seltsame Abenteuer, das Gérard Davout erlebt hatte.
Anne-Marie Dupré wurde deswegen nicht weiter belangt. Man erteilte ihr eine schwere Verwarnung und beschlagnahmte ihre Waffe, und dann ließen die Beamten sie frei. Doch nachdem die Presse darüber berichtet hatte, erregte ihre Geschichte in der Gegend großes Aufsehen.
Für Gérard Davout gab es allerdings noch einen letzten Punkt aufzuklären: Was war mit den geheimnisvollen Fußspuren in der Nähe von Moniques Grab?
Er kam von ganz allein darauf, denn die Antwort war ganz simpel. Anne-Marie ging häufig zum Grab ihrer Schwester und legte einen Strauß Blumen nieder. Die Fußspuren hatte sie selbst verursacht, als sie das letztemal Blumen gebracht hatte.
Gérard Davout besuchte auch künftig den Ball am Samstag abend, aber natürlich ist er Anne-Marie nie mehr begegnet. Und wenn er ein junges Mädchen ohne Begleitung traf, fragte er sie lediglich, ob sie mit ihm tanzen wolle.

Seit jenem Erlebnis war er niemals mehr so leichtsinnig, eine Unterhaltung mit den Worten zu beginnen: »Es ist seltsam, aber ich habe das Gefühl, daß wir uns schon einmal begegnet sind ...«

Nie wieder Auto fahren!

15. August 1967. Das Ehepaar Caloun kehrt von einem zehntägigen Ferienaufenthalt in Florida nach Philadelphia zurück. Der einundzwanzigjährige Buster Caloun und seine zwei Jahre jüngere Ehefrau Olivia verkörpern genau das, was man sich unter einem sorglosen, jungen amerikanischen Pärchen vorstellt. Sie haben im Vorjahr geheiratet, und Olivia ist im dritten Monat schwanger. Dies waren ihre ersten gemeinsamen Ferien, überschwenglich und voller Begeisterung für die südliche Küste mit ihren Stränden kehren sie jetzt nach Hause zurück.

Wie viele junge Leute ihrer Generation schwärmen sie für die Natur, die Lebensformen der Hippies und für die Gewaltlosigkeit. »Alles ist schön, und jeder ist nett und freundlich«: Dies ist in etwa die Philosophie von Buster und Olivia, und wer wollte ihnen das zum Vorwurf machen?

Buster sitzt am Steuer ihres gebrauchten alten Chevrolets und ist schon den ganzen Tag gefahren. Inzwischen ist es Abend geworden, aber da er noch nicht müde ist, beschließt er, die Fahrt fortzusetzen.

Gegen zwei Uhr morgens biegt er in eine Landstraße ein, um der Monotonie des Highways zu entkommen. Da sieht er im Scheinwerferkegel eine Gestalt am Straßenrand stehen, die ihm Zeichen macht. Er drosselt die Geschwindigkeit. Es handelt sich um einen Anhalter, einen bärtigen, langhaarigen jungen Mann mit einem Rucksack, ganz offensichtlich ein Hippie, wie man sie auf den amerikanischen Straßen häufig trifft.

Busters für gewöhnlich sehr sanft wirkendes Gesicht mit den etwas kindlichen Zügen nimmt einen besorgten Aus-

druck an: »Besser, wir nehmen ihn nicht mit. Mitten in der Nacht ist das zu gefährlich.«
Olivia dreht sich zu ihm um. Obwohl sie wie ein Schulmädchen aussieht, hat ihr Verhalten etwas Autoritäres an sich. Man merkt deutlich, daß sie bereits jetzt diejenige ist, die in dieser Ehe das Sagen hat.
»Ach nein!« erwidert sie. »Es wäre gemein, ihn hier einfach stehenzulassen!«
Buster hält also den Wagen an, und Olivia kurbelt die Scheibe herunter.
»Wohin wollen Sie?« fragt sie den Anhalter.
»Nach Norden«, gibt der junge Mann in knappem Ton zurück. Mit einer Handbewegung bedeutet sie ihm, einzusteigen, und Buster fährt weiter. Der Fahrgast, der auf dem Rücksitz Platz genommen hat, sagt nichts.
Olivia beginnt schließlich die Unterhaltung: »Wie heißen Sie?«
Leicht ironisch antwortet er: »Was hat ein Name schon zu bedeuten? Ihr könnt mich Mac nennen, das dürfte zwischen uns genügen.«
Olivia ist von dieser seltsamen Antwort so überrascht, daß sie sich umdreht. Nein, der Mann ist alles andere als vertrauenerweckend. Er ist total verdreckt, so als ob er lange Zeit unterwegs gewesen sei, bevor er zu ihnen in den Wagen stieg. Doch vor allem sein Blick bereitet ihr Unbehagen, ein vollkommen starrer Blick, den sie kaum auszuhalten vermag. Für sie ist das der Blick eines Irren. Rasch dreht sie sich wieder nach vorn und bemerkt, daß die Hände ihres Mannes auf dem Lenkrad leicht zittern.
Olivia schließt die Augen. Was können sie schon tun, jetzt, wo er hinter ihnen sitzt, außer zu hoffen, daß ihnen nichts zustoßen wird?
Da ist vom Rücksitz des alten Chevrolets ein typisches Geräusch zu vernehmen. Der Anhalter hat soeben etwas aus seinem Rucksack hervorgekramt …
Weder Buster noch Olivia wagen es, sich umzudrehen, und

im nächsten Moment ist es auch schon passiert: Buster spürt einen metallischen Gegenstand in seinem Nacken. Olivia späht zur Seite und schreit auf.
»Weißt du, was ich hier in der Hand halte, mein Junge?« fragt der Hippie.
»Ja, Mac, einen Revolver.«
Der Mann lacht plötzlich auf: »Sehr gut, wie du mich ›Mac‹ nennst! Nenn mich nur weiterhin ›Mac‹!«
Ohne den Kopf zu wenden, sagt Buster: »Hören Sie, Mac, wir wollen keinen Ärger. Meine Frau erwartet ein Baby. Wenn das ein Überfall ist, dann nehmen Sie unser Geld und lassen Sie uns in Frieden.«
Mac fährt mit seinem Revolver Busters Nacken entlang.
»Nein«, sagt er, »das ist kein Überfall, mein Junge. Es ist mehr als ein Überfall. Ich brauche nämlich euren Wagen.«
»Einverstanden. Nehmen Sie den Wagen und fahren Sie los!«
Mit sarkastischem Lachen erwidert der junge Gangster: »Du bist mir wirklich ein Witzbold! Hast du nicht den Verkehr auf dem Highway gesehen? Wenn ich euch gehen lasse, wird euch das erstbeste Auto mitnehmen, und schon habe ich die Bullen am Hals, kaum daß ich zwanzig Meilen gefahren bin ... Nein, du wirst jetzt ganz ruhig weiterfahren. Sobald wir zu einem abgelegenen kleinen Waldweg kommen, biegst du dort ein. Alles übrige wird sich finden.«
Der abgelegene Waldweg taucht leider nur zu bald vor ihnen auf. Nach weiteren zweihundert Metern bleibt der Chevrolet auf ein Zeichen von Mac hin stehen. Es ist tiefschwarze Nacht, und die drei befinden sich jetzt mitten im Wald, wo der Wind durch die Bäume pfeift.
Mac öffnet den hinteren Wagenschlag und befiehlt: »Steigt aus!«
Das junge Paar gehorcht.
»Gibt es ein Stück Schnur in der Kiste?«
Buster macht eine zustimmende Kopfbewegung.

»Gut, dann hol es. Ich werde euch zwei an einem Baum festbinden und dort zurücklassen.«
Und genau in dem Moment zeigt Olivia Caloun, von Panik überwältigt, eine vollkommen absurde Reaktion. Dieser Wald, diese Finsternis und dann auch noch die Vorstellung, hier an einen Baum gefesselt zu werden – das alles ist zuviel für sie, das kann sie nicht aushalten! Und doch wäre es ihre Rettung gewesen! Leider ist Olivia keinem vernünftigen Gedanken zugänglich. Sie beginnt zu weinen und schreit: »Nein, ich will nicht! Ich habe Angst!«
Der junge Hippie betrachtet sie wortlos. Er scheint nachzudenken. Plötzlich unterbricht er ihr Geschrei: »Vielen Dank, meine Liebe! Danke, daß du mich daran gehindert hast, eine Dummheit zu machen! Mit dieser durchdringenden Stimme, die du hast, hättest du in Kürze die ganze Gegend zusammengeschrien, und schon wären mir die Bullen auf den Fersen gewesen!«
Er deutet mit dem Revolver auf den Kofferraum des Chevrolets.
»Los! Da rein!«
Olivia ist wieder zu sich gekommen. Sie begreift, welch fürchterlichen Fehler sie begangen hat, aber es ist zu spät. Da der Mann sie mit seiner Waffe bedroht, muß sie in den Kofferraum klettern. Mühsam rollt sie sich zusammen, und schon wird der Deckel mit dem Schlüssel versperrt.
Damit beginnt der Alptraum erst richtig. Durch den Kofferraumdeckel hindurch vernimmt die junge Frau Schreie und Kampfgeräusche. Sie glaubt zu wissen, was als nächstes passieren wird. Mac hat sie allein in den Kofferraum gesperrt, weil er Buster ein noch viel schrecklicheres Schicksal zugedacht hat. Jeden Moment rechnet sie damit, den Schuß zu hören, doch nichts geschieht. Statt dessen wird der Kofferraum plötzlich geöffnet, und der junge Gangster wirft den reglosen Körper ihres Mannes hinein.
»Da hast du Gesellschaft!«
Erneut wird der Deckel geschlossen.

Entsetzt flüstert Olivia: »Buster ...«
Keine Reaktion. Hat Mac ihn getötet? Sie betastet Busters Brust. Nein, sein Herz schlägt noch. Als sie jedoch mit den Händen über sein Gesicht streicht, spürt sie eine warme Flüssigkeit. Busters Kopf ist voller Blut. Mac hat ihn niedergeschlagen, und jetzt ist er bewußtlos.
Mit einem heftigen Ruck setzt sich der Wagen jetzt in Bewegung. Olivia versucht, eine bequemere Stellung einzunehmen. Zum Glück ist der Kofferraum des Chevrolets sehr geräumig. Doch da sie jetzt zu zweit sind, werden sie am Ende an Sauerstoffmangel sterben. Sofern dieser Verrückte sie nicht vorher schon beseitigt ...
Zwei Stunden vergehen, bis Buster wieder zu sich kommt. Verwirrt stammelt er: »Mir ist schlecht ... wo sind wir hier?«
»Im Kofferraum unseres Wagens. Er hat uns eingeschlossen. Wir müssen irgend etwas tun!«
Natürlich hätte Olivia schon die ganze Zeit, während sie neben ihrem bewußtlosen Ehemann gelegen hatte, selbst versuchen können, etwas zu unternehmen. Doch wie viele andere Menschen ist auch sie durch die Gefahr wie gelähmt. Sie ist unfähig, auch nur die geringste Initiative zu ergreifen. Wenn Buster nicht das Bewußtsein wiedererlangt hätte, wäre sie wahrscheinlich verloren gewesen.
Buster, der vor Schmerzen kaum sprechen kann, sagt: »Im Kofferraum muß eine Werkzeugtasche sein.«
Sie tasten den Kofferraum ab, bis Olivia die Tasche schließlich findet. Buster greift hinein und holt den Schraubenzieher hervor.
»Ich werde versuchen, die Haube des Kofferraums zu öffnen. Das wird nicht leicht sein, aber ich denke, es wird mir gelingen, sie zumindest für einen kurzen Moment anzuheben. Genau in dem Moment steckst du die Finger durch und schwenkst sie so gut du kannst hin und her. Wenn wir Glück haben, fährt ein Auto hinter uns und wird auf uns aufmerksam ...«

Olivia fühlt sich ein wenig besser. Zum erstenmal schöpft sie wieder Hoffnung.
»Gut, Buster. Versuchen wir es.«
»Nein, noch nicht sofort. Wir fahren zu schnell. Wir sind auf der Autobahn, und die Wagen folgen sich in zu großen Abständen. Laß uns warten, bis wir in irgendeinen Ort kommen oder in einen Stau.«
Eine Viertelstunde vergeht. Der Wagen fährt jetzt langsamer, hält an und fährt wieder los. Von außen ertönt lautes Hupen. Buster preßt den Schraubenzieher gegen die Öffnung des Kofferraums.
»Bist du bereit?« fragt er Olivia. »Ich versuch' es jetzt ...«
Leise fluchend müht er sich ab, das Blech hochzustemmen. Es dauert ziemlich lange, doch endlich dringt ein schwacher Lichtschein durch den Spalt und gleichzeitig ein Hauch frischer Luft.
Am liebsten würde Olivia sofort ihr Gesicht vor den Spalt halten, um den dringend notwendigen Sauerstoff zu tanken, doch sie widersteht der Versuchung.
Statt dessen streckt sie die Hand vor. Im nächsten Augenblick stößt sie einen schmerzerfüllten Schrei aus. Bei einer unerwarteten Bewegung des Wagens hat Buster den Schraubenzieher verloren, und der Deckel ist wieder heruntergefallen.
Buster reagiert sofort und öffnet den Deckel erneut. Als Olivia ihre Hand zurückzieht, ist sie voller Blut, und ihre Finger sind gequetscht.
Sie beginnt zu wimmern, doch Buster sagt energisch: »Streck deine Hand wieder raus!«
»Aber es tut furchtbar weh, und ich blute!«
»Streck deine Hand raus, sag ich dir!«
Trotz ihrer Schmerzen gehorcht Olivia. Sie läßt ihre blutigen Finger durch den Spalt gleiten und schwenkt sie hin und her, obwohl sie sich einer Ohnmacht nahe fühlt.

Olivia und Buster haben keine Ahnung, was sich außerhalb

ihres rollenden Gefängnisses abspielt, und ebensowenig wissen sie, an welchem Ort sie sich inzwischen befinden. Wenn sie es wüßten, sähen die Dinge für sie natürlich ganz anders aus.
Der Chevrolet ist mittlerweile in einem Vorort von Baltimore angelangt. Wegen einer Baustelle hatte Mac die Autobahn verlassen müssen. Er befindet sich jetzt auf einer Umleitungsstrecke. Dies war der Grund, weshalb er plötzlich langsamer fuhr und weshalb Buster ungeduldiges Hupen vernommen hatte. Auf der Umgehungsstraße herrscht zähflüssiger Verkehr, der immer dichter wird.
An diesem Morgen nimmt die einundzwanzigjährige Judy Findlay am Steuer eines Schulfahrzeugs ihre x-te Fahrstunde. Judy ist ein entzückendes junges Mädchen, aber zum Auto fahren hat sie nicht das geringste Talent. Bereits dreimal ist sie durch die Prüfung gefallen, zur großen Freude ihres Fahrlehrers, Maxie Stone, dessen wiederholte Annäherungsversuche sie bisher immer entschieden zurückgewiesen hat.
»Da, sehen Sie nur!« ruft Judy unvermittelt.
Maxie Stone verliert keine Zeit mit langen Diskussionen. Auch er hat soeben entdeckt, daß aus dem Kofferraum des alten Chevrolets vor ihnen ein paar blutige Finger herausgucken …
»Geben Sie Gas!« schreit er.
Judy wirft ihm einen angsterfüllten Blick zu. Der Chevrolet ist nämlich im Begriff, sich mit meisterlicher Geschicklichkeit durch die Schlange der übrigen Fahrzeuge hindurchzuwinden.
»Aber das kann ich doch nicht!« erwidert sie. »Am besten halte ich jetzt an, und dann setzen Sie sich ans Steuer!«
Der Fahrlehrer drückt das Gaspedal auf seiner Seite durch, denn wie alle Schulfahrzeuge ist auch dieser Wagen mit doppelten Pedalen ausgestattet.
Judy hält sich am Lenkrad fest, als das Auto mit einem Satz nach vorne schießt.

»Nein«, erklärt ihr Lehrer, »bei diesem Verkehr ist es unmöglich, einfach anzuhalten. Wir würden sie aus den Augen verlieren. Also los, Judy, nur Mut! Wir müssen ihnen folgen. Sie brauchen nur zu lenken, wenn ich mich um die Pedale kümmere.«
Und so kommt es in den verstopften Straßen von Baltimore zu einer seltsamen Verfolgungsjagd zwischen einem Gangster, der zu allem fähig ist, und einer Fahrschülerin, die dafür nicht das geringste Talent besitzt ...
Mac hat seine Verfolger bis jetzt offenbar nicht bemerkt, denn er hat das Tempo verlangsamt und sich brav in die rechte Spur eingeordnet. Die blutigen Finger, die aus dem Kofferraum herausguckten, sind jetzt verschwunden. Der Deckel ist wieder geschlossen, und es gibt keinerlei Lebenszeichen mehr. Doch Judy und ihr Fahrlehrer Maxie lassen ihre Beute nicht los.
In furchtsamem Ton fragt das junge Mädchen schließlich: »Wie lange mag das noch so weitergehen? Ich kann bald nicht mehr ...«
Ihr Lehrer, der geschickt die Pedale bedient und von Zeit zu Zeit auch ins Lenkrad faßt, meint beruhigend: »Seien Sie tapfer, Judy! Sobald wir ein Polizeiauto sehen, haben wir gewonnen.«
Drei Meilen weiter stoßen sie tatsächlich auf ein Polizeifahrzeug. Es fährt gemächlich vor ihnen her. Anscheinend ist es auf Patrouille.
Maxie Stone weist seine Schülerin an: »Holen Sie auf, bis Sie auf der gleichen Höhe sind.«
Das junge Mädchen beeilt sich, der Aufforderung nachzukommen, und schon erklärt der Fahrlehrer dem Beamten am Steuer in wenigen Worten die Situation ...

Der Chevrolet hält plötzlich an, und gleich darauf wird der Kofferraum geöffnet. Olivia und Buster sind durch das Tageslicht wie geblendet, und die frische Luft wirkt zunächst wie ein Schock, so daß sie nicht sofort reagieren.

Olivia faßt sich als erste wieder.
»Achtung, er hat einen Revolver!« sagt sie zu dem uniformierten Mann, der vor ihnen steht.
Dieser lächelt beruhigend: »Jetzt hat er keinen Revolver mehr. Er trägt statt dessen Handschellen. Kommen Sie, es ist alles überstanden.«
Der sogenannte Mac, der in Wirklichkeit Timothy Hunter hieß, war auf der Flucht, nachdem er ein Mitglied der Hippiekommune getötet hatte, von der er aufgenommen worden war. Er wurde später zu lebenslänglichem Gefängnis verurteilt.
Was Buster und Olivia Caloun betrifft, so haben sie ihr schreckliches Abenteuer lange Zeit nicht vergessen können. Dennoch sind sie im nächsten Jahr noch einmal nach Baltimore zurückgekehrt, um Judy Findlay dafür zu danken, daß sie ihnen das Leben gerettet hat.
Das junge Mädchen war sehr stolz darauf, mit ihnen eine Spazierfahrt in ihrem neuen Wagen machen zu können. Sie hatte nämlich mittlerweile tatsächlich den Führerschein erhalten. Wie hätte man ihn ihr auch länger verweigern können, wo sie doch eine solche Heldentat vollbracht hatte?
Aber Judy Findlay war nun einmal eindeutig nicht dafür geeignet, und die Calouns brauchten lange, um sich auch von diesem Ausflug zu erholen. Allerdings brachten sie es nicht über sich, ihrer liebenswüdigen Fahrerin zu sagen, daß sie zum zweiten Mal in ihrem Leben ganz fürchterliche Angst im Auto gehabt hatten ...

Es gibt doch noch Gerechtigkeit!

15. März 1945. Im Dörfchen Vaubois, das sich in der Nähe von Besançon befindet, ist wieder Ruhe eingekehrt. Das Kriegsgeschehen hat sich entfernt, doch man kann natürlich nie wissen. In dieser Gegend ist bis kurzem noch gekämpft worden, und die Bewohner leben nach wie vor in Angst.

Auf dem Bauernhof der Familie Maury dreht sich die Unterhaltung beim Abendessen jedoch nicht um die militärischen Ereignisse. An dem großen Tisch vor dem Kamin sitzen der fünfundvierzigjährige Michel Maury, seine Tochter Anne und sein Schwiegersohn Aimé Rollat. Michels Frau Louisette, die Mutter von Anne, ist nicht anwesend, und genau um sie geht es bei diesem Gespräch.

Jeder weiß, wo sich Louisette in diesem Moment aufhält, und eben dies ist der Grund für die angespannte, ja geradezu dramatische Stimmung, die jetzt am Tisch herrscht.

Aimé Rollat, der Schwiegersohn, stellt sein Weinglas mit einer heftigen Geste auf den Tisch: »Wenn ich mir vorstelle, daß Louisette jetzt da drüben bei dem anderen ist! Das geht so nicht weiter, Michel, das muß endlich aufhören!«

Michel Maury stößt einen tiefen Seufzer aus. Trotz seiner stämmigen Erscheinung und seiner kräftigen Stimme ist er von schüchternem Wesen und charakterlich ein Schwächling. Andernfalls hätte er diesen Zustand, der jetzt schon fast ein Jahr dauert, niemals akzeptiert.

An diesem Abend ist seine Frau wie an allen übrigen Abenden in der »Scheune« …

Doch was hier so bescheiden »die Scheune« genannt wird, ist in Wirklichkeit der größte Besitz von Vaubois, um nicht

zu sagen von der ganzen Gegend, und dieser Besitz gehört Lucien Bayard. Die Ländereien von Lucien Bayard erstrecken sich um den gesamten Hof der Maurys, der wie eine Art Enklave in der Mitte liegt. Bayard hatte schon mehrmals versucht, den Hof aufzukaufen, doch Michel hat sich unter dem Druck seiner Tochter und seines Schwiegersohns bis jetzt geweigert.
Daraufhin änderte der so mächtige und unersättliche Nachbar seine Taktik. Sei es aus Rachegelüsten, sei es aus wirklicher Neigung – jedenfalls begann er, Louisette Maury zu umwerben, und Louisette war ihm rasch erlegen. Bereits seit einigen Monaten läßt sie ihren Ehemann allabendlich allein und verbringt die Nächte statt dessen völlig ungeniert bei Bayard in der »Scheune«.
Vergebens hat sich der schwächliche Maury gegen diese völlig unannehmbare Situation gewehrt, aus der er keinen Ausweg mehr sieht. Er hat seine Tochter und seinen Schwiegersohn an diesem Abend zu sich eingeladen, um mit ihnen darüber zu reden.
Natürlich war ihm klargewesen, wie sie reagieren würden, und was sein Schwiegersohn soeben gesagt hat, ist absolut richtig: Es muß dem ein Ende gemacht werden.
Er wendet sich jetzt an seine Tochter. Vielleicht fällt ihr eine Lösung ein, die alles auf einen Schlag wieder in Ordnung bringen wird.
»Und du, Anne, wie denkst du darüber?« fragt er sie.
Anne Rollat, die bis jetzt geschwiegen hat, sieht ihrem Vater direkt in die Augen.
»Ich finde, daß es eine Schande ist! Was mich betrifft, so will ich Mutter nicht mehr sehen, und du tätest gut daran, es genauso zu halten!«
Dies sollten ihre letzten Worte sein, denn im nächsten Moment werden sie alle drei von einem gleißenden Licht geblendet, und ein ohrenbetäubender Krach ertönt. Alles schreit durcheinander, und dann ist Stille.
Der Hof der Maurys stürzt ein und begräbt die Bewohner

unter seinen Trümmern. Aimé Rollat, der durch den massiven Holztisch vor der Explosion geschützt worden ist, stößt noch die Worte hervor: »Die Deutschen ...!«
Dann verliert er das Bewußtsein.

Eine Viertelstunde später trifft die Feuerwehr ein. Ein erschütternder Anblick bietet sich ihnen. Der Hof der Maurys ist buchstäblich in die Luft gejagt worden.
Anne Rollat wurde von einem Stück Mauerwerk getroffen und darunter begraben. Sie muß auf der Stelle tot gewesen sein. Ihr Mann Aimé ist unverletzt geblieben, doch er ist noch nicht wieder richtig bei sich. Wie eine aufgezogene Puppe wiederholt er unablässig: »Die Deutschen! Die Deutschen!«
Michel Maurys Verfassung ist äußerst besorgniserregend. Obwohl er außer ein paar Prellungen keine ernsthaften Verletzungen erlitten hat, befindet er sich in einem tiefen Schockzustand. Der Arzt, der ihn soeben untersucht hat, vermag nicht zu sagen, ob er überleben wird.
Doch was die Ursache der Explosion betrifft, so können die Feuerwehrleute diese inzwischen eindeutig feststellen. Sie wurde durch eine Plastikbombe von sehr großer Sprengkraft hervorgerufen, die im Keller explodiert ist. Vermutlich wurde sie durchs Kellerfenster geworfen. Mit dem Krieg hat das also nichts zu tun. Hier handelt es sich um ein Verbrechen.
Als Kommissar Puisart, der mit den Ermittlungen beauftragt ist, sich am nächsten Tag an den Ort des Geschehens begibt, hat er über die Sache bereits einige Erkundigungen eingezogen. Seine Aufgabe erscheint ihm nicht sehr schwierig, da die Fakten so klar auf der Hand liegen.
Bevor er sich anschickt, die Überreste des Hofes der Maurys zu untersuchen, hat er sich ein wenig mit den Dorfbewohnern unterhalten. Auf diese Weise hat er erfahren, daß der Hof eine Art Enklave inmitten der Ländereien des mächtigen Lucien Bayard bildete, und auch sonst haben die

Bewohner von Vaubois kein Blatt vor den Mund genommen.
»Ich weiß noch genau, was er zu mir gesagt hat, Herr Kommissar: ›Ich werde den Hof von Maury bekommen! Auch wenn er ihn mir nicht verkaufen will, werde ich ihn bekommen!‹«
Und selbstverständlich hat man den Beamten auch über die Affäre zwischen Bayard und Louisette Maury aufgeklärt, denn jedermann weiß von dieser skandalösen Geschichte!
»Er wollte den Hof und die Frau dazu, Herr Kommissar! Und wenn der arme Michel dahingehen sollte, wird er sie auch beide bekommen!«
Kommissar Puisart begibt sich unverzüglich zur »Scheune« von Lucien Bayard, wo dieser ihn bereits erwartet. Allerdings scheint der Großgrundbesitzer durch den Besuch des Polizeibeamten nicht sonderlich beeindruckt zu sein.
Er ist ein Mann um die Sechzig mit weißem Haar. Er hat ein markantes Kinn, und seine Züge sind bereits faltig. Durch die Bewohner von Vaubois weiß der Kommissar über ihn hinlänglich Bescheid. Lucien Bayard hat beinahe mit nichts angefangen, sieht man von dem geringen Erbe ab, das seine Eltern ihm hinterlassen haben. Dieses kleine Stückchen Land befand sich allerdings genau an der richtigen Stelle. Durch harte Arbeit und Sparsamkeit schaffte er es dann nach und nach, sein Land mehr und mehr zu vergrößern. Er kaufte Parzelle um Parzelle hinzu und besaß bald alle Ländereien in seiner Nachbarschaft.
Er ist ein harter, geiziger Mann, der nur ein Gesetz kennt, nämlich das seine. Das einzige, was für ihn im Leben zählt, ist seine unersättliche Gier nach immer mehr Land …
Kommissar Puisart erkennt rasch, worin die eigentliche Schwierigkeit des Falles liegt, denn obwohl alles auf diesen einen Verdächtigen hindeutet, wird er sich nicht einfach so überführen lassen …
»Ich habe bezüglich Ihrer Person eine Menge erfahren,

Monsieur Bayard, und ich glaube, Sie haben mir auch einiges zu sagen.«

Der Großgrundbesitzer zuckt mit den Schultern: »Ich wüßte nicht, was! Mit dem Hof der Maurys habe ich nichts zu schaffen.«

»Lassen Sie uns damit anfangen, daß Sie mir erzählen, was Sie gestern abend gemacht haben.«

»Zum Zeitpunkt der Explosion? Ja, diesen Knall hat man bis hierher gehört. Nun, ich hatte einen Gast zum Abendessen hier, nämlich den Herrn Bürgermeister. Sie brauchen ihn nur zu fragen.«

Der Kommissar weiß jetzt, mit wem er es zu tun hat: mit einem dickschädeligen, gerissenen Bauern ... Es ist nicht leicht, solche Leute zum Reden zu bringen. Doch da er fest entschlossen ist, die Sache voranzutreiben, geht er zum Gegenangriff über.

»Der Herr Bürgermeister war hier, sagen Sie? War er wirklich der einzige Gast? War nicht auch Louisette Maury zugegen?«

Wenn der Kommissar geglaubt hatte, damit etwas zu erreichen, so sieht er sich jetzt getäuscht.

Ungerührt erwidert Lucien Bayard: »Ja, natürlich, so wie jeden Abend.«

»Wissen Sie, was man im Dorf über Sie beide erzählt?«

Der Bauer nickt mit gelassener Miene.

»Natürlich weiß ich das. Und ich sage Ihnen gleich, daß es stimmt. Sobald Louisette frei ist, werde ich sie heiraten.«

Puisart kann seine Verärgerung nicht verbergen. Grimmig antwortet er: »Also gut. Sie haben mit dem Bürgermeister zu Abend gegessen, als die Explosion erfolgte. Aber immerhin gibt es Bomben mit Zeitzünder. So leicht werden Sie sich nicht aus der Affäre ziehen, Bayard!«

Zum zweitenmal läuft der Beamte gegen eine Wand, denn in logischer Konsequenz fragt der Bauer nun: »Dann haben Sie in den Trümmern also einen solchen Zeitzündermechanismus gefunden, oder?«

Nein, die Feuerwehrleute haben nichts Derartiges gefunden, obwohl sie gründlich danach gesucht hatten. Das weiß der Kommissar natürlich und ändert daher das Thema. Er versucht eine letzte Attacke: »Nun, dann haben Sie eben einen Komplizen, einen von Ihren Knechten wahrscheinlich, die Sie behandeln wie die Negersklaven ...«
Erneut zuckt Lucien Bayard mit den Schultern.
»Tun Sie, was Sie für richtig halten, Herr Kommissar. Befragen Sie meine Leute. Sie werden schon sehen ...«
Und tatsächlich: das Verhör der zehn Tagelöhner, die Lucien Bayard beschäftigt, ergibt nicht das geringste. Die Männer grummeln nur etwas vor sich hin und zeigen verängstigte Mienen. Es sind arme Burschen, die zum Teil recht einfältig sind.
Der Kommissar beharrt nicht. Er ahnt, daß, wie oft in solchen Fällen, manch einer von ihnen sich womöglich zu Unrecht bezichtigen könnte, und zwar einzig und allein aus Angst vor der Polizei. Er zieht es daher vor, eine andere Person zu befragen: Louisette Maury, eine kleine Frau mit harten Gesichtszügen. Sie hat soeben ihre Tochter verloren, ihr Ehemann schwebt nach wie vor in Lebensgefahr, sie selbst ist dem Tod nur entkommen, weil sie ihren Mann betrogen hat, und dennoch bestehen ihre ersten Worte nur in dem Versuch, ihren Geliebten zu verteidigen.
»Er ist es nicht gewesen, Herr Kommissar, das schwöre ich Ihnen! Lucien ist manchmal ein bißchen barsch, aber er würde niemandem etwas zuleide tun. Das sind nur die Leute aus dem Dorf, die so etwas behaupten. Die Dorfbewohner sind bösartig ...«
Kommissar Puisart beschließt, die Untersuchung hiermit abzuschließen. Auch wenn die Verhöre nichts ergeben haben, ändert das nichts an den Fakten. Nur einer hat von diesem Attentat profitiert, und das ist Lucien Bayard. Er ist brutal und skrupellos, er wollte sich unbedingt den Hof der Maurys aneignen, und er hat ein Verhältnis mit Maurys Frau.
Was will man mehr verlangen?

Am nächsten Tag geschieht jedoch etwas, das ihn zwingt, den Lauf der Dinge zu beschleunigen. Das Krankenhaus in Besançon teilt ihm mit, daß Michel Maury einem Herzanfall erlegen ist. Er hat den Schock nicht überlebt.
Diesmal läßt der Kommissar Lucien Bayard verhaften. Wenn er es nicht getan hätte, so wäre es im Dorf von Vaubois zu einem Aufstand gekommen.
Die weiteren Ermittlungen fördern allerdings keine neuen Fakten zutage. Lucien Bayard wird vom Untersuchungsrichter offiziell des Mordes angeklagt, und am 23. Juli 1945 wird ihm der Prozeß gemacht.
Mit hoch erhobenem Haupte erscheint er auf der Anklagebank. Selbstsicher und unerschütterlich antwortet er auf alle Fragen, die man ihm stellt.
»Zugegeben, ich mochte Maury nicht besonders. Ich gestehe auch ohne weiteres ein, daß sein Tod mir sehr gelegen kommt. Na und? Das ist noch lange kein Beweis!«
Nein, das ist in der Tat kein Beweis. Selbst dem Staatsanwalt ist dies klar, sosehr er auch sein rednerisches Talent entfalten mag. Am Ende der Verhandlung wird Lucien Bayard aus Mangel an Beweisen freigesprochen.
Einen Monat später heiratet er Louisette, verwitwete Maury. Als Mitgift bringt sie den Hof in die Ehe ein. Der große Besitz um die »Scheune« herum ist nun in Händen eines einzigen Mannes. Dieser hat bekommen, was er wollte, nämlich sowohl den Hof als auch die Frau.
In Vaubois jedoch heißt es überall: »Es gibt eben keine Gerechtigkeit!«

6. April 1954. Vor neuneinhalb Jahren wurde der Hof der Maurys durch die verbrecherische Tat eines Bombenlegers zerstört, wobei Michel Maury und dessen Tochter Anne den Tod fanden.
Da erscheint ein Mann von etwa fünfundzwanzig Jahren im Büro von Kommissar Puisart. Er ist dunkelhaarig, hat eine niedrige Stirn und einen gehetzten Blick. Man spürt, daß es

ihn große Überwindung gekostet hat, hierher zu kommen, doch man spürt ebenso, daß es für ihn jetzt kein Zurück mehr gibt.
Nachdem er erklärt hat, zu der damaligen Explosion auf dem Hof der Maurys eine wichtige Aussage machen zu wollen, wird er vorgelassen.
Der Mann nimmt dem Beamten gegenüber Platz und beginnt mit tonloser Stimme: »Louis Vigo … Erkennen Sie mich nicht, Herr Kommissar?«
Vergeblich kramt Puisart in seinem Gedächtnis. Nein, er kennt den Mann nicht.
Dieser meint kopfschüttelnd: »Natürlich, ich verstehe. Es ist ja auch schon so lange her! Ich war damals Knecht bei Lucien Bayard, und Sie haben mich verhört.«
Jetzt erinnert sich der Kommissar. Er hatte ihn zusammen mit den anderen befragt, einen etwas zurückgebliebenen Halbwüchsigen. Er hatte es seinerzeit vorgezogen, nicht weiter zu insistieren, weil er fürchtete, der junge Bursche könnte sich um Kopf und Kragen reden.
Nach einem letzten Moment des Zögerns springt Louis Vigo ins kalte Wasser: »Ich … ich war es, der damals die Bombe gelegt hat!«
Kommissar Puisart ist zutiefst schockiert. Er hatte mit gewissen Enthüllungen gerechnet, aber nicht damit!
Der ehemalige Knecht fährt fort: »Aber es war trotzdem nicht meine Schuld, Herr Kommissar! Ich war nur vollkommen verblendet.«
Und Louis Vigo berichtet ihm, wie es zu diesem ganz besonders scheußlichen Verbrechen kam, das lange vorbereitet worden war und nur durch die Mithilfe eines schwachen und beeinflußbaren Individuums ausgeführt werden konnte, nämlich durch ihn selbst …
»Ich war zu der Zeit sechzehn Jahre alt, und ich hegte eine geradezu glühende Bewunderung für Monsieur Bayard. Ich wußte zwar, daß er hart und unnachgiebig war und nicht zimperlich in der Wahl seiner Mittel, aber ich wußte eben-

so, daß er alles, was er besaß, aus dem Nichts heraus geschaffen hatte. Daher glaubte ich, daß ich auch einmal so werden könnte wie er. Ich ließ mich also bei ihm als Knecht anstellen. Lucien Bayard zahlte von allen Bauern in der Gegend am wenigsten, aber das war mir egal. Ich wollte nichts anderes, als in seiner Nähe zu sein und seine Achtung zu erlangen ...«

Kommissar Puisart stellt eine Zwischenfrage: »Wann war das genau?«

»Im Oktober 1944.«

»War er damals schon mit Louisette Maury zusammen?«

»Ja. Und die beiden verheimlichten das auch keineswegs. Sie führte sich uns gegenüber bereits wie die künftige Herrin auf.«

»Und wie hat sich Lucien Bayard Ihnen gegenüber verhalten?«

Louis Vigo befeuchtet sich die Lippen mit der Zunge.

»Das war ja das Seltsame, Herr Kommissar. Ich verstand es nicht. Als ich zu ihm kam, sagte ich ihm, wie sehr ich ihn bewunderte. Ich dachte, es würde ihn freuen, doch statt dessen war er von da an zu mir viel strenger als zu den anderen. Mir gab er niemals Taschengeld, mich ließ er weiterarbeiten, wenn alle schon Feierabend hatten, und ich durfte auch nicht in der Scheune schlafen wie die anderen. Als einziger mußte ich bei den Pferden im Stall schlafen, wo ich immer Angst hatte, von einem Huf getroffen zu werden. Ich war kreuzunglücklich, denn ich begriff nicht, was mein Herr gegen mich hatte.«

Der Kommissar hat jedoch längst begriffen. Er hat begriffen, mit welch raffinierten psychologischen Mitteln Lucien Bayard den unglückseligen Louis Vigo monatelang traktiert hatte. Von dem Moment an, wo er dieses beeinflußbare Wesen vor sich sah, wußte er, daß er alles von ihm verlangen konnte. Es kam nur darauf an, ihn richtig darauf einzustimmen.

Der ehemalige Knecht setzt seinen Bericht fort: »Und eines

Tages, es war der 14. März 1945, kam er zu mir und sagte: ›Louis, willst du künftig nicht mehr im Pferdestall schlafen? Bist du bereit, dir meine Anerkennung zu verdienen?‹ Und ich erwiderte: ›O ja, Herr!‹ Und dann reichte er mir einen verschnürten Gegenstand und sagte: ›Heute abend, wenn wir beim Essen sind, wirfst du dieses Paket bei den Maurys durchs Kellerfenster ...‹«

Louis Vigo sieht den Kommissar mit flehentlicher Miene an.

»Ich wußte nicht, was in dem Paket war, das schwöre ich Ihnen! Ich dachte, er wollte ihm einen Streich spielen, mit toten Ratten oder so etwas ähnlichem. Also sagte ich ja. Am Abend tat ich, wie er mir befohlen hatte. Mit dem Paket unter dem Arm ging ich zum Hof der Maurys. Ich beeilte mich, denn ich wollte nicht erwischt werden. Ich warf das Paket durch das Kellerfenster und lief davon. Ich war noch keine vierhundert Meter entfernt, als ich einen schrecklichen Krach hinter mir hörte. Etwas schleuderte mich zu Boden, und als ich mich umdrehte, war das Haus der Maurys nicht mehr da!«

Kommissar Puisart betrachtet sein Gegenüber. Er ist so gut wie sicher, daß der Mann die Wahrheit sagt und nicht wußte, daß sich in dem Paket eine Bombe befand. Doch dies zu beurteilen ist nicht seine Sache. Darüber werden die Geschworenen zu befinden haben.

Dennoch muß er ihm noch zwei Fragen stellen: »Warum haben Sie nichts gesagt, als ich Sie damals verhörte?«

»Als ich hinterher zu Bayard zurückkehrte, sagte er zu mir: ›Wenn du den Mund aufmachst, bringe ich dich um.‹ Ich hatte Angst.«

»Und warum haben Sie sich jetzt entschlossen zu reden?«

»Ich konnte einfach nicht länger schweigen. Als Bayard heiratete, jagte er mich davon. Ich ging dann in die Stadt, um in der Fabrik zu arbeiten. Ich hatte gehofft, ich könnte vergessen, indem ich die Gegend verließ. Aber es war mir unmöglich ...«

Lucien Bayard wurde ein zweites Mal verhaftet. Obwohl inzwischen neun Jahre vergangen waren, hatte er sich kein bißchen verändert. Er hatte nichts von seiner Brutalität und auch nichts von seiner Arroganz eingebüßt.

Als die Polizei ihn festnahm, sagte er zu den Beamten: »Sie können gegen mich nichts ausrichten! Eure Gesetze interessieren mich nicht. Ich habe meine eigenen Gesetze, und die sind hundertmal mehr wert!«

Dennoch fand er sich hinterher vor dem Schwurgericht von Besançon auf der Anklagebank wieder, zusammen mit seinem ehemaligen Knecht Louis Vigo. Vergeblich versuchte er, die Geschworenen, die Zeugen und seinen Mitangeklagten einzuschüchtern. Es half ihm nicht, und selbst Louis Vigo hatte vor ihm keine Angst mehr.

Am Ende des Prozesses wurde er zu zwanzig Jahren Gefängnis verurteilt, was in Anbetracht seines Alters lebenslänglich bedeutete.

Louis Vigo erhielt fünf Jahre Gefängnis auf Bewährung.

Damit war bewiesen, daß entgegen aller anderslautenden Meinungen es in diesem Landstrich doch noch Gerechtigkeit gab.

Das Höllenfeuer

Obwohl es mitten in der Nacht ist, herrscht auf der Wallaceschen Farm an diesem 16. Januar 1966 eine geradezu unerträgliche Hitze. Dies liegt einerseits an der Jahreszeit, weil in der kleinen Stadt Bribbaree, die zweihundert Kilometer entfernt liegt von Sydney, jetzt Hochsommer ist. Doch ist dies nicht der einzige Grund, weshalb dem Ehepaar Wallace und den eilig herbeigelaufenen Nachbarn der Schweiß ausbricht: Die Farm brennt nämlich!

Es ist ein Brand von ungeheurer Heftigkeit. Das Feuer war zunächst gegen Mitternacht in der Scheune ausgebrochen. Mr. und Mrs. Wallace wurden schlagartig geweckt, und sie taten, was sie konnten, um die Flammen zu bekämpfen, aber das war so gut wie gar nichts.

Zum Löschen hatten sie nur ein paar Eimer und das Wasser aus ihrem Brunnen. Daraufhin war Mr. Wallace in seinen Wagen gesprungen, um Hilfe herbeizuholen.

Bribbaree ist keine Stadt im eigentlichen Sinne. Es handelt sich eher um eine große Ansammlung von Farmen, die teilweise mehrere Kilometer voneinander entfernt liegen. Bis Mister Wallace Hilfe holen konnte, hatte das Feuer bereits das Haus erreicht.

Die eingetroffenen Feuerwehrleute von Bribbaree, sämtlich freiwillige Helfer, haben sich natürlich sofort an die Arbeit gemacht. Einer von ihnen ist der Polizeiinspektor Brian Hardy, der sich im Schweiße seines Angesichts mit der Löschspritze abmüht. Trotz seiner nur fünfunddreißig Jahre ist er alles andere als sportlich und hat schon einen beachtlichen Bauch.

Er wendet sich zu Wallace: »Ich weiß nicht, ob wir es schaffen werden. Ich habe so etwas noch nie gesehen. Es ist ein richtiges Höllenfeuer!«

Der Farmer zuckt zusammen: »Ich habe jetzt keine Zeit, aber ich muß Ihnen später etwas sagen ...«

Der Morgen ist gekommen. Nachdem sie an die sechs Stunden hintereinander gegen die Flammen gekämpft haben, stellen die Männer ihre Bemühungen ein. Das Feuer läßt nach, aus dem einfachen Grunde, weil nichts mehr vorhanden ist, das brennen könnte. Selbst die Mauern sind eingestürzt. Von der Scheune und der Farm des Ehepaars Wallace ist nur noch ein Haufen Asche übriggeblieben.

Inspektor Brian Hardy tritt auf Mr. Wallace zu, und während er sich die Stirn abwischt, fragt er ihn: »Sie wollten mir doch noch etwas sagen?«

»Ja, es ist wegen des Ausdrucks, den Sie gebraucht haben: Sie sprachen von einem ›Höllenfeuer‹. Das hat mich an etwas erinnert: Vorgestern ist nämlich ein Mann hierhergekommen, ein Wanderprediger. Er war groß und mager und ganz in Schwarz gekleidet. Vielleicht kennen Sie ihn ...«

Inspektor Hardy nickt: »Ja, so ein religiöser Eiferer, der sich manchmal hier in der Gegend herumtreibt. Ich habe von ihm gehört. Er heißt Richard Scott oder so ähnlich. Er hat eine Art Sekte gegründet. Sie nennen sich ›Die Brüder Jesu‹. Aber weshalb fragen Sie?«

»Nun, ich habe ihn fortgeschickt. Ich kann solche Leute nicht riechen, doch er hat es sehr übelgenommen. Als er fortging, schrie er: ›Gott wird euch mit einem Höllenfeuer strafen!‹«

Brian Hardy schweigt einen Moment.

»Mit anderen Worten, sie meinen, er könne sich als Arm Gottes verstanden haben? Das ist durchaus möglich. Ich werde der Sache nachgehen.«

3. Juli 1967, gegen ein Uhr morgens. Anderthalb Jahre sind vergangen, seitdem die Farm der Wallaces niedergebrannt ist. Inspektor Hardy hat inzwischen in Sachen Richard

Scott ermittelt. Er hat den Prediger vorgeladen und verhört. Dieser war wirklich eine seltsame Figur. Was er sagte, klang beinahe nach einer Selbstbezichtigung. Unablässig wiederholte er in beschwörendem Tonfall: »Wallace hatte die Flammen der Hölle verdient ...«

Doch in dieser eisigen Julinacht wird Brian Hardy nicht etwa in seiner Eigenschaft als Polizist aus dem Bett gerissen. Man hat ihn geweckt, weil wieder ein Brand ausgebrochen ist.

Genau wie vor anderthalb Jahren, muß er mitten in der Nacht die Löschspritze bedienen, doch diesmal nicht schwitzend, sondern schlotternd vor Kälte, denn in Australien ist jetzt tiefer Winter. Die brennende Farm, die den Chapmans gehört, ist das Ebenbild der ehemaligen Wallace-Farm, denn auch hier wüten die Flammen mit ungeheurer Kraft. Auch dies ist im wahrsten Sinne des Wortes ein Höllenfeuer.

Als der Morgen anbricht, sieht man das wahre Ausmaß der Katastrophe. Der Brand hat hier noch mehr zerstört als damals bei den Wallaces. Dort fanden sich zwischen der Asche immerhin noch ein paar Balken und Reste des Mauerwerks. Hier ist jedoch nicht das geringste davon übriggeblieben. Alles liegt in Schutt und Asche. Noch nie hat Inspektor Hardy etwas Derartiges gesehen!

Der Farmer Chapman geht auf ihn zu: »Ich habe Ihnen etwas zu sagen, denn hier stimmt etwas nicht!«

Es ist seltsam, aber Inspektor Hardy hatte irgendwie damit gerechnet ...

Der Farmer fährt fort: »Dies war kein gewöhnlicher Brand. Ich bin nämlich gegen Mitternacht wach geworden, weil es in unserem Schlafzimmer auf einmal so heiß war. Der Raum war wie ein Brutofen.«

»War das Feuer schon ausgebrochen?«

»Nein, eben nicht. Ich habe daraufhin das ganze Haus untersucht, aber es war alles in Ordnung. Dann dachte ich, der Heizkessel sei vielleicht defekt. Ich ging also in den Keller,

doch daran lag es nicht. Die Heizung funktionierte ganz normal.«
»Aber woher kam dann diese Hitze?«
»Ich weiß es nicht. Jedenfalls packte mich die Angst. Ich ging wieder nach oben zu meiner Frau und sagte ihr, sie solle sofort mit mir kommen. Sie warf sich einen Mantel über und folgte mir ins Freie, und das hat uns das Leben gerettet.«
Mister Chapman zittert jetzt leicht.
»Ich weiß, es klingt unwahrscheinlich, Inspektor, aber ich schwöre Ihnen, daß das die Wahrheit ist. Wir waren noch keine Minute im Freien, als das Haus in Flammen aufging und wie eine Fackel brannte!«
»Übertreiben Sie auch nicht?«
»Nein. Das Feuer hat im Erdgeschoß begonnen. Und in sämtlichen Zimmern brannte es auf einen Schlag zur selben Zeit! Verstehen Sie? Zur selben Zeit! Dann erreichten die Flammen den zweiten Stock, und nach fünf Minuten waren sie schon im Dach. Nein, das war kein normales Feuer. Es hatte etwas ... etwas Diabolisches!«
Inspektor Hardy denkt angestrengt nach. Es gibt da einen Gedanken, den er einfach nicht mehr los wird. Auf das Risiko hin, lächerlich zu wirken, fragt er den Farmer schließlich: »Sagen Sie, Mr. Chapman, hat Sie vor einiger Zeit ein Wanderprediger besucht, ein gewisser Scott, der ganz in Schwarz gekleidet war?«
»O ja. Das ist ungefähr vierzehn Tage her. So eine Art Verrückter ...«
»Sie haben ihn also wieder fortgeschickt?«
»Natürlich ...«
Chapman hält inne und starrt vor sich hin.
»Als er fortging, hat er irgendeine Verwünschung gegen mich ausgestoßen und von den Flammen der Hölle gesprochen. Sie glauben doch nicht etwa, daß ...«
»Im Moment glaube ich noch gar nichts, aber ich werde diesem Prediger ein paar Fragen stellen!«

Richard Scotts äußere Erscheinung entspricht genau dem, was man sich unter einem Asketen vorstellt. Mit seinem ausgezehrten Gesicht, der hochgewachsenen Gestalt, dem spindeldürren Körper und dem schwarzen Anzug sieht er ziemlich furchterregend aus ... Brian Hardy hat ihn mühelos aufspüren können, denn Scott hielt sich in Bribbaree auf. Der Wanderprediger leistete übrigens nicht den geringsten Widerstand, als Hardy ihn aufforderte, mit ihm zu kommen. Im Gegenteil, er legte sogar eine arrogante Genugtuung an den Tag.

Jetzt sitzt er vor ihm und betrachtet ihn mit einem seltsamen Lächeln. Hardy ist klar, daß er es mit ihm nicht leicht haben wird.

»Sie haben zwei Familien in Bribbaree gedroht, daß ihre Farmen niederbrennen werden!«

»Das ist wahr.«

»Nun, dies ist tatsächlich eingetreten, und im zweiten Fall haben wir es mit äußerst verdächtigen Umständen zu tun!«

Richard Scott sieht dem Inspektor ruhig in die Augen.

»Sie hatten es verdient, daß Gott sie strafte.«

»Und Sie haben dabei nicht zufällig ein bißchen nachgeholfen?«

»Natürlich habe ich das.«

»Sie geben also zu, den Brand gelegt zu haben?«

Mit demselben aufreizenden Lächeln erwidert der Mann: »Ich gebe zu, daß ich zu Gott gebetet habe, er möge diese Lästerer züchtigen, und er hat meine Bitte erhört. Insofern habe ich der Strafe nachgeholfen, und nicht mit Benzinkanistern oder Zündhölzern. Das Gebet ist viel stärker als solche Hilfsmittel.«

»Wollen Sie sich über mich lustig machen?«

»Es ist sehr bedauerlich, wie wenig Sie begreifen, Inspektor. Wenn die Leute in Bribbaree so weitermachen, werden sie noch alle in der Hölle schmoren, und dagegen werden auch Sie nichts unternehmen können!«

Brian Hardy hält es für besser, sich das alles nicht länger anzuhören, und läßt den Prediger ins Gefängnis bringen. Doch als er ihn am nächsten Morgen wieder in sein Büro kommen läßt, hat sich sein Ton ihm gegenüber vollkommen verändert.

Inzwischen ist nämlich etwas sehr Bedeutsames geschehen!

»Mr. Scott, ich muß mich bei Ihnen entschuldigen. Sie haben mit der Sache nichts zu tun. Heute nacht hat der Wald von Rannoch gebrannt. Ein ganzer Wald hat innerhalb von wenigen Stunden in Flammen gestanden, obwohl es drei Tage lang geregnet hat und der Boden feucht war. Die Behörden in Sydney haben Fachleute hergeschickt, denn dieses Phänomen ist absolut unbegreiflich!«

Triumphierend erklärt Richard Scott: »Unbegreiflich nur für den, der nicht begreifen will. Um eine Handlung in Gang zu setzen, spielt es keine Rolle, an welchem Ort man sich aufhält. Entscheidend ist nur der Wille ...«

»Wollen Sie etwa behaupten, daß Sie vom Gefängnis aus das Feuer in Gang gesetzt haben?«

»Natürlich ...«

Diesmal kann sich Inspektor Hardy nicht länger beherrschen. Wütend zeigt er mit dem Finger zur Tür: »Gehen Sie, und lassen Sie sich hier nicht mehr blicken!«

Der Prediger zieht sich ohne Hast zurück.

»Wie Sie wollen. Aber ob ich hier bin oder woanders, was macht das für einen Unterschied?«

Ein paar Minuten später tritt ein Besucher in Inspektor Hardys Büro. Es handelt sich um einen jüngeren Mann etwa um die Dreißig. Er ist von schwächlicher Statur und trägt dicke Brillengläser.

»Inspektor Hardy? Ich komme wegen der Sache mit den Bränden.«

Brian Hardy ist nicht gerade wohlgelaunt.

»Ja, und? Was wollen Sie?«

»Ihnen die Wahrheit erzählen.«

»Sie wissen, wie es sich zugetragen hat?«

»Ich habe es gerade herausgefunden.«
Der junge Mann scheint erst jetzt zu bemerken, daß er nicht mit dem Anfang angefangen hat.
»Entschuldigen Sie, ich habe vergessen, mich vorzustellen: Ich heiße Roy Matthews. Ich habe den Brand im Wald von Rannoch untersucht. Ich bin nämlich Geologe.«
»Was hat die Geologie mit der Sache zu tun?«
»Ich verstehe Ihr Erstaunen. Es kommt selten vor, daß wir bei Brandfällen hinzugezogen werden, aber in dieser Angelegenheit konnte nur ein Geologe das Rätsel lösen. Es liegt nämlich unter der Erde!«
Inspektor Hardy zeigt plötzlich großes Interesse. Als Roy Matthews dies bemerkt, fährt er mit professionellem Eifer fort:
»Tatsächlich handelt es sich hier um einen einzigartigen Fall. Um zu verstehen, was passiert ist, müssen Sie wissen, daß der Boden von Bribbaree zum größten Teil aus Torf besteht. Sicher ist Ihnen bekannt, daß Torf ein fossiles Mineral pflanzlichen Ursprungs ist und unter anderem als Brennstoff verwendet wird. Im natürlichen Zustand ist Torf normalerweise sehr feucht, doch in Ausnahmefällen wie hier in Bribbaree ist er trocken. Hier kommt der Torf in Form von Adern vor, die zum Teil die Oberfläche erreichen, die sich aber auch sehr tief in den Boden eingraben können, genau wie unterirdische Kohlevorkommen ...«
Inspektor Hardy beginnt zu begreifen, und was er da erahnt, ist geradezu phantastisch.
Der Geologe fährt fort: »Das Ganze geht von der Farm der Wallaces aus. Obwohl es sich um ein ganz natürliches Feuer handelte, hatte es unabsehbare Folgen. Ich bin vor Ort gewesen und habe gesehen, daß sich an dieser Stelle der Torf beinahe auf Bodenhöhe befindet. Nachdem die gesamte Farm niedergebrannt war, griffen die Flammen auf den direkt darunter liegenden Torfboden über. Dies war der Beginn eines unterirdischen Brandes, der jetzt bereits anderthalb Jahre dauert.«

»Aber das ist ja entsetzlich!«
»Das kann man wohl sagen! Nach ersten Berechnungen erstreckt sich die Torffläche über ungefähr dreihundert Quadratkilometer. Die Wallace-Farm war gewissermaßen das Zündholz, das den Brand in Gang gesetzt hat. Mittlerweile brennt sie unterirdisch weiter, ohne daß man es sehen kann. Doch wenn der Brandherd eine Torfader erreicht, die dicht unter der Erdoberfläche liegt, dann wird alles, was sich darüber befindet, ebenfalls in Brand gesetzt. Dies war bei den Chapmans der Fall und beim Wald von Rannoch.«
Brian Hardy hat sich von seiner Überraschung noch immer nicht erholt.
»Und wird das noch lange so weitergehen?«
»Ganz bestimmt. Torf hat die Eigenschaft, sehr langsam zu verbrennen. Der Brand wird noch an die zehn Jahre dauern. Denn es gibt keinerlei Mittel, dem Feuer Einhalt zu gebieten, selbst wenn man Löschfahrzeuge einsetzt oder den Boden aufgräbt. Das Ganze liegt viel zu tief in der Erde. Was man als einziges tun kann, ist, herauszufinden, welche Häuser auf Torfboden gebaut sind, und diese zu evakuieren. Alle übrigen Häuser sind nicht in Gefahr.«
Inspektor Hardy schüttelt ungläubig den Kopf.
»Dann hatte der Prediger doch recht!«
»Wie bitte?«
»Ja, das Feuer unter unseren Füßen ist tatsächlich die Hölle. Bribbaree ist gewissermaßen auf der Hölle errichtet worden!«

Ein liederliches Frauenzimmer

An diesem 1. Februar 1945 findet in Marlieu, einem Dorf im Norden Frankreichs, eine Hochzeit statt. Doch während bei solchen Anlässen für gewöhnlich fast die gesamte Bevölkerung zusammenkommt, hat sich diesmal niemand die Mühe gemacht. Die Bewohner Marlieus wollen an der Hochzeit von Rolande Lacroix und Henri Rouffier nicht teilnehmen.

Dabei ist er ein anständiger junger Bursche und stammt aus einer ordentlichen Familie. Er ist auf dem Bürgermeisteramt angestellt, er trinkt nicht, er ist fleißig und immer freundlich.

Was ist nur in ihn gefahren, ausgerechnet diese Rolande heiraten zu wollen? Und weshalb haben seine Eltern sich dem nicht widersetzt?

Was in ihn gefahren ist, kann man leicht erraten: Henri Rouffier ist ein Mann wie alle anderen, und wie diese ist auch er von Rolande schlichtweg fasziniert.

Rolande Lacroix wird von den Dorfbewohnern als ›liederliches Frauenzimmer‹ bezeichnet. Sie ist fünfundzwanzig Jahre alt, eher kräftig gebaut, hat einen frischen Teint, fast schwarze Augen und braunes Haar, das sie zu einem großen Knoten geschlungen trägt. Rolande ist unbestreitbar ziemlich vulgär, doch sie hat ebenso unbestreitbar etwas sehr Reizvolles und Sinnliches an sich. Mit ihren fünfundzwanzig Jahren hat sie schon zwei kleine Töchter, deren Väter nicht bekannt sind. Die beiden kleinen Mädchen sind gewissermaßen das Hochzeitsgeschenk an ihren künftigen Ehemann. Sie besitzt nämlich überhaupt nichts. Ihre Eltern sind gestorben, als Rolande noch ganz jung war.

Hinter ihren Gardinen verfolgen die Leute von Marlieu, wie das Brautpaar die Stufen der Kirchentreppe hinabschreitet. Diese liederliche Person will sie anscheinend auch noch provozieren: Ihre ältere Tochter, die schließlich ein Kind der Sünde ist, trägt doch tatsächlich die Schleppe ihres Brautkleids! Wie hat der Herr Pfarrer etwas Derartiges nur dulden können?
Jedenfalls ist die Meinung zu dieser so unpassenden Verbindung einhellig: Henri Rouffier rennt in sein Unglück. Rolande wird ihn nach Strich und Faden betrügen, und eines Tages wird ihm nichts anderes übrigbleiben, als sie zu verlassen. Sofern diese Ehe nicht ein noch tragischeres Ende nimmt ...

In diesem Jahr 1945 steht die Schankwirtschaft von Marlieu zum Verkauf. Ein Lokal zu besitzen ist Rolandes Traum seit ihrer Kindheit. Für sie ist dies gewissermaßen der Höhepunkt des gesellschaftlichen Aufstiegs.
Nun, Henri hat von seinen Eltern einiges Geld bekommen. Mit dieser Summe sollte sich das junge Ehepaar ein Zuhause schaffen, doch Rolande fegt den Einwand beiseite, zumal zu dem Lokal auch eine Wohnung gehört.
Wie hätte der frischgebackene Ehemann seiner Rolande auch nur irgend etwas abschlagen können? Und so wandern die Ersparnisse der Rouffiers in den Erwerb des Lokals. Rolande hat sich damit ihren Lebenstraum erfüllt: Sie ist die Chefin einer Gastwirtschaft geworden.
Rein kaufmännisch betrachtet, muß man zugeben, daß die Geschäfte gut laufen. Rolande thront selbst hinter der Kasse und bedient die Kundschaft bis spät in die Nacht. Sie macht ihre Sache hervorragend: Ihre gute Laune, ihre Fröhlichkeit und ihr Charme ziehen eine zahlreiche und natürlich ausschließlich männliche Kundschaft an. Nach einigen Monaten sind ihre Umsätze wirklich beachtlich.
Henri arbeitet weiterhin auf dem Bürgermeisteramt. Er mag die Kneipenatmosphäre nicht, das laute Gelächter, die

erregten Diskussionen zwischen angeheiterten Gästen, die lockeren Scherze gegenüber seiner Frau. Doch er ist fest entschlossen, nichts zu sagen und vor all dem möglichst die Augen zu verschließen. Nur so kann er Rolande behalten. Hinter seinem Rücken wird allerlei getuschelt. Je nach Erziehung nennt man ihn entweder grob den ›Hahnrei‹ oder etwas feiner den ›unglücklichen Jungen‹. Auf jeden Fall ist man sicher, daß Rolande ihn betrügt. Außerdem trinkt sie oft mit den Gästen. An manchen Abenden, so munkeln die braven Dorfbewohner, finden dort wahre Orgien statt, während der Ehemann oben im ersten Stock schon schläft ...
Im November 1945 ändert sich die Situation. Rolandes Bruder Gilbert kehrt aus dem Krieg zurück. Er ist genau das Gegenteil seiner Schwester: Er ist strebsam, pflichtbewußt und tapfer. Von Beginn an hat er der Widerstandsbewegung angehört und bis zum Ende des Krieges in der Armee von General Leclerc gedient. Als er jetzt heimkehrt, bereitet ihm das ganze Dorf einen festlichen Empfang. Gilbert Lacroix wird fürs erste bei seiner Schwester und seinem Schwager untergebracht, wo er in der Wohnung oberhalb des Lokals ein Zimmer bezieht.
Gilbert ist ein Mann mit Prinzipien. Rasch bemerkt er, welchen Lebenswandel seine Schwester führt, und er ist nicht bereit, dies zu dulden.
Ein paar Tage nach seiner Ankunft sagt er zu ihr: »Rolande, ich schäme mich für dich!«
Schulterzuckend erwidert sie: »Weshalb? Ist es etwa anstößig, ein Lokal zu betreiben?«
»Darum geht es nicht, und das weißt du genau. Aber ich habe gehört, was man sich im Dorf über dein Lokal erzählt, und ich schäme mich, weil es wahr ist!«
Jemand wie Rolande ist jedoch nicht willens, sich Moralpredigten anzuhören.
»Ja, und? Wenn du dir nicht anhören willst, was die Leute sagen, brauchst du nur zu gehen!«
Gilbert beharrt nicht. Er hat bei seiner Schwester noch nie

die Oberhand gewonnen und versucht es daher bei seinem Schwager.

»Du darfst dir das nicht länger von Rolande gefallen lassen, Henri! Du mußt jetzt etwas unternehmen! Sonst wird das bei ihr zur Gewohnheit, und dann tanzt sie dir nur noch auf der Nase herum.«

Henri Rouffier stößt einen resignierten Seufzer aus.

»Ich weiß, daß ich durch Rolande leiden werde. Ich weiß auch, daß sie mich betrügt. Aber ich wage nicht, ihr etwas zu sagen, weil ich sie liebe und weil ich Angst habe, sie zu verlieren. Was soll ich also tun?«

Er kann in der Tat nicht viel dagegen unternehmen. Gilbert bleibt bei den Rouffiers wohnen, doch seitdem er seiner Schwester Vorhaltungen gemacht hat, ist das Verhältnis zwischen den beiden sehr gespannt. Rolande treibt sich in aller Öffentlichkeit mit anderen Männern herum, zweifellos, um Gilbert zu provozieren, und die Atmosphäre im Lokal wird immer geladener.

Das Gerede im Dorf nimmt zu.

»Der arme Henri!« heißt es. »Er läßt sich nur deshalb nicht scheiden, weil er ein gottesfürchtiger Mann ist. Ach, manche Menschen können einem wirklich leid tun!«

Oder: »Die Sache wird noch böse enden, das sage ich euch! Rolande ist jetzt immer öfter beim alten Ferdinand, und wer weiß, was sie da sucht ...«

Der alte Ferdinand genießt in Marlieu einen ganz besonderen Ruf. Er ist Fischhändler, und zugleich gilt er als eine Art Zauberer. Man geht zu ihm, um Brandwunden behandeln zu lassen oder weil die Hühner keine Eier legen oder wegen allerlei sonstiger Zauberei. Und tatsächlich hat man Rolande Rouffier in letzter Zeit häufig aus dem Laden des Fischhändlers beziehungsweise Zauberers herauskommen sehen.

2. Mai 1946, acht Uhr morgens. Die ersten Gäste sind eingetroffen und unterhalten sich mit Rolande, die hinter der Kasse sitzt.

»Ist Ihr Mann noch nicht auf, Madame Rolande?« fragen sie.
»Nein, er liegt noch im Bett. Anscheinend hat er gestern abend zuviel getrunken.«
Gegen zehn Uhr morgens findet sich ein Kollege Henris vom Bürgermeisteramt bei ihr ein.
»Sagen Sie, was ist mit Ihrem Mann, Madame Rolande? Es ist das erste Mal, daß er nicht zur Arbeit erschienen ist.«
Rolande verzieht gleichgültig das Gesicht. Doch da der Mann nicht bereit ist zu gehen, kommt sie schließlich hinter ihrer Kasse hervor.
»Gut, ich werde nachsehen.«
Ein paar Minuten vergehen. Plötzlich hört man von oben einen erstickten Schrei, und dann stürzt Rolande die Treppe herunter. Im Gegensatz zu ihrem sonst so frischen Teint ist sie ganz weiß im Gesicht.
Atemlos, die Hand vor der Brust, stößt sie hervor: »Henri liegt tot in seinem Bett!«
Mühsam, obwohl sie kaum Luft bekommt, setzt sie hinzu: »Und mein Bruder auch ...«
Eine Stunde später ist das Lokal voller Menschen. Nach vergeblichen Wiederbelebungsversuchen haben die Gendarmen die Leichen von Henri Rouffier und Gilbert Lacroix abtransportiert. Ein Polizeikommissar Lourière aus der nächstgrößeren Stadt, aus Arras, nimmt die Ermittlungen in die Hand.
Doch Rolande steht noch zu sehr unter Schock, als daß sie ihm viel sagen könnte. Sie wiederholt nur immer aufs neue: »Ich verstehe es nicht ...«
Der Kommissar beschließt daher, erst einmal die Leute aus dem Dorf zu befragen.
Selbstverständlich haben diese ihm zum Thema Rolande eine Menge zu erzählen, und innerhalb kürzester Zeit erfährt der Polizist alles über den zügellosen Lebenswandel der Wirtin.
Jetzt, wo sie bekommen hat, was sie wollte, nämlich ihr Lo-

kal, war Henri ihr nur noch lästig gewesen. Und ihr Bruder hatte ihr immer wieder Vorwürfe gemacht! Kurz gesagt, die öffentliche Meinung beschuldigt Rolande, ihren Ehemann und ihren Bruder vergiftet zu haben.

Der Kommissar kennt diese Art von Gerede natürlich nur zu gut. Er notiert das Gehörte im Geiste, doch er wartet konkrete Hinweise ab.

Einen solchen Hinweis liefert kurz darauf ein gewisser Barnabé, der zu Rolandes Stammgästen gehört. Er ist ein etwa fünfzigjähriger Mann von blauroter Gesichtsfarbe.

Zu Beginn seiner Aussage meint er entschuldigend: »Ich möchte Rolande nicht unrecht tun, aber ich muß Ihnen trotzdem berichten, was geschehen ist. Gestern abend stand ich am Tresen, als ihr Mann hereinkam. Sie sagte zu ihm: ›Ich mache dir einen Kaffee, Liebling.‹ Dann kam sie hinter der Kasse hervor und brachte ihm den Kaffee nach oben. Ich war überrascht, denn das war das erste Mal, daß sie so etwas tat. Für gewöhnlich kümmerte sie sich kaum um ihn.«

Der Beamte notiert sich das. Dieser Tatbestand ist um so interessanter, als man auf dem Nachttisch des Toten keine leere Tasse gefunden hat. Aber deutet das wirklich schon auf einen Giftmord hin? Mit solchen Schlußfolgerungen muß man vorsichtig sein. Am besten wartet er das Ergebnis der Autopsie ab.

Zwei Tage darauf liegt das Ergebnis vor. Es ist höchst erstaunlich und gibt weitere Rätsel auf: »Im Bereich der inneren Organe sind Schäden festzustellen, die auf eine Vergiftung hindeuten. Die Art des Giftes kann jedoch nicht genau bestimmt werden. Es hat keinerlei Spuren hinterlassen. Es handelt sich weder um Arsen noch um Rattengift oder eine andere klassische Substanz.«

Ein geheimnisvolles Gift also …

Bis der Kommissar Rolande Rouffier verhören kann, die sich von ihrem Schock noch immer nicht erholt hat, beschließt er, statt dessen den alten Ferdinand aufzusuchen, von dem die Leute ihm mehrmals erzählt hatten.

Der sogenannte Zauberer begreift sofort, daß er gut daran tut, dem Polizisten alles zu sagen.
»Was Rolande von mir wollte? Einen Liebestrank wollte sie, um die Leidenschaft irgendeines Mannes zu entfachen. Aber sie hat mir nicht gesagt, wer der Mann ist.«
»Und haben Sie ihr einen solchen Trank gegeben?«
»Ja.«
»Woraus bestand er?«
Mit gesenktem Kopf erwidert der alte Ferdinand: »Ich bin kein Zauberer, Herr Kommissar. Die Leute hier im Dorf bilden sich das nur ein, und ich lasse sie in dem Glauben, um mir ein bißchen zusätzliches Geld zu verdienen. Meine Zaubertränke bestehen nur aus Wasser mit etwas Fischblut darin.«
Der Fischhändler zittert jetzt leicht.
»Mein Trank hat niemanden umgebracht, das schwöre ich Ihnen! Außerdem mußte Rolande ihn selbst trinken. Ich habe ihr gesagt, daß ihr dann kein Mann widerstehen könne.«
Kommissar Lourière beendet das Verhör. Er ist sich so gut wie sicher, daß der Mann kein Mörder ist. Er wird ihn lediglich wegen der unerlaubten Herstellung von Arzneimitteln belangen.
Und dann beginnt der letzte Teil seiner Ermittlungsarbeit. Er lädt Rolande Rouffier in sein Büro vor, die noch immer vollkommen erschüttert ist.
»Am Abend, bevor man Ihren Mann tot aufgefunden hat, brachten Sie ihm einen Kaffee in sein Zimmer.«
»Ja.«
»Wie kommt es, daß wir am nächsten Morgen keine Tasse auf seinem Nachttisch gefunden haben?«
Rolande beantwortet die Frage so gleichgültig, als sei dieses Detail ohne jede Bedeutung.
»Beim Aufstehen habe ich die Tasse mit nach unten genommen, um sie abzuwaschen. Die Tassen werden alle für die Gäste gebraucht.«

»Und haben Sie Ihrem Bruder auch etwas zu trinken gebracht?«
»Nein, warum?«
»Woran ist er dann gestorben?«
Mit einer hilflosen Geste schüttelt Rolande den Kopf.
»Ich weiß es nicht ...«
Trotz aller Bemühung gelingt es dem Kommissar nicht, die Tatverdächtige zu einem Geständnis zu bewegen. Aber alles paßt hier zusammen: die Tasse Kaffee, die sie ihrem Mann gebracht und am anderen Morgen sorgfältig abgewaschen hat, und das Motiv. Nachdem Henri ihr das Lokal gekauft hatte, wollte sie sich seiner entledigen und ihn beerben. Was ihren Bruder betraf, so war dieser für sie ein lästiger Zeuge geworden.

6. Februar 1947. Vor dem Gericht von Arras wird der Prozeß gegen Rolande Rouffier eröffnet, die des Doppelmordes an ihrem Ehemann und ihrem Bruder beschuldigt wird. Der Vorsitzende will mit der Befragung der Angeklagten beginnen, doch Rolande kommt nicht einmal dazu, ihren Namen und ihre Adresse anzugeben.
»Die Todesstrafe für sie!« ertönt ein Schrei aus dem Publikum und überdeckt Rolandes Stimme.
Erst als der Vorsitzende damit droht, den Saal räumen zu lassen, kehrt wieder Ruhe ein.
Rolande Rouffier ist nicht mehr die lebenssprühende junge Frau, die sie einst war. Sie ist abgemagert, und unter ihren Augen liegen tiefe Schatten. Zusammengesunken sitzt sie auf der Anklagebank. Nachdem sie die üblichen Angaben zur Person gemacht hat, fügt sie hinzu: »Ich bin unschuldig. Ich habe weder meinen Mann noch meinen Bruder getötet.« Aber sie äußert diese Worte, die sie der Polizei gegenüber monatelang wiederholt hat, ohne große Überzeugungskraft, so als wüßte sie genau, daß man ihr nicht glauben wird, und fast scheint es, daß sie selbst nicht mehr daran glaubt.

Dann treten die Bewohner von Marlieu der Reihe nach als Zeugen auf. Die Geschworenen sind über den Lebenswandel der Angeklagten rasch im Bilde. Sie ist schon mit vierzehn Jahren den Jungen hinterhergelaufen. Sie ist eine Trinkerin und hat häufig an den Zechgelagen ihrer Gäste teilgenommen. Und sie ist gewalttätig: Eines Tages hat sie ihrem unglückseligen Ehemann vor Zeugen eine Weinflasche über den Kopf geschlagen.

Rolande Rouffier senkt den Kopf, und auch ihr Verteidiger schweigt. Man kann darauf auch nicht viel erwidern, denn all diese Aussagen entsprechen der Wahrheit.

Als nächster tritt der Gerichtsmediziner in den Zeugenstand. Er wiederholt, was er schon in seinem Obduktionsbericht angegeben hat. Demnach wurden die beiden Opfer durch eine geheimnisvolle Substanz getötet.

»In Anbetracht der organischen Schäden kann der Tod nur durch ein stark ätzendes Gift hervorgerufen worden sein ...«

Der Staatsanwalt fordert die Todesstrafe, doch der Verteidiger weist auf den Mangel an Beweisen hin, und Rolande erklärt ein letztes Mal: »Ich habe weder meinen Mann noch meinen Bruder umgebracht!«

Die Geschworenen brauchen nicht lange, um sich zu beraten. Ihr Schuldspruch lautet: Rolande Rouffier wird zu lebenslanger Zwangsarbeit verurteilt. Ihr Protest gegen das Urteil wird allgemein als äußerst deplaziert angesehen. Schließlich kann sie sich glücklich schätzen, ihren Kopf gerettet zu haben!

Im Dorf Marlieu geht das Leben ohne Rolande weiter. Die Bewohner sind darüber sehr erleichtert, obwohl manche ihrer Stammgäste es bedauern, daß die lustigen Zeiten bei ihr vorbei sind.

Nachdem das Lokal ein Jahr lang zum Verkauf angeboten wurde, finden sich Anfang 1948 endlich neue Wirtsleute. Die neuen Eigentümer unterscheiden sich allerdings deut-

lich von Rolande. Unter der Führung von Monsieur und Madame Haumont, die beide um die Fünfzig sind, verwandelt sich die Kneipe in einen ziemlich langweiligen Ort, wo man früh öffnet und früh schließt.
9. April 1948. Als die ersten Gäste erscheinen, um ihren Morgenkaffee zu trinken, finden sie das Lokal zu ihrer Überraschung verschlossen. Die Tür ist verriegelt, und auch die Fensterläden sind noch nicht geöffnet.
Verwundert rufen sie: »Monsieur Haumont! Madame Haumont!«
Keine Antwort. Gegen halb neun ist kein Zweifel mehr möglich: Es muß etwas passiert sein, und daher verständigt man die Polizei. Die Gendarmen müssen die Tür aufbrechen. Unten ist niemand zu sehen. Die Beamten gehen in den ersten Stock hinauf und betreten das Schlafzimmer. Monsieur und Madame Haumont liegen im Bett. Beide sind tot ...
Unwillkürlich ruft einer der Gendarmen aus: »Genau wie der Ehemann und der Bruder von Rolande!«
Ja, genau wie bei den beiden ...
Der Autopsiebefund bestätigt dies noch: Das Ehepaar Haumont ist durch eine geheimnisvolle Giftsubstanz getötet worden.
Was ist also geschehen?
Der Kommissar beginnt auf der Stelle mit seinen Ermittlungen, doch diesmal hat er eine Vermutung, die ihm damals bei Rolande nicht in den Sinn kam: Er denkt an die Möglichkeit eines Unfalls.
Die Wahrheit wird bald darauf entdeckt. Direkt neben dem Lokal befindet sich ein Kalkofen, der einen defekten Betriebsmechanismus hat und der unter bestimmten Umständen tödliche Mengen Kohlenmonoxyd ausstößt.
Dieses Gas war es, das Henri Rouffier und Gilbert Lacroix getötet hatte. Rolande war nur deshalb verschont geblieben, weil sie spät zu Bett gegangen war und um diese Zeit kein Gas mehr freigesetzt wurde.

In Marlieu war also keineswegs ein Giftmord verübt worden. Rolande mochte eine Frau von liederlichem Lebenswandel sein, aber eine Mörderin war sie nicht.
Sie wurde sofort aus dem Gefängnis entlassen. Sie wurde voll rehabilitiert, und der Staat zahlte ihr eine Wiedergutmachungssumme von viertausend Francs.
Nach Marlieu kehrte sie nicht mehr zurück. Sie verließ die Gegend gemeinsam mit ihren beiden Töchtern. Jeder im Dorf hat das verstehen können.

Eine seltsame Komplizin

18. März 1958. Es ist kurz vor Mitternacht. Die Gräfin Minna von Kloster, die in einer Wohnung im vornehmen dritten Wiener Bezirk lebt, ist trotz der späten Stunde noch wach. Ungeachtet ihres luxuriösen Lebensstils und ihrer Zugehörigkeit zum Adel ist sie nicht gerade das, was man sich normalerweise unter einer Gräfin vorstellt. Minna von Kloster war zur Heirat mit einem General gezwungen worden. Seit zehn Jahren ist sie nun verwitwet und versucht all das nachzuholen, was sie zuvor versäumt hatte. Sie beschäftigt sich mit den unterschiedlichsten Dingen, hat beispielsweise ihr Personal entlassen, hat gelernt, selbst zu kochen und den Haushalt zu besorgen, und all diese Tätigkeiten bereiten ihr außerordentliches Vergnügen.

Darüber hinaus macht sie Yoga, hat sich zu einem Abendkurs für Elektrotechnik angemeldet, und das alles, obwohl sie gerade siebzig Jahre alt geworden ist!

Rein äußerlich hat Minna von Kloster nichts Ungewöhnliches an sich. Sie sieht genauso aus, wie man sich eine nette Großmutter vorstellt, obwohl ihre Ehe mit dem General kinderlos geblieben ist. Die Gräfin ist von kleinem Wuchs, hat weißes Haar und schöne blaue Augen, die immer etwas erstaunt in die Welt blicken.

Im Moment ist sie damit beschäftigt, die Teile eines Radios wieder zusammenzusetzen, die ihr von ihrer Abendschule zugeschickt worden sind. Plötzlich läßt ein ungewohntes Geräusch sie aufschrecken. Es kommt vom Innenhof.

Sie geht ans Fenster und stößt einen Schrei aus: Ein Mann will über das Dachgesims schleichen. Ein Dieb! Das ist wirklich sehr aufregend!

Die Gräfin will sich kein Detail der Szene entgehen lassen. Bei wem wird er einbrechen? Doch nicht etwa bei den Grass'?
Doch, tatsächlich!
Minna von Kloster klatscht leise in die Hände. Er ist bei der Familie Grass eingebrochen! Nun, das geschieht ihnen recht. Das wird diesen Angebern eine Lehre sein, die so großspurig tun, nur weil er Bankier ist! Hoffentlich klaut er der Frau, dieser hochnäsigen Person, den ganzen Schmuck!
Da fährt die Gräfin erneut zusammen. Im Hof ertönt gellendes Geschrei, gleich darauf eine durchdringende Trillerpfeife und aufgeregtes Stimmengewirr. Jemand hat wie sie den Dieb entdeckt und die Polizei verständigt. Wie schade!
Nach und nach gehen in den umliegenden Fenstern die Lichter an. Das ganze Gebäude erwacht jetzt. In eben diesem Augenblick vernimmt die Gräfin ein polterndes Geräusch im Treppenhaus. Sie hastet zur Wohnungstür, öffnet sie und sieht, daß mehrere Polizisten die Treppe nach oben stürzen.
Sie hebt den Kopf. Ein paar Stufen weiter oben steht ein etwa dreißigjähriger Mann, der gehetzt um sich blickt. Er ist mittelgroß, dunkelhaarig und ganz in Schwarz gekleidet.
Die Gräfin überlegt keine Sekunde. Sie gibt dem Dieb ein Zeichen und macht: »Psst, hierher!«
Der junge Mann scheint einen Moment zu zögern, doch da die Beamten immer näher kommen, flieht er schließlich in ihre Wohnung. Atemlos folgt er Minna von Kloster in den Salon. Als er sich etwas beruhigt hat, fragt er mit erstickter Stimme: »Warum haben Sie das getan?«
Minna von Kloster scheint keinerlei Angst zu verspüren.
»Sagen Sie mal: Was haben Sie bei den Grass' mitgehen lassen?«
Fassungsloses Staunen ist in den Zügen des Diebes zu erkennen. Dennoch erwidert er: »Gar nichts. Ich kam nicht dazu ... die Polizei ... Aber wollen Sie mir nicht erklären, warum ...?«

»Ich mag die Leute nicht, das ist alles. Wie heißen Sie eigentlich?«
Der Mann zögert mit der Antwort, doch Minna läßt nicht locker: »Sie haben nichts zu befürchten, mein Junge. Ich habe Sie vorhin nicht deshalb gerettet, um Sie in Schwierigkeiten zu bringen. Also, wie heißen Sie? Ich möchte den Namen der Menschen kennen, mit denen ich rede.«
»Friedrich Bergen«, sagt er schließlich.
Minna geht ohne Umschweife auf ihn zu und schüttelt ihm die Hand.
»Gräfin Minna von Kloster. Ich hoffe, daß Sie für gewöhnlich mit Ihren Unternehmungen mehr Erfolg haben, oder?«
Friedrich Bergen fragt sich jetzt ganz offensichtlich, mit welcher Art von Verrückten er es hier zu tun hat.
»Ja, es ist das erste Mal, daß ich in solche Schwierigkeiten geraten bin.«
Mit zierlichen Schritten beginnt die Gräfin, im Zimmer auf und ab zu gehen. Sie scheint gründlich nachzudenken.
»Ich glaube, ich habe eine Idee, aber sie taugt nur dann etwas, wenn Sie ein wirklicher Profi sind!«
Friedrich schweigt. Er will warten, bis die Polizei verschwunden ist, um dann so schnell wie möglich dieser anscheinend übergeschnappten Person zu entkommen.
Mit sanfter Stimme fährt Minna fort: »Was Sie da vorhin bei den Grass' versucht haben, hat mich auf die Idee gebracht. Ich kenne eine Menge Leute wie diese in der sogenannten guten Gesellschaft, lauter Angeber, die eine Lektion verdient hätten. Warum tun wir uns nicht zusammen? Ich erkundige mich, wann die Leute nicht zu Hause sind, oder ich lade sie zu mir nach Hause ein, und in der Zeit können Sie handeln.«
»Aber ich verstehe noch immer nicht … Welches Interesse haben Sie daran?«
»Wie ich Ihnen bereits gesagt habe, verdienen diese Leute eine Lektion, und außerdem amüsiert es mich! Nehmen wir zum Beispiel Ruth von Petermann, die ein Stadtpalais

fünf Minuten von hier entfernt bewohnt. Sie ist eine vollkommen unbedeutende Person, die sich nur für Bridge und für Kleider interessiert und die darüber hinaus nicht den geringsten Geschmack besitzt. Man fragt sich wirklich, wie jemand derart hohl sein kann. Ich werde sie also zum Tee einladen, wenn ihre Haushälterin Ausgang hat. Aber nehmen Sie nichts von den Sachen, die auf ihrem Nachttisch liegen, denn das sind alles Kopien. Der echte Schmuck befindet sich im Arbeitszimmer ihres Ehemannes ...«

23. September 1958. Sechs Monate sind vergangen. In ihrem altmodischen Salon gibt sich Gräfin Minna von Kloster genüßlich dem Studium der »Wiener Gazette« hin. Der Artikel, der ihr am meisten Freude bereitet, ist den Beutezügen des »Diebes vom dritten Bezirk« gewidmet, wie die Presse ihn inzwischen nennt.

Seit einiger Zeit wird die feine Wiener Gesellschaft von einem geheimnisvollen Räuber heimgesucht. Was die polizeilichen Ermittler dabei so verwirrt, ist jedoch weniger die Art seines Vorgehens, als vielmehr seine verblüffend gute Kenntnis der Lebensgewohnheiten seiner Opfer.

Es klingelt an der Tür. Minna lächelt zufrieden. Friedrich war gerade wieder bei der Arbeit. Er kehrt zur vereinbarten Stunde zu ihr zurück, was bedeutet, daß alles gut verlaufen ist.

Und tatsächlich, Friedrich strahlt. Er hält einen kleinen Leinensack in der Hand, dessen Inhalt er jetzt auf den Tisch wirft. Unterdessen holt Minna unter einer chinesischen Vase ein Schreibheft hervor, in das sie säuberlich einträgt: » ... 23. September. Bei der Gräfin Fosdorf gestohlen: ein Diamantarmband und eine Diamantbrosche, ein brillantbesetzter Ehering. Smaragdohrringe.« Mit der Beute in der Hand erhebt sich die alte Dame und murmelt: »Das Armband und die Brosche zu den übrigen Diamantstücken in die Suppenterrine, den Ehering in die Zuckerdose, die

Smaragde ... ach ja, die kommen in die Küche ins Marmeladenglas ...«
Während sie sich aus dem Zimmer entfernt, ruft Friedrich ihr nach: »Da Sie schon dabei sind, Minna: Können Sie mir die Perlen aus dem Kochtopf mitbringen? Ich glaube, ich habe jetzt einen seriösen Händler aufgetrieben.«
Die Gräfin kehrt mit einer Handvoll Perlenketten zurück.
»Da, nehmen Sie, mein Junge. Aber lassen Sie sich nicht wieder so übers Ohr hauen wie neulich bei den Rubinen!«
Der junge Dieb wirkt leicht verwirrt.
»Das war schon immer meine schwache Stelle. Ich verspreche Ihnen, beim Preis diesmal hart zu bleiben. Äh ... wollen Sie wirklich keine prozentuale Beteiligung?«
»Ich habe Ihnen bereits gesagt, daß ich keine will, und ich bitte Sie, nicht wieder davon anzufangen. So, jetzt wollen wir den Fall des Barons und der Baronin von Buch untersuchen!«
Friedrich Bergen betrachtet die alte Dame mit einem Ausdruck erstaunter Bewunderung.
»Alles, was recht ist, Gräfin, Sie sind wirklich ein toller Kerl!«

17. Oktober 1958. Ganz Wien spricht mittlerweile vom »Dieb des dritten Bezirks«. Dieser setzt seine Beutezüge fort und trifft mit geradezu diabolischer Genauigkeit immer dann am Tatort ein, wenn seine Opfer abwesend sind.
Es klingelt an der Tür der Gräfin von Kloster. Sie ist überrascht, denn an diesem Tag hatte sie Friedrich nicht erwartet. Weshalb mag er jetzt wohl zu ihr kommen? Hoffentlich ist nichts schiefgegangen!
Die Gräfin öffnet die Tür und stößt einen Seufzer der Erleichterung aus. Vor ihr steht ein Mann in Uniform und Mütze.
»Ich komme, um das Gas abzulesen, gute Frau. Kann ich bitte einen Blick auf Ihren Zähler werfen?«
Mit trippelndem Schritt geht Minna dem Mann auf dem

Weg in die Küche voraus. Gerade als sie ihm den Zähler zeigen will, vernimmt sie eine harte Stimme in ihrem Rücken: »Wehe, Sie schreien! Rühren Sie sich nicht von der Stelle und leisten Sie keinen Widerstand, wenn Sie nicht wollen, daß ein Unglück passiert!«
Minna dreht sich um. Der Mann hält einen Schlagstock in der rechten Hand und betrachtet sie mit drohender Miene.
»Setzen Sie sich auf den Küchenstuhl! Haben Sie hier irgendwo ein Stück Schnur?«
Mit erstickter Stimme erwidert die Gräfin: »Ja, in der ersten Schublade in der Anrichte.«
Sie ist fassungslos. Natürlich hatte sie sich ein Leben voll aufregender Abenteuer gewünscht, aber das ist etwas zuviel des Guten. Jetzt wird man sie tatsächlich ausrauben wie eine ganz gewöhnliche hilflose Alte, ausgerechnet sie, die zur Elite der Einbrecher gehört!
Während sie sich, an ihren Stuhl gefesselt, solch düsteren Gedanken hingibt, beginnt der angebliche Gasableser, die Wohnung zu durchsuchen. In der Küche fängt er an …
Als er das zweite mit Smaragden gefüllte Marmeladenglas entdeckt, stößt er einen überraschten Schrei aus. Er kann es nicht fassen, so reiche Beute zu finden, selbst, wenn es sich hier um eine Dame der guten Gesellschaft handelt.
Der Mann entfernt Minna den Knebel und fragt dann: »Haben Sie noch mehr von den Dingern?«
Doch die Gräfin hat sich inzwischen von dem Schock erholt und antwortet kühl: »Ich weiß nicht. Sehen Sie mal in dem Heft unter der Blumenvase im Salon nach, dort finden Sie weitere Einzelheiten …«
Sie wartet ein paar Minuten, bis der Dieb mit dem Heft in der Hand zu ihr zurückkehrt. Stotternd liest er vor: »23. September. Bei der Gräfin Fosdorf gestohlen: ein Diamantarmband und eine Diamantbrosche, ein brillantbesetzter Ehering …«
Mit weitaufgerissenen Augen stammelt er: »Ja, aber … sind Sie etwa ›der Dieb vom dritten Bezirk‹?«

In trockenem Ton erwidert Minna: »Ja, und du tust gut daran, mich sofort loszubinden, wenn du nicht willst, daß die Jungs von meiner Bande dich erwischen!«
Mit verängstigter Miene beeilt er sich, Minnas Anordnung nachzukommen.
»Entschuldigen Sie ... Das konnte ich nicht wissen. Sie sind wirklich gerissen, das muß man sagen! Mein Kompliment!«
Mühsam reckt die Gräfin die steifen Glieder und massiert sich die Handgelenke, während der Mann sie mit einem Ausdruck stiller Bewunderung betrachtet.
»Sie können wohl nicht zufällig noch jemanden gebrauchen?« will er wissen.
Minna von Kloster deutet mit dem Zeigefinger zur Tür: »Jedenfalls keinen so jämmerlichen Burschen wie dich! Verschwinde!«
Der Mann fügt sich und geht. Die Gräfin hebt das Heft auf, das er fallen gelassen hatte, begibt sich in den Salon und beginnt aufzuschreiben, was ihr soeben Seltsames widerfahren ist.

Der einunddreißigjährige Manfred von Kloster ist der Großneffe der Gräfin, ihr einziger Erbe und das genaue Gegenteil von ihr.
Er bemüht sich nach Kräften, all jene Eigenschaften zu pflegen, die man gemeinhin bei einer Familie des alten Wiener Adels anzutreffen erwartet. Kurz gesagt, ist er ebenso degeneriert wie arrogant, verfügt über glänzende Manieren, aber ist eine durch und durch uninteressante Person.
So gebietet ihm an diesem 18. Oktober 1958 der gebührende Anstand, Trauer zu zeigen, was ihm dank seiner guten Erziehung mühelos gelingt. Am Vorabend hat er erfahren, daß Minna von Kloster ganz unerwartet einem Herzanfall erlegen ist.
Zusammen mit dem Hausmeister des Anwesens führt er jetzt im Salon der Verstorbenen eine gedämpfte Unterhal-

tung, während diese in ihrem Schlafzimmer aufgebahrt ist. Der Hausmeister ist ein korpulenter kleiner Mann, dem man ansieht, daß er gutes Essen und Trinken schätzt. Mit vertraulicher Miene meint er zu Minnas Großneffen: »Besser, man tritt auf diese Weise von der Bühne ab, nicht wahr? Jedenfalls ist die Frau Gräfin zuletzt noch mal auf ihre Kosten gekommen, das muß man sagen!«

Manfred von Kloster zuckt zusammen.

»Was meinen Sie damit, auf ihre Kosten gekommen?«

»Na ja, wie man das so sagt. Dieser junge Bursche, der sie in den letzten Wochen immer besucht hat ... Verstehen Sie, worauf ich hinauswill?«

Manfred von Kloster versteht genau, worauf der andere hinauswill. Er stößt ein zutiefst schockiertes »Oh!« hervor.

»Gehen Sie!« herrscht er den Hausmeister an.

Dieser entfernt sich schulterzuckend, und Manfred bleibt allein im Salon zurück. Er braucht eine Weile, bis er sich von seiner Entrüstung erholt hat. Seine Tante! Die Witwe des Generals! Eine so bewundernswerte Frau! Aber der Pöbel schreckt ja vor keinerlei Verleumdung zurück!

Was bringt Manfred plötzlich auf die Idee, die schöne alte Suppenterrine zu öffnen, die auf dem kleinen Tisch steht?

Er weiß es selbst nicht, aber die Entdeckung wäre irgendwann ohnehin unvermeidlich gewesen. Den Deckel in der Hand steht er mit offenem Munde da: In der Terrine befinden sich Dutzende von Diamantbroschen, Ohrringe, Ringe und andere Schmuckstücke! Wie in Trance macht er sich daran, die übrigen Gegenstände im Salon zu untersuchen. Als er auf die brillantbesetzten Eheringe stößt, läßt er sich auf das Louis-Seize-Sofa sinken.

Den Erben der Gräfin erwarten jedoch noch mehr Überraschungen. Soeben hat er unter der chinesischen Vase ein Schreibheft erspäht. Er hofft und fürchtet zugleich, darin die Erklärung dieses Geheimnisses zu finden. Mit zitternden Fingern öffnet er es. Das ist tatsächlich die Handschrift

seiner Großtante, eine altmodische, sehr schräge Schrift mit kunstvoll ausgeführten Großbuchstaben ...
»23. September. Bei der Gräfin Fosdorf gestohlen: eine Diamantbrosche und ein Diamantarmband, ein brillantbesetzter Ehering ...«
Schwankend begibt sich Manfred von Kloster in Richtung Küche, um sich ein Glas Wasser zu holen. Seine Großtante war keineswegs eine würdelose alte Dame, wie der Hausmeister es vermutet hatte. Die Dinge stehen sehr viel schlimmer, falls das überhaupt noch möglich ist! Der junge Bursche war nicht etwa ihr Liebhaber, sondern ihr Komplize! Sie war es, die sich hinter dem ›Dieb aus dem dritten Bezirk‹ verbarg!

Als Polizeikommissar Schwab ein paar Stunden später das Schreibheft der Gräfin in der Hand hält, sieht er genauso fassungslos drein. In dieses Heft hatte Minna von Kloster von Anfang an ganz säuberlich sämtliche Beutezüge eingetragen, die ›der Dieb aus dem dritten Bezirk‹ begangen hatte, und es endete mit dem versuchten Überfall des falschen Gasablesers am Vorabend.
Obwohl die Gräfin sich glänzend aus der Affäre gezogen hatte, war der Schock wahrscheinlich doch zuviel für sie gewesen. Vor den Augen des Kommissars sind nun in lauter kleinen Häufchen all die Schmuckstücke ausgebreitet, die seine Leute in den entlegensten Winkeln der Wohnung aufgespürt haben, und eines ist schöner als das andere. Der Kommissar kommt zu dem logischen Schluß: »Es genügt, den Tod der Gräfin zunächst geheimzuhalten und zu warten. Früher oder später wird ihr Komplize hier auftauchen ...«
Und genau das geschah denn auch zwei Tage später. Am 20. Oktober konnte Friedrich Bergen mühelos festgenommen werden, da mehrere Polizeibeamte in der Wohnung der Gräfin auf der Lauer gelegen hatten.
In Handschellen wurde er aus dem Gebäude geführt, in

dem man ihn sieben Monate zuvor beinahe schon einmal erwischt hätte. Mit einem traurigen Lächeln verließ er die Wohnung seiner so ungewöhnlichen Komplizin.
Diesmal konnte sie ihn nicht mehr retten.

Auf Gedeih und Verderb

15. November 1950, sieben Uhr abends. Wütend steigt Claire Astier aus ihrem Wagen. Ihr großer weißer Ford ›Vedette‹ liegt mit schräg geneigter Vorderachse am Straßenrand. Das hat ihr gerade noch gefehlt, daß ausgerechnet jetzt ein Reifen platzt! Es ist bereits dunkel, und außerdem hat es auch noch zu regnen begonnen! Claire Astier öffnet den Kofferraum, um den Reservereifen herauszuholen. Sie hebt ihn hoch. Mein Gott, das Ding wiegt eine Tonne!
Schließlich gelingt es ihr jedoch, den Reifen auf den nassen Asphalt zu befördern. Und jetzt fehlt noch der Wagenheber. Wo kann er nur sein?

Nach mehreren vergeblichen Versuchen, das Werkzeug in der Dunkelheit des Kofferraums zu ertasten, hält Claire entmutigt inne. Von Paris kommend, befindet sie sich jetzt auf der Landstraße gleich nach der Autobahnausfahrt in Richtung Westen. Wie sie im Licht der Scheinwerfer so dasteht, bietet sie wirklich einen mitleiderregenden Anblick. Ihr elegantes beigefarbenes Kostüm ist vom Regen ebenso durchnäßt wie ihr kleiner Hut, den sie, der Mode der fünfziger Jahre entsprechend, schräg aufgesetzt hat. Sie ist eigentlich eine sehr hübsche junge Frau. Mit ihren fünfundzwanzig Jahren wirkt ihr niedliches kleines Gesicht noch immer sehr jugendlich. Außerdem kleidet sie sich äußerst geschmackvoll, was ihr nicht sonderlich schwer fällt, denn Claire besitzt auf den Champs-Élysées ein Geschäft für Damenmoden.

Ein Lastwagen nähert sich. Claire macht dem Fahrer gegenüber eine hilflose Geste, doch diesem fällt es nicht ein, anzuhalten. Beim nächsten Lastwagen geht es ihr ebenso

und auch bei all den anderen Autos, die einfach an ihr vorbeifahren.
Da, endlich hat sie den Wagenheber gefunden! Mit dem Werkzeug in der Hand kniet sie sich hin und flucht dabei kräftig auf die vielgelobte Galanterie der französischen Männer, die auch nicht mehr das zu sein scheint, was sie einmal war.
Sie hat große Lust, auf diesen Wochenendausflug nun ganz zu verzichten!
Einmal im Monat fährt Claire nämlich zu ihren Eltern, die in Etretat wohnen, doch wäre sie froh, wenn sie von dieser Verpflichtung befreit würde. Ihre Eltern sind beide sehr alt und verstehen einfach nicht, wie eine junge Frau von fünfundzwanzig ganz allein in Paris leben kann. Immer wieder hat sie ihnen erklärt, daß sie sich so sehr wohl fühlt und daß sie noch nicht die geringste Lust verspürt zu heiraten, aber die beiden wollen das nicht einsehen.
Claire dreht an der Kurbel des Wagenhebers. Um so besser, wenn niemand anhält! Sie braucht keine Hilfe mehr, und schon gar nicht die eines Mannes. Sie ist jung, finanziell unabhängig und ohne gefühlsmäßige Bindungen: Damit ist sie vollkommen zufrieden! Zehn Minuten vergehen, die ihr wie eine Stunde oder noch länger vorkommen. Der Reservereifen sitzt bereits an seinem Platz, als ein Wagen neben ihr hält, genauer gesagt, ein kleiner Lieferwagen. Ein junger Mann steigt aus. Claire geht auf ihn zu, um ihm für seine Freundlichkeit zu danken, auch wenn diese jetzt zu spät kommt.
»Das ist sehr nett von Ihnen, aber es ist nicht mehr nötig. Sie sind wenigstens nicht wie die anderen! Stellen Sie sich vor, seitdem ich mich hier abgemüht habe, ist keiner auf die Idee gekommen anzuhalten!«
Seltsamerweise reagiert der Fahrer des Lieferwagens nicht auf dieses Kompliment. Auch er ist zirka Mitte Zwanzig. Er hat dunkelbraunes Haar, seine Augen wirken düster, und seine Lippen sind zusammengepreßt. Claire merkt, daß

hier irgend etwas nicht stimmt, aber alles geht jetzt sehr schnell, und im nächsten Moment zieht er aus seinem Blouson einen Revolver hervor und richtet den Lauf auf sie.
»Steigen Sie in Ihren Wagen, und zwar ein bißchen plötzlich!«
Claire, die noch immer nicht richtig weiß, wie ihr geschieht, bewegt sich mit weichen Knien in Richtung Beifahrersitz, als die harte Stimme des jungen Mannes erneut hinter ihr ertönt: »Nein, Sie übernehmen das Steuer!«
Claire tut, was er sagt, und der Mann setzt sich neben sie.
»Fahren Sie los!«
»Wohin?«
»Egal. Immer geradeaus. Ich sage es Ihnen schon ...«
Während Claire den Wagen lenkt, sucht sie verzweifelt nach einem Ausweg aus dieser Situation. Wenn ihr nur ein Polizeiauto begegnen würde oder ein Motorradfahrer!
Trotz des ziemlich dichten Verkehrs stadtauswärts ist jedoch nichts dergleichen zu sehen. Es müßte ihr irgendwie gelingen, die Aufmerksamkeit eines vorbeifahrenden Wagens zu erregen, aber wie? Hupen kommt nicht in Frage, und seitliche Ausweichmanöver ebensowenig. Der Mann neben ihr würde ihr dazu keine Gelegenheit lassen ...
Claire fühlt sich immer elender. Als ihr weißer Ford an einem Wäldchen vorbeifährt, ist sie jeden Moment darauf gefaßt, die Stimme ihres Beifahrers zu hören, der ihr befehlen wird, in einen Seitenweg einzubiegen. An einer abgeschiedenen Stelle wird sie dann anhalten müssen, und er wird ihr sagen, sie solle aussteigen, und mit der Waffe in der Hand wird er sie vorangehen lassen, und schließlich ...
Claire Astier ist totenbleich geworden. Sie führt den Zeigefinger zum Mund und beginnt, heftig darauf herumzubeißen. Der Mann neben ihr scheint zu begreifen, was in ihr vorgeht, denn er richtet zum erstenmal das Wort an sie: »Regen Sie sich nicht so auf! Ich will Ihnen nichts tun. Ich bin kein verrückter Frauenmörder.«

Claire wirft ihm einen Seitenblick zu. In seinem Gesichtsausdruck liegt eine entschlossene Härte, aber er wirkt keineswegs wie ein Geistesgestörter. Im Gegenteil, er erscheint vollkommen beherrscht und selbstsicher.
»Aber was wollen Sie dann von mir?«
»Ihr Wagen interessiert mich, nicht Ihre Person. Wir werden jetzt noch eine Weile weiterfahren, und dann lasse ich Sie an einem nicht allzu belebten Ort aussteigen, wo Sie nicht so schnell die Polizei benachrichtigen können.«
Claire erwidert nichts, aber innerlich stößt sie einen tiefen Seufzer der Erleichterung aus. Nein, es handelt sich tatsächlich nicht um einen verrückten Sadisten, sondern um einen Gangster auf der Flucht. Am liebsten würde sie laut lachen, so erleichtert ist sie! Das hätte sie sich auch nicht träumen lassen, daß sie einmal derart froh sein würde, einen Gangster in ihrem Wagen zu befördern! Jetzt, da ihre Panik verschwunden ist, verspürt sie unwillkürlich eine gewisse Neugier. Wie sieht so ein Gangster überhaupt aus? Erneut riskiert sie einen Blick zur Seite. Nun, jedenfalls nicht wie die Gangster in den Filmen. Er ist ganz normal gekleidet wie andere Menschen auch.
»Sehen Sie geradeaus und fahren Sie schneller! Sie trödeln. Können Sie nicht Auto fahren?«
Claire tritt kräftig auf das Gaspedal und überholt eine ganze Reihe von Fahrzeugen. Ohne den Blick von der Straße zu wenden, fragt sie ihn dann: »Was ist Ihnen denn passiert?«
Sie erhält keine Antwort.
»Und wie kommt es, daß Sie ganz allein sind? Für gewöhnlich sind Gangster doch zu mehreren ...«
Er antwortet noch immer nicht. Claire insistiert nicht und fährt in zügigem Tempo geradeaus. Von Zeit zu Zeit streift sie den Mann mit einem verstohlenen Blick. Ihr Beifahrer achtet jetzt nicht mehr so sehr auf sie, und allmählich entspannen sich seine Gesichtszüge ein wenig, wirken menschlicher. Und überhaupt, weshalb muß er unbedingt ein

Gangster sein? Sie hat ihn so genannt, aber das war vielleicht ungerecht!
Nicht jeder, der vor der Polizei flieht, ist zwangsläufig ein Gangster. Vielleicht hat er aus einem ganz anderen Grunde jemanden umgebracht. Aus Liebe zum Beispiel. Womöglich hat er seine Frau getötet oder den Liebhaber seiner Frau …
Claire ist sicher, daß sie sich nicht täuscht. Ihre Menschenkenntnis hat sie noch nie im Stich gelassen. Dieser junge Mann ist weder ein Mörder noch ein gemeiner Dieb. Sein Gesichtsausdruck ist jetzt wieder ganz normal. Wenn sie ihm auf der Straße begegnet wäre, hätte sie ihn keineswegs unsympathisch gefunden. Und dennoch muß in seinem Leben etwas geschehen sein, das ihn dazu gebracht hat, sie jetzt mit einem Revolver zu bedrohen. Aber was mag das sein? Welches Drama verbirgt sich dahinter? Welches Geheimnis?
Claire hat überhaupt keine Angst mehr. Ihre alltäglichen Probleme erscheinen ihr mit einemmal sehr weit entfernt und ohne jede Bedeutung. Statt dessen wird sie von einem Gedanken ganz anderer Art beherrscht: Sie möchte erfahren, was geschehen ist …
Unvermittelt tritt sie hart auf die Bremse und biegt in eine unasphaltierte Nebenstraße ein. So schnell der unebene Boden es erlaubt, fährt sie dann weiter.
Verblüfft wendet sich der junge Mann zu seiner Fahrerin: »Sie haben die Straßensperre noch vor mir gesehen! Kompliment für Ihr Reaktionsvermögen! Ich hätte es nicht besser machen können.«
Einen Moment lang herrscht Schweigen. Claire erwidert nichts auf seine Worte. Im Grunde ist sie von ihrer Handlungsweise ebenso überrascht wie er.
»Warum haben Sie das getan?« fragt er.
Claire antwortet noch immer nicht. Sie versucht, ihre Fassung wiederzuerlangen. Warum ist sie aus eigenem Antrieb der Polizeisperre ausgewichen? Gibt es eine Erklärung

dafür? Ja, es gibt sie. »Weil ich gerne herausfinden möchte ...«
»Was wollen Sie herausfinden?«
»Wer Sie sind. Und was Ihnen passiert ist.«
Erneutes Schweigen. Der weiße Ford fährt nach wie vor mit hoher Geschwindigkeit den Schotterweg entlang. Es ist vollkommen dunkel.
Schließlich beginnt der Mann zu sprechen: »Also gut. Ich heiße Jérôme Blanchard und bin fünfundzwanzig Jahre alt. Wollen Sie den Rest unbedingt auch noch erfahren?«
»Ja.«
Mit harter Stimme fährt er fort: »Ich bereue nicht, was ich getan habe. Es tut mir nur leid, daß es schiefgegangen ist. Bis vor drei Monaten war ich als Automechaniker in einer Werkstatt in Boulogne beschäftigt. Dann wurde die Kasse gestohlen, und der Chef hat mich beschuldigt. Da ich mir so etwas nicht einfach gefallen lasse, hat er mich schließlich vor die Tür gesetzt. Aber ich war es nicht. Ich schwöre Ihnen, daß ich es nicht war!«
Jérôme Blanchard achtet nicht mehr auf die Fahrerin. Während er im Geiste seine Geschichte nochmals durchlebt, steigert er sich immer mehr in Wut hinein.
»Nachdem ich arbeitslos geworden war, konnte ich keine neue Anstellung finden. Überall stand ich vor verschlossener Tür. Der Chef hatte es anscheinend all seinen Kollegen erzählt. Aber diese Ungerechtigkeit konnte ich nicht ertragen. Für etwas zu bezahlen, das ich nicht getan hatte, nein, das kommt für mich nicht in Frage. Also beschloß ich, es wirklich zu tun!«
Er lacht höhnisch und erzählt weiter: »Es war ganz einfach! Ich wußte, daß der Buchhalter jeden Freitag die Kassengelder abholen kam. Mit vermummtem Gesicht lauerte ich ihm am Eingang auf und zog meinen Revolver. Leider hat sich dieser Idiot gewehrt wie verrückt. Es kam zu einem Handgemenge, und da habe ich eben geschossen. Mit dem Lieferwagen aus der Werkstatt bin ich dann abgehauen,

aber das wurde auf die Dauer zu gefährlich, und als ich Sie am Straßenrand stehen sah, Sie verstehen ...«

»Ist er tot, der Buchhalter?«

»Ich weiß nicht. Nein, ich glaube nicht. Jedenfalls hoffe ich, daß er nicht tot ist.«

»Und wohin wollen Sie jetzt?«

Keine Antwort.

»Haben Sie denn niemanden, der Ihnen helfen könnte? Ich meine ... keine Frau? Sind Sie nicht verheiratet?«

»Nein.«

»Warum nicht?«

Erneut erwidert Jérôme Blanchard ihre Frage nicht. Claire hat das Tempo verlangsamt, und eine Weile herrscht wieder Schweigen, bis Claire plötzlich sagt: »Wir müssen eine Tankstelle finden. Wir haben kein Benzin mehr.«

Laut fluchend beugt Jérôme sich vor und blickt ihr über die Schulter ... Nein, dies ist kein Täuschungsmanöver. Die Nadel für die Benzinanzeige steht auf Null, und die Warnlampe leuchtet auf. Er drückt Claire die Waffe in die Seite und sagt mit derselben harten Stimme wie zu Anfang: »Fahren Sie wieder auf die Landstraße. Wenn Sie die geringste Dummheit machen, schieße ich Sie nieder! Ich habe nichts zu verlieren.«

Claire gehorcht. Als sie wieder auf der Landstraße sind, brauchen sie nicht lange zu suchen. Hundert Meter nach der Abzweigung taucht eine Tankstelle auf.

Claire biegt ab, hält an und wendet sich zu dem Tankwart. Vorher hört sie Jérôme Blanchard noch zwischen den Zähnen murmeln:

»Keine Tricks! Sonst drücke ich ab!«

Alles verläuft ohne Zwischenfall. Doch als Claire dem Tankwart das Geld geben will, erklärt dieser mit einer entsprechenden Kopfbewegung: »Sie müssen drinnen bezahlen!«

Claire steigt rasch aus dem Wagen. Jérôme versucht ihr zu folgen, doch er kennt sich mit diesem Autotyp nicht aus und findet den Griff nicht so schnell.

Als es ihm endlich gelingt, die Tür zu öffnen, steht Claire bereits im Büro der Tankstelle. Er sieht, wie sie dem Mann an der Kasse einen Geldschein reicht. Für Claire scheint die Zeit auf einmal stillzustehen. Sie müßte jetzt mit leiser Stimme zu dem Kassierer sagen: »In meinem Wagen sitzt ein Mann, der mich mit einer Waffe bedroht ...«
Der Mann nimmt den Schein entgegen und sucht das Wechselgeld zusammen. Claire wirft einen Blick aus dem Fenster. Jérôme hat sich nicht von der Stelle gerührt. Er befindet sich nach wie vor auf dem Beifahrersitz.
Sein Verhalten ist vollkommen unverständlich! Er muß doch denken, daß sie ihn verpfiffen hat. Da er nichts mehr dagegen unternehmen kann, müßte er doch sofort den Wagen starten und losfahren!
Nein, er fährt nicht weg! Er bleibt, wo er ist. Er wartet auf sie!
»Hier, Madame: fünfundzwanzig Francs zurück ...«
Claire Astier steckt das restliche Geld ein und geht ruhig zu ihrem Wagen. Sie steigt ein, schließt die Tür, startet und fährt wieder auf die Landstraße zurück.
Sie sagt nichts, und er schweigt ebenfalls. Sie hat keine Ahnung, was er denkt, aber sie ist mit ihren eigenen Gedanken schon genug beschäftigt.
Was ist nur geschehen? Hat sie den Verstand verloren oder was? Auf einmal ist sie die Komplizin eines Ganoven, der wahrscheinlich auch ein Mörder ist! Wohin fahren sie jetzt? Und was soll jetzt aus ihnen werden?
Aus ›ihnen‹? Sind sie etwa schon ein Paar geworden? Ja, genau darauf läuft es hinaus. Sie haben sich beide dafür entschieden; sie, als sie in der Tankstelle den Mund gehalten hat, er, indem er auf sie gewartet hat. Es ist absurd und im höchsten Maße verrückt, aber es ist die Wahrheit. Und seitdem sind sie beide nicht mehr vollkommen Herr der Dinge. Der weiße Ford Vedette fährt sie einem ungewissen gemeinsamen Schicksal entgegen, auf Gedeih und Verderb.

Claire fährt zügig weiter. Zum ersten Mal, nachdem sie die Tankstelle verlassen haben, ergreift Jérôme wieder das Wort.
»Wohin fahren Sie?«
»Zum Meer.«
»Haben Sie ein bestimmtes Ziel im Auge?«
»Ja. Es gibt dort ein einsames Haus in der Nähe meiner Eltern. Dort wird Sie niemand finden.«
»Glauben Sie, daß man uns gesehen hat?«
»Wer?«
»Die Polizisten, als Sie der Straßensperre ausgewichen sind.«
»Ich glaube nicht.«
Sie sprechen miteinander, als seien sie alte Kumpel. Er scheint sich nicht mehr darüber zu wundern, daß sie ein Versteck für ihn gefunden hat, und sie wundert sich ihrerseits auch nicht mehr. Claire fährt den Wagen wie in einer Art Trancezustand. »Zum Meer ...«, hat sie geantwortet. Vorhin war sie noch auf dem Weg zu ihren Eltern, und jetzt ist sie auf dem Weg zum Meer. Das ist zwar dieselbe Strecke und dieselbe Gegend, aber sie kommt sich trotzdem vor, als lebe sie jetzt in einer anderen Welt.
Zuvor war alles Routine, Langeweile und grau in grau; jetzt hingegen geht es um Abenteuer, um Flucht ins Ungewisse. Ihr bisheriges Leben scheint mit einemmal wie ausgelöscht. Was mag dies nur bedeuten? Und wohin wird es führen?
Sie will es nicht wissen. Im Augenblick läßt sie sich wie in einem Rausch vom Lauf der Dinge einfach forttragen.
»Da! Da vorne!«
Claire war so sehr in diesen Zustand versunken, daß sie eine Sekunde zu spät reagiert hat. Vor ihr hat sich eine neue Polizeisperre aufgebaut, und diesmal kann sie nicht mehr ausweichen. Einer der Polizisten vollführt aufgeregte Gesten, während einige andere ihre Maschinengewehre in Stellung bringen. Es ist nichts mehr zu machen: Claire muß auf die Bremse treten. Einen Moment später ist der Wagen

von uniformierten Beamten umringt. Man zerrt Jérôme Blanchard aus dem Wagen und legt ihm Handschellen an. Einer der Polizisten nähert sich Claire: »Es ist vorbei, Madame. Sie haben nichts mehr zu befürchten.«
Ohne zu antworten, geht sie auf Jérôme zu, der zu einem Polizeiauto geführt wird.
»Ich weiß nicht einmal Ihren Namen!« stößt er hervor.
»Claire!« kann sie ihm gerade noch zurufen.
Und dann ist er auch schon verschwunden. Ein anderer Beamter tritt auf sie zu.
»Wollen Sie mir bitte folgen, damit ich Ihre Aussage aufnehmen kann!«
Claire nickt. Aussagen, Protokolle ... die übliche Routine beginnt. Der Duft des großen Abenteuers ist vergangen. Die Langeweile ist zurückgekehrt. Natürlich wird sie in ihrer Aussage nichts von all dem erwähnen. Wie soll sie auch jemandem diese Verrücktheit begreiflich machen, wie soll sie etwas erklären, das man nicht wirklich beschreiben kann?
Sie wird nichts davon sagen, ganz einfach deshalb, weil es nichts zu sagen gibt. Sie wendet sich zu dem Beamten: »Ich hoffe, daß es schnell geht. Ich werde von meinen Eltern erwartet.«

Ein ganz gewöhnliches Verbrechen

Es ist acht Uhr morgens im französischen Dörfchen Corvilliers, und man schreibt den 21. Februar 1949. Zu dieser Stunde sind hier auf dem Lande alle längst auf den Beinen, und auch der Dorfplatz ist bereits voller Leute.
Mehrere Personen beobachten deshalb, wie der Landwirt Grégoire Bosselot vergebens an der Tür von Joseph Pernel läutet, dessen Haus sich genau gegenüber der Kirche befindet. Da niemand erscheint, stößt Bosselot die Tür auf, die nicht verschlossen ist. Er geht hinein, doch das Haus ist leer. Es hält sich niemand im Wohnraum auf, und die Asche im Kamin ist kalt. In der Küche ist alles perfekt aufgeräumt.
Beunruhigt steigt Bosselot die Treppe hinauf. Joseph Pernel ist siebzig, und in diesem Alter muß man mit allem rechnen. Aber auch im Schlafzimmer, wo das Bett ordentlich gemacht ist, befindet sich niemand.
Niedergeschlagen geht Grégoire Bosselot wieder hinunter. Er war mit Joseph verabredet und wollte ihn in seinem Wagen nach Beauvais zum Einkaufen mitnehmen. Joseph ist ein alter Freund von ihm, und er kennt ihn gut. Er mag seine Fehler haben, aber er war stets sehr zuverlässig. Eine Verabredung nicht einzuhalten ist überhaupt nicht seine Art. Grégoire Bosselot beschließt daher, den Sohn und die Tochter seines Freundes aufzusuchen. Vielleicht wissen die etwas.
Der vierundvierzigjährige Philippe Pernel ist ebenfalls Bauer und bewohnt etwas außerhalb des Dorfes einen großen Hof. Er empfängt den unerwarteten Besucher ohne besondere Gemütsbewegung.

»Na und?« meint er nur. »Er wird einen Spaziergang gemacht haben ...«
»Trotzdem sieht ihm das gar nicht ähnlich. Am liebsten würde ich die Gendarmen verständigen.«
Jetzt reagiert Pernels Sohn erstmals.
»Die Gendarmen zu verständigen ist vollkommen unnötig! Gehen Sie lieber nach Hause zurück!«
Grégoire Bosselot verabschiedet sich. Er teilt Philippes Gleichmut keineswegs. Inzwischen ist er fast sicher, daß etwas geschehen ist. Er begibt sich also zur Dorfschule, weil Pernels vierzigjährige Tochter Honorine mit dem Lehrer Mercadier verheiratet ist.
Sie zeigt ebensowenig Besorgnis wie ihr Bruder, als sie vom seltsamen Verschwinden ihres Vaters erfährt.
»Sie hätten gründlicher nachsehen sollen«, erklärt sie nur. »Er war bestimmt im Garten.«
»Nein, dort war er nicht, denn ich habe extra nachgesehen.«
»Dann war er vielleicht im Keller.«
Bosselot entfernt sich mit raschem Schritt. Den Keller hatte er bei seiner Suche ausgelassen.
Als er zu Pernels Haus zurückkehrt, ist die Tür noch immer offen. Er eilt die Kellertreppe hinunter. Er macht Licht ...
Ja, Joseph Pernel ist tatsächlich hier, aber er ist tot. Er wurde ermordet!
Der Täter muß ihn in dem Moment überrascht haben, wo Joseph eine Flasche Wein aus einem der Regale nehmen wollte. Eine der Flaschen ist zerbrochen, und der Inhalt mischt sich mit dem Blut auf dem Boden.
Der alte Mann wurde von hinten erschlagen. Er hat eine schreckliche Wunde am Schädel. Die Mordwaffe ist zweifellos das alte Stück Eisen, das neben der Leiche liegt.
Grégoire Bosselot hastet die Kellertreppe hinauf. Sobald er ins Freie gelangt, trommelt er die Dorfbewohner zusammen, die sich auf dem großen Platz vor der Kirche aufhalten.
»Kommt schnell, der alte Pernel ist ermordet worden!«

Wenig später nimmt die Polizei unter Leitung von Kommissar Blanchard den Tatbestand auf. Der Leichnam ist bereits kalt. Der Polizeiarzt kann die genaue Tatzeit noch nicht bestimmen, aber er ist sicher, daß das Verbrechen am Vorabend begangen wurde.
Nirgendwo sind Spuren eines Kampfes zu sehen. Joseph Pernel muß dem Mörder also selbst geöffnet haben. Er muß mit ihm auf vertrautem Fuß gestanden oder ihn zumindest gekannt haben. Im Büro des Opfers im ersten Stock liegt eine Aktentasche auf dem Tisch. Als der Kommissar sie öffnet, findet er darin fünfzig Goldmünzen und Geldscheine im Wert von dreißigtausend Francs , was im Jahr 1949 eine beträchtliche Summe ist. In Anbetracht der Tatsache, daß offensichtlich kein Kampf stattgefunden hat, trägt dieser Fund zur Verwirrung noch bei. Auf den ersten Blick hätte man dieses Verbrechen für einen ganz gewöhnlichen Raubmord halten können, doch Geld scheint nicht das Motiv gewesen zu sein. Andernfalls wäre der Täter ungewöhnlich nachlässig gewesen.
Dennoch stößt Kommissar Blanchard bald auf weitere verwirrende Details. In dem provisorischen Büro, das er in der Bürgermeisterei eingerichtet hat, nimmt er die ersten Zeugenaussagen der Dorfbewohner entgegen, und dadurch erscheinen die Dinge in einem ganz anderen Licht.
Da ist zum Beispiel die Aussage des achtundsiebzigjährigen Fernand Rosier. Der alte Mann, der seinen Schmerz kaum verbergen kann, war nicht nur ein Regimentskamerad des Ermordeten, sondern auch sein bester Freund.
»Ich bin gekommen, um Sie aufzuklären, Herr Kommissar! Joseph und ich waren wie Brüder. Er hat mir immer alles erzählt, und in letzter Zeit hatte er viel zu erzählen.«
»Inwiefern?«
»Es ging um seine Kinder Philippe und Honorine.«
»Hatten Sie Streit miteinander?«
»Streit ist ein zu schwaches Wort dafür, nein, sie waren geradezu tödlich verfeindet.«

Als ob er erst jetzt die schwerwiegende Bedeutung seiner Äußerung begriffe, schweigt der Bauer plötzlich, doch Kommissar Blanchard ermuntert ihn weiterzusprechen.
»Machen Sie sich keine Gedanken, Monsieur Rosier. Sagen Sie mir ruhig alles. Es ist meine Aufgabe, die Wahrheit herauszufinden. Weshalb waren sie verfeindet?«
»Nun, vor vier Jahren, kurz nach dem Tod seiner Frau, hatte Joseph beschlossen, sich von seinem Besitz zu trennen. Er verfügte eine Schenkung unter Lebenden, damit seine Kinder sich später nicht mit der Erbschaft herumschlagen müssen. Er schenkte Philippe und Honorine zu gleichen Teilen je zehn Hektar Land und fünfzig Kühe. Für sich selbst behielt er sich lediglich die Erträge aus der eigenen Weinproduktion vor und das Recht, das Haus hier am Dorfplatz weiter bewohnen zu können. Zum Ausgleich für all das mußten die Kinder für seinen Lebensunterhalt aufkommen.«
Der alte Freund des Ermordeten schüttelt kummervoll den Kopf.
»Dieses Arrangement bewährte sich leider nicht, was ich übrigens von Anfang an geahnt hatte. Joseph hatte seine guten Eigenschaften, aber er war auch ein ziemlicher Geizkragen. Seitdem beklagte er sich jedenfalls immer wieder: ›Sie haben mir alles genommen, und jetzt geben sie mir kaum etwas zu essen.‹ Ich antwortete ihm, er habe es schließlich selbst so gewollt, aber das nützte nichts. Meiner Meinung nach bereute er es. Und als er dann auch noch feststellen mußte, daß sie ohne sein Wissen seine Weinberge abgeerntet hatten, war der große Krach natürlich da. Er konnte sich vor Zorn gar nicht mehr beruhigen, und er ist auch nicht mehr zum Essen zu seinen Kindern gegangen. Ausgerechnet er, der von allen Bauern im Dorf die größte Viehherde besessen hatte, mußte sich seine Milch jetzt selbst kaufen!«
Fernand Rosier wirkt sehr niedergeschlagen, als er fortfährt: »Der arme Joseph! Von da an erkannte ich ihn kaum wieder! Ich versuchte, ihn zu beruhigen, aber da war nichts

mehr zu machen. Er sagte: ›Ich werde meinen Besitz zurückverlangen, und dann werde ich sie beide enterben. Ich hinterlasse alles den Armen, und die beiden werden vollkommen leer ausgehen!‹«
Kommissar Blanchard hat seinem Bericht äußerst gespannt gelauscht.
»Waren das Ihrer Ansicht nach nur leere Drohungen, oder meinte er das ernst?«
»Er meinte es vollkommen ernst, Herr Kommissar. Joseph hatte bereits mehrmals seinen Anwalt, Maître Bernand, in Beauvais aufgesucht. Wenn Sie zu ihm gehen, wird er Ihnen das bestätigen.«
Der Kommissar beeilt sich, dem Rat zu folgen, und kurz darauf sitzt er dem Anwalt in dessen Büro gegenüber.
Maître Bernand holt einen Aktenordner hervor und erklärt: »Genauso ist es, Herr Kommissar. Der Herr Pernel hatte ein Verfahren angestrengt, um die Schenkung unter Lebenden wegen groben Undanks zu widerrufen.«
»Hätte dieses Verfahren Ihrer Meinung nach Erfolg gehabt?«
»Meine Aufgabe bestand darin, der Sache zum Erfolg zu verhelfen, und ich denke, die Chancen standen nicht schlecht.«
»Und angenommen, er hätte seinen Besitz tatsächlich zurückerhalten: Wollte er in dem Fall seine Kinder enterben?«
Die Antwort des Juristen ist klar und eindeutig: »Ja, das stand für ihn absolut fest. Er hatte mich sogar schon damit beauftragt, hier in der Gegend eine geeignete karitative Einrichtung zu suchen, der er sein Vermögen hinterlassen konnte.«
Kommissar Blanchard stellt eine letzte Frage: »Werden die Kinder jetzt trotzdem erben?«
»Nein, denn es gehört ihnen bereits alles. Als Joseph Pernel starb, besaß er rein juristisch betrachtet überhaupt nichts mehr. Es tritt also auch keine Erbfolge ein.«

Der Kommissar kehrt in sehr alarmiertem Zustand nach Corvilliers zurück. Was zunächst wie ein gewöhnlicher Raubmord erschien, ist womöglich ein gemeinsamer Vatermord …
Im Dorf wartet noch ein letzter Zeuge auf ihn. Es ist Grégoire Bosselot, der das Verbrechen entdeckt hatte.
»Ich muß Ihnen etwas sagen, Herr Kommissar. Natürlich sind das keine Beweise, aber …«
»Es ist an mir, darüber zu entscheiden, ob es sich um Beweise handelt oder nicht«, unterbricht ihn der Beamte ein wenig schroff. »Also, ich höre …«
»Nun, das war so: Da Joseph Pernel nicht zu Hause war, ging ich zu Philippe und zu Honorine, um sie zu fragen, ob sie etwas über sein Verbleiben wüßten. Sie reagierten beide sehr unwillig auf meinen Besuch. Besonders Philippe wurde sehr ärgerlich, als ich davon sprach, die Gendarmen verständigen zu wollen, und Honorine wiederum fragte mich gleich, ob ich schon im Keller nachgesehen habe. Finden Sie das nicht auch seltsam?«
Der Kommissar hütet sich zu antworten, aber selbstverständlich findet auch er das äußerst seltsam. Er läßt daher Philippe Pernel und Honorine Mercadier, geborene Pernel, in sein Büro kommen und verhört sie lange, da sie als ›Hauptzeugen‹ gelten, wie es so schön heißt.
Tatsächlich aber stellt sich für den Kommissar die Frage: War es er Sohn, war es die Tochter, oder waren es beide zusammen? Er beschließt, Bruder und Schwester zu vernehmen, und läßt Philippe Pernel als ersten in sein Büro treten. Dieser ist ein großer, blonder Mann, und für jemanden, der auf dem Lande lebt, wirkt er eher schwächlich. Die Tragödie scheint ihn sehr mitgenommen zu haben. Kommissar Blanchard will ihn daher nicht allzu hart angehen und beginnt mit den Worten: »Ich muß Sie fragen, wie Sie sich mit Ihrem Vater verstanden haben.«
Seufzend erwidert Philippe Pernel: »Ich nehme an, daß die Leute im Dorf Ihnen schon alles darüber erzählt haben.

Mein Vater warf meiner Schwester und mir vor, wir seien undankbar und wollten ihn ins Elend stürzen. Doch das stimmte nicht. Ich glaube, in Wirklichkeit bereute er, daß er uns schon alles überlassen hatte.«
»Wissen Sie, daß er vorhatte, Sie beide zu enterben?«
»Damit hat er uns gedroht, als er das letzte Mal bei uns war, aber so etwas hätte er niemals getan!«
Pernel erscheint aufrichtig. Der Kommissar muß zugeben, daß er ein guter Schauspieler sein muß, falls er gelogen hat.
»Sie irren sich. Das waren keine leeren Drohungen. Er hatte bei seinem Anwalt bereits ein Verfahren angestrengt.«
Philippe Pernel öffnet den Mund, ohne auch nur ein einziges Wort hervorbringen zu können, und birgt dann den Kopf in den Händen. Ist es der Schmerz darüber, daß sein Vater ihn tatsächlich enterben wollte, oder begreift er plötzlich, welcher Verdacht über ihm schwebt?
Zweifellos ist es beides zusammen, denn einen Moment später stößt er mühsam hervor: »Mein Vater war zuletzt nicht mehr derselbe. Aber Honorine und ich haben ihn trotzdem nach wie vor geliebt. Mir ist klar, was Sie jetzt denken, Herr Kommissar, und dennoch: Ich war es nicht. Etwas anderes kann ich Ihnen nicht sagen!«
Kommissar Blanchard will es dabei vorerst belassen und bittet jetzt Honorine Mercadier herein. Auch sie ist nicht der Typ Frau, wie man ihn auf dem Lande anzutreffen erwartet. Sie ist eine hübsche, zarte Person und mit zurückhaltender Eleganz gekleidet. Sie wartet nicht, bis der Polizist das Verhör beginnt, sondern packt den Stier gleich bei den Hörnern. Offensichtlich ist sie wesentlich energischer als ihr Bruder.
»Da niemand unsere Trauer respektiert und man uns schon einen Tag nach dem Tode unseres Vaters vorlädt, lege ich Wert auf folgende Feststellung: Wir können nichts dafür, wenn wir von diesem Verbrechen in materieller Hinsicht profitieren. Weder mein Bruder noch ich haben unseren

Vater getötet. Falls Sie das Gegenteil glauben, müssen Sie den Beweis dafür erbringen.«
Sehr ruhig erwidert der Kommissar: »Niemand beschuldigt Sie. Sie werden hier lediglich als Zeugen vernommen. Ich bin hier, um die Wahrheit herauszufinden, und ich habe noch nie jemanden verhaftet, ohne Beweise zu haben! Können Sie mir nichtsdestotrotz eine Frage beantworten, Madame? Warum haben Sie Monsieur Bosselot gesagt, er solle im Keller nachsehen, nachdem Ihr Vater verschwunden war?«
Ungerührt gibt sie zurück: »Weil Papa sich oft im Keller aufhielt. Er stellte Wein her und verkaufte ihn den Leuten im Dorf.«
Der Kommissar fährt zusammen.
»Wollen Sie damit sagen, daß Ihr Vater die Kunden auch bei sich zu Hause empfing?«
»Ja, natürlich.«
»Wissen Sie, wer das war?«
»Alle möglichen Leute ... Leute aus Corvilliers und aus den Nachbardörfern. Papa hatte nämlich trotz allem noch sehr viel eigenes Geld. Wie Sie wissen werden, saß er geradezu auf seinem Geld, und wenn er irgendwo ein paar Francs dazuverdienen konnte, ließ er sich die Gelegenheit nicht entgehen.«
Blanchard überlegt ... »Alle möglichen Leute«, hat Honorine gesagt. Joseph Pernel hätte seine Tür also auch jemandem geöffnet, der nur ein oder zwei Flaschen Wein bei ihm kaufen wollte. Mit einemmal hat die Tatsache, daß es keinen Kampf gegeben hat, nichts mehr zu bedeuten. Im Gegenteil, aller Wahrscheinlichkeit nach war der alte Pernel viel weniger bereit, seinen Sohn oder seine Tochter hereinzulassen, die er seit einem Jahr nicht mehr gesehen hatte.
»Ich danke Ihnen, Madame«, erklärt der Beamte abschließend. »Ihre Aussage war für mich sehr wertvoll. Ich werde Sie und Ihren Bruder wohl nicht mehr belästigen müssen ...«

Nachdem sie gegangen ist, denkt Blanchard eine Weile angestrengt nach. Obwohl er den wahren Schuldigen noch nicht kennt, ist seine Schlußfolgerung eindeutig. Das Verhältnis zwischen Joseph Pernel und seinen Kindern hat mit der Sache nichts zu tun. Es handelt sich vielmehr um ein ganz gewöhnliches Verbrechen. Vermutlich wurde es von einem brutalen Trunkenbold begangen, dem der alte Pernel in seiner Geldgierigkeit etwas Wein zu verkaufen bereit gewesen war.
Blanchard gibt seinen Leuten daher Anweisung, in der weiteren Umgebung nach dem Täter zu suchen. Auf die Weise, so hofft er, werden die Dorfbewohner auch endlich begreifen, daß die Polizei ihren ursprünglichen Verdacht fallengelassen hat.
Eine Woche später kommt es zu einer Verhaftung. In einem Bistro in der Nähe von Corvilliers hat ein Tagelöhner seine Zeche mit einem Tausendfrancsschein begleichen wollen. Da der Mann nie Geld in der Tasche hatte, wurde der Wirt mißtrauisch und verständigte die Polizei.
Bei dem Verdächtigen handelt es sich um den sechsunddreißigjährigen Roland Lesueur, der für seine Gewalttätigkeit bekannt ist, besonders, wenn er getrunken hat. Er ist bereits mehrfach wegen Körperverletzung bestraft worden. Vor dem Kommissar legt er sofort ein Geständnis ab.
»Ja, ich habe die Tat begangen. Ich war zu dem alten Pernel gegangen, weil ich Wein kaufen wollte. Ich wußte genau, daß er mir aufmachen würde. Er war viel zu sehr hinter dem Geld her. Unten im Keller habe ich ihm mit dem Stück Eisen, das da rumlag, einen Schlag verpaßt. Aber ich wollte ihn nicht umbringen. Ich wollte ihn nur niederschlagen.«
»Und warum haben Sie das getan?«
»Wegen der Moneten natürlich! Jeder wußte doch, daß er genug hatte.«
»Warum haben Sie dann kein Geld mitgehen lassen?«
Roland Lesueur reißt erstaunt die Augen auf.

»Was meinen Sie damit?« fragt er. »Ich habe doch die dreitausend Francs aus seinem Portemonnaie mitgenommen!«
Damit ist der Fall abgeschlossen. Im Gegensatz zu dem, was alle Welt vermutet hatte, handelte es sich um einen ganz gewöhnlichen Raubmord. Der Täter hatte das Geld und die Goldmünzen, die sich im Büro befanden, nur deshalb nicht mitgenommen, weil er von ihrer Existenz nichts gewußt hatte. Ihm war es nur um das Portemonnaie seines Opfers gegangen.

In dem Prozeß, der im April 1950 gegen Roland Lesueur eröffnet wurde, traten Philippe Pernel und seine Schwester Honorine als Nebenkläger auf, um den symbolischen einen Franc Schadenersatz zu beanspruchen, der ihnen als Opfer einer moralischen Vorverurteilung durchaus zustand. Selbstverständlich wurde ihnen dies auch gewährt.

Als der Gerichtsvorsitzende verkündete, daß Roland Lesueur wegen vorsätzlichen Mordes zum Tode verurteilt wurde, herrschte tiefe Stille im Saal.

Jeder hat sich in dem Moment wohl gefragt, was passiert wäre, wenn Kommissar Blanchard bei seinen Ermittlungen weniger gründlich und hartnäckig gewesen wäre.

Das Publikum, die Richter und die Geschworenen waren sich jedenfalls darüber klar, daß man hier ganz knapp einem Justizirrtum entgangen war …

Eine Nacht in der Hölle

Die Wilhelmstraße in München zählt nicht gerade zu den Prachtstraßen dieser Stadt. Doch wer sich dorthin begibt, weiß zumindest sofort, was ihn erwartet: Es gibt ein Eros-Center, zahlreiche Sex-Shops und vor allem die »Chrystal-Bar«. Dieses Etablissement von sehr geräumigen Ausmaßen erinnert mit seinen langen Tischen und Bänken ein wenig an eine Werkskantine. Auf einer Bühne im Hintergrund führen junge Paare zu ohrenbetäubend lauter Musik sogenannte lebende Bilder auf, die nicht nur pornographisch, sondern auch künstlerisch sein sollen, wie das Plakat am Eingang verkündet. Die Animiermädchen an den Tischen sind derweil bemüht, die Gäste zu entsprechendem Getränkekonsum zu überreden.

Kurz gesagt handelt es sich um einen äußerst vulgären und geradezu deprimierend langweiligen Ort, an dem einem überdies das Geld aus der Tasche gezogen wird. Aus unerfindlichen Gründen rangiert das Lokal dennoch ganz oben auf der Liste der Attraktionen dieser Stadt, und jeden Abend zieht die »Chrystal-Bar« eine nicht unbeträchtliche Zahl von Touristen an.

An diesem Tag, es ist der 23. Oktober 1976, handelt es sich um eine Gruppe von Dänen, die mit dem Bus angekommen sind. Trotz des besonderen Rufes, der dem Lokal vorauseilt, scheint den Männern das Programm nicht sehr zu gefallen, denn bereits nach einer knappen Stunde gehen sie wieder und steigen in ihren Bus.

Alle bis auf einen: Olaf Kirksen, ein bärtiger blonder Hüne von dreiundzwanzig Jahren, der genauso aussieht, wie man sich einen Wikinger vorstellt. Olaf wollte unbedingt blei-

ben. Erstens gefällt ihm die Darbietung, weil er nun einmal eine Schwäche für lebende Bilder hat, und außerdem ist er in den Ferien. Er will sich amüsieren und für sein Geld auch etwas geboten bekommen.
Daß Olaf Kirksen Geld hat, ist den beiden Animiermädchen, die sich neben ihn gesetzt haben, sofort aufgefallen. Seine Brieftasche ist mit großen Scheinen gefüllt. Zu ihrem Pech ist der Däne jedoch alles andere als großzügig. Er trinkt keinen Alkohol und nimmt von den Mädchen nicht die geringste Notiz. Ihn interessiert nur die Darbietung auf der Bühne, alles andere ist ihm egal.
Als die Vorstellung um zwei Uhr morgens zu Ende ist, verläßt Olaf höchst zufrieden die »Chrystal-Bar«. Er hat einen klaren Kopf, und seine Brieftasche ist nach wie vor gut gefüllt …
Am anderen Morgen ruft der Leiter der dänischen Reisegruppe beim Frühstück die Namen der Teilnehmer auf, bevor sie zu einer Stadtrundfahrt starten. Als er Olaf Kirksens Namen nennt, kommt keine Antwort, was ihn nicht sonderlich erstaunt. Es ist schon mehrmals vorgekommen, daß der junge Mann die Nacht anderswo verbracht hat. Wenn alle so wären wie dieser, müßte man sich wirklich fragen, um was für eine Art Reise es sich handelt. Jedenfalls wird man wegen der Stadtrundfahrt nicht auf ihn warten.
»Zum Teufel mit ihm!« murmelt der Reiseleiter vor sich hin. Doch wenn er wüßte, wo sich Olaf Kirksen in diesem Moment befindet, würde er seine Worte sicherlich bereuen …

Wie spät mag es sein? Olaf Kirksen hat keinerlei Zeitgefühl mehr. Wo war er? Diese Frage kann er ebensowenig beantworten. Es ist dunkel um ihn herum, vollkommen dunkel. Ein paar Minuten vergehen, und er versucht, wieder richtig zu sich zu kommen. Er wartet darauf, daß irgend etwas geschieht, doch es geschieht nichts, nicht das geringste.
Statt dessen wird ihm allmählich bewußt, daß er sich an ei-

nem völlig unbekannten und gewissermaßen undefinierbaren Ort befindet. Ihm ist, als sei er überhaupt nicht auf der Erde ...

Nach und nach kehren ein paar konfuse Erinnerungsfetzen zurück. Nachdem er die »Chrystal-Bar« verlassen hatte, tauchten zwei Männer hinter ihm auf, und einer zog einen Revolver. Olaf weiß noch genau, daß er sich heftig gewehrt hat. Seine Faust schnellte vor, dann sah er plötzlich einen grellen Blitz, und danach sah er gar nichts mehr ...

Olaf hält in seinen Gedanken inne und fragt sich ängstlich: »Wo bin ich jetzt nur?«

Doch sosehr er sich auch bemüht, er sieht nichts und er hört nichts. Und was noch beunruhigender ist: Er spürt auch seinen Körper nicht mehr! Er kann nicht die geringste Bewegung machen, er wüßte nicht einmal mehr zu sagen, wo sich sein Kopf, seine Arme oder seine Beine befinden. Und so kommt ihm die niederschmetternde Erkenntnis: »Ich bin tot!«

Nach einigen Momenten der Panik gelingt es dem jungen Mann dennoch, sich wieder ein wenig zu fassen. Er kann sich zwar nicht mehr bewegen, aber vielleicht kann er zumindest noch laut schreien. Wenn er nur seine Stimme hören könnte, so würde ihn das sehr beruhigen. Die Stimme ist gleichbedeutend mit dem Lebendigsein, denn ein Toter schreit nicht. Also schreit er, und, o Wunder, er kann sich hören!

Allerdings hört er etwas ganz Schreckliches, etwas Unbeschreibliches. Diesen Ton hat er zwar mit seiner eigenen Stimme hervorgebracht, doch sie klingt gräßlich entstellt und dumpf, als komme sie aus der Tiefe der Erde, als gehöre sie einem Gespenst oder gar einem Dämon ...

Olaf stößt weiterhin laute Schreie aus, und jetzt wird er doch von Panik übermannt. Wie lange mag er so verharren, allein mit seiner Stimme, deren dröhnender Widerhall ihn gleichsam einzuhüllen scheint, wie lange ...?

Frau Lindmaier, eine Witwe von sechsundsechzig Jahren, lebt allein in der Wilhelmstraße 46. Sie wohnt hier nur gezwungenermaßen, denn seit dem Tod ihres Mannes ist sie praktisch mittellos. Von den gelegentlichen Näharbeiten, die sie zu Hause ausführt, kann sie gerade eben ihren Lebensunterhalt bestreiten und die Miete für ihre Drei-Zimmer-Mansardenwohnung bezahlen. Als Frau Lindmaier an diesem Morgen erwacht, hat sie ein seltsames Erlebnis. Sie vermeint ein Geräusch zu hören, genauer gesagt eine Stimme. Da sie ein wenig schwerhörig ist, lauscht sie angestrengt. Dann steht sie auf und geht ins Eßzimmer.
Jetzt ist kein Zweifel mehr möglich: Der Ton ist klar zu vernehmen. Es klingt wie eine herzzerreißende Klage, eine Klage, die nichts Menschliches an sich hat.
Frau Lindmaier ist kein Ausbund an Tapferkeit. Das kommt davon, wenn man in einer solchen Gegend wohnt! Und außerdem hatte sie schon immer Angst vor Geistern, obwohl sie sich das nicht eingestehen mag.
Also greift Frau Lindmaier zum Telefon und ruft die Polizei an. Der Beamte am anderen Ende der Leitung scheint nicht sonderlich beeindruckt, doch immerhin verspricht er, jemanden vorbeizuschicken.
Frau Lindmaier ist jetzt ein wenig beruhigt, obwohl das Geräusch weiterhin zu hören ist. Sie zieht sich an, geht ins Eßzimmer zurück und beschließt, sich erst einmal einen Kaffee zu machen. Da es nicht sehr warm ist, zündet sie ihren Kaminofen an und setzt Wasser auf.

Olaf Kirksen schreit und schreit, während sein Verstand immer mehr zu der Gewißheit gelangt: »Ich bin tot!« Doch wo mag er sich nur befinden? Sicher nicht im Paradies. Ist er dann in der Hölle? Nein, in der Hölle gibt es Flammen … Und da spürt Olaf plötzlich, wie es in seiner Umgebung immer heißer wird, und die Hitze wird alsbald von einem charakteristischen Geruch begleitet, nämlich dem von brennendem Holz. Überall breitet sich jetzt heiße Luft aus, die

ihn zu ersticken droht. Olaf kommt es vor, als koche alles um ihn herum, ja, als würde er selbst in dieser heißen Luft geschmort werden.
Dennoch hat er inzwischen keine Angst mehr. Wovor sollte er noch Angst haben, wo er doch schon tot ist?
Er fragt sich allerdings, weshalb er in der Hölle gelandet ist. Er hat aufgehört zu schreien, und während er sich in sein Schicksal ergibt, läßt er im Geiste sein Leben Revue passieren, wobei er sich immer wieder fragt, was ihm wohl die ewige Verdammnis eingebracht haben mag.
Unterdessen erscheinen drei Polizeibeamte bei Frau Lindmaier. Der Wachtmeister, der die kleine Gruppe anführt, macht aus seiner Skepsis kein Hehl, zumal Frau Lindmaier jetzt selbst ein wenig verlegen wirkt.
»Es ist nicht zu glauben, meine Herren, aber fünf Minuten nachdem ich sie angerufen hatte, hörte das Geräusch wie durch Zauberei plötzlich auf!«
Während die beiden anderen Beamten eher widerwillig die Räume untersuchen, befragt der Wachtmeister Frau Lindmaier: »Nun, woher sollen diese Töne denn gekommen sein?«
»Das ist schwer zu sagen. Von überallher und gleichzeitig auch von nirgendwoher. Es klang, als ob sie vom Himmel kamen oder aus der Hölle. Ja, eher aus der Hölle ...«
Der Wachtmeister betrachtet die kleine alte Dame mit dem routinierten Blick des Polizisten. Ganz offensichtlich handelt es sich nicht um eine Alkoholikerin. Sie ist lediglich ein bißchen verrückt wie so viele andere.
»Hören Sie, werte Dame, sie haben einen bösen Traum gehabt, das ist alles. Sie sind im Moment nur etwas durcheinander. Wenn ich Ihnen einen Rat geben darf, so bleiben Sie heute besser nicht hier. Verbringen Sie den Tag bei einer Freundin. Und wenn Sie das nächste Mal etwas hören, dann rufen Sie nicht gleich die Polizei. Warten Sie lieber, bis dic Geräusche von allein aufhören.«
Als die Polizisten gegangen sind, ist Frau Lindmaier gleich-

zeitig verwirrt und beunruhigt. Sosehr sie sich auch bemüht, sie kann die Geräusche nicht mehr hören. Vielleicht spielen ihre Sinne oder ihr Verstand ihr allmählich solche Streiche, obwohl sie sich eigentlich noch nicht so alt gefühlt hatte.
Nach gründlicher Überlegung beschließt sie, den Rat des Beamten zu befolgen. Sie hat nicht die geringste Lust, allein zu Hause zu bleiben. Lieber geht sie zu einer Freundin. Sie zieht ihren Mantel an, setzt ihren Hut auf, und bevor sie die Wohnung verläßt, löscht sie noch das Feuer.

Es ist der 24. Oktober 1976, ein Uhr mittags. Die Stadtrundfahrt ist zu Ende, und die dänische Reisegruppe kehrt ins Hotel zurück, wo sich nach wie vor keine Spur von Olaf Kirksen findet. Jetzt ist der Reiseleiter doch recht beunruhigt, zumal die Gegend um die »Chrystal-Bar«, wo Kirksen die Nacht verbracht hat, alles andere als sicher ist. Der Reiseleiter verständigt daher die Polizei.
Auch die Polizei nimmt die Angelegenheit sofort sehr ernst. In jenem Viertel ist es während der letzten Monate wiederholt zu Überfällen gekommen, denen vor allem ausländische Touristen zum Opfer fielen.
Die Beamten suchen die Bar auf, und die beiden Animiermädchen können sich bestens an Olaf erinnern, aber sie schwören, nichts weiter zu wissen. Der Däne habe das Lokal gegen zwei Uhr morgens verlassen, direkt nach dem Ende der Vorstellung. Sie bestätigen außerdem, daß er eine prall gefüllte Brieftasche bei sich hatte, die er mehrmals vor allen Leuten hervorzog.
Auch draußen auf der Wilhelmstraße suchen die Beamten vergeblich nach irgendwelchen Spuren eines Raubüberfalls. Nichts deutet auf dergleichen hin. Die kleine Straße, in der nur abends etwas los ist, wirkt jetzt wie ausgestorben. Man sieht nur baufällige Häuser mit großen Schornsteinen.

Um acht Uhr abends kehrt Frau Lindmaier nach Hause zurück. Sie fühlt sich inzwischen besser. Der Tag, den sie

bei ihrer Freundin verbrachte, hat ihr den Kopf wieder zurechtgerückt und sie auch ihre gute Laune wiederfinden lassen. Sie hat am Morgen schlecht geträumt, das war alles!
Mit trippelndem Schritt kommt Frau Lindmaier ihren üblichen Verrichtungen nach. Sie entzündet ihren Ofen und setzt einen Topf mit Gemüsebrühe auf. Zusammen mit den zwei Butterbroten, die sie sich zurechtgemacht hat, wird dies ihr Abendessen sein.
Doch genau in dem Moment, wo sie sich zum Essen hinsetzt, geht es wieder los. Sie vernimmt einen fast tonlosen Schrei, der nah und fern zugleich wirkt und dessen Herkunft nicht bestimmbar ist. Es ist ein Schrei des Schmerzes und der Verzweiflung, ein Schrei wie aus einer anderen Welt, der Schrei eines Verdammten! Frau Lindmaier bekreuzigt sich. Sie ist totenbleich geworden, und dies nicht nur, weil sie Angst hat, sondern auch, weil sie an ihrer geistigen Gesundheit zu zweifeln beginnt. Dennoch ist sie fest entschlossen, die Anweisungen des Wachtmeisters zu befolgen. Das Ganze ist nichts anderes als eine Sinnestäuschung und eine Ausgeburt ihres überreizten Gehirns. Sie darf auf keinen Fall die Polizei anrufen. Und außerdem wird die schreckliche Stimme ganz von selbst wieder aufhören, schließlich war es beim ersten Mal auch so …
Doch die Stimme schweigt nicht von allein wieder, ganz im Gegenteil. Sie nimmt immer mehr an Lautstärke zu und wird immer herzzerreißender.
Frau Lindmaier hat ihr frugales Mahl beendet und geht zu Bett, aber sie kann nicht einschlafen, sosehr sie sich auch bemüht. Sie lauscht erneut, und jetzt trifft sie eine Entscheidung: Ganz gleich, was die Polizisten sagen, sie muß sie verständigen!
Mit schüchterner Stimme sagt sie in den Hörer hinein: »Hier ist Frau Lindmaier in der Wilhelmstraße. Ich weiß, Sie hatten gesagt, ich soll Sie nicht wieder anrufen, aber diese Schreie, die ich heute morgen gehört habe, die höre ich jetzt schon wieder …«

In rüdem Ton antwortet der Beamte: »Ich bin im Bilde über die Störung von heute morgen. Gehen Sie wieder schlafen, Frau Lindmaier!«
Bevor der Polizist die Zeit hat, den Hörer aufzulegen, erklärt die alte Dame: »Hören Sie, ich habe Sie angerufen, weil diese Stimme … diese Stimme spricht dänisch. Ich verstehe Dänisch, und ich bin mir meiner Sache ganz sicher.«
Der Beamte schweigt jetzt. Dänisch … das sagt ihm irgend etwas. Ach ja, es geht um eine Vermißtenmeldung, und da ist auch schon der Zettel: Ein gewisser Olaf Kirksen ist verschwunden, und zwar nach dem Verlassen der »Chrystal-Bar« in der Wilhelmstraße …
»Wir kommen sofort, Frau Lindmaier!« ruft der Beamte aufgeregt ins Telefon. »Was spricht die Stimme denn?«
Die alte Dame zögert ein wenig, als habe sie Angst, etwas Dummes zu sagen: »Wenn ich richtig verstanden habe, dann schreit sie: ›Zu Hilfe! Zu Hilfe!‹«
Wenige Minuten später trifft die Polizei, gefolgt von einem Feuerwehrauto, in der Wilhelmstraße 46 ein. Die Feuerwehrleute klettern mühelos aufs Dach, da das Gebäude mit einem Gerüst versehen ist.
Als die Männer oberhalb des Schornsteins von Frau Lindmaier angelangt sind, beugen sie sich hinunter, und als sie in den Schornstein hineinleuchten, erkennen sie ein Paar Schuhe. Kurz darauf ziehen sie eine undefinierbare schwarze Form heraus: Es ist der unglückselige Olaf Kirksen, der wie durch ein Wunder noch lebt.
Er befindet sich wirklich in einem jämmerlichen Zustand: Sein ganzer Körper ist mit Ruß bedeckt, er hat keine Haare mehr – sie sind alle verbrannt – und die untere Schädelhälfte ist durch eine riesige Quetschwunde verunstaltet.
Feuerwehrleute und Polizisten erkunden mit Suchscheinwerfern den Rauchabzug, in den man den Unglücklichen hineingeworfen hatte. Ungefähr zwei Meter unterhalb der Schornsteinöffnung macht der Abzugskanal einen Knick, und genau an dieser Stelle war er eingeklemmt. Er steckte

in einem Zylinder von wenig mehr als fünfzig Zentimeter Durchmesser, Kopf und Rückenpartie in horizontaler Stellung, die Füße in der Luft, ohne auch nur die geringste Bewegung machen zu können ...
Vierundzwanzig Stunden lang war er darin gefangen gewesen, direkt oberhalb des Kaminabzugs von Frau Lindmaier, die ihren Ofen zweimal in Betrieb genommen hatte.
Olaf Kirksen wird sofort ins Krankenhaus gebracht, wo er lange zwischen Leben und Tod schwebt, doch er kommt durch. Die Polizei hat ihre Ermittlungen weiter fortgesetzt und schließlich Erfolg damit gehabt. Die Schuldigen waren die Brüder Lutz, zwei der »Künstler« aus der »Chrystal-Bar«, die die berühmten lebenden Bilder aufführten. Schon seit einiger Zeit hatten sie sich darauf verlegt, nach der Vorstellung Gäste mit besonders gut gefüllter Brieftasche zu überfallen. Den entsprechenden Tip hatten sie von den Animiermädchen erhalten.
Vor den Polizeibeamten legten sie folgendes Geständnis ab: »Wir haben den Dänen ungefähr zweihundert Meter von der Bar entfernt überfallen, aber statt sich zu ergeben, hat er sich gewehrt wie ein Verrückter. Wir sahen, daß wir es mit einem sehr kräftigen Burschen zu tun hatten, und deshalb haben wir ihm mit dem Lauf der Waffe eins über den Kopf gegeben. Er stürzte auf den Gehsteig nieder. Er blutete stark, und er rührte sich auch nicht mehr. Wir dachten, er sei tot. Wir wollten ihn irgendwie verschwinden lassen, und da sahen wir das Gerüst an dem Haus gegenüber. Wir haben ihn aufs Dach befördert und in den nächstbesten Schornsteinschacht geworfen. Wenn wir natürlich gewußt hätten, daß er noch lebte ...«
Die beiden Männer, die noch viele andere Überfälle auf dem Gewissen hatten, wurden zu lebenslänglicher Gefängnisstrafe verurteilt. Olaf Kirksen kehrte nach Dänemark zurück, doch wird er diese Reise nach Deutschland bestimmt niemals vergessen haben. Die Prospekte hatten ihm eine perfekt organisierte, vierzehntägige Rundreise ver-

sprochen, mit allen möglichen Ausflügen, Besichtigungen und sonstigen Attraktionen. Für ihn war jedoch etwas inbegriffen, was nicht in dem Programm gestanden hatte: eine Nacht in der Hölle.

Die Kurve

15. Juli 1973, kurz vor Mitternacht. Der große Citroën von Pierre Clément rollt geschmeidig über die Landstraße in Richtung Longpré, einem Ort im Département Saône-et-Loire. Es kommt selten vor, daß Pierre Clément zu so später Stunde noch mit dem Auto unterwegs ist. Zum einen fährt er nicht gern in der Nacht, zum andern herrscht gerade um diese Zeit Hochbetrieb in seinem Restaurant. Doch in diesem Fall blieb ihm nichts anderes übrig, denn er mußte seine Tochter Virginie am Flughafen von Lyon abholen. Virginie ist Stewardeß und wird ihren Monat Ferien wie gewöhnlich im Schoß der Familie verbringen.

Clément zwinkert unwillkürlich mit den Augen, als die Scheinwerfer eines entgegenkommenden Wagens ihn blenden.

Clément wirkt schon auf den ersten Blick wie eine bedeutende Persönlichkeit. Er ist fünfundfünfzig Jahre alt, athletisch gebaut und bereits grauhaarig. Außerdem wurde er als gefeierter Widerstandskämpfer mit zahlreichen Auszeichnungen geschmückt.

Sein Restaurant, das selbst in einer gastronomisch so entwickelten Gegend wie dieser ein ganz besonderes Renommé genießt, beschert ihm ein beträchtliches Einkommen. Den Höhepunkt seines gesellschaftlichen Aufstiegs bildete dann vor einigen Jahren seine Wahl zum Bürgermeister von Long-pré, und dieses Amt bedeutet Pierre Clément mindestens ebensoviel wie sein Erfolg als Restaurantbesitzer. Für einen Mann wie Clément ist Macht im Grunde wichtiger als Geld.

Seine Tochter Virginie sitzt jetzt ganz entspannt neben

ihm und raucht eine Zigarette. Wenn gutes Aussehen eine Voraussetzung für den Beruf einer Stewardeß ist, so hätte man es in ihrem Fall nicht besser treffen können. Sie ist fünfundzwanzig, groß, blond und sehr schlank und scheint direkt einer Hochglanzzeitschrift entstiegen zu sein.

Ganz offensichtlich weiß sie genau, was sie will. Darin ist sie ihrem Vater sehr ähnlich. Sie hat dieselbe resolute Art und kann in manchen Momenten etwas hart wirken.

Virginie und Pierre Clément sind also aus demselben Holz geschnitzt. Das wissen beide, und darauf sind sie auch stolz, obwohl sie sich aufgrund ihres gemeinsamen Charakters öfter streiten.

Pierre Clément hat seine Tochter praktisch allein großgezogen, denn seine Frau starb, als die Kleine erst drei Jahre alt war. Um Virginie mit niemandem teilen zu müssen, hat er nicht wieder geheiratet.

»Wirst du noch lange Stewardeß bleiben?« fragt er sie jetzt.

»Du weißt genau, daß mein Vertrag erst in fünf Jahren ausläuft.«

»Und hinterher?«

»Was hinterher kommt, wird man sehen. Aber ich gehe nicht ins Restaurant.«

»Der Platz für dich ist dort schon bereit, und du weißt selbst, daß du das Zeug dazu hättest!«

»Papa, hör endlich damit auf! Ich habe ein für allemal nein gesagt.«

»Und was soll werden, wenn ich tot bin? Irgend etwas wirst du dann mit meinem Restaurant anfangen müssen.«

»Ja, natürlich. Dann verkaufe ich es.«

»Dickschädel!«

Schweigen breitet sich in der luxuriösen Limousine aus. Wütend gibt Pierre Clément Gas, und die kurvenreiche Strecke fliegt nur so an ihnen vorbei. Longpré ist nicht mehr weit, und da geschieht es auf einmal: Am Auslauf einer Kurve taucht unvermittelt ein Radfahrer ohne Licht

vor ihnen auf, der sich nicht rechts hält, sondern mitten auf der Straße fährt.
Clément tritt verzweifelt auf die Bremse, doch es ist zu spät. Es gibt einen schrecklichen Zusammenprall, und gleich darauf hört man, wie der Radfahrer zu Boden stürzt. Der Citroën hat sich bei der Notbremsung einmal um die eigene Achse gedreht.
Virginie ist bereits aus dem Wagen gesprungen und läuft zur Unglücksstelle. Sie verliert keinen Moment die Beherrschung, zumal sie als Stewardeß genau weiß, wie man sich bei einem Unfall verhalten muß.
Sie steuert auf den Straßengraben zu, wo das verunglückte Fahrrad liegt. Einer der Reifen dreht sich noch immer. Der Motor des Wagens heult noch einmal auf, und dann wird die Szenerie vom brutalen Licht der Scheinwerferkegel angestrahlt.
Virginie beugt sich hinunter. Nein, sie braucht ihre Kenntnisse in Erster Hilfe nicht mehr anzuwenden. Der Mann ist tot. Sein Schädel ist vollkommen zerschmettert.
Jetzt kommt Pierre Clément hinzu und bleibt gleich darauf reglos stehen.
»Mein Gott!« entfährt es ihm.
Virginie steht auf.
»Kanntest du ihn?«
»Ja. Es ist Bourget. Ein braver Bursche. Er war seit zwei Jahren als Mechaniker in der Garage von Longpré beschäftigt … Hör zu, Virginie: Du hast genau gesehen, daß er ohne Licht mitten auf der Straße fuhr. Ich konnte ihm nicht ausweichen!«
»Hatte er Familie?«
»Ja, eine Frau und ein kleines Kind. Die Ärmsten!«
Schweigend gehen Vater und Tochter zum Auto zurück und machen sich wieder auf den Weg nach Longpré. Niemand ist unterdessen vorbeigekommen.
Virginie zieht nervös an ihrer Zigarette und erklärt dann: »Ich werde der Polizei sagen, daß es nicht deine Schuld war.«

Pierre Clément zuckt am Steuer seines Wagens heftig zusammen. »Wieso der Polizei? Was redest du denn da?«
»Willst du etwa behaupten, daß du es wagen würdest ...«
»Kannst du dir vielleicht vorstellen, wie ich als Bürgermeister zur Polizei gehe und sage: ›Ich habe gerade jemanden überfahren!‹?«
»Ich kann es mir nicht nur vorstellen, sondern du wirst auch genau das tun!«
»Du mußt den Verstand verloren haben! Der Mann ist tot. Man kann nichts mehr für ihn tun. Wenn ich mich stelle, bin ich entehrt. Dann muß ich von meinem Amt zurücktreten. Und die Gäste werden mein Restaurant meiden. Das bedeutet den Ruin. Willst du das wirklich?«
»Ich will, daß du deine Pflicht tust.«
»Das reicht jetzt, Virginie. Ich weiß, was ich zu tun habe.«
Mit einer heftigen Bewegung dreht sich Virginie Clément zu ihrem Vater um.
»Nein, das reicht eben nicht. Wenn du nicht zur Polizei gehst, dann tue ich es eben.«
»Du würdest mich anzeigen?«
»Ich würde bezeugen, was ich gesehen habe, nämlich einen Unfall mit tödlichem Ausgang und anschließender Fahrerflucht.«
»Virginie, ich bitte dich! Hast du denn gar kein Gefühl mehr für mich?«
»Sprich mir nicht von Gefühlen! Ich werde nicht imstande sein, einen Feigling und einen Egoisten zu lieben!«
Erneut herrscht Schweigen zwischen ihnen, während der Wagen in den Ort hineinfährt. Virginie Clément ficht unterdessen einen schrecklichen inneren Kampf aus: Soll sie tun, was sie für ihre Pflicht hält, oder soll sie aus Liebe zu ihrem Vater schweigen?

Pierre Clément ist sehr bleich, als er am anderen Morgen das Büro von Oberwachtmeister Rollin betritt, dem die Gendarmerie von Longpré untersteht.

»Das ist eine üble Geschichte, Herr Bürgermeister.«
»Ja. Eine üble Geschichte.«
»Wir haben mit unseren Ermittlungen bereits begonnen. Der Schweinehund, der das getan hat, wird uns nicht entkommen, da können Sie sicher sein! Ich nehme an, daß Sie ihrerseits ebenfalls Maßnahmen ergreifen werden.«
»Ja, gewiß.«
»Sie könnten Freiwillige finden, die bei der Suche behilflich sind.«
»Ja, genau ...«
»Wir müssen diesen Mistkerl unbedingt fassen, Herr Bürgermeister. Stellen sie sich vor: Die Witwe steht vollkommen mittellos da! Wie konnte der Täter nur so rücksichtslos sein?«
»Er hat vielleicht den Kopf verloren ...«
»Na, also wissen Sie! Für diese Leute zählt doch nur ihre eigene Person. Die anderen können ruhig draufgehen!«
In diesem Moment wird diskret an die Tür geklopft, und gleich darauf erscheint ein Untergebener des Oberwachtmeisters.
»Herr Bürgermeister, Ihr Fräulein Tochter ist hier.«
Pierre Clément zuckt zusammen.
»Was will sie?«
»Das weiß ich nicht, Herr Bürgermeister.«
Der Beamte kommt nicht dazu, noch etwas zu sagen, denn Virginie stürmt in den Raum hinein. Dann bleibt sie reglos stehen, wobei sie abwechselnd den Oberwachtmeister Rollin und ihren Vater ansieht.
Rollin begrüßt sie ehrerbietig.
»Guten Tag, Mademoiselle. Kann ich etwas für Sie tun?«
»Ja.«
Virginie scheint etwas sagen zu wollen, doch plötzlich bleibt sie mit offenem Mund und wie versteinert dort stehen.
Der Polizeibeamte ist etwas verwirrt und meint: »Nun, ich ... ich stehe zu Ihrer Verfügung.«

»Ich habe meinem Vater etwas zu sagen.«
Rollin macht eine kurze Verbeugung, und Vater und Tochter verlassen den Raum.
Sobald sie ins Freie gelangt sind, ergreift das junge Mädchen das Wort: »Du hattest recht. Ich bin unfähig, dich zu denunzieren. Ich habe es versucht, aber ich kann nicht. Es geht über meine Kräfte.«
»Danke, Virginie.«
»Nein, du sollst mir nicht danken. Ich will deinen Dank nicht. Ich reise auf der Stelle ab.«
»Virginie!«
»Adieu, Papa. Ich lasse dich hier mit deinen schönen Kriegsauszeichnungen, deinem Luxusrestaurant und dem Blut an deinen Händen zurück!«
Und Virginie entfernt sich im Laufschritt, während ihr Vater mit gesenkten Schultern vor der Gendarmerie stehenbleibt.
Pierre Clément überlegt nicht lange. Wie ein Automat kehrt er um und betritt erneut das Büro von Oberwachtmeister Rollin. Dieser springt überrascht auf, als er die aufgelöste Miene des Bürgermeisters sieht.
»Sie können Ihre Ermittlungen einstellen, Rollin.«
»Wie bitte?«
»Sie finden das Tatfahrzeug in der Garage meines Restaurants.«
»Sind … sind Sie sicher?«
»So sicher, wie man nur sein kann, denn der Wagen gehört mir, und der Fahrer war ich.«
»Herr Bürgermeister!«
»Nennen Sie mich nicht mehr ›Herr Bürgermeister‹! Ich stelle mit sofortiger Wirkung mein Amt zur Verfügung. Ich bin nichts anderes mehr als ein Schuldiger, der das Schicksal erwartet, das er verdient.«
Kopfschüttelnd erwidert Rollin: »Ich weiß nicht, was ich sagen soll.«
»Dann sagen Sie besser nichts. Ich werde es Ihnen erklären.

Ich habe bis jetzt aus Egoismus geschwiegen, und ich glaube auch, daß ich nicht zur Rechenschaft gezogen worden wäre, wenn ich weiterhin geschwiegen hätte. Oder hätten Sie die Kühnheit besessen, den Wagen in meiner Garage zu untersuchen?«

»Nein, bestimmt nicht. Also, warum haben Sie jetzt ...?«

»Ich stand vor der Wahl, ob ich mich für mein Amt und für mein Restaurant entscheiden sollte oder für meine Tochter. Ich habe mich für sie entschieden.«

15. Juli 1974, genau ein Jahr nach dem tragischen Unfall, den Pierre Clément verschuldet hat.

Wie er angekündigt hatte, legte er sein Amt als Bürgermeister nieder. Doch entgegen seinen Befürchtungen wurde sein Restaurant daraufhin keineswegs gemieden. Nachdem die Leute erfuhren, wie sich die Dinge in Wirklichkeit zugetragen hatten, wußten sie die Situation richtig zu beurteilen.

Der Radfahrer war eindeutig selbst dafür verantwortlich gewesen, und eine solche Geschichte hätte jedem anderen ebenso passieren können. Zu diesem Schluß kam auch das Gericht, das Pierre Clément lediglich zu drei Monaten Führerscheinentzug auf Bewährung verurteilte.

Als Pierre Clément heute seine Tochter Virginie wieder am Flughafen von Lyon abholen fährt, empfindet er ein gewisses Unbehagen. Wie sollte er auch den Gedanken an das, was vor einem Jahr geschehen ist, verdrängen können?

Zugleich ist er aber auch sehr froh, daß er seine Tochter jetzt wieder für einen Monat bei sich haben wird. Denn als er sich der Polizei gestellt hatte, fuhr Virginie nicht zurück. Ganz im Gegenteil: Während der schwierigen Zeit, die er danach durchmachte, hielt sie fest zu ihm. Niemals zuvor waren sie einander so nahe gewesen wie damals, und an ihrer innigen Beziehung hat sich nicht das geringste geändert. Und als die beiden wenig später in gemächlichem Tempo den Rückweg nach Longpré antreten, kommt es erneut zu

der ewig wiederkehrenden Unterhaltung zwischen ihnen:
»Sag mal, wie lange wirst du noch Stewardeß bleiben?«
»Das weißt du genau. Ich habe noch vier Jahre zu fliegen.«
»Und hinterher?«
»Was hinterher kommt, wird man sehen. Aber ich gehe nicht zu dir ins Restaurant.«
»Dickschädel!«

Ein junger Mann wird sterben

Der Herr Abbé Puget, Priester in der Pfarrei Saint-Antoine in der Stadt Nantes, ist an diesem Abend des 28. Mai 1944 früh zu Bett gegangen und sofort eingeschlafen. In diesen Kriegszeiten ist das Leben für die Menschen sehr hart. Trotz seiner siebzig Jahre gönnt sich der Abbé Puget keine Schonung, wenn es gilt, materielle Sorgen zu lindern und seelischen Beistand zu leisten.

In den Straßen des ihm anvertrauten Bezirks trifft man die magere Gestalt des Pfarrers in der abgetragenen Soutane daher sehr häufig an.

Plötzlich wird der Geistliche aus seinem Schlummer gerissen. Im Nebenzimmer, das ihm als Büro dient, hat soeben das Telefon geklingelt. Er schaltet die Nachttischlampe an und blickt auf seinen Wecker: Es ist zehn Minuten nach Mitternacht. Um diese Zeit kann es sich nur um einen Notfall handeln.

Der Abbé steht auf und sucht nach seinen Pantoffeln. Obwohl es bereits Frühling ist, trägt er ein Nachthemd aus dickem Flanell und eine baumwollene Nachtmütze.

Hastig begibt er sich nach nebenan, wobei er schmerzerfüllt das Gesicht verzieht, weil ihn sein Rheumatismus plagt. Dann nimmt er den Hörer ab.

Die Stimme einer älteren Frau ertönt: »Bin ich mit der Pfarrei verbunden?«

»Ja, Madame.«

»Ich bin nicht verheiratet, Herr Pfarrer, Sie müssen sofort in die Rue Descartes Nummer 16 kommen ... mit den Sakramenten. Dort liegt ein junger Mann im Sterben.«

Der Priester notiert sich das, so gut es in der Dunkelheit möglich ist.

»Sagen Sie mir noch Ihren Namen, Mademoiselle.«
»Mademoiselle Chauvy. Aber ich befinde mich nicht in der Rue Descartes. Ich selbst wohne in der Rue de Bretagne Nummer 3. Sie können die Adresse des jungen Mannes nicht verfehlen, Herr Pfarrer. Es ist ein frei stehendes kleines Haus, und er ist ganz allein.«
»Aber Mademoiselle ...«
»Ich muß jetzt auflegen. Ich bitte Sie, Herr Pfarrer, machen Sie schnell, um Gottes willen!«
Und dann wird am anderen Ende tatsächlich aufgelegt. Der Herr Abbé schaltet in seinem Büro das Licht an und starrt verwirrt auf das Blatt Papier, auf dem er ganz mechanisch die beiden Adressen sowie den Namen der Anruferin notiert hat.
Was hat das zu bedeuten? Wer ist dieses alte Fräulein, und was hat sie mit diesem jungen Mann zu tun? Wenn er im Sterben liegt, warum ist sie dann nicht bei ihm, statt sich zu Hause, in einem ganz anderen Stadtviertel, aufzuhalten? Außerdem hat sie ihm nicht einmal den Namen des Sterbenden genannt. Gewiß, dieser befindet sich allein in seinem Häuschen, und er wird ihn nicht verfehlen können, aber die Sache ist dennoch äußerst merkwürdig!
Der Geistliche kehrt ins Schlafzimmer zurück. Sein Entschluß steht fest. Er hat kein Recht, all diese Fragen zu stellen. Wenn es darum geht, eine Seele zu retten, darf er keine Zeit verlieren. Kurz darauf steuert der Abbé Puget sein Fahrrad durch die verdunkelten Straßen von Nantes. Auf dem Gepäckträger befördert er in einem zerbeulten kleinen Pappkoffer die heiligen Sakramente, und natürlich hat er auch seinen Sonderausweis dabei, der ihn ermächtigt, trotz der nächtlichen Ausgangssperre das Haus zu verlassen.
Inzwischen ist es fast halb eins. Die Nummer 16 in der Rue Descartes ist tatsächlich ein frei stehendes kleines Haus. Zu seiner Überraschung sieht der Pfarrer dort von weitem keinerlei Licht. Es müßte doch ein Arzt zugegen sein und

irgendwelche Angehörige. Wie kann es im Haus eines Menschen, der im Sterben liegt, derart dunkel sein? Dem Abbé wird die Sache jedenfalls immer unheimlicher.
Er tritt durch die Gartenpforte, die nicht verschlossen ist. Dann stellt er sein Fahrrad an der Hauswand ab, nimmt den Pappkoffer und läutet.
Es handelt sich nicht um eine elektrische Klingel, sondern um eine einfache Glocke, die durch einen Kettenzug betätigt wird. Sie erzeugt im Inneren des Hauses einen düsteren Ton, doch ansonsten ist dort alles vollkommen ruhig.
Jetzt läutet der Pfarrer Sturm, und endlich erfolgt eine Reaktion. Er hört eilige Schritte und schließlich eine aufgeregte Männerstimme.
»Ich komme, ich komme!« ruft die Stimme.
Die Beklommenheit des Pfarrers wächst. Die Stimme, die da soeben ertönte, ist keineswegs die eines Todgeweihten.
Die Tür öffnet sich, und ein junger Mann von etwa fünfundzwanzig steht auf der Schwelle. Er hat zerzaustes Haar, und man sieht, daß er sich hastig einen Schlafrock über den Pyjama geworfen hat.
Er bleibt einen Moment lang mit offenem Mund so stehen und fragt dann in einem Ton fassungslosen Staunens: »Ein Priester! Aber was soll das denn bedeuten?«
Der Abbé Puget kommt sofort zur Sache: »Nun, ich bringe die Sakramente … für die Letzte Ölung.«
»Die Sakramente?«
»Ich bin hier doch richtig, in der Rue Descartes Nummer 16, oder?«
»Ja, aber ich verstehe noch immer nicht.«
»Gibt es hier denn keinen Kranken im Haus?«
»Nein. Ich lebe ganz allein.«
»Entschuldigen Sie, aber wurden Sie nicht vielleicht kürzlich von einem Unwohlsein befallen, oder haben Sie sonstige Krankheitssymptome, die vermuten lassen könnten, daß …«
»Keineswegs. Das ist vollkommen lächerlich! Mir geht es

prächtig! Wollen Sie mir nicht endlich verraten, was dieser Unfug soll?«

Der Geistliche stößt einen tiefen Seufzer aus.

»Ich fürchte inzwischen ebenfalls, daß es sich um einen Unfug handelt! Gestatten Sie, daß ich einen Moment hereinkomme?«

»Aber natürlich. Ich lege auf eine Erklärung großen Wert!« Und der junge Mann läßt den Pfarrer eintreten.

Ganz offensichtlich hat der Bewohner dieses Hauses mit der Kirche nicht viel im Sinn. Er führt den Abbé nicht in den Salon, sondern bleibt mit ihm im Flur stehen.

»Nun?« fragt er.

Der Abbé Puget berichtet in wenigen Sätzen von dem seltsamen Telefonanruf. Während er spricht, werden die Augen seines Gegenübers immer größer. Schließlich meint er kopfschüttelnd: »Mademoiselle Chauvy? Aber ich kenne niemanden dieses Namens.«

»Und dennoch muß es jemanden geben, der einen Groll gegen Sie hegt und nicht davor zurückgeschreckt hat, Ihnen diesen üblen Streich zu spielen.«

»Das ist in der Tat eine sehr unangenehme Geschichte! Um so etwas zu tun, muß man jemanden wirklich hassen.«

»Überlegen Sie bitte genau ... Es war die Stimme einer betagten Person. Haben Sie keine Ahnung, wer es sein könnte? Eine Tante vielleicht oder eine Bekannte Ihrer Eltern?«

Zum erstenmal malt sich in den Zügen des jungen Mannes so etwas wie Furcht.

»Schweigen Sie!« fährt er den Pfarrer an. »Ich weiß nicht warum, aber diese alte Frau läßt mich an den Tod denken.«

Der Abbé Puget kratzt sich am Kinn.

»Sie ... Sie wollen nicht, daß ich Ihnen die Beichte abnehme?«

»Nein. Verzeihen Sie, Sie sind ebenso ein Opfer dieser Geschichte wie ich, aber das Ganze hat mich zu sehr aufgewühlt. Es wäre mir lieber, wenn Sie jetzt gingen. Auf Wiedersehen, Herr Pfarrer.«

Der Geistliche beharrt nicht weiter. Er verabschiedet sich und geht. Als er mit seinem Pappkoffer wieder auf der Straße steht, hört er in seiner Erinnerung erneut jene Stimme sagen: » … in der Rue Descartes Nummer 16. Dort liegt ein junger Mann im Sterben. Sie können die Adresse nicht verfehlen. Es ist ein frei stehendes Haus, und der junge Mann ist allein …«
Doch der Abbé kommt nicht dazu, sich weitere Fragen zu stellen. Ein durchdringender Ton reißt ihn aus seinen Überlegungen, denn sämtliche Sirenen der Stadt beginnen gleichzeitig zu heulen. Fliegeralarm!
Das Pfarrhaus ist nicht weit. Der Abbé tritt energisch in die Pedale, um rechtzeitig bei sich zu Hause anzukommen und in seinen Luftschutzkeller flüchten zu können.
Die Sirenen schweigen jetzt. Gleich wird der Angriff erfolgen. Im letzten Augenblick öffnet der Pfarrer die Tür seines Kellers, denn aus der Ferne hört er schon die Bomber kommen.
Unten im Keller hat er dann ausreichend Zeit, sich von dieser Anstrengung wieder zu erholen. Seit Beginn des Krieges hat noch kein Fliegerangriff derart lange gedauert. Eine Detonationswelle folgt auf die andere, und teilweise sind sie von unerhörter Wucht. Einige Bomben müssen ganz in der Nähe eingeschlagen haben. Endlich, nach einem langen Moment der Stille, ertönen erneut die Sirenen und geben Entwarnung.
Der Geistliche kommt aus seinem Keller hervor und holt sein Fahrrad, auf dessen Gepäckträger sich noch immer der Pappkoffer mit den Sakramenten befindet. Um ihn herum brennt es fast überall, und laute Schreie ertönen. Die ersten Feuerwehr- und Ambulanzsirenen sind zu hören. Der Abbé Puget tritt wieder in die Fahrradpedale: Diesmal hat er die heiligen Sakramente nicht umsonst bei sich!
Er weiß selbst nicht genau, weshalb er wieder in die Richtung fährt, aus der er eine Weile zuvor gekommen war. Als

er in der Rue Descartes angelangt ist, stößt er entsetzt hervor: »Nein, das kann nicht wahr sein!«
Doch es ist wahr. An der Stelle, wo sich das frei stehende Haus ohne Licht befand, sieht man nur noch Flammen. Seltsamerweise ist außer der Nummer 16 kein anderes Gebäude getroffen worden. Der Geistliche läßt sein Fahrrad fallen und eilt zu den Trümmern. Er muß nicht weit laufen ... Der junge Mann, dessen Namen er nicht einmal kennt, ist nicht unter den Trümmern begraben worden. Die Explosion hat ihn in den Garten hinausgeschleudert. Er liegt mit offenen Augen und geöffnetem Mund auf dem Rücken. Er hat keine sichtbaren Verletzungen. Offenbar wurde er durch die Druckwelle der Detonation getötet.
Denn er ist tot. Der Abbé blickt auf die Uhr. Es ist halb zwei Uhr nachts. Und wieder vermeint er die Stimme der alten Frau zu hören: »... Rue Descartes Nummer 16. Ein junger Mann wird dort sterben ... wird sterben ...«
Was ist hier geschehen? Immer wieder sucht der Pfarrer nach einer Antwort auf diese Frage. Noch am selben Tag begibt er sich auf seinem Fahrrad in die Rue de Bretagne Nummer 3. Doch anstelle der Hausnummer 3 findet er dort lediglich ein unbebautes Stückchen Land vor.
Ob er die Nummer falsch verstanden hat?
Er klingelt am Haus nebenan, und eine alte Dame öffnet die Tür.
»Mademoiselle Chauvy?«
»O nein, Herr Pfarrer, ich heiße Laurent, und ich bin Witwe. Aber kommen Sie doch herein!«
Madame Laurent bemüht sich nach Kräften, die Fragen des Geistlichen zu beantworten, doch sie kann ihm beim besten Willen nicht weiterhelfen.
»Vielleicht wohnt sie in einem anderen Teil der Straße?« meint er.
»Nein, das ist unmöglich. Ich lebe hier seit vierzig Jahren, und ich kenne alle Bewohner. Ich versichere Ihnen, daß niemand dieses Namens jemals hier gewohnt hat.«

Der Abbé Puget will sich damit nicht zufriedengeben, da ihm die Sache sehr zu schaffen macht. Er spricht mit den Mitgliedern seines Pfarrbezirks über den Fall, und da diese von dem seltsamen Erlebnis des Abbé ebenfalls sehr beeindruckt sind, beginnen sie, ihrerseits Nachforschungen anzustellen. Leider ist auch das ohne jedes Ergebnis. Niemand in der Gegend kennt eine Mademoiselle Chauvy.
Völlig verzweifelt sucht der Pfarrer schließlich die Einwohnermeldestelle auf. Der Beamte dort erweist sich als sehr entgegenkommend und ist bereit, ihm zu helfen. Er will in den Listen der letzten Volkszählung nachsehen.
Gleich darauf kommt er mit einem ganzen Stapel von Blättern zurück.
»Chauvy, sagen Sie? Schreibt sich das ›C-H-A-U‹ am Anfang oder ›C-H-O‹?«
»Könnten Sie bitte unter beiden Schreibweisen nachsehen?«
Der Beamte geht die Liste mit dem Zeigefinger durch. Als er fertig ist, erklärt er kopfschüttelnd: »Es tut mir leid, Herr Pfarrer, aber in Nantes wohnt niemand dieses Namens.«
»Und Sie sind sicher, daß ein Irrtum ausgeschlossen ist?« insistiert der Geistliche.
»Was die Liste betrifft, so ist kein Irrtum möglich, aber das beweist noch nicht viel. Die letzte Erfassung der hiesigen Bewohner geht auf das Jahr 1936 zurück. Die nächste Volkszählung hätte 1941 durchgeführt werden sollen, doch wegen des Krieges kam es nicht dazu. Und seit 1936 ist natürlich eine ganze Menge geschehen. Daher kann es gut sein, daß sich ein Fräulein dieses Namens inzwischen hier angesiedelt hat.«
»Und in dem Fall hätten Sie keine Kenntnis davon?«
»Nein, nicht vor der nächsten Zählung, sofern die Dame nicht ohnehin mittlerweile aus Nantes wieder fortgezogen ist ...«

Auf diese Weise endete das seltsame Abenteuer des Abbé Puget. Trotz all seiner eigenen Bemühungen und der seiner

Pfarrkinder war es niemals möglich, die Identität jener geheimnisvollen Anruferin zu ermitteln.
Der Pfarrer selbst starb fünf Jahre später, also 1949, und bis zuletzt wurde er von dieser verwirrenden Geschichte heimgesucht. Wie mochten sich die Dinge in Wirklichkeit zugetragen haben? Manche Menschen entwickelten dazu eine Hypothese, die im Bereich des Übernatürlichen liegt. Der junge Mann aus der Rue Descartes hatte nämlich seine Eltern im Jahr 1940 verloren. Die unbekannte alte Dame wäre demnach seine verstorbene Mutter gewesen, die gewußt hatte, daß die Zeit für ihn gekommen war, ihr ins Jenseits zu folgen, und die ihm zuvor den Segen der Kirche zuteil werden lassen wollte.
Doch man muß nicht zwangsläufig das Übernatürliche heraufbeschwören. Ebenso ist denkbar, daß diese alte Dame sehr lebendig war, daß sie tatsächlich Chauvy hieß oder daß sie in ihrer Panik dem Abbé irgendeinen Namen genannt hatte.
Mit etwas Phantasie kann man sich folgendes Szenario vorstellen: Es ist Nacht, und die alte Dame schläft. Sie hat einen schrecklichen Alptraum. In diesem Traum sieht sie, wie der Tod in einem Haus in der Rue Descartes Nummer 16 zuschlagen wird, in dem ein junger Mann ganz allein lebt. Als sie jäh erwacht, ist sie sich sicher, einen prophetischen Traum gehabt zu haben. Was wird sie also tun? In der Rue Descartes Nummer 16 anrufen oder sich selbst dorthin begeben?
Beide Möglichkeiten verwirft sie alsbald. Wie würde der junge Unbekannte sie wohl empfangen? Müßte er sie nicht für eine Verrückte halten?
Zudem ist die alte Dame zweifellos fatalistisch eingestellt und tief gläubig. Sie geht davon aus, daß der Tod, so wie sie es in ihrem Traum gesehen hat, unabwendbar ist. Das einzige, was ihr zu tun bleibt, besteht darin, dem jungen Mann zuvor wenigstens die heiligen Sakramente zukommen zu lassen, und deshalb ruft sie den Pfarrer an.

Diese Version der Ereignisse hielt der Geistliche schließlich für die wahrscheinlichste. Dennoch gibt es einen letzten Erklärungsversuch, der zwar weniger romantisch ist, der aber möglicherweise der Wahrheit am nächsten kommt ...

Welche Details können im Ablauf der Dinge als gesichert angesehen werden? Immerhin weiß man lediglich, daß sich der Abbé Puget in jener Nacht gegen halb zwei nach dem Bombenabwurf vor dem Leichnam eines jungen Mannes befand.

Für alles andere, nämlich für den Telefonanruf der alten Dame und die Begegnung mit dem jungen Mann selbst, gibt es keinerlei Zeugen.

Hat der Geistliche etwa absichtlich die Unwahrheit gesagt? Nein, das ist kaum anzunehmen. Doch es ist gut möglich, daß er sich nur eingebildet hat, diese Geschichte so erlebt zu haben.

Jene Zeiten gegen Kriegsende waren für den Pfarrer eine harte Belastungsprobe. Der alte Herr war überfordert und am Ende seiner Kräfte. Als der Fliegeralarm ertönt, liegt er in tiefem Schlaf. Er zieht sich hastig an und begibt sich in seinen Keller.

Vielleicht hat ihn das Bombardement in eine Nervenkrise gestürzt, vielleicht ist er auch zu früh aus dem Keller herausgekommen und wird draußen von einer Detonationswelle getroffen, so daß er kurzfristig das Bewußtsein verliert. Als er wieder zu sich kommt, befindet er sich in der Rue Descartes Nummer 16 vor dem Leichnam eines jungen Mannes, und nun glaubt er allen Ernstes, die ganze Geschichte tatsächlich so erlebt zu haben ...

Jeder mag sich für die Version entscheiden, die ihm am meisten zusagt, aber ist es nicht durchaus vorstellbar, daß in all diesen Kriegswirren auch der Geist des alten Pfarrers in Mitleidenschaft gezogen werden konnte?

Das Rätsel des Schlossparks

»Ja, das ist er tatsächlich ...«

Im Leichenschauhaus von Landsberg, einer kleinen Stadt im Schwarzwald, betrachtet Heinz Bruner den Leichnam eines bärtigen Individuums mit langen Haaren in abgerissener Kleidung. Trotz seines kurzen Haarschnitts und seiner gepflegten Erscheinung besitzt Heinz Bruner eine unbestreitbare Ähnlichkeit mit dem Verstorbenen, was nicht erstaunlich ist, da es sich um seinen achtundzwanzigjährigen Bruder Otto handelt, der fünf Jahre jünger war als er.

Es ist der 22. November 1971. Vor nicht ganz vierundzwanzig Stunden hatte Heinz Bruner, der als Deutschlehrer in Hamburg lebt, einen Anruf von Kommissar Werner Nielsen aus Landsberg erhalten. Er sollte den Leichnam eines Landstreichers identifizieren, dessen Papiere ihn als Otto Bruner auswiesen.

Kommissar Nielsen, ein sechzigjähriger Mann mit weißen Haaren, zieht das Laken wieder über den Toten.

»Ich danke Ihnen, Herr Bruner. Sie müssen nachher nur noch eine Erklärung unterschreiben. Wie lange hatten Sie Ihren Bruder nicht mehr gesehen?

Heinz Bruner scheint in Erinnerungen versunken zu sein. Dann sagt er: »Ungefähr zwei Jahre. Otto war schon immer so eine Art Aussteigertyp. Er hat Hamburg verlassen, ohne mir etwas zu sagen, und seitdem habe ich nichts mehr von ihm gehört. Aber woran ist er gestorben?«

»Der Tod wurde durch einen Sturz verursacht. Er muß vornüber gefallen sein und hat sich dabei das Rückgrat gebrochen. Außerdem hat er mehrere Hundebisse an den

Beinen, die aber nicht zu seinem Tod geführt haben, da ist sich der Gerichtsarzt ganz sicher.«
»Wie bitte? Sagten Sie soeben etwas von Hundebissen?«
»Ja. Ich bedaure, Ihnen das mitteilen zu müssen, aber Ihr Bruder war im Begriff, einen Einbruch zu begehen, als er getötet wurde. Gestern morgen wurden wir vom Grafen von Melnig verständigt. Er hatte den Leichnam kurz zuvor im Park seines Schlosses entdeckt.«
»Aber das ist doch nicht möglich!«
»Leider ja. Wir haben die Angelegenheit überprüft. Otto Bruner besaß weder irgendwelche Mittel, noch hatte er einen festen Wohnsitz. Er gehörte zu einer Gruppe von Hippies, die in Landsberg von Abfällen lebt und in Abbruchgebäuden haust. Was seine Anwesenheit des Nachts im Park des Grafen von Melnig zu bedeuten hatte, errät sich von selbst.«
Heinz Bruner blickt dem Beamten fest in die Augen.
»Und ich sage Ihnen, daß das unmöglich ist, Herr Kommissar! Otto mag ein Nichtsnutz und ein Träumer gewesen sein, aber er war kein Dieb!«
»Ich habe volles Verständnis für Ihren Familiensinn, Herr Bruner, und trotzdem liegen die Fakten auf der Hand. Sie haben selbst gesagt, daß Sie Ihren Bruder seit zwei Jahren nicht mehr gesehen haben. In zwei Jahren kann viel geschehen ...«
»Zum Beispiel?«
»Zum Beispiel kann er drogensüchtig geworden sein, oder er ist irgendeinem Guru in die Arme gelaufen, von denen es jetzt so viele gibt ...«
»Nein, nicht Otto. Er hätte sich nicht einfach so manipulieren lassen.«
»Nun, dann hat er eben aus eigenem Antrieb gehandelt, doch wie dem auch sei, die Ermittlung ist abgeschlossen, und das Ergebnis ist klar.«
»Ich werde trotzdem die Wahrheit herausfinden!«
Kommissar Nielsens Gesichtsausdruck ändert sich jäh.

»Das verbiete ich Ihnen, Herr Bruner! Der Graf von Melnig ist eine sehr angesehene Persönlichkeit, und wenn ich erfahre, daß Sie sich da einmischen, lasse ich Sie einsperren. Haben Sie mich verstanden?«
Heinz Bruner stößt einen Seufzer aus, der zeigen soll, daß er bereit ist, sich mit den Dingen abzufinden. Doch ist dies lediglich ein Täuschungsmanöver, denn von dem Moment an steht sein Entschluß fest: Er wird den Fall auf eigene Faust untersuchen. Auf den ersten Blick mag das absurd scheinen. Alles deutet darauf hin, daß der Beamte recht hat. Und dennoch ist Heinz Bruner vom Gegenteil überzeugt. Ein unbestimmtes Gefühl sagt ihm, daß die Wahrheit anders aussieht und daß sich hinter den hohen Mauern des Schlosses Melnig etwas anderes zugetragen hat als ein versuchter Einbruch mit tragischem Ausgang.

Das Schloß des Grafen von Melnig, das etwas außerhalb von Landsberg auf einer Anhöhe liegt, ist eines jener romantischen Bauwerke, wie man sie in dieser Gegend Deutschlands häufig sieht. Es ist von einer hohen Festungsmauer umgeben.
Bruner erforscht die Anlage gründlich. Natürlich birgt ein solcher Besitz einiges an Kunstschätzen und sonstigen Wertgegenständen, aber es versteht sich ebenso von selbst, daß diese entsprechend gesichert sind. Sich ganz allein des Nachts dorthin zu begeben, wäre alles andere als klug. Otto müßte den Verstand verloren haben, so etwas gewagt zu haben.
Heinz Bruner sitzt am Steuer eines Mietwagens und beobachtet aus einiger Entfernung das große Portal mit dem kunstvollen Eisengitter. Nach ein paar Minuten sieht er ein schlicht gekleidetes junges Mädchen auf einem Mofa herausfahren. Sicher handelt es sich um die Haushälterin.
Bruner folgt ihr bis in die Straßen von Landsberg, wo sie vor dem Markt schließlich anhält. Er beobachtet ihr Tun von weitem. Die junge Frau begibt sich zu verschiedenen

Marktständen und wechselt ein paar Worte mit den Händlern, die sie alle zu kennen scheinen. Offensichtlich gibt sie nur ihre Bestellung auf, und die Lieferung erfolgt dann später. Als sie sich anschickt, ihr Mofa wieder zu besteigen, beschließt Bruner, sie anzusprechen. Das ist zwar riskant, aber es ist der einzige Weg, etwas Näheres in Erfahrung zu bringen.

Mit gewinnendem Lächeln sagt er ihr, wer er ist und weshalb er sich in Landsberg aufhält. Ohne von seinem Verdacht zu sprechen, erklärt er, daß er sich weniger traurig fühlen würde, wenn er weitere Einzelheiten über Ottos Tod erfahren könne. Die junge Frau betrachtet ihn mitleidig. Heinz Bruner besitzt viel Charme, und mit Frauen hat er es schon immer gut verstanden.

»Sie sind der Bruder dieses unglückseligen jungen Burschen?« meint sie zu ihm. »Ich bedaure sehr, was passiert ist. Ich war zu der Zeit in meinem Zimmer, im Angestelltentrakt am anderen Ende des Parks. Der Herr Graf hatte mir und dem übrigen Personal an dem Abend freigegeben. Er hatte Gäste.«

»Er hatte Gäste?«

»Ja. Ich glaube, es waren ziemlich viele Leute im Schloß.«

»Haben Sie das auch der Polizei erzählt?«

»Nein. Man hat mich nicht danach gefragt.«

An dieser Stelle beendet Heinz Bruner die Befragung. Die Haushälterin wirkt irgendwie verunsichert, und er möchte sie nicht mißtrauisch machen.

Er verabschiedet sich von ihr, und als sie auf ihrem Mofa verschwunden ist, beginnt er angestrengt nachzudenken. Was er vermutet hatte, bewahrheitet sich immer mehr. Ein Einbrecher wäre niemals in den Park eingedrungen, solange der Hausherr Gäste hatte. Sobald er die Lichter gesehen hätte, wäre er geflohen. Und selbst wenn er sich davon nicht hätte abschrecken lassen, wären die Gäste durch das Gebell der Hunde auf ihn aufmerksam geworden.

Der Leichnam war aber erst am anderen Morgen entdeckt

worden. Was hat das alles zu bedeuten? Was für eine seltsame Einladung mochte das gewesen sein? Und warum hatte der Graf seinem Personal an dem Abend freigegeben?
Heinz ist mehr denn je entschlossen, den Dingen auf den Grund zu gehen. Er begibt sich ans andere Ende von Landsberg, in ein Arbeiterviertel mit zahlreichen Abbruchhäusern, wo jene Hippies leben und wo Otto Bruner, dem Kommissar zufolge, ebenfalls Unterschlupf gefunden hatte. Er braucht nicht lange zu suchen. Hier kennt jeder jeden, und so macht er mühelos einen wichtigen Zeugen ausfindig. Ein bärtiger Hippie mit langer Mähne hatte nämlich als letzter seinen Bruder Otto gesehen.
»Ja«, erklärt er, »ich weiß etwas, aber ich wollte deswegen nicht zur Polizei gehen, das kommt für mich nicht in Frage.«
»Wissen Sie, was er bei dem Grafen wollte?«
Der andere schüttelt den Kopf und läßt sein Haar fliegen. »Nein, leider nicht. Am Nachmittag vor seinem Tod erschien ein Mann und lungerte eine Weile hier herum. Er hat sich der Reihe nach an uns gewandt, aber keiner wollte ihm zuhören. Schließlich versuchte er es bei Otto und mir. Er sagte: ›Ich komme im Auftrag des Grafen von Melnig, und ich habe Ihnen ein sehr interessantes Angebot zu machen.‹ Der Mann hatte einen kleinen Schnurrbart und sah aus wie ein Domestik. Meiner Meinung nach handelte es sich um einen Chauffeur oder einen Jagdaufseher oder so.«
»Und was hat er Ihnen angeboten?«
»Tausend Mark!«
»Was mußte man dafür tun?«
»Man sollte sich noch am selben Abend zum Schloß des Grafen begeben. Der Betreffende hätte dem Mann nur zu folgen, und am anderen Tag würde er ihn hierher zurückbringen. Das Ganze würde nur eine Nacht dauern. Ich habe natürlich gefragt, worum es sich handelte, aber der Typ mit dem Bart wollte darauf nicht antworten. Er hat lediglich wiederholt, es daure nicht länger als eine Nacht, und

entweder mache man mit, oder man lasse es bleiben. Ich habe daraufhin abgelehnt, aber Otto war bereit, es zu tun!«
»Und dann ist er also mit dem Mann fortgegangen?«
»Ja, obwohl ich noch versucht hatte, ihn zur Vernunft zu bringen. Ich sagte ihm, bei einer solchen Summe könne es sich nur um eine krumme Sache handeln, und es werde ihm womöglich etwas zustoßen, aber er hat nicht auf mich hören wollen. Er hat nur gelächelt, und dann ist er zu dem Mann ins Auto gestiegen. Heute mache ich mir Vorwürfe, daß ich nicht alles versucht habe, um ihn daran zu hindern, aber Sie wissen ja, wie Otto war. Wenn er sich etwas in den Kopf gesetzt hatte, ließ er nicht mehr mit sich reden.«
Heinz Bruner schweigt daraufhin. Ja, er weiß, wie sein Bruder war. Aus spontanem Überschwang heraus einen Sprung ins Ungewisse zu machen entsprach genau seinem Wesen. Er war durchaus in der Lage, sich auf den derart dubiosen Vorschlag eines Unbekannten einzulassen, und dies keineswegs nur des Geldes wegen, sondern vor allem wegen der Herausforderung, aus spielerischer Neugier.
Mit ernster Stimme fragt Heinz sein Gegenüber: »Würden Sie das, was Sie mir erzählt haben, auch vor einem Polizeibeamten wiederholen?«
Der Hippie zögert kurz und erwidert schließlich: »Damit Otto gerächt wird und der Graf nicht einfach so davonkommt: ja!«
Eine Stunde später sitzen die beiden Männer im Büro von Kommissar Nielsen. Nachdem Heinz Bruner die Situation kurz erklärt hat, berichtet der Hippie dem Beamten, was er weiß.
Als er fertig ist, wendet sich Nielsen an den Bruder des Opfers: »Sie hatten recht, Herr Bruner. Ich habe mich mit der Aussage des Grafen von Melnig zufriedengegeben, und das war ein Fehler. Ich werde die Ermittlungen wiederaufnehmen, aber ich bitte Sie um eines: Halten Sie sich ab sofort aus der Sache heraus. Bei einer Persönlichkeit wie dem

Grafen Melnig muß man sehr behutsam vorgehen. Jetzt ist es an mir zu handeln.«

30. November 1971. Eine Woche ist vergangen, seitdem Heinz Bruner durch Kommissar Nielsen vom Tod seines Bruders erfahren hat. Erneut sitzen sich die beiden Männer im Büro des Polizeibeamten gegenüber.
Dieser ergreift jetzt das Wort: »Sie hatten vollkommen recht, Herr Bruner. Ihr Bruder Otto war kein Dieb. Ich habe den Fall nochmals untersucht, und inzwischen kenne ich die Wahrheit.«
»Hat von Melnig ihn getötet?«
»Nein. Es war eher eine Art Unfall ...«
»Was heißt ›ein Unfall‹? Hat er dafür etwa tausend Mark bezahlen wollen?«
»Sagen wir mal, daß der Graf das, was passiert ist, nicht gewollt hat. Es handelt sich eher um einen Fall von fahrlässiger Tötung.«
Heinz Bruner strafft seine Gestalt. Er ahnt, daß er gleich mit etwas ganz Schrecklichem konfrontiert werden wird.
»Ich höre, Herr Kommissar ...«
»In der Nacht, als Ihr Bruder den Tod gefunden hat, gab der Graf eine Einladung in seinem Schloß. Allerdings war es keine Einladung wie üblich ...«
»Handelte es sich um eine Orgie?«
»Das dachte ich zunächst auch, aber ich erfuhr bald, daß es nicht so war ...«
Kommissar Nielsen fixiert sein Gegenüber, während er fortfährt: »Der Graf von Melnig besitzt eines der ganz großen Vermögen dieses Landes, und wahrscheinlich langweilt er sich halb zu Tode. Er lebt von seinen Erträgen, und um sich die Zeit zu vertreiben, sucht er zusammen mit ein paar Gleichgesinnten nach eher bizarren Möglichkeiten der Zerstreuung.«
»Was haben sie an dem Abend gemacht?«
»Es ging um eine Wette, Herr Bruner. Der Graf ist auf sei-

ne Wachhunde immer sehr stolz gewesen. Als er sich mit seinen Freunden darüber unterhielt, rühmten diese die Qualitäten ihrer eigenen Hunde. Sie beschlossen, einen Wettstreit mit ihren Hunden durchzuführen, und dafür brauchten sie ein Versuchskaninchen.«

»Otto?«

»Genau. Das war es, was man Ihrem Bruder vorgeschlagen hatte. Für tausend Mark sollte er die Nacht im Park verbringen. Jeder der zwölf Gäste des Grafen hatte seinen Hund dabei, und sie wollten sie der Reihe nach auf Otto loslassen.«

»Was ist passiert?«

Im Ausdruck des Kommissars mischen sich Anteilnahme und Ekel, als er erwidert: »Das Drama hat sich gleich zu Beginn des Abends zugetragen, als der erste Gast seinen Hund losließ. Ihr Bruder bekam Angst und flüchtete ins Dunkel hinein. Dabei stolperte er über eine am Boden liegende Wurzel. Er stürzte hin und brach sich das Rückgrat. Der Hund fiel über ihn her, doch er hat ihn nicht getötet. Er war bereits tot.«

Heinz Bruner ist leichenblaß geworden.

»Das ist nichts anderes als Mord gewesen!«

»Vom moralischen Standpunkt aus betrachtet, haben Sie recht. Dies ist einer der widerlichsten Fälle, die ich während meiner ganzen Laufbahn erlebt habe. Doch juristisch gesehen kann man nur von fahrlässiger Tötung sprechen. Man wird sagen, immerhin habe Ihr Bruder das Angebot akzeptiert, und dann sei die Sache eben böse für ihn ausgegangen.«

»Und der Graf von Melnig wird sich damit aus der Affäre ziehen können?«

»Was er zu fürchten hat, ist nicht nur das Gefängnis, sondern vor allem der Skandal. Der Mann ist erledigt.«

Heinz Bruner erhebt sich schwerfällig und meint seufzend: »Mag sein ... Aber es gibt Momente, in denen man wirklich Lust verspürt, Selbstjustiz zu üben!«

Späte Rache

Es ist Anfang 1942. Das französische Baskenland stellt das äußerste südliche Ende der von den Deutschen besetzten Zone dar, die sich entlang der Küste bis hin zur spanischen Grenze erstreckt. Es ist eine sehr unsichere Gegend, denn viele Verfolgte, wie etwa jüdische Flüchtlinge oder Mitglieder der Résistance, versuchen von hier aus, nach Spanien zu gelangen, und die deutsche Polizei ist besonders wachsam.

José Irracabal wohnt in Béhobie an der Straße nach Hendaye, ganz in der Nähe der Grenze. José Irracabal ist Witwer und lebt allein mit seinen beiden Söhnen, dem siebenjährigen Julien und dem fünfjährigen Charles, auf einem großen Bauernhof. Nach außen hin ist er nichts als ein Bauer, doch wie so viele Männer in der Gegend betätigt er sich in Wirklichkeit als Schmuggler.

Die Jahre der Besatzung scheinen ihm nicht viel auszumachen. Er kommt in den kargen Zeiten offenbar ganz gut zurecht. Man weiß natürlich, daß er auf dem schwarzen Markt Geschäfte macht. Und wenn es stimmt, was die Nachbarn tuscheln, pflegt er auch recht gute Beziehungen zu den deutschen Behörden. José Irracabal hat es jedenfalls mit nationalen Gefühlen und Prinzipien noch nie sehr genau genommen.

Trotz seiner beiden Kinder scheint er jedoch unter seinem einsamen Dasein zu leiden. Dies wird der Grund sein, weshalb er sich Anfang des Jahres 1942 bereit erklärt, auf seinem Bauernhof zwei Mieter aufzunehmen, ein junges Ehepaar namens Michel und Antoinette Garmendia. Der Mann ist fünfundzwanzig, seine Frau erst knapp über zwanzig.

Man wird sich rasch einig: Das Ehepaar soll die erste Etage bewohnen, braucht keine Miete zu bezahlen, doch wird Antoinette Garmendia sich dafür um Julien und Charles kümmern. Dieses Übereinkommen stellt alle Beteiligten zufrieden, zumal die beiden Männer in gewisser Weise Kollegen sind. Michel Garmendia übt zwar alle möglichen Beschäftigungen aus, doch gilt auch sein Hauptaugenmerk der Schmuggelei.

4. März 1942. An diesem Tag muß Irracabal nach Urugne fahren, um Vorräte einzukaufen. Er bittet Antoinette, den Kindern etwas zu essen zu machen, da er erst spät am Abend wieder dasein wird.

In der Tat ist er um sieben Uhr abends noch nicht zurück, als sich Michel Garmendia von seiner Frau verabschiedet und zur Arbeit fährt. Er hat inzwischen nämlich eine Anstellung als Nachtwächter in einer Fabrik in Hendaye gefunden und kann so seine Einkünfte als Schmuggler eher rechtfertigen.

Um halb neun kommt José Irracabal nach Hause. Antoinette serviert ihm sein Abendessen und will dann in ihr Zimmer gehen. Da sie trotz ihrer zwanzig Jahre noch das Gemüt eines Kindes hat und sich im Dunkeln fürchtet, bittet sie José, den kleinen Julien bei sich behalten zu dürfen, um nicht allein schlafen zu müssen. Irracabal hat nichts dagegen, und so steigen Antoinette und der Junge die Treppe hinauf, doch wenig später kommt sie ganz verängstigt wieder herunter.

»Es ist vollkommen dunkel im Zimmer«, erklärt sie. »Man sieht überhaupt nichts. Das Licht funktioniert nicht mehr.«

José erwidert gelassen: »Wir bringen das morgen in Ordnung. Zum Schlafen braucht man kein Licht.«

Widerwillig erklimmt die junge Frau erneut die Stufen.

»Daß das Licht nicht geht, ist kein gutes Zeichen«, sagt sie zu sich selbst. »Ich habe Angst!«

Am 5. März kehrt Michel Garmendia gegen sechs Uhr früh von der Arbeit heim. Er hat die ganze Nacht in der Fabrik

verbracht und begibt sich in die Küche des Bauernhofs, wo Irracabal gerade sein Frühstück zu sich nimmt. Die beiden Männer wechseln ein paar Worte.
»Guten Morgen! Ist Antoinette noch nicht auf?«
»Nein, sie ist noch oben. Sie hat den Kleinen bei sich.«
Garmendia frühstückt eine Kleinigkeit in Gesellschaft seines Vermieters und beschließt dann, sich schlafen zu legen. Bevor er sich anschickt zu gehen, meint Irracabal zu ihm:
»Ach übrigens, oben ist kein Licht! Offenbar funktioniert es nicht mehr. Vielleicht kannst du es reparieren.«
Michel Garmendia grummelt etwas über die Schulter und verschwindet auf der Treppe.
Als er vor dem Zimmer ankommt, bleibt er überrascht stehen. Die Tür ist nur angelehnt, doch für gewöhnlich schließt Antoinette, die sehr ängstlich ist, immer von innen ab.
Er tritt ein. Es ist dunkel. Tastend begibt er sich zum Bett, und plötzlich berührt seine Hand etwas Kaltes und Feuchtes.
Er eilt zum Fenster und öffnet die Läden. Im Licht des anbrechenden Morgens bietet sich ihm ein alptraumhafter Anblick: Seine Frau Antoinette liegt tot auf ihrem Bett. Ihr Nachthemd ist voller Blutflecken. Der Mörder hat seine Tat auf höchst bizarre Weise inszeniert: Er hat seinem Opfer die Hände über der Brust gekreuzt und einen Rosenkranz darüber gebreitet, wie man es für einen Toten auf dem Totenbett zu tun pflegt.
Das ist jedoch noch nicht alles. Mit starrem Blick gewahrt Michel Garmendia am unteren Ende des Bettes direkt neben der Toten eine andere ausgestreckte Gestalt. Es ist der kleine Julien, und auch er wurde grausam ermordet.
In dem Moment beginnt Garmendia laut zu schreien. Gleich darauf stürzt Irracabal herbei. Fassungslos betrachtet er die schreckliche Szene. Er wiederholt immer aufs neue: »Mein Sohn! Mein Sohn ...«
Kurz darauf trifft die Polizei ein. Die Gendarmen werden

von Kommissar Lionel aus Hendaye begleitet. Bei der Aufnahme des Tatbestands entdecken die Beamten, mit welcher Brutalität der Mörder vorgegangen ist. Die Frau wurde mit sechzehn Messerstichen getötet, der kleine Junge mit zwölf Messerstichen. José Irracabal befindet sich unterdessen in der Küche. Er ist vollkommen zusammengebrochen. Der Schock ist so groß, daß sich ein Arzt um ihn kümmern muß. Kommissar Lionel beschließt daher, ihn vorerst nicht zu behelligen.
Statt dessen verhört er eine Nachbarin, die in der Nähe war. Madame Arranburu, eine Witwe von sechzig Jahren, hat ihm ein paar sehr interessante Details zu erzählen.
»Gestern abend hörte ich gegen Viertel nach zehn plötzlich Geräusche eines Kampfes und erstickte Schreie. Ich glaubte, daß es sich um ein paar Betrunkene handelte, die auf der Straße miteinander stritten. Ich stand auf und blickte aus dem Fenster, aber es war nichts zu sehen. Inzwischen bin ich sicher, daß die Geräusche nicht von der Straße gekommen sind, sondern aus dem Haus von Irracabal.«
Als nächstes wird Michel Garmendia befragt. Er antwortet dem Kommissar in neutralem Ton. Ganz offensichtlich hat er noch immer nicht richtig begriffen, was geschehen ist.
»Um wieviel Uhr sind Sie gestern abend zur Arbeit gegangen?«
»Um sieben.«
»Sind Sie danach noch einmal hierher zurückgekehrt?«
Ohne zu zögern, erwidert der Ehemann der Ermordeten: »Ja, gegen acht Uhr. Der Kollege, der zusammen mit mir nachts Wache hält, wollte eine Flasche Wein, und ich erklärte mich bereit, eine zu besorgen. Da ich aber kein Geld dabeihatte, kehrte ich ins Haus zurück, um welches zu holen.«
»Haben Sie bei dieser Gelegenheit mit Ihrer Frau gesprochen?«
»Nein, sie war in der Küche. Ich ging direkt nach oben ins Zimmer und dann kehrte ich zur Fabrik zurück.«
Der Kommissar schüttelt den Kopf.

»Sagen Sie, Ihr Kollege, der den Wein wollte, wie heißt der?«
»Ollier, Herr Kommissar, Grégoire Ollier.«
»Und Sie beide haben sich natürlich die ganze Nacht über nicht getrennt, oder?«
»Nun ja ... während unserer Runden sind wir nicht zusammen. Jeder ist für einen anderen Bereich der Fabrik zuständig. Aber wir rufen uns alle halbe Stunde an, um uns gegenseitig zu vergewissern, daß alles in Ordnung ist.«
Dann fügt Michel Garmendia noch weitere Details hinzu: »Ich habe vorhin in unserem Zimmer nachgesehen. Der Mörder hat uns bestohlen. Der Schmuck meiner Frau ist verschwunden und ebenso ein Tausendfrancsschein, den wir unter der Wäsche versteckt hatten.«
Lionel stellt eine letzte Frage: »Wie lange braucht man von der Fabrik bis hierher, Monsieur Garmendia?«
»Mit dem Fahrrad ist es eine Viertelstunde.«
Der Kommissar erwidert nichts darauf. Er behält seine Schlußfolgerung für sich: Demnach hatte Garmendia Zeit, zwischen zwei Kontrollanrufen seines Nachtwächterkollegen mit dem Rad zum Haus zurückzufahren und sich anschließend wieder zur Fabrik zu begeben.
Kommissar Lionel ist für seine brutale Vorgehensweise bekannt, und es heißt auch, er mache gemeinsame Sache mit den Deutschen. Dennoch wagt er es nicht, einen Mann zu attackieren, der soeben unter derart tragischen Umständen seine Frau verloren hat, zumal es hier noch einen zweiten Beteiligten gibt, nämlich José Irracabal.
Während die Polizisten die Opfer zur Autopsie fortschaffen, begibt sich Lionel in die Küche. Irracabal ist noch immer vollkommen aufgelöst, doch der Kommissar ist jetzt entschlossen, ihn zu verhören.
»Um wieviel Uhr sind Sie gestern abend schlafen gegangen?« fragt er ihn.
Doch erst als er die Frage wiederholt, hebt José den Kopf, den er zwischen den Händen gehalten hat.

»Nun«, erwidert er schließlich, »wie jeden Abend: um zehn Uhr.«
»Und Sie haben nichts gehört?«
»Nein.«
Der Kommissar läßt jedoch nicht locker.
»Wie kommt es dann, daß Ihre Nachbarin, Madame Arranburu, die dreißig Meter von hier entfernt wohnt, Schreie und Kampfgeräusche gehört hat?«
José Irracabal zuckt mit den Schultern.
»Wahrscheinlich hat sie zu der Zeit gerade nicht geschlafen ...«
In dem Moment kommt einer der Gendarmen herein. Er hatte Irracabals Zimmer durchsucht.
»Sehen Sie mal, was ich soeben gefunden habe, Kommissar!«
Es handelt sich um ein Paar lange Hosen.
Kommissar Lionel sieht dem Besitzer des Bauernhofes direkt in die Augen und fragt: »Gehören die Ihnen?«
»Ja.«
»Sind das die Hosen, die Sie gestern abend getragen haben? Und versuchen Sie nicht, sich rauszureden! Wir werden sonst Zeugen finden.«
»Ja, das sind die Hosen.«
»Und dieser Fleck dort, ist das Blut?«
José Irracabal stammelt: »Ich habe mich wohl geschnitten ... Ja, genau, ich habe mich geschnitten.«
Doch der Gendarm reicht dem Kommissar noch einen anderen Gegenstand. Es ist ein Portemonnaie.
Lionel untersucht den Inhalt. Es sind Papiere darin, die den Besitzer als José Irracabal ausweisen, doch das ist noch nicht alles. Der Kommissar zieht einen Geldschein heraus und hält ihn seinem Gegenüber vor die Nase.
»Und das, Irracabal? Können Sie mir sagen, was das ist?«
José Irracabal antwortet nicht. Er ist vollkommen bleich geworden. Er blickt von rechts nach links, als suche er nach einem rettenden Einfall, und dann blickt er wieder den

Kommissar an, der einen mit Blut verschmierten Geldschein in der Hand hält.
José Irracabal wird auf der Stelle verhaftet und am nächsten Tag des Doppelmordes angeklagt. Der Fall ist klar, so monströs er auch sein mag. Nachdem Irracabal seit neun Jahren Witwer ist, hat er die junge Frau mißbrauchen wollen, die sich an dem Abend ganz allein unter seinem Dach befand. Sie hat geschrien, und das Kind, das bei ihr geschlafen hat, ist wach geworden. Daraufhin hat er sie beide umgebracht. Das Schrecklichste daran ist jedoch, daß es sich bei dem Kind um den kleinen Julien handelte, seinen eigenen Sohn!

Am 6. November 1942 wird José Irracabal vor dem Schwurgericht in Pau der Prozeß gemacht. Erstaunlicherweise findet der Prozeß unter Ausschluß der Öffentlichkeit statt. Dies wird allgemein auf die besonders abscheulichen Begleitumstände der Tat zurückgeführt. Doch die wenigen Bewohner von Béhobie, die aus Neugier vor dem Justizpalast gewartet haben, sehen noch am selben Abend Irracabal als freien Mann herauskommen. Ohne jeden weiteren Kommentar ruft er ihnen lediglich zu: »Aus Mangel an Beweisen ...«
Am nächsten Tag gibt es in Béhobie kein anderes Gesprächsthema. Wie konnte es zu diesem Urteil kommen, wo doch gegen Irracabal derart viele Beweise vorliegen? Wie war das nur möglich? Stimmt es, was man tuschelt? Hat er tatsächlich Verbindungen zur Gestapo? Arbeitet er für die Deutschen, und ist er deshalb so leicht davongekommen?
Irracabal bleibt ihnen die Antwort schuldig, denn er packt noch am selben Tag seine Sachen und fährt nach Spanien. Von da an wird er in Béhobie nicht mehr gesehen.
Auf die Leute von Béhobie wartet jedoch noch eine weitere Überraschung. Zwei Wochen später erscheint Kommissar Lionel zusammen mit seinen Beamten erneut im Ort,

und diesmal geht es nicht um Ermittlungen. Sie begeben sich direkt zu Michel Garmendia, legen ihm Handschellen an und nehmen ihn mit. Sobald Garmendia im Büro des Kommissars sitzt, prasseln die Fragen wie ein Trommelfeuer auf ihn nieder.

»Ich weiß, daß Sie der Täter sind, Garmendia! Als Sie am Abend zurückkehrten, weil Sie angeblich Geld holen wollten, sind Sie nach oben in Ihr Zimmer gegangen und haben die Glühbirne gegen eine defekte Birne ausgetauscht. Das alles haben Sie nur getan, damit man Sie nicht sah, als Sie um Viertel nach zehn wiederkamen und das Verbrechen begingen!«

Der junge Mann hat das Gefühl, einen Alptraum zu erleben. »Aber das ist nicht wahr! Und das kann auch nicht sein, weil ich um die Zeit bei der Arbeit war.«

»Eben nicht. Ihr Kollege, Grégoire Ollier, hat seine Aussage korrigiert. Als erstes hat er mir gestanden, daß Sie, als Sie an dem Abend kamen, zu ihm gesagt haben: ›Ich habe mich gerade mit meiner Frau gestritten. Das wird noch übel ausgehen ...‹«

Michel Garmendia springt hoch.

»Das stimmt nicht! Das ist eine Lüge!«

»Ihr Kollege hat mir ebenfalls erzählt, daß Sie ihn an dem Abend nicht, wie üblich, um dreiundzwanzig Uhr angerufen haben, sondern ungefähr gegen dreiundzwanzig Uhr zehn.«

»Er lügt! Er lügt!«

Die Stimme von Kommissar Lionel nimmt einen sanfteren Ton an: »Ich lasse Ihnen die Wahl, Garmendia ... Sie müssen wissen, daß ich über Ihre Person ein paar Ermittlungen angestellt habe, und dabei habe ich herausgefunden, daß Sie englischen Piloten geholfen haben, die spanische Grenze zu passieren ... Nein, leugnen Sie nicht, ich habe Beweise. Also, entweder gestehen Sie und bleiben dafür in Händen der französischen Polizei, oder ich liefere Sie den Deutschen aus!«

Michel Garmendia begreift seine Lage sofort. Es stimmt, daß er den Engländern geholfen hat, über die Grenze zu gelangen. Der Kommissar hat bestimmt Beweise dafür. Aber zuzugeben, er habe seine Frau getötet und ein siebenjähriges Kind, nein, niemals! Lieber sterben, lieber von den Deutschen gefoltert werden. Er weigert sich mit ganzer Kraft.

Eine Viertelstunde später wird er in Begleitung von zwei Beamten zum Sitz der Gestapo in Pau gebracht. Er weiß, daß er verloren ist, doch er rebelliert nicht gegen sein Schicksal. Nach dem Tod seiner Frau ist ihm nichts mehr wichtig.

Dennoch lächelt ihm unverhofft das Glück. Als er im Polizeiauto sitzt, nimmt ihm einer der beiden Beamten die Handschellen ab. »Verschwinde so schnell du kannst!« sagt dieser. »Kommissar Lionel macht gemeinsame Sache mit den Deutschen. Wir werden hinterher behaupten, du hättest uns angegriffen!«

Garmendia läßt sich das nicht zweimal sagen, und gleich darauf taucht er in den Straßen von Pau unter. Er kennt die Gegend wie seine Westentasche, und für einen Schmuggler ist es kein Problem, die Grenze zu überqueren.

Januar 1945. Die Deutschen haben Pau verlassen. Kommissar Rameau hat das Amt seines Kollegen Lionel übernommen, der geflüchtet ist. Unter den Akten, die er vorfindet, ist der bedeutendste Fall natürlich der Doppelmord von Béhobie. Zunächst, weil es sich um ein besonders abscheuliches Verbrechen handelt, und dann auch, weil die Details dieses Falles nicht nur verwirrend, sondern teilweise geradezu unglaublich erscheinen.

Da ist einmal der im Eiltempo durchgezogene Prozeß gegen José Irracabal, der trotz erdrückender Beweise freigesprochen wurde und der sich anschließend sofort nach Spanien absetzte. Dann gab es den Versuch seines Vorgängers, den Ehemann des Opfers zu beschuldigen, ein Vorgehen,

das zweifellos von den deutschen Behörden diktiert worden war.
Kommissar Rameau würde gern Grégoire Ollier zu sich zitieren, den Nachtwächterkollegen von Garmendia, dessen spätere Aussage als Vorwand für Garmendias Verhaftung gedient hatte. Doch Ollier ist ebenfalls verschwunden. Ganz sicher hatte auch er kein ruhiges Gewissen.
Was den Kommissar jedoch völlig außer Fassung bringt, sind zwei in der Akte enthaltene Fakten, die niemals an die Öffentlichkeit gelangt sind. Da ist einmal der Autopsiebefund von Antoinette Garmendia. Demnach ist die junge Frau vergewaltigt worden. Jawohl, vergewaltigt! Kann man sich vorstellen, daß ein Ehemann seine Frau vergewaltigt? Während andererseits der seit vielen Jahren verwitwete Irracabal sich ganz allein mit dieser jungen Frau im Haus befand, die ihm vollkommen ausgeliefert war. Und dann ist da noch ein weiterer Tatbestand, nämlich José Irracabals Strafregister. Er war 1930 in Spanien zu zehn Jahren Gefängnis verurteilt worden, weil er ein dreizehnjähriges Mädchen vergewaltigt hatte.
Doch trotz aller Bemühungen des Kommissars sind die spanischen Behörden zu keinerlei Zusammenarbeit bereit. Sie weigern sich, José Irracabal auszuliefern, und wollen auch nicht Michel Garmendia wieder auf freien Fuß setzen, der wegen illegalen Grenzübertritts zu drei Jahren Gefängnis verurteilt worden ist. Er muß seine Strafe bis zum Jahr 1947 abbüßen.

Ein Jahr darauf, im April 1948, fand die spanische Polizei in den Bergen nahe der französischen Grenze einen Mann, der mit mehreren Messerstichen ermordet worden war. Es handelte sich um einen gewissen José Irracabal, offenbar ein Schmuggler.
Die Ermittlungen führten zu nichts. Die Polizei kam daher zu der Schlußfolgerung, daß das Opfer von einem Mitglied einer rivalisierenden Bande getötet worden war.

Was die französische Polizei betraf, so unternahm diese nichts weiter. Michel Garmendia, der sich erneut in Béhobie niedergelassen hatte, wurde nicht verhört. Wozu auch? Was auf spanischem Boden geschah, ging sie nichts an. Und außerdem handelte es sich doch lediglich um eine ganz gewöhnliche Abrechnung unter Schmugglern, nicht wahr?

Gott ist nicht überall

Kommandant Murdoch öffnet die Tür der Hafenaufsichtsbehörde im schottischen Greenock, das sich an der Westküste nicht weit von Glasgow befindet. Ein Schwall warmer Luft empfängt ihn, was er als ungemein wohltuend empfindet. An diesem 16. Dezember des Jahres 1900 herrscht ein abscheuliches Wetter, und seit dem Morgen will es nicht mehr aufhören zu stürmen.

Ein Mann in Kapitänsuniform sitzt in der Nähe eines Feuerofens an seinem Schreibtisch und erhebt sich jetzt, um den Besucher zu begrüßen.

»Sie wünschen, Kommandant? Ich bin Kapitän Mac Stevens.«

Mit seiner kräftigen Statur und dem dichten Bart, der sein Gesicht umrahmt, ist Kommandant Murdoch eine beeindruckende Erscheinung. Er nimmt seine Mütze ab und legt sie auf den Tisch. »Murdoch, Kommandant des Frachters Archer. Ich komme von Baltimore, und ich habe mich sofort zu Ihnen begeben, weil die Angelegenheit sehr ernst ist. Es handelt sich um den Leuchtturm von Eilean Mor.«

Kapitän Mac Stevens verkrampft sich leicht. Er ist jünger als der andere und weniger markant. Man spürt, daß er mehr Zeit an Land verbracht hat als auf dem Meer.

»Was ist geschehen?«

Hat er sich das nur eingebildet, oder kam es Kommandant Murdoch zu Recht so vor, als habe Mac Stevens irgendwie seltsam reagiert?

Nichtsdestotrotz setzt er seinen Bericht fort: »Der Leuchtturm von Eilean Mor ist erloschen, Kapitän.«

»Sind Sie sicher?«

»Vollkommen sicher. Als wir uns letzte Nacht gegen elf Uhr auf offener See in Höhe der Hebriden befanden, suchte ich nach dem Leuchtturm, der logischerweise backbords hätte auftauchen müssen, doch da war nichts, auch nicht, als ich durch das Fernglas gesehen habe.«
»Es wird sehr neblig gewesen sein.«
»Nein, es war eine klare Nacht, und das Meer war ruhig. Der Sturm ist erst morgens losgebrochen.«
Kapitän Mac Stevens fixiert seinen Besucher.
»Sind Sie sicher, welche Position Sie in dem Moment hatten?«
Kommandant Murdoch fährt hoch: »Für wen halten Sie mich? Ich bin sehr wohl in der Lage, meinen Standort zu ermitteln! Wir befanden uns fünf Meilen von Eilean Mor entfernt, höchstens sieben, aber nicht mehr. Halten Sie es für möglich, daß der Scheinwerfer ausgefallen ist?«
»Nein, das ist unmöglich. Für den Fall gibt es ein Notaggregat.«
Kopfschüttelnd meint Kommandant Murdoch: »Dann ist es noch ernster, als es schien. Die Wächter müssen krank sein oder ... tot. Wie viele sind es denn?«
»Drei. Aber bei dem Sturm weiß ich nicht, wie man dorthin gelangen soll.«
Ein langes Schweigen breitet sich aus. Kommandant Murdoch findet das Verhalten des Hafenmeisters immer merkwürdiger. Dieser wirkt ganz in Gedanken versunken.
»Entschuldigen Sie«, fragt er ihn, »aber woran denken Sie?«
Kapitän Mac Stevens erwacht aus seiner Träumerei.
»Ich dachte an eine Legende. Mir scheint, daß der Leuchtturm von Eilean Mor die Leute hier in der Gegend bis zum heutigen Tage beschäftigt!«
»Was für eine Legende?«
Kapitän Mac Stevens räuspert sich und erklärt dann: »Die Einweihung des Leuchtturms von Eilean Mor liegt noch kein ganzes Jahr zurück, Kommandant, genau gesagt, war

das im Januar 1900. Können Sie sich vorstellen, daß wir ungeheure Schwierigkeiten hatten, Wächter dafür zu finden? Und das wegen einer Geschichte, die mehr als zwei Jahrhunderte zurückliegt! Es ist eine haarsträubende Gespenstergeschichte, aber man darf nicht vergessen, daß wir hier in Schottland sind ...«

Kommandant Murdoch lauscht schweigend. Er ist Amerikaner, und wenn die Schotten von ihren Gespenstern erzählen, kann man nichts anderes tun, als zuzuhören.

»Es geschah um 1680 oder 1690. In einem Schloß, das nicht weit von hier entfernt liegt, gab es einen Baron namens Mac Flagann. Er war verwitwet und sehr reich, aber er war auch ...« Kapitän Mac Stevens wirkt etwas verlegen.

»Er war auch sehr geizig«, fährt er fort. »Eines Tages kam sein Neffe zu ihm und bat ihn um Geld, doch der Alte weigerte sich. Daraufhin wollte der Neffe zusammen mit seiner Frau und seinen vier Kindern nach Amerika segeln, um dort sein Glück zu machen. Ihr Schiff kam jedoch nicht weit. Es sank auf offener See vor Eilean Mor. Der alte Mac Flagann war ein nüchtern denkender Mann, und dieses Ereignis hätte ihn sicher nicht um den Schlaf gebracht, aber die Geister der Ertrunkenen suchten sein Schloß heim. Mac Flagann hielt das nicht lange aus. Er verbrachte den Rest seiner Tage auf Eilean Mor, um für seine Schuld zu büßen. Er ernährte sich von Fischen und Krabben und trank nur Regenwasser. Mit seinen eigenen Händen baute er auf dem Felsen eine Art Kapelle. Nach seinem Tod schworen zahlreiche Seeleute, bei Sturm hätten sie seinen Geist gesehen, der sie angefleht habe, für den Frieden seiner Seele zu beten.«

Kommandant Murdoch streicht über seinen Bart.

»Ich verstehe ... Hätte man den Leuchtturm nicht anderswo errichten können?«

»Nein. An dieser Stelle ist er für die Seefahrt am günstigsten.«

»Und was wollen Sie jetzt unternehmen?«

»Abwarten. Bei dieser aufgewühlten See können wir gar nichts tun.«
Wenn der Sturm über die schottische Küste hinwegfegt, kann das oft lange dauern. Kapitän Mac Stevens ist daher ebenso überrascht wie erleichtert, daß sich der Sturm schon nach vier Tagen, am 20. Dezember, ganz plötzlich legt. Sofort ergreift er die nötigen Maßnahmen, um den Männern auf Eilean Mor zu Hilfe kommen zu können.
Die »Hesperus«, das Verpflegungsschiff des Leuchtturms, ist so konstruiert, daß sie auch auf rauher See navigieren kann, was jedoch nicht mehr erforderlich ist, da das Meer nun glatt und vollkommen ruhig ist. Als das Schiff den Hafen von Greenoch verläßt, befindet sich Kommandant Murdoch ebenfalls an Bord. Er muß erst nach Neujahr wieder in See stechen, und da er jetzt frei über seine Zeit verfügen kann, hatte er Kapitän Mac Stevens gebeten, an der Rettungsaktion teilnehmen zu dürfen.
Um zu den Hebriden zu gelangen, ist man fast einen ganzen Tag lang unterwegs. Am späten Nachmittag taucht endlich das Eiland von Eilean Mor auf. Vom Bug der »Hesperus« aus betrachtet Kommandant Murdoch die Felsformation im Schatten des gewaltigen Leuchtturms.
Der Ort wirkt sehr verlassen und einsam. Es ist keine andere Insel in Sicht, und die Küste ist sehr weit entfernt. Sobald Nebel aufzieht, wird die Küste nicht mehr zu erkennen sein, und die Wächter werden sich inmitten der sie umgebenden Wasserfluten vollkommen verloren fühlen ...
Als Kapitän Mac Stevens sein Fernglas hervorzieht, fragt Murdoch: »Können Sie etwas sehen, Kapitän?«
»Nein. Da rührt sich nicht das geringste.«
Die »Hesperus« läßt drei Sirenentöne erklingen. Ob dieses durchdringende Geräusch wohl irgendeine Reaktion hervorrufen wird? Kapitän Mac Stevens blickt weiterhin durch sein Fernglas, doch schließlich läßt er es entmutigt sinken.
»Nichts zu machen! Keiner von den dreien ist zu sehen.«

Auf dem Eiland gibt es eine Art Anlegestelle, wo man das Boot verankern kann. Dann folgt Kommandant Murdoch dem Kapitän und seinen Männern. Ob er will oder nicht, er ist tief beeindruckt von diesem Ort, der keineswegs einladend aussieht. Das Wetter ist zwar schön, doch herrscht eine beißende Kälte, und der Schnee, der in den letzten Tagen gefallen war, ist nicht geschmolzen. Diese Schneeschicht schluckt die Geräusche, doch selbst die Stille hat hier noch etwas Unwirkliches.
Der Kommandant wirft einen Blick nach rechts: Direkt neben der Anlegestelle befindet sich die berühmte Kapelle! Das Wort »Kapelle« ist allerdings übertrieben, denn es handelt sich lediglich um eine Grotte, auf der sich ein in den Stein gehauenes Kreuz erhebt. Wenn man bedenkt, daß hier jemand bis zum Ende seiner Tage gelebt hat!
Murdoch versucht, sich das vorzustellen, aber es will ihm nicht gelingen. Dafür kann er sich um so lebhafter ausmalen, wie sich die drei vollkommen isolierten Leuchtturmwächter hier fühlen müssen. Diese Tätigkeit ist ohnehin schon hart, aber das hier geht an die Grenze des Erträglichen.
Er holt Kapitän Mac Stevens ein, der mit raschen Schritten auf den Leuchtturm zusteuert, und fragt ihn leise: »Wußten Sie vorher, wie es auf Eilean Mor ist, Kapitän?«
Dieser antwortet nicht und stößt die Tür des Leuchtturms auf. Im Erdgeschoß befinden sich die Zimmer der Wächter. Mac Stevens geht hinein, doch sie sind alle leer. Nichts deutet auf irgendein ungewöhnliches Geschehen hin. Die Betten sind gemacht, und alles ist an seinem Platz.
Murdoch und Mac Stevens bleiben einen Moment reglos stehen. Keiner von ihnen sagt etwas, doch sie denken beide das gleiche: Diese vollkommen normal wirkende Umgebung ist schlimmer als alles andere. Da hätten sie die drei Männer beinahe lieber jammernd und stöhnend in ihren Betten vorgefunden, womöglich im Fieberwahn oder verletzt.

Die Stimme des Kapitäns unterbricht das Schweigen: »Gehen wir nach oben!«
Die Männer drängen sich die schmale Treppe hinauf. Atemlos gelangt die Gruppe in den großen runden Raum, wo sich der Scheinwerfer befindet. Auch hier herrscht dieselbe tadellose Ordnung wie in den unteren Zimmern, doch die drei Wächter sind nicht da.
Kapitän Mac Stevens betätigt einen Hebel, und gleich darauf wird der Raum von einem gleißenden Lichtstrahl erfüllt. Der Scheinwerfer funktioniert also einwandfrei. Wenn seit dem 15. Dezember vom Leuchtturm kein Signal mehr kommt, so liegt das daran, daß niemand mehr da ist, um den Scheinwerfer zu bedienen. Doch warum nicht? Wo sind die Wächter?
Kommandant Murdoch hat plötzlich eine Idee: »Die Kapelle ...« Erneut setzt sich die kleine Gruppe in Bewegung und geht im Gänsemarsch die Wendeltreppe hinab. Dann laufen die Männer über den Schnee zur Kapelle. Im Inneren der Grotte empfängt sie ein moderiger Geruch, und im Halbdunkel kann man gerade eben einen kleinen steinernen Altar erkennen. Das ist alles. Die Grotte ist ansonsten leer.
In wenigen Minuten haben die Männer das übrige Eiland abgesucht, und schließlich meint Kapitän Mac Stevens mit einem Ausdruck tiefer Entmutigung: »Lassen Sie uns wieder hinaufgehen.«
Oben betrachtet Murdoch lange Zeit das Panorama, das er vor Augen hat: Man sieht das Meer und sonst überhaupt nichts. Nie zuvor hat er sich an einem Ort dermaßen einsam gefühlt. Hinter ihm ertönt eine Stimme: »Schauen Sie mal, Kommandant!« Mac Stevens hält ein in schwarzen Stoff eingebundenes Buch in Händen.
»Was ist das?«
»In dieses Buch müssen die Wächter eintragen, welche Schiffe vorbeifahren und was sich sonst noch ereignet.«
»Und haben sie aufgeschrieben, was passiert ist?«

»Nein. Aber ich glaube, daß ich trotzdem die Wahrheit erraten habe.«
Kapitän Mac Stevens reicht Murdoch das Buch.
»Hier, lesen Sie. Derjenige, der das notiert hat, heißt ... er hieß Marshall. Die Namen, die er hier zitiert, sind die seiner Kollegen.«
Und Kommandant Murdoch liest: »13. Dezember. Sturm ist heraufgezogen. Drei Schiffe in Richtung Südost. Trevor ist sehr zornig ...«
»Das ist wirklich seltsam! Am 13. Dezember befanden wir uns nicht weit von hier, doch das Meer war vollkommen ruhig. Gab es denn hier tatsächlich einen Sturm?«
»Nein. Lesen Sie weiter.«
»... 14. Dezember. Der Sturm tobt noch genauso heftig. Trevor ist jetzt ruhig, und Baring weint.«
Kommandant Murdoch ist durch diese rätselhaften Ausführungen mehr als verwirrt.
»Ich verstehe kein Wort davon. Ist es üblich, über das Verhalten der anderen Wächter Buch zu führen?«
»Keineswegs.«
»Hatte der Schreiber etwa den Verstand verloren?«
»Lesen Sie, was folgt. Es geht nur noch um den nächsten Tag.« Und tatsächlich endet der Bericht am 15. Dezember.Von da an gibt es nur noch leere Seiten.
»... 15. Dezember. Der Sturm ist vorbei. Trevor betet. Gott ist überall.«
Kommandant Murdoch blickt von der Lektüre auf.
»Am 15. Dezember um elf Uhr abends funktionierte der Scheinwerfer schon nicht mehr. Demnach muß die Tragödie im Laufe des Tages geschehen sein.«
»Ganz sicher.«
»Aber warum spricht er von einem Sturm, wo es doch gar keinen Sturm gegeben hat?«
»Doch, es gab einen Sturm ... in gewisser Weise.«
Kapitän Mac Stevens schaut auf das Meer.
»Der Sturm existierte im Kopf des Leuchtturmwächters

Marshall, der über alles Buch führen mußte. Ich denke mir, daß er am 13. Dezember den Horizont betrachtet hat, wie ich es jetzt tue, und daß er diese Leere und diese Einsamkeit plötzlich nicht mehr ertragen hat. Daraufhin hat sich sein Geist offenbar verwirrt.«

Die Stimme des Kapitäns wird immer leiser. Er ist dabei, sich vorzustellen, was sich genau eine Woche zuvor an diesem Ort abgespielt hat.

»Marshall schreibt: ›Trevor ist sehr zornig.‹ Meiner Meinung nach hat der unglückselige Marshall einen Tobsuchtsanfall bekommen, und der andere wird versucht haben, ihn zu beruhigen. Nur so kann ich diese Formulierung verstehen. Und am nächsten Tag geschieht es dann: Marshall hat inzwischen vollkommen den Verstand verloren und will sich an Trevor rächen. Er tötet ihn. Deshalb schreibt er am 14. Dezember: ›Trevor ist ruhig.‹ Als der dritte Wächter, Baring, entdeckt, was passiert ist, weint er. Ich kannte Baring, er war ein hartgesottener Bursche. Um einen Mann wie diesen zum Weinen zu bringen, muß schon etwas ganz besonders Schreckliches geschehen sein, nämlich ein Mord.«

»Aber hier war alles perfekt in Ordnung«, wendet Murdoch jetzt ein. »Wenn hier ein Mord verübt worden wäre, hätten wir doch Kampfspuren und Blutflecken entdeckt.«

»Nicht unbedingt ... aller Wahrscheinlichkeit nach hat sich Marshall dem ahnungslosen Trevor von hinten genähert und ihn in einem Überraschungsangriff erwürgt. Erst durch diese Tat wurde Marshall wieder ruhig, denn am 15. Dezember schreibt er: ›Der Sturm ist vorbei.‹ Er wird den Leichnam aufs Bett gelegt und ihm die Hände gefaltet haben, was aus der Formulierung hervorgeht: ›Trevor betet.‹ Doch man konnte den Leichnam dort natürlich nicht lange liegenlassen. Ihn auf Eilean Mor zu begraben, war nicht möglich, da der Boden ausschließlich aus Felsgestein besteht. Also blieb nur das Meer. Die beiden Überlebenden werden beschlossen haben, den anderen im Meer zu

versenken, und warum auch nicht, denn: ›Gott ist überall‹ ...«
»Und in dem Moment ...?«
»Ja, in dem Moment geschah die zweite Katastrophe. Als die beiden die Leiche im Meer versenken wollten, wurde Marshall erneut vom Wahnsinn befallen. Er stürzte sich auf Baring, und die beiden versanken gemeinsam in den Fluten. Wir werden natürlich niemals die volle Wahrheit erfahren, aber so könnte es gewesen sein.«
Kommandant Murdoch betrachtet das Eiland, das sich vor seinen Augen erstreckt und die Kapellengrotte mit dem steinernen Kreuz darauf.
»Hat Marshall an diese Gespenstergeschichte geglaubt?«
»Ja, er glaubte daran. Er zögerte lange, bis er diesen Posten hier annahm.«
Der Kommandant dreht sich um. Mit leiser Stimme sagt er: »In einem hat er sich auf jeden Fall geirrt. Gott ist nicht überall. Zumindest nicht auf Eilean Mor!«

Die Schwarzschlachtung

Der Winter beginnt frühzeitig in diesem Teil Zentralfrankreichs, und an jenem 14. November 1933 ist im Dorf Sainte-Croix und in der Umgebung schon der erste Schnee gefallen.

Joseph Allard steigt von seinem Rad ab, denn der Weg ist zum Fahren wirklich zu glatt. Zu Fuß legt er die letzten hundert Meter durch den Wald zurück, bis er den Bauernhof seines Onkels erreicht. Zum Glück kennt er den Weg gut, denn es ist sieben Uhr abends und bereits dunkel.

Als der Hund anschlägt, wird ihm sofort die Tür geöffnet. Die Gestalt einer etwa fünfzigjährigen, zierlichen Frau in einer grauen Bluse erscheint auf der Schwelle.

»Komm schnell rein, mein Junge! Hoffentlich hast du dich jetzt nicht erkältet!«

Joseph Allard schüttelt sich den Schnee von seinem Umhang. »Keine Sorge, Tante Eugénie! Ich bin gut eingepackt!«

Joseph nimmt seine Wollmütze ab und wärmt sich am Feuer ein wenig auf. Er ist ein großer, gutgewachsener Junge mit rotem Haar und einem netten Lächeln.

Hinter ihm ertönt eine kräftige Stimme: »Es hat dich doch niemand gesehen, oder?«

Joseph dreht sich um.

»Es ist alles gutgegangen, Onkel Pierre. Draußen ist es stockfinster.«

In seinen klappernden Holzpantinen geht Pierre Allard auf seinen Neffen zu. Er ist ein massiv gebauter Mann mit wettergegerbtem Gesicht. Während er Joseph auf die Schulter klopft, meint er zu ihm: »Du kannst dich später noch auf-

wärmen. Zuerst müssen wir die Arbeit hinter uns bringen. Hast du alles dabei?«
Joseph zieht aus seinem Umhang drei unterschiedlich große Messer hervor.
Sein Onkel nickt zufrieden.
»Damit wird es gehen. Komm mit mir in die Scheune. Ich habe es schon festgebunden!«
Zwei Stunden darauf erscheinen Onkel und Neffe wieder in der großen Stube des Bauernhofes. Eugénie schenkt beiden ein Glas Wein ein.
Pierre hebt sein Glas: »Auf das dahingegangene Kalb! Für einen Metzgerlehrling machst du deine Sache schon sehr gut, mein Junge, alles, was recht ist!«
Der Bauer senkt plötzlich die Stimme, als könne sie jemand hören: »Ein schönes Tier war das! Ich werde auf dem Markt von Bourganeuf einen guten Preis dafür erzielen, und du bekommst auch etwas davon ab.«
»Ich habe es nicht des Geldes wegen getan, Onkel, sondern um dir einen Gefallen zu erweisen!« protestiert Joseph.
»Du bist ein guter Junge, Joseph! Aber du darfst von dieser Sache niemandem etwas erzählen, nicht das kleinste Sterbenswörtchen, hörst du! Du weißt, wie das bei den Gendarmen heißt: »Schwarzschlachtung« nennen sie es. Und wenn jemand davon erfährt, bekomme ich großen Ärger und du ebenfalls. Der alte Doublet würde dich dann bestimmt nicht in seiner Metzgerei behalten.«
Joseph Allard nickt schweigend, doch sein Onkel beharrt: »Du mußt es schwören, Joseph!«
Joseph spuckt aus und erklärt: »Ich schwöre es, Onkel Pierre.«
Am 15. November tritt Joseph Allard wie jeden Tag um sieben Uhr morgens seine Arbeit in der Metzgerei Doublet an. Er ist dort seit sechs Monaten als Lehrling angestellt. Da Joseph im ersten Stock des Hauses ein kleines Zimmer bewohnt, muß er nur die Treppe hinuntergehen.
Joseph ist heute besonders guter Laune. Er bereut keines-

wegs, sich in der vergangenen Nacht an der Schwarzschlachtung, wie der Onkel es genannt hat, beteiligt zu haben. Aber was täte er nicht für ihn und für Tante Eugénie? Die beiden haben ihn großgezogen, nachdem er als kleiner Junge seine Eltern verloren hatte. Seitdem er bei Monsieur Doublet als Lehrling tätig ist, wohnt er jedoch nicht mehr bei Onkel und Tante.

Jedenfalls hat es ihn mit sehr viel Stolz erfüllt, ihnen diesen Dienst erweisen zu können. Als sie das Kalb geschlachtet haben, ist er erstmals in der Lage gewesen, seine neuerworbenen Kenntnisse als Metzgerlehrling anzubringen, und er hat sich auch zum erstenmal wie ein Mann gefühlt ...

Trotzdem ist Joseph Allard noch weit davon entfernt, ein Mann zu sein. Körperlich gesehen ist er es vielleicht schon, aber geistig ganz sicher noch nicht. Im Dorf sagt man über ihn: »Joseph hat ein gutes Herz, aber nicht viel im Kopf.«

Da wird mehrmals an die Tür des Geschäfts geklopft, das um diese Zeit noch geschlossen ist. Joseph, der im Begriff war, verschiedene Braten vorzubereiten, wischt sich die Hände an der Schürze ab und geht öffnen.

Draußen steht der Wachtmeister Cosson und zwei seiner Leute. »Joseph, wir wollen mit dir reden ...«

Der Metzgerlehrling wird bleich. Wird der Polizist gleich von der Schwarzschlachtung anfangen?

»Es geht um Augustine Dubas. Sie wurde heute nacht in ihrem Haus ermordet.«

Joseph atmet tief durch. Natürlich tut es ihm leid wegen Augustine Dubas, einer alten Witwe, die im Dorf als besonders wohlhabend galt, aber die Hauptsache ist doch, daß das Kalb seines Onkels aus dem Spiel bleibt.

Er lächelt, ohne etwas zu erwidern.

Der Beamte fährt fort: »Joseph, du wirst uns jetzt sagen, wo du letzte Nacht gewesen bist.«

Bei dieser Frage fühlt sich Joseph plötzlich, als ob sich ein Abgrund vor ihm auftut.

»Wo ich letzte Nacht gewesen bin? Nun, ich war zu Hause ...«
Wachtmeister Cosson schlägt mit der Faust auf den Ladentisch: »Und um zehn Uhr abends warst du wohl auch zu Hause, wie? Oder warst du vielleicht rein zufällig mit deinem Fahrrad im Wald unterwegs? Lüg nicht! Es hat dich jemand gesehen!«
Jetzt sitzt Joseph in der Falle. Natürlich war er gestern abend im Wald, denn er mußte ihn durchqueren, als er zu seinem Onkel wollte. Und dort in der Nähe befindet sich auch das Haus der alten Augustine. Joseph versucht, blitzschnell nachzudenken ... Am wichtigsten ist das, was er seinem Onkel geschworen hat, nämlich, daß er nichts über das Kalb erzählen darf. Also kann er zum Teil bei der Wahrheit bleiben.
»Ich war zu Hause, aber ich bin erst gegen zehn Uhr zurückgekehrt, denn vorher war ich bei meinem Onkel.«
»Und was habt ihr an diesem Abend gemacht?«
Joseph zieht die Stirn in Falten. Er besitzt keinerlei Phantasie und mußte sich noch nie etwas Derartiges ausdenken.
»Das kann ich Ihnen sagen«, erwidert er schließlich. »Wir haben Karten gespielt.«
Der Wachtmeister betrachtet den jungen Mann.
»Gut, wir werden deinen Onkel fragen. Dann wissen wir ja, ob das stimmt.«
Bevor die Polizisten wieder gehen, erkundigt sich Joseph: »Sagen Sie, wie ist Augustine gestorben?«
Der Wachtmeister tritt ganz nahe zu ihm heran: »Man hat ihr zehn Messerstiche in den Bauch verpaßt. Eine richtige Metzgerarbeit war das!«
Kurz darauf erscheinen die Gendarmen bei Pierre Allard. Eugénie hat sie schon von weitem kommen sehen. Sie läuft zu ihrem Mann, der im Stall arbeitet.
Der Bauer läßt die Mistgabel fallen: »Große Güte, sie kommen wegen dem Kalb!«
»Das ist unmöglich, Pierre. Joseph hat bestimmt nichts verraten. Er ist ein guter Junge.«

»Ein guter Junge, ja, aber er hat keinen Verstand.«
Die Unterhaltung der beiden verstummt, als Wachtmeister Cosson vor der Stalltür auftaucht.
»Guten Tag, Monsieur Allard. Wir würden gern wissen, ob Sie gestern abend Besuch gehabt haben.«
Pierre Allard gilt im Dorf als jemand, mit dem man nicht so einfach umspringen kann. Das wissen natürlich auch die Gendarmen. Mit hoch erhobenem Haupt erklärt er: »Besuch? Wie kommen Sie auf die Idee?«
»Und Ihr Neffe war auch nicht bei Ihnen?«
»Wenn ich sage, ich hatte keinen Besuch, dann hatte ich keinen Besuch! Und wenn er Ihnen etwas anderes erzählt, lügt er eben!« Der Wachtmeister gibt sich damit zufrieden.
»Entschuldigen Sie die Störung, Monsieur Allard. Wir ermitteln wegen des Mordes an der alten Dubas, und da Joseph behauptet hat, er habe den Abend bei Ihnen verbracht, wollten wir das überprüfen, nichts weiter.«
Pierre Allard kommt nicht mehr dazu, noch irgend etwas hinzuzufügen, denn die Polizisten entfernen sich bereits wieder.
Auf der Gendarmerie von Sainte-Croix wird jetzt Joseph Allard von Wachtmeister Cosson und dessen Leuten verhört.
»Dein Onkel sagt, daß du lügst. Und wenn du nicht bei ihm warst, dann warst du bei der Alten! Los, gib es schon zu, Joseph, dann hast du es hinter dir!«
In Josephs Kopf herrscht ein wildes Durcheinander. Obwohl er keinen klaren Gedanken fassen kann, weiß er doch eines ganz genau: Er darf nichts von dem Kalb und von der Schwarzschlachtung erzählen. Wenn er den Gendarmen davon erzählen würde, wäre das für seinen Onkel und seine Tante sehr schlimm. Und er hat es doch geschworen ...
»Bist du durchs Fenster reingekommen? Nun sag es uns schon. Wir wissen es ohnehin. Du hast eine Fensterscheibe eingeschlagen ...«
»Ja, durchs Fenster ...«

»Aha, endlich wirst du vernünftig! Und womit hast du die alte Augustine getötet? Mit einem deiner Schlachtermesser?«
»Ja.«
»Mit welchem?«
»Das weiß ich nicht mehr.«
»Jedenfalls hast du es hinterher abgewischt.«
»Ja, ich habe es abgewischt.«
»Und wo war das Geld?«
Joseph überlegt kurz, bis ihm einfällt, wo seine Tante ihr Geld aufbewahrt.
»Im Wäscheschrank.«
»War es viel Geld?«
»Ja.«
»Und wo hast du es versteckt?«
»Ich weiß nicht mehr.«
Wachtmeister Cosson beschließt, das Verhör an dieser Stelle zu beenden.
»Gut, mein Junge! Du wirst jetzt dein Geständnis unterschreiben, und wo du das Geld versteckt hast, sagst du uns später.«

Als Joseph Allard wegen Mordes an Augustine Dubas verhaftet wird, ruft das im Dorf Sainte-Croix große Aufregung hervor, doch im Grunde ist niemand wirklich überrascht.
Alle haben ihn gemocht, den Joseph, aber wenn man so wenig Verstand besitzt wie er, ist man zu allem möglichen fähig. Und zu seiner Entschuldigung kann man einiges anführen: Seine Mutter starb an einer Grippeerkrankung, als er noch ganz klein war, und sein Vater, der schon immer ein starker Zecher gewesen war, begann daraufhin vor Kummer so viel zu trinken, daß er seiner Frau sechs Monate später ins Grab folgte.
Kein Wunder, wenn der Junge geistig zurückgeblieben war! Auf jeden Fall ist das für seinen Onkel und seine Tante ein

großes Unglück, wo sie sich doch alle Mühe gegeben hatten, einen ordentlichen Menschen aus ihm zu machen!
Pierre und Eugénie sind tatsächlich sehr unglücklich. Allerdings nicht genau in dem Sinne, wie die Dorfbewohner annehmen. In ihren Kummer mischen sich gewaltige Gewissensbisse. Zum soundsovielten Male seit Josephs Verhaftung beharrt die sonst so sanfte Eugénie: »Wir müssen zu den Gendarmen gehen und ihnen sagen, daß du gelogen hast!«
Pierre Allard schüttelt den Kopf mit dem kräftigen Schädel und entgegnet trotzig: »Und soll ich ihnen dann auch noch das geschlachtete Kalb zeigen? Ich werde eine Buße zahlen müssen, und vielleicht wandere ich sogar ins Gefängnis, und für den armen Jungen ändert sich dadurch überhaupt nichts. Ist es das, was du willst?«
»Aber Joseph kann kein Mörder sein!«
»Und warum hat er den Mord dann gestanden? Kannst du mir das vielleicht verraten? Er muß die Alte getötet haben, nachdem er uns verlassen hatte. Ich tue mich auch schwer damit, es zu glauben, aber da er es selbst gesagt hat, wird es stimmen ...«

Im Gefängnis von Guéret unterhält sich Maître Capdevieille, ein vom Gericht bestellter junger Anwalt, mit seinem Mandanten Joseph Allard, der inzwischen offiziell des Mordes an Augustine Dubas angeklagt ist.
Selbst gegenüber seinem Verteidiger erklärt Joseph nicht, daß er unschuldig ist. Er hat keine ganz klare Vorstellung davon, was ein Verteidiger eigentlich zu tun hat, und wie dem auch sei: Er hat seinem Onkel geschworen, von der Schwarzschlachtung nichts zu verraten.
Da Maître Capdevieille nicht im vollen Besitz der Wahrheit ist, faßt er die Situation so zusammen, wie sie ihm notgedrungen erscheinen muß: »Die Sache steht nicht allzu schlecht, mein Junge. Bei den Vorfahren, die Sie haben ...«
Der Anwalt merkt, daß der Metzgerlehrling nicht genau

versteht, was er meint, und fügt erklärend hinzu: »Ich will damit sagen, daß die Geschworenen nachsichtig sein werden, da Sie schon früh Waise geworden sind und Ihr Vater Alkoholiker war. Vertrauen Sie mir also.«
Joseph Allard erwidert nichts darauf. Er ist im Grunde geneigt, diesem Herrn zu glauben, der so freundlich zu ihm spricht. In dem Moment wird die Zellentür aufgerissen. Es ist Wachtmeister Cosson, und er sieht sehr grimmig aus.
»Es gibt Neuigkeiten, Joseph, und keine guten, was dich betrifft! Warum hast du mir nicht gesagt, daß du einen Komplizen hattest?«
Joseph reagiert nicht. Statt dessen schaltet sich jetzt Maître Capdevieille ein: »Was für ein Komplize? Was ist das für eine Geschichte?«
»Wir haben im Wald ganz in der Nähe von Sainte-Croix einen Landstreicher aufgefunden, der offenbar einen Sturz erlitten hat und dann in der Nacht erfroren ist. In seinen Taschen hatte er Goldmünzen, die Augustine Dubas gehört haben. Dem Richter wirst du schon erzählen müssen, wo du deinen Anteil versteckt hast, Joseph!«
Wachtmeister Cosson, der nach wie vor sehr zornig ist, läßt den Anwalt mit dem Gefangenen allein. Kaum ist der Polizeibeamte verschwunden, packt der Verteidiger Joseph bei den Schultern und schüttelt ihn: »Sind Sie sich darüber klar, daß sich damit die gesamte Situation verändert? Wenn Sie einen Komplizen hatten, sehen die Dinge ganz anders aus. Ich werde nichts mehr für Sie tun können!«
»Wieso ist jetzt alles anders?«
»Weil es sich jetzt um ein vorsätzliches gemeinsames Verbrechen handelt. Dafür gibt es nicht nur zehn oder zwanzig Jahre Gefängnis ...«
Als erstmals ausgesprochen wird, welche Strafen auf ihn zukommen können, woran er bis dahin überhaupt noch nicht gedacht hat, stößt Joseph einen Schrei aus: »Aber wovon reden Sie denn auf einmal?«
»Jetzt wartet die Guillotine auf Sie! Zumindest ist das sehr

wahrscheinlich. Aber beruhigen Sie sich, es ist noch nicht alles verloren. Ich werde den Fall nochmals genau überprüfen ...«

Joseph Allards Gebaren ändert sich mit einem Schlag. Das Wort Guillotine hat in ihm einen Schock ausgelöst.
Entsetzt wiederholt er: »Die Guillotine! Aber das ist unmöglich, wo ich doch unschuldig bin!«
Maître Capdevieille fährt hoch: »Was soll das heißen: unschuldig?«
»Ja, ich bin unschuldig. Aber ich durfte es nicht sagen, weil ich doch geschworen hatte ...«
Der Anwalt bedrängt ihn mit Fragen, und so kommt es, daß Joseph zum erstenmal die Wahrheit erzählt, eine Wahrheit, die sich immer wieder nur um ein einziges Wort dreht: das Kalb ...

Pierre Allard gestand sofort alles, als die Gendarmen zu ihm kamen, um ihn zu verhören. Es nützte ihm nicht viel, ihnen zu sagen, daß er seine Lüge aufrechterhalten hatte, weil er seinen Neffen für schuldig hielt. Er wurde nicht nur wegen der Schwarzschlachtung belangt, sondern auch wegen falschen Zeugnisses. Was Joseph betraf, so wurde er noch am selben Tag aus dem Gefängnis entlassen. Wegen der Schwarzschlachtung machte man ihm keine Schwierigkeiten.
Die Justiz ging zu Recht davon aus, daß der junge Mann schon genug durchgemacht hatte. Man konnte ihm als einziges vorwerfen, daß er zwar ein gutes Herz besaß, dafür aber nicht viel Verstand.

Das Massaker von Fort Weston

Als an diesem 6. Mai 1970 die Sonne über Fort Weston im amerikanischen Nordcarolina aufgeht, verspricht der Tag ebenso schön zu werden wie die vorhergehenden ...

Die ersten Anzeichen von Geschäftigkeit zeigen sich bereits, doch ist bis jetzt noch kein Weckruf ertönt. Obwohl es sich um eine militärische Befestigungsanlage handelt, ist dies keine Kaserne, sondern eher eine in sich geschlossene kleine Stadt. Hier leben die Offiziere und Unteroffiziere mit ihren Familien, und darüber hinaus dient das Fort als Ausbildungsstätte für junge Rekruten.

Im Mai 1970 befinden sich die Vereinigten Staaten mitten im Vietnamkrieg, und die Rekruten des Forts sind entweder gerade auf dem Weg dorthin, oder sie kommen von dort zurück. Sergeant Smith gehört zur zweiten Kategorie. Er gehört zu denen, die nie mehr nach Südostasien zurückkehren werden, weil er dort unten schwer verletzt worden ist und als Vollinvalide vorzeitig in Pension gehen mußte. Zurück in Fort Weston, wurde er drogenabhängig und wäre beinahe gestorben, wenn ihn nicht der dortige Militärarzt, Hauptmann Turner, gerettet hätte.

Der achtundzwanzigjährige Philipp Turner ist in Fort Weston eine sehr beliebte Persönlichkeit. Mit seiner dynamischen Art und seinem strahlenden Lächeln, mit den blauen Augen und dem dunklen Haar könnte er ebensogut ein Filmheld sein. Er hat die Laufbahn eines Militärarztes aus Berufung gewählt, und was ihn dabei besonders interessiert, ist weniger die Chirurgie oder die Behandlung von Verwundeten, als vielmehr die psychologische Betreuung der Soldaten.

Für Turner war die seelische Gesundheit stets ebenso wichtig wie die des Körpers, und er konnte mit seinen Behandlungsmethoden bisher große Erfolge verzeichnen.
In Fort Weston zählt das Drogenproblem zu seinen schwierigsten Aufgaben, doch er hat nicht nur durch den Einsatz entsprechender Medikamente, sondern besonders durch seine Warmherzigkeit so manchen jungen Rekruten vor dem Tode bewahrt.
Turner bewohnt auf dem Gelände des Forts ein kleines Häuschen zusammen mit seiner Familie, seiner Frau Marjorie und seinen kleinen Töchtern Emily und Jane.
An diesem Morgen marschiert Sergeant Smith mit zwei Flaschen Milch und einem Rosenstrauß im Arm pfeifend durch die Straßen von Fort Weston. Er will das dem Hauptmann und dessen Familie schenken, wie er es gelegentlich zu tun pflegt, um seine Dankbarkeit zu bekunden.
Sergeant Smith läutet an der Haustür, wartet einen Moment und bemerkt auf einmal, daß die Tür nur angelehnt ist.
»Hauptmann Turner?« ruft er.
Da niemand antwortet, geht er schließlich hinein. Er entdeckt Turner im Flur. Der Hauptmann liegt ausgestreckt auf einem kleinen Sofa. Sergeant Smith nähert sich und schreit: »Hauptmann Turner!«
Viele Menschen reagieren angesichts eines großen Schreckens oft auf seltsame Weise. Manchmal ist der Schock so stark, daß man zunächst nur die bloßen Fakten registriert, bevor einen das Entsetzen überwältigt, ähnlich wie bei einem Unwetter, wo der Blitz dem Donner vorausgeht.
Sergeant Smith kann in diesem Moment lediglich denken: »Merkwürdig, daß die Hand des Hauptmanns vom Gelenk abgetrennt ist ...«
Erst dann gewahrt er alles übrige, und er beginnt zu schreien: »Das war Manson ...!«
Der grauenhafte Anblick, der sich vor seinen Augen auftut,

ist nur mit dem Verbrechen an Sharon Tate und deren Freunden vergleichbar. Sie alle waren in der Hollywood-Villa der Schauspielerin von Charles Manson und seiner Bande ermordet worden.
Die Familie Turner ist auf unbeschreiblich brutale Weise regelrecht massakriert worden. Die beiden kleinen Mädchen wurden von zahllosen Messerstichen durchbohrt, und die Mörder haben ihnen die Augen herausgerissen. Der Mutter, Marjorie, wurde der Kopf abgeschlagen und der ganze Schädel zertrümmert. Doch am schrecklichsten ist, daß die junge Frau schwanger war und daß die Täter sogar über ihren Bauch hergefallen sind. An der Wand steht mit Blut das englische Wort PIGS geschrieben, was auf deutsch ›Schweine‹ bedeutet. Dieselbe Botschaft hatte Manson auch am anderen Tatort zurückgelassen.
Sergeant Smith wird jäh aus seiner Erstarrung gerissen, als er hinter sich ein Stöhnen vernimmt. Nein, der Hauptmann ist noch nicht tot! Wie durch ein Wunder ist er seinen schrecklichen Verletzungen noch nicht erlegen. Blutüberströmt richtet er sich auf dem Sofa auf ... ein wahnwitziger Anblick!
»Smith, ich muß Ihnen etwas sagen ...«
»Legen Sie sich wieder hin, Hauptmann. Ich rufe Hilfe herbei!«
»Nein. Ich werde vielleicht gleich sterben. Man soll erfahren, wer ...«
Der Sergeant bleibt reglos stehen. O ja, alle Welt soll erfahren, wer diese Greueltat verübt hat, damit die Schuldigen bestraft werden ...
Mühsam bringt der Hauptmann die Worte hervor: »Es waren vier Leute ... drei Männer ... zwei Weiße und ein Neger ... und eine Frau. Die Frau war die Anführerin ...«
Erschöpft hält der Verwundete inne. Smith fragt sich, ob er die Kraft aufbringen wird, weiterzusprechen. Ja, er setzt von neuem dazu an: »Die Frau war blond. Sie trug einen weißen Mantel und weiße Stiefel. Sie gab die Befehle. Sie

sagte zu den anderen: ›LSD ist das Gute, LSD tötet diese Schweine! Bringt all diese Schweine um!‹«
Der Hauptmann schließt die Augen und sinkt aufs Sofa zurück. Der Sergeant versucht, ihm eine letzte Frage zu stellen: »Diese Leute, waren das Hippies? Hatten sie Bärte und lange Haare? Antworten Sie doch, Hauptmann!«
Doch dieser antwortet nicht. Er hat das Bewußtsein verloren. Daraufhin stürzt Sergeant Smith hinaus, um Alarm zu schlagen.

Da das Verbrechen in einer Militärbasis stattgefunden hat, werden die Ermittlungen sowohl von der Militärbehörde durchgeführt, die von Kommandant Harris vertreten wird, als auch von der örtlichen Polizei, die Sheriff Nathaniel Crawley aus dem nahegelegenen Städtchen Charlotteville mit dem Fall beauftragt.
Als Anhaltspunkte haben die beiden Männer zunächst die Aussage von Hauptmann Turner, die ihnen durch Sergeant Smith übermittelt worden ist, sowie die ersten Untersuchungsergebnisse vor Ort. Inzwischen wurden nämlich die Tatwaffen entdeckt, und zwar auf der Rasenfläche vor dem Haus: Es handelt sich um ein Küchenmesser, ein Rasiermesser und eine fünfundvierzig Zentimeter lange Axt. Daneben lagen blutgetränkte Wäschestücke, mit denen die Mörder die Waffen umwickelt hatten. Dies erklärt, weshalb sich keine Fingerabdrücke darauf fanden. Das ist im Moment alles, was an Fakten vorliegt. Hauptmann Turner befindet sich im Operationssaal noch in Lebensgefahr.
Kommandant Harris und Sheriff Crawley führen im Büro der Militärbehörde eine hitzige Diskussion.
»Sheriff«, erklärt der Kommandant, »ich habe die Absicht, die Streitkräfte nach Charlotteville zu entsenden, um das dortige Hippielager durchsuchen zu lassen.«
Der Sheriff fährt hoch: »Sie müssen den Verstand verloren haben!«
»Aber es gibt doch auf den Hügeln von Charlotteville ein

Hippielager, oder? Und wie viele sind es dort? Tausend? Tausendfünfhundert? Sie haben bisher nichts unternommen, um diese Leute zu überwachen, und jetzt haben wir das Ergebnis!«

Nathaniel Crawley ist mit seinen dreißig Jahren ein noch junger Sheriff, und er trägt seine Haare ebenfalls lang. Obwohl die meisten Bewohner von Charlotteville Vertrauen zu ihm haben, betrachten ihn manche doch als Hippie. Dies ist selbstverständlich nicht der Fall, aber Crawley hat eine weichere und tolerantere Gangart dem Ausüben von Druck stets vorgezogen.

»Woher wollen Sie eigentlich wissen, daß die Hippies die Täter waren, Kommandant?«

»Das können nur sie gewesen sein! In diesem Verbrechen sind Drogen mit im Spiel, schließlich hat Turner von LSD gesprochen.«

»Ja und? Wissen Sie auch, woher die Drogen kommen? Aus Fort Weston! Und wissen Sie, wer sie verkauft? Die Soldaten, die sie aus Vietnam mitbringen! Sie sind die Dealer. Die Hippies haben sich nur deshalb in Charlotteville niedergelassen, weil es in der Nähe eine Militärbasis gibt.«

»Aber Hauptmann Turner hat von Zivilisten gesprochen!«

»Das hat er keineswegs. Er hat nur von drei Männern und einer Frau gesprochen. Das können ebensogut drei Soldaten gewesen sein, und Frauen gibt es in Fort Weston auch!«

»Sie vergessen dabei, daß das Verbrechen der Mansonbande nicht im geschlossenen Bereich einer Militärbasis verübt wurde!«

»Angenommen, es waren Hippies, dann müssen sie ja irgendwie hier hereingekommen sein. Ich meine, Kommandant, wir sollten erst einmal die Wachposten befragen, bevor Sie die Streitkräfte nach Charlotteville schicken!«

Kommandant Harris ist damit einverstanden, und so beginnen die Ermittlungen. Zuerst verhören sie die beiden Wachen, die in der Nacht am Eingang Dienst hatten, und ihre Aussagen sind eindeutig: »Keiner von uns hat ge-

schlafen. Wir haben uns die ganze Nacht miteinander unterhalten.«
»Es wäre möglich, daß Sie einen Moment lang nicht aufgepaßt haben.«
»Vier Personen kann man nicht einfach übersehen, vor allem, wenn eine Frau mit weißem Mantel und weißen Stiefeln dabei ist ...«
Diese Frau in Weiß stellt die Ermittler vor das größte Problem, sollten die Täter tatsächlich von außen gekommen sein. Wenn sie nicht das Eingangstor passiert haben, müssen sie die Mauer hochgeklettert sein, doch diese Mauer ist zehn Meter hoch und wird nachts durch mehrere Patrouillen überwacht. Für ein solches Vorhaben ist eine weißgekleidete Frau nicht gerade die ideale Anführerin.
Wie dem auch sei, niemand hat irgendwelche Hippies gesehen, und die Festungsmauer weist auch keinerlei Kletterspuren auf. Sind die Täter etwa unter den Bewohnern des Forts zu suchen? Obwohl ihm dieser Gedanke äußerst zuwider ist, muß Kommandant Harris diese Möglichkeit zuletzt immerhin einräumen. »Trotzdem kann ich nicht verstehen, wie sich jemand ausgerechnet an Turner hätte vergreifen sollen, Sheriff. Er ist ein prachtvoller Bursche, überall beliebt und angesehen!«
»Nein, das eben nicht! Sein Kampf gegen die Droge hat ihm nicht nur Freunde eingebracht, zumindest nicht bei denen, die damit handeln.«
»Und glauben Sie, daß einer von denen reden wird?«
»Die Händler sicher nicht, aber die Abnehmer eher. Die Umstände des Verbrechens sind zu schwerwiegend, als daß die Leute weiter schweigen werden, selbst wenn sie dadurch persönliche Nachteile in Kauf nehmen müssen.«
Der Soldat Orville sagt als erster vor dem Kommandanten und dem Sheriff aus: »Ich weiß, daß ich dafür das Gefängnis riskiere, aber ich werde Ihnen trotzdem alles sagen, was ich weiß. Da ich inzwischen schon zwei Jahre hier bin, weiß ich eine ganze Menge. Ich nehme Haschisch, Heroin und

LSD, aber ich bin hier damit keineswegs die Ausnahme, ganz im Gegenteil. Diejenigen, die nichts nehmen, sind die Ausnahme!«
»Haben Sie sich nicht von Doktor Turner behandeln lassen?« unterbricht ihn der Kommandant.
Grinsend erwidert der Soldat Orville: »Gewiß, Herr Kommandant, aber nicht etwa, um eine Entziehungskur zu machen, sondern um mich mit Stoff einzudecken!«
»Was sagen Sie da?«
»Wissen Sie, mit Drogen ist das eine verteufelte Sache. Ihr Bannkreis ist ungeheuer gefährlich, selbst wenn man sie bekämpfen will. Zu Anfang hat Doktor Turner seine Arbeit sehr ernst genommen. Er hat viele Burschen hier geheilt. Und dann ist er selbst irgendwann in die Falle gelaufen. Die Versuchung ist einfach zu groß! Und man bekommt derart viel Geld dafür! Kurz gesagt, die Entziehungskuren waren für ihn zuletzt nur noch ein Deckmantel, Turner hat zehn Leute behandelt, und dafür hat er hundert mit Stoff versorgt. Er war ein Dealer, nichts anderes ...«
Sheriff Nathaniel Crawley nimmt das Photo von Hauptmann Turner zur Hand, das vor ihm auf dem Schreibtisch liegt. Er betrachtet das offene Lächeln und den aufrichtigen Blick. Kann es sein, daß dieser Mann, dessen ganze Familie massakriert wurde und der jetzt mit dem Tode ringt, keineswegs der strahlende Held und das bedauernswerte Opfer ist? Sollte er womöglich nichts als ein übler Dealer sein wie so viele andere?
Unvermittelt überkommt den jungen Sheriff eine furchtbare Ahnung. Diese Angelegenheit, die zunächst nur ein grausames Gewaltverbrechen zu sein schien, wird sich am Ende als moralisches Verbrechen schlimmsten Ausmaßes erweisen, und das ist noch viel schwerer zu ertragen!
Tatsächlich findet sich gleich darauf ein weiterer Zeuge bei den beiden Männern ein. Es handelt sich um den Soldaten Bernardini, der seit sechs Monaten in Fort Weston lebt. Er wirkt sehr aufgeregt.

»Soll ich Ihnen wirklich sagen, was ich gesehen habe, was es auch sei?«
»Natürlich!«
Der Soldat holt tief Luft, und als er zu erzählen beginnt, wirkt er, als springe er ins kalte Wasser: »Ich bin letzte Nacht draußen gewesen. Ich hatte mein Quartier verlassen, um die Nacht in einem der Häuser hier auf dem Gelände zu verbringen. Es handelte sich um eine Frauengeschichte ... Als ich am Haus von Hauptmann Turner vorbeikam, sah ich, wie er herauskam und ein paar Gegenstände auf den Rasen warf. Es war ziemlich dunkel, und ich konnte nicht erkennen, was für Gegenstände das waren. Da ich selbst etwas Unerlaubtes tat, kümmerte ich mich nicht weiter darum, aber jetzt ist das natürlich etwas anderes ...«
Kommandant Harris und Sheriff Crawley sehen sich an. Keiner von ihnen sagt ein Wort. Auf einen Schlag haben sich ihre Differenzen und ihre Antipathie in Luft aufgelöst. Sie bitten den Soldaten Bernardini, sich zurückzuziehen, und bleiben eine ganze Weile schweigend so sitzen.
Schließlich ergreift der Sheriff als erster das Wort: »Ich wollte es nicht wahrhaben, aber ich hatte von Anfang an gewisse Zweifel. Diese Geschichte von der Frau mit dem weißen Mantel und den Stiefeln kam mir wenig glaubhaft vor. Es klang erfunden ...«
Kommandant Harris seufzt.
»Es ist gar nicht sicher, daß er das erfunden hat, Sheriff. Meiner Ansicht nach hat Turner nicht nur mit Drogen gehandelt, sondern auch selbst welche genommen. Unter dem Einfluß von LSD hat er seine ganze Familie massakriert, und in seinem Wahn glaubte er tatsächlich das zu sehen, was er später behauptete.«
»Das ist durchaus möglich. Und was sollen wir jetzt unternehmen?«
»Wir müssen warten, bis wir ihn vernehmen können.«
Doch weder Kommandant Harris noch Sheriff Crawley kamen jemals dazu, Hauptmann Turner zu befragen. Er starb

an jenem Tag an den schrecklichen Verletzungen, die er sich allem Anschein nach selbst zugefügt hatte. Der Fall wurde daraufhin zu den Akten gelegt, und das war im Grunde genommen auch besser so. Hauptmann Turner anzuklagen und zu verurteilen, hätte nicht den geringsten Sinn gehabt. In dieser Angelegenheit gab es nur einen Schuldigen: die Droge.

André Glucksmann

Das Gute und das Böse

Ein französisch-deutscher Briefwechsel

Aus dem Französischen von Eva Groepler
Für die deutsche Ausgabe vom Autor durchgesehen

Claassen

Die fachliche Begleitung der deutschen Ausgabe
besorgte Helmut Kohlenberger

Die Originalausgabe erschien 1997 unter dem Titel
»Le Bien et le Mal. Lettres immorales d'Allemagne et de France«
Editions Robert Laffont, Paris

Satz und Druck: Gerstenberg Druck, Hildesheim
Gesetzt aus der Sabon
Gedruckt auf chlorfrei gebleichtem, säurefreiem Papier
Printed in Germany
ISBN 3-546-00134-6

Come lady, die to live – this wedding day
perhaps is but prolonged
Shakespeare

Inhalt

1. Ich widme dieses Buch einigen Orten:
Prag, wo meine Mutter geboren wurde,
Czernowitz, wo mein Vater geboren wurde,
Wien, wo sie ihre Jugend verbrachten, ohne sich kennenzulernen,
Jerusalem, wo sie sich trafen, wo meine Schwestern geboren wurden,
Berlin, Hamburg, wo sie von 1933 bis 1937 Widerstand leisteten,
Paris, wo sie wollten, daß ich geboren wurde.

2. Ich widme dieses Buch Fred K.,
einem Jugendlichen, dreimal so alt wie ich damals, als er die Résistance in Lyon verließ, um das österreichische Proletariat aufzuwiegeln. Von der Gestapo geschnappt, gefoltert, nach Auschwitz verschickt, ausgebrochen, von den Werwolf-Jungen eingefangen, in einem Keller eingesperrt, vergessen, trinkt den eigenen Urin, stirbt. Heute dreimal so jung wie ich.

3. Einleitendes Geständnis ...

... Hitler bin ich

Bei einer Ausstellung über Wien und seine Geschichte drängten sich die Neugierigen um die Pinseleien des Führers; als Kunst waren sie von keinerlei Interesse, doch die Signatur eines großen Mörders machte das wett. Beim Aufspüren des Geheimnisses der außerordentlichen Verbrechen in der Biographie eines alles in allem banalen Versagers werden wir zwangsläufig enttäuscht, es sei denn, wir nehmen unsere Enttäuschung hin und lachen wie Charlot, der im »Diktator« seinesgleichen erkennt, einen Bruder, der ihm sein Bild gestohlen hat, einen Konkurrenten: »Na, schließlich«, rief er aus, »habe ich vor ihm diesen Schnurrbart getragen und bin auch lange vor ihm im Showbusineß gewesen, nicht wahr?«

Das Problem Hitler besteht nicht darin, was er gewollt und getan hat, sondern daß man es ihn tun ließ. Das Geheimnis ist nicht in seinen Delirien zu suchen, sondern bei seinen Zeitgenossen, die seinem Irrsinn die Machtbefugnisse erteilten. Sich fragen, wie Hitler möglich war, heißt, Europa zu befragen, das ihn möglich gemacht hat. Das heißt uns selbst. Was bedeutet es, als Philosoph Hitler zu betrachten? Es bedeutet, daß man sich schließlich zuflüstert mit einer Überzeugung, die kein Leugnen duldet: Ich bin die Möglichkeit Hitlers, ich bin Hitler. Wie Flaubert sagt, »Madame Bovary bin ich«. Wie Solschenizyn erklärt, er hätte den *Archipel Gulag* nicht verfassen können, wenn er nicht zuerst den Stalinismus in sich selbst erforscht, sich an den bolschewistischen Traum seiner eigenen Jugend erinnert hätte. Wie Charlie Chaplin erklärt: »All meine geheimen verdrängten Sehnsüchte werden erfüllt, wenn ich schreibe, inszeniere und in einem Film wie diesem spiele. Es gelingt mir nicht mehr, zwischen dem Diktator und Charlot zu unterscheiden, ich weiß nicht mehr, welcher der wahre Chaplin ist.«

Das Philosophieren über den Nationalsozialismus macht »Hitler« zu einem inneren Experiment. Der empfindsame engelsgleiche jüdische Barbier tauscht seine unförmige Hose gegen Reithosen, den Hut (die Melone) gegen die Kappe der Sturmabteilungen, seinen Spazierstock gegen die Peitsche. Auf der Leinwand hat sich der Vagabund mit dem großen Herzen, den die ganze Welt verehrt, zweigeteilt und schickt seine widersprüchlichen Spiegelbilder ins Publikum zurück. Der Engel ist zum Teufel geworden. Und manchmal spielt der Teufel den Engel. »Hurensohn«, ruft Chaplin beim Anblick der Bilder von Hitler aus, auf denen der die blonden Zöpfe der Kinder streichelt, »ich sehe, worauf du hinauswillst.«

Der Führer muß mein intimer Freund bleiben, kein Fremder in meinen Gedanken, und keinesfalls die Verkörperung von Schwäche in dem Sinne, in dem Heidegger ihn schließlich anklagte, die echte nationale Revolution verraten zu haben. Auch kein anderer, völlig anderer darf er sein – kein verrücktes Monstrum, kein System des Bösen –, zu dem der Denkende nur eine Beziehung der Ablehnung unterhielte, auch wenn er, wie es die Frankfurter Schule manchmal nahelegt, das Wesentliche der abendländischen Kultur damit rigoros aufgeben müßte, da sie ja das Monster hervorgebracht hat.

Soll das heißen, daß man Adolf mildherzig wie einen Nächsten behandeln muß, der nur durch Zufall auf die schiefe Bahn geriet? Dann bräuchte man nur den traurigen Umständen und den schlimmen Zeiten Rechnung zu tragen, um an die gutnachbarlichen Beziehungen wiederanzuknüpfen, denn schließlich wären wir dann ja alle gleich und somit Brüder. Aber so einfach ist das nicht. Brüderlichkeit schließt nicht das Einverständnis ein, siehe Kain und Abel. Daß Hitler mein Abbild ist, bedeutet keineswegs, daß ich ihm unter seinem Wolfspelz eine Schafsseele zugestehe. Diese blökende Version des Christentums und des Humanismus, wie sie dem ausgehenden 19. Jahrhundert eigen war, diese Blindheit gegenüber dem Bösen außerhalb von uns und in uns, diese unablässige Demonstration, die unsere guten Empfindungen als Beweis dafür anführt, daß die Teufel nicht existieren, ist das nicht genau das, was Hitler möglich machte, weil von den schönen Seelen nicht vorhergesehen und nicht vorstellbar?

Die Gleichartigkeit zwischen Hitler und mir veranlaßt weniger dazu, ihn besser darzustellen, als er war, eher kommt der Verdacht auf, daß ich in mir ein Übel trage, das ich lieber nicht kennen will. Über Hitler philosophieren heißt nicht, Hitler zum Philosophen machen, sondern fordert den Philosophen und den einfachen Bürger auf, sich in irgendeiner hitlerschen Seite zu entdecken. Wenn man die Gewalttätigkeit der Nazis als innerliche Gewalttätigkeit begreift, wird sie dadurch nicht weniger bestialisch und unerträglich, selbst wenn sie uns zwingt, das Bestialische und Unerträgliche in uns zu prüfen. Dieser Blick, den man auf sich selbst richtet in genau dem Moment, in dem man das äußere Andersgeartete entdeckt und betrachtet, ist der Blick des meditativen Denkens.

Es ist zu einfach, sich nachträglich von einem gefallenen Henker abzusetzen: Er ist er, aber ich bin ich. Warum wurde er zu seinen Lebzeiten durch Volkswillen erhoben (er für uns)? Und geliebt bis zur Aufopferung (wir für ihn)? Und von außen lange akzeptiert (Oh München!) und gefeiert (Oh Stalin!)? Fanatismen und Paranoia bilden in der Geschichte eine Konstante. Der Nazismus ist ein echtes Problem für jene, die eben keine Nazis sind. Für die Demokratien, die es weder verstanden haben vorzubeugen, noch früh und nachdrücklich genug ihren Todfeind zu bekämpfen. Für die Revolutionäre, die er nachahmte und die ihn nachahmten. Das Geheimnis des Aufstiegs und der Eroberungen Hitlers beruht auf dieser allgemeinen Mittäterschaft.

Da ich Demokrat bin, muß ich mich kneifen, um ernstlich sagen zu können: »Hitler, das bin ich«. Alle meine guten Geister leugnen eine so masochistische Selbstanklage. Und dennoch ... Konnte ich nicht erkennen, daß Pazifismus und Gemütlichkeit den Strick gedreht haben, an dem ich hängen sollte? Gretchen denkt nichts Böses, die unbefleckte Reinheit ihrer Augen scheint ihr Gewähr zu bieten für eine fleckenlose Welt und eine friedliche Menschheit. Irrtum des humanistischen Optimismus, der das 19. Jahrhundert an seinem Ende beherrschte: Die Menschen, die Völker, die Kontinente sind dazu bestimmt, einander zu helfen und einander zu verstehen. Hitler ist also unmöglich. Manichäischer Irrtum, der die Stafette weiterträgt: Das Reich des Bösen ist auf der anderen Seite, also sind wir gut und rein; wenn der Kommunist ein Mörder ist, ist der Antikommunist ein Engel und umgekehrt.

Euphorisch und manichäisch, je nachdem, projiziert der Demokrat Satan nach außen, er erforscht nicht sokratisch, was er selbst vielleicht dazu beigetragen hat, er verdrängt seine Mitschuld am Elend der Welt. Er verbündet sich also ganz naiven Gewissens mit Hitler, mit Stalin. Um ihren Selbstmord sanft zu gestalten, legten sich die Römer ins Wasser, bevor sie sich die Adern aufschnitten; die abendländischen Demokratien badeten in ihrer sich weltgeschichtlich gebenden Selbstgefälligkeit, während die Diktatoren sie bluten ließen.

Ich bin Revolutionär, und ich lehne jede Verantwortung für die nazistische Konterrevolution ab. Ach nee! ironisiert Sokrates von seiner Wolke herunter und erinnert daran, daß einer der ersten Theoretiker des Nationalbolschewismus, der zur Rache für den Vertrag von

Versailles aufwiegelte, Karl Radek war, der dazu den entsprechenden Auftrag von Lenins Dritter Internationale bekommen hatte. Ratschläge wurden großzügig erteilt von dem zeitweiligen Häftling im Moabiter Gefängnis an berühmte Besucher, monarchistische Generäle und revanchistische Radikalkonservative. Diese würdigen schwarzen Repräsentanten einer »proletarischen Nation«, fraternisierten, wenn es ihnen paßte, durchaus mit den Roten, siehe das Molotow-Ribbentrop-Bündnis von Rapallo.

Die Schüler streiten sich in den Pausen in einem absurden Spiel: Er hat angefangen! Nein, er! Der Historikerstreit verfällt in einen gleichen Fehler; sicherlich, Hitler imitiert Stalin, aber schon Lenin glaubte Ludendorff zu kopieren, indem er den Staatskapitalismus und den totalitären Staat einführte. In Wirklichkeit vernachlässigen Historiker und Soziologen (Habermas eingeschlossen) den gemeinsamen philosophischen Grund – von Fichte bis Nietzsche über Hegel, Marx usw. Wagner und Bakunin kämpften Seite an Seite auf den Barrikaden von 1848. Die Gedanken der radikalen, rationalen, religiösen und politischen Neuerer wurden von den Ideologien und den Mythen – den Massenmördern des 20. Jahrhunderts – ausgebeutet. Statt darüber zu streiten, wer angefangen hat, Nazi oder Bolschewik, sollte man zur Kenntnis nehmen, daß sie beide vom gleichen geistigen Horizont ausgehen.

Die Historiker von rechts und von links haben dies heute vergessen, weil ihnen der elementarste philosophische Reflex des Insichgehens fehlt. Nicht Heine, der die, die er bewunderte, seine Freunde, ihm Nahestehende, Hegel, Marx und sich selbst immer wieder in Frage stellen konnte – in Marx & Co. zeigten sich ihm die Umrisse von Hitler und Stalin:

Der Gedanke geht der Tat voraus, wie der Blitz dem Donner. Der deutsche Donner ist freilich auch ein Deutscher, und ist nicht sehr gelenkig und kommt etwas langsam herangerollt: aber kommen wird er, und wenn ihr es einst krachen hört, wie es noch niemals in der Weltgeschichte gekracht hat, so wißt: Der deutsche Donner hat endlich sein Ziel erreicht. Bei diesem Geräusche werden die Adler aus der Luft tot niederfallen, und die Löwen in der fernsten Wüste Afrikas werden die Schwänze einkneifen und sich in ihren königlichen Höhlen verkriechen. Es wird ein Stück aufgeführt werden in Deutschland, wogegen die Französische Revolution nur wie eine harmlose Idylle erscheinen möchte ...

»Religion und Philosophie in Deutschland«[1]

Ich bin Jude. Hier wird das Problem pikant, wie kann man im gleichen Atemzuge behaupten: »Ich bin Hitler.«? Gewiß, es gibt antisemitische jüdische Denker, darunter Marx, aber es handelt sich um einen kulturellen Antisemitismus, der, so dumm und mörderisch er ist, dem Verfluchten die Möglichkeit läßt, die geistige Haut zu wechseln. Der biologische Rassismus dagegen schließt jede Bekehrung aus: Du bist eine Ratte und bleibst eine Ratte, bis zu deiner Ausmerzung. Ein Jude, der einem so radikalen Antisemitismus opfert, muß sich nach der Selbstzerstörung sehnen. Der Fall ist selten, aber lehrreich, als Beispiel nenne ich Otto Weininger, einen Homosexuellen und Juden, der theorisierte: »Der Jude ist ewig wie das Weib« und sich schließlich umbrachte, um das Weibliche in sich zu exorzieren. Dieses an die Grenze stoßende Experiment bleibt eine Ausnahme auf jüdischer Seite, aber nicht auf der Seite der Nazis, wo der selbstmörderische Impuls in den letzten Stunden des Reiches offen zutage tritt, als die Lautsprecher die Götterdämmerung verkünden, während die Bomben hageln und die Stalinorgeln heulen.

Die Juden Europas verkörperten zu Beginn des Jahrhunderts den freien Verkehr der Güter (Rothschild), der Gedanken (Einstein), der Gefühle (Freud), der Künste, der Bilder und der Menschen, das heißt den grenzenlosen Austausch, die Republik der Ideen, die Revolution der Sitten, die seit Athen die Ursprünglichkeit des Abendlandes ausmachten. Während die Nationen sich in ihre Folkloren und den Kult ihrer Wurzeln vergruben, massakrierte man die »staatenlosen« Juden, diese ersten modernen Europäer, im Namen Europas. Die europäischen Freiheiten lösen eine ungeheure Reaktion von Angst und Ablehnung aus, nicht nur außen (Oh, Pol Pot! Oh, Khomeini!), sondern auch innen. Hitler schrie: Es lebe das Abendland! indem er es ermordete. Er war weder der erste noch der letzte. Er war derjenige, der am lautesten schrie.*

* Die gespaltene Identität des Autors der folgenden Briefe verweist auf das vertrauliche Bekenntnis, das in der Sondernummer erschien, die *Der Spiegel* an dem Tag veröffentlichte, an dem Hitler seinen hundertsten Geburtstag gefeiert hätte, wenn ihn nicht vorher der Teufel geholt hätte. Titel war: »Hitler bin ich«.

Brief I

Wunder am Rhein

Drei Jahrhunderte Kampf in einem Zug aufgehoben, zwei Kriege, fünfzig Jahre. Hält's? Hält's nicht? · Die Liebe zur Liebe · Libertinage · Ratlosigkeit der Weisen · Anspruchsvolle Verbraucher · Der deutsch-französische Geistespakt: weder Blumen noch Kränze?

Einige Worte pikierten, erschütterten das glanzlose Wohlwollen, in dem die ewigen »deutsch-französischen Begegnungen« baden. Kaum ausgesprochen, schon vergessen. Sofort gewann die allgemeine Gleichgültigkeit, die solcherlei Zeremonien bestimmt, wieder die Oberhand. Früher (ich meine: vor dem Zweiten Weltkrieg) blieb nichts von dem, was auf dem einen Rheinufer geschrieben, geflüstert wurde, auf dem anderen lange unbemerkt. Man horchte sich ab, belauerte, interpretierte einander. Die Feindschaft wob weitaus engere Bindungen als eine zwar überall gefeierte, doch so wenig durchdachte Versöhnung. Heute, als scheue Überbleibsel des früheren Hasses, stören kurze Schübe von Intoleranz und Unverständnis gelegentlich die Ruhe einer auf Ignoranz gründenden guten Nachbarschaft.

Da sie es dank dem Sinn für Verhältnismäßigkeit und der Furcht vor Lächerlichkeit aufgegeben haben, miteinander um die Beherrschung des Planeten zu rivalisieren, kratzen sich Berlin und Paris nicht länger gegenseitig die Augen aus. Der höchste Einsatz ist geschwunden, der Eifer sinkt, die Neugier geht zurück, Apathie breitet sich aus. New York, ob als Objekt der Herausforderung, des Neids oder der Ablehnung, scheint näher zu sein als das frühere Alter ego. Von Manhattan zum Ku'damm, von der Fifth Avenue zu den Champs-Élysées ist es nur ein Schritt. Zwischen der französischen und der deutschen Intelligenz, sofern es sie noch gibt, breitet sich die Leere eines halben, in geistigem Abstand gelebten Jahrhunderts aus. Ein Hoch auf die Goldfische! Sie ziehen ihre

Runden im Glas, ohne mit dem Nachbaraquarium Streit zu suchen.

Wundere Dich nicht über den zurückhaltenden und amüsierten Empfang: Man genoß Dich wie eine exotische Frucht. Die Konferenz galt als vage provozierend und etwas anrüchig, das Publikum saß auf seinem Hunger und ich auf meiner Beunruhigung. Erinnerst Du Dich, wie eine freundliche Zuhörerin Dich in der Nähe des Ausgangs ansprach? Sie hatte wie gebannt an Deinen Lippen gehangen, war Deinen Ausführungen gefolgt, hatte beim Heraufbeschwören der vergangenen Katastrophen oder künftigen Desaster gezittert. Sie war noch empörter als Du, was sie aber vor allem empörte, war Deine Böswilligkeit. Du hättest Dich an der Oberfläche der Dinge gehalten, Du hättest den einzigen und fundamentalen Grund derart zahlreicher vorhersehbarer Unwetter unterschlagen, Du hättest gezögert, klar und deutlich, in deutscher Weise, die gemeinsame Wurzel unserer zahllosen Leiden zu benennen. Du hättest es unterlassen, das »System« zu benennen, das sie organisiert, unterhält und fortsetzt. Darüber hinaus hättest Du versäumt, die Konversion anzudeuten, die das Böse auslöscht. Du hättest den Faden verloren, den Weg ignoriert, der ein für allemal daraus herausführe. In ihren Augen warst Du genauso verantwortungslos wie all die anderen, die Du verurteilt hattest.

Dein fragender Blick brachte sie auf, sie glaubte, Du würdest Dich über sie lustig machen. Da sie schließlich merkte, daß Dir tatsächlich die Offensichtlichkeit ihrer Lösung entging, führte sie lächelnd aus, der Mangel an Liebe erkläre alles, es genüge, daß jeder seinem Nachbarn mehr Wohlwollen entgegenbringe, damit die Quelle der Dramen versiege. Querelen, Kämpfe, Gemetzel, alle weisen sie um die Wette auf ein ernstzunehmendes Defizit an menschlicher Sanftmut hin und klagen unbestreitbar ein egoistisches, vom Geschäftemachen besessenes, technizistisches, eurozentriertes, ausbeuterisches und aggressives »System« an, das den freien Umlauf der »Milch der sanften Denkungsart« blockiere.

Als Du weg warst, gaben meine Freunde von der Linken zu, enttäuscht zu sein. Sie waren bereit, ihre festesten Überzeugungen in Frage stellen zu lassen, wenn man ihnen nur eine Antwort auf die einzige Frage gäbe, die ihnen den Schlaf raubte: Wer folgt auf Marx? Sie standen Qualen aus, und Du hast ihnen weder einen Namen noch einen glanzvollen Denker oder ein erhabenes Genre genannt, nicht einmal Dich. Keinen Moses, um die Wüste zu durchqueren und im nächsten Jahrhundert ins Gelobte Land zu gelangen! Meine Freunde von der Rechten machten ein nicht minder betretenes Gesicht, denn seit sie über »Was anstelle des Kommunismus?« brüten, quält sie ein schmerzliches und altbekanntes Bedürfnis nach einem Ideal. Deine kritische Bestandsaufnahme der gegenwärtigen Situation schockierte zwar niemanden, doch nach dem Unwetter erwartete man eine garantierte Windstille. Niemand kam von dem Gefühl los, um den »Sinn«, das heißt um den Nachtisch, gebracht zu werden.

Reg Dich nicht auf, sei nicht enttäuscht darüber, daß Du sie enttäuscht hast! Ich kann mir vorstellen, wie Du auf meine zwar untröstlichen, aber nach Patentlösungen und billigen Beruhigungsmitteln süchtigen Landsleute fluchst! Klar! Doch Deine Ablehnung von Trostpflastern quält die Leute, daher mußt Du es hinnehmen, daß sie bei uns als Leichtfertigkeit interpretiert wird. Die Kunst, Vorurteile zu zerstören, Scheuklappen abzustreifen, die Augen aufzumachen, ist ein heilsames Verfahren, das, einer jahrhundertealten französischen Tradition zufolge, ausreichend sein soll.

Einen solchen Eingriff ehrt Ihr mit dem Verb *déniai-*

ser, »entdummen«, das unwiderstehlich impliziert, daß das Glück der Desillusionierung größer ist als die Tristesse, die sich ausbreitet, wenn man den Leuten ihre rosa Brillen zerstört. Eure Praxis ist uns nicht fremd, Faust führt sie mit einer Leidenschaft Gretchen vor, die manche professionelle Libertins verblüffen mag. Nur, daß die Schöne mit den blonden Zöpfen, gebührend und schulmeisterlich »entdummt«, schließlich wegen Kindsmordes verurteilt wird. Die Pille ist bitter. Der Kult der Klarsichtigkeit um jeden Preis bedarf eines Zusatzes an Erhellung.

Ohne Dir zu nahe treten zu wollen, weise ich darauf hin, daß das Quidproquo vollkommen war. Zwar rüttelst Du gelegentlich wach, aber Du tust nichts gegen die Beunruhigung, die Du hervorgerufen hast. Wundere Dich also nicht darüber, wenn dann die Schar der Gurus und Verkäufer von Allheilmitteln zunimmt. Schlagen Deine Landsleute, die Zweifeln gegenüber derart offen und derart besorgt sind, nicht getäuscht zu werden, nicht weltweit alle Rekorde, was Beruhigungspillen anbelangt? In der Rolle des Franzosen warst Du perfekt, Du hast eine leichte Überraschung, ein müdes Staunen, Anflüge von Verständnislosigkeit, deren Ursachen man nicht weiter nachgehen wird, und einige Anfälle sich schnell verflüchtigender Wut hervorgerufen. Als brächten drei Jahrhunderte epischer Konflikte, auf die fünfzig Jahre freundliche Ignoranz folgten, nunmehr Mißverständnisse zur Welt, die keine Folgen haben.

Als der Krieg die Trommel schlug, stritt man sich um den Einsatz, der damals nicht in Frage gestellt wurde. Jedes Lager war zu den größten Opfern bereit, um in den Genuß des Ganzen zu kommen oder es zu verteidigen. Die »Werte«, die sich die Völker auf den Schlachtfeldern entrissen – Macht, Reichtum, Sicherheit –, zeugten von einer allgemeinen Wertschätzung. Man stritt sich mit solcher Hartnäckigkeit nur um Güter, deren Wert offen zutage lag und die sowohl von den einen wie von den anderen geschätzt wurden!

Rom und das Kaisertum haben heute Paris und Berlin verlassen. Die Begegnung friedfertiger Nachbarn dient scheinbar ausschließlich touristischem und folkloristischem Interesse. Wenn Du von Deiner Rednertribüne herab die Zwanziguhrnachrichten und die Menge an Problemen ansprichst, mit denen sie einen konfrontieren, stellt der Saal keine Fragen zum aktuellen Geschehen, sondern wundert sich über Dich: Weshalb ist er anders? Wie soll man sich mit dem, wovon er spricht, beschäftigen und nicht mit seiner befremdlichen, ausländischen Art zu reden, zu erschüttern, zu reagieren? Sag bloß nicht, in Deinem Land wäre das anders! Wenn sich unsere jeweiligen Staatschefs umarmen, seid Ihr da nicht auch empfänglicher für das pittoreske Aussehen der Tageshelden als für die abgewogenen und steifen Worte, die sie wechseln?

Der Weise zeigt auf die Sterne, der Idiot sieht auf den Finger, sagt ein altes chinesisches Sprichwort, was die sich wiederholenden deutsch-französischen Gespräche offenbar endlos neu bekräftigen. Wir zeigen mit dem Finger auf unsere Zeigefinger, die früheren historischen und weltweiten Querelen haben manieriertem Geplauder Platz gemacht.

Von den gewaltigen Rivalitäten, die zweimal die Welt in Brand setzten, überleben einige flüchtige Gedankenfetzen, vergilbte Klischees, die gleichermaßen unbeschwert getätschelt oder vernachlässigt werden. Die junge Frau, die die Liebe als Heilmittel vorschlägt, meint, Dich heilen zu können, aber eigentlich glaubt sie nicht daran. Für sie bist Du ein Fall, und auch sie ist im Begriff, einer für Dich zu werden. Wer wird Mephisto sein? Wer Margarete? Wer Beatrice? Vor restlos ausverkauftem

Haus wird ein Streit unter Wachsfiguren aufgeführt. Faust, in einer Inszenierung des Musée Grévin. Ist das der Preis, der zu bezahlen ist, um Verdun zu verhindern? Nach dem Frieden der Toten jetzt der Friede der Gehirnamputierten?

Indessen warst Du an diesem Abend nahe daran zu gefallen. Die zwar nicht wachsende Macht, jedoch wachsende Verantwortung Europas nachzuzeichnen, das antike Griechenland zu erwähnen und mit dem inakzeptablen Massaker an den Tschetschenen aufzuhören, so etwas schmeichelt dem atavistischen Geschichtsverständnis eines Herrn Professor Doktor und den Gefühlen der Gattin. Nichtsdestoweniger verhärteten sich allmählich die gewohnten Überzeugungen des Publikums. Ich bewundere Deine unerschütterliche Fähigkeit, die Zustimmung der Zuhörer Stück für Stück zurückzuweisen. Du kannst die Konsumgesellschaft nicht verteidigen, ohne daß einem die Ohren klingen. Selbst Deine nuancierte Verteidigung der Demokratie so, wie sie ist, Deine Weigerung, Dich darauf zu beschränken, wie sie sein sollte, läßt wohlmeinende Gemüter erstarren. Dein Lob der Information weckt vielfältige Verdächtigungen, und Deine Unterlassung, die Gesellschaft des Spektakels rundum zu verurteilen, kann natürlich nicht ungestraft bleiben. Wenn Du die griechische Ermahnung *sôzein ta phainomena*, »die Phänomene retten«, als moderne Pflicht interpretierst, die Existenz, das Sichtbare zu verteidigen, nimmt man an, daß Du einfach nur stur darauf bestehst, den Schein zu retten. Wenn Du die Schlußfolgerung ziehst, man müsse auf Leben und Tod dafür kämpfen, daß die Aufführung weitergeht, erwidert ein Deutscher: Wozu? Für so wenig sterben? Er gehört einem Volk des Seins an. Du erweckst den Anschein, selbstgefällig im hohlen Gerede des Scheins zu baden.

Verlange nicht von gewissenhaften Studenten, daß sie einen Farbfernseher ernst nehmen, auf dessen Bildschirm die Nachrichten mit Hilfe einer Fernbedienung willkürlich durcheinanderwirbeln. Erwarte nicht von einem versierten Theoretiker, daß er die Zufälle einer kapriziösen Aktualität kommentiert, er tut es selbst dann nicht, wenn sie blutig sind. Du wirst lediglich ein verächtliches und hämisches Grinsen ernten. Und was unsere Essayisten anbelangt, so mach Dir keine Hoffnungen, daß die anstößigen und ewigen Leiden der Menschheit sie bewegen könnten, sie sind jenseits von Gut und Böse. Solange das Schlimmste nicht eingetroffen ist, genießen sie seine Verspätung. An dem Tag, an dem es eintrifft, wird es zum Weinen glücklicher- oder unglücklicherweise zu spät sein. Die Gefühllosigkeit der Europäer angesichts der vergangenen oder der jüngsten und aktuellen Gemetzel ist zwar uneingestanden, doch noch viel offensichtlicher, als Du aufzeigst. Sie geht nicht auf eine punktuelle Unaufmerksamkeit zurück. Sie entsteht, wenn man die gleiche Sache immer und immer wieder durchkaut, was die Deutschen inzwischen verstärkt tun, seit sie festgestellt haben, daß die übrige Welt es genauso macht.

Eine Schwalbe, wendest Du ein, macht noch keinen Sommer. Genausowenig kündigte ein Vogel, der das Fliegen verlernt, die Rückkehr des Winters an. Ein gescheiterter Dialog zieht keine endgültigen Konsequenzen nach sich, nicht mehr jedenfalls als die über fünfzig Jahre andauernden unfruchtbaren Bemühungen der zahlreichen Gutwilligen, die, vom einen Ufer zum anderen, eher hundert- als einmal, die Arbeit verbissen wiederaufnahmen. Nur eine schlichte Feststellung: Nie waren sich Frankreich und Deutschland wirtschaftlich so nahe, und nie standen sie sich kulturell gesehen derart fremd gegenüber. Ihr materielles Leben ist fast eine Symbiose geworden. Der eine kauft vom anderen. Beide schicken sich Produkte und Touristen ins Land, tauschen Projekte und Prognosen aus. Sie fusionieren ihre Märkte und entwerfen die Einheitswährung. Doch geistig verstehen sie sich nicht. Sie reden zunehmend weniger miteinander, von einer auf Kauderwelsch reduzierten Drittsprache einmal abgesehen.

Die schüchternen Gegenströmungen von Sympathie und der sich verflüchtigende Gestank von Haß gehen in einem Meer von Gleichgültigkeit unter. Was den Magen angeht, macht der deutsch-französische Dialog Fortschritte. Aber was den Kopf betrifft, zeigt das Röntgenbild nichts. Daß kurze Zusammenkünfte zwischen Intellektuellen, höheren Angestellten und Verantwortlichen in die Binsen gehen, wundert mich kaum: Reden, um nichts zu sagen, reisen, um nichts zu tun, besichtigen, ohne etwas zu sehen, sind bei einem Kulturaustausch üblich.

Dennoch stört das quasi unvermeidliche Abdriften des geistigen Austauschs das offizielle Bild vollkommener Eintracht. Sollten die Gutwilligen, gefangen in einem Schicksal, das älter ist als sie, dazu verdammt sein, ausschließlich vollmundige Sinnlosigkeiten von sich zu geben? Soll man darüber lachen oder weinen? Ich weiß es nicht, aber alles sieht danach aus, als plätschere im Zentrum der europäischen Einrichtung – seinem harten Kern oder seinem trägen Bauch? – die debile Logik eines Gesprächs zwischen Taubstummen ungestraft vor sich hin.

Eine Idylle und einige traditionelle Wolken

Wie Joseph Rovan erläutert: »Obwohl Deutschland seit über zwanzig Jahren unser politischer und militärischer Verbündeter ist, ist das der Mehrheit der Franzosen entweder unbekannt, oder sie stellt es sich anders vor, als es ist. Und trotz der zahlreichen Austausche bleibt es nichtsdestoweniger wahr, daß das benachbarte Deutschland viele Franzosen verwirrt, irritiert und beunruhigt.«

Hinsichtlich der »Angst vor Deutschland« geht Alfred Grosser sogar noch weiter und schreibt 1977 in *Le Monde*,

daß der »Antigermanismus (...) großen Raum in der Funktionsweise unseres politischen Lebens einnimmt«. Er kritisiert unser »selektives Gedächtnis, (dem) eine große Rolle (...) bei den Mechanismen des Antigermanismus zukommt«, denn es werden zwar die deutschen Verbrechen heraufbeschworen, die französischen jedoch sorgfältig verschwiegen. Außerdem »ist das Gedächtnis nicht allein selektiv. Es ist verfälschend. Daß das einzige auf unserem Bildschirm tatsächlich vorhandene Deutschland jenes der Besetzung ist, liegt daran, daß die Heraufbeschwörung der Kriegszeit einen wesentlichen Vorteil bietet: Sie erlaubt jedem Franzosen die rückwirkende Identifizierung mit den heldenhaften Widerstandskämpfern, um so politischen Konflikten und Debatten zu entgehen.«
André-François Poncet schließlich, von 1978 bis 1981 Außenminister, legte den Akzent auf die Folgen dieser Haltung, als er meinte, »die deutsch-französische Freundschaft ist ein zartes Gewächs« (*Le nouvel observateur*, 1978).

Marie-Angnès Monta-Clément, *L'image de l'Allemagne dans le roman français de 1945 à nos jours*, Presses universitaires de Nagoya, 1985

Die Gründungsväter, die die europäische Gemeinschaft aus einer prekären Taufe hoben, behaupteten nach 1945, die Völker verständigten sich leichter über konkrete und prosaische Zielsetzungen, als daß sie bereit wären, über erhabene und abstrakte Fragen zu debattieren. Sie setzten auf ein Bündnis zwischen dem etwas bürgerlichen, jedoch fleißigen Ernst des Deutschen, den Thomas Mann schätzte, und der lateinischen Findigkeit, die sich nichts vormachen läßt. Die Dringlichkeit gebot den Wiederaufbau des industriellen und technischen Fundaments unserer Zivilisation. Die Gelegenheit schien besonders günstig, die letzten Dinge wurden ausgeblendet, der Komplex von Streitigkeiten über die Lehre und die philosophischen, literarischen und moralischen Debatten, die zwei Jahrtausende lang den Alten Kontinent erregt hatten, wurden ausgeklammert.

Von nun an gibt die Verwaltung die Befehle aus, der Rest folgt. Schriftsteller und Künstler beziehen Quartier in einer Art goldenem Käfig, sie übernehmen die Unterhaltung am Sonntag, während die Fachleute sich den undankbaren, doch rentablen Aufgaben des Alltags widmen. Zäh, fleißig und geschickt wird die Montanunion ins Leben gerufen, die bald mit noch mehr Fleiß, noch größerer Zähigkeit und nicht weniger Geschick zerschlagen wird. Im nachhinein übertreffen die Ergebnisse die ursprünglichen Hoffnungen.

Ein halbes Jahrhundert später ist Westeuropa reicher denn je zuvor, das Bruttosozialprodukt, das ihm die Statistiken des IAO und des Weltgesundheitsrats bescheinigen, zieht die neidvollen Blicke der Besitzlosen der Welt, das heißt von Dreiviertel der Menschheit, auf sich.

Haben wir in den ruhigen Gewässern einer geistlosen Ökonomie Anker geworfen? Oder begreifen wir den Geist unserer neuen Macht noch nicht? Wird das mentale Koma, das uns droht, unseren materiellen Wohlstand garantieren, wie ein unerläßlicher Schutzwall, ein obligatorischer Preis, eine auf den Kopf gestellte Askese? Gibt es nichts ohne Gegenleistung? Die Entfaltung des Fleischs gegen die Verhärtung der Seelen? Muß man ohne Ideen leben, um nicht vor lauter Ideologie zu sterben und zu töten? Werden wir uns ein universelles, seliges Schweigen auferlegen, damit die Dummköpfe nicht zum Reden kommen?

Die sorglose Unschuld oder falsche Naivität unserer Eliten erschreckt mich. Emphatisch reden die Verantwortungsträger über Europa, als sei die Existenz dieses Gebildes, das man sowieso nicht definieren kann, über jeden Zweifel erhaben. Um was handelt es sich? Um wen handelt es sich? Die Gemeinschaft der sechs, dann der zwölf, wächst auf fünfzehn an und droht sich bei sechsunddreißig aufzulösen. Europa wird möglicherweise nichts als eine vorübergehende, durch Umstände bedingte Einheit aufgebaut haben, die sich auf einen mittlerweile abgeschafften Eisernen Vorhang berief. Wer die Glaubwürdigkeit Europas, auf lange Sicht gesehen, einschätzen will, muß die Widerstandskraft seines Kerns prüfen. Das deutsch-französische Paar ist die stets notwendige, wenn auch nicht ausreichende Conditio sine qua non. Das Geheimnis der Existenz oder Nichtexistenz Europas liegt in dem Einvernehmen, das Frankreich mit dem wiedervereinigten Deutschland verbindet. Geht dieses Gespann auseinander, stürzt das ganze Gebilde zusammen. Es ist an der Zeit, sich den Weg genauer anzusehen, den zwei zu besänftigten Nachbarn bekehrte Erbfeinde, die sowohl Brüder als auch Rivalen sind, zurückgelegt haben. Mehr Brüder als Rivalen? Zu sehr Rivalen, um Brüder bleiben zu können?

Der einzige, bis heute unbestreitbare Erfolg ist, daß im Westen des Kontinents Frieden herrscht. Über drei Jahrhunderte lang war der Rhein eine umkämpfte Grenze. Seither fließt er ungestört im Schutz einer fünfzigjährigen Eintracht. Nur eine Pause, die zähe Mißverständnisse, vielleicht sogar unversöhnliche Zwietracht tarnt? Die Auflösung Jugoslawiens und die darauf folgenden ethnischen Säuberungen zeigen die sonderbare Anfälligkeit politischer Konglomerate. Die deutsch-französische Verständigung ist nicht aus demselben Stoff, sie beinhaltet freie und demokratische Meinungen, die gleichwohl dem Mißtrauen, dem Zögern und den Krisen nicht entkommen. Dieses Band, das Deutschland und Frankreich freiwillig geknüpft haben, können beide, wenn auch unentschlossen und unter dem Druck rasch wechselnder öffentlicher Gefühle, wiederauflösen. Konnte man, von einer atavistischen Feindseligkeit ausgehend, einen stabilen und quasi unerschütterlichen Frieden aufbauen? Wenn ja, wie? Innerhalb welcher Grenzen? Diese zunehmend rätselhaftere und überall zur Schau getragene, häufig in Zweifel gezogene Eintracht der Herzen bleibt die bedeutendste Waffenruhe, die im zwanzigsten Jahrhundert erfunden wurde.

Panne

Franzosen und Deutsche haben sich nicht verändert, und dennoch ist zwischen ihnen nichts mehr wie vorher. Deutsche Wiedervereinigung, Auflösung des sowjetischen Blocks, Erweiterung der europäischen Union und amerikanisches Disengagement: die Nachzeit des Kalten Kriegs führt ihr Gefolge an Veränderungen mit sich. Nur ein stärker vereintes Europa und an erster Stelle ein beständigeres deutsch-französisches Paar sind fähig, sie zu bewältigen. Die Wahrheit zwingt einen zu sagen, daß dem nicht so ist.

Sicher ist die Liturgie der bilateralen Begegnungen unverändert. Sicher sind die persönlichen Beziehungen an der Spitze beider Staaten intensiv, und beide Länder bauen sogar ihre Zusammenarbeit aus. Auf beiden Seiten des Rheins bleibt die gegenseitige Verständigung, der Aussage von Kanzler Kohl zufolge, »Bestandteil unserer Staatsraison«. Kurz, die deutsch-französische Beziehung bleibt weiterhin selbstverständlich. Aber weiß sie noch, wohin sie sich bewegt? Und trägt sie immer die Früchte, die man von ihr erwarten könnte?

Zahlreiche Zeichen lassen daran zweifeln: Seit fünf Jahren häufen sich die Fehlzündungen des Paares vor dem Hintergrund der Krise des europäischen Aufbaus, während das Unverständnis zwischen beiden Gesellschaften wächst (Feindseligkeit der öffentlichen deutschen Meinung gegenüber den französischen Atomversuchen; französische Spannungen um die Frage der Bindung von französischem Franc und Deutscher Mark). Im Hintergrund eine doppelte Ungewißheit. Wie wird Deutschland mit seinen neuen politischen Verantwortungen umgehen? Wie wird Frankreich, von dem Kissinger sagte, es sei das Hauptopfer des Falls der Berliner Mauer, dem begegnen, was viele seiner Politiker als *diminutio capitis*, als dauerhafte Modifizierung des Kräfteverhältnisses zugunsten Deutschlands, empfinden?

Diese Themen durch die Prismen der Vergangenheit hindurch zu behandeln, wäre natürlich selbstmörderisch: Angst vor dem anderen, wechselseitige Verteufelung, Mißbrauch von Schablonen. Mißtrauen wir aber auch den Tabus der jüngeren Geschichte: dem obsessiven Bedürfnis zu beweisen, daß alles in Ordnung ist, der Last des Ungesagten und der Begrenzung des Rechts, »ärgerliche Dinge« auszusprechen, auf einen engen Kreis.
Die deutsch-französische Beziehung landet in Gewässern, in denen ein Übermaß an Vorsicht keinerlei Hilfe sein wird. Zwei große Termine kommen näher, denen sie nicht ausweichen kann: die Währungsunion und die gemeinsame Verteidigung. An beiden Rheinufern schickt man sich an, ein wesentliches Attribut der Souveränität anzutasten, ebenjenes, womit sich beide Partner nach 1945 zur Symbolisierung ihrer Machtkonzeption ausstatteten: jenseits des Rheins die D-Mark, diesseits die Atomwaffe ...
Der deutsch-französischen Beziehung steht in den nächsten Jahren eine Bewährungsprobe bevor. Sie wird in dieser Zeit zu einer Neudefinition gezwungen werden, zum Besseren oder zum Schlimmeren hin.

Dominique Bocqut: *La France et l'Allemagne, un couple en panne d'idées*, Fondation Saint-Simon, Paris 1996

Wenn Experten und Politiker – selten genug – über das Wesen Europas nachdenken, versuchen sie, es in kleinlich nationalökonomischen Begriffen zu fassen. Was bringt die Einheitswährung? Sie hinken dem Geschehen hinterher. Das Verschwinden des großen Gegners im Osten befreit die Demokratien von der Dringlichkeit einer Union um jeden Preis. Die egoistischen, lokalen und parteiischen, stets konkurrierenden und gelegentlich antagonistischen Interessen drohen die Oberhand zu gewinnen. Gestern noch freute man sich, die wirtschaftliche Zusammenarbeit enger zu gestalten. Heute träumt man von einem gesellschaftlichen Horizont und einer militärischen Verteidigung. Doch diese Ausweitung des Projekts, so notwendig sie ist, erfordert eine grundlegende

Umkehrung des Blicks. Sie setzt eine gemeinsame Wahrnehmung der Risiken und Herausforderungen der künftigen Jahrhunderte, eine Geistes- oder gar philosophische Gemeinschaft voraus. Die Gründer sparten wissentlich diesen »Rest« aus, aber genau der ist es, der meine Neugier weckt: die Sitten, die Art und Weise, wie man lebt und stirbt, diese ganze gemeinsame Kultur, die zum stumm Vorausgesetzten und zum explizit Verdrängten des europäischen Projekts wurde.

Der Fall des sowjetischen Reiches und die Beendigung des Kalten Krieges legen den guten Willen frei und entfesseln gleichzeitig den bösen. Die Maulhelden mit ihren Kalaschnikows, die Fanatiker mit ihren Macheten, die Ritter des Hasses, die Gottbesessenen brechen seit 1989 schauerliche Rekorde, was Verwüstung (Somalia, Liberia), Gemetzel (Bosnien) und Vernichtung (Ruanda und Tschetschenien) anbelangt. Das demokratische Europa reagiert kaum, und wenn, dann schlecht. Europäische Fernsehzuschauer haben es zugelassen, daß vor ihren Augen, beziehungsweise unter dem Schutz ihrer Soldaten, Tausende von Zivilisten auf einmal ausgelöscht wurden – im Sommer 1995 in Srebrenica. Was ist von einem Europa zu halten, das hinnimmt, daß immer mehr Massengräber ausgehoben werden? Wie steht es um seine christlichen und sozialistischen Werte, wenn es die Zivilisten aufgibt, die Frauen und Kinder, die vor seiner Tür sterben? Was ist mit seiner Vernunft los, wenn es den Brandstiftern erlaubt, ihre Talente auf seiner anderen Hälfte zu entfalten? Wie soll man ihm attestieren, daß es noch einigermaßen bei Verstand ist und so etwas wie simple Vorsicht kennt, wenn es die postkommunistischen politisch-militärischen Mafias in einer atomar überrüsteten Region hochkommen läßt?

Daß Europa gelähmt ist, liegt nicht an fehlenden Mitteln, sondern an fehlendem Willen. Ganz Europa geht es zwar schlecht, doch in erster Linie scheint seine Kultur betroffen zu sein.

Seit dem Untergang des Römischen Reiches ist der Kontinent ohne politische Einheit. Stolz weigert er sich, seine Differenzen auf dem Altar des gemeinsamen, von einer einzigen und unteilbaren Autorität regierten Wohls zu opfern. Statt dessen maßt er sich an, eine gemeinsame Kultur in Teile zu zersplittern, so daß sie sich als einzige auf der Welt und innerhalb der Geschichte nicht auf eine Werteskala verpflichtet, die diejenigen verbindet, die sie »kultivieren«. Bereits das Griechenland der Antike kannte nur voneinander verschiedene, verfeindete Städte mit heterogenen Verfassungen: Jede der kleinen Gemeinschaften entwickelte ihre eigene Idee des Guten und des politisch Korrekten. Die Denker des römischen Zeitalters (Varro, Plutarch) zählten mehrere hundert höchste Güter und ebenso viele Grade von Vollkommenheit. Von Anbeginn an verzichtet die europäische Kultur darauf, Verhaltensweisen zu einer Einheit zu verschmelzen, sie zwingt keinem eine allgemein verbindliche Vorstellung von dem, was anständig ist, auf und läßt eine Vielfalt existenzieller Modelle zu. Europa ist seit eh und je die »Heimat aller Farbtöpfe« (Nietzsche) und wird es auch bleiben.

Gegenüber den traditionellen Gesellschaften wirkt eine solche Vielfalt sonderbar ketzerisch. Die Abwesenheit eines mythologischen Zements, eines religiösen Konsenses, einer ideologischen Konstante ruft widersprüchliche Urteile hervor. Entweder wird die Entfremdung der europäischen Diaspora verurteilt (indem man sie vorwurfsvoll als Gesellschaft im Gegensatz zur Gemeinschaft der früher zusammengeschweißten, integrierten Gemeinden bezeichnet). Oder es wird umgekehrt die westliche *Res publica litterarum* als erste offene Gesellschaft gelobt, die über den »geschlossenen« Gesellschaften stehe. Diese alle hundert Jahre neu aufflammende Debatte (Fichte, Tönnies, Bergson) wird heute weitergeführt: Von außen (Integrationismen, Fundamentalismen) wie von innen (Heideggerianismus, ökologische und religiöse Extremismen) wird eine monströse Herrschaft der Technik – oder des Kapitals, des Konsums, des Logos, des »faustischen« Beherrschungswillens etc. –, die als eurozentriert und als Schöpfung Europas gilt, angeprangert. Vor lauter permanenter Selbstkritik weiß die europäische Kultur nicht mehr aus noch ein. Der Mann auf der Straße, dem die Orientierung fehlt, hat wachsende Mühe, Links von Rechts, Oben von Unten, Gutes von Bösem, vorgespiegelte von wirklichen Tatsachen zu unterscheiden.

Ich fasse zusammen: Das seit der Implosion des Sowjetimperiums ohrenbetäubende Schweigen Europas findet sein Epizentrum in den Kurzschlüssen des Dialogs zwischen Deutschen und Franzosen. Es dreht sich in der Leere, die die Gründerväter der fünfziger Jahre geschaffen haben, im Kreis. Solange die feindliche Bedrohung faßbar, kompakt und global war, stellte sich die Frage des Warum nicht. Beziehungsweise war sie schon beantwortet, bevor sie überhaupt gestellt wurde. Christdemokraten und Sozialdemokraten verständigten sich mühelos angesichts des Big Brothers und vergaßen ihre metaphysischen Differenzen. Was die radikalen Minderheiten anlangte, so verkehrten sie ihre Freund- und Feindbilder ins Gegenteil, ohne sich weitere Fragen zu stellen. Jede Partei berief sich auf ihre Unfehlbarkeit, die als ausreichend gesichert galt, um auf alles eine Antwort zu haben und keinerlei Anfrage zu dulden. Die einen beriefen sich auf einen unwiderlegbaren Klasseninstinkt, die anderen auf eine (zwar ganz neue, aber über jeden Zweifel entschieden erhabene) liberale Inbrunst, die dritten überboten sich gegenseitig in schönen Gefühlen und Prinzipien – eine Hoffnung, deren Urteilsspruch sie als unwiderruflich verkündeten. Unversöhnlich wurde gegen und für den großen Feind Position bezogen. Auch konnte der Mantel der Neutralität übergestreift und dabei die narzißtische Lust genossen werden, ganz offensichtlich unterlegene Homunkuli gemeinsam abzuweisen.

Schließlich fiel die Mauer, und das Bild einer zweigeteilten Welt mitsamt der erkenntnistheoretischen Simplizität, die sie nahelegt, zerbröckelte. Wenn der Feind nicht mehr der Feind ist, werden Freunde allmählich zweifelhaft, und der Europäer entdeckt, wie sehr er geistig entwaffnet ist.

Ohne Konzept!

Wer unseren Außenministern zuschaut, wie sie stundenlang über die Einfuhr von Pelzen aus Nordamerika und Schnittblumen aus Ägypten palavern, faßt sich an den Kopf. Europa läuft Gefahr, seine wichtigsten Themen zu verpassen und ohne Konzept ins nächste Jahrtausend zu stolpern.

Peter Hort: Leitartikel der *Frankfurter Allgemeinen Zeitung*, 25.3.97

Wer hatte sich früher nicht auf eine verbindliche Instanz verlassen? Die Engländer beriefen sich auf den *Common sense*, die Franzosen auf den *Bon sens*, und die Deutschen widmeten sich dem Geist, ähnlich wie die Gläubigen in der Religion und die Humanisten im Humanismus den Kompaß fanden, der sie führen sollte. Die Könige schoben die Staatsräson vor, die Republikaner den Willen des Volkes. Der Glaube stritt mit dem Wissen. Der Künstler beschimpfte die Wohlmeinenden, die sich deswegen auch nicht mehr Gedanken machten. Der Mann der Tat verachtete den Mann der Feder. Die Adligen paßten nicht auf die Männer der Robe auf, und diese zeigten Hof und Gasse die kalte Schulter. Doch niemand wäre auf die Idee gekommen, derart hitzige Zerwürfnisse wären bedeutungslos.

Nach dem Zweiten Weltkrieg wird ein vernünftiger Entschluß gefaßt. Schluß mit dem Gequatsche! Europa soll auf greifbaren Fundamenten errichtet werden: Produktionsziffern, Außenhandelsbilanz, Inflationsrate, Zinssatz, Investitionsgüter und Warenmenge. Nichts dabei, was einer allzu leichtfertigen und scheinheiligen Ironie Vorschub leisten könnte. Der Erfolg des Unternehmens kommt selbst dessen Zensoren zugute und krönt Jahrzehnte guter und loyaler Anstrengungen.

Das neue Europa, das auf einer sehr bewußten Unterlassung gründet, profitiert davon, daß die Phrasen und Klischees aus dem Verkehr gezogen wurden, die die vorprogrammierten Feindseligkeiten in Umlauf brachten. Doch man ging überstürzt vor, der gute Weizen des notwendigen Urteils wurde samt der Spreu des gemeinen Vorurteils über Bord geworfen. Man sagt dazu bei Euch und auch bei uns: das Kind mit dem Bade ausschütten. Klammer auf: Ich wittere in diesem zähen volkstümlichen Sprichwort einen Macho-Widerwillen gegen die Gebärenden, die ja auch Kind und Fruchtwasser zugleich ausstoßen. Klammer zu. Der Bruch von 1945 war notwendig. Die Schweigeminute hat fünfzig Jahre gedauert. Das Kind ist geboren. Was bleibt, ist, es zu überdenken.

An dem Tag, an dem die Europäer einvernehmlich die Produktionsnormen als Grundprinzip einer allmählichen Vereinheitlichung festlegten, nahmen sie mit dem Gefühl einer Selbstläuterung eine doppelte Amputation in Angriff. Einerseits liquidierten sie das Modell des Allgemeinwohls. Ihre Städte sollten nicht um einen einzigen Leuchtturm herum errichtet werden, der das Vollkommene und das Böse, das Wahre und das Falsche, das Schöne und das Häßliche für alle verbindlich definierte. Keinerlei politische Theologie! Keine ethnozentrierte

Einheit! Die Wurzeln eines jeden einzelnen sind Angelegenheit seiner nicht verifizierbaren persönlichen Geschichte; Familienbande und Agora, Privatleben und öffentliches Leben laufen auseinander. Keinerlei ideokratische Regierung! Die Normen werden nicht durch die Eingebung des Denkers oder des Dichters aufgestellt. Der König ist nicht Philosoph und umgekehrt auch nicht. Diese erste Amputation erledigt die herrschenden Ideologien des europäischen 19. Jahrhunderts, die aus dem 20. soeben ein Massensterben gemacht hatten.

Die Liebe des Deutschen zum König DM ruft in Eurem Land spöttische Kommentare hervor. Umgekehrt mokieren sich bei uns manche über Euren nationalen Stolz, der sich prosaisch auf Atomkraftwerke und Hochgeschwindigkeitszüge zurückzieht. Mit dem Vorrang, den man den rationalen Anforderungen der materiellen Produktion einräumte, mit der Entscheidung, gut anstatt im Guten zu leben, emanzipierten sich die Europäer von der blutigen Verehrung dreier Idole. Hinter ihnen rauchte noch der nationalrassistische Terror, gleich gegenüber tobte eine idiosynkratische Diktatur, in ihrer Erinnerung schlichen die schrecklichen Gespenster des religiösen Fanatismus umher: dreifache Gestalt eines einzigen Guten, das vorgab, die *Polis* der Menschen in allem und gegen alles zu regieren. Die prosaische Bekehrung der Nachkriegszeit ist eine unaufhörlich wiederholte Antwort auf die Monster, die durch unsere Geschichte geistern.

Die zweite Amputation ist deshalb so schwer zu fassen, weil sie mit der ersten verwechselt wird, so als würden nach der Enthauptung des Allgemeinwohls die Gehirne in einer einzigen Perspektive erstarren, nämlich der, zu produzieren, zu reproduzieren, die Produktion zu steuern und zu erhöhen. Die eine Amputation von der anderen abzuleiten ist irreführend. *Der Common sense* oder *der Bon sens* lassen sich nicht über das Vorhandensein oder Nichtvorhandensein eines zentralen, universellen und unfehlbaren Wertes definieren.

Ganz im Gegenteil. Descartes, Hume und Kant erkennen in der »Urteils«fähigkeit eines Menschen irgendwie das Prinzip einer laizistischen Strategie, die es erlaubt, die Verantwortung für die Teilungen und die Zersplitterung der *Conditio humana* auf sich zu nehmen. Die Reflexion wird unabhängig von der höchsten Offenbarung eines einzigen und unteilbaren Wesens, das, sonnengleich auch noch die geringste unserer Handlungen erhellt.

Um urteilen zu lernen, muß man das, was man lernt, gutheißen und gerecht darüber entscheiden. Noch das bescheidenste Urteil setzt Bescheidenheit voraus. Alles basiert auf ihr. Jede einzelne Erkenntnis, sei sie auch noch so erhaben, geht davon aus, sie hat dem Urteil ihre Beglaubigungsschreiben vorzulegen, denn das Urteil befindet über illusorische Ansprüche. Es ist autonom, es entscheidet in erster und letzter Instanz, auch wenn es sich der Würde einer Erleuchtung beugt, deren Erhabenheit es im Innersten ermessen hat, ehe es bereit war, sich von ihr blenden zu lassen. Ungeachtet der Erwartung oder Abwesenheit eines Gottes, haben die Denker des Abendlandes eher tausend- als einmal die imaginäre Nabelschnur zwischen dem Guten und dem Denken durchtrennt. Sie sind davon ausgegangen, daß man gut (oder richtig) denken kann, ehe man das Gute denkt. In Hölderlins Satz: Gottes Fehl hilft, tritt eine Gewißheit zutage, die manches sogenannte rationalistische Denken und zahllose mystische Nächte abstützt.

Nichts würde eine Verschiebung der ersten hin zur zweiten Amputation rechtfertigen. Eine Gemeinschaft, die sich selbst errichtet, ohne eine gemeinsame Idee des höchsten Gutes zu postulieren, muß deshalb nicht auf ein gemeinsames Denken verzichten.

Das neue Europa entsteht aus einem doppelten Bruch. Öffentlich verkündet es das Ende der Ideologien, nicht in den Köpfen, sondern an der Spitze der Staaten. Der Erfolg erweist sich als dauerhaft und strahlend; das 19. Jahrhundert, das von der Untrennbarkeit von Himmel und Erde, von Privatem und Öffentlichem, von Mensch und Bürger träumte, hat nur die erste Hälfte des 20. Jahrhunderts ruiniert. Für Eingeweihte geht der Schnitt tiefer. Ohne es ausdrücklich zu sagen, häufig unbeabsichtigt, ziehen die neuen, um konkrete Ergebnisse besorgten Eliten einen Schlußstrich unter alle Überlegungen und Kontroversen, die die abendländische Kultur seit dem antiken Athen erschüttert haben.

Damit nicht ideologisiert wird, beschloß man, weniger zu denken. Die Operation wurde ohne Umschweife und mit größter Diskretion durchgeführt. Überaus freundlich wurden die potentiellen Störer neutralisiert; das höhere Schulwesen, Akademien aller Arten, Unmengen von Forschungsinstituten froren die allgemeine Abkoppelung ein. Es gab Orte für endlose Debatten, und es gab andere Bereiche, achttausend Fuß darunter, um zu leben, zu handeln, zu entscheiden. Die anmaßenden Mönche des Mittelalters, die meinten, durch ihre Abgeschiedenheit die Zeit, in der sie lebten, hinter sich zu lassen, rodeten nichtsdestoweniger die umliegenden Hügel. Obwohl es nicht so aussah, waren sie in den Lauf der Dinge weitaus »engagierter« verstrickt als die zahlreichen Rentner der heutigen Universitäten.

Europa ohne Gott

Europa (...) beginnt mit einem Stier und einer Vergewaltigung. Europa war ein asiatisches Mädchen, das von einem Gott entführt wurde, der sich zu diesem Zweck in einen weißen Stier verwandelt hatte. Das Mädchen wurde in einem neuen Land gefangengehalten, das später nach ihm benannt wurde. Europa war die Gefangene von Zeus' unendlichem Verlangen nach sterblichem Fleisch, aber die Geschichte hat sie gerächt ... Am Anfang der Idee Europas steht also der ungleiche Kampf zwischen Menschen und Göttern und damit eine ermutigende Moral: Zwar mag der Stiergott das erste Gefecht für sich entscheiden, doch der jungfräuliche Kontinent trägt am Ende den Sieg davon.

Auch ich stehe im Gefecht mit dem modernen Zeus, wenngleich sein Donnerkeil bisher nicht sein Ziel getroffen hat. Viele andere – in Algerien und Ägypten wie auch im Iran – hatten weniger Glück. Jene unter uns, die diese Schlacht austragen, wissen seit langem, worum es geht. Es geht um das Recht der Menschen, ihrer Ideen, ihrer Kunstwerke, ihrer Existenz, jene Donnerkeile zu überleben und sich gegen die launische Autokratie jedweden Olymps zu behaupten. Es geht um das Recht, moralische, geistige und künstlerische Urteile zu fällen, ohne sich um das Jüngste Gericht zu sorgen ...

(...) In diesen acht Jahren habe ich die Ausflüchte im Herzen dieses neuen Europas gründlich kennengelernt. Ich hörte, wie der deutsche Außenminister mit einem Achselzucken sagte, was die Europäische Union für die Menschenrechte zu tun bereit sei, habe »Grenzen«. Das neue Europa ist mir dabei nicht wie eine Zivilisation vorgekommen. Es ist ein viel zynischeres Unternehmen. Die Führer der Europäischen Union legen zwar Lippenbekenntnisse zu den großen europäischen Idealen ab – freie Rede, Menschenrechte, Aufklärung, das Recht auf abweichende Meinung, die Trennung von Kirche und Staat. Aber wenn diesen Idealen machtvolle Banalitäten der sogenannten »Wirklichkeit« entgegenstehen – Handel, Geld, Waffen, Macht –, dann muß die Freiheit kuschen. Wenn die Europäische Menschenrechtskonvention es mit dänischem Feta-Käse oder irischem Rindfleisch aufnehmen muß, sollte niemand erwarten, daß die Meinungsfreiheit gewinnt. Ich bin ein erklärter Europäer, aber all das genügt, um mich in einen Euro-Skeptiker zu verwandeln.

Salman Rushdie, *Frankfurter Allgemeine Zeitung*, 14.2.1997

Als sich unsere Gemeinschaft nach 1945 mit aller Härte entschied, »modern« zu sein, glaubte sie, sich von einem

»Klassizismus« zu distanzieren, den sie wie einen bedrohlichen Spiegel auf Distanz hielt, da sie in ihm eine schwere, zu schmerzliche, zu bewegte und jahrhundertelange Odyssee erblickte. Die Väter Europas beschäftigten sich mit Ökonomie und Politik, nicht mit Geschichte und Philosophie. Da sie über ihren Eingriff nicht sprachen, erwies er sich als um so wirksamer und radikaler. Zur Verdeutlichung dessen, was sie vorhatten, wollen wir mitteilsamere Gemüter befragen, die zwar Zeitgenossen waren, jedoch keinen Augenblick vermuteten, daß sie im gleichen Boot säßen. Zwei Denkschulen dominieren im Nachkriegsdeutschland: Adorno und Horkheimer in Frankfurt, Heidegger und Konsorten von Freiburg und Todtnauberg aus. Jede setzt sich vehement von der anderen und beide setzen sich mit der gleichen Wut von der herrschenden Politik ab. Fünfzig Jahre später, mit dem Vorteil der für nachträgliche Betrachtungen günstigen Distanz, beeindruckt mich, von den wechselseitigen Exkommunizierungen einmal abgesehen, allein der gewaltige Konsens, der ihre Querelen um die Lehre transzendiert. Die Theoretiker rivalisieren zwar miteinander, doch stets in derselben Richtung: Wer wird am radikalsten die abendländische Vergangenheit exkommunizieren? Odysseus gleich technische Rationalität gleich Hitler, suggeriert die Frankfurter Schule. Das Vergessen des Seins, die Ausblendung der Vorsokratiker, die Machtergreifung der platonischen, der römischen und der christlichen Metaphysik führen geradewegs in die weltweite Katastrophe, klagen dagegen die Heideggerianer.

Bis auf Zeitpunkt und Umstände ist das Einvernehmen vollkommen, und die Identifikation des Feindes speist endlose Kolloquien. Die Wurzeln des Übels sind auf den Sankt-Nimmerleins-Tag zurückzuführen; die abendländische Kultur transportiert, erzeugt und unterhält es; bricht sie nicht radikal mit sich selbst, droht die

Eindimensionalität der Entfremdung und die Verwüstung des Planeten. In den Augen des Weisen, der wiederum selbst schwer verständlich und überflüssig scheint, ist jeder Politiker »borniert«. Doch die einen wie die anderen rufen in schöner Einmütigkeit nach dem Skalpell. Das Europa nach Hitler ging nicht allein auf Distanz zu den Ideologien, in denen sich seine Rasereien austobten, es hat im weiteren Verlauf das Projekt des athenischen Bürgers aufgegeben, der sich vom Denken bestimmen lassen wollte. Sicher kann man Gefallen daran finden, wie seine Ahnen, ihren Bräuchen und Sitten entsprechend zu leben. Das ist der traditionelle Weg, den die griechische Kultur wider Willen aufgibt. Man kann sich umgekehrt dem partiellen Wissen unterwerfen, den Experten hinterherrennen und sich dem letzten Schrei von Wissenschaft und Technik beugen – das ist die Fährte, die die athenische Demokratie aufnimmt, obwohl sie sie für unbefriedigend hält, auch auf die Gefahr hin, der »Sophistik« zu verfallen.

Daraus entsteht ein neuer Gedanke: Jenseits der überlieferten Gewohnheiten und spezifischen Techniken gibt es eine allgemeine Weisheit, zu der jeder Bürger Zugang haben sollte. Die Bezeichnung, mit der dieser Kompaß versehen wird, ist je nach Epoche und Personen verschieden, denn die jeweils Herrschenden widerstehen selten der Versuchung, ein Etikett anzubringen, um ihren Eigentumsanspruch zu dokumentieren, während Kirchen, Parteien und Universitäten eine ausschließliche Nutznießung einklagen. Umsicht, Urteilskraft, Geist, Verstand, Herz, Vernunft, Intuition, Mäßigung, Gefühl, Seelenstärke sind miteinander konkurrierende Optionen, um die Partitur dieser, wie es noch bei Descartes hieß, weitverbreitetsten Sache der Welt zu spielen.

Die klassischen Texte bieten diese freundliche Weisheit nicht als stabiles und endgültiges Geschenk an. Einige Autoren – wie Aristoteles in seiner *Metaphysik* – setzen sie als »immer gesucht« voraus: Man besitzt sie nicht ein für allemal, es ist die gemeinsame Suche mit Auseinandersetzungen über Probleme, Schwierigkeiten, Sackgassen, Aporien, über die eine Verständigung erlernt wird, auch wenn sie sich am Ende als unüberwindbar herausstellen.

Diese Suche nach Wissen, deren Name, vom Vater abgeleitet, »Philosophie« ist, ist in ihren unterschiedlichen Bedeutungen und ihrem vielfältigen Glanz diskret ausrangiert worden. Zwar hat im Abendland nach Hitlers Verschwinden niemand mehr Bücher verbrannt, es gibt jedoch weniger offensichtliche Distanzierungen. Der vor der braunen Pest, mit der er sich verwandt fühlte, entsetzte Europäer trieb die Panik nicht mehr bis zum Autodafé der Schriften, sondern verlor die Leidenschaft, sie zu lesen, was ihr Leben ausmacht. Wenn Philosophie und Literatur zu Museumsstücken und antiquarischen Werten werden, drängt sich ein Requiem auf.

Ich will es präzisieren: Um welche Weisheit hat sich der Europäer selbst betrogen? Gehen wir von einer Tatsache aus: Wir leben nicht (mehr) im Goldenen Zeitalter, in dem Götter und Menschen in ungetrübter Sicherheit dasselbe Glück teilen. In der von den »Sterblichen« regierten *Polis* ist jeder verwundbar und anfällig. »Aber auch jetzt noch lehrt uns diese Sage ..., daß alle Staaten niemals dem Unglück und den Drangsalen entrinnen können«, schreibt Platon in den *Gesetzen*[1]. Der Mensch kommt nackt zur Welt. In der Natur ist der Mensch das ausgesetzteste aller Tiere. So entdeckt ihn Prometheus in den Fassungen, die Aischylos, Hesiod und Platon von seinem Mythos schreiben. Um dem entgegenzutreten, verbünden sich die Menschen. Ihre *Polis* wird entsprechend einer dreifachen Übereinkunft organisiert. Das erste Prinzip ihres Einvernehmens geht dem Bewußtsein voraus, das sie davon haben: Die Tradition ist so »natürlich« wie die Sprache »mütterlich« ist. Doch das genügt nicht. Es wimmelt von Gefahren, ihr Tun muß sich rasch verändern.

Prometheus beschließt, das Feuer einzuführen, das heißt die Wissenschaften und Techniken. Das Geschenk ist zwar phantastisch, erweist sich aber als unzureichend. Die Techniken kämpfen an verschiedenen Fronten. Ein drittes Übereinkunftsprinzip stellt die gesamte *Polis* vor die Gesamtheit ihrer Aufgaben, um gemeinsam darüber zu debattieren. Platon zufolge nennt Protagoras dieses dritte Einverständnis die »politische Wissenschaft«. Sie transzendiert das Sonderwissen und die einzelnen Disziplinen und eröffnet jedem Bürger die Panoramaansicht der Situation. Aischylos spricht geheimnisvoller von einem »Wissen, das rettet«.

Ich werde mir nicht anmaßen, Deine Aufmerksamkeit auf die Bedeutung des Begriffs »retten« im *Gefesselten Prometheus* zu lenken. Dafür warst Du vor mir empfänglich. Doch alles weist darauf hin, daß *Die Befreiung des Prometheus*, das verlorengegangene Stück, das die Trilogie abschließen sollte, die friedensstiftende Aufteilung des »Wissens, das rettet«, feiern sollte, dank dem die Menschheit die Gefahr einer Vernichtung überwindet. Zeus behält seinen Thron, und Prometheus befreit sich von seinen Ketten. Das Geschenk des Feuers, das rettet, muß seinerseits durch ein Denken, das rettet, gerettet werden, was zum Schutz des Ganzen notwendig ist. Muß Deine Aufforderung, »die Phänomene zu retten«, in diesem Sinn verstanden werden? Auf den Schein als Schein zu achten? Die Debatte, die zwischen Frankreich und Deutschland andauerte, betraf das rätselhafte Verständnis eines Engagements des Denkens: von der französischen Aufklärung, die die Welt zu erhellen versprach, bis zum deutschen Idealismus, der sie beleben wollte. Nichts

Erstaunliches also! Als die Kontroverse abbrach, plätscherte die Kommunikation zwischen beiden Ländern in der Banalität der verdauungsfördernden Konversationen.

Eine außergewöhnliche Komplizenschaft hatte drei Jahrhunderte lang unsere beiden Schicksale im Besten wie im Schlimmsten verbunden. Kann ich Dir eine denkwürdigere und beeindruckendere Veranschaulichung bieten als die Aufnahme der französischen Revolution durch die deutsche Intelligenz? Hinter den flüchtigen Begeisterungen, den veränderlichen Meinungen, den verstümmelten Informationen, den wechselnden Launen und den widersprüchlichen Entscheidungen stehen Denker, denen man nur bei uns begegnet – und bei Euch. Ich könnte Dir Kant und Goethe zitieren, aber ich ziehe Hegel vor, der dem Kern dieser Intimität am nächsten kommt, wenn er sagt, daß man, seit die Sonne am Firmament stehe und die Planeten um sie kreisten noch keinen Menschen gesehen habe, der auf dem Kopf gehe, d. h., der seine Wirklichkeit auf der Idee gründe. Anaxagoras sei der erste gewesen, der erklärte, daß die Wirklichkeit vom *Nous*, der Weltvernunft, regiert werde; aber erst jetzt sei der Mensch so weit zu erkennen, daß das Denken die geistige Wirklichkeit regieren müsse. Ein wahrer Sonnenaufgang, die Begeisterung des Geistes habe die Welt erschauern lassen[2].

Die grenzenlose Bewunderung für das kühne Unternehmen des Auf-dem-Kopf-gehens kann nicht auf den schlichten Schub eines jakobinischen Fiebers zurückgeführt werden, das Hegel schon Jahrzehnte zuvor überstanden hat. Was Deutschland hier feiert, ist ein philosophisches Abkommen mit dem Schicksal, die Wette, als »Schilfrohr, das denkt«, zu leben, zu sterben und zu koexistieren. Es applaudiert der Verweigerung eines blinden Gehorsams und der radikalen Entscheidung, »allein das, was man begreift, für gültig anzunehmen«. In Frankreich laufen Madame de Staël, die die Jakobiner verabscheut, und Joseph de Maistre, der jede Revolution schmäht, ebenfalls auf dem Kopf. Sie bieten andere Normen an, halten aber das Prinzip aufrecht, auf der Grundlage von Prinzipien regiert zu werden.

In Deutschland entschied sich das Denken, ob revolutionär, konterrevolutionär oder ironischer Beobachter, nach französischem Vorbild für das Primat des Prinzips. Auch wenn es nur bedeutete, den Einsatz zu retten, in Berufung auf die Erstgeburtsrechte eines Volkes, das seit Luthers Reformation auf dem Kopf geht!

Du ahnst es, diese Vorrangsquerelen sind nebensächlich. Unsere beiden Länder haben ihre Größe nur in der Übernahme des griechischen Entwurfs des *sôphronein* gefunden – vom Denken regiert zu werden. 1945 sind wir aus allen Wolken gefallen. Sehr tief. Der deutsche Sturz war schwindelerregend, und die Scham lähmt immer noch. Die Fackel des »Wissens, das rettet«, ist auf den Boden gefallen, keiner hob sie wieder auf. Kann man endgültig auf sie verzichten?

Als schreckliche Zwillinge scheinen Franzosen und Deutsche, jeder für sich und ohne Absprache, beschlossen zu haben, die Fabrik der Ideologien unter – der größeren Sicherheit wegen – gleichzeitiger Liquidierung der dazugehörigen Laboratorien des rettenden Wissens zu schließen. Sie legten den Schlüssel entweder unter den Fußabstreifer oder warfen ihn in den Müll. Der Bürger sollte damit aufhören, sich Geschichten zu erzählen, er sollte brav an seinem Platz verharren und im Alltag versinken! So wuchsen, gewiegt vom Wachstum und einem von anderen verwalteten Frieden, den sie »Kalten Krieg«

nannten, zwei im Grunde antiphilosophische Generationen heran.

Die Universität, die Medien und gelegentlich die Akademien reservierten ihre Stellen für einige mutmaßlich »philosophische« Talente. Die Begabtesten oder am wenigsten Dummen unter ihnen machten sich einen diebischen Spaß daraus, das allgemeine Urteil zu bekräftigen, unterzeichneten eine Verlusterklärung und paraphierten ihre eigene Todesurkunde. Sie rivalisierten, wer den größeren Begräbnispomp aufzubieten habe, und feierten um die Wette die wohlbehaltene Landung (das »Ende« der Geschichte, des Abendlandes, der marxistischen Ökonomie, der Arbeitsteilung, der Trennung der Geschlechter, der Liebe, der Intelligenz). Sie krönten den Tod (der Kunst, Gottes, der Metaphysik, des Geistes, der Hoffnung, der verzweifelten Luzidität, der Ordnung und der Unordnung). Die Weisen des Moments, die sich rühmten, die letzten Worte der verstorbenen Philosophie empfangen zu haben, kommen in den uneingeschränkten Genuß der letzten Ehrungen, die ihr erwiesen werden.

Aus der Feder eines Eurer brillanten Köpfe habe ich gelesen, daß der Fall der Berliner Mauer und des sowjetischen Kommunismus den des Marxismus nach sich ziehe, und eine Infragestellung des deutschen Idealismus und seiner hegelschen Speerspitze unvermeidlich mache. Seit Jahrzehnten ahnte man dies, einige hatten es geschrieben[3]. Die Wirkung dieser späten Enthüllung übersteigt jedoch offenbar die gewöhnliche Pflicht der Rückbesinnung auf sich. Hör selbst: Mit Hegel soll die ganze Philosophie zu Grabe getragen werden. »Er war der erste der letzten großen philosophischen Denker im traditionellen Sinn des Wortes Philosophie ...« Warte! Das Debakel endet nicht in so schöner Gesellschaft, denn mit Marx und Hegel soll der Begriff der Freiheit selbst verschwinden: »Der Bankrott des Marxismus kann tatsächlich den Bankrott einer Vorstellung von Emanzipation zur Folge haben (...), wie sie Hegel ausarbeitete.« Der Autor gesteht seine Melancholie ein und springt aus dem Stand von einer besonderen Vorstellung von Befreiung zur Vorstellung überhaupt: »Wir erblicken keinen Kampfhorizont mehr für die Emanzipation.«[4]

Ich greife die Überlegung weiter auf, denn der komische Aspekt droht einem zu entgehen: Dreihundertfünfzig Millionen Europäer befreien sich von der längsten Diktatur des 20. Jahrhunderts, was den Nobelpreis verdiente, und der abendländische Denker weiß nicht mehr, was Freiheit heißen soll. Du im Osten emanzipierst Dich; demzufolge verliere ich im Westen jeden Begriff von Emanzipation. Ein solcher Purzelbaum ist unausweichlich, sobald Philosophie und Ideologie verwechselt werden.

Sicher weiß ich nicht, wie mein Nächster mit seiner neuen Freiheit umgehen wird, es scheint mir jedoch verrückt, daraus auf ihre Bedeutungslosigkeit zu schließen. Ich glaube nicht, daß Philosophie auf einen Katechismus, auf den Almanach der erbaulichen Erzählungen, die als Gründungsmythen dienen, auf ein Spektrum von Doktrinen reduziert werden muß, die auf alles eine Antwort haben. In ihren wenigen Glücksmomenten lädt die Philosophie vielmehr dazu ein, den Blick auf das zu richten, was man lieber nicht sieht. Ich fürchte, daß die Fähigkeit, große Querelen auszutragen, wenn man sie entläßt, verlorengeht. Hier ruht die Philosophie. Hier ruht die Freiheit des Denkens.

Möglicherweise deuten die makabren Verkünder tatsächlich auf eine Bewegung, die über sie hinausgeht. Verschließt sich Europa in sich selbst, in seine Vergangenheit, gleich einer Auster ohne Perle? Wenn dies unser

Schicksal sein sollte, dann laßt uns gemeinsam an zwei verschwundene Völker erinnern, und zwar auf ihre Art – religiös, gut und schlecht, entsetzlich oder lächerlich. Entblättern wir, getragen von der verträumten Nostalgie eines »Es war einmal«, zarte Blumen des Gedenkens.

Brief II

Die Familiengeheimnisse

Das große Schweigen bringt einem die besten Freunde ein · Picasso und Heidegger · Das letzte Wort ist nie gesprochen worden · Endgültiger Frieden und herzliche Uneinigkeit

Eure Nachkriegsleidenschaft für eine stabile und gesunde Währung ist vielleicht typisch deutsch, sie läßt sich aber, wenn man sein Gedächtnis etwas anstrengt, ins Französische übertragen. Unser guter König Heinrich IV., der seine stürmischen Untertanen aus einem halben Jahrhundert religiösen Mords und Totschlags befreien wollte, ruft kein höheres Ideal an, sondern verspricht jeder Familie am Sonntag ihr Huhn im Topf. Die starke DM ist Euer Huhn. Die Legende spricht dem »Vert Galant«* die provozierende Äußerung zu: »Paris ist eine Messe wert.« Im Klartext bedeutete das, daß ihn die Gefahr neuer Blutbäder im Stile der Bartholomäusnacht stärker beunruhigte als die Vetorechte, die diese oder jene Weise der Durchführung des Gottesdienstes betrafen. Die französische Aufklärung beginnt nicht mit Voltaire, sie geht auf Montaigne und auf die Partei der »Politiker« zurück, die Heinrich von Navarra, den freidenkerischen Prinzen, auf den französischen Thron brachten. Der Laizismus mußte nicht auf die Dritte Republik warten, er wird bereits 1598 mit dem Edikt von Nantes eingeführt. Statt einen mythischen Chlodwig zu feiern, hätte Papst Johannes Paul II. am Ausgang des 20. Jahrhunderts eigentlich diesen protestantischen König feiern sollen, dessen Bekehrung zum Katholizismus man eher als die Bekehrung der Kirche zur Toleranz sehen kann.**

* Epitheton für Heinrich IV. Bezeichnet einen Mann, der der Tugend der Frauen gefährlich werden kann.

** So Barbara Spinelli in ihren Kolumnen im *Osservatore Romano*.

Die Konsumgesellschaft – weit davon entfernt, die schändlichste aller Greueltaten zu sein, die dem Einfall der modernen Technik nachgesagt werden – kündigt sich bereits mit Sully an: Zu Ackerbau und Viehzucht nimmt ein Frankreich seine Zuflucht, das den »Grammatikerwahn« in ähnlicher Weise ablehnte, wie Deutschland seine terroristischen und vernichtenden Ideologien verleugnet. Von Euren eigenen Desastern aufgeklärt, erfindet Ihr unsere Lösungen aus dem 16. Jahrhundert neu. Guten Morgen! In der Folge erfuhr Frankreich das Wiederaufflammen der bösen Brände. Mögen wir in Zukunft die ewige Wiederkehr einer Dummheit besser unter Kontrolle haben, die die Europäer so ähnlich und gleichmacht. Genauer gesagt: ähnlich verwundbar.

Kein Sieg dauert ewig. Siebenundachtzig Jahre später wird das Edikt von Nantes widerrufen. Ludwig XIV. nimmt die Verfolgungen auf und schreibt »eine einzige Religion in seinem Königreich« vor. Aber die Hirtin serviert ihrem schlechten Hirten die Rechnung: Die Revolution gleicht die Konten einer derart frommen und blutigen theologisch-politischen Säuberung aus. Unsere Schicksale springen von einem Quidproquo zum anderen, versuchen wir also, das jüngste zu entschärfen, denn es droht alte Leidenschaften aufzurühren! Es ist erstaunlich und paradox, wie wenig sich Deutschland und Frankreich, die einvernehmlich die Verdienste der Demokratie besingen, füreinander interessieren. Durch den Druck der Fakten auf ein weniger anmaßendes Machtgefühl reduziert, geben sie das phantasmagorische Ziel ihres Kampfes, die Beherrschung des Planeten, auf, gleichzeitig auch die philosophische Methode ihrer Debatte: die Suche nach dem rettenden Wissen. Der doppelt bilaterale Verzicht deckt mit einem Leichentuch des Schweigens die Schnörkel verblichener Ambitionen, künftiger Verzichte und gegenwärtiger Apathien zu.

Ich stimme Deiner Diagnose zu, Deine Analyse der zeitlichen Abfolge stelle ich jedoch in Frage. Das überwältigende Verstummen, das das Denken einfriert, ist bereits während des Zweiten Weltkriegs vorhanden, es bahnt sich an, ehe es allgegenwärtig wird. Das Beharren auf der Chronologie ist wichtig, da Du offensichtlich andeutest, daß allein eine sozusagen »äußere« Entscheidung – die eines Europas, das für einen Neubeginn optiert – den Dialog ausgesetzt habe. In meinen Augen fällt die Verantwortung im wesentlichen uns zu; die Verweigerung des Dialogs rührt von der Natur des Dialogs selbst her. Man redet zwar miteinander. Aber es ist derart schwierig, miteinander zu reden, daß aus Angst zu mißfallen schließlich geschwiegen wird. Die große Trennungsszene findet 1937 statt. Sechzig Jahre später tragen die Enkel der Scheidung noch deren Stigmata.

Im Eiltempo rüstet Hitler auf und remilitarisiert das Rheinland. Mussolini fällt in Äthiopien ein. Das faschistische Italien und das nationalsozialistische Deutschland umwerben die Franco-Putschisten. Die spanische Republik wird im Namen Christi gestürzt. Der Versailler Frieden bricht auseinander. Die ewige Rückkehr des Kriegs sucht die zwei Hauptgegner der ersten Weltpremiere heim. Sie starren sich feindselig an. Das Schweigen wächst, ist jedoch auf beiden Seiten von unterschiedlicher Qualität.

In Paris wird die Aufmerksamkeit von den Affären im Inland gefesselt, die von der Volksfront erzeugten Freuden, Ängste und Enttäuschungen werden immer wieder durchgegangen. Politiker und Intellektuelle sind besorgt, unruhig und werden gelegentlich aktiv, wenn Terror oder Krieg in den Nachbarregionen toben. Die Brutalität der Ereignisse läßt sie zwar nicht unberührt, doch erfordert sie scheinbar keine Überholung der Denkweisen. Die antifaschistischen Flüchtlinge bestärken bei vielen laizistische und republikanische Überzeugungen, während die extreme Rechte zwischen Konservatismus und Nationalismus schwankt und lieber für Hitler als für die Volksfront optiert.

Und so erschüttert nichts die üblichen partikularen Denkschemata, Frankreich entziffert weiterhin die Weltgeschichte mit Hilfe eines nationalen Rasters. Das sich ewig wiederholende Mißverständnis, das die Beziehungen zwischen der deutschen und der französischen Intelligenz belastet, löste allerdings ab und zu eine anregende Rückbesinnung auf sich selbst aus.

Die schulmeisterliche Funktion, die bei Euch die Philosophen und akademischen Denker haben, fällt bei uns meist den Historikern zu. Die Bedeutendsten unter ihnen waren in der angesehenen *École des Annales* zusammengefaßt. Sie begannen damals mit einer Gewissensprüfung, von der nur Bruchstücke erhalten geblieben sind. Der Krieg unterbrach die Arbeit. Der darauf folgende Friede ließ sie zu Unrecht unnütz scheinen. Aus dieser, weil vielleicht zu quälenden, liegengelassenen Infragestellung hat die Erinnerung an eine Lösung überdauert: »Sich aus der intellektuellen Abhängigkeit von Deutschland lösen«. Henri Pirenne hatte diese Formel nach dem Ersten Weltkrieg in Umlauf gebracht. Sie prangerte die Härte eines mobilisierten Deutschland an, dessen zweifelhafte Reize der belgische Historiker im Laufe einer schmerzlichen Gefangenschaft erfahren hatte.

Die Annales-Schule dagegen, die um 1940 herum die Losung neu aufgreift, ist in den zwanziger Jahren aus einer rigoros antichauvinistischen Haltung entstanden. Lucien Febvre, eine der beiden Säulen der Schule, hatte sehr jung beschlossen, seinen Lehrern auf dem Pfad des intellektuellen Kriegs nicht zu folgen. Marc Bloch, sein Alter ego, hält sich in der *Seltsamen Niederlage* (1940, dt. 1992) offen vor, über das Ziel hinausgeschossen zu sein, Scylla für Charybdis, Bellizismus für Pazifismus eingetauscht zu haben. Sich aus Abhängigkeiten zu lösen impliziert Selbstkritik, denn eine solche Loslösung beendet und kehrt eine ursprüngliche Abhängigkeit gegen sich selbst. Mit anderen Worten: In dieser Extremsituation geben Febvre und die Annales-Schule sehr offen zu, von Deutschland, seiner Geschichte und seinen Historikern fasziniert gewesen zu sein, zugleich kündigen sie aber an, daß sie sich künftig »lösen« müssen.[1]

Diese Spitzenintellektuellen beabsichtigen keineswegs, auf dem alten Klepper »Descartes gegen Kant« zu reiten. Die Situation ist zu neu, um in die früheren Gräben zurückzukehren. Die Assistentin Lucien Febvres, Lucie Varga, eine Österreicherin jüdisch-ungarischer Herkunft, schreibt: »Ganz in unserer Nähe ist eine Welt zu Ende gegangen. Eine neue Welt entsteht, und was zum Vorschein kommt, können wir bislang nicht erkennen. (...) Die alten Schlüssel passen nicht in die neuen Schlösser.« Neue Schlüssel wird es nicht geben. Nachdem die Panzer General Pattons die hitlerschen Sperren durchbrochen haben, kehren die überlebenden Lehrer zum Studium der »langen Dauer«, der Weltökonomie und der mehrere Jahrhunderte alten Entwicklung der Mentalitäten zurück. Verächtlich verlassen sie die »neue Welt«, die des totalitären Geistes, der sie überrascht hat. Sie stoßen auf Fragen, deren Behandlung ihnen ihre mentalen Restriktionen und erkenntnistheoretischen Prinzipien nicht erlauben. Dennoch läutete ihr Hinundherschwanken eine spezifisch französische Strategie ein, die Deutschland in die Zange einer doppelten Zurückhaltung nahm: weder zuviel Liebe, denn Blindheit und Demission sollen vermieden werden, noch fremdenfeindlicher Haß, aus Angst vor geistigem Zurückbleiben.

Eine 1942 im besetzten Paris veröffentlichte berühmte Novelle fängt die anfängliche Atmosphäre dieses innerlichen Zögerns ein. *Das Schweigen*[2] verletzte zwar zunächst zahlreiche Widerstandskämpfer, doch bald symbolisierte es den Kampf eines antinazistischen Frankreichs, das sich von antideutschen Exaltationen und Überspanntheiten freihielt. Es gab kommunistische Widerstandskämpfer, die vor den Erschießungskommandos der Wehrmacht mit dem Ruf zusammenbrachen: »Es lebe das deutsche Volk!« Es gab andere, die unter denselben Kugeln ihre Wut nicht mehr unter Kontrolle hielten. Der Tenor war aber der eines radikalen Dualismus. Der Zusammenbruch des Nazireichs ließ in Frankreich kein allgemeines und dauerhaftes Bedürfnis nach Rache aufkommen. Kein unauslöschliches Ressentiment wie unmittelbar nach den vorherigen Kriegen. Wenn man die Zeit einrechnet, die es braucht, bis Wunden vernarben, fand die Versöhnung der beiden Völker schnell und schmerzlos statt. Die Résistance hatte den Weg frei gemacht, zumal sie den rassistischen Haß bekämpfte und sich, Vercors bezeugt es, kaum auf nationalen Haß berief.

Auch Pétain und die aktive oder passive Kollaboration eines nicht unerheblichen Teils der Bevölkerung erklären nicht völlig, daß der Wunsch, den Feind zahlen zu lassen, danach wenig Zuspruch erhielt. Dagegen war die Versuchung, sich an Brutalität gegenseitig zu überbieten, den Widerstandskämpfern der letzten Stunde, den bekehrten Schwarzmarkthändlern, reuigen Milizangehörigen, Denunzianten oder schlichten Bürgern, die sich verspätet unter Beweis stellen wollten, vertraut. Die beschämende Schur der Frauen, die man des Umgangs mit dem Feind anklagte, zeigt, wie sehr Entgleisungen möglich waren.

Ein Gespräch im Winter 1943 in Paris

– Viele Leute werfen Vercors vor, er habe seinen Deutschen zu sympathisch angelegt.
– Macht nichts. Später werden sie es begreifen.
– Aber sagen Sie mir, warum trägt das fertige Exemplar den Untertitel: Erschienen unter der Besatzung der Nazis? Warum Nazis und nicht *Deutsche*? Es ist eine beunruhigende Unterscheidung.
– Also, ich möchte noch immer glauben, daß sich die deutsche Seele, die des alten Deutschland von Kant und den Humanisten, nicht ganz und gar in den Nazimahlstrom gestürzt hat; daß sie heimlich Widerstand leistet und daß wir sie lebend wiederfinden werden. Was ich zudem betonen möchte, ist, daß wir da noch einen Unterschied machen, daß wir ihn so lange machen werden, wie es möglich ist. Daß wir keinen Krieg führen, in dem Gewalt gegen Gewalt steht, noch weniger einen, in dem Volk gegen Volk steht, sondern einen Krieg des Geistes gegen die Verbrechen der Besatzung.
– Ich frage mich, ob Sie recht haben. Das »gute Deutschland« gibt es nicht mehr. Und gleichviel, ob gut oder schlecht, es ist Deutschland, das wir anfangen müssen zu besiegen.
– Ich bin ganz Ihrer Meinung. Aber nehmen wir einmal an, daß ich ein Manuskript erhalte, sagen wir von Thomas Mann oder Bertolt Brecht, kurz, von einem deutschen Exilanten? Ich möchte imstande sein, dieselbe Formulierung zu benutzen; aber deutsche Besatzung, wäre das für sie nicht ein wenig beschämend, ein wenig grausam?
– Das ist nicht unsere Schuld. Aber fahren wir fort …

Vercors, *La Bataille du silence*, Presses de la cité, Paris 1967, S. 262

Im gleichen Sinne Camus

Wenn der Autor dieser Briefe »ihr« sagt, möchte er damit nicht »ihr anderen Deutschen« sondern »ihr anderen Nazis« sagen. Wenn er »wir« sagt, heißt das keineswegs »wir anderen Franzosen«, sondern »wir anderen freien Europäer«. Es sind zwei Einstellungen, gegen die ich mich wehre, nicht zwei Nationen.

Albert Camus, *Lettres à un ami allemand*, Gallimard, Paris 1948, S. 14

Im gleichen Sinne Gary

> Bereits vor langer Zeit hat mich jede Spur von Haß gegen die Deutschen verlassen. Wenn nun der Nazismus keine unmenschliche Monstrosität wäre? Wenn er menschlich wäre? Wenn er eine Überzeugung, eine geheime, verdrängte, getarnte, verleugnete Wahrheit wäre, versteckt in unserem tiefsten Inneren, aber letztendlich immer wiederkehrend? Die Deutschen, natürlich, jaja, die Deutschen ..., so sind sie nun mal, das ist ihre Geschichte, und damit hat sich's. Wenn Deutschland einmal besiegt und der Nazismus die Flucht ergriffen hat oder in den Untergrund gegangen ist, wird man ja sehen, ob andere Völker, in Europa, Asien, Afrika, Amerika, nicht zur Wachablösung kommen werden.
>
> Romain Gary, *Les Cerfs-Volants*, Gallimard, Paris 1980, S. 326

Die stumme Heldin im *Schweigen* verschanzt sich dem Sieger gegenüber zwar hartnäckig, ist in ihrer scheinbaren Abwesenheit jedoch anwesend – die Nichte des Erzählers wehrt sich gegen ihre Liebe und gegen ihren Haß. Werner von Ebrennac, musikalisch, Besatzungsoffizier, führt Selbstgespräche über die Leidenschaft, die ihn schließlich in die »Hölle« bringt, er meldet sich freiwillig an die russische Front, dem Ritual eines selbstmörderischen Impetus zufolge. Er versinkt in die Stummheit des jungen Mädchens, die allein ein erstes und letztes Wort bricht: adieu! Die dritte Figur, der Erzähler, wahrt seine Distanz, er wird von seiner Nichte nicht ins Vertrauen gezogen; er vermeidet sorgsam, den Fremden auf die Familiarität der Karikatur zu reduzieren; er verfaßt wie von außen die Chronik eines Kampfes, bei dem sich ein ursprüngliches französisches Schweigen und ein letztes deutsches Schweigen gegenüberstehen. Er vergleicht, ohne gleichzusetzen, und die äußerste Aufrichtigkeit – Nietzsche würde *Redlichkeit* sagen – seiner Darstellung bestätigt sich bei der Beschreibung der geistigen Manöver des »Feindes«.

Von Ebrennac entwickelt sich. Zu Beginn überwiegt

das Vertrauen, Geduld und Liebe sollen die Wunden heilen und Besetzte und Besatzer versöhnen. Später, von seinem Irrtum befreit, bemerkt der musikalische Offizier das gespielte Wohlwollen der Sieger und verzweifelt, ohne damit aufzuhören, sich mit den »Seinen« zu identifizieren. Er überschreitet die unsichtbare Grenze nicht. Anders als Marlene Dietrich oder der Sohn Thomas Manns kehrt er nicht mit Waffen in der Hand und in amerikanischer Uniform in sein Vaterland zurück. Vercors beabsichtigt nicht, ermutigende Ausnahmen anzupreisen. Er erkundet und hütet sich davor, zu erbauen, zu predigen oder zu trösten. Ernüchtert kommt von Ebrennac den Wünschen einer Armee zuvor, die er sich zwar zu verlassen weigert, jedoch durch die Vollstreckung des Urteils an sich selbst zum Tode verurteilt.

Gut beobachtet! Von dem Liebesabenteuer einmal abgesehen und nachdem die diskrete Heraufbeschwörung von Tristan und Isolde *ad acta* gelegt ist, deckt sich der Weg des Offiziers ziemlich genau mit dem selbstprogrammierten Sturz einer Generation, die von dem »echten nationalsozialistischen Geist« gefangen war, den Heidegger von einem seinem Geschmack nach zu vulgären Hitlerismus unterscheidet. Der bereits unstrittig aufsteigende Stern der jungen europäischen Philosophie erhebt von 1937 an die Gefühle junger Männer zum Konzept, die Chartres in gepanzerten Wagen umzingelten und die Kathedrale im Visier ihres Maschinengewehrs entdeckten.

Zur Dreihundertjahrfeier der Veröffentlichung des *Discours de la méthode* (1637) wurde mit großem Pomp ein Descartes-Kongreß einberufen. Paris lud alle intellektuellen Eminenzen der Welt ein. Die *Ville lumière* trug das Banner des Humanismus gegen die Barbarei und der Aufklärung gegen den Obskurantismus. Gewissermaßen eine Antwort auf die Olympiade in Berlin. Heidegger bot den Zuständigen im Reich an, an der Spitze der deutschen Delegation persönlich die Gegenoffensive zu leiten. Da man ihm keine freie Hand ließ, verzichtete er auf die Teilnahme. Auf dem Kongreß schockierten einige Denker in Naziuniform, ohne jedoch einen Sturm der Empörung auszulösen. Die große Aussprache wurde auf später verschoben. Die einen putzten ihre Waffen blank, die anderen pflegten ihre Sorglosigkeit. Die Zeit der Worte war vorüber. Ist sie je zurückgekehrt? Heideggers Anti-Descartes-Programm wurde beinahe sofort veröffentlicht und blieb unbemerkt. Es wurde weder vor noch während, noch nach dem Krieg kommentiert. Die Schüler des Denkers geben vor, es nicht zu kennen. Seine Gegner weigern sich, es wahrzunehmen. Ein Schleier der Scham läßt das letzte Manifest verschwinden, in dem sich Deutschland philosophisch unverhüllt einer gewissen Vorstellung von Frankreich stellt. Seitdem herrscht Windstille. Das Gesagte ist zum Verschwiegenen geworden. Vielleicht ist es das Gedachte geblieben, wenn auch kaum vernehmbar.

Der nichtssagende Titel – *Wege zur Aussprache*[3] – eröffnet eine freundliche, jedoch hochphilosophische Kriegserklärung. Es ist weder ein Unternehmen punktueller Propaganda noch ein spezifisch hitlerischer Mobilmachungsbefehl. Die Aussprache ist eine Auseinandersetzung. Die Argumentation läßt die Tagespolitik – hochmütig – unter sich. Der Text, der in einer Phase veröffentlicht wird, in der der Führer bestrebt ist, Zeit zu gewinnen und Frankreich zu beruhigen, kränkt niemanden. Kein falscher kriegerischer Ton, keine revanchistische Geschmacklosigkeit. Lediglich eine strikt philosophische Aussprache, ohne akademische Koketterie oder taktische Gerissenheit. Sie beabsichtigt, das, was die beiden »geschichtsbildenden abendländischen Völker« trennt, so genau wie möglich zu verdeutlichen. »Eigentliches Sichverstehen erzeugt nicht jene Beruhigung, die alsbald in eine wechselseitige Gleichgültigkeit ausartet, sondern ist in sich die Unruhe des gegenseitigen Sich-in-Frage-Stellens aus der Sorge um die gemeinsamen geschichtlichen Aufgaben.«[4]

Die Polemik, die sich als äußerste versteht und de facto die letzte sein wird, übernimmt ein Bild von Frankreich, das, von überaus seltenen Ausnahmen einmal abgesehen, der deutschen Aufklärung und dem deutschen Idealismus gemeinsam gewesen ist. Leibniz, der Wegbereiter, griff bei Ludwig XIV. zu Recht dessen Arroganz an, in der Deutschland seit Lessing und Herder gern den »französischen Geist« erkennt, schamlos herrisch, berechnend, unmoralisch. Diese Verhaltenszüge implizieren mehr als nur schlichte, auf die Vielfalt der Nationalcharaktere zurückzuführende psychologische Unterschiede. Der Italiener ist ein geborener Verführer, der Spanier gilt als stolz und aufschneiderisch, der Engländer als phlegmatisch und ironisch, *tutti quanti. Va bene.* Damit hat das nichts zu tun: Im »Eroberungsdenken« des französischen Nachbarn zeigt sich eine ursprüngliche Entscheidung von ganz anderer Tragweite: »Der entscheidende Beginn der Begründung und Vorzeichnung des im grundsätzlichen Sinne mathematischen Wissens wird dem französischen Denker Descartes verdankt.«[5]

Ich ergänze: Es handelt sich nicht um eine schlichte Neigung zur Mathematik, die die Deutschen teilen, bis dahin, daß sie darin besser sind. Der cartesianische Entwurf beabsichtigt die Mathematisierung der Natur und ist der Anstoß zur wissenschaftlichen und technischen Beherrschung des Planeten. So lautet die (in meinen Augen zweifelhafte) Interpretation von Descartes, welche das nachcartesianische deutsche Denken prägt. Heidegger zufolge erfährt dieses »metaphysische Wesen der Technik« seine Apotheose in der Modernität des 20. Jahrhunderts. Um dem entgegenzutreten, holt er zu einem Entwurf aus, der der universellen Mathematisierung radikal entgegengesetzt sein soll: »Zum anderen aber ist im Verlauf der Geschichte des Abendlandes erstmals durch die Dichter und Denker im Zeitalter des deutschen Idealismus ein metaphysisches Wissen vom Wesen der Geschichte angebahnt worden.«[6]

Den Franzosen die hemmungslose und verwüstende Ausbeutung der Natur. Den Deutschen das andächtige Meditieren über das Wesen der Geschichte. Heidegger erfindet wenig. Er schmückt einen von Hegel ein Jahrhundert zuvor theoretisierten Unterschied aus.

Die Skepsis der französischen Aufklärung, die den cartesianischen Schnitt zwischen Denken (*Res cogitans*) und Ding (*Res extensa*), zwischen Subjekt und Objekt vertiefte, findet angesichts einer universellen Entfremdung statt, in der Moral gegen Gold eingetauscht wird, in der die soziale Bindung, vormals die Religion, in freidenkerischem Fanatismus und fanatischem Freidenkertum aufgeht, in der das gelehrte Gewissen sein höchstes *Cogito* zuwege bringt: »...daß das Sein des Geistes ein Knochen ist«[7].

Allein die deutsche Aufklärung schenkt einer blut- und trostlosen Welt erneutes Leben, indem sie dem Tod das Leben, der mathematisch objektivierten Natur die geistig zum Bewußtsein ihrer selbst erhobene Geschichte gegenüberstellt. So denken die deutschen Meister. Als Heidegger 1937 unsere beiden Völker aufruft, ihre »schwerste Aufgabe« auf sich zu nehmen und die große Auseinandersetzung zu führen, deren Gegenstand die »drohende Entwurzelung des Abendlandes« sei, ist ihm von vornherein die Zustimmung sicher, daß das französische Denken, das die Natur beherrschen will und sie mißbraucht, Anstifter und Propagator dieser Entwurzelung sei.

Von Ebrennac mag Heidegger ruhig ignorieren, er ist Erbe dieser Tradition. Seine erste Begeisterung ist aus demselben Stoff. Als er gestiefelt und gespornt ins liebliche Frankreich eindringt, ist es eines frommen Werkes wegen, weil »(...) Frankreich noch von euren grausamen Großbürgern geführt (wird)«[8], weil er dieses Alte Land, das *alter ego* des neuen Deutschlands, zu jener Höhe erheben will, in die »Einzigkeit des geschichtlichen Augenblicks, in den das Abendland eingetreten ist«[9]. Von seinen idyllischen Illusionen geheilt, ist er weiterhin Teil der deutschen Innerlichkeit, in der er auf zerstörerische Weise mit Leib und Seele bleibt und die der Philosoph in einer Parallele exemplarisches »eigentliches Sichverstehen« nennt.

Der imaginäre Weg, den der französische Autor seinen Helden zurücklegen läßt, entspricht der Entwicklung des Philosophen, der sich trotz eingestandenen Zögerns und wachsender Beunruhigung bis zuletzt und sogar noch danach mit der germanischen, »eigentlich nationalsozialistischen« Reise identifiziert. Die ganz materielle und technische Niederlage des scheinbar so technizistischen und materialistischen Frankreich, 1940 von dem ach so geistigen Deutschland bereitet, läßt Heidegger nicht auf die Idee kommen, daß das, wovon er ausgeht, der Sache womöglich nicht gerecht wird. Ganz im Gegenteil. Das siegreiche Deutschland, noch cartesianischer als das Vaterland Descartes', nunmehr allein auf der geforderten Höhe, kehrt gegen den Nachbarn die Waffen, die dieser erfunden hat, und soll nun beide Rollen zugleich spielen. Es soll die Natur beherrschen und den Geist retten. Dem deutsch-französischen Dialog folgt der Dialog einer metaphysischen Heimat mit sich selbst, die in fortan unwiderrufbarer Einsamkeit berufen ist, über das Schicksal der Welt zu entscheiden.

Dieses Frankreich, das das deutsche Modell anficht, wird in dem Werk des Philosophen nicht mehr vorkommen. Nach dem Krieg beschränkt er sich darauf, die wohlwollende Aufnahme seiner Schriften durch die französischen Denker zu begrüßen. Seine apokalyptische Anklage der technischen Verwüstung bleibt erhalten, sie verschiebt lediglich den Herkunftsort der modernen Pest. Die eisige Luft des amerikanischen Pragmatismus löst den verletzenden Zynismus des vormaligen Erbfeindes ab! Hut ab vor dem Illusionisten!

Heideggers Herausforderung anläßlich des Descartes-Kongresses wurde nicht angenommen. Bald treten die Argumente des Wortes vor der Macht der Dinge zurück. Drei Jahrhunderte geistiger Kämpfe verschwinden in der Versenkung. In diesem angenehmen Jahr 1937 sieht Paris nichts kommen und sonnt sich in seinem Prestige. In Millionenscharen stürzen die Schaulustigen zur Weltausstellung. Die Intellektuellen beweihräuchern den mutmaßlichen Vater eines Rationalismus, der für die Zukunft bürgt. Die Bedeutung der Stunde spüren wenige. Wenige ahnen, daß der unangenehme germanische Denker zu Recht von »(der) Einzigkeit des geschichtlichen Augenblicks, in den das Abendland eingetreten ist« redet. Ein Maler jedoch liegt auf derselben Wellenlänge, allerdings unter entgegengesetzten gefühlsmäßigen Vorzeichen. Er ist Picasso. Er malt *Guernica*.

Ich weiß nicht, ob Dir das riesige Gemälde gefällt. Es ist nicht da, um zu gefallen. Ich verstehe gut, daß es verlegen macht. Ich habe lange angesichts dieser Inkongruenz gezögert, die sich, einem Plakat gegenüber unvergleichbar überlegen, den Verführungen der schönen Kunst doch völlig entzieht. Der ambivalente Charakter des Werks, das Propaganda nachahmt, hat mich lange gestört. Später habe ich begriffen, daß es das Bild selbst ist, das einen seiner Fremdheit unterwirft, daß es sogar mein eigenes Unbehagen ausstrahlt.

Picasso, der damals kaum zu parteiischen Stellungnahmen neigte, noch unpolitisch, jedoch entschieden antifrancistisch war, hatte nicht ohne Zögern eingewilligt, den der spanischen Republik zugeteilten bescheidenen Pavillon zu dekorieren. Am 26. April 1937 bombardiert die Legion Condor die historische Hauptstadt des Baskenlandes. Ziel ist nicht, einen militärischen Sieg zu erringen, sondern einen psychologischen. Die Opfer sind Zivilisten, es ist Markttag. Der erschütterte, angewiderte Maler entwirft eine riesige Tafel von drei Meter neunundvierzig Breite und sieben Meter sechsundsiebzig Länge. In die Mitte setzt er eine geballte Faust. Ihr erdrückendes Vorhandensein erinnert unmißverständlich und unverblümt an das Erkennungszeichen der europäischen Antifaschisten. Im vollendeten Werk verschwindet das Emblem. Es hinterläßt allein die Spur seiner Abwesenheit. Ursprünglich als politischer Aufruf gedacht, fasziniert das Gemälde als Nicht-Plakat. Es ist engagiert, läßt aber offen, an wen es sich wendet oder wozu es aufruft. Es stellt Fragen und bleibt die Antwort schuldig. Es fegt die Bezugspunkte weg und zerstreut die Gesichtspunkte in alle Winde, ohne eine Wiedergutmachung anzudeuten. Es löst ein zähes Unbehagen aus. Es verwirrt den Zuschauer, der nicht weiß, wohin er sich stellen soll, um es zu betrachten und nachzudenken.

Der Kunstkenner entdeckt dann *peu à peu* die List, mit der gekonnt die Geschichte der Malerei auf diese extravagante historische Leinwand gebannt wird. Auf einer zweiten Ebene, hinter dem historischen Ereignis und der Emotion, die es auslöst, setzt Picasso, mit der beabsichtigten Beschwörung von Velazquez und *Las meninas*, einen langen Kampf des Malers mit seinen Modellen und sich selbst fort. Picasso blendet die Aktualität zwar nie aus, emanzipiert sich jedoch von dem, was geschehen ist; die Schlacht hat zwar an einem bestimmten Tag und an einem bestimmten Ort stattgefunden, aber gleichzeitig ist sie zeitlos und universell. Auch die persönliche Geschichte wird zitiert. Der Minotaurus und der Stier rufen ganze Phasen seiner künstlerischen Erfahrung ins Gedächtnis zurück. Picasso setzt sich mit den Menschen auseinander, die ihm nahestanden und die er liebte. In unbarmherzigem Licht zeigt er die Bestialität, die er, in sich und am Grund der zwischenmenschlichen Beziehung zusammengekauert, entdeckte. Die übliche Grenze, die Privatleben und öffentliches Wohl trennt, verschwindet.[10]

Ein Propaganda- oder Werbeplakat läßt sich ruhig betrachten; es macht deutlich, was Sache ist; es dient als Verkehrsschild; es trennt das Gute vom Bösen, die Freunde von den Feinden. *Guernica* sieht diejenigen an, die zu sehen versuchen, und geißelt sie mit seinem »Erkenne dich selbst«. Ein deutscher Offizier, der während der dunklen Jahre das Atelier aufsucht, fragt angesichts des großen Bildes: Haben Sie das gemacht? – Nein, antwortet der Maler. Sie. Das Werk spiegelt den Mörder wider und fesselt darüber hinaus seinen Zeugen. Es läßt all das auf ihn einströmen, was ihm (noch) nicht passiert ist. Auch wenn er das Verbrechen nicht begangen hat, hat er es geschehen lassen.

Picassos Schrei brachte die Mauer des Unverständnisses und der Selbstzufriedenheit nicht ins Wanken. Begeisterung und Gigantomanie waren angesagt. Man bewunderte die sich gegenüberstehenden größenwahnsinnigen Pavillons, die riesigen und schauerlichen Zuckerbäckerbauten der Sowjetrussen und der Nazis, den Palast der

Entdeckung, die technischen Hymnen von Fernand Léger, Le Corbusier und Arthur Honegger. Die deutsche Kritik sprach von dem »Traum eines Wahnsinnigen«, charakteristisch für die entartete Kunst. Selbst die Kämpfer des republikanischen Spaniens bleiben benommen. In New York führte der wohlmeinende Widerwille der antifaschistischen Salons zu einer prophetischen Klarstellung: »Es ist nicht klug, die Überbringer schlechter Nachrichten zu töten; die furchtbaren Fakten bleiben, und sie, nicht deren Bote, verdienen unseren Abscheu. (...) Picassos Abstraktionsverfahren vollbringen diese Übertragung der Realität auf das Feld der Betrachtung. Dieses Werk ist das Jüngste Gericht unserer Zeit, eine endgültige Verurteilung der Taten des Menschen, die jede Verheißung eines Paradieses ausschließt.«[11]

Das Schicksal Europas kippt. Der Maler wird Seher. Picasso und Heidegger beginnen die große »Aussprache«. Beide kündigen den Untergang dessen an, was man eine oder vielleicht die Welt nennt. Beide befragen ein Wissen, das rettet, schlagen jedoch vollkommen entgegengesetzte Wege ein. »In einem schwarzweißen Rechteck, ähnlich dem der antiken Tragödie, sendet uns Picasso unsere Traueranzeige: Alles, was wir lieben, wird untergehen«, schreibt Michel Leiris. »Und deshalb war es notwendig, daß alles, was wir lieben, ähnlich dem Überschwang der großen Abschiede, in etwas unvergeßlich Schönem zusammengefaßt wird.«[12]

Heidegger fragt: Wen vor wem retten? Er unterscheidet zwei Lager, wählt sein eigenes, trennt den Freund vom Feind, und dieser Scheidungsvorgang bildet für ihn wie für seinen Freund Carl Schmitt den letzten Horizont jedes politischen Engagements. Picasso wählt sein Lager ebensodeutlich, jedoch in seltsam philosophischerer Weise als der Philosoph. Er stellt nicht die Frage, wer oder was zu retten sei, sondern wovor. Er zeigt nicht den

Guten und den Bösen, er bringt hinter den Widersachern das widrige Geschick zum Vorschein. Der Denker glaubt, daß in der sich ankündigenden Kollision jedes Lager, auf seinem »Sichverstehen« beharrend, nach altem Vorbild seine alte Entscheidung wird durchsetzen müssen. Die einen die Beherrschung der Natur. Die anderen das Erwachen des historischen Sinns.

Der Maler hingegen arbeitet eine neue Wahrheit heraus. *Guernica* verändert das Gegebene. Plötzlich wirkt der Ruf zu den Waffen unter Besingung des Glanzes der eigenen Partei überholt. Wie in der griechischen Tragödie ist die Bedrohung zu radikal, sie überragt blind und unterschiedslos ausnahmslos alle Kämpfenden. Magritte, der sein Stilleben, das keins ist, *Ceci n'est pas une pipe* nannte, macht deutlich, daß der gemalte Gegenstand seine Bedeutung allein von der Handlung bezieht, die ihn malt. Picassos Bild, von einer überregionalen Gewalt zerrissen, die keinerlei Rücksicht nimmt, weder auf die Individualität noch auf die Barriere der Gattung, noch auf die Grenzen der Intimität, verkündet: Ich bin kein Gemälde mehr und mache das Verschwinden des Sehens sichtbar.

1945 begreift und entdeckt man: *Guernica* trägt im Keim die absolute Gewalt von Auschwitz in sich. Das Bild gibt die Propagandaästhetik und die Schlachtendarstellung auf, es ist ein Aufbegehren gegen die entstehende totalitäre Inhumanität. Als im Fieber der Befreiung Sartre erneut die Frage des »Engagements« aufwirft, ist die Evidenz von *Guernica* Allgemeingut. »Satan, hat eines Tages Maritain gesagt, ist rein. Rein, das heißt uneingeschränkt und unerbittlich. Wir haben«, setzt Sartre fort, als er die Todeslager heraufbeschwört, »jene entsetzliche, jene unreduzierbare Reinheit kennengelernt.« Die Brüche der existentialistischen Generation gehen auf die

Intuition eines Abgrunds zurück, den ihre Vorgänger ignorierten. »Für den politischen Realismus wie für den philosophischen Idealismus war das Böse nicht ernst. Man hat uns gelehrt, es ernst zu nehmen: Es ist weder unser Fehler noch unser Verdienst, wenn wir in einer Zeit gelebt haben, wo die Folter eine alltägliche Tatsache war.«[13]

Sonderbarerweise zitiert Sartre, der im Atheismus das Alpha und Omega seines Denkens fand, offenbar problemlos seinen Vorgänger Jacques Maritain, Sohn des Heiligen Thomas und Unserer Heiligen Mutter Kirche. Die Nichtreduzierbarkeit der Erfahrung des Bösen ist in der Tat der Sockel, auf dem die unterschiedlichen christlichen und nichtchristlichen existentialistischen Schulen fußen, die das Nachkriegsfrankreich bewegen.

Gelegentlich erlauben sie sich einige Taschenspielertricks, um sich eine bequeme Erholungszone, irgendein Stückchen unbefleckten und unverseuchten Firmaments zu bewahren. Camus preist eine mediterrane Zivilisation an, die von ihrem Wesen her und in alle Ewigkeit vor der herrschenden Barbarei bewahrt sei. Sartre pflegt lange Zeit das marxistische Ideal, das als Hoffnung der Arbeiterklasse gilt. Tausendundeine Fassung einer neuen ästhetischen, religiösen oder politischen Engelsverehrung ordnete die noch frische Erfahrung des Bösen neu. Dessen quälende, für einen Augenblick zugegebene Existenz wird rasch eingedämmt. Als handle es sich um einen Waldbrand, sollen die Feuerstellen schnell zum Erlöschen gebracht werden.

Die *Pest* von Camus ist das vornehmste Modell dieses Wiedererwachens von Optimismus. Das Übel ist auf Oran begrenzt. Nicht zu vergleichen mit der griechischen und hippokratischen Ätiologie, die eine Bedrohung ohne Grenzen, eine Ansteckungsgefahr, die überall lauert, beschreibt. Kaum wird der moderne Teufel erwähnt, wird er unverzüglich in seine Hütte zurückgeschickt. Man braucht kein großer Gelehrter zu sein, um die von der Pest heimgesuchte Stadt als Symbol Nazideutschlands zu deuten. Camus kehrt nur das Heidegger-Schmitt-Schema um: Das Positive wird negativ und umgekehrt. Die platte Freund-Feind-Logik bleibt unverändert. Kaum ist sie gestreift worden, schon verschwindet die *Guernica*-Intuition vom intellektuellen Horizont.

Picasso gewinnt den Krieg. Letztlich gewinnt Heidegger den Frieden. Einvernehmlich werden seine konkreten Parteinahmen verurteilt, sein langanhaltender Nationalsozialismus gebrandmarkt, über dessen Andauern gemutmaßt, die kritische Unterstützung, die er ohne Unterbrechung Hitler gewährte, verspottet. Doch obgleich der Inhalt, das Was seines Engagements unumwunden mit dem Bann belegt wird, wird seine Art, das Wie, diskret wieder zur Art jedermanns. Die unterschiedlichen und widersprüchlichen Entscheidungen, die in vereinzelten Schüben die Europäer erhitzen, gehorchen der binären Logik einer Konfrontation von Lager zu Lager, bei der jeder die Hoffnung hegt, die Monstrosität der Welt an einem Gegner festmachen zu können, den er ein für allemal erledigt. So wurde, als Hitler starb, der endgültige Sieg über die Barbarei gefeiert. Nach dem Untergang des kommunistischen Reichs wird prunkvoll das Ende der Geschichte verkündet. Gemeint ist das des Jammers und der Massengräber. Heißt das, der Europäer nimmt nur dann den Kampf auf, wenn er glaubt, es sei der letzte? Bekämpft er ein Übel nur dann, wenn er es für absolut ausrottbar hält? Kann er sich für das Ganze nur unter Zurschaustellung jenes echten Sichverstehens einsetzen, mit dem Heidegger das Deutschland von 1937 ausstattete?

Das Heideggersche Denken, besonders dessen Hegel-Interpretation, kam in Frankreich sehr schnell in Umlauf. In den dreißiger Jahren hatte sich Alexandre Kojève zu dessen leuchtendem Herold ernannt. Leidenschaftlich und fieberhaft hörte eine Generation, die sehr bald die Vorherrschaft übernahm, seine Vorlesungen an der *École pratique*. Unter seinen aufmerksamen Zuhörern und seinen leidenschaftlichen Lesern befand sich die *Crème de la crème* der Pariser Intelligenz: Raymond Queneau, Georges Bataille, Jacques Lacan und Jean-Paul Sartre, Simone de Beauvoir, Raymond Aron, Maurice Merleau-Ponty, etc. Kojève, ein glühender Verehrer Stalins (ehe er zur Grauen Eminenz des europäischen Aufbaus wurde), übernimmt nicht Heideggers politische Positionen, sondern einen bestimmten Stil: den »Dezisionismus«. Häufig glaubt man, der vage »existentialistische« Geist, der eine Zeitlang die Pariser Bühne beherrschte, reduziere sich auf den Subjektivismus und den Kult des Individuums. Was mich betrifft, erkenne ich darin eher das Auftauchen einer sehr besonderen Art von Herrschaft. Das individuelle Bewußtsein, das »Dasein«, die Partei, die Klasse, die Nation, die Gemeinschaft der Gläubigen, die Menschheit überhaupt werden als »souverän« erkannt, wenn und nur wenn eine dieser Instanzen die höchste ist, das heißt sie als letzter Ausweg dazu berufen ist, über Gut und Böse zu befinden. Erinnere Dich! Carl Schmitt behauptet die Universalität des Freund-Feind-Schemas. Da das politische Leben sich auf das Gegeneinanderstoßen restlos unabhängiger Entscheidungszentren reduziert, kann die autonome Wahl des einen dem anderen willkürlich scheinen. Sie ist grundlegend unkontrollierbar, unausweichlich unberechenbar und daher feindselig. Als tür- und fensterlose Monaden engagieren sich die – individuellen oder kollektiven – Souveränitäten allein innerhalb ihrer eigenen Welt. Sie stoßen eher auf die des Nachbarn, als daß sie ihr begegnen.

Die Beziehungen, die solche souveränen Einheiten unterhalten, führen nicht unbedingt zum Kampf auf Leben und Tod. Bei Gleichheit der Stärke neutralisieren sie einander nach dem Muster des europäischen Gleichgewichts im 18. und 19. Jahrhundert, das Schmitts Nostalgie idealisiert. Genauso kann die Koexistenz einer Vielfalt von Entitäten erwogen werden, die sich wechselseitig begrenzen und entfremden und einander dabei äußerlich bleiben: Das ist die Logik des »Seriellen«, in dem jeder, Sartre zufolge, unter dem undurchdringlichen Blick eines Nachbarn, der ihm entgeht, erstarrt. Wie auch immer die konjunkturellen Ausgestaltungen aussehen, der »Dialog« zwischen Souveränitäten entgeht nie der Alternative, die das heideggersche öffentliche Aktienkaufangebot zu den deutsch-französischen Beziehungen belastet: Entweder übt jeder in der ihm eigenen Sphäre seine Souveränität aus, und man koexistiert, ohne sich zu verstehen; oder eine besiegte Souveränität schließt sich den Werten der anderen an, die sie aufsaugt. Entweder die Serie oder die Fusion, bekräftigte Sartre.

Die Erfahrung des »reinen Bösen« eröffnete eine ganz andere Perspektive. Sie konfrontiert autonome Entscheidungszentren mit der Gefahr eines gemeinsamen Untergangs. Jedem seine Neigungen, jedem seine Farben und die Originalität seiner Werteskala, die Unvereinbarkeit dieser Daseinsgründe wird unerheblich, wenn es möglich und zuweilen notwendig ist, sich zu vertragen, um dem Tod zu entgehen. Dem Tod, den man dem anderen zufügen oder gemeinsam erfahren könnte. Picasso malt keinen Slogan. Er breitet keine Fahne aus. Er erörtert nicht mit vorgereckter Faust rivalisierende Ideale. Er macht sichtbar: »Alles, was wir lieben, wird untergehen.« Dieses »alles« von »uns« ist – Picasso malt es – disparat. Jeder liebt mit, trotz und gegen jeden. Allein die Heraufkunft des großen Abschieds verklärt die Zerstreuung der

Existenz zu einem Ganzen, das gemeinsam verteidigt gehört. Das Engagement, zu dem der Maler aufruft, betrifft nicht die Dinge, sondern die Möglichkeit ihres Zutagetretens. Allein in Anbetracht ihres bevorstehenden Verschwindens kann seine Welt gerettet werden und zum Retten sein. Paradox: Der Tod vereint diejenigen, die das Leben trennt.

Für Carl Schmitt wie für Heidegger in *Sein und Zeit* hingegen bleibt der Tod der Autorität des Souveräns unterworfen. Er entscheidet darüber und über alles andere. Bodin, auf den sich Schmitt beruft und den er nach links hin abmildert, sieht das ganz anders: Einem römischen Diktator gleich entscheidet der Monarch grenzenlos *unter* äußerster Dringlichkeit, die Not bestimmt das Gesetz. *Über* die extreme Dringlichkeit befindet er jedoch nicht allein. Er ist nicht absolut, jedenfalls nicht im schmittschen Sinn des Begriffs. Die Zwischenkörperschaften des Königreichs »beraten«; sie beteiligen sich in unterschiedlichem Ausmaß an der Einschätzung der Gefahren. Der zeitgenössische Dezisionismus verwechselt zu Unrecht Entscheidung unter ... und Entscheidung über ... Die Entscheidung, die den Ausnahmezustand einsetzt, ist Anlaß zur kollektiven Beratung. Die zweite Entscheidung, die aus dieser Dringlichkeit resultiert, kann sich aufdrängen, einsam wie die genau überlegte Handlung eines Herrschers, vor dem nur Gott kommt. Der Souverän des »klassischen« Europas, der der Partei der Politiker, dessen anerkannter Theoretiker Bodin ist, stellt sich gemeinsamen Gefahren – Hunger, Krieg, Pest. Deren Beurteilung ist keine Angelegenheit seiner Willkür. Niemand setzt den Monarchen als absoluten Herrscher über Gut und Böse. Das Kollektiv besitzt noch nicht die Naivität zu mutmaßen, daß das, was Tod, und das, was Leben ist, außerhalb und losgelöst von ihm durch den diktatorischen Willen einer irdischen Willkür definiert wird.

Ich hoffe, Du verzeihst mir meine unzeitgemäßen historischen Exkurse. Ich will Dich weder mit Zitaten umbringen noch Dich in Quellen ertränken, ich versuche lediglich, unser beider Schweigen zum Reden zu bringen und die delikaten Unterschiede abzuhorchen. Der Bequemlichkeit halber habe ich zwei antagonistische Weisen, drei Jahrhunderte von Dialog und Mißverständnissen abzuschließen, deutsch und französisch genannt. Ist es mir gelungen, Dich ahnen zu lassen, daß es nicht zwei Nationalcharaktere sind, die sich gegenüberstehen – vermeiden wir solche Klischees –, sondern zwei Konzepte von Souveränität? Die Debatte ist nicht weniger innerfranzösisch als deutsch-französisch; sie hat auch nicht erst auf das Grauen des Totalitarismus gewartet, um das ganze denkende Paris zu bewegen.

Nehmen wir Péguy zum Zeugen. Am 22. Januar 1905, angeführt von dem Popen Gapone, erscheint ein Gefolge von Arbeitern und kleinen Leuten aus Sankt Petersburg vor dem Winterpalast. Mit dem der Monarchie schuldigen Respekt übergeben sie eine bescheidene Petition: »Wir werden nicht als Menschen anerkannt. Wir werden wie Sklaven behandelt.« Zar Nikolaus II. befiehlt der Truppe, das Feuer zu eröffnen. Péguy, den der entstehende Aufruhr fasziniert, empfiehlt die Lektüre des Aischylos, statt auf eine französische Revolution zu hoffen. Seine für Dreyfus eintretenden Freunde sehen das genauso wie Jaurès: Klasse gegen Klasse, Kampf um die Macht. Péguy erwidert: die Machtlosen gegen den Potentaten, Kampf um die Würde. Unerheblich, ob das sozialistische Leseraster jakobinischen oder marxistischen Ursprungs ist, die Bezeichnungen drehen sich schneller als die Denkweise, die sie in Umlauf bringen. Souveränität ist unteilbar, behauptet das herrschende Denken.

Erklärt sich ein Volk, eine Klasse oder ein Individuum für souverän, beabsichtigen sie, frei die eigene Werteskala, das eigene Gute und Böse, das Aussehen dessen festzulegen, das für sie das höchste, bisher als Gott und Teufel getaufte Sein und Nichtsein bedeutet. Demzufolge könnten sich zwei Souveränitäten nicht mit demselben Thron begnügen. Ein Kampf um die Macht beseitigt die eine oder andere, er muß bis ans Ende geführt werden. So denken die Revolutionäre und Konterrevolutionäre.

Die griechische Tragödie verleiht der Revolte von Sankt Petersburg eine Größe und Würde von ganz anderem Ausmaß.

> In der ganzen Haltung, in allen Gesten, in allen Kampfhandlungen dieses riesigen Volkes oder, besser, dieser riesigen Völker, wird jeder Mensch, der in den Realitäten politisches und soziales Geschehen am Werk sieht, ein immenses, ein unendliches Flehen, ein unendlich demütig bittendes Vorgehen sehen und keinesfalls ein revolutionäres.[14]

Jeder Mensch? Allein Péguy wagte einen solchen Blick. Man mußte beinah ein Jahrhundert warten, ehe das »langsame Unternehmen« demokratischer Dissidenz ins Auge springt, das den braunen Faschismus in Portugal, in Spanien ..., den roten in der sozialistischen Hemisphäre zernagt und ruiniert. Der Aufstand der Flehenden entgeht der Alternative, entweder mächtig, bewaffnet und reich oder machtlos und Sklave zu sein. »Bei Homer, in den Tragödien, ist der Flehende keineswegs ein Mensch, der sich einer Prüfung unterwirft; er ist keineswegs ein Bittsteller; er ist keineswegs ein Mensch, der sich erniedrigt, der sich demütigt, nicht einmal im christlichen Sinne; muß ich sagen, daß er keineswegs ein moderner Mensch ist, der sich anpaßt (...), er, der Fehlende, der Mensch, der sich dem anderen zu Füßen wirft, ist Herrscher über das Flehen[15].«

Erinnere Dich, wir sind auf das Rätsel einer wortlosen Scheidung gestoßen, das vielleicht heideggersche Schweigen der Macht, aus dem sich von Ebrennac nicht befreien kann, er begegnet der Macht eines Schweigens, dem unerschütterlichen Widerstand der Ablehnung, auf dem das junge Mädchen beharrt. Als Antigones ferne Schwester verkörpert sie eine ältere und weniger übliche Souveränität als das Allmachtsphantasma, an dem so zahlreiche dröhnende tödliche Engagements so hartnäckig hängen.

Heute, wo die ethnischen Säuberer und andere religiöse Fundamentalisten um das Erbe der nationalsozialistischen und rassistischen Revolutionen streiten, frage ich mich, ob unser Jahrhundert nichts anderes als die erbarmungslose Konkurrenz absoluter und absolut vernichtender Souveränitäten erfunden hat.

Ich lese Péguy neu. Wieder entdecke ich in der unermüdlichen Erhebung der Verdammten dieser Erde ein bedeutenderes Verlangen als den schlichten Willen, daß jeder einmal drankommt, die Macht zu übernehmen.

In dem Dialog, der sich zwischen dem Flehenden und dem Angeflehten abspielt, um den es hauptsächlich in der Supplikation der Antike ging, ist es der Bittsteller, wer und was er auch immer sei, der Bettler, der auf den Straßen herumirrt, die unglückliche Witwe, der Verbannte, der zum Tode Verurteilte, der Bürger, der, schuldlos oder schuldig, aus der Stadt gejagt wurde, das schuldig oder unschuldig von der Familie verstoßene Kind, sei es in Zeiten des Friedens, in denen das normale Recht herrscht, sei es in Zeiten des Krieges, in denen Kriegsrecht herrscht, sei es der Besiegte, der ohnmächtige Greis, sei es die Waise oder die Nichtwaise, der alte Mann ohne Nachkommenschaft – es ist immer der Flehende, der bestimmt, der den Dialog und die Situation unter Kontrolle hat.[16]

Ödipus ist kläglich, solange er König ist. Er ist groß, als er blind wegzieht. Seine gehorsamen Untertanen weichen beim Anblick seiner ausgestochenen Augen erschrocken zurück. Ihm ist es gleichgültig. Er weiß, daß er nicht seiner blutigen Verletzungen wegen erschrickt, sondern weil er sich zum transparenten Zeugen eines größeren, für jeden gleichen Grauens gemacht hat. Er hat seine Mutter geheiratet. Er ist der Vater seiner Schwestern und der Bruder seiner Söhne. Er akzeptiert das genausowenig wie jeder andere und ruft: Niemand soll sich vor einem ähnlichen Schicksal geschützt glauben. Das antike Flehen proklamiert die grundlegende Gleichheit der Menschen, nicht im Leben, das dem einen schmeichelt, die anderen betrübt und häufig plötzliche Kehrtwendungen macht, sondern angesichts des Unglücks und des Todes.

Während der roten Jahre habe ich heimlich einige Freunde in Prag besucht. Diesen mit Auszeichnungen versehenen Intellektuellen hatte man alles genommen außer ihrer Inspiration, sie dienten unter der kommunistischen Faust als Fensterputzer oder Heizungsleute in den Kellern der Parteihochhäuser. Einige wohnten dort, schrieben, komponierten. Andere, wie Havel, waren mal im Gefängnis, mal spielten sie Verstecken mit dem örtlichen KGB. Ich bewunderte die ängstliche Sorgfalt, die sie auf die Verteidigung und Veranschaulichung ihrer Differenzen verwandten. Diese verschwindende Minderheit, tausend bis höchstens zweitausend Menschen, forderte offen die Behörden heraus. Nichtsdestoweniger schillerte ihr kleiner Kreis in allen Meinungsfarben, in zahlreichen philosophischen Nuancen und in einer unendlichen Vielfalt von Bekenntnissen. Sie lehnten sich gegen ein Dogma und eine einzige Linie auf; ihr Luxus war es, nichts zu besitzen; ihr Stolz, der uniformen Partei, der sie trotzten, in nichts ähnlich zu sein.

Diese freien Seelen stimmten weder bezüglich des Reichs der Zwecke noch bezüglich der idealen Ausübung von Macht überein; sie folgten äußerst unterschiedlichen Vorstellungen, was das Familienleben, die Fortpflanzung oder die beste politische Verfassung betraf. Selbst der Kommunismus, ihr gemeinsamer Gegner, löste zahllose Streite aus, was dessen Wesen, Ursprung und Zukunft betraf. Sie schienen sich in nichts einig zu sein. Ich fragte sie. Sie antworteten mit dem, was sie, nicht ohne Zögern, als »die Solidarität der Erschütterten« bezeichneten.

Kein Vergleich mit den Ansprüchen einer absoluten Souveränität, die über alles, trotz allem und gegen alles entscheidet. Der Streit berührt Tiefstes. Heidegger, seine Aszendenten und Deszendenten und seine verwandtschaftlichen Seitenlinien haben das Verdienst, es erahnt zu haben, das Vergehen, darüber schlecht befunden zu haben. Der Streit setzt nicht ein unteilbares, einziges Frankreich einem kompakten und unteilbaren Deutschland gegenüber, er stellt weiterhin jeden Europäer sich selbst gegenüber, bis er bereit ist, sich fünf Grundwahrheiten einzugestehen:

Erster Satz: Die der europäischen Kultur eigene Unfähigkeit, sich ein einheitliches, unerschütterliches und entscheidendes Ideal zu setzen, ist keine Schwäche, sondern eine Stärke.

Zweiter Satz: Europa hat sich nicht auf ein Minimum an Normen zur Festlegung von Verhaltens- und Denkweisen geeinigt, indem es sich unter der Ägide eines souveränen Guten innig verbunden hat, sondern indem es sich gegen gemeinsame Übel mobilisiert hat. Es vereinigt sich infolge einer Abschreckung gegen die Hölle, und zwar durch Vermeidungsstrategien und nicht einer Überredung zufolge, die auf das Paradies hinweist.

Dritter Satz: Die europäische Kultur erweist sich nur, und nur dann, als einzigartig und unersetzbar, wenn sie sich bemüht, dem Bösen, den Übeln ins Gesicht zu sehen. Minervas Vogel wacht, Hegel zum Trotz, deshalb auch erst nachts auf, weil die Eule die Möglichkeit einer weniger rückblickenden als vorbeugenden Weisheit verkörpert, die nicht nur im Dunkel, sondern das Dunkle sieht.

Vierter Satz: Die europäische Kultur teilt mit allen anderen die Freude am Glück, das Bedürfnis nach Ruhe, die Achtung vor Ordnungen und Autoritäten, wer sie auch sein mögen, also den Willen zur Selbstverblendung. Die guten Nachrichten, selbst wenn sie trügerisch sind, werden von ihr genauso wie von anderen Kulturen stets besser aufgenommen als die schlechten Nachrichten, selbst wenn sie wahr sind. Die Ausnahme der europäischen Kultur ist auch eine Ausnahme in der europäischen Kultur: Die Wachsamkeit gegenüber dem Bösen ist wenig gewollt, ist minoritär und verachtet, doch nicht weniger notwendig und entscheidend.

Fünfter Satz: Zu Beginn der *Ilias* beschimpft Agamemnon, Chef der Chefs, den Seher Kalchas: »Unglücksprophet!« Am Ende des 20. Jahrhunderts hat ein bescheidener Unglücksprophet, der Autor des *Archipel Gulag*, allein mit seiner Feder bewaffnet, gegen den zähesten europäischen Totalitarismus gewonnen (aber jeder Sieg ist nur vorübergehend). Gäbe es einen Beweis für das Vorhandensein einer europäischen Kultur, würde er mit Picasso und Solschenizyn, mit dem Sturz des Franco-Regimes und dem der Berliner Mauer geführt werden.

Brief III

Wer verliert, gewinnt

Das Geheimnis der unmöglichen Trauer · Daß sich Verbrechen auszahlt · Daß, um Erfolg zu haben, eine Last auf dem Gewissen nicht genügt, sondern das Bewußtsein dieser Last dazugehört · Die neuen Deutschen sind ohne Augenlider zur Welt gekommen

Aus Berlin

Uff! Beinah wäre ich in Ohnmacht gefallen. Dein Brief ließ mich für einen Augenblick die Wiederaufnahme eines dröhnenden gallisch-germanischen Matches befürchten. Ich sah schon, wie ich mich als Mittelstürmer auf die Gegenoffensive vorbereitete oder wie ich als Torhüter erbarmungslose Elfmeter abwehrte. Zu meiner großen Erleichterung hast Du schließlich den Streit französiert. Nun bin ich dran, um gegen mein eigenes Lager zu schießen. Beschwichtigen die Völker ihre Aggressivität allein damit, daß sie sie gegen sich selbst kehren? Dem Fieber der Stadien und dem Rausch, wenn nicht gar der Trunksucht der Schlachtenbummler zum Trotz entschärft der Sport die kriegslüsternen Leidenschaften, sobald ein Spiel Bayern – Dortmund oder Bastia – Paris Saint-Germain, bei kaum weniger Erregung, einen Wahn derselben Qualität entzündet wie die Spiele Frankreich gegen England oder Italien gegen Deutschland anläßlich der Fußballweltmeisterschaft. Der Friede am Rhein verfestigt sich, wenn ein Dorfbewohner aus Schwaben und ein Privatdozent aus Hamburg, ein Wessi oder ein Ossi, eine Hausfrau aus Franken und eine preußische Gräfin entdecken, daß sie einander genauso verabscheuen, wie sie früher einvernehmlich die üblen Franzosen haßten. Laßt uns einander nicht ähneln, um besser zusammenzukommen, laßt uns vielmehr unsere hausgemachten Feindseligkeiten zuspitzen, sie mildern die äußeren ab. Die Eintracht zwischen den Demokratien ist indirekt proportional zur internen Zwietracht, die jede zu unterhalten vermag.

Frankreich und Deutschland leisten sich heute den

Luxus, voneinander abzuweichen, sie gehen geistig auf Distanz und ignorieren sich. Daraus schließe ich, daß sie bald identisch sein werden. Cäsar betonte den individualistischen Zug des Galliers. Montaigne berief sich auf einen »schwankenden und vielgestaltigen« Nächsten. Hierzulande haben wir Eure Sucht, alles auseinanderzuhalten, so verspottet, daß es nun schamlos scheint, deren erste Anzeichen bei uns an die große Glocke zu hängen. Aber halt Dich gut fest, ich glaube, wir werden behutsam ... französisch.

An einem Morgen im Mai 1945 fiel das Urteil, eindeutig, schneidend wie ein Guillotinemesser. Das größte Verbrechen der Geschichte war soeben begangen worden, Deutschland hatte es verübt. Weshalb, wie und in welchem Ausmaß war es verantwortlich? Der nie abgeschlossene Prozeß wird in jeder Generation neu aufgerollt. Allein der fehlende Schlußpunkt zu den Fragen bezeugt die Tiefe des aufgerissenen Abgrunds. Es ist eine große Premiere gewesen. Wir wurden bevorzugt behandelt. Nie zuvor und wahrscheinlich seitdem nie wieder wurde ein Volk als Ganzes dem Grauen gegenübergestellt, das es soeben begangen hatte. Organisierte Besichtigungen der Massengräber für alle benachbarten Anwohner der Todeslager. Fotos, Zeugenberichte, internationale Gerichte. Pflichtbesuch von Filmvorführungen zum Erhalt einer Lebensmittelkarte. Auf der Leinwand zogen endlos Bergen-Belsen, Buchenwald, Auschwitz vorüber ... Niemandem wurde das Vergessen erlaubt. Es war unmöglich, sich herauszuhalten. Ein neues Deutschland entstand, mit aufgerissenen Augen, ohne Lider. Erinnere Dich, allein die Geschichtsbücher informieren die Franzosen über die Verwüstung der Pfalz durch Turenne. Entsinne Dich, ein brandstiftender Soldat besitzt keinen Überblick über die kriegerischen Heldentaten seiner

Kumpane. Überlege, daß siebzig Jahre Terror und Gulag in Rußland mit keinerlei Prozeß geendet haben; heute vermischen sich die Enkel der Opfer mit denen der Henker, um anonyme Gräber mit Blumen zu schmücken. Japan behielt seinen Kaiser.[1] Das faschistische Italien wechselte zur Demokratie über und verherrlichte seinen Widerstand. Spanien setzte Jahrzehnte lang das Franco-Regime fort. Allein Deutschland mußte sich der Ausgrabung seiner Abscheulichkeit aussetzen. Und es war gut so.

Ich gestehe, ich habe lange gezögert, ehe ich zugab, daß sich das Verbrechen auszahlen kann. *In petto* fügte ich hinzu, je größer die Schandtat ist, desto mehr bringt sie ein. Die Dividenden der deutschen Verwüstung wurden in der Blüte des »Wirtschaftswunders« gepflückt. Sie wurden in ein erstaunliches Wachstum reinvestiert, das uns zur dritten Industriemacht der Welt erhob. Das politische Wunder einer weltweit akzeptierten Wiedervereinigung hat sich ebenfalls in klingende Münze umgesetzt. Solschenizyn empfiehlt seinen lieben Russen, uns nachzuahmen, den Kommunismus abzulegen, die eigene Niederlage und das absolute Scheitern *urbi et orbi* einzugestehen.

Die Geschichte lehrt negativ. Ihre Lektionen sitzen, wenn sie sich als grausam erweisen – die Fähigkeit vorausgesetzt, in deren unerbittlicher Härte eine Auswirkung unserer eigenen Barbareien und Dummheiten zu erkennen. 1918 wurde Deutschland erstmals geschlagen. Nur militärisch. Es träumte von einer Revanche gegen ein verhängnisvolles Schicksal, das seiner Ansicht nach von außen angezettelt worden war. 1945 brach es in doppelter Weise zusammen. Strategisch und geistig. Das war, ohne sein Wissen, seine Chance. Das ist, an der Grenze des ruhig Sagbaren, der Auschwitz-Effekt. Für uns letztlich wohltuend. Beschämend wohltuend.

Der Anblick und der Geruch der Massengräber, das Grauen in vollem Sonnenlicht, vor der ganzen Welt dafür die Urheberschaft zu verantworten verbieten jede rückschauende Identifikation mit dem hitlerschen Regime, obwohl es bis zur letzten Salve gebilligt worden ist. Ernst von Salomon, der die Freischärler nach 1918 besungen hatte, stellt den entscheidenden Unterschied sehr klar heraus, den die ersten offiziellen Informationen zur Endlösung herbeiführten. Auf der Höhe seiner Macht klärte der SS-Führer Himmler seine Totenkopfschwadronen auf: der erhabene Auftrag, den sie ausführten, hätte geheim zu bleiben, denn, von ihrer offenbaren Überzeugung einmal abgesehen, würde die mit der Vernichtung konfrontierte Mehrheit deren Radikalität nicht unterschreiben. Nacht und Nebel schützen zwar die Metzger, doch vor allem deren aktive oder passive Komplizen. Ein eiskaltes Licht durchdringt das Schlachthaus und schneidet die Geschichte Deutschlands entzwei: Nichts wird mehr sein wie zuvor.

Das Hauptnovum des Nürnberger Prozesses

> Der erste jemals unternommene Versuch, die Verantwortung einer Nation für ihr internationales Verhalten auf Bereiche auszudehnen, die der staatlichen Souveränität unterstehen. Die Verurteilung der Verantwortlichen Nazideutschlands ist die erste ernsthafte Verletzung dieses Dogmas. Das ist die große Innovation, die hauptsächliche Innovation des Nürnberger Prozesses.
>
> *Le Monde*, 3. Oktober 1946

Mit seltenem Scharfsinn analysiert der Philosoph Karl Jaspers die Situation unmittelbar nach dem Geschehen und stellt Fragen. Unter welchen Voraussetzungen kann die geteilte Inhumanität der Deutschen als »Verbrechen« bezeichnet werden? Der vormalige Kodex, »eine Denkgewohnheit aus der Überlieferung staatlichen Lebens in Europa, die am längsten sich in Deutschland gehalten hat«, erlaubt keine solche Bezeichnung. Der den Autoritäten geschuldete Respekt hemmt: »Männer, denen ein Volk gehorcht hat – und unter ihnen wieder herausgehoben früher Kaiser Wilhelm II, jetzt ›der Führer‹ –, gelten als sakrosankt.«[2]

Jaspers führt die selbst traditionelle Infragestellung des »autoritären Charakters« unserer Erziehung fort (Heinrich Mann, Theodor Adorno) und enthüllt das allerhöchste Streitobjekt, die Vorstellung, die man sich von der »politischen Souveränität« macht.

Mit dem früheren Konzept, das Dein Brief an von Ebrennac und seinen Amtsgehilfen Heidegger und Carl Schmitt festmacht, mußte gebrochen werden. Solange angenommen wird, der Souverän setze sich absolut selbst ein, können weder Ausführende noch Anführer angeklagt werden. Die einen gehorchen dem Gesetz, die anderen führen es ein. Niemand verletzt es. Nicht schuldig! Das Verbrechen als Verbrechen zu denken impliziert eine Überarbeitung der Souveränität. Aber heute ist der Heiligenschein um Staatshäupter verschwunden. Sie sind Menschen und haften für ihr Tun. Seitdem europäische Völker ihren Monarchen den Prozeß gemacht und sie enthauptet haben, ist die Aufgabe der Völker, ihre Führung unter Kontrolle zu halten.[3]

Fällt die somit von den Deutschen verlangte Reform nicht in den Bereich des reinen und schlichten Widerspruchs? Sie sollen rückblickend eine Verantwortung auf sich nehmen, von der sie keine Ahnung hatten? Sie sollen rückwirkend die Axiome und Ideale einer mit der Guillotine gern umgehenden Demokratie einhalten, die so zahlreiche ihrer ruhmreichen und wenig suspekten Ahnen, bei Goethe angefangen, verurteilt haben?

Mit den Bombenteppichen und den aufeinanderfolgenden Wellen von Panzern, die sie ankündigen, breitet sich eine sonderbare Revolution in einem Feld von Ruinen aus. Dieser Import/Export von großen Prinzipien unter dem Feuer von Maschinengewehren und dem Druck von Bajonetten versetzt den Deutschen in eine unhaltbare Lage. Er soll zugleich revolutioniert und Revolutionär, Richter und Büßer sein. Dadurch, daß er verantwortlich ist, gehört er zum *Ancien régime*, dadurch, daß er sich als strafbar anerkennt, wird er zum erlösten Bürger einer neuen Gesellschaft. Eine ganze Generation flüchtete sich in eine mal gerührte, mal vorsichtige Stummheit. Vollkommen ratlos wird sie nur eine einzige, aber entscheidende Wahrheit wahrnehmen: Der Weg der Vergangenheit ist gesperrt.

Ein deutscher Soldat, Sohn eines Pfarrers, schrieb kurz vor der Kapitulation der 6. Armee an seinen Vater

(...) In Stalingrad die Frage nach Gott stellen heißt, sie verneinen. Ich muß Dir das sagen, lieber Vater, und es ist mir doppelt leid darum. Du hast mich erzogen, weil mir die Mutter fehlte, und mir Gott immer vor die Augen und die Seele gestellt.

Und doppelt bedaure ich meine Worte, weil es meine letzten sein werden und ich hiernach keine Worte mehr sprechen kann, die ausgleichen könnten und versöhnen.

Du bist Seelsorger, Vater, und man sagt in seinem letzten Brief nur das, was wahr ist oder von dem man glaubt, daß es wahr sein könnte. Ich habe Gott gesucht in jedem Trichter, in jedem zerstörten Haus, an jeder Ecke, bei jedem Kameraden, wenn ich in meinem Loch lag, und am Himmel. Gott zeigte sich nicht, wenn mein Herz nach ihm schrie. Die Häuser waren zerstört, die Kameraden so tapfer oder so feige wie ich, auf der Erde war Hunger und Mord, vom Himmel kamen Bomben und Feuer, nur Gott war nicht da. Nein, Vater, es gibt keinen Gott. (...)

Und wenn es doch einen Gott geben sollte, dann gibt es ihn nur bei Euch, in den Gesangbüchern und Gebeten, den frommen Sprüchen der Priester und Pastöre, dem Läuten der Glocken und dem Duft des Weihrauches, aber in Stalingrad nicht.

Letzte Briefe aus Stalingrad, Die Quadriga, Frankfurt a. M. und Heidelberg 1950, Brief XVII, S. 34

Um überhaupt die unerbittliche Lehre aufzunehmen, durfte man allerdings nicht restlos mit einem nunmehr unerträglichen *Curriculum vitae* verschmolzen sein. Mit anderen Worten, ob begeisterter Wähler, gehorsamer Soldat, verständnisvoller Ausführender oder ganz allgemein wegen Nichtwiderstand gegen die herrschende Barbarei Barbar, man durfte nicht einfach ein Nazi gewesen sein. Der Deutsche war dazu verdammt, sich in einen von nah oder fern auf frischer Tat ertappten Verbrecher sowie einen Rächer und Detektiv aufzuspalten. Manès Sperber, als Hitler-Gegner und Antistalinist der ersten Stunde der leichtfertigen Freisprechung der Schuldigen unverdächtig, beschrieb sehr früh das Paradox der Situation:

> Da ich nach dem Ende dieses letzten Krieges mit den Deutschen zu tun hatte, ist mir wie jedem, der in dieser Zeit Deutschland besucht hat, aufgefallen, daß man praktisch auf keine »Nazis« trifft. Alle Menschen, mit denen man ins Gespräch kommt, erklären, daß sie niemals »Nazis« waren, und nachdem ich mich mit einer Anzahl von Repräsentanten dieser Einstellung unterhalten hatte, kam ich zu dem Schluß, daß diese Leute in der Tat nicht völlig lügen. Selbst die, die 1930, 1933, 1938, 1942, 1944 echte Nazis gewesen waren, selbst die hatten sich in ihrem tiefsten Inneren eine sehr wichtige geistige Reserviertheit erhalten, eine, könnte man sagen, Zuflucht ihrer Seele. Deshalb wage ich zu sagen, daß, wenn eines Tages die Russen und die polnischen Kommunisten behaupten werden: »Am Anfang vielleicht, doch ..., aber danach waren wir keine Kommunisten mehr«, dies keine komplette Lüge sein wird.[4]

Und der Deutsche akzeptierte sich als doppelt. Er, der sich seines geraden Charakters rühmte, zögert nunmehr, sich als schlicht, weil tugendhaft, naiv, engelhaft, zu zeigen. Sicher interpretiert er zuweilen die Ambivalenz, die er bei sich entdeckt, zu seinen Gunsten. Gelegentlich sagt ihm Pascal zu: »So offenbar ist die Größe des Menschen, daß er sie selbst aus seinem Elend gewinnt«[5], ein »reiner« Nazi würde Scham nicht kennen, also ist er stolz, sich zu schämen. Kehrseite der Medaille: Das Mißtrauen wächst zwischen mir und mir, eine unlösbar gespaltene Gestalt wirkt für sich selbst wie für den anderen unaufhörlich doppelzüngig. Früher genoß allgemein der Lateiner und besonders der Franzose einen unvergleichlichen Ruf in Sachen doppeltem Spiel und Scheinheiligkeit. Gelegentlich wurden auch die Angelsachsen der Heuchelei bezichtigt. Das viktorianische »cant« (Frömmelei) provozierte den galligen Ton der Berliner Salons. Man machte sich lustig. Hegel und Carl Schmitt bezeichneten Hamlet und sein hin und her gerissenes Gewissen als Morbidität. Nach 1945 siegten die schizoiden Herzen, und die deutsche Seele kam nicht umhin, bei sich die Pathologie wiederzufinden, die sie bei den anderen derart schulmeisterlich verdammt hatte.

Die Last des größten Verbrechens in der Menschheitsgeschichte trägt man nicht folgenlos. Die eigenen politischen Werte zu revidieren genügt nicht, die gewöhnlichen Vorlieben, die geheimen Kompromisse, die es möglich machen, sich gegenseitig zu ertragen, müssen abgelegt werden. Familie, Erziehung, Wände und Mobiliar, nichts bleibt an seinem Platz. Die Veränderungen wurden pietätvoll als Rückkehr zur Vernunft und Zugang zur Modernität gesehen. Gern wurde die unverhoffte Einführung der sozialen Marktwirtschaft – moralisch als eine Konsumgesellschaft mit menschlichem Antlitz – gefeiert. Einige schimpften gegen die beschleunigte Amerikanisierung, den kurzsichtigen Utilitarismus, den eindimensionalen Egoismus. Apologeten wie Kritiker ließen das Wesentliche aus und verfehlten den Grund eines derart ungestümen Ausreißens. Die Deutschen tauchten mit Leib und Seele besinnungslos in die Expansion um der Expansion willen ein, sie hofften, ihre Vergangenheit ohne Rückkehr, ohne Zuflucht zu überholen. Was auch die in ihrem Ökonomismus eingesperrten Ökonomisten denken mögen, der Geist, der die außergewöhnliche industrielle und finanzielle Wiederherstellung des europäischen Westens bestimmte, entstand im Frühling 1945 aus der Offenlegung des Undenkbaren.

Ein Bewußtsein läßt sich nicht gleich einer durchlöcherten Socke flicken, hatte zu Recht unser beliebtester Meisterdenker erklärt. Unsere Werteumkehrung entwickelt sich trotz des prüden Schweigens zum *Perpetuum mobile* und kommt alle zwanzig Jahre wieder in Gang. Die Kinder griffen die schizophrene Generation der Eltern an und hielten ihr die nicht erfüllte Pflicht vor. Ein Fetischbuch faßte diese Anklage zusammen: *Die Unfähigkeit zu trauern*. Die Autoren sorgten sich um die Leichtigkeit, mit der die Erinnerung an das allergrößte Verbrechen ausgelöscht worden war. Je weniger man davon redet, um so besser ist es, wisperten anscheinend die Älteren. Das verordnete Schweigen zu den Schändlichkeiten des Krieges und deren Pendant, die fieberhafte tägliche Produktion, haben damals ein und dieselbe mentale Operation strukturiert. Es war wie das Stromabwärts und -aufwärts einer Strategie des Reinwaschens. Die »Unfähigkeit zu trauern« grassierte.

Von der Unfähigkeit, das Denkbare zu denken

Nach der gröbsten Arbeit war das erste, was die Amerikaner in ihrer Zone und in ihrem Berliner Sektor versucht haben, diesen jungen, verrückten Nazis eine gute und aufrüttelnde Lektion in Sachen Demokratie und Geschichte zu erteilen. Über diesen Schnellkurs in Demokratie für die Hitlerjugend lachen die Deutschen noch heute. Nach Angaben unserer entmutigten Experten sind die Ergebnisse der erzieherischen Bemühungen unserer Militärregierung nach vierundzwanzig Monaten ziemlich dürftig. Ein großer Haken ist, daß der Geschichtsunterricht in den meisten Berliner Schulen seit langem ausfällt. Das hat seinen Grund darin, daß jede Form von Geschichtsunterricht, in welchem Berliner Sektor auch immer, zunächst einmal von der Alliierten *Kommandantura* abgesegnet werden muß, und deren Meinungsverschiedenheiten über die Geschichte, die sie selber macht, gehören inzwischen auch schon zur Geschichte. Anscheinend haben folgende Ereignisse zum toten Punkt in der Frage des Geschichtsunterrichts geführt: 1) Letztes Jahr legten die Russen in einer Broschüre ihre offizielle Version vor, in der natürlich die materialistische Geschichtsauffassung betont wurde; 2) Die Amerikaner lehnten den Entwurf ab und beeilten sich, eine eigene Broschüre zusammenzustellen, in der sie ihren liberalen Geschichtsbegriff betonten und die sie schließlich im Mai den Russen übergaben; und 3) hatten die ungeduldigen Russen nach Auskunft deutscher Lehrer zu dieser Zeit schon mehrere Auflagen von ihrer ursprünglichen Broschüre gedruckt und dem Unterricht zugrunde gelegt. Zusätzlich haben die Franzosen eine flotte Geschichte der Befreiungsbewegungen des neunzehnten Jahrhunderts, illustriert mit Bildern von Delacroix und anderen, vorbereitet. Dieser Band wird allerdings von den drei anderen Alliierten als chauvinistisch angesehen. Die Briten haben eine gewichtige, zweibändige Weltgeschichte vorgelegt, deren erster Band mit der Entdeckung des Pendelprinzips in der Mitte des sechzehnten Jahrhunderts endet. Schließlich haben die Amerikaner einen von deutschen Lehrern erarbeiteten kurzen Abriß der weltgeschichtlichen Daten veröffentlicht, der 500 vor Christus in Griechenland beginnt und 1939 mit der Entdeckung der Atomspaltung durch zwei deutsche Wissenschaftler endet, die beide aus Nazideutschland geflüchtet sind.

Ob es die drei westlichen Mitglieder der Berliner *Kommandantura* wissen oder nicht, jedenfalls werden jetzt an der Berliner Universität im russischen Sektor fünf Geschichtsvorlesungen gehalten.

Janet Flanner, Berlin, 12. Juli 1947, zitiert nach: Hans Magnus Enzensberger (Hrsg.), *Europa in Trümmern, Augenzeugenberichte aus den Jahren 1944–1948*, Eichborn, Frankfurt 1990, S. 253 f.

Üblicherweise endet die Trauerarbeit mit einer Rückkehr zum Normalen. Wird der Verlust des Gestorbenen innerlich verarbeitet, stellt der Überlebende den *Status quo ante* wieder her. Hingegen bedeutet das Nichtstattfinden dieser »Arbeit« das Fortbestehen der Störungen und den Beginn einer Pathologie. Als die jungen, zornigen Seelen der sechziger Jahre die Bundesrepublik der Unfähigkeit in Sachen Trauer anklagten, wiesen sie auf den Wurm in der Frucht und die stumme Unbeholfenheit hin, die die blühende Gesundheit eines Landes in vollem Wachstum belastet.

Die harte Diagnose transportierte allerdings unbequeme Doppeldeutigkeiten. Was war die Erbsünde? Die Trauerarbeit nicht begonnen zu haben, um sich gesenkten Hauptes in ökonomischem Aktivismus zu aalen? Oder eine zwanzig Jahre alte Trauer nicht abgeschlossen zu haben, die den Dingen und der Bilanz der Verantwortungen Rechnung getragen hätte? Im ersten Fall drapiert sich Deutschland in einer zu schnell zurückeroberten und zu anmaßend zur Schau gestellten Pseudonormalität. Im zweiten Fall wird die Beschwerde umgekehrt, die Unfähigkeit, die Trauer zu erledigen und wieder normal zu werden, wird angegriffen.

Sonderbarerweise teilen die Kritiker des neuen Deutschlands mit den Gründervätern die gebieterische Nostalgie nach Normalität. Weder die einen noch die anderen stellen die seltsame Bedeutung ihres Begehrens in Frage. »Normal« zu sein bedeutet für jeden Nachverbrechens-Deutschen, so zu sein wie jeder andere, wie »die anderen«. Mit anderen Worten: sich emanzipieren, alles neu, alles schön.

Was sollte eigentlich diese vielzitierte Trauer sein, deren Gelingen die Kritiker unter Androhung der Exkommunizierung anordnen? Stellen wir sie uns vor: Wir hätten, wie die Psychologen sagen, das gute Ich des Toten

»verinnerlicht«; unser Leben wird dessen Überleben; was die Hinterlassenschaft des Gestorbenen betrifft, wird sie samt allem an ihm, was unterzugehen verdiente, zu Grabe getragen. Ein Jüngstes Gericht trennt den Lebenden von dem Toten, das gute vom bösen Ich.

Der letzte Urteilsspruch teilt den Leichnam entzwei und vereinigt diejenigen, die ihn beweinen. Hinsichtlich Auschwitz wirkt das Vorhaben ein wenig gewagt. Mit welchem Recht sollte ein Deutscher das, was lebendig ist, und das, was tot ist, in den Massengräbern sortieren, die er hervorgebracht hat oder sich vermehren ließ? Die Unfähigkeit, das zu lösen, die Ablehnung der abgeschlossenen Trauer, deren ewige Unvollendetheit sind, das glaube ich fest, die einzige respektvolle und aufrichtige Ehrung, die uns möglich ist. Aufgrund welches sonderbaren Taktmangels konnten A. und M. Mitscherlich annehmen, dasselbe rituelle Verhalten gelte gleichermaßen für eine untröstliche Familie, die einen der ihren begräbt, und für ein Volk, das eines anderen Volks, das seiner Opfer gedenkt? Blasphemisches Paradox: In der Forderung nach Trauerarbeit um den Nationalsozialismus drückt sich die Negation von dessen äußerster Monstrosität aus. Großer Gott! Wie haben sie außer acht lassen können, daß der Trauergedanke kaum in der gleichen Weise am Familiengrab, am Grab des unbekannten Soldaten und in der Nähe des *Anus mundi* wirkt?

Unsere sehr beeindruckende »Trauerunfähigkeit« zeigt äußerst positiv, wie sehr die Erinnerung an die Jahre der Grausamkeit permanent unsere Verhaltensweisen bestimmt. Diese Fixierung ist weder ein Makel noch ein Fehler. Als Kind faszinierte mich eine Karaffe, die zu Essenszeiten auf dem Familientisch thronte. Ein Gebot in goldenen Lettern zierte sie: »Trinken, um zu vergessen, aber nicht vergessen zu trinken.« Von Schleife zu Schleife fesselte mich die Formel, als impfe sie mir den Geschmack an einer Philosophie ein, die im Teufelskreis jongliert, wenn sie nicht im Schwindel einer sich im Kreis drehenden Tugend verirrt einschläft. Ähnlich wie mein Krug scheint Deutschland vorzuschlagen: Laßt uns denken, um zu vergessen (das ist Trauerarbeit), aber vergessen wir nicht zu vergessen (daher die Unfähigkeit, es zu beenden). Das Trauma wiederholt sich. Unmöglich, sich der Verlegenheit, sich dessen zu entledigen, zu entledigen. Der eigentlich und unerträglich wahrnehmbare Schock von 1945 rückt ferner. Das Schweigen löst sich auf. Das Wort meldet seine Rechte an und tastet sich blind vorwärts. Doch das Entsetzen bleibt.

Zum großen Erstaunen der Ältesten verbrennt sich in den neunziger Jahren eine dritte Generation wiederum an der Flamme des Gedenkens. Sie begreift sich abermals als Rächerin, holt für sich selbst die Kastanien aus dem Feuer und ficht die Anpassungen an, die ihren Ahnen ermöglichten, das Unerträgliche zu ertragen. Ich will nicht verschweigen, daß wir gewissermaßen unser schlechtes Gewissen rentabilisiert haben. Auch der kleinste Gewinn ist nicht zu verachten, und niemand unterläßt es, sich im allgemeinen Unbehagen die spezifischen Argumente und Scheinargumente seiner Sonderquerelen zu schneidern. Der Stil macht den Deutschen. Das kleinste Zerwürfnis eskaliert. Bei uns erhält das, was bei Euch nur ein Schimpfwort wäre, schnell historischen Bezug. Faschist! ist eine sehr gebräuchliche Bezeichnung. Derjenige, der seinem derzeitigen Feind einen Spitznamen wie »Hitler« entgegenschleudert, überschlägt sich nicht in Originalität. Ihm kann ein Skandalerfolg zugute kommen; man bemüht sich, dem Beschwerdeführer zu erklären, daß er Gefahr laufe, ein Grauen zu »banalisieren«. Da die Zurechtweisung nicht weniger banal als die Maßlosigkeit ist, die sie hervorgerufen hat, erstaunt die Bereitschaft, endlos, unermüdlich einen Tausch derartiger Banalitäten zu wiederholen. Die Mehrzahl der gegenwärtigen Konflikte springen zur Urszene des Nationalsozialismus zurück. Die Linke hat widerstandslos den Nationalsozialismus aus dem kapitalistischen Hut hervorgeholt. Die Rechte enthüllte bereitwillig Hitler als Sohn Stalins, selbst wenn die Daten dagegen sprechen.

Ich habe die Pavillons besichtigt, die die kommunistischen Verantwortlichen den fünfzehn europäischen Ländern gewidmet haben, deren Staatsangehörige in Auschwitz starben. Ein Pavillon war der DDR zugefallen! Die Schlußfolgerung fiel nicht schwer: Die Opfer waren im Osten, die Henker daher im Westen. Die ach so demokratische Republik ist zwar in den Jahren nach dem Völkermord gegründet worden, doch dieser Einwand hat die lieben Organisatoren nicht berührt, die *as usual* die Chronologie der Ideologie geopfert haben. Die wohlgeborenen Deutschen, Bürger der sozialistischen Welt, wurden für rein und unschuldig erklärt. Und das ging durch! Um so dicker die Lüge ... Kurz, die Sprachverfehlungen und die Anfälle von Idiotie, die bei uns genauso gewöhnlich wie anderswo sind, bezeugen, wie sehr das größte Verbrechen der Geschichte selbst zur Unzeit und unter Themaverfehlung unser unüberschreitbarer Horizont bleibt. Sonderbare Alchimie! Das Schweigen gestern, eine rückläufige Banalisierung heute hätten ein definitives Vergessen begünstigen können. Seit fünfzig Jahren frischen sie eher das Gedächtnis auf. Die Erinnerung behält die Macht.

Die Aktualität ist behilflich. Die Fernsehnachrichten mahnen. Die jüngsten Brandanschläge auf Ausländerheime beschwörten die Herrlichkeiten einer Kristallnacht herauf. Das von den Roten Khmer begangene Massaker an Millionen, der Völkermord an den Tutsi erweckten Bilder, die jeder Deutsche, wohl oder übel, von der jüngsten Kindheit an in sich trägt. Als Joschka Fischer und Jürgen Habermas von der Vernichtung von zehntausend Bosniern in Srebrenica unter dem Schutz der UNO innerhalb von drei Tagen erfuhren, überwanden sie ihren eingefleischten Antiamerikanismus, unterdrückten einen rituellen Pazifismus und forderten eine militärische Intervention, die mittels Bomben und der M-16 die ethnischen Säuberer unschädlich mache. Als Erklärung und zur Überzeugung ihrer mißbilligenden Freunde kam ihnen ein Wort über die Lippen: Auschwitz! Zur Blockierung einer allmählichen Eskalation hin zum Abscheulichen wurde der Ruf nach dem G.I. evident.

Nachdem die Tür der höchsten Hemmung eingedrückt worden war, verstummten die Widersacher. Die Diskussion brach sofort ab. In einem prophetischen Augenblick hatte sie Jaspers bereits 1945 zu Ende geführt: »Deutschlands Schicksal wäre eine Erfahrung für alle. Möchte diese Erfahrung verstanden werden! Wir sind keine schlechtere Rasse. Überall haben Menschen die ähnlichen Eigenschaften. Überall gibt es die gewaltsamen, verbrecherischem, vital tüchtigen Minoritäten, die bei Gelegenheit das Regime ergreifen und brutal verfahren.«

Ich liebe dieses Land, das ich nur so mühselig eindeutig als meins abgrenzen kann. Daher erfolgt es mit einer mit Zärtlichkeit gemischten Ironie, wenn ich Dich einlade, in dieser berüchtigten Unfähigkeit, die Vergangenheit zu begraben, das Geheimnis des Glücks zu entdecken. Ja! Laßt Euer Mitgefühl, Ihr fernen Zuschauer! Die Qual, sich das repetitiv ins Gedächtnis zurückzurufen, was nirgendwo hätte gesehen, niemals hätte erlebt werden dürfen, das ist der Schlüssel eines »deutschen Wunders«, das gleich einer in ihr Gegenteil verkehrten Sühne beeindruckt. Die unvorhergesehenen Herzstiche, eine stammelnde Reue, unbestimmte und hartnäckige Schwierigkeiten, das Bild, das die Schulbücher entwerfen, in fremde Augen zu sehen und zuweilen mein Spiegelbild zu betrachten, das ist das »Gewicht der Sünde«, das auf der einen Seite der Waagschale liegt. Auf der anderen liegen die Herrlichkeiten des Konsums, die Achtung der anständigen Menschen und die neidvolle Bewunderung der Hungernden. Nichts ohne Gegenleistung? Den Handel, den, durch uns vermittelt, die Geschichte mit sich selbst eingeht, hat sich kein Märchen auszudenken gewagt. Der Geist schwebte über den Wassern und verkündete: Ihr habt das größte Verbrechen der Welt begangen, also wird euch der größte Wohlstand, der beste Sozialschutz, Sicherheit auf den Straßen und an den Grenzen zugute kommen, nie wieder werdet ihr ein so hohes Lebensniveau erfahren, und nie werdet ihr derart viele Mercedes-Benz fahren. Plötzlich kratzte sich der Geist am Kopf, und aus Angst, man hielte das Ganze für einen Witz, fügte er hinzu: Der Tausch wird stattfinden, aber unter einer Bedingung: Erkenne dein Verbrechen an! Alle Schätze des 20. Jahrhunderts für einen zerknirschten Seufzer. Kann man eine erbaulichere Moral predigen?

Du findest meine Apologie zu phantastisch ... Komm wieder zu Dir, zerpflücke die Wirtschaftswissenschaftler, Soziologen und patentierten Experten. Sie bieten eine prosaischere Erklärung unseres »Wunders« an. Ganz einfach: Der bundesrepublikanische Bürger soll plötzlich der Kriecher in ihren Ökonomiekursen und Klassenbester im Fach Soziologie geworden sein; er begann, die Risiken entsprechend den Einnahmen zu berechnen; er rechnet rational Gewinne und Verluste auf; er verwechselt nicht mehr Mittel und Zweck; er geht wohlüberlegt vor und strebt nur nach den Gütern, die er produzieren kann ... Der Deutsche existiert nicht mehr, der *Homo oeconomicus* ist an seine Stelle getreten. Lächerlich!

Diese Art Märchenträume mit offenen Augen überfordern mich. Unsere lieben Professoren versäumen es, den Zauberstab zu beschreiben, der auf einen einzigen Schlag eine ganze Bevölkerung in Musterschüler verwandelt. Der verlorene Soldat, der Biertrinker, die verzweifelte Witwe und die fröhliche Witwe, der kopflose Bürokrat setzen sich wieder an die Arbeit, das stimmt. Daß ein Kalkül sie beherrschte, das sie die gerechte Vergütung ihrer Mühen nach dem Wiederaufbau der Ruinen und der Einführung der vormals unbekannten Mitverwaltung von Unternehmern und Gewerkschaft vorhersehen ließ, ist eine Hypothese, die den Oscar für Komik verdient. Weder die Hausfrau noch der Experte verhielten sich in den Trümmern wie künftige, allerdings selbstbewußte Bürger des Schlaraffenlandes, das unser Land heute ist. Erst heute.

Das Erscheinen des neuen Deutschen auf den *Homo sapiens* zu reduzieren, der er ein halbes Jahrhundert später angeblich geworden ist, bedeutet, das Pferd beim Schwanz aufzuzäumen. Vermeide die Anfälle rückblikkender Futurologie, sie ist mit zu vielen pseudowissenschaftlichen Analysen belastet.

Der gegenwärtige Erfolg des »deutschen Modells« ruft etwas zu naive Schmeichler auf den Plan. Sie vergrößern das Geheimnis unserer »mächtigen und vernünftigen« Gewerkschaften, die es so gut beherrschen, Verhandlungen bis zur Bruchstelle zu führen, ohne daß die Sicherung rausfliegt. Geheimnisvoll auch unsere schöne Jugend, diese eine Million Jugendliche, die an einem warmen Frühlingstag zum Klang von Technomusik Berlin füllte, nichts außer Lächeln und Liebe im Sinn. Ein weiteres Geheimnis: die Beständigkeit unserer Konten, die Verläßlichkeit unserer Exporteure, Bankiers, unserer Sparer. Wer bietet Besseres? Die Versuchung ist groß, diese brillanten Ergebnisse tautologisch durch sich selbst und den Erfolg unserer Berufsverbände, durch ihren umsichtigen, rationalen, maßvollen, aufgeklärten etc. Erfolgswillen zu erklären. Damit wird das ursprüngliche *Fiat lux* verfehlt. Der Blitz, das Gewitter, der Brand und die Scham werden ignoriert.

Die Arbeiterbewegung, die in der unmittelbaren Nachkriegszeit die Keime ihrer neuen Weisheit säte, las weder im Kaffeesatz noch in den Kristallkugeln. Damals noch durch und durch marxistisch, setzt sie kaum auf die Früchte einer kontinuierlichen Expansion, die niemand ihr zu versprechen wagt. Sie denkt weiterhin in Klassenkampfbegriffen, erfindet jedoch eine neue Weise, ihn zu führen. Die Einleitung des *Kommunistischen Manifests* erwähnt bekanntlich die Konfrontation zwischen dem freien Menschen und dem Sklaven, dem Patrizier und dem Plebejer, und faßt in großen Zügen »einen ununterbrochenen, bald versteckten, bald offenen Kampf, einen Kampf, der jedesmal mit einer revolutionären Umgestaltung der ganzen Gesellschaft endete oder mit dem gemeinsamen Untergang der kämpfenden Klassen«, zusammen. Die zweite Möglichkeit, »der gemeinsame Untergang«, war Marx' Ungedachtes und das der vielfältigen Marxismen, die Augen nur für den – revolutionären oder reformistischen, je nach Belieben – Sieg des einen Lagers über das andere hatten. Die kämpfenden Klassen sollten einen völligen Sieg anstreben, ähnlich wie sich Napoleon seine Vernichtungsschlachten dachte und sich die europäischen Nationen in den allerletzten Krieg stürzten. Große Premiere: Die deutsche Sozialdemokratie, von der jüngsten und quälenden Erfahrung belehrt, nahm den zweiten Satz der Alternative ernst, den Untergang. Sie machte öffentlich, daß unter dem Vorwand des letzten Kampfes das Eskalieren der Extreme in einer allgemeinen Apokalypse zu enden drohte.

Das Geschick, die Schläue, die Vorsicht, aber auch das unendliche Mißtrauen und die unermüdliche Kampfbereitschaft, die die Sozialpartner unter Beweis stellen, sind nicht schlicht auf vornehme Gefühle zurückzuführen. Die Technik der Lohnverhandlungen bleibt unbegriffen, solange übersehen wird, wie stark die Gefahr eines gemeinsamen Debakels auch weiterhin die verfeindeten Brüder bewußt oder unbewußt quält. Treten die Anzeichen einer Währungs-, Wirtschafts- oder Gesellschaftskrise zutage, hagelt es Erinnerungen, Weimar ist Gestern und die NSDAP vielleicht Morgen. Diese vielleicht rhetorischen und heuchlerischen Ordnungsrufe verfehlen selten ihre Wirkung, selbst wenn die Akteure sich nicht täuschen lassen. Hinter der unbeholfenen Rhetorik der Diskurse spürt der Zuhörer von jeher, das heißt seit 1945, die Warnung vor einer grenzenlosen Konfrontation.

Ihr Herren Experten, lest *Die Blechtrommel* von Günter Grass neu. Dort findet ihr den »Geist« unserer »konzertierten Wirtschaft«. Grass möge mir verzeihen, sein Buch besingt unseren fünfzigjährigen Konsens. Unbeabsichtigt kanonisiert es dessen Lebensprinzip mit derselben Unschuld, mit der der calvinistische Reformator (Max Weber zufolge) das Eiswasser des kapitalistischen Kalküls freisetzte. Ob Metallarbeiter bei VW, höherer Angestellter oder mondäner Innenausstatter, jeder birgt in sich einen Oskar, jenen kleinen Menschen, der sich weigert zu wachsen, der mit einem Trommelschlag seine Kindheit wiedererweckt und die Erwachsenenwelt mit seinem reinen, zerberstenden Schrei vernichtet.

Mit Oskar, dem Trommler, erhebt sich der neue Deutsche zu demjenigen, der Alarm bläst, die geschehenen Katastrophen zur Exorzierung der künftigen in Erinnerung ruft. Er setzt zahlreiche Grenzen unter Strom: Übertritt man sie, zerspringt die Welt. Die bekannte Stimme des Gewissens, die zu allen sprechen soll, versäumt nicht, ihre Entscheidungsgründe und Zusätze nach Ort und Zeit entsprechend abzuändern. Zwischen Rhein und Oder flüstert sie: »Achtet darauf achtzugeben.« Hier sind die Streite nicht weniger, jedoch in anderer Weise erregt. Jeder baut seinen Vorteil aus und prescht nach vorn, wie überall, nur daß niemand von uns ignorieren kann, daß die Möglichkeit besteht, daß wir, einer über den anderen, einer gegen den anderen, einer mit dem anderen, in die Tiefe stürzen können.

Täuscht Euch nicht, das verkündete Gleichgewicht bleibt unbequem und instabil. Zwar ahnen wir, daß irgendwo eine letzte Schwelle vorhanden ist, dennoch wissen wir nicht, wie weit wir gehen können. Welcher Vorteil bleibt am Rande des Abgrunds zu pflücken, ehe uns der Nachteil hineinzieht? Der so gepriesene gesellschaftliche Konsens gründet auf der Notwendigkeit, alles zu vermeiden, was ihn zerstören könnte; nie ist er ungefährdet, er hält nur deshalb, weil er eine echte Ungewißheit beschwört; seine Anfälligkeit macht zwar seine Stärke aus, doch diese Stärke legt Wert auf Anfälligkeit und nährt sich von der Sorge, das Vergängliche zu schützen. Unsere aus dem Desaster entstandene Einheit hält sich gegen ihn, also in ihm. Sie produziert und reproduziert seine verheerende Potentialität in dem Augenblick, in dem sie sie überwindet. Wir verhandeln unsere Übereinstimmungen, Kompromisse und Kompromittierungen vor dem Horizont eines möglichen Scheiterns. Die Vergangenheit impft. Die Vergangenheit macht angst. Eure französische Logik teilt entzwei, unsere Erfahrung ist unteilbar: Die Vergangenheit impft mit Angstauffrischungen.

Wie Du bin auch ich aus dem Stoff gemacht, aus dem die Träume sind. Gelegentlich packt mich die Lust, reinen Tisch zu machen, der Wunsch, alles zu löschen, um alles neu zu beginnen, würgt mich plötzlich. Dann müßte ich auch noch die Erinnerung, gelöscht zu haben, löschen und die Vorahnung vertreiben, daß es keinen Neubeginn geben wird. Wer möchte nicht neu geboren werden, alles neu, alles rein? Der Preis einer vollständigen Verjüngungskur schreckt jedoch, ich hoffe für lange, zahlreiche Deutsche ab: Den Schnee von gestern zu vergessen, das Blut, das sie verbindet, zu vergessen steht ihnen frei, vorausgesetzt, sie geben das Denken überhaupt auf.

Brief IV

Drei Generationen haben Kopfschmerzen

Vernünftiges Wirtschaftsmodell, Hauptquartier des weltweiten Protestes, Psycho-Glücksinsel · Deutschland ist überall Erster · Es fragt sich, warum

Aus Berlin

Ich verbessere schnell meinen gestrigen Brief, ich befürchte, Du könntest ihn mißverstehen. Die deutsche Erfahrung ist nicht so rosig wie das blühende Antlitz der genießerischen Anführer, nicht so beschaulich, wie es die maßvollen Proletarier nahelegen, die nichts, außer ihre Ketten, ihre Reihenhäuser und ihr Familienleben, zu verlieren haben – nicht zu vergessen die Rentenkasse, die Arbeitslosenversicherung und die Reiselust. Weil wir uns der Vernunft und der Zivilisation ergeben haben, hat uns der liebe, großmütige Gott belohnt. Nichtsdestoweniger kann ich nicht garantieren, daß ein derartiges Wunder ewig blüht ... Gelegentlich trüben einige Schübe sprachloser Beunruhigung das idyllische Bild, das wir abgeben. Wer das Geheimnis durchdringen will, muß einem bestimmten Typ von Individuum Gehör schenken, den man bei Euch mit dem Spitznamen des Intellektuellen versieht.

Mit seiner lateinischen Etymologie und seinem Pariser Duft blieb ein derart mehrdeutiger Charakter hier lange *Persona non grata*. Die Aufklärung des 18. Jahrhunderts, die unsere Heimat zur pädagogischen Provinz ernannte, besang die Zusammenkunft von Poetischem und Gedachtem in der erhabenen Innerlichkeit eines Ausnahmebewußtseins. Der deutsche Geist, eine Consommé aus Seele, intelligenter Sensibilität, intuitivem Genie, mit einer Spur zweideutigem Rausch gewürzt, brodelte im Wasserbad seiner dämonischen Tiefe. Dieser großgeschriebene Geist entwertete die schönen, aber kleinen französischen Geister, sie wurden in den Bereich der

Schöngeister und nicht immer glänzenden Wortspiele verwiesen. Euer Gescherze, unser Witz schwankte zwischen wienerischer Leichtigkeit und bayerischer Grobheit, flog bis nach Berlin, auf die Gefahr hin, häufig zu schwerfällig zu werden. Als der eigentliche Intellektuelle die Bühne des Jahrhunderts betrat, wurde er herabgestuft und sofort in die Nische der zweitklassigen Seelen verbannt. Man war nicht sehr angesehen, wenn man sich zu ihm bekannte. Für die Kinder von Goethe und Schopenhauer verkörperte er die Verneinung.

Als das Volk der Dichter und Denker entdeckte, daß es ein Volk der Mörder und Henker war, änderte sich das. Seither genießt der deutsche Intellektuelle den anderswo üblichen problematischen Status. Er gibt vor, laut zu denken, stellvertretend für alle. Wie jeder irrt er sich. Er erstickt im Weihrauch und stolpert über spöttische Bemerkungen. Dennoch bleibt da eine atavistische Zurückhaltung; fast zwangsweise verachtet man eine Figur, die ihre Gedanken nicht nur veröffentlicht, sondern auch offen bekennt, daß sie ihre Meinung wechselt, und sich damit selbst Eselsohren anheftet. Natürlich urteilten Kant und Goethe über den Lauf der Welt, äußerten ihre Ansichten zum damaligen Tagesgeschehen; sie modifizierten ihre Ansichten sogar, in ihren Augen galt nämlich Sturheit als Mangel an Scharfsinn und Klugheit. Noch heute erörtern gelehrte Kommentatoren die Abfolge ihrer Parteinahmen. Wurde Hegel schließlich zum Reaktionär? Oder zum Freimaurer? Oder zum heimlichen Protestler? Schwierig, hinter die Maske zu sehen, der große Akademiker behielt seine Launen für sich, gerierte sich als Weiser, überflog sein Jahrhundert und umgab sich mit einem gewissen Anschein von Ewigkeit.

Ich gebe zu, dieses überlieferte Bild des Philosophen, der seinem Volk die Sprache schenkte, indem er ihm nicht allein sein Buch (Oh Homer!), sondern gleich auch noch den kritischen Kommentar dazu (Oh Platon!) widmete, ist etwas kitschig. Heidegger, noch sehr biedermeierlich, erzählt gern die Anekdote von Heraklit, diesem allergrößten Denker, den seine Bewunderer antreffen, wie er kniend am Kamin im Feuer herumstochert: »Auch hier sind die Götter«, erwidert er den verdutzten Getreuen. Der Ärmste! In der Nähe anderer, mit Menschenfleisch genährter Kamine kritzelte unser Denker Nummer eins um 1942 die reizende Anekdote hin. Ohne Erläuterung. Er erwähnte nicht: »Auch hier sind ...« Wer geht hier um? Schon wieder die Götter? Immer noch die Dämonen? Heidegger scheint nicht zu wissen, wo er ist. Deshalb ist es gelegentlich ratsam, die endgültige Augenbinde, die die Weisen blind macht, gegen die den Intellektuellen zugeteilte Narrenkappe einzutauschen.

Wir werden Zeit brauchen, um uns darüber zu trösten, daß wir den dem denkenden Dichter zugewiesenen Sockel verlassen haben. Jeder meiner logischen, moralisierenden, laizistischen, religiösen, skeptischen oder psychologischen Kollegen kennt die Qualen, die eine unvorbereitete Seele heimsuchen, wenn die Aura verblaßt. Wir haben nur so getan, als hätten wir uns damit abgefunden. In jedem deutschen Intellektuellen brütet ein *Geist* aus früheren Zeiten darüber nach, wie er wieder zu Gnaden kommt. In Frankreich fragen die Wochenzeitschriften mit schöner Regelmäßigkeit: »Wozu sind die Intellektuellen gut?«, worauf die Betroffenen einvernehmlich zugeben: »Zu nichts, mich ausgenommen.« Die Frage hat keine Konsequenzen, die Farce der Antworten gefällt Euch. Die witzigste erringt die Siegespalme. Die Konkurrenz der Schöngeister kann *aficionados* nicht beunruhigen, die als Kenner die Subtilität der heimlichen Fußtritte schätzen. Stehen keine bedeutenden Rivalitäten im Mittelpunkt des Klatsches, erfindet Ihr Euch welche, von der Angst vor einer Entropie erfaßt, die Gefahr eines Komas des Geistes befürchtend. Bei uns sorgt die Brownsche Bewegung von Meinungen und seelischen Befindlichkeiten für Verstimmung. Bereits Hegel geißelte die *Salons à la française*, die, ihm zufolge, »geistiges Tierreich« waren. Diese Art des freien, daher unkontrollierten Markts der Ideen ist für uns ein Dschungel. Der unregulierte Umlauf der Bilder beschwört unwiderstehlich die Überschwemmungen eines mentalen Abwasserkanals herauf. Ein deutscher »Intellektueller« hat Angst herabzusinken, er zielt auf Höheres als das, was ein derart kläglicher Titel von ihm verlangt.

Täusche Dich nicht. Es gibt keinen Elfenbeinturm. Widerwillig Intellektuelle, aber eben doch Intellektuelle, können wir auf das Publikum nicht verzichten. Ohne Publikum fehlte es uns an Herzen, die zu erziehen sind, und Gehirnen, die wir füllen können. Erzähl mir bloß nicht, in Frankreich sei das genauso: Allen voran Hugo, der auf den Stern zeigt, Zola betritt die Arena, und Sartre steigt auf ein Faß … Das ist nicht vergleichbar. Euch gelingt es immer, eine Krönungsmesse mit einem Requiem zu verwechseln. Voltaires Salbung? Selbst der glückliche, alte, zahnlose Auserwählte scheint zu hämisch, um in die Falle zu gehen. Euren Berühmtheiten erweist Ihr die prunkvolle Ehrung einer Bestattung erster Klasse, die als Epiphanie dient. Jedoch wartet Eure Bewunderung diskret darauf, bis sie ausreichend erkaltet sind, damit die Apotheose sie für alle Zeiten begräbt.

Was für ein Genuß, die bösartige Beschreibung von Hugos monströser Beisetzung bei Daudet (Léon) dem Jüngeren zu lesen. Zum Spaß leiere ich Schimpforgien herunter, die Breton auf das Gefolge von Anatole France herunterprasseln läßt. Ich gehe zwischen den verzweifelten Massen, die Sartre zum Montparnasse-Friedhof begleiten, und zähle an den Fingern, Fußzehen eingeschlossen, die Leser seiner *Kritik der dialektischen Vernunft* ab. Verstummen Eure Berühmtheiten höherer Gewalt wegen, verkündet Ihr einvernehmlich zum Ausgleich jeglicher Schuld, man hätte auf sie hören sollen, und verlaßt Euch auf die Rhetorik der postumen Blumen. Der retrospektive Kult schützt Euch vor der lebendigen freien Rede. Gipfel der Vorsicht: Ihr geht die Akte der Gestorbenen neu durch. Die große Revolution trieb das Raffinement so weit, daß sie das Auswechseln der hehren Leichen anordnete; sie vertrieb einige Tote aus dem Pantheon, denen das Vaterland zwar ewige Dankbarkeit geschworen hatte, die jedoch nicht mehr im Kurs standen. Unser Kult richtet sich hingegen auf Lebende, selbst wenn sie tot und begraben sind. Als Heranwachsender wurde Goethe vergöttert, (Oh Werther!), als Erwachsener in den Kreis der Olympier gesetzt und während des ganzen 19. Jahrhunderts mehr als lebendig einbalsamiert. Und falls er starb – wer weiß? –, dann kann es nur bei einer Schlacht um Stalingrad oder auf irgendeiner verschneiten und trostlosen Tundra gewesen sein.

Wie sollte das Verlangen nach einem Seelenzustand – Geist – befriedigt werden, nachdem sich die Ewigkeit aus dem Staub gemacht hat? Unerschöpflich haben wir die Antwort gesucht und das Verlangen neu entfacht, wenn es abzunehmen drohte. Wozu seid Ihr gut? Diese Frage soll hier nicht als journalistische Koketterie verstanden werden. Man stellt sie den anderen und sich selbst. Sie bestimmt unterderhand das Alpha und Omega der intellektuellen Arbeit. Jeder will bestens und am besten »dienen«. Daher ist es besser, sich der Dienste der anderen zu bedienen, als sie herabzusetzen. Der besondere Stil unserer theoretischen Auseinandersetzungen bezeugt es: Keine Schule kennt besser als die konkurrierenden Schulen die Gründe, die sie aufzuführen hätte, um sich unterzuordnen. Gadamers »Hermeneutik« ist die Wissenschaft von sich selbst und von anderen, sie bietet ihre Nachschlüssel der »kritischen Soziologie« und der »Kommunikationsgemeinschaft« von Habermas an, der, wenig geneigt, sich unterzuordnen, das Kompliment zurückgibt und die »Transzendentalpragmatik« von K. O. Apel hermeneutisiert, der sich sträubt ...

Ältere Schulen oder die, die noch nicht die Arena betreten haben, sinnen über das »Sesam, öffne dich!« nach, das sie, bei vollem Bewußtsein, in vollem Prunk und allen Ehren, den Gipfel erreichen lassen wird. Unsere Gedanken sollen fähig sein, alle Türen zu öffnen, und wenn schon nicht alle, dann wenigstens die Tür der Türen. Unsere Helden des Denkens verhalten sich so zartfühlend wie der heilige Petrus, um sich dann heimlich mit den Schlüsseln davonzumachen. Der Anspruch auf den geländegängigen Talisman erklärt die fortwährende Blüte gelehrter Methodologieabhandlungen und doktrinierender Doktrinen, die sich brüsten, Schlösser aufzubrechen, besonders die der benachbarten Disziplinen und konkurrierenden Methoden.

Das Desaster hat den Weg zum Himmel abgeschnitten. Der Intellektuelle betritt die Bühne, wenn der Priester sie verläßt. Diese beiden Figuren sind zeitlich derart verschoben, daß ihre flachen Duelle die Zuschauer vergnügen. Der denkende Dichter trat, wie es sich gehörte, in Konkurrenz zum Prediger auf der Kanzel. Beide machten sich eine transzendierende Vorstellung der Heiligkeit streitig, um die sich beide gemeinsam sorgten. Goethe entwirft einen Prometheus nach seinem Ebenbild, einen etwas zu modernen Titanen, dessen einziger Antrieb der Haß auf »alle Götter« ist. Der denkende Dichter schlechthin warf sich zum Antipriester, also zum Erzpriester, auf. Der Intellektuelle weiß, wie auch immer, daß er Postpriester ist; er visiert keine unangebrachte Heiligkeit mehr an; er schielt nach deren Ersatz oder Verklärung:

einem ausgeglichenen Herzen, vollen Backen, einem achtbaren IQ, einer gesunden Seele in einem gesunden Körper.

Was bleibt, nachdem die Sintflut alles weggespült hat, einschließlich der Abhängigkeit der Seligen? Na, die große Gesundheit! Der Intellektuelle weiß, daß sein Publikum Bescheid weiß. Beide sind aus dem Zusammenbruch geboren. Weit davon entfernt, diesen schmerzlichen Ursprung zu leugnen, leiten wir daraus unsere Legitimität ab. Der Intellektuelle rühmt sich, dessen Auswirkungen zu meistern, dessen Spuren abzuwaschen und, falls ihm das gelingt, seine Wunden zu vernähen. Er teilt die anfänglichen Schwierigkeiten der Gesellschaft, zu der er gehört, besteht jedoch auf seinem Wundermittel: Er zieht einen Schlußstrich. Welches sollte in der Tat die einem von seinen mörderischen Abenteuern genesenen Deutschland verheißene Gesundheit sein, wenn nicht die endlich erworbene Sicherheit, daß das Drama hinter ihm liegt und als vergangen abgehakt werden kann? Es hat stattgefunden, früher. Es betrifft uns nicht mehr. Vielleicht hat es uns niemals betroffen. So oder so, entweder es oder wir, wenn wir, dann nicht es, wenn es, dann nicht wir.

Ich habe Dich darauf hingewiesen, der einfache Deutsche hat fünfzig Jahre, natürlich relativen, Glücks erlebt, ohne und sogar unter der Voraussetzung, die Nabelschnur, die ihn mit dem Bankrott von 1945 verbindet, nicht durchzuschneiden. Die intellektuellen Rezepte programmieren ein »gesunderes« Glück und optieren für eine genau umgekehrte immunologische Therapie. Sie verlangt, sich unbedingt von der Vergangenheit zu befreien und das obsessive Wiederkäuen, das sie reaktiviert, einzustellen. Die wesentlichen Denkströmungen, die unser halbes Jahrhundert prägten, so chaotisch und verworren sie Dir scheinen, bringen die diversen mentalen Strategien zum Ausdruck, die dazu erfunden worden sind, das auslösende Ereignis, das immer wieder neu entsetzt, auf maximale Distanz zu halten.

Eine Vergangenheit, die nicht vergeht

Ob überheblich oder unterwürfig, ob unfreiwillig oder unbekümmert, verlegen oder verbal radikal: Wir schwanken zwischen Extremen. Wir verdrängen oder vermarkten die NS-Zeit, wir verharmlosen oder verteufeln sie. Je nach Generationszugehörigkeit, Gelegenheit und Gegenüber. Nur so, wie sie war, mögen wir sie nicht erinnern: so widersprüchlich, so fragwürdig und mitunter so beschämend faszinierend. Unser kollektives Selbstverständnis hält Selbstkritik eher für eine Schwäche als für eine notwendige Bedingung eines aufgeklärten nationalen Bewußtseins. Unsere Wahrnehmung verkürzt und verzeichnet die historische Wirklichkeit noch immer. Und unsere Moral findet zwischen bürgerlichem Rentabilitätsdenken und ausweichender Relativierung den rechten Maßstab nicht: Sie rechnet Schuld gegen Schuld auf oder versucht, sie mit sogenannten Wiedergutmachungszahlungen zu verrechnen. Oder sie relativiert den Holocaust im »Jahrhundert der Barbarei« (J. Améry) zu einem Völkermord unter vielen. Auf seiner furchtbaren Einzigartigkeit mag eine Mehrheit jedenfalls nicht insistieren. Diese Perspektive bleibt den Opfern und ihren Nachkommen überlassen. Das Unbewältigbare kommt in eben dieser Unverhältnismäßigkeit zum Ausdruck.

Der Umgang mit unserer Vergangenheit wird so kontrovers beurteilte wie diese selbst. Ihre kollektive Verdrängung ist schon früh als »Unfähigkeit zu trauern« (M. u. A. Mitscherlich) beschrieben und bedauert worden. Andererseits wurden Vergessen und Verdrängen erleichtert als Voraussetzung für die gesellschaftliche Integration und den raschen Wiederaufstieg der Bundesrepublik begrüßt. Noch die Widersprüchlichkeit des Urteils über die »Vergangenheitsbewältigung« dokumentiert, wie schwierig diese ist. Aber Kunst und Wissenschaft lassen hoffen, daß der anhaltende Versuch einer solchen »Bewältigung« langfristig doch nicht ganz unergiebig bleibt. Die Nazizeit hat die deutsche Nachkriegsliteratur, aber auch den Film, das Theater und die darstellende Kunst wie kaum ein anderes Thema beschäftigt. Die Zeitgeschichtsforschung steht da nicht zurück. Dem neben allem Vergessenwollen auch vorhandenen Erinnerungswillen verdankt sie viel.

Peter Reichel, *Der schöne Schein des Dritten Reiches. Faszination und Gewalt des Faschismus,* Hanser, München 1991

Haben wir tatsächlich das größte Verbrechen aller Zeiten begangen? Zur Heilung dieser Angst sind mehrere Therapien versucht worden. Auf drei unterschiedlichen Wegen verfolgen sie ein und dasselbe Ziel: Schluß machen! Entweder diskutiert man das Thema: Was soll das heißen, wir? Ich habe damit nichts zu tun ... Oder man weist das Verb zurück: begangen? Hat die Tat tatsächlich stattgefunden? Oder man leugnet die Angelegenheit: Verbrechen vielleicht, aber weshalb das größte? Wir haben die drei zuweilen voneinander getrennten, zuweilen ineinander verflochtenen Methoden erprobt. Eine erste Generation hat sich in das Subjekt verbissen – »wir«. Eine zweite in die Tat. Eine dritte gibt sich mit der Neubewertung der Tat ab. Die Thesen überlappen sich, und gelegentlich leisten sich gutherzige Autoren auch gegenseitig Hilfe, um eine Qual, von der sie denken, sie sei morbid, durch einen schnellen Schnitt zu beenden. Ich habe es Dir gezeigt, das Nachkriegsdeutschland hatte sein Glück in der praktischen Erfahrung einer unaufhörlichen Trauer gefunden. Zur Zeit kreise ich in einem theoretischen Universum, und dort mußt Du Dich – beiß also die Zähne zusammen, und schnall Dich an – auf eine brutale Kehrtwendung gefaßt machen. Die Trauer ist unnötig, die große mentale Gesundheit schließt sie ab. Das Quidproquo zwischen dem Intellektuellen und der Öffentlichkeit hört nicht auf. Beide tragen Trauer. Doch der erstere befördert sie ins Abseits, und die letztere verlängert sie zu ihren Gunsten. Beide fühlen sich unverstanden, wobei sich die Differenz weniger im Bild, das sie einander vorhalten, als in den konträren Weisen, unsere Urszene wahrzunehmen, zeigt.

Erinnere Dich, allein das Gesetz des angelsächsischen Siegers hatte durchgesetzt, daß wir das Gorgonenhaupt schauen und uns im schändlichen Wahn spiegeln. Doch kaum war die Bundesrepublik gegründet, kam die Entnazifizierung unter deutsche Obhut und wurde von ihrem Gegenteil abgelöst: der Vergebung. *Pardonierung* wurde auf die Tagesordnung gesetzt.

Ob im Handel, in der Industrie oder der Verwaltung, bei der Planung einer Karriere kümmerte man sich kaum um die Nazivergangenheit der neuen Führungskräfte. Die Adenauer-Ära erntete die politischen und sozialen Vorteile einer universellen, von allen Parteien, von rechts bis links, einschließlich der SPD, geförderten Nachsicht.

Im intellektuellen Bereich wirken die Ergebnisse dieser Strategie der Reinigung schmutziger Taten weniger strahlend.

»Mitte der fünfziger Jahre ... hatte sich ein öffentliches Bewußtsein durchgesetzt, das die Verantwortung für die Schandtaten des ›Dritten Reiches‹ allein Hitler und einer kleinen Clique von ›Hauptkriegsverbrechern‹ zuschrieb, während es den Deutschen in ihrer Gesamtheit den Status von politisch ›Verführten‹ zubilligte, die der Krieg und seine Folgen schließlich sogar selber zu ›Opfern‹ gemacht hatten«[1], erklärt Norbert Frei. Zu allerbesten Demokraten geworden, verurteilen wir gern und ohne das geringste Zögern das größte Verbrechen der Welt. Doch die Hypothese, »wir« wären dafür verantwortlich, berührte niemanden. Zumindest nicht vordergründig.

Ich kann nichts dafür. Ich habe den Befehlen gehorcht.

Ich tat, was ich konnte, wiederholte jeder ehemalige Soldat. Meine Meinungen, meine Religion, meine Philosophie, meine Moral standen diesem Abenteuer fern, wiederholten von der Basis bis zu Spitze, von der Rechten bis zur Linken alle Sprecher einer sich neu formierenden Gesellschaft. Der Beweis stach ins Auge: Wäre Hitler Kantianer oder Christ oder Dialektiker oder Adenauerianer oder Sozialdemokrat oder Adventist oder Mönch oder Buddhist oder Familienvater … gewesen, wäre er nicht Hitler gewesen. Die parlamentarische Rechte, die reformistische Linke, die etablierten Glaubensgemeinschaften und die traditionellen Meinungen fühlten sich von jedem Verdacht reingewaschen. Keinerlei Komplizenschaft durfte ihnen unterstellt, keinerlei Gewissensprüfung durfte verlangt werden. Es war schlicht bedauerlich, daß der Führer nicht daran gedacht hatte, die Meinung von moralischen und intellektuellen Autoritäten einzuholen, deren selbstverkündete Unfehlbarkeit der Bankrottbeweis für den war, der auf sie verzichtet hatte. Hitler hatte den falschen Mentor gewählt. So bedeutend Heidegger als Philosoph gewesen sein mag, zeigt sich an ihm doch die durchschnittliche Mittelmäßigkeit seiner Generation. Er hielt sich dreißig Jahre lang bedeckt, ehe er in einem letzten Interview das Geständnis ablegte: Er war einer »großen Dummheit« erlegen. Kein Verbrechen, eine »Dummheit«, ein Schönheitsfehler, deren Verantwortung selbstredend dem Führer zufällt. Der versäumt hat, den Empfehlungen eines sehr gutwilligen Denkers zu folgen, der doch … bis zum Schluß Parteimitglied blieb.

Nicht Deutschland ist es, nicht »wir« sind es, der Führer ist es, wurde das simple Leitmotiv zahlreicher Thesen, die den »Fall Hitler« analysierten und sich darin überboten, ihn als Ausnahme zu deuten. Mit viel Psychologie, Soziologie, Tiefenhermeneutik, Esoterik und Astrologie wurde in allen Tonarten wiederholt, daß Hitler ein Wahnsinniger, ein sexuell Gehemmter, ein verzweifelter Maler, ein Kleinbürger, ein Bastard, eine zornige Marginalexistenz, ein nicht geouteter Schwuler, ein halluzinierender Mystiker und ein heimlicher Feigling war, jedenfalls ein falsches Bewußtsein hatte. Sogar ein Jude sollte er sein ... Kurz, er war nicht wie jedermann, und nicht jeder war wie er. Das größte Verbrechen war wirklich begangen worden, doch keinerlei »wir« sollte die Last tragen.

Der Theologe erlaubte sich die Rückkehr zu seiner Theologie, der Reformer zu seinen Reformen, der Konservative zu seinen Konserven. Unheilvolle Ereignisse hatten im Land der Dichter und Denker für Schlagzeilen gesorgt, die Erben der früheren Genies betrübte es so bereitwillig, daß die Trauer, die sie trugen, zunächst jedenfalls nicht die eigene war. Hatte Hitler, die Ausnahme aller Ausnahmen, dem Ruf der Heimat, der Kultur, nicht geschadet? Nachdem der Usurpator tot und demaskiert war, mußte der *Status quo ante* wiederhergestellt werden. Die Generation, die alles erlebt und gesehen hatte, setzte sich dafür ein, so zu tun, als wäre nichts geschehen: Die Not der Stunde schrieb vor, die Uhren zu zerschlagen und nie mehr nach der Zeit zu fragen. Man poetisierte. Man akademisierte. Man veröffentlichte. Man theoretisierte. Wie vorher. *Words! Words! Words!*

Die deutsche Intelligenz geriet in einen schizophrenen Zustand. Was sie erlebt hatte, zählte nichts, was sie zählte, war leblos. Es mußte gestutzt werden, also stutzte man so radikal wie möglich. Unter dem Vorwand, den Hitlerismus gleich einem Fremdkörper zu eliminieren, bemühte man sich, die Erinnerungen zu kappen: Von 1933 bis 1945 waren zwölf weiße Jahre vergangen. Ein Vater langweilt seinen Sohn nicht mit den immer gleichen Geschichten seiner zweifelhaften Kriegstaten; eine Mutter entlockt der Tochter kein Lächeln mit der Heraufbeschwörung ihrer blonden Jugend. Alles verschwindet in der Versenkung: die ersten Küsse, die Liebe auf den ersten Blick, die Hochzeitsfeiern, die gemischten Gefühle der jungen Gattin, deren Mann, mehr oder minder stolz, zur Front abzieht. Da sie es nicht wagen, von ihrer Jugend in Uniform und ihrem Herumtollen bei der Hitlerjugend zu berichten, fühlen sich die Eltern nackt, weit eher Neugeborene als ihre eigenen Kinder.

Selbst die Mutigen haben geschwiegen. Ich habe einen realen Doppelgänger von Ebrennacs kennengelernt. Als Pilot der Luftwaffe quittiert er 1940 den Dienst, um keine polnischen Städte bombardieren zu müssen. Er wird als Infanterist an die russische Front versetzt, überlebt mehrere furchtbare Winter so heil und unversehrt, wie eine solche Schmutzhölle es erlaubt. Nach seiner Rückkehr sagt er niemandem etwas. Sein Sohn, mein Freund, ging auf die Dreißig zu, als er zufällig von der exemplarischen Weigerung erfuhr, auf die sein Vater sich nichts einbildete. Das Gesetz des Schweigens lastete über der gesamten deutschen Gesellschaft, diese *Omertà* galt für die Anständigen genauso wie für die Feigen und Schuldigen. Sie hängte den familiären Vertraulichkeiten genauso wie den offiziellen Ansprachen einen Maulkorb um. Sie versperrt weiterhin den Horizont der Bundesrepublik: Weit davon entfernt, Helden zu sein, sind die Deserteure der Wehrmacht bis heute Parias.

Auch die damaligen Intellektuellen entkamen dieser Strategie der Vergangenheitskontrolle nicht. Sie kodifizierten deren Prozeduren. Sie ernannten sich selbst zu Spezialisten der Demarkation. Man verdankt ihnen hausgemachte Tricks, an denen sie sich von ihresgleichen erkennen lassen. So zum Beispiel der Ausschluß des

»Emotionalen«, das den Ernst der geschraubten und gelehrten Debatten stören soll, als zieme es sich, das affektive Übermaß, von dem die Naziaktivisten strotzten, zu inkriminieren und nicht deren fehlende Emotionen angesichts der Inhumanität der begangenen Taten. Ist »Emotionalität« wesensgemäß nationalsozialistisch? Der Bürger wird aufgefordert, jede Form von Spontaneität unter Verschluß zu halten, die die Zensur der Erinnerungen stören könnte. Scheinbar entgegengesetzte Eigenschaften – Rationalität, Spekulation, Theorie – werden in ähnlicher Weise unter strengste Überwachung gestellt. Als dürfe der gute Deutsche, um artig zu bleiben, nicht weiter als bis zu seiner eigenen Nasenspitze blicken. Etwas allgemeinere Betrachtungen, globale Fragestellungen, sind verdächtig. Sich zum allgemeinen Überblick, zum Panoramadenken aufzuschwingen, könnte zu irgendeinem unseligen »Holismus«, der hypothetischen Prämisse des Totalitarismus, führen.

Die deutsche Intelligenz, gierig darauf, sich von der Vergangenheit zu lösen, hat sich, Penelope gleich, unwissentlich in eine unendliche Arbeit gestürzt. Weder der Optimismus der damaligen Experten für Stummheit noch die Strenge der Kritiker von heute werden der ironischen Größe des Unternehmens gerecht. Deutschland, bemüht, sich von jedem Verdacht reinzuwaschen, verdächtigte sich selbst. Als es den Abzug der alliierten Kontrollkommissionen feierte, wurde es zur eigenen Kontrollkommission und eröffnete die Jagd, aber nicht auf die ehemaligen Naziverantwortlichen, sondern auf eine Innerlichkeit, die deren vergangene Popularität bezeugte. Ich hoffe, daß Dir der betrügerische Aspekt des Unternehmens nicht entgeht. Wir hielten uns für sehr schlau, die Entnazifizierungsmaßnahmen selbst zu übernehmen, um sie schnell zu entkräften und das Verbrechen auf das Treiben einer kleinen hitlerischen Gang zu reduzieren.

Wir haben uns der Vergangenheit gegenüber entsolidarisiert. Dazu verdammt, jede Äußerung zu überwachen, haben wir uns taub gestellt. Daher die Vorrangstellung des Stils, die der posthitlersche Professor Doktor derart häufig zur Schau stellt: Die Universität war auf Distanz gegangen, unermüdlich sorgte sie dafür, daß die Türen des Gedächtnisses geschlossen blieben, sie hielt Wache und untersagte sich jede Entgleisung. Die Inspiration des Dichters wurde als »Emotionalität« und die des Denkers als gefährliche theoretische Schrulle mit dem Bann belegt. »Man weiß, wohin das führt.« Mit diesem schlagenden Argument wurde dem geringsten Elan begegnet, der mangels Klassifizierung, Etikettierung und Beherrschung als unkontrollierbare Monstrosität galt. Was die breite Öffentlichkeit angeht, brachte dieses Verlangen nach Überbewachung die Generation hervor, die ein Bestseller als skeptisch bezeichnete. Hinsichtlich der Elite rief diese Kultur des Mißtrauens, die sich selbst mißtraut, eine gewisse Sterilität hervor: Man mobilisiert nicht ungestraft gegen seine Erinnerungen.

Vordergründig reichte es, die dunklen Jahre zu überspringen, um an tröstliche Vorstellungen neu anzuknüpfen und ewige Überzeugungen neu zu erwecken. Zwar wurde dieser Tourismus der Antiquare in voller Übereinstimmung betrieben, dennoch ging er daneben. Wir blieben in der Luft, warteten auf eine Landepiste. Wenn die jüngste Vergangenheit verboten war, konnte die Vergangenheit dieser Vergangenheit keinen festen Boden bieten. Die Mode der Rückkehr zu alten Werten befand sich zwar in vollem Gang, eine stumme Lähmung blockierte aber die Reintegration in die Nische des respektvollen Beamten des ewigen Humanismus oder sonst einer freundlichen Religion. Die früheren Ideale hatten evtl. keine Beziehung zum Hitlerismus, den man für einen aus dem Unbekannten gefallenen Meteoriten hielt.

Indessen bohrte eine quälende Frage die Kandidaten für die Retroreisen: Weshalb hatte derart viel Kultur das nicht verhindert? Die anständigen ehemaligen Moralvorstellungen hatten offiziell mit den jüngsten Monstrositäten nichts gemein, doch wozu hatten sie gedient? Ich kenne die französische Redeweise: Man löscht alles aus und beginnt von vorn! Deutschland war darauf versessen, alles auszulöschen, um sich von jeder Art von Neubeginn zu befreien. Daher konnten die grünen Paradiese seiner Kindheit ihm nicht zum Anker werden, so unschuldig sie auch schienen. Schon einmal hatten sie der Sintflut nicht widerstanden.

Allein der Stein ist unschuldig, hatte Hegel formuliert. Péguy wiederholte: reine Hände, keine Hände. Um ihrer eigenen Geschichte zu entgehen, fand sich eine Generation außerhalb der Geschichte, ohne Gepäck und ohne Gedächtnis wieder. Ihre Kinder zuckten die Achseln. Sie konnten kein zweites Mal den Hitlerismus auf irgendeine individuelle Paranoia reduzieren. Die faschistische Welle, die beinah das aufgeklärte Abendland überflutet hätte, konnte in ihren Augen schwerlich als simple Panne im Aufschwung unserer Zivilisation gelten. Sie wollten die elterlichen Hemmungen abschütteln, schworen, die näheren Umstände der abscheulichen Odyssee zu erforschen. Sie fanden wieder Ohren, um zu hören, Augen, um zu sehen, und ein Gehirn, das fähig war, das Grauen zu reflektieren, ohne vor ihm zurückzuweichen. Schluß mit der sakrosankten *Omertà*! Sie würden das Verbrechen der Verbrechen benennen!

Genug damit, die Verantwortung für das Drama der Handlung eines Wahnsinnigen oder einer allgemeinen Hysterie zuzuweisen! Weg mit billiger Psychiatrie! In den Kulissen des größten Verbrechens sitzt ein Subjekt, das es begangen hat, ein kollektiver Akteur, der aktive Vollstrecker und passive Komplizen zusammenbringt, ein »Wir«, das durch die Geschichte spukt und dessen Genealogie rekonstruiert gehört. Es wütete in einer noch nahen Vergangenheit. Keimte es nicht in ferner zurückliegenden Zeiten? Bedroht es nicht mit seinen Metastasen eine noch offene Zukunft? Der Faschismus bricht nicht plötzlich wie durch ein Wunder aus, verschwindet auch nicht sofort wieder, er nimmt sich seine Zeit. Er nimmt sich die ganze Zeit. Die Selbstkritik Deutschlands muß sich auf seine gesamte Geschichte und nicht allein auf den Schrecken von zwölf Jahren beziehen.

Du kennst die verschiedenen Fabeln, die von der jahrhunderte-, wenn nicht jahrtausendelangen Inkubation des hitlerischen Virus berichten, genausogut wie ich. Die Staatsideologen im Osten stigmatisierten den Kapitalismus als Quelle aller Übel. Auf seiner höchsten Entwicklungsstufe bringt er den Imperialismus hervor, dessen letzte Äußerung der Nazismus ist. Dieser droht so lange wiederzukehren, bis man seine Wurzel kappt: die Warengesellschaft. Der Westen, erfinderischer als die Genossen, verfügte über eine differenzierte Klaviatur von nicht weniger definitiven, doch vielfältigen Deutungen. Die einen verteufelten den modernen »Subjektivismus«, der seit Machiavelli und Hobbes keine durch die Naturgesetze oder die Gnade Gottes geordnete Welt mehr kennt und die Vollmacht dem Ermessen eines Staates als absoluter Herrscher übergibt. Leo Strauss hatte in den Vereinigten Staaten mit der Ausschmückung dieser für uns so typischen Themen Erfolg. Andere kehrten weiter in die Vergangenheit zurück, Horkheimer und Adorno drangen bis Homer vor, in Odysseus machten sie den Prototyp des gesetz- und glaubenslosen Abenteurers aus, dessen berechnende Schläue die bürgerliche Rationalität, die gewaltsame Eroberung der Welt, die Zerschlagung der traditionellen Zivilisationen, die universelle Entfremdung, die Täuschung, das Blut, die Herrschaft, den Terror ahnen ließ. Odysseus, also Hitler. Armer Homer.

Das Abendland ist schon von seinem Ursprung her verdorben, resümiert abrupt eine Generation, die begeistert die *Dialektik der Aufklärung* gelesen hat. Die Heideggerianer als distanzierte Konkurrenten der Frankfurter Schule komplizierten die historische Ätiologie, indem sie die angeblich falschen Weichenstellungen vervielfachten. Muß der moderne Cartesianismus, der die Mathematisierung der Natur und die technische Verwüstung des Planeten einläutet, inkriminiert werden? Muß mit dem Finger auf die Konfiszierung der antiken Weisheit durch den christlichen Glauben gezeigt werden? Muß die lateinische Übernahme der griechischen Philosophie beklagt werden? Schließlich wurde das Vergessen der Vorsokratiker durch die Sophisten und Platon angeklagt ... Das sind die wahren Schuldigen! Diese konkurrierenden, weniger sich ausschließenden als komplementären Datierungen verschwören sich, um den eigentlichen abendländischen Niedergang, der in Europa in den Jahren 1933 bis 1945 eine düstere Krönung erlebt, auf das Morgengrauen zurückzuführen.

Die Quelle des Bösen ist demnach kein besonderer, der Zivilisation und der Vernunft äußerlicher Wahn, sondern eine Wut, die sie von innen heraus umtreibt. Für die Frankfurter Schule wie für Heidegger und seine Nachfolger fällt der Faschismus nicht vom Himmel. Ihn trägt eine jahrhundertealte Geschichte, unsere, deren Verheißung er vollzieht. Die zweite nachhitlersche Generation weist den Autismus ihrer Vorgängerin zurück. Sie tauscht deren trostlose Schizophrenie freudig gegen einen militanten Manichäismus. Sie zieht in den Krieg gegen die historische Wiege der unheilvollen Brandungswelle, das heißt gegen ihre eigene Wiege. Sie setzt bereits datierte Texte auf ihre Fahne, die das heilige Entsetzen zurückstrahlen, die denjenigen erstarren läßt, der die Massengräber entdeckt.

Die Idee, schreibt Adorno, daß das Leben nach diesem Krieg »normal« weitergehen könne, daß es so etwas wie einen »Wiederaufbau der Kultur« geben könne – als ob der Wiederaufbau einer Kultur nicht bereits von vornherein ihre Verneinung wäre –, sei eine dumme Idee. Millionen von Juden seien massakriert worden, und da wolle man, daß das nur ein Zwischenspiel gewesen sein soll und nicht die Katastrophe an sich. Worauf warte diese Kultur denn noch?[2]

Praktischer und theoretischer Manichäismus treffen sich in ein- und derselben Zurückweisung der Vergangenheit. Unaufhörlich führt der Terrorismus die militanten Aktivisten in Versuchung, weil sie die Gesellschaft, in der sie leben, und die Kultur, die sie umgibt, als maskierten Faschismus erleben. Gestern breitete er sich aus, vorgestern bereitete er sich vor, und heute lebt er verborgen fort. Ihr Richter, die Ihr Polizisten freisprecht, die für den Tod eines Jugendlichen verantwortlich sind, seid die würdigen Erben der SS, Ihr seid die Schweine, die die Vernichtung organisiert haben, klagt Gudrun Ensslin an, ehe sie sich in die Rote-Armee-Fraktion hineinstürzt. Der theoretische Radikalismus schließt Nuancen und Kompromisse aus, die ihm zufolge unvermeidlich zu Kompromittierungen führen, »die ganze traditionelle Kultur ist heute wertlos«. Im Klartext: Sie ist Scheiße.

»Nach Auschwitz ein Gedicht zu schreiben ist barbarisch«, verkündet Adorno.[3] Wörtlich genommen widersprechen sich die Verwünschungen des Kulturmenschen. Der verlegene Denker versucht sie anschließend zu beschwichtigen, doch ihre ursprüngliche Schärfe ist authentischer und dauerhafter als die abschwächenden Verblümungen, mit denen er sie danach verkleidet.

So gesehen dümpelt die Verurteilung, die die Kultur gegen sich selbst ausspricht, doppelzüngig daher. Sie speist eine universelle, mit einem freiwilligen Selbstmord einhergehende Revolte. Aus diesem Grund kristallisiert sich in ihr nicht allein der Impuls, der zwanzig Jahre Opposition Kolonialkriegen gegenüber und Campusunruhen hervorrief, sie kündigt auch das glanzlose Ende dieser weltweiten Bewegung an, die sich, gegen sich selbst gekehrt, selbst auflöst. Das durch ganz Deutschland geschwenkte Bild vom ausgemergelten, abgezehrten Holger Meins war hoch symbolisch. Er führt den Hungerstreik bis zum Lebensstreik durch. In ihm wie in der Inszenierung des kollektiven Selbstmords der anderen Führer der Roten-Armee-Fraktion, eher als Baader-Meinhof-Bande bekannt, nimmt der Spruch von Adorno Gestalt an, bis sich die Gestalten in ihm auflösen: Ich, die Kultur, werde zur Leiche. Ist es nach Auschwitz weniger barbarisch, weiterzuleben, als ein Gedicht zu schreiben?

Die Ziele einer entschieden kastrierenden Revolte finden wir schon in der *Ilias,* und sie bestimmen die plötzliche Kehrtwendung einer Generation, deren Früchte, zu ihrem naiven Staunen, nicht das hielten, was die Blüten verhießen. Unerheblich, daß ihr Aktivismus hauptsächlich linksgerichtet ist. Inzwischen bezieht sie ihr Winterquartier, in außerpolitischen Unterschlüpfen, wo Heidegger, Ökologie und Zen-Buddhismus sich gut vertragen. Von Anfang bis Ende bleibt die Mentalität unverändert, die unbeirrt den unbedingten Protest gegen die nicht minder kompakte und unteilbare abendländische Zivilisation vorschreibt.

Von einer Generation zur nächsten sind die Plätze vertauscht worden, ohne daß sich die Symmetrie, die sie anordnet, verändert hätte. Erste Epoche zwischen 1945 und 1955: Hitler ist die Ausnahme; »wir« sind die neue Normalität. Zweite Epoche, zwischen 1965 und 1975 kulminierend: Die »normale« Gesellschaft, jenes offizielle »Wir«, gilt als der verderbte Kern, in dem Faschismus entsteht und in dem er sich reproduziert. Die Außenseiter erträumen sich ein anderes, erlösendes »Wir«, sie segeln vor dem Wind der Ausnahme. Die gern verwünschten Dichter, die jungen Messiasse außer Dienst bewaffnen sich mit dem Schrei, und ihr einziger Sieg ist die Niederlage, die eine Welt anklagt, »in der die Tat nicht die Schwester des Traums ist« (Baudelaire, von Stefan George übertragen und von Adorno kommentiert).

Sie ignorieren nicht, daß die von Hegel formulierte Kritik der schönen Seele ihnen ausgezeichnet zupaß kommt. Ihre Schmähungen speisen sich davon. Scharfsinnig machen sie den Wahn der Anmaßung und den Terrorismus der Tugend im Auge des Nachbarn aus. Sie entziffern dort sogar ein »auch du ...«, das ihnen schlaflose Nächte bereitet. Nichts an ihnen strahlt die Arglosigkeit des Romantikers aus. Sie sind Hegelianer, ihr Pech ist nur, daß sie mehr wissen als ihr Meister. Sie sehen sich von einem Lauf der Welt verurteilt, den sie als weiterhin verurteilbar definieren. Hegel kannte die Herrlichkeiten des Zweiten Weltkriegs nicht. Er hoffte darauf, sich mit der Vernunft der Geschichte zu versöhnen. Sie nicht.

Dennoch. Auf ihre Weise und auf ihre Kosten gelang ihnen die Trauer. Sie verwandten derart viel Energie darauf, daß sie wiederum umstandslos die Wahrheit der Fakten erschütterten. Sie behaupteten nicht, wie die Generation der Eltern, das »Wir« sei nicht die Quelle der Schandtat. Im Gegenteil: Dieses »Wir« ist vorhanden, und sie separieren sich davon, trennen ihren guten Weizen von der Spreu der Älteren. Die Negation, die dieser zweiten Generation vorschwebt, betrifft die Tat, die zu enorm ist, um irgendeinem »Wir« zugänglich zu sein.

Wie Nietzsche es hinsichtlich Gottes Tod ankündigte, ist diese Tat »zu groß für uns«. Ebenfalls zu groß ist Hitlers Inthronisierung. Zu groß für die Deutschen, die sich gezwungen fühlen, darin einen mythischen Ursprung ausfindig zu machen. Wofür man sich ursprünglich entschied – Vernunft, Herrschaft, Technik etc. –, soll Horkheimer und Adorno zufolge vom Griechenland des Odysseus, Heidegger zufolge vom Griechenland Platons entschieden worden sein. Die realen Deutschen waren vorprogrammiert und manipuliert. Wenn sie dem offensichtlich besorgniserregenden Diktaturkandidaten euphorisch den Weg geebnet haben, hat man ihnen das eher angetan, als daß sie selbst es getan hätten. Die Würfel waren von Anfang an gefallen und von jeher gefälscht. Die unsichtbare Hand, die das Spiel lenkte und in den Kulissen der Geschichte wirkte, erhielt zwar verschiedene Namen, je nach Belieben der Essayisten und Theoretiker, ihre Existenz wurde jedoch nie in Frage gestellt.

Es ist die Schuld des Kapitals! sagte der eine. Des Systems der rationalen Beherrschung der Dinge und Menschen! differenzieren die anderen. Es ist die Schuld der eindimensionalen Gesellschaft! Die Schuld des logozentrischen Geschicks! Die Schuld zahlreicher grundlegender Entscheidungen, die die Geschichte des Abendlandes entgleisen ließen, verkünden andere Auguren.

Da sich das Wesentliche in anderen Zeiten und auf einer anderen Bühne, in der Geschichte und nicht in der *Historie* abspielt, sagt Heidegger, daß die prä- und posthitlerschen, die hitlerschen Deutschen selbst nur Statisten waren. Wir ziehen nicht an den Fäden der Marionetten, die wir sind.

Sonderbare Angelegenheit! Über politisch und existentiell entgegengesetzte Wege gelangen zwei Generationen zum gleichen Schluß: nein! Wir haben nichts getan! Die erste leugnet das »Wir«, die zweite das »Tun«. Zweimal entmündigt eine unheilvolle Abfolge den Kollegen, den Nachbarn, die Älteren, die Bürger von gestern und früher. Ein subjektloser Prozeß fand hinter ihrem Rücken statt. Auf die eine oder andere Weise sprechen sie sich von jeglicher Verantwortung frei. So erklärt sich der absolute Leichtsinn des sehr ernsthaften Protestlers: Er ist nicht Hitler, wir sind es nicht, die Infrastruktur ist es, das System ist es oder die Systeme, das Schicksal ist es. Niemand muß sich (oder uns) mit einer belastenden Vergangenheit belasten oder sich um eine Zukunft sorgen, die einer sich uns entziehenden Geschichte angehört.

Wunderbares theoretisches Zauberkunststück, das uns mit einem schnellen und nicht faßbaren Taschenspielertrick so unschuldig wie Neugeborene werden läßt. Unsere Verantwortung wird noch effektiver weggezaubert, da eine Unzahl von Büchern, Untersuchungen, kommentierten Archiven und gelehrten Analysen die evangelische Schlichtheit der Weißwäscher tarnt. Mit häufig verdienstvoller Objektivität zwingt man sich dazu, die Umstände zu analysieren, die den Ausbruch des Faschismus begünstigten. Berücksichtigt werden die Folgen der Krise, die ökonomischen und sozialen Strukturen, der Autoritarismus des Erziehungswesens, die kurz-, mittel- und langfristige geopolitische und strategische Situation, die Evolution der Sitten und die Demographie, die innere Ratlosigkeit aufgrund der Hohlheit der Werte, usw. Alles notwendige und nützliche Fragestellungen, die allerdings, und nur dann, ins Rutschen kommen, wenn sie den Boden der Tatsachen verlassen, und sich zur herzerwärmenden Unverbindlichkeit imaginärer Konstruktionen emporschwingen. Dann werden die diabolischen Maschinen entlarvt, die die totalitäre Macht entstehen lassen wie eine Kaffeekanne, die heißen Kaffee ausgießt.

Jeder Forschende zieht sein Lieblingskaninchen aus dem Systemhut.

Der Konkurrenzkampf der endgültigen Erklärungen ist hart. Ein Chefingenieur wird zu Hilfe gerufen, das Haupt einer Denkschule, das die philosophische Taufe der Maschine der Maschinen vornimmt, die allen übergeordnet ist, die Dynamik jeder einzelnen regelt und die gemeinsame Arbeit koordiniert. Das pädagogische System produziert die Autorität, die soziale Struktur erzeugt die Hierarchie, die Produktionsverhältnisse führen die Herrschaft ein, der freie Markt der Waren und Gedanken führt zur universellen Entfremdung, die Großindustrie zieht die großen Kriege nach sich ... Ich verkürze, Du kennst die Schlager, die auch Frankreich summt, wenn es uns auch um unsere unnachahmliche Fähigkeit zu makroskopischen Synthesen beneidet. Überleg doch, mit welcher Verspätung Ihr zaghaft an der »abendländischen Metaphysik« den »Eurozentrismus«, den »Logozentrismus«, die grundlegende Entgleisung erkennt, woraus sich die finale Verlassenheit deduziert! Was die Sündenbockmaschinerie betrifft, so haben Heidegger und Adorno, einander so nahe trotz alledem, das Erbe der anklagenden Prophezeiungen stolz weltweit verbreitet. Mögen Marx, Schopenhauer und Nietzsche derart treue Serailkinder krönen! Der unseren Theoretikern vorbehaltene herzliche Empfang versteht sich von selbst: Der sagenhafte Anteil, den sie an die Machenschaften des Schicksals delegieren, wäscht rein.

Mit der Anklage der gesellschaftlichen oder ideologischen Makroapparate entschuldigt man sich bequem, plädiert für ein Nichtverantwortlichsein, das von keiner angemessenen Überprüfung der Fakten untermauert wird. Um die achtziger Jahre herum ändert sich der Ton. Die Revolutionsemphase gibt dem moralisierenden Willen der dritten Generation nach. Wir und keine übermenschliche Mechanik sind für das Böse verantwortlich, hatten bereits unsere Schriftsteller, Thomas Mann, Stefan Zweig, Heinrich Böll an der Spitze, geflüstert, gerufen, analysiert. Ihr seid verantwortlich, bekräftigte unser seit Stefan George größter Dichter Paul Celan, der *inkognito* in Paris lebte. Es war möglich im Dritten Reich, Befehlen keine Folge zu leisten. Tausende von unauffälligen Widerstandsformen werden nunmehr in zahlreichen Denkschriften exhumiert. Das Bild des Bürgers, der keine Wahl hatte, hält nicht stand, obwohl zwei Generationen es nicht in Frage gestellt haben.

Tausend Meilen von den außergewöhnlichen Helden der Weißen Rose entfernt, geschah es, daß ein undurchsichtiger, kupplerischer Geschäftsmann mitten im Schlachthaus die innere, moralische Kraft und praktische Fähigkeit fand, mehrere hundert Juden zu retten, Spielbergs Film erinnert uns daran. *Schindlers Liste* wurde in Deutschland in ausverkauften Kinos vorgeführt, die theoretisch und politisch aktive Elite jedoch nahm den Film verlegen und schulmeisterlich auf. Schindler war kein Einzelfall ... Die Zuschauer stellten sich Fragen zum – noch weniger einzigartigen – Fall derjenigen, die weder die Initiative entwickelten noch die Idee oder Absicht hatten, wie dieses vulgäre Individuum zu handeln.

Frohe Nachricht! Die dritte Generation scheint fähig zu sein, unumwunden und ohne Schnickschnack zu verkünden, daß die Deutschen, daß »wir« das größte Verbrechen der Welt begangen haben. Ausstellungen mit zahlreichen Dokumenten weisen nach, daß die Verantwortlichkeiten weit über den Kreis einer kleine Clique hinausgingen. Die Armee hatte sich an den Razzien, Einsperrungen und Ermordungen von Zivilisten beteiligt – das Ganze in weit größerem Umfang als bislang zugegeben. Als ein amerikanischer Forscher den Begriff des

»Vollstreckers« erweitert und die direkte oder indirekte Beteiligung eines großen Teils der Bevölkerung nachweist, hören ihm Unmengen von jungen Deutschen zu und bringen ihm Ovationen dar. Sollte sich das Blatt gewendet haben? Ja, aber etwas schnell. Nein, weil die Eile, es zu wenden, beunruhigt.

Auf einem sehr allgemeinen Begriff von Verantwortung fußend, den er penibel aus verschiedenen Quellen ableitet, schließt Goldhagen[4] munter auf eine kollektive Schuld. Dabei verwechselt er zwei unterschiedliche und seinerzeit von Jaspers unterschiedene Begriffe: »Für Verbrechen kann je nur der einzelne bestraft werden, sei es, daß er es allein ist, oder daß er eine Reihe von Komplizen hat ... *Es ist aber sinnwidrig, ein Volk als Ganzes eines Verbrechens zu beschuldigen.* Verbrecher ist immer nur der einzelne«, bemerkte er, als er dem Urteil von Nürnberg zustimmte und es unmittelbar danach kommentierte.[5] Jaspers legte Wert darauf zu ergänzen, daß über diese kriminelle Schuld hinaus eine Verantwortung ganz anderen Typs vorliege. Mit seiner üblichen begrifflichen Ungenauigkeit nennt er sie mal »Mitverantwortung«, mal »moralische Schuld«: »Es ist jedes Menschen Mitverantwortung, wie er regiert wird.«[6]

Goldhagen erlaubt sich nicht zu unterscheiden, weil er aus all den Einzelteilen hinter den zwölf schrecklichen Jahren ein gewaltiges Subjekt rekonstruiert, das sich das, was geschah, ein Jahrtausend lang ausgedacht hat. Deutschland ist als Ganzes schuldig; hier schärft ein geborener kollektiver Verbrecher sein Messer und poliert seine Losungen von Anbeginn an. Sein Volk ist seit eh und je vom Vernichtungsantisemitismus befallen. Unerheblich, daß sich kein einziger deutscher, jüdischer oder nichtjüdischer Schriftsteller vor 1930 einer derart außergewöhnlichen und quasi ewigen Besonderheit bewußt geworden ist. Dem Forscher und seinen Bewunderern ist es gleichgültig, daß der Stil seiner Argumentation strikt retrospektiv ist: Da sie es getan haben, haben sie es gewollt, und das von jeher! Von diesem Axiom ausgehend, erübrigt es sich, sich mit den anderen und ihrem langandauernden Antisemitismus zu beschäftigen. Den Autor kümmert es nicht: *post hoc, ergo propter hoc,* wenn das Verbrechen anderswo nicht stattgefunden hat, liegt es daran, daß es nur in Deutschland Anhänger finden konnte. Denselben methodischen Prinzipien zufolge hätte 1900 ein Denker mit ähnlicher Selbstsicherheit schließen können, daß das Frankreich, das Dreyfus verfolgte, seit Philipp dem Schönen kollektive Schuld auf sich geladen hat.

Eine tatsächliche allgemeine Verantwortung in eine unmittelbar kriminelle Schuld umzuwandeln ermöglicht ein weiteres Mal, die Brücken abzubrechen. Das diabolisierte Deutschland bleibt in der Ausnahme, seinem berühmten *Sonderweg*, eingeschlossen. Es wird unvergleichlich. Die übrigen Weltbewohner können es von außen verurteilen und strafen, seine Krankheit, zu angeboren, um ansteckend zu sein, betrifft sie nicht. Damit lehrt die deutsche Tragödie niemanden etwas. Nicht einmal die Deutschen von heute, die zwangsläufig von diesem historischen Monster ferngehalten werden, einem kompakten und geschlossenen Germanien, das jahrhundertelang seine Schandtat ausbrütete, sie in die Welt setzte und daran gestorben ist. Der amerikanische Conférencier beglückwünscht sein Publikum, das ihm Beifall zollt. Man verständigt sich in der gemeinsamen Vorstellung, die alte Welt liege hinter einem, auf den Müllhaufen der Geschichte geworfen. Sie sind sie, und wir sind wir. Sie waren verantwortlich, also schuldig. Wir sind nicht schuldig (das ist nachgewiesen), wir werden nicht verantwortlich sein. Wir haben das allergrößte Verbrechen in einem Sarkophag aus Beton begraben; räumlich festgeschrieben, zeitlich lokalisiert, es interessiert nur noch die Archivare. Worauf sich alle gegenseitig gratulieren. Dritte Trauerbewältigung?

1. Goldhagen entdeckt das Geheimnis seiner überraschenden Popularität: »Daß mein Buch trotz fürchterlicher Kritiken in Deutschland einen solchen Erfolg hatte, liegt genau daran, daß die Deutschen anders sind. Heute sagen sie: Schreckliche Sachen haben in unserem Lande stattgefunden, wir waren das nicht. (...)«
2. Goldhagen entdeckt, daß das, was stattgefunden hat, anderswo weiterhin stattfindet: »Es ist nicht so schwer, Menschen umzubringen, wenn man sie umbringen will. Nehmen Sie die geschätzten Zahlen des Völkermords in Ruanda: achthunderttausend Tutsi innerhalb von sechs Wochen umgebracht. Ein viel intensiveres, mit Macheten begangenes Gemetzel als der Holocaust.«
Von den Journalisten ausgelassene Frage: Gibt es einen »eliminatorischen« Antitutsismus, der seit einem Jahrtausend den Sonderweg Ruandas charakterisiert?

Interview in *Libération*, 30. Januar 1997

Der neue Exorzismus beginnt in den achtziger Jahren, als es unvorstellbar schien, Hitlers Machtantritt und -erhalt unter Verschweigung der moralischen, politischen und massenhaften Mitwirkung der Bevölkerung zu erklären. Für viele wurde *Das Prinzip Verantwortung* von Hans Jonas zum Fetischbuch. Alle sind verantwortlich! verkündete er, gestern für Hitler, heute für das ökologische Desaster, morgen für das Überleben der Menschheit und den Erhalt des Planeten. Eigentlich verbirgt dieses Prinzip eine heimtückische Zweideutigkeit. Es schlüpft geschickt zwischen den beiden Bedeutungen des Begriffs Verantwortung hindurch: Einerseits sind wir für das Böse verantwortlich, wären wir, Goldhagen zufolge, das Nazivolk an sich, andererseits sind wir, als potentielle Retter des Planeten, nun für das Gute verantwortlich.

Logisch gesehen divergieren beide Begrifflichkeiten: Ein Übeltäter muß seine Tat auf sich nehmen, und es ist nicht anzunehmen, daß ihn der Heilige Geist eines Predigers bewohnt. Für die Behauptung: »Weil wir die Schlimmsten sind, sind wir die Besten«, ist eine sehr spezielle Logik erforderlich. Sie kann dieses Oxymoron abmildern, indem sie die Zeit spielen läßt: »Wir sind die Schlimmsten gewesen, wir werden die Besten sein«, oder die Unterscheidung Macht/Tat einführt: »Wir sind (wir waren) zum Schlimmsten fähig, also sind wir (werden wir) zum Besten fähig sein.«

Wunder über Wunder, das Verbrechen transportiert seine eigene Sühne und Erlösung, siehe Dostojewski, Raskolnikow, ... oder Achilles' Lanze, die die Wunde heilt, die sie zugefügt hat. Die griechischen Geschichten müssen mit der Ironie begriffen werden, die sie durchzieht. Gott sei Dank beschränkt sich die hippokratische Medizin nicht darauf, die Wunden zu heilen, indem sie rostigen Staub auf das nackte Fleisch aufträgt, stamme dieser auch von einer noch so glanzvollen Waffe. Hingegen übernimmt Deutschland die von Jonas empfohlene »Heuristik der Furcht«* ohne eine Spur von Ironie. Das Szenario ist dasselbe, und der Ernst kommt als Zugabe dazu: Das Böse strahlt auf sich selbst zurück und erzeugt sein Heilmittel.

Die Surrealisten meinten, das automatische Schreiben erfunden zu haben, das Deutschland des ausgehenden Jahrhunderts zelebriert die automatische Trauer. Es stellt, endlich europäisch!, fest, daß das Böse von Anbeginn an vorhanden ist, daß man mit Sicherheit davon ausgehen kann: »Die Erkennung des Malums ist uns unendlich leichter als die des Bonums.«[7]

* Von griechisch *heuriskein*, finden: Humanität erkennt und zeigt sich angesichts des größten Verbrechens, das zu grauenhaft ist, um es zu begehen!

Es schließt daraus unverzüglich, daß das Übel der negative Spiegel einer Vollkommenheit ist, als deren Träger und Promotoren wir uns entpuppen. Eine heilige Schlichtheit konvertiert die Seelen, so wie man einen Handschuh umstülpt: draußen der unerbittliche Druck des Bösen, drinnen, als Kehrseite, der Abdruck des Guten. Die Heuristik der Furcht dekliniert sich gemäß der Logik eines radikalen Katastrophendenkens.

Erste Stufe: Erwägen wir das Schlimmste. Alle realen Greuel, die das Jahrhundert erlitten und hervorgebracht hat, werden 1. auf ein und dieselbe Ebene gestellt, Auschwitz = Hiroshima, 2. *en bloc* relativiert, als schlichte Prämissen, als zarte Vorboten eines künftigen, noch größeren Terrors, das heißt Auschwitz = Hiroshima = morgennochschlimmer, nach der Devise: zerstörte Ozonschicht oder atomares Weltende.

Zweite Stufe: Die katastrophalste aller möglichen Katastrophen offenbart unser kostbarstes Gut: »Erst die vorausgesehene Verzerrung des Menschen verhilft uns zu dem davor zu bewahrenden Begriff des Menschen. Wir wissen erst, *was* auf dem Spiele steht, wenn wir wissen, *daß* es auf dem Spiele steht.[8]

Dritte Stufe: Der Angst vor einer stets noch größeren Gefahr entspringt, in voller Waffenkleidung wie Pallas Athene aus Zeus' Schädel, der neue kategorische Imperativ: Die Menschheit soll sein! »Sein, Leben, Menschheit muß es geben.« Welch glücklicher Fund, aber es droht alles umsonst zu sein: Die Menschheit kämpft mit sich selbst, das Leben verschlingt sich selbst, und wie dessen Schatten begleitet eine trübsinnige Hälfte Nichtseins das Sein. Ein zwar schwer umzusetzendes, jedoch leicht zu predigendes Prinzip: »Die Menschheit ist zum Selbstmord nicht befugt«, »die menschliche Existenz darf nicht aufs Spiel gesetzt werden« usw. Welch schöne Gefühle, jederzeit zur Schau gestellt und doch so selten befolgt!

Um dieser widerspenstigen Realität auf die Sprünge zu helfen und derart nebulöse Gebote mit Fleisch aufzupolstern, versinkt die »Heuristik der Furcht« in absolutem Konservatismus. Ihr Ja zum Sein befiehlt: Schütze das, was ist, rette deine Haut!

Wir haben uns verändert, ich habe es Dir ja gesagt. Der Radikalität der Revolte – alles, was schwankt, muß zerschlagen werden! – folgt eine Jahrmarktradikalität, alles was lebt, verdient zu überleben. Verstohlen, *once more*, rechnen wir mit dem größten Verbrechen ab: Es hat noch nicht stattgefunden! Die Exklusivmeldung wird mit einem Anflug makabren Stolzes in die Welt gesetzt: Die hitlerschen Verbrechen sind durchaus übertreffbar. Unsere Verantwortung, auf jene Gipfel erhoben, auf denen sich das Schicksal entscheidet, betrifft das, was gewesen ist, was ist, was sein wird; wir sind keine auf einem Stück Erde festgenagelten und an Erinnerungsfetzen klebenden Deutschen mehr, das Universum ist unsere einzige Sorge. Die Katastrophe, deren ich gedenke, ist in Anbetracht derjenigen, die kommt, kümmerlich. Das Faktische wird unter dem Fiktiven begraben. Das Gedächtnis ertrinkt im Abgrund des Zukünftigen. Ende der Verkündigung: Wir haben nicht das größte Verbrechen der Welt begangen, die Kinder der Täter und Opfer von gestern haften für die Zukunft, denn das Schlimmste steht uns noch bevor.

Jonas bringt hier die Gedanken des Herrn Jedermann auf den Punkt, er führt uns den Trick des *Memento mori* vor. Hat man nicht lange geglaubt, die äußerste Nähe des Todes führe zu einer Vision der Unsterblichkeit? Die letzten Worte der Verstorbenen werden aufgefangen, zelebriert, diskutiert und untersucht, als seien sie Spuren eines jenseitigen, dem der Lebenden überlegenen Wissens. Im 18. Jahrhundert wurde das Bekenntnis, das der sterbende Voltaire abgelegt haben soll, endlos kommentiert.

Der Ungläubige soll seinen Fehlern abgeschworen und sich von seiner zersetzenden Ironie losgesagt haben. Das Wunder vollzog sich, als seine Seele dahinschied. Ein himmlisches Licht verklärte ihn, es verwandelte den Propheten des Teufels zum Apostel Gottes. Kollektiviere die Prozedur. Laß die Glocken der Vorhersage des Schlimmsten läuten. Erkläre Ozonloch, Umweltverschmutzung und Rinderwahnsinn zum Beweis, daß die letzte Stunde heute schlägt, dann wirst Du sehen, wie die ganze »Menschheit« sich zusammennimmt, wie sie zusammentritt und angesichts des Todes ihre wesentlichsten Wahrheiten bekennt. In ähnlicher Weise rafft sich der Voltaire der bigotten Gerüchte zu einer letzten Devotion auf, ehe er als vorbildlicher Christ die Augen schließt und zurücksinkt.

Fürchte Dich, der große, böse Wolf lauert auf Dich. Das »Prinzip Verantwortung«, das zwischen der Moralität der Ammenmärchen und den sublimen Erhebungen einer Seele, die Gott zu sich ruft, hin und her schwankt, ist ein Prinzip der Angst. Informiere die als Einzelperson begriffene Menschheit, daß die Totenglocke für sie läutet, lege sie auf ein Schmerzensbett, eine Analytikercouch, klemme sie in einen Beichtstuhl ein. Sie bricht zusammen. Und falls sie sich in Deinem Katastrophenspiegel nicht erkennt, falls sie darauf beharrt, stumm zu bleiben, rede an ihrer Stelle, und spende ihr die letzten heiligen Sakramente.

Um sich anhand des Jonasschen Kompasses zu orientieren, genügt es, unsere kleinen empirischen Familien, Papa, Mama, ein, zwei, drei Kinder, mit der grandiosen idealen Familie namens Humanität gleichzusetzen. Du verwaltest letztere wie erstere, und schon ist die Sache gelaufen. Die Schwierigkeiten der Politik und die tragischen Entscheidungen des öffentlichen Lebens lassen sich in derselben Art und Weise lösen, wie man es mit seinem Haushaltsgeld und der Erziehung der Kleinen macht. Und falls Dich der Gedanke quält, daß Paare sich ja auch trennen können, mach Dir keine unnötigen Sorgen! Sogar ein schlechter Prediger beweist mittels des Vorhandenseins der Atombombe, daß die Menschheit sich von sich selbst nur unter Verzicht auf ihre Existenz scheiden lassen kann: Die Perspektive eines integralen Schiffbruchs integriert absolut und macht unsere Verbindungen unauflösbar.

Ich verkürze. Ist es mir gelungen, Dir klarzumachen, wie sehr die gefällige Beschreibung dunkler Missetaten den Optimismus stärkt und den Narzißmus belebt? Dreimal hat sich unsere militante Intelligenz bemüht, die von den Massengräbern aufsteigende insistierende Evidenz zu neutralisieren. Aber alle Wohlgerüche Arabiens, alle unheilvollen Vorhersagen, alle himmlischen Predigten haben die schwache Stimme nicht ersticken können, die mir zuflüstert: Ja, die Unmenschlichkeit existiert, ja, wir sind ihr begegnet, ja, wir sind dafür verantwortlich gewesen, und wer zu so etwas einmal fähig gewesen ist, bleibt es bis zum Ende aller Zeiten. Werden unsere Pausenhofüberlegungen die 1900 Arglosigkeiten rehabilitieren? Ich bin das nicht. Ich habe es nicht mit Absicht getan. Das sind nicht wir, sondern die anderen. Das waren wir, aber das sind wir nicht mehr. Es hätte schlimmer sein können. Es wird schlimmer sein. Keine dieser Spitzfindigkeiten ist absolut falsch, ich erinnere an Sperber: Kein Nazi ist nur Nazi. Und an Jaspers: »Deutschlands Schicksal wäre eine Erfahrung für alle … Überall haben Menschen die ähnlichen Eigenschaften.«[9]

Damit diese Wahrheitskörner aufgehen, müßte man bereit sein, sich permanent erschüttern zu lassen und sich Fragen zu stellen. Wir ziehen es vor, zwischen dem Ganzen und dem Nichts eine doppelte Brücke zu schlagen. Entweder wie der Großvater ein vollkommenes Schwein, oder wie dessen Enkel immunisiert.

Als Botho Strauß die *Manen* eines Deutschlands der Dichter und Denker reaktivierte, glaubte er, eine gigantische Provokation in die Welt zu setzen. Er rebelliert gegen den verklemmten Selbsthaß der Deutschen und denkt, weil er sich als entschieden konservativ bezeichnet, eine nie dagewesene Auflehnung einzuleiten:

Strauß zufolge entwirft die Rechte, im Unterschied zur Linken, deren Vorstellungen eine Parodie der Geschichte des Heils sind, nicht das Bild eines kommenden Reiches, sie braucht keine Utopie, sondern sucht den Anschluß an die lange Dauer, an das, was nicht ins Wanken gebracht werden kann. Sie ist Erinnerung an das, was in uns liegt, und so gleicht ihr Denken einer religiösen Initiation oder einer Protopolitik. Es ist geprägt von Verlust und nicht von Verheißung.[10]

Dieser Miniskandal erstickte im eigenen Rauch. Der gute Botho Strauß, der zu schockieren glaubt, merkt nicht, daß er eigentlich das den drei Generationen deutscher Intellektueller gemeinsame Programm formuliert. Poetisierend retten – haben Heidegger und sein linkes *Vis-à-vis* Adorno sich je etwas anderes erhofft? »Denken was verloren ging«, ist das nicht die reine, schlichte Anwendung von Jonas' Prinzip, das mit der Katastrophenlogik der Öko-Fundis übereinstimmt? »Den Glauben an den Fernsehschirm« und die Arroganz einer »publizistisch-telekratischen« Tyrannei zu geißeln heißt, ob links oder rechts, für jeden Inhaber eines Diploms, der begierig darauf ist, sich als »authentischer« Intellektueller zu behaupten, den erforderlichen Feldanzug überzustreifen. Fürwahr eine klägliche Auflehnung! Unser Bewerber auf dem Posten des denkenden Dichters beschränkt sich darauf, die Gemeinplätze zusammenzutragen, die es innerhalb der intellektuellen Szene in Hülle und Fülle gibt.

Jonas' Mißgeschick betrübt mich. Wie konnte dieser subtile und gelehrte Analytiker des gnostischen Denkens der Naivität verfallen, das Böse als fremde Macht zu verkleiden? Auf der einen Seite die absolute Katastrophe, auf der anderen die plötzlich als Ganzes versöhnte Menschheit! Der Manichäismus der ersten Jahrhunderte, den dieser ehemalige Schüler von Husserl, Heidegger und Jaspers in seinen vielfältigen Facetten untersucht hatte, scheint sich plötzlich des Geistes zu bemächtigen, der ihn aus der Ferne zu beobachten meinte: hier der böse Demiurg, der die unheilvollen Waffen schwenkt; ihm gegenüber das unvergängliche Wesen des Menschen, das die irdischen Kreaturen zu ihrer himmlischen Bürgerschaft zurückführt. Den Skandal von Auschwitz, wo er die Seinigen verlor, blendet Jonas nicht aus; er hält fest, daß der Gottesbegriff im Licht des Desasters neu überdacht werden muß, wenn auch, um Seine absolute Güte zu retten, Sein Allwissen oder Seine Allmacht ein wenig gestutzt werden muß.[11]

Nichts Neues hingegen hinsichtlich der Idee des Menschen, damit hat er keine Probleme; im Morgengrauen eines weltweiten zukünftigen Hiroshimas kehrt der kollektive Adam brav in ein Paradies zurück, das er zu Unrecht – und es ist besser, daß er das spät als nie begreift – verlassen hat.

Die Gnostiker stellen sich das Böse in Form eines Trugbildes vor, einer äußeren Souveränität, eines verzaubernden Bocks, eines entfremdeten Systems, eines entwurzelnden Schicksals. Das Bild des Feindes bekümmert sie nicht, sofern es als etwas Externes, als absolut anders projiziert wird. Die sokratische Philosophie fordert hingegen, sich selbst zu erkennen, das heißt, nie den Anteil zu vernachlässigen, den man selbst an dem Unglück hat, das man erleidet. Das Prinzip von Jonas stärkt den politisch-gnostischen Manichäismus der früheren patriotischen Fieberschübe, welche die, »die nichts dafür können«, gegen das Böse von außen, den einzigen Ursprung des Übels, mobilisierten. Und, als Ergänzung zum Programm, wird noch eine schicksalhafte universelle Heilige Allianz gegen die Universalität der Gefahr verkündet! Als würden sich die Erdbewohner nicht untereinander vernichten! Als würden die Verbrechen gegen die Menschheit von Marsbewohnern begangen und wären einem Außenministerium untergeordnet. Behauptet sich die Menschheit nicht als selbstzerstörerisches Ganzes, seit sie entdeckte, daß Feuer zugleich wärmt und in Brand setzt und daß die Steinbeile genausogut Schädel wie Bäume fällen? Das falsche »Prinzip Verantwortung« funktioniert eigentlich als Attest für eine Unschuld, das eine Intelligenzija verzweifelt erbittet, die einer zu unerbaulichen Geschichte ausgesetzt ist. Sich, koste es, was es wolle, Generation für Generation der Heimat der Dichter und Denker wiedereinzugliedern, ist eine Versuchung, die mich rührt, selbst wenn ihre münchhausensche Lächerlichkeit verblüfft. Um sich gen Himmel zu erheben, zieht sich der Intellektuelle an seinen Haaren. Man kann zwar über ihn lachen, in seinem lächerlichen Vorhaben äußert sich jedoch eine in unserem ausgehenden Jahrhundert sehr verbreitete Nostalgie. Früher unterstellte Hegel, die deutsche Intelligenz denke das, was die anderen täten. Heute träumt diese Intelligenz von dem, was die anderen kaum zu denken wagen. Sie versorgt die Welt mit Prinzipien – »Hoffnung«, »Verantwortung« –, die zu verkünden der gesunde Menschenverstand normalerweise verbietet.

Das wohlbekannte deutsche »Elend« hat die Nische gewechselt. Es bleibt ideal, so singt der hungernde und zerlumpte Rimbaud: »Mon paletot aussi devenait idéal.« Seine Irrealität hat sich jedoch ins Gegenteil verkehrt.

Früher proklamierte der deutsche Idealismus den Vorrang des Begriffs gegenüber der Realität, die Gesellschaft hinkte den Dichtern hinterher, und die Denker kampierten in der Zukunft, die sie zu beherrschen und zu erobern wähnten. Heute legt der praktische Deutsche wohl oder übel, schleppend und tastend, das Erbe einer »unmöglichen Trauer« ertragreich an. Während der theoretische Deutsche übt, Augen mit abgeschnittenen Lidern zu schließen: Das Elend ist aus den Niederungen des Realen emigriert und an den Ufern des Begriffs gelandet.

Glaube nicht, ich gäbe mich einem billigen Populismus hin. Ich trenne nicht mit der Machete die Intellektuellen von den vernünftigen Bürgern. Die Teilung verläuft durch jeden. Sie verschafft den Deutschen im allgemeinen ein leicht zweifelhaftes Hinken, weshalb sie gelegentlich der Heuchelei verdächtigt werden. Im Ausland stellt man sich Fragen über ein hypothetisches Doppelspiel der vereinigten Republik. Im Land erforscht die Presse* die rätselhaften Ambivalenzen eines gespaltenen Bürgers. Kein einziges anderes Volk hat derart früh und einvernehmlich auf die Gefahren, die die Umwelt bedrohen, reagiert: Das Waldsterben, die Verschmutzung der Städte, die Atomversuche der anderen rufen unvergeßliche Wutanfälle hervor. Dennoch schafft niemand die Wochenendausflüge ab, und bei vorübergehenden Knappheitsperioden wird an der Kleidung, nicht am Auto gespart. Der Boykott von Shell ist ein spektakulärer Erfolg gewesen, der Esso zugute kam und keine Abnahme der Auspuffgase nach sich zog. Die Straßen- und Stimmungsdemonstrationen gegen die Versuche in Mururoa vereinigten Massen und Eliten, doch das Vorhaben, französischen Käse und Wein unter Quarantäne zu stellen, ist ein aufsehenerregender Flop gewesen. Der

* *Der Spiegel*, 3. September 1995

theoretische Teil ist beunruhigt, der praktische Teil frißt und fährt. Die Zornesausbrüche unseres ehemaligen *Geistes* sind um so lauter, je sentimentaler, je zugriffsloser sie in Wirklichkeit sind. Als eingestanden wurde, daß Greenpeace zu Unrecht Shell der Umweltverschmutzung angeklagt hatte, empörte sich niemand über diese Sünde wider die Wahrheit. Die ökologische Organisation verlor kein einziges Mitglied. Die Rückkehr zu Jonas bietet sich an: Eine fabulierte Katastrophe ist genauso »heuristisch« und beängstigend wie ein echter Morast. Demzufolge erstarrt das eigene Verhalten, unveränderlich und durch nichts zu erschüttern, in einem von keinerlei Verdacht getrübten Schweigen.

Jedes deutsche Hirn ist heute halbseitig gelähmt. Die Hälfte des zentralen Nervensystems arbeitet im Konkreten, im Kurzfristigen. Die andere eignet sich die langfristige Perspektive, das Ideal, die imaginäre Weissagung an. Auf den ersten Blick sieht das so aus wie eine diskrete und einfallsreiche Arbeitsteilung. Innerhalb der Elite erkennt man die Ritter der langfristigen Beunruhigung, viele lehnten die Vereinigung aus Furcht vor einer ewigen Rückkehr zum Pangermanismus ab; man zählt unter ihnen auch die Praktiker einer kurzfristigen, aber wirksamen Politik. Diese Dichotomie strahlt in die ganze Gesellschaft aus, sie zeigt sich bei Frauen und Männern, bei den organisierten Arbeitern und den unbeugsamen Protestierern oder den Ausgeschlossenen. Unter den Ökologen findest Du denselben, noch deutlicheren, Gegensatz zwischen Realos und Fundis.

Kein Drama. Wir ertragen ohne große Nachteile diese Fortpflanzung durch Teilung. Vielleicht entsteht sie uns aus der legendären Weisheit, die es ablehnt, ihre Eier alle in denselben Korb zu legen. Oder aus einer Geschichte, die uns zweiteilte, damit die eine Hälfte über die andere wacht. Oder aus einer diskreten Rückkehr zu Kant, der den Menschen mit einem doppelten Grund ausstattete, der eine ideal, der andere real. Wie interpretierst Du unser Hinken?

Brief V

Genau ins Schwarze!

Racine entsetzt die harmlosen Gemüter · Paris vergißt die Schäfer und Schäferinnen zwischen 1660 und 1685 · Die Welt ist ein Theater · Die Söhne des Ödipus machen Schlagzeilen · Man muß wieder klassisch werden

Aus Paris

Schwer, Dir zu antworten. Es gelingt mir einfach nicht, deutsch zu denken, denn aus Angst, den Fahrplan nicht einzuhalten, geratet Ihr außer Atem. Du meintest, mir drei Generationen zu beschreiben, und aus dem theoretischen Hut kommen drei Epochen des Geistes hervor! Bewohnt Euer sankrosankter Geist nicht das Volk (*Volksgeist*), dann treibt er Eure Generationen um (*Generationengeist?*). Die Altersklassen reichen sich die Fackel in einem ewigen Bahnhofsdekor weiter. Schneller, Taxi! Die Angst stehenzubleiben, den Anschluß zu verpassen, Eure Fahrkarten zu verlegen und Eure Angehörigen vor dem Abfahrtspfiff nicht zu sammeln, packt Euch. Ihr versteift Euch. Denken ist, einen Eisenbahnwagen zu besteigen, die Fahrtrichtung zu erkennen, auszusteigen, noch bevor der Wagen zum Stillstand kommt, um den Anschlußzug noch schnell zu erwischen, Abstellgleise und Rückwärtsgänge, falsche Weichenstellungen und allzu plötzliche Gabelungen zu vermeiden. Die Geschichte wieder flottzubekommen und die Führungslok zu fahren scheint das zu sein, was Euch zur höchsten Ekstase bringt. Nichts für mich. Ich fahre nicht Zug.

Wie jedermann bin ich prä-sowieso und post-sonstwas geboren, daher, Herr Standesbeamter, komme ich immer genau pünktlich an. Die heilige Teilung des vorher und nachher füllt in Frankreich wie anderswo die Chroniken und Biographien. Für die Tageszeitungen häufen sich die Nachrichten täglich, für die Wochenzeitschriften wöchentlich, für die Verliebten im Frühling, für die Notare am Streckenende. Indessen gibt es keine

Möglichkeit, diese vielfältigen Kalendarien im einheitlichen Organisationsplan eines allumfassenden Überblicks zusammenkommen zu lassen. Sicher hat uns die Lust gepackt, mit Euren grandiosen historisch-weltweiten Inszenierungen zu rivalisieren, und wir haben uns in Glaubensgemeinschaften zusammengefunden. Es war kläglich. Anstelle der erwarteten prachtvollen Denkschulen gebaren wir krause, literarische Klüngel, die sich untereinander und jeder mit sich selbst zankten. Es war absolut unmöglich, sie in einer geordneten Reihe aufzustellen, in der Hoffnung, es mit Euren Konvois aufzunehmen, die sich unerschütterlich vom Menschlichen zum Göttlichen hin vorwärtsbewegen. Wer von uns ernennt sich nicht zum Bahnhofsvorsteher, sobald von der Sphäre des Geistes die Rede ist? Das surrealistische Epos beschwört das Heldenlied der aufsehenerregenden Verzichte des einen, abgelöst vom Selbstmord des anderen, während André Breton als Wortführer, der diese Bezeichnung verdient, mit allen ins Gericht ging. Der Existentialismus strahlt eine festliche Nostalgie, die Wiederentdeckung der Außenwelt, die Bewegtheit der neuen Freiheiten von 1945 aus. Hingegen interessiert er als kohärente Lehre heute nur wegen der Zwietracht, die seine Abwesenheit unter polemikbegeisterten Denkern erzeugte. Da ist nichts, was eine gelehrte Periodisierung deutschen Stils erlaubte.

Unsere Gedanken stehen nicht still. Wer sie in das Mausoleum der Schulbücher einzureihen beabsichtigt, entstellt oder mumifiziert sie. Die französische Romantik ähnelt Eurer nicht. Unsere großen Klassiker zerfleischen sich. Die absolute Monarchie eines Goethe unter seiner Eiche amüsiert an den Seineufern. Ehe sie sich als solche auf dem Pflaster der Straßen wiederfanden, waren die Franzosen in ihren Schriften Republikaner. Hier ist die Geschichte der Literatur die einer Literatur außerhalb der Geschichte. Die Franzosen bringen ein unglaubliches Talent auf, einander zu schikanieren, die Synchronisation der Heiligen Allianzen bekommt ihnen überhaupt nicht. Keinerlei diachron modulierte Bewußtseinsbildung ordnet oder hierarchisiert ihre Neigungen und Überzeugungen von Jahrhundert zu Jahrhundert. Beanstande bitte nicht ein rätselhaftes, angeblich angeborenes Versagen des »geschichtlichen Sinns«. Das Original bist vielleicht Du: ein Deutscher, der, ähnlich wie man in einem TGV Platz nimmt, durch die Zeit reist. Ronsards Evidenz ist umgekehrt:

Die Zeit vergeht, die Zeit vergeht, oh Liebe,
ach, nicht die Zeit, wir selbst gehen fort,
und bald schon ruhen wir am düstren Ort.[1]

Nicht die Zeit, lieber Freund, bewegt sich hier, sie bewegt. Allein der Mensch rührt sich, auf ihre Kosten. Der berüchtigte Lauf der Geschichte ist nur eine Geisterbahn.

Wie dem spontanen Hegelianismus erwidern, der die Titelseite der Zeitungen beherrscht? Wie nicht erkennen, daß die Geschichte der Welt die ganze Welt richtet und jeden mitreißt (*Weltgeschichte ist Weltgericht*)? Meine Antwort ist hart, ich werfe sie Dir in Form eines pragmatischen und rohen Befehls vor die Füße: Werden wir wieder klassisch! Natürlich nicht naiv klassisch. Als unverbesserlicher Draufgänger werde ich nicht ruhen, bis Du mich verstehst: Kehren wir zurück zu Racine! Ja, widerstehe dem Wunsch nach Normalität, der dazu führt, in das, was der Lauf der Dinge zu sein scheint, einzutauchen. Schenk den Fernsehnachrichten die distanzierte, aber intensive Aufmerksamkeit, die eine Vorführung von *Athalia* oder *Andromache* verlangt. Auf der Bühne oder auf dem Bildschirm droht das Aufblitzen des Endgültigen unentwegt Deinen Blick zu fesseln. Woran wird man gefesselt? Das ist eine gute Frage. Halt den Kopf über

Wasser, werde wieder »klassisch«, und Du wirst nie mehr Mensch einer einzigen Epoche sein.

Der Klassiker bewohnt zwei Vaterländer, sein eigenes und ein anderes. Das Florenz der Medici und Griechenland, das Rom des Cinquecento und das von Augustus. Die goldene Zeit Spaniens, das England Elisabeths I., das Frankreich des Sonnenkönigs stehen ihm frei, doch nie ohne ihre glorreichen und antiken Schatten. Die Klassiker kultivieren das paradoxe, jedoch banale Gefühl eines Eintauchens in die Geschichte, das sie aus der Geschichte heraushebt und sie der Geschichte enthebt. Sie berufen sich auf die in der Zeitlosigkeit angehaltene Erfahrung der vorübergehenden Zeit. Diese Denker mit doppelter Staatsangehörigkeit suchen fieberhafter nach der verlorenen Zeit als nach der Existenz Gottes, wenn sie auch gemeinsam mit Proust erkennen, daß, verloren hin, verloren her, die Suche nach der Zeit genau diese Suche ist, die man nur als Toter aufgibt. Mein Freund, es gibt keinen Zug nach Kythera. Knabbere eine *Madeleine* zur Beruhigung der Bahnsteigangst.

Der klassische Blick will durchdringend sein, das heißt, im Wust des Ephemeren erfaßt er das Authentische. Die Wahrheit ist nicht zwangsläufig gut, schön und erbaulich, sie muß nur dem Zufälligen und Vorübergehenden entkommen. Sie ist nicht unbedingt ewig und notwendig, ausreichend ist, daß sie sich als unvergeßlich erweist, ähnlich bestimmten Lieben und einigen großen Leiden. Im Griechischen hängt das Wort Wahrheit dem Wort Vergessen (*lethe*) ein Präfix an, das es bekämpft (das ausschließende A). Die Wahrheit, als Nichtvergessen begriffen, läßt sich perfekt ins Französische übersetzen. Ich will hier nicht nahelegen, daß die Wahrheit unvergeßlich ist, ich kenne die Energien zu gut, die sie, kaum erblickt, verschwinden lassen. Das Unvergeßliche ist keine Eigenschaft der Wahrheit, sondern die Wahrheit selbst. Pausenlos droht man auf sie zu stoßen, nackt und unverändert, trotz aller unternommenen Anstrengungen, sie zu verbergen. Unnötig, auf einem beflügelten Reittier zu tänzeln, um einer überhimmlischen Offenbarung entgegenzufliegen, beim Unvergeßlichen landet man ohne Pauken und Trompeten. Als der junge, von Sokrates befragte Sklave* sieht, daß er sich irrt, landet er für alle Zeiten auf dem Boden der Tatsachen. Weder er noch sonstjemand wird je eine Quadratfläche mit der Verdoppelung ihrer Seiten verdoppeln können. Was Irrtum ist, bleibt Irrtum. Auf diese Weise strahlt für den Klassiker die düstere Elementarwahrheit, worauf Pascal ruft: »Wir kennen sehr wohl das Übel und die Fehler. Was aber wird man sagen, was wahrhaft gut sei?«[2]

Mir ist der Prunk von Versailles und der Pomp des *Grand Siècle* schnuppe. Geglitzere gab es zu allen Zeiten. Der französische Klassizismus wäre nicht der, der er ist, wenn er dem nicht huldigen würde, auch wenn er den Weihrauch, mit dem er den Herrn der Stunde räuchert, mit Ironie versetzt. Sind die Schmeicheleien der Höflinge erst einmal gebührend dargebracht worden, tritt der Schriftsteller nicht ins Glied zurück, sondern macht eine Differenz geltend, die seit den Querelen um *Le Cid* bis hin zu den gegen Molière oder Racine angezettelten Intrigen die Frommen, die Geschickten, die meisten Würdenträger, gelegentlich die Beschützer, Richelieu, Ludwig XIV., Favoritinnen und Minister eingeschlossen, in Rage bringt. Der Spiegel, den ein französischer Klassiker seinen Lesern oder Zuschauern vorhält, ist doch wenig schmeichelhaft. Er peilt den Grund an und erforscht das Dunkle.

Unter dem Anschein, den einzelnen und dessen Elend zu transzendieren, unter dem Vorwand, die Humanität

* Platon, *Menon*

des Menschen in dessen Wesen und Größe zu erreichen, hat der europäische Klassizismus selten darauf verzichtet zu idealisieren; er stattet die Körper mit einer nie gesehenen Vollkommenheit und Kraft aus, anschließend hauchte er ihnen eine Seele ein, die der Nachfrage entsprach. Die französische Sezession tritt sehr bald der Idealisierung entgegen und verletzt die Arglosigkeit der schönen Gefühle.

So wagt Corneilles *Medea* ihr Glück beim Verbrechen öffentlich zu machen.*

Du weißt, wie sehr unsere unverbesserliche Vorliebe, das zu enthüllen, worüber Eure Hauslehrer lieber hinweggehen, was die deutschen Schriftsteller, Nietzsche ausgenommen, schockiert (Lessing), abgestoßen (Curtius), aufgebracht (Thomas Mann) oder schlicht angewidert (Jünger) hat. Die französische Literatur wälzt sich im Schmutz, bedauern ihre fernen Freunde, die allzuschnell dazu neigen, ihr eine Verwandtschaft mit den königlichen Mätressen und Kokotten des Zweiten Kaiserreichs anzuhängen.

Unsere Schamlosigkeit verursachte hier einige strafrechtliche Verfolgungen, in deren Genuß Baudelaire und Flaubert kamen. Valéry, ansonsten gern zynisch, gesteht seine Verwirrung ein angesichts eines derart ausgeprägten Willens zur Klarsicht, in Begleitung einer, was den Menschen angeht, wenig schmeichelhaften Disposition. In die Versenkung, Stendhal! Klarzusehen heißt schwarzzusehen. In die Versenkung, Balzac, Valéry ist noch düsterer![3]

* »Dank Medeas Bekenntnis ist anzumerken, daß für den französischen Dichter im Unterschied zu Monteverdi nicht Venus die schuldige und faszinierende Muse des Theaters ist, sondern, wie bei de Sade, eine Art sophistischer Hermes, der Illusion und Lust hervorruft, seine Macht weniger über die sinnliche Verführung als über den Schein und die perverse Intelligenz ausübt. Eine der verschwiegensten Ursachen für den französischen Widerstand gegen die italienische Oper, deren Erotik im Grunde arglos ist, rührt daher.« M. Fumaroli, *Héros et orateurs*, éd. Droz, Paris, 1996, S. 504

Zwanzig Jahre danach verurteilte Sartre dieselbe »pessimistische« Psychologie, die diesmal die Literatur vom 17. Jahrhundert bis zu Albert Camus bestimme. Verlorene Liebesmüh! Den schlechten Ruf der französischen Literatur haben derart fromme Widerrufe nicht reingewaschen, stammten sie auch von dem brillanten Theoretiker von der *Mauer*, einer Erzählung Sartres, in der detailliert die Liebesbeziehung zwischen einem Mann und einer Ente, deren Kopf in einer Küchentischschublade eingeklemmt ist, beschrieben wird. Beelzebub geht um in den Schlammgruben unserer Szenen und Buchhandlungen, wenn er sich auch mit einer Truppe von Philosophielehrern umgeben muß, die von den Ausschweifungen der Geflügelhöfe beeindruckt sind.

Eine derart konstante Bemühung, die dunkle Seite des Menschen zu erkunden, ist nicht nach dem Geschmack der Straßendirnen. Als Phädra zu flüchten aufhört, nimmt sie sich die Zeit, Theseus ihren Wunsch verständlich zu machen, sich selbst verständlich zu machen:

> ... *Um meine Schuld dir reuend zu gestehn,*
> *wählt ich den langsameren Weg zum Grabe.*
> (*Phädra*, Fünfter Aufzug, 7. Auftritt)

Der »langsamere« Weg, das zieht sich durch das ganze Stück und das ganze Werk von Racine. Phädra auf der Suche nach sich selbst, Orpheus und Eurydike in ein und derselben Person, die Höllenfahrt in Zeitlupe, als wäre man selbst dabei, als wäre man das selbst! Fünf Akte: die Zeit für Minos' Tochter, die Finsternis in sich zu besichtigen. Die Zeit für den Zuschauer, sie in sich selbst zu überprüfen. Die Zeit, daß er sich ein Geheimnis vorsagt, einen *Discours de la méthode* in zwei den Lippen der sterbenden Heldin entnommenen Versen:

... Der Tod
Raubt meinem Aug' das Licht und gibt dem Tag,
Den ich befleckte, seinen Glanz zurück. *

Das Licht macht die Bewegung, die das Licht raubt, erkennbar, die Nacht den Tag, die Befleckung die Reinheit und der Tod das Leben, das sich mit ihm prügelt. Die Theologen nennen diese Zugangsweise den »negativen Weg«. Sie empfehlen ihn, wenn Gott, zu fern oder zu unendlich, jeden Wunsch nach seinem unmittelbaren Eingreifen enttäuscht. Sie raten dann zu Annäherungen im Rückwärtsgang, die das Göttliche durch das, was es nicht ist, definieren. Du wirst jedoch bemerken, daß diese Methode zwar die Meditation der Mystiker lenkt, in sich selbst jedoch weder mysteriös noch mystisch ist.

Pascal paraphrasiert vorbeugend Phädras allerletzte Erklärung: »Es ist eine dem Menschen natürliche Krankheit zu glauben, daß er die Wahrheit unmittelbar besitze; und daher kommt es, daß er immer geneigt ist, alles zu leugnen, was ihm unbegreiflich ist; tatsächlich aber kennt er natürlicherweise nur die Lüge und darf nur die Dinge für wahr nehmen, deren Gegenteil ihm falsch erscheint.«[4]

Niemand hat stärker als jene Frau-Flamme, als die leidenschaftliche Phädra, diese »natürliche Krankheit« verkörpert, sie, die derart lange meinte, die Wahrheit zu besitzen. Pascal spricht an dieser Stelle nicht von der Liebe, sondern von der Geometrie.

Wundere Dich nicht über die seltsame Begegnung der Geheimnisse des Herzens mit dem mathematischen

* Racines Dramen werden in der Übersetzung von Hans Willige wiedergegeben. Jean Racine, *Dramatische Dichtungen, Geistliche Gesänge,* Frz.-dt. Gesamtausgabe, H. Luchterhand Verlag, Darmstadt, Berlin-Frohnau und Neuwied a.R. 1956. Die Ausnahme bildet die *Phädra*, die in der Übersetzung Schillers zitiert wird. Reclam Univ. Bibl. Nr. 54, Stuttgart 1955.

Geist: Eine unteilbare Vorstellung der – unvergeßlichen – Wahrheit beherrscht die Welt unserer Klassiker. Sie setzt auf unsere Fähigkeit, nicht zu vergessen und uns das allererste Unvergeßliche genau zu vergegenwärtigen, den »falschen Schein«. Das ist das Wunder aller Wunder: daß das Falsche als solches erscheint und methodisch gezwungen ist, sich selbst zu entlarven. Ich übersetze: Deine Unfähigkeit zu trauern, diese Weigerung, die Augen angesichts der Ruhelosigkeit und des Verbrechens zu schließen, ist die Tugend Nummer eins.

Wer sich als Wachposten am Rande des Abgrunds aufstellt, muß hinnehmen, unpopulär zu sein. Die französischen Klassiker bildeten nie, ob in ihrem Land oder im Pantheon der europäischen Kultur, etwas anderes als eine kleine Minorität. Sehr schnell setzten sich die »Modernen« am Hof, in der Stadt, in den Gassen und in den Ministerien durch. Die Debatte wurde umgelenkt, verschoben. Sie veranlaßte wunderbare Tiefschläge; die Frauen wurden gegen Boileau, den Ledigen, mobilisiert; der Großpriester Arnaud befand über die Sitten und Gebräuche eines Theaters, das er seit langem nicht mehr besuchte. Über den Umweg der konstruierten Auseinandersetzungen zeigte sich die tatsächliche, die entscheidende: Den *Anciens*, die nicht dem Alter nach die Ältesten sind, sondern Liebhaber von Rom und Athen, wurde fehlender Geschmack und fehlende Moral vorgehalten. Homer und Seneca machen in der Tat kaum für höfische Eleganz, für gefällige Urbanität, für das Gelegenheitschristentum empfänglich, und ungeachtet des Respekts, den man ihnen, humanistisch gesehen, schuldet, scheinen sie, ähnlich wie das amerikanische *Cinéma noir* und der amerikanische *Roman noir* eine bemerkenswerte »Schule des Verbrechens« zu erschließen. Barbarei des Stils, Brutalität der Sitten, sie vereinigen die Ketzereien, die ein *Grand Siècle* zu vermeiden hat. So macht sich die *Mo-*

derne lustig: »Nichts kennzeichnet stärker die mangelnde Höflichkeit von Alexanders' und Augustus' Jahrhunderten als die brutale Art, wie sie die Liebe behandeln. (...) Ein Liebhaber ging abends mit einer guten Axt aus, um die Tür seiner Mätresse einzuschlagen, falls sie sie ihm nicht schnell genug öffnete, das war Mode.«[5]

Unsere Klassiker, nicht unglücklich darüber, daß sie schockieren, basteln eine zweistufige Rechtfertigung. Zuerst flüchten sie ins Alibi der historischen Genauigkeit: »Was tun? Pyrrhus hatte unsere Romane nicht gelesen. Sein Naturell war heftig. Und nicht alle Helden können einen Céladon abgeben« (Racine). Anschließend treten sie für die Authentizität ein: Was auch immer der Puder, die Perücken und die schönen Worte verbergen, die der Antike natürliche Gewalt bleibt die unsrige; Racine beschreibt die Menschen »wie sie sind«, und nicht, wie sie sein sollten, wenn die Romane ausnahmsweise recht hätten. Die bekannte, von La Bruyère skizzierte Parallele zwischen Corneille und Racine ist die abschließende Erwiderung der *Anciens* auf die *Modernes*, die gerade den illustren Autor von *Le Cid* annektiert hatten. Meine Klassiker, im Unterschied zu den Deinen, hüten sich davor, in Griechenland nach ich weiß nicht was für einer vorbildlichen, idyllischen Humanität zu suchen, der sich dann später unbeugsame Revolutionäre verpflichtet fühlen. Siehe Marx und seine als »glückliche Kindheit« der Menschheit fabulierten griechischen Kulturen der Frühzeit!

Nein! Racine entnimmt den *Anciens* genau das Entgegengesetzte, er macht sich damit vertraut, daß wir mit dem Grauen unter einer Decke stecken. Sehr jung hat er Homer, Sophokles und Euripides gelesen, im Original, bitte sehr. Von allen Schriftstellern des Jahrhunderts ist er der beste Hellenist. Sein erstes Drama, eine Art Vermächtnis eines Jugendlichen, handelt von den Söhnen des Ödipus. Unter dem Feuer einer wohlmeinenden Kritik erkennt er, daß sein Stück sehr hart ist, entschuldigt sich aber kaum dafür. »Vielleicht ist der Schluß meines Trauerspiels zu blutig. In der That, es bleibt fast nicht eine einzige Person übrig, welche nicht zu Ende des Trauerspiels sterben sollte. Aber es ist auch die Thebais, das ist die traurigste Geschichte des Althertums.« Später wird er entschärfen, das Tragische jedoch nie zurücknehmen. Er begann mit Eteokles und Polynike und »dem berühmten Haß, der sie gänzlich erfüllte«[6]. Er endet mit Athalias Verwünschungen. Kassandra landet in Jerusalem und Gott soll auf der Hut sein, denn:

Daß man sehe, wie Davids verabscheuter Erbe
Vertilgt deinen Dienst und bestreitet dein Recht!
Und Athalia und Ahab und Jesebel rächt!
(*Athalia*, fünfter Aufzug, 6. Auftritt)

Der Zug der Geschichte macht offensichtlich Station in Schlamm und Blut.

Auf ihren harten Kern reduziert, beansprucht die kleine Gruppe der französischen Klassiker nicht viel Platz in den Kalendarien. Als ihre Blütezeit nennen die Schulbücher die Jahre zwischen 1660 und 1685. Zeit für eine Generation, guten Tag und auf Wiedersehen zu sagen. Die Kritik, deren Berufskrankheit Deformation ist, entfaltet einen ganz und gar germanischen Geschichtssinn und ist sich unschlüssig, wie dieses außerhalb der Normen stehende Phänomen klassifiziert werden soll. Horizontal gesehen präsentiert es sich wie eine in den Regeln mondäner und szenischer Gefälligkeit eingeschnürte literarische Schule, die schnell veraltet oder von ihren Nachfolgern überholt und als dekadenter und erstarrter Akademismus exekutiert wird. Vertikal gesehen stellt sich die Frage von Jahrhundert zu Jahrhundert, von Voltaire bis Gide neu. Haben, ja oder nein, Sprache und Geist einen »Punkt der Vollkommenheit« erreicht, so daß »der, der es nicht bemerkt und etwas jenseits davon oder darüber hinaus liebt, einen unzulänglichen Geschmack besitzt« (La Bruyère)?[7]

Die Gelehrten, die derart geflissentlich den Klassizismus als historisch begrenzbare und begrenzte Bewegung erfassen, datieren und periodisieren wollen, sehen sich durch eine seltsame Umkehrung genötigt, ihre Betrachtungen zu erweitern. Hinter der kleinen Gruppe machen sie illustre Schatten aus: Platon (Jules Brody zufolge), Augustinus (Philippe Sellier zufolge), die jansenistische Theologie und Aristoteles oder auch de Sade, Freud, Hegel, Sartre (seit Roland Barthes).[8]

Die Verurteilung des sogenannten Essentialismus unserer Klassiker versteht sich von selbst; behaupten sie nicht, sich innerhalb »eines einzigen und unwandelbaren geistigen Universums« zu bewegen, das sich von Athen bis Versailles gleichgeblieben ist? Nachdem er, wie jeder respektable moderne Kritiker, diese Naivität unerbittlich abgekanzelt hat, versäumt Jules Brody, der ein exzellenter Leser ist, es nicht, eine ganze Pléiade berühmter Zeugen – Freud, Renan, Sophokles, Aischylos und Paulus – zur Erhellung seiner Racine-Deutung herbeizuzitieren und auf zwei Seiten ein zweitausendfünfhundert Jahre altes Einverständnis aufzuzeigen.[9]

Die Querverweise sind erhellend; die Einblicke, die sie nahelegen, sind nicht unangebracht. Der Schluß drängt sich auf, daß sich der Kritiker vom Gegenstand seiner Untersuchung anstecken ließ. Wenn Racine und seine Freunde mit ihrem Vorhaben, eine »Natur« zu studieren, die vom Zeitgeist nicht berührt ist, naiv sind, dann ist die Naivität des scharfsinnigen Gebildeten eine im Quadrat, denn schlußendlich gesteht er ihnen, zu zeitlosen Wahrheiten vorgestoßen zu sein und Hellenismus, Christentum und Psychoanalyse miteinander versöhnt zu haben. Wie als postume Rache lassen Racine und die Klassiker unverhofft den Zug der Geschichte im Kopf ihrer beeindruckten Leser entgleisen.

Erlaube, daß auch ich jetzt die süßen Gifte des Anachronismus koste. Ich betrachte mir meine Bildschirme, meine Freunde und meine Zeitungen. Ich bemühe mich um einen so scharfen racineschen Blick, wie die Schwächen meines Anliegens es erlauben. Ich messe das klassische Theater an der Elle der zeitgenössischsten Aktualität.

Damit das Spiel nicht ausufert, wähle ich aus der Gruppe nur den Autor von *Athalia* und *Phädra*, obwohl meine Liebe zu den Damen Sévigné und La Fayette groß und meine Leidenschaft für den vergessenen La Bruyère und für den trist psychologisierten La Rochefoucauld immens ist. Ich trauere um La Fontaine, der in die Kinderzimmer verbannt bleibt. Ich verbeuge mich vor dem gegen seinen Willen kanonisierten Pascal, ich bringe ihm, von Buch zu Buch, eine unendliche Bewunderung entgegen. Aber ich entschuldige mich gleich, daß ich nicht all die hervorragenden Racine-Kenner zitiere, die mir geholfen haben, etwas wahrzunehmen oder mich über etwas zu empören. Ich stoße gleich zum Dringendsten vor, diesem Aufblitzen von Wahrheit, das dem Klassischen den Trott des Historizismus erspart und »einen ewigen Schatz anstelle einer effektvollen Aufführung für ein Augenblickspublikum« in Umlauf bringt (Thukydides). Der Schatz ist doppelt. Er schützt das »Was« der griechischen Wahrheit vor seichter Aktualität. Und er beherbergt das »Wie«, die Wahrheit der Rückeroberung. In fünf Akten und drei Worten blitzt das unvergeßliche Geschehen des Unvergeßlichen auf, die Erfahrung des Bösen. Die Brandwunde der Gewalt, die »ewige Nacht« und die »grausame Nacht«, die dunkle Anwesenheit, in der Proust ironisch die »merowingische Nacht«, unsere Nacht, erkennt.*

Das Unveränderte, das der klassische Blick fixiert, ist kein tiefgefrorenes und erhabenes Konzentrat menschlicher Natur, sondern etwas finster Vertrautes. Nero erhält, unter Racines Blick, eine Art Ewigkeit. In den fünfziger Jahren kam ein Schriftsteller, der den Surrealismus, die Résistance und die kommunistischen Delirien durchgemacht hatte, wieder zu sich: Im Lichte des Chruschtschow-Berichts über Stalins Verbrechen kehrt Roger Vailland zu Sueton zurück. *Die Leben der Cäsaren* stellt dank Beria, Mussolini, Hitler und Franco die Gegenwart selbst bloß. Der Blick, den die französischen Klassiker dem ausgehenden 20. Jahrhundert vermachen, fördert nicht gerade das Vorbild einer schönen, guten und weisen Humanität. Hinter dieser erbaulichen Chimäre sickert eine ganz andere Langlebigkeit durch: »Überflüssig, den Leser anzuhalten, Vergleiche mit den Cäsaren des 20. Jahrhunderts zu ziehen. Die Riten des Cäsarismus sind genauso monoton wie der Bericht über die Verbrechen der Cäsaren. Der Tyrann ist grauenhaft, das heißt bis hin zum Grauen unkreativ.«[10] Persönlich würde ich hinzufügen, daß das Genie des Bösen unermüdlich und unerschöpflich kreativ ist, aber nicht, indem es perverse Praktiken erfindet, sondern indem es sich tausendundeine List einfallen läßt, um seine Verbrechen zu kaschieren.

Zu Beginn ist alles möglich, alles erlaubt. Racine läßt jede Tragödie mit der Ankündigung des Sturzes eines vorhergehenden Regimes beginnen: Die Stelle der Macht ist vakant. Sei es, daß der Monarch gestorben ist, sei es, daß

* »Der Inzest, die Rivalität der Brüder, der Vatermord, die Auflehnung der Söhne, das sind die grundlegenden Themen des Racineschen Theaters« (Roland Barthes).

er wankt, von seinen Widersprüchen untergraben, sei es, daß ein äußerer Krieg oder Rivalitäten an der Spitze seine Autorität zunichte machen. Die Verbote setzen aus. Die Hemmungen lassen nach. Roxane feiert ihre neue Freiheit:

Nichts hindert mich länger, und heute schon kann
Ich vollbringen den Plan, den ich liebend ersann.
(*Bajazet*, Zweiter Aufzug, 1. Auftritt)

Phädra, die Hippolytos begegnet, Xiphares, der Monime verfolgt, leben denselben verrückten Traum. Berenice stimmt eine Hymne an, die die neue Ära feiert:

Die Zeit, da ich bangte, Phoinike, entschwand.
Er liebt mich: es winkt seine mächtige Hand.
(*Berenice*, Erster Aufzug, 5. Auftritt)

Ist die alte Ordnung erst einmal zerstört, dann alle Macht den Hoffnungen, Begierden und Energien! Es genügt, aufzutreten, um zu reden, zu reden, um zu handeln, und zu handeln, um zu siegen. So flüsterte Narziß Nero ins Ohr:

Herr, glaubt mir: ein Herz von alldem entzückt,
Steht Euch zu Gebot, und Ihr werdet beglückt. *
(*Britannicus*, Zweiter Aufzug, 2. Auftritt)

Es war einmal. Es ist vorbei. Die Kehrseite des Märchens beginnt wie ein Märchen. Die »Zeit ist ausgesetzt«, die Krise, mit der alles beginnt, wird als absolute Befreiung gefeiert. Die Monster werden in die Vergangenheit verbannt. Die Machtmißbräuche sind vorbei. Die Alten diktieren nicht mehr das Verhalten der Jungen. Die Männer werden galant, die Eroberer legen die Waffen ab, die

* Etwas undeutliche Übersetzung des französischen »Commandez qu'on vous aime, et vous serez aimé«.

Sanftheit zieht in die Paläste ein, und die Zukunft lächelt. Erinnere Dich an Berlin, an den Fall der Mauer und die allgemeine Euphorie. Ein einflußreicher Leitartikler kündigte am 1. Januar 1990 an, nun beträten wir eine Ära des Glücks, denn Gorbatschow, der in Moskau thronte, habe den von Alexander eröffneten Janustempel geschlossen. Der Krieg war zu Ende. Für immer. Die gute Nachricht läßt die Racinesche Szene in allen Regenbogenfarben schillern. Die Stadt besingt ihren neuen Kaiser:

Ja, Rom meint, nun er zwei Jahre lang es lenkte,
Daß er nochmals die Zeit seiner Konsuln ihm schenkte:
Er lenkt es als Vater und scheint uns schon jetzt
So von Tugend erfüllt wie Augustus zuletzt.
(*Britannicus*, Erster Aufzug, 1. Auftritt)

Die Ermattung einer despotischen Macht führt die Gnadenzeit ein, in der sich jeder anschickt, seine Wünsche mit der Realität zu verwechseln. Man spekuliert über das Ende der Geschichte, über ihre blutigen Gewaltausbrüche und ihre wiederholten Konflikte. Der treuherzige Fukuyama zieht aus der Zerschlagung des sowjetischen Reichs die unerschütterliche Gewißheit, daß die Eintracht über die Zwietracht siegt. Das Goldene Zeitalter ist wieder da. Die Ära des Friedens, die Vergil zum Machtantritt von Augustus proklamiert, beherrscht in jeder Tragödie den ersten Akt. Der Zuschauer kennt die Musik. Welche Krönung, welcher Sieg, welcher Triumphzug könnten auf die überschwenglichen Lobpreisungen der offiziellen Dichter und der bestehenden Gremien verzichten?

Eine solche Propaganda wäre keinen Pfifferling wert, käme sie nicht den Wünschen derjenigen entgegen, die ihr

Glauben schenken. Das Glück ist ununterbrochen ein »neuer Gedanke«, für den Helden und die Heldin der Klassik genauso wie für Saint-Just auf der Tribüne des Nationalkonvents. Theseus ist gestorben, Hippolytos liebt mich ... Bis zum totalen Unglück segelt Phädra von einem Glück zum anderen. Lieben und verführen, hemmungslos begehren, grenzenlos genießen – keine Figur von Racine vergißt, die Phantasie an die Macht zu bringen – mit dem gleichen exaltierten Elan, wie er uns vom Mai 68 her vertraut ist. Diese Minute der absoluten Loslösung – »in der jeder Zwang aufgehoben ist, oder es bald sein wird, wo die Befriedigung einer langen Leidenschaft unmittelbar bevorzustehen scheint« (Brody) – elektrisiert die Massen in Rom und Jerusalem. Erkenne hier wieder die strahlende »lyrische Illusion« von Malraux im republikanischen Spanien. Denk an den Augenblick des 14. Juli zurück, als »alles möglich war«, wie das faszinierende und faszinierte Bild eines hingerissenen Michelet nahelegt: Es gibt nichts Schöneres, als dieses Volk zu sehen, das zum Licht emporsteigt, ohne Gesetz, aber Hand in Hand. Es steigt empor, es handelt nicht, es hat nicht nötig zu handeln; es steigt empor, das ist genug (...).[11]

Bald kommt die Begeisterung ins Schleudern. Der Traum weicht vor der grausamen Wirklichkeit zurück. Nie zugunsten einer Wiederherstellung der früheren Ordnung. Als Theseus und Mithridates, die man für tot hielt, wieder erscheinen, haben sie ihre frühere Allmacht verloren. Sie haben nicht mehr die Kraft, eine Katastrophe aufzuhalten, der sie in die Falle gegangen sind. Was tot ist, kehrt nicht wieder zurück. Der anfängliche Alarm erweist sich als realer als die vorübergehende Euphorie, die er auslöste. Ein Erdbeben hat die Welt in das tragische Abenteuer gestürzt.

Der Zusammenbruch, aus dem die klassische Tragödie hervorgeht, betrifft den Altar, den Thron und das Herz. Jedesmal, wenn eine Zeitung die Orientierungslosigkeit, den Werteverfall und den Untergang der Ideale beklagt, lächle ich. Wie neu! Und wenn uns heutzutage die öffentliche Unmoral als neues Phänomen, dessen evidente Ursache verfolgt gehört – je nach Wahl das Fernsehen, König Geld, die Wall Street, Hollywood oder die Unfähigkeit der Intellektuellen –, präsentiert wird, muß ich lachen. Welcher zügellose Rocker in Sachen Blasphemie könnte Phädra auch nur das Wasser reichen? Von der seligen Morgenröte bis zur Schreckensdämmerung bleibt der Himmel leer von jeglicher Vorsehung, die Macht ohne Legitimität und das Innerste ohne Transparenz. Die metaphysischen Erdbeben, die die deutsche Philosophie die »Umkehrung aller Werte«, die Infragestellung der Grundlagen und die die französische Politik »Revolution« nennt, die unversorgbare Wunde des Narzißmus, die Freud als »Unbewußtes« bezeichnet, alle unerschöpflichen Geheimnisse der künftigen Jahrhunderte strukturieren bereits die klassische Darstellung.

Tod Gottes. Tod des Königs. Tod des Ichs. Die philosophische Botschaft scheint immer wieder viel zu subversiv. Im *Grand Siècle* konnte sie so nicht verkündet werden. Gestatte mit die Hypothese, daß sich Wahrheiten von so erschreckendem Ausmaß, um auf der Bühne dargestellt zu werden, immer hinter einer Art Geheimsprache verstecken und nie offen ausgesprochen werden. Das Verschleierungsprinzip lebt von der Exotik. Die Tragödie geschieht anderswo, in vergangenen Zeiten, an fernen Orten. Für Bazajet beispielsweise »gleicht die Entfernung der Länder bis zu einem gewissen Grade die zu große Nähe der Zeit aus«. Die Verfremdungsregel ist absolut: »Freilich würde ich keinem Autor raten ..., Helden auf die Bühne zu bringen, welche die meisten Zuschauer noch gekannt haben« (Racine, *Bajazet*, Vorrede). Sie ermöglicht frei über eine Beziehung zu Gott, zum Thron und zu sich selbst zu reden, indem sie sie dem Hier und Jetzt, also der Zensur, entzieht.

Bedeutet das, daß der Zuschauer nicht betroffen ist? Nur auf den ersten Blick, daher die Straffreiheit des Autors. In Wirklichkeit befördert die racinesche Verfremdung eine der brechtschen entgegengesetzte Pädagogik; weit davon entfernt, von einer Identifikation auszugehen, die zerstört gehört, will sie die anfängliche Entkoppelung auflösen: Der Zuschauer erkennt sich hinsichtlich der menschlichen Situation allmählich als Bruder der Gefangenen des Serails und der Kinder der Zerstörung von Troja.

Gott wird in Klammern gesetzt, auf halber Entfernung zwischen einer Religion, die der Zuschauer aufgegeben hat, und einer neuen, die das Stück noch nicht kennt, festgehalten. Die politische Macht ist suspendiert, in einem Interregnum, das weder Salisches Gesetz noch legitime Thronfolge kennt. »Beim Tod des Königs ist es in gewisser Weise die Nation, die stirbt, und alle kehren von einem gesellschaftlichen Zustand in den Naturzustand zurück«, schreibt Spinoza.[12] Der Mensch dezentriert sich und verliert den Kontakt zu einer Wahrheit, die intimer als er selbst ist, »die Liebe borgt ihren Namen einer unendlichen Vielzahl von Beziehungen, die man auf sie zurückführt und mit denen sie dennoch nicht mehr zu tun hat, als der Doge mit dem, was in Venedig geschieht« (La Rochefoucauld).[13]

Das Individuum lebt in der Zwischenzeit, alle vormaligen Autoritäten sind entlassen und die neuen unbekannt. Gott, falls er herrscht, regiert nicht. Der legitime Souverän, falls er existiert, gibt sich nicht zu erkennen. Nur unter der Voraussetzung, daß es sich zu verlieren weiß, sucht sich das Ich auf authentische Weise.

Dieses Intervall, mehr als eine Täuschung, um die Zensoren von der Fährte abzulenken, mehr als ein Auftritt, ist genau das Milieu, in dem das menschliche Abenteuer spielt. »Hier ist nicht die Heimat der Wahrheit; unerkannt irrt sie unter den Menschen. Gott hat sie unter einem Schleier verborgen (...). Ihr Ort ist der Lästerung preisgegeben«, schreibt Pascal und fährt fort: »Wenn man die Wahrheiten des Evangeliums veröffentlicht, veröffentlicht man gegensätzliche, und man verdunkelt die Fragen, so daß das Volk sie nicht mehr auseinanderhalten kann.«[14]

Der racinesche Ort, den der Zuschauer auf Anhieb einzunehmen hat, ist Spinoza, Pascal und La Rochefoucauld nicht fremd. Du hast die Urszene der klassischen Vernunft vor Augen, der Kosmos wird nicht länger von einer himmlischen Vorsehung regiert. Die Autorität ist nicht mehr göttlichen Rechts. Das Ich kommt nicht in den Genuß der Erleuchtungen der Offenbarung. Man verläßt die Welt von Thomas von Aquin und Augustinus und setzt auf die Tagesordnung »das Ärgste, was aus Lieb' und Haß entspringen mag ...« (*Die Thebais oder die feindseligen Brüder*, Vierter Aufzug, 1. Auftritt).

Das räumliche und zeitliche Intervall, in das Racine seine Figuren einschließt, ist eine theologische, politische und intime Klammer. Leer ist es aber nicht. Der Abwesenheit von Gott entspricht die Anwesenheit des Bösen, Agamemnon vertraut, als er ausruft:

Es ist wahr: ich weiß nicht, was wir begangen,
Daß zürnend die Götter dies Opfer verlangen (...)
Mach erröten die Götter, die so dich verderben!
(*Iphigenia*, Vierter Aufzug, 4. Auftritt)

Dem Koma der ehemals rechtmäßigen Autoritäten antwortet die Emanzipation der Mörder. Die »stummen«

Mörder des Serails, die Prätorianer, die in Rom entscheiden, die fanatischen Zeloten aus Jerusalem nehmen sich Ellbogenfreiheit. Der einzelne wiederum muß der Feuersbrunst der Emotionen ein beschützer- und schutzloses Ich streitig machen. Der racinesche Augenblick ist unerbittlich. Er ist das geschlossene Feld eines Kampfes, der sich weder auf Nostalgien noch auf Erwartungen stützen kann. Es gibt kein Vorher und kein Nachher. Phädra sucht ihre Wahrheit ohne vorgetäuschte Trauer und ohne falsche Hoffnungen. Sie blickt nicht zurück. Sie prallt vor einer Zukunft ohne Zukunft zurück:

> *Wo mich verbergen? Flieh ich in die Nacht,*
> *Des Totenreichs hinunter? Wehe mir!*
> *Dort hält mein Vater des Geschickes Urne …*
> (*Phädra*, Vierter Aufzug, 6. Auftritt)

Auf der Bühne setzt sie alles auf eine Karte. Ihr Fortschreiten zum Tode bezeugt ihre stolze und ungebrochene Reinheit, diesseits des Jenseits, jenseits des Diesseits.

Erreicht das Theater seine äußerste Vollkommenheit, wie François d'Aubignac erklärt, der zu Corneilles Zeiten theoretisiert und zu Racines Zeiten veröffentlicht hat, bietet es »das sinnlich wahrnehmbare bewegende Bild des ganzen menschlichen Lebens«. Einheit von Ort, Zeit und Handlung: Vierundzwanzig Stunden aus dem Leben einer Frau sollen das ganze Leben darstellen. Ist das Drama beendet, »soll nichts übrigbleiben, nichts, was die Zuschauer wissen sollen oder hören wollen.«[15]

Alles ist getan. Alles ist gesagt. *Finita la commedia!* Die bereits damals angefochtenen bekannten Regeln der drei Einheiten zielen eher auf die Treffsicherheit als auf die Genauigkeit. Keine realistische Nachahmung, sondern eine wahre Totalisierung, die dafür sorgt, die *Condition humaine* in einer zweistündigen Vorführung sichtbar zu machen. Die außergewöhnliche optische Anordnung beruft sich auf das Erhabene, auf den Punkt, wo sich Augenblick und Ewigkeit paaren.

Mit der Übersetzung des Werks eines anonymen Verfassers – Pseudo-Longinus –, der unter Claudius' oder Neros Herrschaft lebte, organisiert Boileau die Gegenoffensive seiner rüde verrissenen Schar. Die Wahl ist geschickt, der unbekannte Rhetor besingt in *Vom Erhabenen* den Ruhm der Literatur im weitesten Sinn, von Homer bis Demosthenes, ohne die öffentlichen Diskussionen auf der Athener Agora außer acht zu lassen. Gegen die *Modernes,* die sich, um die Autoren der Antike als unterschiedslos geistig Unterentwickelte zu entwerten, auf den Fortschritt der Wissenschaften und Techniken beziehen, erhält diese Apologie der »Literatur« (Vokabel des 19. Jahrhunderts) den Wert eines Manifests.

»Das Erhabene soll etwas aufblitzen lassen, es entwurzelt alles wie ein Blitz und versammelt alle Energien des Redners auf sich«.[16] In erster Linie ist es also ein Stilmoment, das die klassische Rhetorik als solches klassifiziert. Mißtraue meiner *Oratio*: »Entsetzen wirst du dich, brech' ich mein Schweigen«, warnt Phädra. In zweiter Instanz handelt es sich um ein Realitätsmoment, dank dem der Diskurs den Rahmen des Diskurses überschreitet; er erschüttert die Welt durch die Kraft des »Wunderbaren, das ergreift, einschlägt, das fühlbar wird«, schreibt Boileau. Im Anschluß daran spricht Kant von einer Kraft, die jeden über sich selbst hinaushebt, ungeachtet seiner ihm teuersten Güter, seiner Gesundheit und seines Lebens. In dritter Instanz führt das Erhabene an die höheren Realitäten heran, siehe Homer: Aus den Männern, die Troja belagern, »macht er Götter und aus den Göttern Menschen«. Die erhabene Erschütterung erschließt die tragische Szene der höchsten Offenbarung, es geht um unsere Beziehung zum Göttlichen, zur Welt und zu uns selbst.

Sublimis = über alle Grenzen erhaben. Das biblische *Fiat lux* ist das erste vom – heidnischen – Autoren des Erhabenen festgehaltene Beispiel. Das Erhabene spricht das Sein aus. Jedoch gleichermaßen die Verdunkelung oder die Abwesenheit des Seins, den Schwindel und das Grauen. Die Leere, der endlose Horizont, der Sturm, die Erdbeben, die »außergewöhnlichen Katastrophen« illustrieren von Pseudo-Longinus bis Kant die Erhabenheit der Abgründe. Die Zerstörung der Menschen und der Dinge genießt den Status der grundlegenden Offenbarung: Für Kant ist der Krieg, für Boileau und Corneille ist der verheerende Wahn von Medea, für Pseudo-Longinus ist die homerische Zwietracht, die Götter gegen Götter aufbringt, auf ihre Weise erhaben.

Die Bedeutung des Werkes liegt nicht so sehr darin, daß es eine Abhandlung über den Stil, sondern über das höchste Sein ist. Das äußerst schöpferische, das äußerst verheerende Sein. Das Oben und das Unten, der Gipfel der Liebe und der Abgrund des Hasses, die Erzeugung und die Zerstörung, das Entstehen und das Vergehen, die Vollkommenheit und das Nichts gehören gleichermaßen der Sphäre des Erhabenen an.

Racine verkündet gleich zu Beginn das unwiderrufliche Verschwinden der früheren himmlischen und irdischen Autoritäten. Warten neue in den Kulissen? Muß hinter der Theologie der Leere, eines Verschwindens des vollkommenen Seins ein jansenistisches oder vordialektisches Glaubensbekenntnis gelesen werden? Das ginge am Klassischen vorbei, das bei abwesender Offenbarung nicht im Warten auf liebe Götter verharrt, nicht von glücklichen Revolutionen träumt. Es spielt hier und jetzt die *Condition humaine* durch, in einem Raum, in dem die abwesende Güte die Anwesenheit der Grausamkeit enthüllt. Die Erfahrung des Guten kehrt sich in die Erfahrung des Bösen um. Beide erhaben.

Die von der Polizei in die Enge getriebenen Prager Dissidenten – Du erinnerst Dich – wunderten sich, so außerordentlich einig untereinander zu sein, wo sie doch so wenige Überzeugungen, Neigungen, Religionen und Meinungen teilten. Sie zeigten ihre Erschütterung hinsichtlich des Allgemeinwohls, von dem jeder eine eigene, unverwechselbare Vorstellung hatte, erschüttert, jedoch aufgrund der Allgegenwärtigkeit dieser Erschütterung solidarisch und gegen die allgemeine Gefahr miteinander verbunden. Das höchste Gut verblaßte, die größte Gemeinheit verbündete sie gegen sich. Unter anderem ist es ihnen zu danken, daß die Klassiker mir mit einer einige Jahrhunderte umfassenden Verspätung eine geteilte Erfahrung des Bösen bieten, die der als Solidarität der Erschütterten begriffenen menschlichen Gemeinde einen Sinn gibt.

Das aktuelle Geschehen, das Jean Racine miterlebt, ist die Revolution in England. Seine jüngere Vergangenheit die religiösen Massaker, die Ermordung von Heinrich IV., die Fronde, die Bürgerkriege in Frankreich. Das Europa von Jean Racine? Hundert Jahre Verwüstungen, die der Westfälische Frieden gerade mal so beendet. Wundere Dich daher nicht, daß er eine gleiche Phase durchmachte, wie sie der Wahn unseres Jahrhundert auslöst. Er hat nicht *Die Geächteten* von Ernst von Salomon geschrieben, sondern uns *Iphigenie* hinterlassen. Er hat nicht wie Ernst Jünger den *Krieg als inneres Erlebnis* veröffentlicht, sondern uns *Athalia* vermacht. Er hat nicht wie Heidegger seine Studenten aufgerufen, Hitler zu dienen, er entblößt ein »entstehendes Monster«, Nero. Um Zeitgenosse meiner eigenen Geschichte zu werden, machte ich einen Abstecher ins klassische Theater. Das, was sich unsere zivilisierten und fortgeschrittenen Gesellschaften nicht zu sehen bemühen, ist auf einer Bühne montiert und demontiert worden. Dort herrscht das Böse, der

Zorn befreit sich, seine nackte, erbarmungslose Evidenz kommt ohne die uns vertrauten Rücksichtnahmen zum Ausdruck.

Péguy bewundert. Péguy erschrickt. Er erschauert bei dem unerbittlichen Licht, das den König-Vater Agamemnon, gefangen in den Netzen einer süß-sauren, stets von kindlicher Pietät geprägten Rede, auseinandernimmt und auflöst: »Es besteht nicht die Gefahr, daß Iphigenie ausfallend wird. Was sie tut, ist viel schlimmer. Es gibt kein einziges Wort, keinen Vers, nicht einmal einen Halbvers, keinen Teilsatz, keinen Befehl, es gibt, wie gesagt, kein einziges Wort, das nicht die Funktion hat, den Gegner (den Vater) ins Unrecht zu setzen. Der Racinsche Dialog ist ganz eigentlich ein Kampf (man könnte sagen, er ist ein fortwährender Kampf); in ihm ist der Partner generell und durchgehend ein Gegner; das Wesentliche der Racinschen Figuren liegt darin, daß sie nur sprechen, um den Gegner ins Unrecht zu setzen, nichts anderes beabsichtigen, als den Gegner ins Unrecht zu setzen, was der eigentliche Anfang, die Quelle der Grausamkeit ist.«[17]

Péguy schätzt, doch Péguy bedauert die Härte von Racine: »Was für ein christlicher Dichter er gewesen wäre, wenn er ein Christ gewesen wäre.« Ich erspare Dir den Radau, den eine solche Exkommunizierung auslöste. Zahlreiche – und nicht die unbedeutendsten – aufgeregte Kommentatoren entwarfen oder rekonstruierten lauter Racines, von denen einer christlicher war als der andere. Ich werde Dich nicht mit den theologischen Querelen behelligen, die unter den Wandtäfelungen zu hören waren.

Genug! Wer richtet? Mit welchem Recht befindet man darüber, was christlich ist oder nicht, wenn man seine Unfähigkeit eingesteht, einen einzigartigen Dichter auf Herz und Nieren zu prüfen. Schade! Péguy stoppt seine Intuition auch sogleich. Tatsächlich erlaubt sich Iphigenie »kaum christliche«, jedenfalls mit den Wahrheiten des Katechismus kaum konforme Hinterhältigkeiten und Andeutungen. Sie stellt Fragen, spricht immer mehr, immer besser, während Agamemnon sich zum Schweigen entschließt. Erinnert Dich das an nichts? Ein Vater tötet seine Tochter, ein Vater tötet seinen Sohn. Die Blasphemie ist nahe. Nie erwähnt, stets im Dunklen verborgen, geht ein anderes Opfer auf der Bühne um. Isaak wagte eine Frage, dann schwieg er. Abraham sprach, und Gott sprach durch ihn. Die griechische Entsprechung begegnet (wie bei Kierkegaard) seinem biblischen Doppelgänger, der in den Versen von Athalia deutlich wird:

Sag, bist du nicht hier an der heiligen Stätte,
Wo der Erzvater einst auf Gottes Gebot
Ohne Murren das Leben des Sohnes bedroht,
Auf den Holzstoß die Frucht seines Alters getragen,
Sich versagt hat, nach Gottes Verheißung zu fragen:
Und er bracht in dem Sohn, den er liebte, ihm dar,
Was die einzige Hoffnung des Stammes doch war.
(*Athalia*, Vierter Aufzug, 5. Auftritt)

Bei Racine wird das religiöse Opfer zum reinen Mord. Während die Bibel Gott und Abraham erspart, menschliches Blut zu vergießen (Isaak wird in letzter Minute durch ein Lamm ersetzt), wird Athalia in der Mitte des Tempels ermordet. Während der griechische Ritus selbst bei Tieren die Zustimmung zum Sühneopfer verlangte, hat Eriphile, die an Iphigenies Stelle tritt, nur die Wahl zu sterben. Hinrichtung oder Selbstmord. Wer weiß das schon? Das Opfer setzt, auch wenn sie neu belebt werden muß, die prästabilisierte Harmonie eines kosmischen Trios, des Geopferten, des Opfernden und des himmlischen Empfängers, voraus. Die Racinesche Erschütterung macht einen Opferpriester zur Entscheidungsperson, die vorgibt, an Gottes Stelle (Joad) oder an

Stelle des Opfers zu reden (»Ohn' Erbarmen. Nur Kalchas befehligt die Menge«, *Iphigenia*, Fünfter Aufzug, 3. Auftritt). Die Willkür, die vor unseren Augen die Zügel in die Hand nimmt, bewacht sie. Wir wissen bereits, daß die Opferpriester wiederum selbst geopfert werden. Der Trojanische Krieg wird stattfinden. Die Tragödie wird über die Sieger und die Geretteten siegen. Judäa wird untergehen. Péguy hat recht, Racine ist ein »grausamer Analytiker, der Meister der Grausamkeit«. Als einer der ersten untersuchte er das Schicksal der menschlichen Gewalt, wenn das traditionelle Opfer nicht mehr funktioniert. Er wagt es, der angeborenen Grausamkeit des Menschen das Wort zu geben, und befragt sie gleich einem Orakel genau in den Augenblick, wo »nicht von Orakeln weiß mehr unsre Bundeslade« (*Athalia*, Erster Akt, 9. Szene).

Gottlos, weil erbarmungslos? Vorsicht! Iphigenies verbale Grausamkeit beschränkt sich darauf, die wortlose Grausamkeit eines Kindsmörders bloßzustellen. Sie schreit nicht wie ihre Mutter. Sie demaskiert die herrschende Heuchelei um so wirksamer, als sie von einem frontalen Zusammenstoß mit ihr absieht. Ihre überlegene Ironie setzt ihre Wahrheit indirekt durch, dank dieses »Dämpfereffekts«, von dem jedes Racinesche Wort erfüllt ist. Leo Spitzer hat die stilistischen Verfahren der Enthüllung aufgezählt. Stellt man Doppeldeutigkeit Doppeldeutigkeit gegenüber, läßt der Scharfsinn einer Rede unter dem Schleier von Worten, die ein Sprechen ohne Wahrheit gewoben hat, die Wahrheit einer kalten Gewalt zum Vorschein kommen. Iphigenie ist grausam, weil sie authentisch ist. Racine in Anbetracht dieser Härte ein nicht vorhandenes Christentum vorzuhalten ist nichts anderes, als die Fernsehnachrichten als blasphemisch anzuprangern, weil sie über die Gewalttaten des Tages berichten. Schalte Deinen Fernseher aus, wenn Dir danach ist, die Raserei des Realen bleibt. Erzürne Dich über Iphigenie und ihr unumwundenes Reden, das Verbrechen schärft anderswo seine Pfeile.

Eriphile, Hermione, so viele andere bis Nero. Sie sind Legion und ihr Name ist Zwietracht:

Kein Tag war so tödlich dem griechischen Lande:
Schon herrschte die Zwietracht am hiesigen Strande,
Hatt' alle verblendet und alle entzweit
Und gab uns das traurige Zeichen zum Streit.
(*Iphigenia*, Fünfter Aufzug, 6. Auftritt)

Seit Platon, Aristoteles und Augustinus ignoriert niemand, daß es harte Arbeit ist, das Böse um des Bösen willen zu begehen. Eine Räubertruppe legt sich Regeln zu. Die Gesetze der Mafia gelten als rigoros. Der Mensch, der sich den Bauch vollschlägt und sich suhlt, tut das, was er für das beste hält. Das gilt auch für den, der foltert und tötet. Die Liebe zum Guten ist die Triebfeder aller Handlungen, einschließlich der schändlichsten.

Obwohl die Ehrerbietung, die das Laster der Tugend unentwegt erweist, nichts Beruhigendes an sich hat. Sämtliche Abscheulichkeiten unseres Jahrhunderts sind für die gute Sache, die Universalität der Klasse, die Reinheit der Rasse, den Dienst an Gott verübt worden ... Die gute Sache, bemerkt Solschenizyn, funktioniert als Multiplikator des Verbrechens. Sie verwandelt die handwerkliche Aktivität eines Landru in das millionenfache Bestattungsunternehmen eines Pol Pot. Athalia mordet aus Sorge um das Wohl des Staates. Joad aus Ehrfurcht vor Gott. Ideale und Ideologien verblenden gleich einer »unheilvollen Binde«. Erbauliche Personifikationen belegen das Verbrechen von innen oder verbergen es von außen. »Sorglos eilen wir in den Abgrund, nachdem wir etwas vor uns aufgebaut, was uns hindert, ihn zu sehen«, schreibt Pascal.[18]

Die Klassiker hätten nie die Schamlosigkeit besessen, das »Ende der Ideologien« zu verkünden. Für eine verlorengegangene gibt es zehn neue. Zwar vereinigt der Begriff der Klasse nicht mehr, das Phantasma der Ethnie hat jedoch Erfolg, die Gemeinde der Gläubigen bricht alle Rekorde. Stützt die Wissenschaft die Belanglosigkeiten vom letzten Gefecht nicht mehr ab, tritt die Religion auf den Plan. Die Ideologien – im *Grand Siècle* hießen sie Vorstellung oder Meinung – beziehen ihren Wert weniger aus dem, was sie erzählen, als aus dem, was sie an Erkenntnis verbieten. Ihre Überzeugungskraft unterliegt dem Wandel, mal schwach, mal stark, mal universell, mal lokal, solange sie aber ihre Arbeit als Augenverschließer erfüllen, entsprechen sie der Nachfrage.

Heutzutage schließen die Postmodernen aus dem Zusammenbruch des sowjetischen Systems fälschlicherweise auf den absoluten Tod des Marxismus. Definitiv daneben liegen sie, wenn sie das Ende der »großen Erzählungen« extrapolieren. Die serbischen Milizen besangen die Schlacht auf dem Amselfeld (1389), als sie die kroatischen Zivilisten in Vukovar (1991) und die Bosnier in Srebrenica (1995) liquidierten. Die Mörder der Islamischen Heilsfront schneiden Schülerinnen und Rai-Sängern die Kehle durch und streiten sich dabei um den Titel des Kalifen, des Emirs und um die an diesen Worten klebenden Traditionen. Das unerschöpfliche Vergnügen an Märchen vom aufrechten Massakrieren und vom kriecherischen Genießen darf nie unterschätzt werden.

In Sachen Ideologie bleibt die Erzählfunktion der Augenbindenfunktion untergeordnet. Die trügerischen Nostalgien, die strahlende Zukunft, das glückliche Morgen, die seligen Himmel kommen als Zugabe hinzu. Wichtig ist, dem Schlamm, in dem man versinkt, und dem Blut, das man vergießt, keine Aufmerksamkeit zu schenken.

Unsere Klassiker waren Bogenschützen ohnegleichen,

»scharf zielende Schützen, welche immer und immer wieder ins Schwarze treffen – aber ins Schwarze der menschlichen Natur«, bewundert Nietzsche.[19]

Zwischen 1660 und 1680 hat eine Generation von Einzelgängern in den Apfel gebissen; sie versprachen nicht die Erkenntnis des Guten, womit sich die Menschen graziös brüsten, sondern die des Bösen, was den meisten widerstrebt. An Tagen großer Wut empört sich Nietzsche: Den Deutschen bleibt die Frucht verboten, sie verbieten sie sich selbst und gelegentlich den anderen.

Dreimal hat Deutschland auf Frankreich gewirkt; im dritten Jahrhundert brachte es wilde Sitten und barbarische Unwissenheit, im Zeitalter Montaignes brachte es ein zweites, nachgeborenes Mittelalter und Religionskriege, und in diesem Jahrhundert brachte es die deutsche Philosophie, die Romantik und das Bier.«[20]

Um Dich zu trösten, füge ich hinzu, daß die grausame Luzidität unserer Klassiker, diese französische Ausnahme, auch in Frankreich eine eher schlecht angesehene Ausnahme ist, die als Strafarbeit für Schüler entschärft wird und stets gute Aussichten hat, in Vergessenheit zu geraten.

Brief VI

Nero marschiert in Nürnberg auf

Der Gipfel des Grausamen · Je weniger du Böses beabsichtigst, desto mehr träumst du davon · Je weniger du das Böse wahrnimmst, desto mehr übst du es aus · Athalia und die Fundamentalisten · Nicht mehr zu sterben wissen heißt, töten zu lernen

Auf der klassischen Bühne wird in zweierlei Weise geredet. Es gibt die ätzende, erbarmungslose Rede, in der Iphigenie um den Preis eines permanenten Kampfes glänzt. Und die Rede, die die üblen Berater und Vertrauten bis zum Grotesken und zur Karikatur hin verkörpern. Der Sprache der Grausamkeit entgegengesetzt ist der schmeichlerische Diskurs. Während Péguy nur erstere erwähnt, hört Hegel nur letzteren. Er reduziert die Kultur des *Grand Siècle* auf die Hegemonie der Höflingsbräuche. Dem edlen, früheren Heldentum, dem »stummen« Opfer, folgt seiner Ansicht nach das »Heldentum der Schmeichelei«, die dem Höfling auferlegt, eher sein Bewußtsein als sein Leben zu opfern und nicht mehr sein Blut, sondern den liebesdienerischen Weihrauch zu verströmen. Bereits die damaligen Kritiker stolperten angesichts Racines. Mal hielten sie ihm seine Härte vor – Pyrrhus ist eben nicht Celadon. Mal beschuldigten sie ihn, seine Helden seien zu zartfühlend, zu klein, ihnen fehle es zu sehr an Corneilles »Männlichkeit« (das heißt an idealer Unbesiegbarkeit).

Der Schmeichler hält an der lyrischen Illusion fest, die dem Drama Racines seinen Anfangsschwung verleiht. Der Meister, den man umschmeichelt, kann alles. Er ist tadellos. Oenone: »Sie auf den leichten Fehl mit anderen Augen hin!« (Racine, *Phädra*, Vierter Aufzug, 6. Auftritt). Ähnlich Platons Gott ist er »nicht verdächtig«, unfähig, Böses zu erleiden und zu begehen, moralisch gegen Gifte immunisiert: »Ich habe darauf geachtet, mich gegen alle Gifte zu wappnen.« Keinerlei Dementi kann den

Fluß von Lobpreisungen austrocknen, die die unfehlbare Tugend eines Gottes, eines Königs oder eines Ichs zelebrieren. Deswegen der außergewöhnliche Beweis der Existenz Gottes durch das Elend der Welt, den Joad, der blutdürstige Hohepriester, gibt:

Wann sahn wir so zahlreich Wunder sich zeigen?
Muß, Abner, muß ich Euch bitten, zu sehn,
Welche Zeichen in unseren Tagen geschehn?
Das Unheil, das Israels Fronherren schreckte,
Wie Gott seine Drohungen alle vollstreckte,
Wie das Blut jenes ruchlosen Ahab verrann
In den Acker, den einstens durch Mord er gewann;
Dann Jesebel, nah dieser grausigen Erde,
Die Fürstin, zerstampft von den Füßen der Pferde,
Wie die Hunde, getränkt von dem elenden Blut,
Ihre scheußlichen Glieder zerrissen voll Wut.
(*Athalia*, Erster Aufzug, 1. Auftritt)

Deswegen die komische Einfalt der reinen Jungfrauen, die im Chor die Unschuld der Schöpfung und der Kreaturen besingen, während sie im Blut der vergangenen Morde und der künftigen Gemetzel baden.

Der Diskurs der Schmeichelei verläuft, wie Hegel aufzeigt, im wesentlichen kreisförmig. Im vollkommenen Gegenstand, den er glorifiziert, ist er es selbst, dem er neu begegnet. Ob er sich auf ein religiöses Absolutes, das berühmte *Fiat lux*, oder auf ein politisches Absolutes, das »Der Staat bin ich«, beruft, der Götzendiener beansprucht für sich eine unerschütterliche, unangreifbare und allmächtige Rede. Der geschmeichelte Schmeichler erhebt sich auf Kosten dessen, den er umschmeichelt. Der himmlische oder öffentliche Dienst ist dann nur noch Mittel für eine grenzenlose Eigenliebe. »Doch dieser Verdacht, dies beständige Klagen – /Ich wage das hier unter uns Euch zu sagen – /Läßt allenthalben die Meinung entstehn, /Um Euretwillen sei alles geschehn«, – hält Nero seiner Mutter vor (*Britannicus*, Vierter Aufzug, 2. Auftritt).

Das System der schmeichelnden Rede ist schlechthin »performativ«: Reden ist Tun.[1] Reden ist Sein, erklärt Narziß Nero gegenüber: »Herr, glaubt mir: ein Herz, von all dem entzückt, /Steht Euch zu Gebot, und Ihr werdet beglückt/« (frz. »Commandez qu'on vous aime, et vous serez aimé«, *Britannicus*, Vierter Aufzug, 2. Auftritt). Burrhus, das moralisierende *Alter ego* von Narziß, postuliert ähnlich performativ, daß sich nichts zu sagen haben bedeutet, daß man sich nichts aus jemand macht: »Man liebt nicht, wenn man es sich nicht erlaubt« (*Britannicus*, Dritter Aufzug, 1. Auftritt). Die Schmeichelei verweist eigentlich auf einen selbst. Sie ist insofern mit dem Gegenstand ihres Kults solidarisch, als sie in ihm ihre eigene Macht verehrt. Die Schmeichelei entfremdet sich daher nur in deren Schaffung: »Er ist euer Kaiser. Gleich uns seid ihr dieser Macht, die er von euch erhalten hat, untergeordnet.« Iphigenies grausame Wahrheit hingegen entkoppelt. Sie benutzt die symbiotische Vater-Tochter-Bindung als Vorwand, um sie um so besser aufzulösen, und versetzt Agamemnon in vollen Widerspruch. Der Diskurs der Grausamkeit reißt die Augenbinde ab und macht sichtbar. Er ist indikativ. Der Diskurs der Schmeichelei zieht die Augenbinde fester an, versperrt den Blick. Er ist performativ. Ersterer erschließt eine ungefällige Realität. Letzterer verschließt sich selbstgefällig in sich.

Der indikative Diskurs setzt die Tüpfelchen auf die »i«, ohne weitere Überlegungen als die zu seinem Verständnis notwendigen Rücksichtnahmen. Iphigenie persifliert ihren Vater. Phädra ironisiert unversöhnlich sich selbst. Der performative Diskurs verkehrt die Faktoren;

er ist tautologisch, ich bin ich, Du bist immer noch ich. Er eignet sich genausogut für die Empörung, die Seufzer, die Wut, die Rührung und die anmaßende Zufriedenheit, für alles, Hauptsache, er ist aus einem Guß. Das Subjekt spricht darin nur von sich und zu sich; seine Kreisförmigkeit zieht die magische Grenze, jenseits deren es weder einen gültigen Ansprechpartner noch eine einzugestehende Realität gibt.

Im Prinzip rollt sich der performative Diskurs sanft zum Knäuel auf. Eigentlich steht er am Ursprung der radikalsten Gewalt. Eriphile, ein Findelkind und eine Gefangene, schuldet niemandem etwas; sie beruft sich allein auf sich selbst, hat nichts als ihre Ketten zu verlieren und wirft sie ab; sie duldet keinerlei Verbot und zettelt den Bürgerkrieg bei den Paaren, in der Familie, dem Lager der Griechen, der Armee und möglichst in der ganzen Welt an. Sie funkelt gleich einer Göttin der Zwietracht, deren Füße die Hölle berühren und deren Kopf das Firmament durchstößt. Ich bin ich: Die performative Tautologie sucht niemals Streit mit sich selbst, daher kann sie sich der ganzen Welt entgegenstellen. Wie Eriphile – etymologisch: Liebe zum Krieg – entflammt Hermione, als Antiphrase »Harmonie« genannt, gleich einer lebenden Fackel und schwört, den Kosmos in Schutt und Asche zu legen.

Es werde Licht, und es ward Licht. Das göttliche *Fiat lux* erhebt die Schöpfung zum Gründungsbeispiel für jedes performative Vorgehen. Von dieser Einzelheit einmal abgesehen: Den Menschen, die zur Schöpfung *ex nihilo* unfähig sind, wird niemals die vollkommene Übereinstimmung – einwandfrei und makellos – von Sagen und Tun gelingen. Innerlich sind sie nicht von ihrer Vergangenheit entbunden. Äußerlich öffnen sie sich einer nicht beherrschten Umwelt. Sie können sich nicht, ohne zu lügen, in einer Nullzeit niederlassen, in der sie genauso

»dezisionistisch« wie die Götter über eine von allen Bindungen freie Zukunft entscheiden würden. Was ihnen jede Schöpfung verweigert, bietet ihnen jedoch die radikale Vernichtung: Zwischen der verkündeten Verurteilung und der vernichtenden Aktivität wächst die Übereinstimmung von Sagen und Tun, solange Haß und Zerstörung zunehmen. Wer den Weltuntergang in seinen Händen hat, berührt das vollkommene performative Glück. Nichts schiebt sich mehr zwischen sein Sagen und sein Tun, nicht einmal das eigene Gewand. Homizid, Genozid und Suizid fallen in der letzten Feuersbrunst zusammen. Hermione geht voran. Sie ernennt sich zur menschlichen Bombe:

Dann sterb' ich: mein Tod wird Rache mir sein,
Und es folgt mir jemand: nicht sterb ich allein.
(*Andromache*, Fünfter Aufzug, 2. Auftritt)

Feinsinnige Hermione! Die Zerstörung ist ein *Work in progress*. Nero erhebt es zur Apotheose. Mit diesem jungen Cäsar versucht Racine das Undenkbare zu denken. Er zeigt in *nuce* das zum Weltuntergang fähige »Monster«, das unheilbringende Bewußtsein, das den Kosmos von seiner Mitte her in Brand setzt, Rom niederbrennt und damit das allerhöchste, noch menschliche, doch bereits absolute Performative erreicht: nicht nach mir die Sintflut, sondern mit mir, dank meiner, die totale Subversion und Submersion!

Das klassische Zeitalter stellt sich Fragen zu Nero mit dem Ernst eines Deutschlands, das seine Geschichte revidiert, um Hitler zu erklären. Racine vermeidet die übliche Bequemlichkeit. Er stellt keinen Schwächling vor, der von Bösartigkeit so besessen ist, daß er aus individueller Debilität die Verbote, Traditionen und elementaren Regeln des Gemeinschaftslebens außer acht läßt. Eher als Nero, der die alte Welt zerbricht, betrachte eine bereits zerbrochene Welt, die Nero möglich macht. Ähnlich wie sich in den Ouvertüren zu *Iphigenie* und *Athalia* die Opferrituale als unwirksam erweisen, enthüllt das Vorspiel von *Britannicus* eine zuvor zertrümmerte politische Autorität. Agrippina irrt in den Gängen umher, Nero spielt Versteck. Duelle an der Spitze, Instabilität an der Basis, es herrscht Unordnung. Nichts funktioniert mehr »wie zuvor«. Die ungeschminkte Erwähnung von Agrippinas Karriere, der Mutter des Kaisers, ist so wenig erfreulich, daß sie jede Möglichkeit zurückzukehren versperrt. Die Welt ist aus den Fugen geraten.

Obwohl Racine sich in seinen Vorworten mit der Bürgschaft von Tacitus deckt, teilt er nicht die traditionelle Perspektive des großen Historikers. In keinster Weise beruft er sich auf das ewige Rom und die normale und gesunde Funktionsweise der Institutionen, um Nero zu verteufeln und ihn als klinischen Einzelfall zu verurteilen. Tacitus begreift den Rückblick als Rückkehr zur römischen Tugend. Racine sagt sich los. Sicher entnimmt er den *Annalen* den unversöhnlichen Tatbestand und die kühle Analyse der Umstände, die Medikamentenbox übersieht er aber. Wozu dient die Lektüre von Tacitus, Sueton und einigen anderen? Sie nährt die grausam indikative Begabung von Iphigenie, die das bloßstellt, was der Anstand verbirgt. Racine erforscht die Lateiner ähnlich, wie man Krimis durchblättert. *Das Leben der Cäsaren* zeichnet die Chronik einer Mafia nach. Rom ist ein politisches Chicago; seine Geschichte entziffert sich wie ein Kriminalroman. Jeder Protagonist aus *Britannicus* hat für die Dauer von Augenblicken den kalten und nüchternen Blick des »Privatdetektivs«, den Horace MacCoy und Raymond Chandler schätzen. So herrscht Agrippina ihren Kaisersohn an:

Nein, nein, durch Gift ist Britannicus tot,
Und Narcissus vollzog es auf Neros Gebot
(*Britannicus*, Fünfter Aufzug, 6. Auftritt)

Racines Erhabenes interessiert sich nicht für himmlische Erhebungen. Es beleuchtet die Fahrt zu den Abgründen. Das Verbrechen wird jederzeit unvermeidlich als solches benannt. »Der Coup« zerreißt den Schleier, was auch immer der Preis dafür sei. Agrippina, Athalia, Phädra, jeder Held nennt die Dinge beim Namen und formuliert in unvergeßlicher Klarheit, die genauso wahr ist wie das Böse, das sie verkündet.

Eine solche Fähigkeit, das Böse als Böses zu denken und auszusprechen, zu erleiden, ihm gelegentlich zu trotzen, ohne sich darüber zu täuschen, bezeichne ich als »klinischen Blick«. Diese Kühnheit des Sehens, die Racine den römischen Historikern entnimmt, findet man an den entscheidenden Wenden der abendländischen Medizin wieder. Sie will die Krankheit als solche ohne vorhergehende Erwägungen zur idealen Gesundheit begreifen. Ausgehend von der »Anatomiestunde« und dem Leichensezieren gibt der Körper seine Geheimnisse preis. In gleicher Weise erhellen die finale Katastrophe und die Unordnungen, die sie beschleunigen, Racines Charaktere.*

* Michel Foucault hat den anatomisch-klinischen Moment hervorragend festgehalten, in dem sich unter Bichat die Medizin von einem diffusen Platonismus befreit, der sie dazu zwang, ausschließlich vom (richtigen) Leben und der (guten) Gesundheit auszugehen: »Für Cabanis, für das ganze 18. Jahrhundert, ja für die gesamte auf die Renaissance zurückgehende Tradition gründete sich die Erkenntnis des Lebens mit Fug und Recht auf das Wesen des Lebendigen, von dem auch sie nur eine Erscheinung war. Daher suchte man die Krankheit immer nur vom Lebendigen aus zu denken. (...) Mit Bichat findet die Erkenntnis des Lebens ihren Ursprung in der Zerstörung des Lebens, in seinem äußersten Gegensatz. (...) Seit Bichat kreist der ärztliche Blick um sich selbst und fordert vom Tod Rechenschaft über das Leben und über die Krankheit, von seiner endgültigen Unbeweg-

Beharrliche Hoffnungen trüben und beeinflussen pausenlos unsere visuelle Fähigkeit, um den eisigen und bissigen Analysen des klinischen Blicks zu widersprechen. Im Schlußakt von *Britannicus* beruhigen sich die Überlebenden gegenseitig: Nero (unbestreitbar ein Verbrecher) sei in Wahrheit weniger böse und er sei menschlicher, als er scheine. Habe er keinen Liebeskummer? Und ein weiterer Trost für diejenigen, die überleben: Das römische Volk hat sich gerächt, es hat Narziß, den perversen Berater, gelyncht, es feiert die fromme Junia, es öffnet einer Genesung den Weg, die die Reue des Kaisers nur bestärken kann:

> *Kommt, Burrhus, zu sehen, wie weit er gebeugt,*
> *Welchen Wandel die Qualen der Reue erzeugt*
> *Und ob für die Zukunft sie Bessres versprechen.*
> (*Britannicus*, Fünfter Aufzug, 8. Auftritt).

> Burrhus schließt sich Agrippina an:

> *O wär' es das letzte von seinen Verbrechen!*
> (*Britannicus*, ebd.)

È finita la commedia! Illusorisches Happy-End. Letzte Worte der Tragödie. Jeder weiß, daß sie von den nächsten Opfern des gesetz- und glaubenslosen Tyrannen ausgesprochen werden. Nero hat soeben das glückliche Bewußtsein seiner Kriminalität erlangt. Das einzige, was

lichkeit fordert er Rechenschaft über ihre Zeit und ihre Bewegung. Mußte die Medizin nicht ihr ältestes Anliegen verraten, um in dem Zeugnis ihrer Niederlage das Fundament ihrer Wahrheit zu finden?« (Michel Foucault, *Die Geburt der Klinik. Eine Archäologie des ärztlichen Blicks,* Hanser, München 1973, S. 159/160). Diese Revolution des medizinischen Blicks ist allerdings weniger neu, als Foucault behauptet. Die Hippokratischen Abhandlungen loben die »frühere Medizin«, die die Krankheit unmittelbar behandelt, und stellen sie der »neuen« entgegen, die sich auf Empedokles und die Physiker beruft und vorgibt, von einer wahren »Natur« des Menschen auszugehen, weshalb sie die angeblich widernatürliche Krankheit als Versagen deutet.

der Vollmacht seiner nunmehr allmächtigen Raserei Einhalt gebieten könnte, wäre die Revolte, die Gegenraserei der künftig Geopferten. Das Ende beseitigt diese allerletzte Möglichkeit.

Mit ihrem Traum vom Wunder in letzter Sekunde unterzeichnet die virtuelle Opposition ihr Todesurteil. In diesem Punkt folgt Racine Tacitus, der wiederholt herausstreicht, wie sehr sich Neros Macht durch den vorauseilenden Gehorsam einer römischen Elite stabilisiert, die sonderbar zum Selbstmord bereit ist, wenn der Prinz es befiehlt.

Die Stadt, der Hof, die Berater, die Mutter teilen eine unheilvolle Gefälligkeit, deren racinesches Geheimnis im performativen Aspekt der Sprache der Schmeichelei liegt. Der Schmeichler bemüht sich nicht nur darum, die dunkle Seite des Umschmeichelten nicht zu erwähnen, weshalb er eine ausgesprochene Neigung zum Euphemismus hat, sondern er stellt es so an, daß er sie sowenig wie möglich sieht, weshalb er sich und die anderen leicht beruhigen kann. Stößt er auf ins Auge springende Mißgeschicke oder Übeltaten, wird der Schmeichler manichäisch. Das Böse kann er nur vor dem Horizont seines nahen und endgültigen Verschwindens wahrnehmen. Nero war böse, Narziß, seine verfluchte Seele, wird umgebracht, Nero wird gut sein. Der Schmeichler schmeichelt sich selbst, wenn er den Gegenstand seines Götzendienstes mit Lob überschüttet. Die Eigenliebe verbindet häufig das Talent, mit Blumen zu überhäufen, mit der Kunst, sich den Blick zu verschleiern.

Das grausame Indikative läßt kein Detail aus, es schlägt die Autopsie vor. Das tröstende Performative strengt sich hingegen an, die Unebenheiten glattzuschleifen. Es umgeht die Permanenz der Gefahr. Es täuscht. Es täuscht sich. Zwei Diskurse dynamisieren die Duelle auf der Bühne, die in den Köpfen wie die, die in die Tat umgesetzt werden, und legen Dynamit in die Gegenreden. Die Blicke »verletzen«. Das Feuer »brennt«. Die Handlungen »foltern«. Die Tränen lassen »schmelzen«. Doch die Worte töten wirklich.

Die Mehrheit der von der Dualität durchdrungenen Figuren bleibt nicht ihrem performativen Willen verhaftet. Sie stößt auf die tödliche Gefahr, die sie pausenlos quält. Sie versteht dann, wenn auch »etwas spät«, daß der Tod seinen unbeugsamen Einspruch zwischen Sein und Tun erhebt. Sie weiß nunmehr, daß das Gift der Illusion sie ins Verderben führen kann. Dessenungeachtet gibt es eine zweite Kategorie von Figuren, die bis zum Schluß für das Böse, das sie begehen oder riskieren, scheinbar unempfänglich sind. Die grausamen Wahrheiten des Indikativen gleiten an ihnen ab: Eriphile, lange Hermione, vor allem Nero legen sich den Panzer eines hermetischen Performativen an. Ein für allemal richten sie sich »jenseits« von Gut und Böse ein. Das heißt – ein genialer Einfall von Racine – definitiv im Bösen.

Das göttliche Gebot »performiert« absolut, weil es schafft. Im *Fiat lux* verbindet es den Blick und das Angeschaute, das Sagen und das Tun, die Vision und die Zurschaustellung. »In Gott ist zwischen Rede und Gemeintem kein Unterschied, denn er ist wahrhaftig, noch zwischen Rede und Wirkung, denn er ist mächtig, noch zwischen Mittel und Wirkung, denn er ist weise«, schreibt Pascal.[2]

Anders verhält es sich mit den Menschen, die sich für Gott halten. Das menschliche Performative bestimmt die anderen und sich selbst nur, indem es sich den Blick mit Illusionen verstellt. Der sich selbst vergötternde Blick blendet sich. Der götzendienerische Blick trübt sich.

Der Mensch produziert, erschafft aber gar nichts. Er redet mehr, als er tut, es sei denn, er tut mehr oder anderes, als er sagt. Mit einer Ausnahme: wenn Reden Auflösen ist und die radikale Performanz der Zerstörung die Eigenschaft einer so begabten Kreatur wie Nero wird. »Es gibt welche, die für Nero gegen mich Partei ergriffen haben. Sie sagten, ich habe ihn zu grausam gemacht. Was mich betrifft, so dachte ich, daß schon der Name Nero allein einen etwas begreifen läßt, was noch über die Grausamkeit hinausgeht« (Vorwort Racines zu *Britannicus*).

Das Genie des Bösen

»Womöglich ist also die geistreiche These der Hannah Arendt von der Banalität des bösen Schreibtischtäters zu simpel. War zum Beispiel dieses irreführende Zauberwort ›Duschraum‹, wie Amos Oz vermutet, die poetische Erfindung eines Genies? War es das womöglich wirkungsmächtigste Kurzgedicht aller Zeiten, das schöpferische Phantasieprodukt eines verhinderten Postexpressionisten, eine nazibraune Blume des Bösen? Konnten dermaßen erniedrigte Gefangene nach einer langen Reise im Viehwaggon, zusammengepfercht mit stinkenden Kadavern, kotbeschmutzt und verdurstet, konnten solche halbtoten Kreaturen überhaupt der verlockenden Aufforderung widerstehen, sich endlich wie zivilisierte Menschen unter eine Dusche zu stellen?

Vor den falschen Duschräumen stand groß die Losung: ›Sauberkeit! Hygiene! Läuse sind gefährlich für Deine Gesundheit.‹ Es war eine clevere Idee, den Opfern schon vorher die Haare abzuschneiden, es war ein grandioser Trick, sie sich alle vorher und freiwillig selber ausziehen zu lassen. Die geniale Lüge mit den Duschräumen ersparte den Nazis eine zusätzliche Armee von Judenmördern. Die Hoffnung der Opfer aufs Überleben machte die Arbeit in der Massenmordfabrik so bequem.«

Wolf Biermann, *Jizchak Katzenelson, Großer Gesang vom ausgerotteten jüdischen Volk,* dtv, München 1996, S. 19/20.

Obwohl seit über einem Jahrtausend Nero die Zerstörung verkörpert, ist es nicht die bekannte Häufung seiner Delikte, die Racine fasziniert, sondern seine Fähigkeit, sie zu begehen. Der Dichter erforscht das, was im Herzen, im Kopf, im Blick desjenigen geschieht, der im Begriff ist, die Tat zu begehen. Er verfolgt Schritt für Schritt das Entstehen eines »Ungeheuers, das im Werden ist«, wie es sich zu etwas entwickelt, was »noch über die Grausamkeit hinausgeht«. Racine untersucht die Bedingungen, die das absolute menschliche Böse möglich machen.

Ich unterstreiche, und Du stockst, das unglaubliche »noch über die Grausamkeit hinaus«. Kann man sich »Böseres« als das Böse vorstellen – von dem Bewußtsein, das es verübt und dadurch beweist, daß es fähig ist, es zu wiederholen, einmal abgesehen? Erreicht man hier nicht diesen Sockel von Ewigkeit, zumindest von unerschütterlicher Wahrheit, die der Klassizismus beansprucht? Ewigkeit? Nicht nach oben, sondern dem Abgrund entgegen, eher auf der Seite der Zerstörung als auf derjenigen der Schöpfung. Weniger eine Natur (ich überlasse Dir die griechische Idylle nach Winckelmann und gelegentlich Goethe) als eine Antinatur, die im Herzen jeder Tragödie kauert, in den Blicken liegt, die sich davon abwenden. Racine untersucht eine unwiderrufliche Inhumanität bei Nero, die sich zur Schau stellt wie eine Herausforderung des Veränderbaren durch das Unveränderbare. Kein Zwischenfall der Geschichte, der Permanenz. Die Götter verschwinden, die Regime wechseln sich ab, die Lieben sterben und entstehen neu, die Sitten eilen von Verwandlungen zu Revolutionen. Nero bleibt.

Schenken wir der ungewöhnlichen Weise, diesen Namen klingen zu lassen, Gehör: Nero. Es ist kein Historiker, der ihn befragt; die Vorworte informieren uns ausdrücklich: Die Arbeit ist geleistet, siehe Tacitus. Es ist kein Psychologe, der die Untersuchung leitet, auch kein Soziologe oder Politologe, selbst wenn zahlreiche Kommentare zeigen, daß, was diese Bereiche angeht, *Britannicus* nicht von einem Idioten verfaßt worden ist. Nero ist nicht Othello, er gibt den Einflüsterungen nicht nach. Narziß ist nicht Jago, er bestimmt nicht das Spiel. Racine vermeidet es, Nero zu psychologisieren oder zu politisieren, damit er ihn nicht in den üblichen Betrachtungen über Milieu, Epoche oder Charakterzüge auflöst. Gewiß, Agrippina ist keine ganz anständige Mutter gewesen, und die Demokratie in Rom hat Rückschläge erlitten. Es bleibt, daß Racine Nero als Philosoph auseinandernimmt.

Verstehe mich nicht falsch. Der »Philosoph« Racine beabsichtigt nicht zu lehren. Er stellt, wie Sokrates, Fragen, um zu wissen. So zum Mythos von Typhon, einem Sturmwind, einem Titanen von der Sorte derjenigen, die die Welt erschüttern und die Olympier zittern lassen. Die Meteorologen haben ihr Wort zu sagen, die Religionsexperten und die Schriftsteller, die Auguren und die Priester. Um die Wette interpretieren sie die Fabeln im Hinblick auf Anstand oder Glaubwürdigkeit. Sokrates hingegen biegt die Interpretation auf sich zurück: »... indem ich aber das annehme, was darüber allgemein geglaubt wird, sehe ich ... nicht nach diesen Dingen, sondern nach mir selbst, ob ich wohl auch so ein Tier sei, gar noch viel verschlungener und ungemütlicher als Typhon, oder ein sanfteres und einfacheres Lebewesen.«[3]

Racine bedient sich der Geschichte in ähnlicher Weise, wie Sokrates die Mythen verwendet: Sie bezeugt nicht die Vergangenheit, sondern sagt etwas über die Seele. Sie bietet einen mentalen Spiegel, der befragt wird, um sich zu erkennen. Ein Gerücht besagte, und der Sohn des Dramatikers berichtete davon, daß Ludwig XIV. nach *Britannicus* auf jede Art von exzentrischer Selbstdarstellung verzichtete, womit er sagen wollte, daß ein Monarch sich nicht wie Nero zur Schau stellen darf.

Der König hatte, wie jedermann, das sokratische Wesen der tragischen Szene erfaßt: eine dokumentarische Neugier in eine Sorge um sich umzuwandeln, das vergnügliche Rätsel – wer ist Nero? – in innere Unruhe zu verwandeln – bin ich Nero?

Die Mutter erinnert an ihre Liebkosungen, der vielleicht heuchlerische, jedoch immer notwendige Erzieher macht die Vernunft oder mangels derer die Ratschläge der Vorsicht geltend. Dennoch nutzt keinerlei Vorhaltung, für den, der verletzbar ist, ist es so oder so unmöglich, Cäsars Blick mit dem Ballast einer üblichen Mäßigung niederzuhalten. Liebt Nero, von den Illusionen frei, die jede Leidenschaft ja begleiten sollen, Junia? Seit drei Jahrhunderten debattieren die Kommentatoren darüber. Er selbst scheint es nicht zu wissen, vielleicht täuscht er einen verliebten Nero vor. Spielt er sich selbst? Weiß er, ob er spielt oder ob er zittert? Er gesteht der in Ketten gelegten Junia seine Liebe, tut aber nichts für sie. Angesichts des auf seinen Befehl hin vergifteten Britannicus inspiriert ihn der Haß genausowenig, er findet nichts zu sagen und auch nichts auszusetzen. Das Bankett ist auf seinem Höhepunkt, es wird auf die Versöhnung der beiden Brüder angestoßen, Britannicus bricht zusammen, Nero bleibt ungerührt.

> *Nun denkt, welch Entsetzen die Geister erfaßt!*
> *Unter Schreien entweichen die einen mit Hast,*
> *Während die, die den Hof seit langem schon kannten,*
> *Mit fragenden Blicken zum Kaiser sich wandten.*
> *Indessen er bleibt auf sein Polster gestreckt*
> *Und zeigt sich weder erstaunt noch erschreckt.*
> (*Britannicus*, Fünfter Aufzug, 5. Auftritt)

Der Mörder, der gelassen dem Leidensweg seines Bruders beiwohnt, hatte seine eisige Indifferenz bereits anläßlich zweier denkwürdiger Szenen unter Beweis gestellt. Cäsars Augen blitzen auf, »durch Neubegier gerührt« (*Britannicus*, Zweiter Aufzug, 1. Auftritt), als er Junia zum ersten Mal sieht, wie sie von den Wächtern gefangen, tränenüberströmt und von Fackeln umringt ist:

> *Ohne Schmuck und von schlichtem Gewand nur bedeckt,*
> *Eine Schönheit, soeben vom Schlummer erweckt.*
> (*Britannicus*, Zweiter Aufzug, 2. Auftritt)

Die Unerschütterlichkeit des Mörders, die Grausamkeit in der Liebe und die Liebe zur Grausamkeit liegen einer anderen Szene zugrunde, in der Nero Junia heuchlerisch dazu zwingt, Ungerührtheit und Lieblosigkeit zur Schau zu stellen, um ihren geliebten Britannicus in Verzweiflung zu stürzen. Dreimal also leuchten Cäsars Augen von etwas, »was über die Grausamkeit hinausgeht«. Dreimal werden sie unerschrocken undurchsichtig. Cäsars Blicke scheinen anderswo zu sein; wie durch eine Scheibe hindurch liebkosen sie den Schmerz.

> *Gleichviel: da solch schöne Gestalt ich erblickte,*
> *Wollt' ich sprechen zu ihr; doch die Stimme erstickte.*
> (*Britannicus*, ebd.)

Qualen auf Qualen, am Ende seiner Ausbildung empfindet unser Held-Kaiser weder die Strafe noch den Tod. Er scheint in einer Art Parodie die von seinen stoischen Lehrmeistern gepriesene Apathie nachzuahmen. Diese bemühten sich, ihr Leiden für nichtig zu halten. Der karikaturenhafte Schüler übersieht das der anderen.

Diese absolute, angesichts des Grauens unerschütterliche Selbstkontrolle erschreckt die Umgebung, die müheloser das Verbrechen entschuldigen würde als die Fähigkeit, dessen Anblick ohne Erschauern zu ertragen. Damit zeigt sich in Nero dieses mysteriöse Etwas, das »noch über die Grausamkeit hinausgeht« und das sein Blick befördert. Eine ganz spezifische Form der Verblendung. Kein Mitleid mit Junia! Nero läßt sich weder im Rausch der Leidenschaft erweichen noch von der Prosperität und Komplizenschaft des Lasters beeinflussen, keine Trauer um Narziß! Ich fasse in fünf Worten zusammen: Nero sieht das Böse nicht. Weder das, das Junia erfährt. Noch das, das er begeht. Nicht einmal das, woran er angeblich verliebt leidet.

Die Neroschen Lehrlinge, Mathan, Eriphile, Hermione, wollen über den Gesetzen stehen und berufen sich dabei auf ihre Liebesenttäuschungen oder ihr gesellschaftliches Scheitern. Daß sie Rückschläge einstecken müssen, leugnen sie nicht, sie weisen aber die infamierende Bezeichnung zurück, mit der man Übeltaten belegt; sie wollen Rächer und Richter sein; sie legen sich den Schleier der Moral um. Nero verschiebt das Verfahren. Er lagert das Böse aus, ehe er davon zu sprechen hat.

Agamemnon argumentiert Iphigenie gegenüber; das Leiden seiner Tochter läßt ihn nicht kalt; er versucht, es mit dem auszugleichen, was er sich auferlegt. Seine Schlußfolgerung ist zwar, wie bei allen Henkern, daß nichts dabei ist, aber er hatte alle Windungen des Diskurses auf die Gefahr hin auf sich zu nehmen, von seinem Opfer ironisch in die Falle gelockt zu werden. Nero erwartet kein solches Mißgeschick. In seinen Augen gibt es von Anfang an kein Opfer. Als Junia, gleich Iphigenie versucht, sich über ihn lustig zu machen, zeigt es keine Wirkung. Nicht nur, daß ihr Verfolger im Unterschied zu Agamemnon nicht weiß, wo das Grauen liegt, sondern, ein Geniestreich, er spürt es nicht. Wenn man sagt, Nero sei unsensibel, muß man darunter vor allem verstehen: für das Böse unsensibel. Alles, was eine Romanze betrifft, bekommt er genausogut hin wie jeder andere; geflissentlich stellt er das jedem, der es hören oder nicht hören will, unter Beweis. Geht es um die römische Tugend, beherrscht er deren Vibrationen mit dem stoischen Feuer eines hervorragenden Epigonen. Angesichts des Verbrechens – nichts. Er idealisiert das Böse nicht, er sublimiert es nicht, indem er es moralisiert. Er beseitigt seine Spuren. Das Pathetische genießt er ausschließlich als Ästhet. Übertragungspanne. Wahrnehmungskoma.

Tacitus unterstrich die schauspielerische Seite der Persönlichkeit. Racine, als unbestreitbarer Mensch des Theaters, akzentuiert nicht nur diesen Zug, sondern findet darin den philosophischen Schlüssel. Als Autor, Regisseur, Schauspieler, Zuschauer, Anführer der Claqueure, Ordnungsdienstleiter, glänzt der Kaiser darin:

> *Er stellt sich zur Schau vor den Römern so gern:*
> *Oft schmettert er auf der Bühne Gesänge*
> *Und meint, seine Stimme berausche die Menge;*
> (*Britannicus*, Vierter Aufzug, 4. Auftritt)

Für einen Klassiker ist die Wahrheit einer Aufführung vor allem doppeldeutig. Der Abbé d'Aubignac unterscheidet in einem Bild das, was gemalt, und das, was beschrieben ist. In einer Theateraufführung gibt es das, was man sieht, das Signifikante, und das, was dahinter gesehen wird, das Signifikate, »die tatsächliche Handlung der dargestellten Geschichte«. Die Magie der Bretter macht sich die Doppeldeutigkeit zunutze, »das Theater ist eine Art Illusion, die Zuschauer müssen aber in einer Weise getäuscht werden, daß sie es weder zu sein meinen, noch, daß sie es wissen (...)«. Die berühmten »Regeln« beziehen ihre Legitimität aus der Aufrechterhaltung des instabilen Gleichgewichts der Aufführung. Sie machen es möglich, zugleich »zu gefallen und zu erbauen«, indem sie beim Zuschauer, der sich an den Verzauberungen des Signifikanten ergötzt und zugleich seine Lehren aus dem Signifikaten zieht, den Glauben an das Unaufrichtige fördern. Eine permanente Spannung läßt die Komödie zwischen der Charybdis der Farce – die deswegen als plump gilt, weil sie »geschichts«loses Vergnügen sei – und der Skylla des pedantischen Verstandes schwanken. Molière wurde mit beiden Arten Kritik bedacht. Sehr schnell merkt man, daß der Regisseur Nero diese Bipolarität anwendet und zu seinen Gunsten umkehrt. Ein zehn Jahre zuvor gegebenes Beispiel bringt uns auf die Spur.

François d'Aubignac zufolge setzt sich der Dramaturg derselben Schwierigkeit aus wie der Maler, der eine büßende Magdalena malt. Eine zweifache Sorge bewegt ihn: 1. die der »Glaubwürdigkeit«: »Er wird zusehen, daß dieses Gesicht blaß und aufgelöst ist, weil es unter diesen harten Umständen unmöglich anders sein kann (...). Er wird keines der wichtigsten Kennzeichen ihrer Geschichte auslassen, würde er andere verwenden, würden die Betrachter sie womöglich nicht erkennen.« Das ist die Wahrheit des Signifikats, die Racine Tacitus entnimmt; 2. die der »Darstellung«: »Er wird sie eine angenehme Haltung einnehmen lassen, sonst würde man sie mit Widerwillen ansehen. Er wird die lebhaftesten Farben benutzen, damit das Auge ein größeres Vergnügen empfindet. Er wird sie nicht das Gesicht auf den Boden drücken lassen, weil er sonst ihre schönste Seite verbergen würde, er wird sie aber niederknien lassen. Er wird sie nicht vollständig mit einem Büßerhemd bedecken, weil sie dann ohne Anmut wäre; sie wird halbnackt sein. Er wird sie nicht in der Tiefe eines Felsens darstellen, weil sie dann nicht sichtbar wäre; sondern am Eingang einer Höhle, und er wird das so anstellen, weil sein Werk, als ein Gemälde betrachtet, allgemeinverständlich und gefällig sein muß.«*[4] Folgst Du mir? Nero betrachtet Junia, wie sie als »büßende Magdalena« posiert, er zieht das Signifikante des Bildes vor. Er kneift das Auge zu, wie der Maler, der seinen letzten Pinselstrich anbringt. Er beurteilt die Wirkung als Handwerker, das Bild als Kenner. In seinen Augen zählt nur die Wiedergabe des Themas.

Nero nimmt mit der Schönheit des Anblicks vorlieb. Der Schmerz kümmert ihn nicht, er bewundert die Tränen, die schön aussehen. Die Faszination, die von dem lebenden Gemälde ausgeht, ist performativ, sie erweist sich als wirklicher als die Wirklichkeit – die Familienumstände und das verliebte Herz der traurigen Junia. Die Soldaten, die sie umzingeln, verdeutlichen allein durch ihre Anwesenheit, wie sehr ihre gestrigen Privilegien und Auszeichnungen in einem ungewissen, zitternden Morgen aufgehoben sind. Junia ist in ein Bild gezwängt, dem Blick Cäsars und der eisernen Faust der Wächter vollkommen ausgeliefert. Der schöne Anblick »der so schönen Gestalt«, der Nero entzückt, ist nur in seinen Terroraktionen vorhanden. Er produziert dieses »übertrieben schöne Bild«. Perfekt schließt sich der Kreis der performativen Tautologie, die Racine Götzendienst nennt. Junias Gefühle sind unerheblich.

Cäsar stellt Fragen, erteilt die Antworten, belebt einsam das Bild: »Bald begann ich zu klagen, sogar ihr zu dräuen« (*Britannicus*, Zweiter Aufzug, 1. Auftritt). Zwischen der imaginären Aktivität und der terroristischen Handlung ist derart wenig Widerspruch vorhanden, daß sie einander überlappen. Das schöne Bild bezeugt die kriminelle Macht, die es ermöglicht: Die Wächter bedrän-

* Siehe dazu Pascal: Gott drückt sich »reichlich in Sinnbildern (aus), damit die, die den Stoff lieben, der das Sinnbild trägt, sich daran hielten, und die das Versinnbildlichte lieben, dieses darin sähen« (*Pensées* 670).

gen Junia in der Fackelszene; anläßlich ihrer arrangierten Begegnung mit einem verzweifelten Britannicus hat Junia selbst wiederum nur die Unsensibilität des hinter dem Vorhang kauernden Anstifters zum Mord zu manifestieren; als Britannicus tödlich getroffen umsinkt, findet die Indifferenz zu ihrem tatsächlichen Besitzer zurück und übernimmt die Schandtat.

Nero seine Vorliebe zum Imaginären der Bretter vorzuhalten wäre falsch. Unser schlauerer, verstockterer Ultraheld begnügt sich nicht damit, das Leben zum Spektakel zu machen, er verwandelt das Spektakel in Leben, er tötet das Leben und leistet sich das Spektakel der Hinrichtung. Fiktion und Realität fallen im Akt der Zer+großen Schritten auf seinen historischen Doppelgänger zu, den Kaiser, der zur Augenweide den Brand Roms befiehlt und ihn musikalisch verwertet. Nero marschiert in Nürnberg auf. Racine vermißt und beurteilt ihn.

Gedenke, gedenke der Nacht, deren Morden
Zur ewigen Nacht einem Volke geworden!
(*Andromache*, Dritter Aufzug, 8. Auftritt)

Andromache erinnert an die Zerstörung von Troja. Sie vergißt nicht die »Blicke der Wut« eines Pyrrhus, einer Art Nero im Zustand des Werdens, der reihenweise Kehlen durchschneiden läßt. Nero ist keine Charakterfigur, der Sohn einer Rabenmutter und einer gottlosen Stadt. Nero ist nicht der Schüler von überholten Philosophen: Nero, das sind »Cäsars Augen«, Pyrrhus' »Blicke der Wut«. Nero verrät sein Rezept: für das Böse weder Blick noch Empfindung zu haben. Sein Opfer zu entmenschlichen, damit er ihr gegenüber nicht unmenschlich wirkt. In den Augen der Nazis sind die Juden Ratten, Stücke, Nummern. Es reicht nicht, daß Junia gefangen ist, sie muß ihre Ansichten verleugnen und ihre Liebe verraten.

Die Moskauer Prozesse sind kaum innovativ gewesen. Das Gestern muß zusammenstürzen, das Morgen muß brennen, damit die Tagesvorführung vor ausverkauftem Saal stattfindet. Der Regisseur dominiert den ganzen Ablauf der Vorführung und das ganze Publikum. Er siegt, wenn das letzte Wort des letzten Akts das Ganze in Brand setzt. Ein und dieselbe Fackel wird von Hand zu Hand weitergereicht, von Eriphile zu Nero, von Nero zu Brunhilde. Eine Fackel, die Racine und Wagner zufolge nicht erhellt, sondern die endgültigen Nächte der absoluten Zerstörung zum Leuchten bringt.

Die grausame Nacht, die Nacht des Grabes, die Nacht, die Racines Theater umtreibt, verbirgt die Geheimnisse, die Gifte, die Komplotte, die Verbrechen und die Verwandtenmorde. Gelegentlich wird sie von einer »dunklen Vorahnung« angekündigt, Junia meint, daß Nero »die Nacht gesucht hatte«, um seine Rache zu verbergen. Häufig führt sie die Illusion aus, indem sie sie verkehrt; Berenice, noch ganz von Titus' Triumph eingenommen, genießt die »Pracht einer entflammten Nacht«, deren Gefahr sie ignoriert. Die nächtliche Allgegenwart, das »Racinesche *Tenebroso*«*, ist der klassische Ort der Erfahrung des Bösen. Im griechischen Register kündigt sich in Troja eine universelle Nacht an. In der christlichen Begrifflichkeit fällt sie seit Gethsemane ein.

Weit entfernt, sie zu vermeiden, ohne sie überwinden zu wollen, kämpfen die Meister des Erhabenen, die französischen Klassiker, mit der Finsternis und schlagen sich debattierend mit ihr herum.

Gewöhnlicherweise stimmten die Schulmeister und die Einfältigen in der Ächtung der abscheulichen Dinge überein. Als erzeuge das Denken des Bösen die Schandtat, das Versagen, die falschen und anschließend die bö-

* Roland Barthes, *Sur Racine*

sen Gedanken. Als ginge von dem Grauen eine sich ausbreitende Ansteckung aus, eine Art Schwarze Magie, die genauso unentwirrbar und wirksam ist wie die weiße tugendhafte, die uns kraft der vielen heiligen Beispiele rühren sollte. Der Gott des Aristoteles gab sich, manchen zufolge, dem reinen Denken hin, das sich selbst denkt, ohne der äußeren Welt, in der die Korruption grassiert, Aufmerksamkeit oder Sorge zu schenken. Die Tugendhaften bemühen sich in ähnlicher Weise, die Bilder des Bösen als böse Bilder zu verbannen. Verbannt die Dämonen aus euren Augen, und sie werden aus der Wirklichkeit verschwinden! Das ist ein allgemein angenommenes Axiom. Genau das verabscheuen unsere Klassiker. »Da die Menschen nur den Tod, das Unglück, die Unwissenheit besitzen, haben sie sich, um glücklich zu sein, dazu entschlossen, überhaupt nicht mehr zu denken« (Pascal).

Sich von den beunruhigenden und unangenehmen Erfahrungen abzuwenden, setzt ein unheimliches Räderwerk in Gang. Das Vergnügen verbirgt eine schändliche Konvertierung. Das Böse blüht und gedeiht, wenn es ignoriert wird. »Unsere Tugenden sind meist nichts als verkleidete Laster«, ist das Motto, das den *Maximen* von La Rochefoucauld voransteht. Der Hang, sich das Schlimmste weder vorzustellen noch es vorauszusehen, erlaubt und erleichtert dessen Eintreffen. Wenn Pascal mahnt, »wer den Engel will, macht das Tier«, will er im Stile Machiavellis gegen die Gefahren des Engelkults in einer Welt warnen, die nicht nach Idylle riecht. Vor allem meint er, daß eine engelhafte Absicht bei den Nichtengeln, die wir sind, in sich selbst pervers ist. Allein Gott »vermag das Gute aus dem Bösen zu ziehen«. Konzentriert man sich allein auf die Vollkommenheit, öffnet man die Tore der Nacht, ähnlich wie eine erbauliche Frömmigkeit nur eine Tarnung für die Eigenliebe ist. Die Klassiker, die, wie Dorine, befürchten, hereingelegt zu werden, bemühen sich darum, den anderen »in die Karten zu schauen«[5].

Racine treibt die Logik dieser Umkehrung des Für zum Wider bis zum äußersten. Er hält nicht mehr den Engel fest, der zum Tier wird, sondern das Tier, das zum Engel werden will, um vollständig Tier zu bleiben. Es gibt den gewöhnlichen Kriminellen, der nicht begreift, daß er ein Verbrechen begangen hat, und sich auf die Leidenschaft beruft. Es gibt den moralischen oder ideologischen Kriminellen, der seinen Mord mit dem Ideal rechtfertigt und zugibt, daß die Methode verabscheuungswürdig ist. Er leugnet das Böse nicht, für ihn ist es faßbar vorhanden, er bedient sich dessen, aber er stürzt seinen Begriff um: Das Böse, das er vollbringt, ist nicht wesentlich, es findet im Namen eines höheren Guten statt. Athalia tötet aus Staatsräson, der Großpriester Joad massakriert im Namen Gottes. Schließlich gibt es die äußerste Stufe; Nero allein erreicht sie. Er enthüllt die Voraussetzung zur immerwährenden Bosheit: Statt das Böse im Namen eines Anliegens, das es ethisch legitimiert, zu leugnen, ist es weitaus besser, zu leugnen, daß das Böse überhaupt existiert, es mit Ästhetizismus zu entwerten. Das Böse, das ich hervorrufe, darf ich weder sehen noch denken. Am Ende von Racines Rechnung ist der gesunde Menschenverstand gleich einem Handschuh umgestülpt.

Für den Unschuldigen gibt es die Ausrede guter Führung keineswegs! Die klassische Wahrheit ist beunruhigend, sie zeigt einen unsensiblen, indifferenten Nero, der ein Verbrechen nach dem anderen so selbstverständlich wie ein Zombie begeht und wartet.

Nicht alles ist erlaubt, wenn Gott gestorben ist, denn, weiß Gott, seine Stellvertreter sind Legion. Alles ist erlaubt, wennnichtsdabeiist. Vielleicht hat Nero von den

Stoikern gelernt, daß die Weisen die Kränkungen, die sie treffen, für nichtig halten können, daß sie es sogar sollen. Er wirft den Ball zurück, er verwandelt die Leiden, die er zufügt. Er erfindet die Alchemie, die die Tränen in Licht, das Blut in Farben, den Schmerz in Schauspiel, die Folter in reine Schönheit umwandelt. Der Stein der Weisen, der keine Definition für das Verbrechen kennt, der sein intuitives Wesen leugnet, sprengt alle Verbote. Nero scheint frei zu sein, das zu tun, was er tut, da er dessen verurteilenswerte Seite weder erkennt noch spürt. Nero lähmt sich durch keinerlei Widerspruch, denn eigentlich schafft er nichts, er löst auf. Er dekonstruiert Junia. Er produziert kein Werk, sondern ein Nichts. Seine Vernichtungsarbeit wird den Kennzeichen des zu zerstörenden Objekts entsprechend ausgerichtet. Seine jeweils unterschiedlichen Strategien passen sich dem unterschiedlichen Widerstand an, den Junia, Britannicus und Agrippina ihm entgegensetzen. Sein autogener, autonomer und performativer Haß speist sich aus dem, was er niederbrennt, und geht seinen Lauf, solange etwas, was zu Asche gemacht werden kann, übrigbleibt.

Ein Brief muß ein Ende haben. Ich glaube, Dir zuwenig gesagt zu haben. Und ich befürchte, in Deinen Augen zu lang gewesen zu sein. Mit dem Durchblättern meiner »gesammelten Theaterschriften« wollte ich Dir ein Bedauern ausdrücken: Keine einzige Kanzlei hat den Fall der Berliner Mauer und die darauffolgenden Ereignisse mit dem Stil und der Nüchternheit der bei Euch kaum bekannten und bei uns vergessenen Klassiker zu schätzen gewußt. Die Hirtenträume und Schäfergedichte, die für die Idylle einer neuen Weltordnung schwärmen, kann man sich sparen. Der Krieg ist zu Ende, das Ende der Geschichte eingeläutet, was soll's!

Die Illusion ist nur im ersten Akt erlaubt, in den vier weiteren wird sie teuer bezahlt. Hätte man *Athalia* erneut gelesen, hätte man begriffen, wie schnell die totalitären Wellen aufeinanderfolgen, wie schnell die Fahnen ausgewechselt werden und Falten schlagen, wie sich die inhumanen Methoden gleichen und sich ablösen. Die gottlose Herrscherin von Judäa erhebt die absolute Vorherrschaft des Staates über die Religion, die beiden roten und braunen Wellen verwüsten in ähnlicher Weise das 20. Jahrhundert. Der Hohepriester Joad, der Athalia Widerstand entgegensetzt, preist den absoluten religiösen Staat genauso an wie die Fundamentalisten, die von einem 21. Jahrhundert träumen, das nach der Pfeife von Gottes Volk oder Gottes Völkern tanzt. Der unermüdliche Hang auszuposaunen, daß alles gutgeht, springt von einem Besseren zum anderen. Er bezeugt die kontinuierliche Weigerung, das Böse wahrzunehmen, obwohl das Theater und die Maximen der Klassik diese Erfahrung ausgearbeitet haben.

Die Infamien einer nicht zu fernen Zeit können den Europäer an die grausamen Triebfedern von Racines Nero heranführen. Walter Benjamin bezeichnete den Faschismus als »Ästhetisierung der Politik«, die philosophischste Definition gab jedoch der Franco-General Millán Astray von sich. Anläßlich einer feierlichen Zeremonie an der Universität Salamanca rief dieser »Held«, der ein Auge und einen Arm im Kampf verloren hatten, dem Rektor Miguel de Unamuno zu: »Es lebe der Tod!« Im Chor und in Uniform wiederholen die Falangisten: »¡Viva la muerte! ¡Abajo la inteligencia!« (»Nieder mit der Intelligenz!«) Der Denker, bis dahin Antirepublikaner, von der Gattin des *Caudillo* beschützt, stellt sich dem entgegen:

> Gerade eben habe ich einen nekrophilen und sinnlosen Ruf gehört (...). Und ich, der ich mein Leben damit verbracht habe, Paradoxe zu formulieren, die den verständnislosen Zorn anderer erregt haben, ich muß Ihnen als Fachmann sa-

gen, daß mich dieses barbarische Paradoxon abstößt. General Millán Astray ist ein Krüppel. Ich möchte das ohne jeden abschätzigen Unterton sagen. Er ist ein Kriegsversehrter. Das war auch Cervantes. (...) Es schmerzt mich, denken zu müssen, daß General Millán Astray uns die Psychologie der Massen diktieren könnte. Ein Krüppel, dem die geistige Größe eines Cervantes fehlt, sucht sich gewöhnlich dadurch eine fragwürdige Erleichterung, daß er alles rings um sich her verstümmelt.[6]

Der Faschist herrscht mit Hilfe des Todes. Er erhebt sich als Herr über diejenigen, die befürchten, ihn zu erfahren oder ihn zuzufügen. Er riskiert ihn gelegentlich um so tollkühner, als er sich selbst davon überzeugt, nicht daran zu glauben. Die ideologischen Lumpen, in die sich diese mörderische Überzeugung kleidet, sind unerheblich. Der auf Gott Versessene, der Ethnienverrückte, der vom letzten Gefecht Besessene und der kleine Stadtteil-Nero ernennen sich selbst zum lebendigsten Leben. Sie erfahren es beim wiederholten Anblick der schändlichen Agonie der anderen: Ich brenne, du verwest. Die durchgeschnittene Kehle der Frauen, der Sänger, der Kinder, der Journalisten in Algerien, die »gesäuberten« Bevölkerungen in Bosnien, die vernichteten Tschetschenen, zahlreiche sogenannte Bürgerkriege manifestieren beredt die Generalisierung der Kriege gegen die Zivilisten. Alle zeugen sie für ein Anwachsen der Verbrechen à la Nero: Du stirbst, also bin ich, unterstreichen das Messer, die Machete, die Kalaschnikow, die Panzer, der Glasballon und die Schrauben. Unter den »gleichgültigen Augen« von Mikrocäsaren.

Der Faschist »spielt Gott«, würde Pascal sagen. Er hat den Tod verdrängt. Eine solche Krankheit wirkt notwendig ansteckend, und die Sekten strengen sich an, apokalyptisch den Tod der anderen, den Tod anders vorwegzunehmen. Sie gehen so weit, daß sie sich in der Gewißheit opfern, auf dem Mars oder Saturn zu überleben. In Washington kam eine Million Menschen zusammen, die sich aus einem besonderen Stoff gemacht wähnte – ausschließlich männlich, ausschließlich schwarz und, als Zugabe zu diesem heroischen Autismus, antiweiß, antisemitisch und sexistisch. In Tokio versuchten andere, die U-Bahn in eine Gaskammer zu verwandeln. In Israel murkste ein Doktor Goldstein mehrere Dutzend betender Muslime ab und fand einen Nachahmer, der als Mörder von Premierminister Rabin ein unerschrockenes Lächeln aufsetzte. Scheibchenweise, nach und nach, je mehr sich die Menschheit in moralischer, politischer, mystischer oder ästhetischer Weise für unsterblich hält, riskiert sie draufzugehen.

Du bist dran! Ich kehre zu meinen Klassikern zurück, um das, was kommt, historisch zu begreifen, verstehst Du das?

Brief VII

Das Doppelleben von Rotkäppchen

Goethe über Racine hinaus · Grimm gegen Perrault ·
Wie die Feen die deutschen Kinder
erziehen und die kleinen Franzosen pervertieren ·
Leibniz' Größe

Einverstanden! Einverstanden! Der abendländischen Erfahrung des Bösen kann man nicht entrinnen. Kann man sie dennoch nicht überwinden und überholen? Ich gebe zu, jeder Versuch, sie zu verschweigen und auszulagern, legt unsere Kultur lahm und macht Shakespeare, Racine und Dostojewskij genauso unverständlich wie die Tagesnachrichten. Heißt es, man soll der diabolischen Omnipotenz nachgeben? Daran Gefallen finden? Sich darin suhlen? Gegenüber der sehr, vielleicht zu französischen Erfahrung des Bösen versteift sich das deutsche Denken seit drei Jahrhunderten darauf, das Recht auf eine schwierige, gestörte, unvollendete und nichtsdestoweniger zähe Erfahrung des Guten zu betonen.

Mit einem Wort, der Unterschied zwischen uns liegt in dem sehr deutschen Großbuchstaben und dem Singular, womit ein Wort versehen wird, das die anderen Völker mangels Wissen um seinen heiligen Kern mißbrauchen. In Frankreich zirkulieren frei und prosaisch die schönen und die bösen Geister, ohne daß die lobenden, abschätzigen oder rachsüchtigen Bezeichnungen (böser Geist!) theologische Konsequenzen nach sich ziehen; der Heilige Geist, die kleinen Geister, der Geist der Bösen, die geistvollen Spaßvögel und die Geistlichen, die keinen Spaß machen, sind nacheinander von allen guten Geistern verlassen (Plural) oder finden zu ihm zurück (Singular), ohne daß sich Eure Wörterbücher daran stören.

Richtig angewandt hat der Begriff teil an Geschick, Ironie, Urteilskraft, Geschmack, offenem Reden, kurzum, an Lebensart: »Die große Kunst trifft ins Schwarze«, schreibt Voltaire. Die sublimen Erhabenheiten, die er bei uns unmittelbar heraufbeschwört, werden ihm bei Euch nicht abverlangt. »Es ist zwar die gewöhnliche Meinung, daß der Geist das Höchste im Menschen sei«, bemerkt Schelling.[1] Er stellt das Wort zur Diskussion, zieht ihm gelegentlich »Seele« vor, übernimmt jedoch das, was die deutsche Vokabel bezeichnet: eine allerhöchste intellektuelle Instanz, die ohne Widerruf urteilt und gegen den Irrtum und die mentalen oder moralischen Krankheiten immunisiert ist. Die französischen »Geister« versuchen gerade mit »Schlagfertigkeit« und Humor (der wienerische Witz ist nicht weit entfernt) einem proteischen Bösen zu trotzen, das sie bewohnt. Der *Geist* verspricht, es zu überwinden.

Ich weiß, die Starrköpfe, die auf dem Schönen, Guten, Wahren bestehen, erregen Mißtrauen. Ich weiß genausogut, was die Ansprüche auf Reinheit sollen: ganze Wagenladungen an Unreinheiten wegkarren. Erlaube mir dennoch, im Laster selbst die Obsession von dessen Gegenteil auszumachen. Baudelaire, zwar in wunderschönem Französisch, aber in dieser Frage Experte, spürte gelegentlich dieses Böse, dessen Blumen er destillierte, als »Beleidigung der Harmonie ..., als einen Verstoß gegen den Rhythmus und die Prosodie, die alle durchwalten«[2]. Wenn das Böse auf das Gute, das es bekämpft, zurückverweist, wenn allein das Gute einen Blick auf das Böse gestattet, genügt es nicht, »wieder klassisch« zu werden, wie Du es vorschlägst, man muß mit Leibniz, Goethe und Hegel Platoniker sein und bleiben.

Die Erfahrung des Bösen überschwemmt das Selbstbewußtsein, das Dasein und das Verhältnis zu Gott nicht rettungslos: Das ist das, was die deutsche Philosophie, Dichtung und Literatur unermüdlich in allen Tonlagen singt, zuweilen naiv, wenn nicht heuchlerisch. Häufig mit einer Fieberhaftigkeit, die ich Dir gern einimpfen möchte, bemühen sie sich, und sei es auch verzweifelt, um den Wiederaufstieg aus dem Schatten zum Licht – ähnlich den Lehrlingen im Platonismus. Mitten in völliger Not ein Fensterchen auf eine bessere Welt zu öffnen, ist keine Idee, die uns eigen ist. Unsere Denker haben systematischer als andere das universelle Verlangen nach einem Stückchen Paradies erforscht. Unsere Dichter haben die romantische Blume entblättert, die Quelle jeder Emotion. Ihre Anwesenheit verfremdet den Schmerz gerade genug, um uns ihm zuzuwenden. Noch einmal Baudelaire, wie er die Blume des Exils pflückt:

Und wenn ein köstliches Gedicht uns die Tränen in die Augen treibt, so beweisen diese Tränen nicht etwa ein Übermaß des Genusses, eher sind sie Zeugnis einer aufgewühlten Schwermut, einer Forderung der Nerven, eines ins Unvollkommene verbannten Wesens, das sich, schon hier auf Erden, eines offenbarten Paradieses also gleich bemächtigen möchte.[3]

Was ist deutsch, fragte Jaspers und gibt sofort zwei Antworten: 1. »ich weiß es nicht«, 2. »oder kann darüber ganze Bücher schreiben«. Er schließt daraus: »Jedenfalls ist es etwas, was uns verbindet«.[4]

Ich befürchte, daß unser Briefwechsel, sind erst einmal die üblichen Klischees beseitigt, in anständige, aber ähnlich enttäuschende Allgemeinheiten mündet, wie sie für alle Nationen, wenn nicht gar für jede Tiergattung gelten. Befrage einen Insektenforscher zu seiner Spezialität, beispielsweise die Ameisen; er wird in vollkommener Aufrichtigkeit nicht versäumen, erst einmal zu zögern, ehe er Dich anschließend auf eine lange Reihe erläuternder Werke hinweisen wird, garniert mit Betrachtungen über das »Verbindende«: den Geist des

Ameisenhaufens. Auch die Franzosen haben etwas, was sie »verbindet«; in diesem Fall, Cäsar und de Gaulle haben darauf hingewiesen, eine Kunst, sich voneinander zu lösen und sich unaufhörlich zu streiten, was zu allen Zeiten die Bewunderung ihrer Nachbarn hervorrief. Das ist nicht die Art von Verbindung, die die Deutschen schätzen. Aus dem Vergleich – machen wir uns die Mühe, ihn zu vertiefen – entspringt eine gegenseitige, einigermaßen provozierende Definition.

Mußt Du daran erinnert werden? Die erste große Dame Eurer Liebesdichtung wurde von Maurice Scève, ihrem dichtenden Liebhaber und Erfinder, geheimnisvoll Délie genannt. Die Philologen diskutieren immer noch über die Person, die sich hinter diesem Namen verbirgt, die trennende Macht, die er bezeichnet, springt jedoch ins Auge.* Soll ich hinzufügen, daß unter den drei von Ronsard glorifizierten Schönen die erste Kassandra heißt, Prophetin des Unheils, die zweite Helena, der Anlaß des Genozids von Troja, etymologisch »diejenige, die losreißt«, jeden von jedem und den Menschen von seinen Wurzeln. Hinsichtlich der dritten werde ich mich hüten, lange Kommentare abzugeben; sie heißt Maria, das Christentum verpflichtet, obwohl ein subtiles Parfum von Blasphemie den Kult der Jungfrau und den frivoleren der kleinen Freundin miteinander vermengt. Gib es zu, Goethes Iphigenie erhebt sich ohne Doppeldeutigkeit über derlei Unklarheiten. Sie gibt den Olympiern eine Lektion: »Rettet mich und rettet euer Bild in meiner Seele.« Sie übertrifft sie. »Bei Goethe dagegen wird Iphigenie zur Göttin und vertraut der Wahrheit in ihr selbst, in des Menschen Brust«, schreibt Hegel.[5]

Weniger banal, als sie auf den ersten Blick scheint, unterstreicht Jaspers' Bemerkung unseren eisernen Willen,

* Frz. délier = dt. auflösen, loslösen

»in jedem Fall etwas zu finden, was uns verbindet«. Es heißt, die Deutschen seien ein musikalisches oder religiöses Volk *par excellence*. Das ist zuviel der Ehre, es sei denn, man charakterisiert die musikalischen Seelen durch den Vorzug, den sie der Harmonie gegenüber den Dissonanzen geben, und man definiert die Religion nur durch eine ihrer Etymologien: *religare*, verbinden. Man kommt nicht umhin einzugestehen, daß der je nach Epoche glückliche, unglückliche, verzweifelte oder grausame Kult der sozialen Bindung eine Konstante unserer Geschichte ist. Ist es nicht die unausweichliche Notwendigkeit eines Abkommens hinsichtlich des Allgemeinwohls, was Goethe zeichnet und Hegel kommentiert, »die reine, heilige Iphigenie, die Schwester, das Götterbild und die Schützerin des Hauses«?

Wie weit sind wir von Racines Duo, Iphigenie, der Grausamen, und Eriphile, der Brandstifterin, entfernt! Geben sich die ungestümen Ökologen, die für unsere Schlagzeilen sorgen, nicht demselben »Götterbild« hin? Wundert es Dich, daß sie Hunderttausende bundesdeutsche Iphigenien mobilisieren, die sich zu Beschützerinnen einer Umwelt und einer Natur aufschwingen, die sie wie ein Heim, eine auf die Dimension des Planeten erweiterte *Heimat* lieben. In unserer Ökologie hallt der griechische *Oikos* nach, das Häuschen, das *Home*, das Zuhause. Die vermutlich unausrottbare Idee, der Mensch sei nur deshalb auf Erden, damit er eine große Familie bilde, ist sehr deutsch. War ein grausameres Schicksal denkbar, als uns in zwei von einem Stacheldrahtzaun getrennte Lager aufzuteilen?

Ein religiöses Volk

Die deutschen Philosophen, Ruhm werde ihnen dafür zuteil, sind die ersten gewesen, die im achtzehnten Jahrhundert den Geist dem Glauben, das Genie der Moral und den Charakter der Pflicht zugeordnet haben ...

Von allen Nationen neigt die deutsche am meisten zum Mystizismus. Schon vor Luther hatten mehrere Autoren, unter welchen man Tauler anführen muß, in diesem Sinne über Religion geschrieben ...

Mehrere lyrische Dichter, von Klopstock an bis auf unsere Zeiten, haben in ihren Schriften einen Anstrich von Mystizismus. Die protestantische Religion, welche im nördlichen Deutschland herrscht, reicht nicht aus für die Einbildungskraft der Deutschen; und da der Katholizismus ein Feind philosophischer Untersuchungen ist, so müssen sich die so religiösen wie nachdenklichen Deutschen einer Weise, die Religion zu fühlen, zuwenden, welche auf alle Konfessionen anwendbar ist. Dazu kommt, daß der Idealismus in der Philosophie sehr viel Ähnlichkeit hat mit dem Mystizismus in der Religion: jener setzt die Realität aller Dinge dieser Welt in den Gedanken, dieser die Realität aller Dinge des Himmels in das Gefühl ...

Die dogmatische Religion ist ein Gebot; die mystische Religion stützt sich auf die innere Erfahrung unseres Herzens; das Predigen muß notwendigen Aufschluß geben über die Richtung, welcher die Diener des Evangeliums in dieser Hinsicht folgen, und es wäre vielleicht zu wünschen, daß in ihren Kanzelvorträgen der Einfluß der Gefühle, welche alle Herzen zu durchdringen beginnen, deutlicher wahrgenommen würde. In Deutschland, wo jede Gattung zahlreich ist, haben sich Zollikofer, Jerusalem und andere durch ihre Kanzelberedsamkeit wohlverdienten Ruf erworben, und man kann über alle Gegenstände eine Menge Predigten lesen, welche vortreffliche Sachen enthalten.

Madame de Staël, *Über Deutschland*, Insel tb 623, Insel, Frankfurt 1985, S. 695, 696, 697

Welches ist im 20. Jahrhundert das meistgelesene Buch in Deutschland gewesen, vom Buch der Bücher einmal abgesehen? Du wirst es nie raten. Nicht *Mein Kampf*. Nicht das *Kommunistische Manifest*. Auch nicht die Kochrezepte von Herrn und Frau Kohl. Die zweite Bibel, die kein deutsches Kind zu ignorieren hat, sind die *Märchen* der Gebrüder Grimm. Nimm die Sache nicht auf die leichte Schulter. Zwar stimmt es, daß alle Großmütter der Welt ihre Enkel zum Schlafen bringen, indem sie ihnen Geschichten erzählen, unsere Märchen sind jedoch von besonderer Machart. Zu Beginn des vorigen Jahrhunderts zusammengetragen, sind sie derart bewußt pädagogisch überarbeitet worden, daß man die Kurve ihrer zunehmenden Moralisierung von 1810 bis zur Veröffentlichung im Jahre 1857 nachzeichnen konnte. Wie Du Dir denken kannst, hat der oppositionelle Eifer um 1979 ein derartiges Monument an Konformismus nicht verschont.

Unvermeidlich wurde *Rotkäppchen* zur subversiven Botschaft umgewandelt. Aus dem kleinen Mädchen, das bestraft wurde, weil es nicht die weisen Ermahnungen zur Vorsicht befolgte, wurde eine furcht- und tadellose Heldin, die, vom großen, bösen Wolf verschluckt, sich mit dem Messer einen Weg freischneidet und sich unschuldig und frisch wie eine Rose aus dem Bauch befreit. Das fortschrittliche Happy-End bekräftigt unbeabsichtigt das grundlegende Vorhaben, das diese Märchen strukturiert. Selbst bei Umkehrung der abschließenden Moral wird nie die Gelegenheit versäumt, dem jungen Zuhörer eine Lehre zu geben, die ihn aufs Gute hin ausrichten wird. Linke Predigt, rechte Predigt, doch immer Katechismus.

Von den ersten Worten an bricht der Unterschied zwischen Frankreich und Deutschland hervor. »Es gab einmal ein kleines Dorfmädchen, das hübscheste, was man je gesehen hatte«, schreibt Charles Perrault. Die Gebrüder Grimm machen daraus: »Es war einmal eine kleine süße Dirne«, das heißt ein »sanftes«, ein liebes kleines Mädchen, süß wie Zucker. Perrault ordnet sie unter Schönheit und Verführung ein: »Ihre Mutter war verrückt nach ihr und ihre Großmutter noch mehr.« Mit Grimm ist man von Anfang an in einer jungfräulichen

Liebesbeziehung: »eine kleine süße Dirne, die hatte jedermann lieb, der sie nur ansah.« Alles ist gleich, und nichts ist ähnlich. Perraults Wolf treibt ein allgemeines Gefühl auf die Spitze, er erliegt der Verführung genauso wie alle anderen und verschlingt das Rotkäppchen zunächst mit den Augen, ehe er es *in vivo* tut. Grimms Wolf hingegen kündigt den verliebten Konsens auf, seine Bösartigkeit ist sozial, während die französische Fassung sie eher als außenseiterisch und donjuanesk darstellt.

Der Ausgang krönt diese Divergenz. Perrault opfert seine Heldin, er ignoriert das Messer des rettenden Jägers, der das Tier aufschlitzt und das kleine Mädchen samt seiner Großmutter wieder ans Tageslicht befördert. In Deutschland bekommt der Wolf die Strafe, die er verdient. In Frankreich endet alles mit einer Pointe, die die Ironie abschwächt: Perrault weist darauf hin, daß die Angelegenheit die Sexualaufklärung berührt und die Wölfe betrifft ...

Die alleine, gefällig und sanft
den jungen Damen folgen
bis in die Häuser hinein, bis in die Gäßchen,
doch, leider! Wer weiß nicht, daß diese
süßlichen Löwen von allen Wölfen
die gefährlichsten sind!

Die »süßliche« Art des verschlingenden Wolfs kehrt sich um und verwandelt sich in die jungfräuliche Sanftheit des germanischen Rotkäppchens.

Der Ernst der Brüder Grimm, ihre Gründlichkeit erlauben keine lächelnden Andeutungen. Sie zeichnen den ewigen Kampf von Gut und Böse, von Kultur und Natur, von Gesellschaft und Barbarei auf. Alles muß zum Besten ausgehen. Der glückliche Schluß ist offensichtlich pädagogisch. Vom Geist der Brüder Grimm durchdrungen, das heißt ihrer therapeutischen Wirksamkeit wegen, hält Bruno Bettelheim ihre Fassung der pervertierten Fassung von Perrault gegenüber für weit überlegen: »So wie er die Geschichte erzählt, hat niemand Rotkäppchen davor gewarnt, auf dem Weg zur Großmutter herumzutrödeln oder vom richtigen Weg abzugehen.« Die Anklagerede hält einen erschwerenden Tatbestand fest: »Auch bleibt es in Perraults Version unverständlich, daß die Großmutter, die doch nichts Unrechtes getan hat, tatsächlich umgebracht wird.« Außerdem, Gipfel des Grauens, ist das französische Rotkäppchen »in keinem dieser beiden Fälle (...) eine Gestalt, die sich dazu eignen würde, daß man sich mit ihr identifiziert.« Der Psychologe als Untersuchungsrichter klagt an, hier liege eine Substitution vor: »Aus dem naiven, reizenden kleinen Mädchen, das dazu verführt wird ..., sich mit Dingen zu vergnügen, die es für harmlos hält«, wird die französische Heldin schließlich »nichts anderes als eine gefallene Frau«[6].

Bettelheim zieht, nicht ohne einige enthüllende Übertreibungen, die unüberschreitbare Grenze nach, die zwei Erzählungen derselben Geschichte voneinander trennt.

Bekanntlich wirft Platon Homer Blasphemie vor, weil er den Göttern spezifisch menschliche Leidenschaften zuweist. Bei aller gebotenen Verhältnismäßigkeit wird Perrault aus ähnlichen Gründen verfemt. Weil er sich kleine Mädchen vorgestellt hat, die, ähnlich den großen, in Versuchung geraten, befleckt er die Arglosigkeit unserer lieben kleinen blonden Köpfchen, trügen sie auch ein rotes Käppchen.

Die vorgeschlagene Moral kann beliebig verkehrt werden, Rotkäppchen als Opfer mag zu einer widerstehenden Antigone umgewandelt werden, das ändert kaum etwas an dem platonischen Einschlag der deutschen Märchen. Wenn Drewermann, der Priester, der ebenfalls Psychologe ist, eine auf dem Evangelium fußende, fortschrittliche und politisch korrekte Thematik aus dem Märchen destilliert, modifiziert er das ursprüngliche Anliegen nicht, das darin besteht, die Kinder zu einer artigen und verantwortungsbewußten Reife zu führen: »... in all dem vermitteln sie den Mut, trotz aller Angst und aller Schuldgefühle an die Berechtigung des eigenen Lebens zu glauben und bedingungslos der Wahrheit des eigenen Herzens zu folgen. (...) Sie zeigen, wie das Ich eines Erwachsenen sich aus seiner seelischen Einseitigkeit und Starre lösen und zu sich selbst hinfinden kann.«[7] Also, nichts wie los! Ödipus ist »überwunden«! Das deutsche Märchen begreift sich als Lebensschule, was auf Umwegen voraussetzt, daß das Leben als platonische Schule begriffen wird, die etappenweise unseren Aufstieg zum Licht des wahren Guten organisiert.

Leider hat die Wirklichkeit keine Ähnlichkeit mit den Großmüttermärchen. Dem, der sich in den Labyrinthen des Alltags durchschlägt, fehlt es schmerzlich an Zauberstäben. Dennoch: Die Art der angesprochenen Probleme ändert sich kaum, wenn sie aus dem sanften Halbdunkel der Kinderzimmer ins Scheinwerferlicht der Wahlkämpfe befördert werden. »Wie gegenüber der Mißhandlung des Bösen sich das Gute behaupten kann, ob es sich überhaupt durchhalten kann, das will das Märchen in Erfahrung bringen, und darauf will es eine Antwort geben.«[8]

Der Antwortstil bleibt, die politischen Programme des Erwachsenenalters verlängern die pädagogische Dressur der Kleinkinder. Kinderkrippen und wissenschaftliche Gesellschaften, die einen wie die anderen käuen dasselbe wider. »... es ist eine Geschichte, die anhand bestimmter Naturvorgänge zeigt, von welcher Art die Kräfte und Gesetze sind, die das Leben der Natur gleichermaßen wie das menschliche Dasein tragen und bestimmen; es ist eine Erzählung, welche die Infragestellungen und Gefährdungen der kosmischen und sittlichen Ordnung zu überwinden sucht, indem sie die Erschütterungen und Widersprüche der Natur und des menschlichen Lebens als Teil einer höheren Ordnung deutet und begreifen lehrt.«[9]

Versteh mich nicht falsch. Es handelt sich nicht darum, sich nach Art der Ideologen mit einer modernen, lächerliche Gelehrsamkeit an den Tag legenden Auslegung der schönen Geschichten aus der *Bibliothèque rose** zufriedenzugeben. Die deutsche Kultur gestattet sich nicht so ohne weiteres die beruhigende Welt, in der Kürbisse zu Karossen anschwellen, damit ein kleines, ausgebeutetes Mädchen gerettet wird. Sie will eine Welt entwerfen, in der sich die Gedemütigten und die Beleidigten selbst vom Unheil befreien. Den Mythen entnehmen wir das Input und das Output. Hingegen ist der Übergang vom einen zum anderen nicht länger Angelegenheit des Zauberhaften, sondern der »Vernunft«, das heißt eines aussprechbaren, wiederholbaren und verallgemeinerbaren Vorgangs. Das Losungswort der Aufklärung – wage selbständig zu denken – schließt die alten Zauberkunststücke aus; die moderne Kultur schickt sich paradoxerweise an, das Vertrauen der ersten Kinderjahre mittels der kritischen Prozeduren, die es zerstört haben, wiederzufinden. Zu Beginn war die »naive Dichtung« (Schiller), die des Kindes, das sich in der elterlichen Obhut geborgen wußte, die einer Menschheit, die mit der Natur und den Göttern auf gleichem Fuß stand, das Griechenland Hölderlins, Hegels, Schellings und Marx', der mythische »Orient« oder das christliche Mittelalter von Novalis. Am Ende der Geschichte zeichnet sich die teilweise oder universell mit sich selbst versöhnte Menschheit ab. Dazwischen liegt die Krise.

* Eine 1857 von der Librairie Hachette gegründete Jugendbuchreihe.

Vordergründig begegnen wir Racines Tag X neu, an dem zwischen Tagesanbruch und Dämmerung alles geschieht, an dem alles entschieden wird. Nur, daß die fünf französischen Akte von einer Nacht zur anderen eilen, ihren Aufschwung über infantile Träume nehmen, in denen nichts verboten zu sein scheint, und ihr »Finale« in jenem allgemeinen Unglück finden, das Aristoteles als den logischen Endpunkt der Tragödie bezeichnete. Das deutsche Drama hingegen entwickelt sich im doppelten Licht eines ersten ewig vermißten Tages und eines letzten Tages, der sich der Ewigkeit erschließt. Als Ausgangspunkt die Welt der Mythen, dieser Jungbrunnen, dessen Andenken um so nostalgischer gepflegt wird, als er außer Reichweite liegt. Eine Hochzeit und eine umfangreiche Nachkommenschaft am Ende.

»... Daß wir alle Kinder waren, bevor wir Männer wurden«[10], stellt Descartes fest und erläutert, daß das Menschenkind in der Voreingenommenheit und Überstürztheit lebt, da seine Ursprungssituation die ist, im Irrtum zu leben. Für einen deutschen Kopf impliziert umgekehrt das Primat der Kindheit den ursprünglichen Aufenthalt in der Wahrheit, in dieser »Lebenswelt«, die Husserl als vorreflexive Grundlage und Garantie unserer Reflexion, wenn nicht gar als »Ursprung« der Geometrie annahm, womit er sich weniger als Cartesianer erwies, als er zu sein glaubte.

Gegen das sogenannte französische Hoftheater trat Lessing in seiner *Hamburgischen Dramaturgie* (1767) für ein nationales deutsches Theater ein, das sich auf Aischylos und Shakespeare beruft. Wenn ersterer den Geist von Dareios (*Die Perser*) und letzterer das Gespenst des ermordeten Königs (*Hamlet*) heraufbeschwören, wurzeln Lessing zufolge beide in einer authentischen und kollektiven religiösen Überzeugung. Weiterhin halten sie sich Lessing zufolge in einer vorcartesianischen und außervoltaireschen Welt auf, in der Erscheinungen und Vorahnungen Sinn machen. Die deutsche Kulturarbeit stellt sich die Aufgabe, das verlorene Paradies einer Vorgeschichte mit dem wiederentdeckten Paradies einer Nachgeschichte zu verknüpfen. Goethe wird von Dantes Beatrice inspiriert. Im selben Geist definiert Schelling[11] die aufsteigende Reise der *Bildung* als die einer göttlichen oder menschlichen Komödie, die im Unterschied zu den Tragödien im erlösenden Licht des Guten einen glücklichen Ausgang findet. Erst dann, verkündet der junge Hegel, wird der Geist es wagen, seine ursprüngliche (hellenische) Einheit mit sich selbst in einer neuen Religion wiederherzustellen. Racines Krise fand ihre Einheit von Zeit, Ort und Handlung in der Zeit, die zwischen zwei Nächten liegt. Goethes in Tauris exilierte Iphigenie wird die Lichter von Hellas wiedersehen, sie segelt zwischen zwei Tagen.

Diese deutsche, Euripides und Racine unbekannte Iphigenie ist eine Priesterin des Menschlichen. Gerade an Tauris' Ufer gelangt, schiffbrüchig, aber gut erzogen, überzeugt sie den Barbarenkönig Thoas, die Menschenopfer abzuschaffen. Kaum hat ihr Bruder Orest sie wiedergefunden, verflüchtigt sich sein Wahn. Trotz der Gefahr, den Untergang ihrer Angehörigen heraufzubeschwören, ist sie niemals bereit, sich von der Wahrheit loszusagen: »O weh der Lüge!/Sie befreit nicht,/Wie jedes andere, wahrgesprochene Wort/Die Brust; sie macht uns nicht getrost, sie ängstigt/den, der sie heimlich schmiedet, und sie kehrt,/Ein losgedrückter Pfeil, von einem Gotte/Gewendet und versagend, sich zurück/Und trifft den Schützen« (*Iphigenie auf Tauris*, Vierter Aufzug, 1. Auftritt). Iphigenie, zwischen dem alten und dem neuen Eden, Wächterin von Dianas Tempel, verkörpert die harmonische und beinah unveränderliche Dauer einer Humanität, der sich schließlich alle hingeben. Ihr

Handeln ist streng moralisch, das Drama spielt sich in der Seele ab und kommt von der Seele. Kein Zauberstab. Kein *Deus ex machina.* Kein Kräftemessen, Thoas dominiert die Situation von Anfang bis Ende. Kein Vertrauensmißbrauch, trotz der prosaischen Ratschläge von Pylades: »Mir scheint List und Klugheit nicht den Mann / Zu schänden, der sich kühnen Taten weiht« (ebd., Zweiter Aufzug, 1. Auftritt). Der allmächtige Barbar überwindet seine Barbarei, ähnlich wie sich der Wahnsinnige allein dank Iphigenie von seinem Wahn befreit: »Alle menschlichen Gebrechen / Sühnet reine Menschlichkeit.«[12]

Über ein Jahrhundert lang als das Evangelium des deutschen Humanismus und als Triumph des Weimarer Klassizismus vergöttert, verfängt sich Goethes Werk in der vermutlich von den Griechen geerbten »Harmonie«, »stille Einfalt«, edle Größe«. All dieser Plunder eines vornehmen Antiquitätenhändlers ist nunmehr aus der Mode gekommen, und das Stück sorgt nicht mehr für volle Kassen. Bedeutet das, daß Iphigenies Schatten die Herzen der Heranwachsenden nicht mehr aufwühlt? Wenn Adorno im ideologischen Nachkriegsstil die »reaktionären« Unzulänglichkeiten von Goethes Humanismus geißelt, »iphigenisiert« er im Quadrat. Er plädiert: »Thoas«. An dieser avancierten Stelle seines Stücks dient Goethe der ganzen Humanität.

Er bekennt sich zu Thoas. Dieser von den frommen Sprüchen der Zivilisation düpierte Kolonisierte muß Iphigenie ablösen.

Der oppositionelle Kritiker fordert eine »grenzenlose Versöhnung«, überbietet Goethes Humanismus, unterschreibt seinen Idealismus und die Verkündigung einer vorbildlichen Menschheit, die von allen Übeln erlösen wird.

Noch ist Europa kein Märchen

Mitten in einer erhitzten Diskussion mit einem Bekannten, der soeben seinen sechzigsten Geburtstag gefeiert hatte, ließ ich mich dazu hinreißen, ihn zu fragen, ob es einen einzigen Wert gäbe, zu dessen Verteidigung ein Deutscher bereit sei, sein Leben zu opfern. Als einzige Antwort begann mein Gesprächspartner ein Nazilied zu summen, das das im Namen des Volkes und des Vaterlands begangene Opfer feiert. Er war gezwungen worden, dieses Lied zu lernen, als er in die Schule ging. Dieses gesummte Argument erübrigte jeden Kommentar; mit dieser Art Parolen hatte ein Schnurrbartträger, der das menschliche Leben verachtete, die Deutschen in einen mörderischen Krieg hineingeführt, in dem fünfzig Millionen Menschen den Tod gefunden hatten.

Nie wieder Krieg, nie wieder Uniformen, nie wieder Waffen! Dieser Aufruf zur Erlösung hatte das politische Bewußtsein des Nachkriegsdeutschland geprägt, den Kindern der Generation der Schuldigen schien er als das einzige mögliche Gegengift zur kriegerischen Begeisterung so zahlreicher Eltern.

Die Lehre, die aus dem deutschen Verbrechen zu ziehen ist, wirkte derart evident, daß ein kleines Detail übersehen worden ist: Die Lektion war nicht auf jeden anwendbar. Die Opfer des Nazismus und ihre Kinder – Juden, Polen, Russen, Franzosen, Engländer – wollten und konnten aus ihrer Erfahrung nicht dieselben Schlußfolgerungen ziehen.

Wir Deutschen beziehen unser Wissen nur von den Schuldigen, unseren Vätern, und nicht von den Opfern. Ist die aus dem Nationalsozialismus und dem Faschismus zu ziehende Lehre wirklich diese: Als Verantwortliche für die verabscheuungswürdigsten Kriegsverbrechen der Geschichte haben wir nunmehr die Pflicht (und das Privileg), uns auf unsere kleinen Angelegenheiten zu beschränken und den anderen Völkern zu überlassen, sich im Namen der Menschenrechte von Kugeln durchsieben zu lassen? Gibt es keine andere Lehre, die aus dem Nationalsozialismus und dem Faschismus zu ziehen ist? Wir Deutschen müßten die ersten sein, die alarmiert und handlungsbereit sind, wenn ein mächtiges Volk über die Nachbarvölker herfällt und ein Gebiet von seinen Minderheiten »säubert«.

Zu diesem Moment der Diskussion tritt zwangsweise eine Mahnung, die die Lähmung von Denken und Gefühl zugleich bewirkt: Der in Bosnien herrschende Terror kann und darf in keinem Fall mit dem Nazigrauen verglichen werden. Ein nur zur Hälfte wahres und seltsames Prinzip, denn wenn Auschwitz die absolute Referenz ist, würde sich jegliche Intervention erübrigen, da keins der heute begangenen Verbrechen gegen die Menschenrechte an die in Auschwitz begangenen Verbrechen heranreicht. Marek Edelmann, letzter Überlebender der Anführer des Aufstands im Warschauer Ghetto, erklärte anläßlich des fünfzigsten Jahrestages dieses Ereignisses: »Bosnien ist Zeuge von Massenvernichtung, und Europa nimmt dieselbe Haltung ein wie die, die es gegenüber den Ghettokämpfern einnahm.« Wenn ein Überlebender der Nazimassaker selbst diese Art Vergleich anstellt, scheinen die Warnungen der Nachkommen von Schuldigen vor der Gefahr, Parallelen zu ziehen, zumindest kurios ...

Diejenigen, die ihren natürlichen Egoismus überwinden und meinen, daß die militärische Intervention unerläßlich ist, werden uns als Kriegslüsterne und Militaristen dargestellt, während diejenigen, die sie aus vollkommen verständlichen Gründen vermeiden wollen, sich als Hüter einer höheren Moral verstehen. Wenn die Europäer zu dem Schluß gekommen sind, daß die eingegangenen Risiken zu groß sind, dann müssen sie auch die Folgeerscheinung dieser Schlußfolgerung benennen: den Sieg der Barbarei in diesem Teil Europas.

Peter Schneider, *Libération*, 18. Juni 1993

Der Mythos der vollständigen Wiederherstellung des ursprünglichen Arkadiens dank der Vermittlung des Ewigweiblichen erschöpft nicht die Wahrheit von Goethes Iphigenie. Sie stellt allgemeiner das absolute Verlangen eines modernen Bewußtseins dar, »nämlich in sich und aus sich selbst zu wissen, was Recht und Pflicht ist« (Hegel).[14] Als sie Thoas ihr Fluchtvorhaben gesteht, obwohl sie die Reaktion des Monarchen nicht vorhersehen kann, zählt sie auf die Rücksicht eines Barbaren, um ihrer reinen Subjektivität treu zu bleiben. Sie folgt dem Gesetz, das sie sich selbst gewählt hat, sie ist »die Gewißheit ihrer selbst, das *Entscheidende*«[15].

Iphigenie geht aufs Ganze und opfert ihrem inneren Verlangen die Überlebenschancen ihrer Gefährten. Sie handelt als Führerin, als hegelsche »Heldin«: Ohne Leidenschaft geschieht nichts Großes, und jede Leidenschaft impliziert einen gefährlichen Sprung ins Unbekannte. Sie beweist sich selbst und den anderen, daß es möglich ist, sich von den unmittelbaren Sorgen loszureißen. Sie demonstriert, daß das erhoffte Ergebnis weniger zählt als der innere Glaube. Der allein entscheidet. Deshalb, lieber Freund, ziehe ich Goethes gezierte Verlegenheit der revolutionären Exaltiertheit vor, deren Fehlen ihm Adorno vorhält.

Die so reine Heldin ruft bei den Perückenträgern und diplomierten Anfechtern von Weimar Schwindelanfälle hervor: Die schöne Verkünderin beabsichtigt die Abschaffung der Menschenopfer und opfert munter ihre Gefährten. Ihr kategorischer Imperativ, ihre moralische Größe, setzt sich über die Moral hinweg.

Unsere Iphigenie begnügt sich nicht damit, als Gründungsmutter der Frauenbewegung gekrönt zu werden. In ihr begegnen sich der tiefste Abgrund und der höchste Himmel, Schelling zufolge die beiden Komponenten des menschlichen Wesens. Goethes junges Mädchen wird, zugegebenermaßen diskret, in die absolute Zerrissenheit geführt. Sie ist die moderne Freiheit, die sich als »ein Unvermögen des Guten und des Bösen«[16] entdeckt. Zum Salto verurteilt, nimmt sie das hegelsche Bewußtsein vorweg, das sich in die Glut der Handlung wirft. Oder auch Hölderlins Empedokles, der zur Vollendung der Epiphanie in den Vulkan springt.

Was geschieht, wenn ein Zauberstab seine magische Kraft hinterfragt? Dann geschieht *Iphigenie auf Tauris*. Was geschieht, wenn sie merkt, daß ihre Magie in der ansteckenden Fähigkeit liegt, sich erbarmungslos und pausenlos, mit einem Maximum an Radikalität und Beherrschtheit, zu befragen? Dann bekommt man den deutschen Idealismus, einen Trank freiwilliger Negativität, »aber nicht das Leben, das sich vor dem Tode scheut und vor der Verwüstung rein bewahrt, sondern das ihn erträgt und in ihm sich erhält« (Hegel).[17]

Iphigenies innere Unruhe kündigt das Paar Faust/Mephisto an. An seiner Fähigkeit, die höheren Wesen, Gott und das Ich, in die Krise zu projizieren, wird der Geist erkennbar: »Er gewinnt seine Freiheit nur, indem er in der absoluten Zerrissenheit sich selbst findet« (nochmals Hegel).[18]

Ursprüngliches Glück, Drama, wiedergefundener Friede. Die drei kanonischen Zeiten der Märchen bestimmen den Verlauf des philosophischen Kampfes. Vorspiel: ein Griechenland, in dem sich der Geist erstmals »zu Hause« entdeckte. Finale: die berüchtigte »Versöhnung« von Himmel und Erde, ein neues »Zuhause«. Zwischen beiden die Entfremdung und das Unglück einer Subjektivität, die in der Tiefe ihrer Krise die Energie, sich zu überwinden, finden muß. Die wunderbaren Geschichten garantieren mittels willkürlicher und undurchsichtiger Wunder einen guten Ausgang, allesamt Flugschreiber, deren glückliches Geheimnis die moderne Kultur aufzudecken hat. Die »Krise« wird dann zum entscheidenden Moment der Öffnung der Geheimnistruhen, sie ist der Tag X, die Stunde Null, in der die Enthüllung von dem, was geschieht, die Umkehrung der Situation und die Verwandlung des Unglücks in die Zeiten ewigen Glücks zur Folge hat. Der griechischen Etymologie zufolge erweist sich die Krise (*krisis*, siehe *kri-*

nein: trennen, urteilen) als Spaltung und Urteil zugleich, als Selbstverlust, Entfremdung und Rückkehr zu sich selbst, als Reflexion, gleichzeitig als Bruch und Inbeziehungsetzen, als Idee: »Man sagt, die Reflexion sei der Idee feindselig; aber gerade das ist der höchste Triumph der Wahrheit, daß sie aus der äußersten Scheidung und Trennung dennoch siegreich hervortritt«, schreibt Schelling.[19] Wer nichts riskiert, erreicht nichts. Sprichwörtlich ausgedrückt würde das Leitmotiv des deutschen Denkens lauten: Wer wagt, gewinnt.

Die Perfektion der tragischen Krise kulminiert in der einzigartigen Zeit, in der Erkenntnis und Handlung sich gegenseitig transparent werden und zusammenfallen. Aristoteles zufolge gelingt allein König Ödipus der Kraftakt, den Augenblick des »Erkennens« (*anagnorisis*) und den der entscheidenden Wendung (*peripeteia*) vollkommen eins werden zu lassen. Ödipus spricht über sich selbst das Urteil, das heißt, er entdeckt, wer er ist und was er getan hat, und im selben Augenblick wird er Gesetzgeber *und* Schuldiger, Henker *und* Opfer, denn er vollstreckt den Urteilsspruch des Gesetzes, das er erläßt, an sich selbst. Während sich Ödipus mit seiner letzten Erleuchtung aus der Polis ausschließt, die er regierte, ruft Sokrates, scheinbar einem ähnlichen Los ausgesetzt, Platon zufolge nach einem erlösenden Philosophenkönig für eine Polis, die ihn ausschließt und tötet. Tragische Krise und philosophische Krise verkünden unwiderrufliche Urteile, doch allein das Jüngste Gericht der zweiten soll gut ausgehen.

Die drei Etappen der Märchen sind mühelos in den drei Zeitphasen des athenischen Bewußtseins erkennbar, die Platon im *Staat* unterscheidet. Anfangs lebt der Mensch unschuldig in einem krisenlosen Vertrauen: »Wir haben doch von Kindheit auf gewisse Ansichten über das Gerechte und das Schöne. In diesen sind wir von Eltern aufgezogen worden, ihnen gehorchen wir und halten sie in Ehren.«[20] Dann kommt die Zeit der Unruhen auf, Hegel nennt sie »Moment des Negativen«.

»Wie ist es nun, wenn an einen solchen Menschen die Frage herantritt, was das Schöne sei, und wenn ihm dann die vernünftige Auseinandersetzung seine Antwort, wie er sie vom Gesetzgeber gehört hat, widerlegt und wenn sie ihn immer und auf mannigfaltige Weise widerlegt und ihn so auf die Meinung verfallen läßt, daß das Schöne ebenso schön wie häßlich sei und daß es mit dem Gerechten und mit dem Guten und mit allem, was er besonders verehrt hatte, ebenso stehe – wie glaubst du, daß er dann diesen Dingen gegenüber mit seiner Ehrfurcht und mit seinem Gehorsam stehen wird?«[21]

Seit Athen ist es ein Zeichen unserer Zivilisation, daß sie der Ideendebatte nicht durch äußerliche Mittel wie Zensur, Gewalt, Ächtung, Todesstrafe ein Ende setzen kann. Es hilft nichts. Man muß in das Handgemenge hinein und bereit sein, mit den Antilogikern, den bösen Geistern und den perfekten Libertins zu diskutieren, auf die Gefahr hin, mit ihnen verwechselt zu werden. Wie Sokrates, der als Sophist verurteilt wurde, weil er sich mit einem ihrer berühmtesten Vertretern angelegt hatte. Die abendländische Jugend kommt nicht umhin, ihrer nihilistischen Viertelstunde zu begegnen.

»Es ist dir aber doch gewiß nicht entgangen, daß die jungen Burschen, wenn sie das Disputieren frisch gekostet haben, wie mit einem Spielzeug damit umgehen. Sie brauchen es jederzeit zur Widerrede, und indem sie diese nachahmen, von denen sie widerlegt werden, widerlegen sie selbst wieder andere und freuen sich dabei wie junge Hunde, wenn sie jeden, der in ihre Nähe kommt, mit ihrem Disputieren packen und zerren können. (...) Und wenn sie dann andere widerlegt haben und auch von vielen widerlegt worden sind, so geraten sie plötzlich und heftig in den Zustand, daß sie nichts mehr von dem glauben, was sie vorher geglaubt haben«.[22]

Die von Sokrates beschriebene »Freude« ähnelt derjenigen, die Augustinus bekennt, als er seine Jugend und seine Zugehörigkeit zu einer Truppe lustiger Gesellen, die sich »die Zerstörer« nannten, beschreibt. Dostojewskijs Dämonen sind zweitausend Jahre später aus demselben Holz, ähnlich wie auch der »freie Mann« des jungen Barrès. Ein unvergleichlicher Beweis, daß die den Massenmedien, dem amerikanischen Imperialismus oder dem verheerenden Sieg der im heideggerschen Stil verfluchten Technik zugeschriebene Krise der Werte nicht auf die Pseudoanliegen gewartet hat, die man ihr zuweist. Die platonischen Auserwählten haben die Aufgabe, am Ende einer langen dritten Etappe philosophischer Erziehung da herauszukommen: Wenn sie das Gute in sich erkennen, werden sie es wie ein Paradigma benutzen, um das Ganze, seine Teile und sich selbst zu ordnen.

Zwei Jahrtausende gingen vorüber. Große Premiere in der Weltgeschichte, Deutschland nahm von Leibniz an Platons Programm absolut ernst. Es versprach, dieses in allen Einzelheiten anzuwenden, kollektiv, indem es sich mit einem rationalen Schicksal ausstattete, individuell, indem es jeden Bürger mit sich selbst versöhnte. Gemessen an einer individuellen Existenz, vollendet sich die Wahrheit bei dem alten Mann, »der dieselben Religionssätze ausspricht als das Kind, für welchen dieselben aber die Bedeutung seines ganzen Lebens haben. Wenn auch das Kind den religiösen Inhalt versteht, so gilt ihm derselbe doch nur als ein solches, außerhalb dessen noch das ganze Leben und die ganze Welt liegt.«[23] Gemessen an der gesamten Geschichte, bewegt sich Deutschland vorwärts zum neuen Hellas, indem es sich als erwachsenes, wenn nicht gealtertes Griechenland sieht, würdiger Erbe einer »glücklichen Kindheit« und einer hin und her gerissenen, entfremdeten, lateinischen und christlichen Jugend, dieser Art Mittelalter, deren Ende Leibniz und Kant ankündigten. Damit beginnt die dritte Phase des Denkens und der Religion, »die Schelling wie Joachim de Flore dem Schutz des heiligen Johannes anbefiehlt, denn den Seinen behält der Herr die Aufgabe vor, es zu beenden«[24].

Ist es nicht unfaßbar, daß Deutschland innerhalb von fünfzig Jahren – und wie! – den Krieg verloren und den Frieden gewonnen hat? Wir mußten lediglich die Kritik der Waffen gegen die Waffen der Kritik tauschen, und schon war die Sache gelaufen. Die bedingungslose Kapitulation auf dem Feld hat sich in die bedingungslose Eroberung der Geister verwandelt. Erinnere Dich an die sechziger Jahre: Wo außer bei uns hätten die Studenten des Abendlands die wenigen Begriffe finden können, die die *Free speeches* von Berkeley füllten, ehe sie Pflastersteine in Paris im Rhythmus werfen? Marcuse selbst, vorübergehender Bestseller-Autor, ist nichts anderes als ein Kapitel unserer lokalen Soziologie, ein Ableger von Marx, ein Steckling des wilden Hegelianismus gewesen. Zwanzig Jahre später brach der Kommunismus zusammen, die wenigen amerikanischen Beamten und Leitartikelschreiber, die sich bemühten, einen Sieg zu verkünden, den sie zu denken nicht fähig waren, schwangen sich auf Hegels Gaul vom »Ende der Geschichte« und schmückten ihn mit Nietzsches »letztem Menschen«. Auf die Gefahr hin, daß sich die Armen in ihren Särgen umdrehen. Unsere derzeitigen Modernen meinen naiv, in einer Konsumgesellschaft zu leben (wiederum ein Anathema *made in Germany*!). Keineswegs! Die begeisterte Zustimmung, die das deutsche Modell im 19. Jahrhundert erfuhr, und die Lorbeeren, die es erneut erntet, bezeugen unbestreitbar, daß die Eliten der Welt sich weniger ums Konsumieren als ums Pädagogisieren sorgen.

Brief VIII

Satans Selbstmord

Harakiri: Zur Unterhaltung gezwungen, exekutiert er sich · Verflüchtigung: Eingesperrt in einer Gleichung, fällt er in Ohnmacht · Kanonisierung: In die Geschichte geschleudert, fängt er Feuer

Aus Berlin

Der Ruf, der Glanz, der Ruhm Deutschlands, sein Einfluß und seine universelle Ausstrahlungskraft knüpfen sich nicht an seine denkwürdigen kriegerischen Taten, sondern an die Berufung, die es sich gegeben hat und die ihm niemand streitig macht: die Geheimnisse einer erbaulichen Erziehung zu kennen. Seit drei Jahrhunderten hat sich Deutschland zum Fanal des Platonismus zuerst für Europa, seit kurzem für die ganze Welt gemacht. Dieser Charme einer pädagogischen Provinz wirkte zuerst in Frankreich. Von 1800 bis 1870 verging die lehrende und literarische Intelligenz, Madame de Staël, Michelet, Renan, Taine, vor Liebe. Den Franzosen die Macht der *Grande Armée*, den Deutschen die Ressourcen der großen Seele. Weit davon entfernt abzunehmen, verstärkte sich die akademische Mimikry, als sich 1870 der Vorteil der Stärke umkehrte. Unsere Ultranationalisten inspirierten die Euren, und je stärker Ihr Euch als *antiboches* aufgespielt habt, desto mehr habt Ihr uns die Kategorien und die Syntax gelehrt, die sich zum Ausdruck von Haß und Rivalität eignen. Waren es nicht die preußischen Lehrer und Schulen, die die Moral der Infanterie zusammenschweißten? Ob wir militärisch verloren oder siegten, wir haben als gute Deutsche immer intellektuell auf Sieg gesetzt. Wir liefern den Gegenstand und die Methode, die Lehrkonzepte und auch das Erlernen des Konzepts.

Deutschland schon um 1800 Pädagoge Europas!

Die Völker germanischen Stammes sind von Natur religiös, und die Glut dieses Gefühls hat mehrere Bürgerkriege unter ihnen veranlaßt. Dennoch neigt man, namentlich in Deutschland, mehr zum Enthusiasmus als zum Fanatismus. In einem Land, wo die Denktätigkeit die erste von allen ist, muß notwendigerweise der Sektengeist in verschiedenen Gestalten auftreten, gewöhnlich aber vermengt man die theologischen Streitigkeiten nicht mit menschlichen Leidenschaften, und so gehen die verschiedenen Ansichten über Religion nicht über die ideale Welt hinaus, in der ewiger Friede herrscht.

Wie ich im folgenden Kapitel zeigen werde, hat man sich lange Zeit hindurch mit der Prüfung der Dogmen des Christentums beschäftigt. Seit zwanzig Jahren aber, seitdem die Schriften Kants ihren gewaltigen Einfluß auf die Geister ausgeübt haben, haben sich in der Weise, wie man die Religion auffaßt, eine Freiheit und ein Hochsinn Bahn gebrochen, die keine Form des Kultes im besonderen für notwendig erachten oder verwerfen, sondern die himmlischen Dinge zum herrschenden Prinzip des Daseins machen.

Mehrere Leute finden, daß die Religion der Deutschen zu unbestimmt und verschwommen sei und daß man besser tue, wenn man sich um die Fahne eines positiveren und schärfer ausgeprägten Glaubens schare. Lessing sagt in seiner Schrift über die »Erziehung des Menschengeschlechts«, daß die religiösen Offenbarungen stets dem Bildungsgrad der Epoche angemessen sind, in der sie erschienen. So befanden sich das Alte Testament, das Evangelium und in gewisser Beziehung auch die Reformation in vollkommener Übereinstimmung mit den geistigen Fortschritten ihrer Zeit, und wir selbst stehen jetzt vielleicht am Vorabend einer Entwicklungsepoche des Christentums, die alle die verstreuten Strahlen in einem einzigen Brennpunkt sammeln und in der Religion mehr als Sittenlehre, Glück, Philosophie und selbst Gefühl finden lassen wird, da jedes dieser Güter sich durch seine Vereinigung mit den übrigen verdoppeln muß.

Madame de Staël, *Über Deutschland*, Reclam Universal Bibl. Nr. 1751 [5], Stuttgart 1962, S. 356/357

Den Anstoß gab Leibniz. Dieser deutsche Denker europäischen Formats schrieb mehr auf Französisch und Lateinisch als in seiner Muttersprache. Wir verdanken ihm das ökumenische und unwiderstehliche Programm, das sich auf einen wiederhergestellten und modernisierten Platon beruft. Er verspricht, die Krise des Abendlandes mit einer Philosophie im weitgefaßten Sinn zu lösen, einer Kunst, das Leben zu denken und das Denken zu leben. Tapfer und luzide nimmt er die »Krise der Werte« auf sich, die der französische Klassizismus soeben ans Licht gebracht hat. Ähnlich intensiv wie Bossuet und Pascal reflektiert er vor dem Horizont der »allgemeinen Umwälzung, von der Europa bedroht ist«.

Leibniz war jenem beunruhigenden Geist, dem Nihilismus, begegnet, den Jacobi und Nietzsche ein Jahrhundert später ausmachen. Mit der unbefangenen Frische eines Chronisten von heute setzt sich unser erster großer Philosoph der grausamen Fronde der großen Köpfe aus: »fähig (...), zu ihrem Vergnügen oder Fortkommen die Erde an ihren vier Enden in Brand zu setzen.«

Der angeblich ungebrochene Optimismus, den Voltaire Leibnitz anlastete, wirkt äußerst schwach, wenn man ihn über die künftige Freizügigkeit prognostizieren hört: »Wenn jemand aber um der Größe willen oder aus Laune Ströme von Blut vergösse, wenn er das unterste zuoberst kehren würde, so würde man das für nichts rechnen.«[1]

Auch die Deutschen denken am Rande des Abgrunds, selbst wenn ihre Reflexionen sie zu anderen Ufern führen als die der Franzosen. Wäre ein Wort nötig, um diese ursprüngliche Orientierung, die uns eigen ist, zu spezifizieren, würde ich den entsetzlichen Neologismus gebrauchen, den eine Ladenkette plakativ verwendet, um den Werbehinweis zu geben, daß ihre Kunden zu den günstigsten Preisen einkaufen, ihre Ausgaben minimieren und ihre Gewinne maximieren: Sie »positivieren«. In gewählten Begriffen behauptet Leibniz: »Das Tun Gottes richtet sich aus aufs Positive.«[2] Eine Gute Erziehung schuldet sich eine *Imitatio Dei*, eine Nachahmung Gottes, ein Fortschreiten von weniger zu mehr Sein, die Rentabilisierung der Existenz, die Position des Positiven.

Im Supermarkt der Kultur hat die Nachfrage nach »Sinn« volle Konjunktur. Seit drei Jahrhunderten begnügen wir uns nicht damit, unsere Lehrbücher über gelehrte Erziehung zu verbreiten. Die glücklichen Kunden bekommen als Prämie einen »Sinn des Lebens«. Da die Abwesenheit von Orientierungspunkten, das Fehlen von Referenzen und der Untergang der Werte die Krise angeblich provozieren, versteht es sich von selbst, daß der Nachfrage zu entsprechen bedeutet, das zu liefern, wonach die in einer Krise befindlichen Seelen ein derart intensives Bedürfnis äußern: einen Kompaß. Die Bildung hat nicht nur zum Ziel, das Kind an das Erwachsenenalter heranzuführen, sie muß auch den reifen Mann mit der Fähigkeit ausstatten, sich in den Labyrinthen der Existenz zurechtzufinden. Im Unterschied zu den Märchen, die die Frage »Warum?« unter Vermeidung, sie zu stellen, beantworten, ist das seiner selbst bewußte Denken interrogativ und kritisch. Es beschränkt sich nicht darauf, sinnvoll zu sein, sondern begründet sich als Modus von Sinnproduktion. Es begnügt sich nicht damit, dem Konsumenten das zu liefern, wonach er fragt, sondern beabsichtigt, ihn fähig zu machen, selbst, von sich aus zu antworten. Es behauptet nicht, ihn zu retten, sondern fordert ihn auf, über seine eigene Rettung zu entscheiden. Sehr schön, doch um nicht in den Kitschroman und die vergessenen Ammenmärchen zurückzufallen, muß ich diesen Aufstieg rechtfertigen und den erreichten Sinn erklären. Das ist die Aufgabe, die sich die Kultur – die Bildung – in ihren drei Sinnfabriken setzt, die die Sprache, die gesellschaftliche Arbeit und die Welt der Offenbarung sind.

Um der Existenz eine stabile und möglichst definitive Orientierung zu verleihen, müssen drei Bedingungen erfüllt werden, ohne die die vielfältigen Sinnkrisen, die die abendländische Geschichte aufweist, nicht entwirrbar sind. Erste Notwendigkeit: das Primat des Sinns über den Nichtsinn, dessen Ausübung der Sprache zufällt. Zweite Notwendigkeit: das Primat der Konstruktion über die Destruktion, dessen Verkündigung der Selbstproduktion der menschlichen Gesellschaften zufällt. Dritte Notwendigkeit: das Primat des Tages über die Nacht, das Primat der Enthüllung über das Unbewußte und Unerkennbare, unserem Auf-der-Welt-Sein fällt es zu, sich als Epiphanie zu enthüllen. Diese drei Zauberformeln entsprechen den drei grundlegenden Fragen von Kant. *Was kann ich wissen?* Das, was mich auf Anhieb wissen läßt, ist das Medium des Wissens, die Sprache. *Was soll ich glauben und tun?* Was die »verborgene Kunst« meiner Produktivkräfte möglich macht. *Was darf ich hoffen?* Nichts, außer auf ein erstes Licht, das selbst die Verzweiflung voraussetzt. Niemand kann ignorieren, daß dreimal die Frage gestellt wird: Was ist der Mensch? Oder genauer: Wie soll die diabolische und göttliche Situation eines zugleich sprechenden und gesprochenen, produzierenden und produzierten, enthüllenden und verborgenen Wesens gedacht werden?

Die Fähigkeit, die Fragestellung des Problems in der Formulierung der Lösung nicht zu verbessern, ist seit den Griechen das Unterscheidungsmerkmal der »Mathematik«. Sie widerspricht der Logik der Märchen und Mythen, in denen Frage und Antwort diachronisch einander folgen, Strukturen entsprechend, deren Synchronie dem Diskurs, der sie verbindet, entgeht. Dem griechischen Sinn nach bedeutet erklären (*logos didonai*), jede noch so evidente Lösung nicht notwendig einer Berechnung, sondern einer unendlichen Möglichkeit von Neubefragungen zu unterziehen. Sokrates ist »gottlos«, er verhöhnt die offiziellen Kulte, indem er eine neue strategische Ebene der Suche einführt. Er setzt keine falschen Götter an die Stelle der wahren. Er verkündet keine alles in allem banale allgemeine Ungläubigkeit. Er beabsichtigt eine unglaubliche, weil reversible Veränderung, die permanent einer neuen Prüfung und der Archivierung unterworfen ist.

Die vollkommene Gleichheit von Frage und Antwort bestimmt die entscheidende Eigenschaft jedes »Mathemas« (Wissens, Konzepts) und seine Übertragbarkeit. Ein Wissen ist »wissenschaftlich«, das heißt übertragbar, »mathematisch«, wenn und nur wenn jeder Fragesteller, wann und wo auch immer, das Argument wiederholen, also verifizieren kann, das vom Nichtwissen zum Wissen führt und findet. So steht paradoxerweise die Antwort unter dem Gesetz der Frage, die sie zu klären vorgibt. Umgekehrt impliziert der Ernst der Frage *a priori* den Horizont einer Möglichkeit von Antwort. Diese doppelte Verwicklung des Beabsichtigten in die Absicht und die Sicht auf das, was sie sichtbar macht, unterscheidet einerseits den Mythos und den Roman, andererseits die Vernunft und die Philosophie, die allein fähig sind, eine authentische »Medizin der Seele« zu bieten. Die polare Komplementarität von Problem und Lösung enthüllt sich im Entstehungszustand, im Lichte unserer Verwurzelung in der Sprache.

Jede Sprache ist mehrdeutig, wiederholt Leibniz mit Kratylos. Sie teilt sich in eine signifikante Seite und eine signifikative Seite auf, die ebensowenig aufeinander reduzierbar sind, wie es die diesseitige Dualität von Seele und Körper ist. Jedem Zeichen wohnt die Willkür einer notwendigen, aber nicht zu rechtfertigenden Entsprechung von Sichtbarem und Lesbarem, von Faßbarem und Intelligiblem inne. Die babylonische Differenz unter den Sprachen bezeugt den Nichtsinn der körperlichen Hüllen des Sinns. Nichtsdestoweniger überschreitet jedes Zeichen die unüberschreitbare Willkür, die es belastet. Es weist unmittelbar auf eine Bedeutung hin, die, richtig oder falsch, die äußere signifikante Schale mit dem inneren signifikativen Kern vereint. Mit seiner inhärenten Aufteilung ist das Zeichen als solches Träger der Krise und ihrer Probleme. Mit dem Sinnhorizont, dessen Auftun es nicht verhindern kann, versöhnt das Zeichen seine beiden Pole. Entweder deutet es auf eine hinter ihm liegende ursprüngliche, adamitische, verlorene Sprache, in der jeder von Gott oder im Zustand der Unschuld ausgesprochene Signifikant stets sein richtiges Signifikat findet: jenes Wort, jenes Ding. Oder es kündigt nach vorn eine »universelle Charakteristik«, eine »wissenschaftliche« Sprache an, in der jedes Signifikat in einer unwiderruflichen Logik einen Signifikanten festlegen wird, der es und nur es ausdrückt.

Zwischen der verlorenen und der künftigen Weisheit auszuhalten und unermüdlich den potentiell trügerischen, weil mißstimmigen Verschiebungen der Signifikanten und Signifikate abzuhelfen, sind wir gewissermaßen verurteilt. Selbst erfahrenen Geometern unterlaufen Berechnungsfehler, gegen die es weder eine menschliche noch göttliche Garantie gibt. In letzter Instanz bleibt allein die »Kaltblütigkeit«, die gewissenhafte Rückbesinnung, die Selbstkontrolle übrig. »Die Deutschen haben dafür den ausgezeichneten Ausdruck *sich begreifen*, die Franzosen den nicht weniger schönen: *s'aviser*, wie wenn man gleichsam sich selbst ermahnte, sich selbst einen Rat gäbe.«[3]

Die Kontrolle der Sprache, die der »besonnene« Mensch vornimmt, ist eine zweifache. Einerseits verfolgt er die Absurditäten, die unbeabsichtigt seine Überlegungen belasten könnten, und im Namen des Satzes vom ausgeschlossenen Widerspruch eröffnet er die Jagd auf die Zirkelschlüsse und die Sinnwidrigkeiten. Andererseits leitet er die Suche nach dem Sinn ein, diesmal im Namen des Prinzips der Vernunftgemäßheit. Dieses Prinzip, das Leibniz als das »höchste« und »edelste« bezeichnet, kündigt an: Nichts ist ohne Vernunft, man kann und muß es jedem Menschen erklären können – seine Vernunft wiederherstellen. Leibniz zufolge bleibt die Sprache, ursprünglich adamitisch, in ihrer idealen Vollendung wissenschaftlich und eindeutig, affirmativ.

Auch heute noch quält unser gutes Deutschland das Grauen vor der Leere (*Horror vacui*), es verlangt das Primat des Sinns gegenüber dem Nichtsinn, das das Prinzip der Vernunftgemäßheit verkündet: Von nichts kommt nichts, daher geht die Affirmation (der Sinn) der Negation (dem Nichtsinn) voraus. Das affirmative Wesen der Sprache äußert sich bei jedem Sprechenden im Spiel der Wahrnehmung und des Begehrens.

Die Wahrnehmung ist eine Blitzaufnahme des Werdens, also zwangsläufig begrenzt. Das Begehren – *appetitio* – ist die positive, beabsichtigte, wenn auch obskure Bewegung von einer Wahrnehmung zur anderen. Jedes belebte Individuum ist definitionsgemäß – Seele: Motor eines Mobilen – autonom. Es findet die Quelle seiner Mobilität in sich selbst, in der *appetitio*, die die Folge der Perzeptionen bestimmt, ähnlich wie die Affirmation die Folge der Urteile regelt.

Letztlich versteht man sich trotz der Sprachunterschiede. Leibniz zufolge erweisen sich die Diskurse intersubjektiv übersetzbar, *salva veritate*, und bleiben dabei wahr. Die Affirmation, die jeder Sprache innewohnt, drückt die ursprüngliche Affirmation aus, die die Ordnung der Worte und den Lauf der Dinge miteinander harmonisiert. Jeder Ausdrucksmodus gilt als mehr oder weniger getreue Abschrift eines einzigartigen Buchs. Durch die Vielfalt der konkreten Sprachen hindurch muß eine Kommunikation entziffert werden, die universell von einzelnen zu einzelnen (»Monaden«) wie von Volk zu Volk stattfindet.[4]

Für diesen Verbreitungsmodus gibt es eine wesentliche Illustration, die musikalische Konsonanz. In ihr vereinen sich die adamitische Dynamik einer Sprache des ersten Tages – keiner ist dafür unsensibel – und die subtilen Konstruktionen – Bach ist nicht fern! – einer gelehrten Sprache des siebten Tages.* Leibniz illustriert unser Sein in der Sprache mit dem Beispiel eines Kirchenkantors oder Opernsängers: Er »singt vor offenem Buch, seine Augen werden von dem Buch und seine Zunge und Kehle von den Augen gelenkt, seine Seele singt jedoch sozusagen aus dem Gedächtnis oder aus etwas, was dem Gedächtnis gleicht; weil die Noten, die Augen und die Ohren nicht die Seele beeinflussen können, muß sie, was ihr Gehirn und ihre Organe mit Hilfe des Buchs finden, in sich selbst finden, und das ohne Mühe und Eifer und ohne danach zu suchen. Weil die ganze Tabulatur dieses Buchs oder der Bücher, denen man nacheinander beim Singen folgt, virtuell in seine Seele seit Beginn ihrer Existenz eingeschrieben ist.«[5]

In der Selbstaffirmation der Sprache verlängert sich die prästabilierte Harmonie der Schöpfung, und sie ist es, die die *appetitio*, das Begehren der Kreatur moduliert. Doch man lasse sich nicht täuschen! Die Schöpfung, ist nicht so »vor« der Kommunikation, wie eine Ursache ihrer Wirkung vorausginge. Die Schöpfung ist vollständig Kommunikation, genauso wie die Kommunikation die

* »In Deutschland genießt doch die Musik das populäre Ansehen, dessen sich in Frankreich die Literatur erfreut ...« (Thomas Mann, *Doktor Faustus*, Kap. 15, S. Fischer, Frankfurt 1980, S. 172).

Schöpfung wiederholt. Es ist die Güte Gottes, die ihn zur Schöpfung treibt, um sich mitzuteilen. Ob im Herzen der Dinge oder in der Tiefe der Sprache, immer handelt es sich darum, die Polyvalenz eines einheitlichen *Fiat lux* zu entziffern.

In jedem Sagen schwingt ein Sagenwollen mit. Jedes Sagenwollen transportiert den Wunsch, verstanden zu werden, ein Suchen nach Harmonie und Liebe. Leibniz sammelt bereits die Fermente des hermeneutischen Optimismus, der die ganze deutsche Kultur durchzieht. Einerseits gibt es die Logik des Zirkelschlusses, die dem Satz vom ausgeschlossenen Widerspruch unterliegt. Sorgfältig davon unterschieden ist auf der anderen Seite der philosophisch tugendhafte oder hermeneutische Zirkel, in den sich das Subjekt zu seinem Vorteil mittels des Postulats seiner Redensart einschließen läßt – die Nihilisten und Skeptiker »argumentieren gegen sich selbst, sie reden und schreiben, um verstanden zu werden«. Das von Platon gegen die Sophisten verwendete Argument scheint nur indiskutabel, wenn es auf dem affirmativen Sein der Sprache begründet wird. Sprechen bedeutete dann, die tatsächliche Existenz von dem, was man sagen will (als rechtmäßiges universelles Signifikat), und von dem, dem man es sagen will (als gültiger Ansprechpartner), vorauszusetzen.

Von der ersten Rede an, durch die simple Möglichkeit zu kommunizieren, ist die Gesellschaft potentiell mit den Ideen des Guten anwesend: »... dadurch, daß er sich so mitteilen kann, gibt es überhaupt ein Meinen des Gemeinsamen in Begriffen (...), durch die das Zusammenleben der Menschen ohne Mord und Totschlag (...) möglich ist. Das alles liegt in der schlichten Aussage: Der Mensch ist das Lebewesen, das Sprache hat« (Gadamer).[6] Wenn Heidegger behauptet, die Sprache spricht, oder wenn Gadamer erklärt, daß wir begreifen, was uns ergreift, laden beide dazu ein, die Sprache als die Verheißung der Verheißungen zu behandeln und sie in der Tradition Leibniz' vor dem Hintergrund einer ursprünglichen in dem Sinne einer prästabilierten Harmonie zwischen Wort und Ding, Signifikant und Signifikat, Gesprächspartner und Angesprochenem zu feiern.

Kann die Musik lügen?

... Er sah die deutsche Verlogenheit (...), er sah die deutsche Kunst völlig nackt. Alle – die Großen wie die Einfältigen – zeigten ihre Seele mit einer gerührten Bereitwilligkeit. Die Emotion schwappte über, es troff vor moralischer Noblesse, das Herz zerfloß in tollen Ergießungen: Die Schleusen öffneten sich der furchterregenden germanischen Sensibilität; sie verwässerte die Energie der Stärksten, sie ertränkte die Schwachen in ihren grauen Fluten. Es war eine Überschwemmung: Das deutsche Denken lag in tiefstem Schlaf. Und was für ein Denken manchmal, das eines Mendelssohns, eines Brahms, eines Schumanns und, in ihrem Gefolge, das der unzähligen Komponisten der emphatischen und weinerlichen Lieder. Alles seicht. Nichts Herausragendes dabei. Eine feuchte, ungeformte Tonmasse. Das war alles oft so nichtig und kindisch, daß Christophe nicht glauben konnte, daß das Publikum es nicht als Schlag ins Gesicht empfand. Wie konnten diese Leute sich ein eigenes Urteil anmaßen, wenn sie bereits im vorhinein von der Schönheit dessen, was sie zu hören bekamen, und von dem Vergnügen überzeugt waren, das es ihnen bereiten würde? Sie waren voller Respekt diesen heiligen Namen gegenüber. Warum sollten sie sie auch nicht respektieren? Sie respektierten das Programm, ihr Glas, vor dem sie saßen, sie hatten Respekt vor sich selbst. Man spürte, daß sie gefühlsmäßig alles, was sie mehr oder weniger an sie selbst erinnerte, für »hervorragend« hielten ...

... den Gipfel der Falschheit erreichte die deutsche Kunst nicht, als ihre Künstler Gefühlen Ausdruck verleihen wollten, die sie überhaupt nicht empfanden, sondern schon eher, als sie Gefühle ausdrücken wollten, die sie empfanden – und die falsch waren. Die Musik ist ein unerbittlicher Spiegel der Seele. Je naiver und gutgläubiger ein deutscher Musiker ist, desto genauer zeigt er die deutsche Seele, ihre Untiefen, ihre schlaffe Gefühligkeit, ihren Mangel an Offenheit, ihren etwas heimtückischen Idealismus, ihre Unfähigkeit, sich selbst zu sehen, sich ins Gesicht zu sehen. Dieser falsche Idealismus war die Schwachstelle selbst der Größten.«

Romain Rolland, *Jean Christophe, La Révolte*, ed. Ollendorf, Paris, 1906, S. 23–25

»Denn Deutsch ist vor allem – Musik ... Interessenkonflikte haben in Deutschland keine Sprache, sie bahnen sich ihren Weg indirekt ... Es wird von vornherein vorausgesetzt, daß man einig sei.«

Helmut Kohlenberger, *Briefe über Deutschland,* I.S.E. Prag 1997, S. 173

Vielfältige Optionen bieten sich Dir an. Befolge eifrig die dem Nietzscheschen Meister eigene Piste der »schenkenden Tugend«. Oder stimme dem Erblühen der Natur (*Physis*) zu, gemäß der Heideggerschen Bejahung. Erwecke in der Goetheschen Innerlichkeit den Geist Hellas' neu. Übertrage die Aura dieses *Fiat lux* auf die Märchen und Legenden (Grimm) oder das Kunstwerk (Schiller, Wagner, Benjamin). Nie wirst Du das Feld der eingeweihten Selbstaffirmation verlassen, von der Deine Interpretation sich nur als Echo und Verklärung begreifen kann. Das ist der Augenblick, in dem bei Dir wie bei jedem Deutschen die Sprache so singt, daß ihr erstes und letztes Wort ein Ja zum Leben ist, weil es das Ja des Lebens ist. Bei uns handelt es sich nicht darum, das Ja dem Nein entgegenzusetzen, sondern, mit den vielfältigen Weisen der Zustimmung zu spielen, seien sie auch noch so abgewertet. Nietzsche hört den Esel ja und amen sagen und hält eine äußerst mehrdeutige Eloge auf dieses heilige Tier.

Die Erfahrung des affirmativen Diskurses – unser Aha-Erlebnis – begründet sogar unsere Moral. Wenn sich Habermas heute für eine kommunikative Ethik einsetzt, wenn er sich auf den normativen Sinn der Selbstorganisation einer Gesellschaft und das rationale Potential der alltäglichen Kommunikationspraxis beruft[7], begegnest Du hinter dem Jargon der Frankfurter Soziologen einer prinzipiellen Position, die in drei Jahrhunderten nicht gewankt ist: Ich rede, also sind wir. Also muß die Gesellschaft sein. Also muß sie von den Normen geregelt werden, die die Diskussion erlauben, wodurch sie entsteht. Ausgewogene Debatten und zwanglose Argumentationen: Das ist die demokratische Bundesrepublik von heute.

Beachten wir die (evolutionären) Regeln, die unser Gemeinschaftsleben organisieren und von denen wir ein gelebtes Vorverständnis haben, ähnlich wie die Mehrheit der Kinder im großen und ganzen die Grammatikregeln respektiert, von denen ein vorschulisches, beinah »angeborenes« Verständnis vorhanden ist. Die Normen der Kommunikation im Kommunizieren – seien es auch Beschimpfungen – mit dem anderen zu übertreten hieße, sich des »performativen Widerspruchs« schuldig zu machen, das Gegenteil von dem zu tun, was man vorgibt zu tun, sich in den Schwanz zu beißen. Die konsensuellen Bedingungen der Diskussion leugnen hieße, die Möglichkeit zu zerstören, die jeder Diskurs besitzt, das »Aussagen um gehört zu werden«. Dann kann man sich gleich zur Selbstaufgabe verdonnern. Oder phantasieren und krank werden. So spricht der deutsche Geist.

Der hermeneutische Zirkel einer Sprache, die ihre eigene Affirmation voraussetzt, erzeugt den ontologischen Zirkel einer Gesellschaft, die die Strukturen entwirft, die sie ermöglichen. Kein Zirkelschluß, wie man glauben könnte, sondern ein gründender, also tugendhafter Zirkel. Denn in Wirklichkeit werden die Gesellschaft und die Sprache – wie der Gott der Antike – nicht geboren. Sie leben nur immer wieder neu auf. Sie produzieren sich selbst mittels einer »Dauerschöpfung«.

Woher kommt unsere Sicherheit hinsichtlich der Hegemonie der Affirmation mitsamt all ihren paradiesischen, ethischen, linguistischen und hermeneutischen Konsequenzen? Antwort: Wir garantieren die Affirmation gegen jede offensive Rückkehr der Negation und deren Begleiterscheinungen Täuschung, Lüge, Sophismus und Nihilismus. Was zu beweisen galt. Karl-Otto Apel, Logiker und Partner von Habermas bei der Einführung einer »kommunikativen Kompetenz« und eines »herschaftsfreien Diskurses«, packt aus: Der Teufel soll Harakiri machen. Oder, professoraler: »Daraus folgt, daß der Teufel, sofern er Mitglied einer Argumentationsgemeinschaft sein wollte, sich in bezug auf deren Mitglieder (alle Vernunftwesen!) für immer so verhalten müßte, als ob er den Egoismus, und damit sich selbst, überwunden hätte.«[8] Oder brutaler: »... daß der Teufel nur durch den Akt der Selbstzerstörung von Gott unabhängig werden kann.«[9]

Weiter oben habe ich den Begriff der »optimistischen Hermeneutik« zur Qualifizierung der »positiven« Sprache, die unsere drei Jahrhunderte pädagogischer Autorität gestützt hat, eingeführt. Ja, kann man sich einen ausufernderen Optimismus vorstellen? Was für ein Fund! Ein Teufel, der sich die Kugel gibt allein bei dem Gedanken, zum Herrn auf Distanz zu gehen! Ach, hätte die Bibel das geahnt!

Diese Komödie in der Hölle mit dem Selbstmord des Eigentümers am Schluß findet ihre irdische und prosaische Entsprechung in dem, was ihr den »Sinn des Dialogs« nennt: Willst du reden, leg die Waffen nieder.[10]

So nützlich es einem patentierten Egoisten zuweilen scheint, die Feindseligkeit zu unterbrechen, handelt es sich doch nichtsdestoweniger nur um »ein pathologisch abgenötigtes Abkommen«. Kant wandte ein, man bleibe weitab vom Schuß, weit entfernt von der »moralischen Bekehrung«, die einen »ewigen Frieden« verspricht.

Als er seinen philosophischen Frieden auf die Republik gründete, führte Kant jedoch ein Argument ins Feld, das mit denen von Apel verwandt ist. Einen Krieg zu erklären, bemerkte er, heißt ja für den Normalbürger, daß er ihn gegen sich selbst erklärt, denn er muß alle Unbilden des Krieges erdulden. Die Fürsten gehen ihren Launen nach und stürzen, ohne sich groß in Widersprüche zu verwickeln, die anderen in höchste Gefahr. Ein kriegerisches Volk schickt sich selbst in den Tod, sei es auch nicht als Ganzes. Also ist sein Verhalten selbstmörderisch. Logisch absurd. So schlußfolgert abermals der deutsche Geist.

Habermas wiederholt diese prinzipielle Position und hält den Intellektuellen des 20. Jahrhunderts vor, sich eines großen Verrats schuldig gemacht zu haben. Das heißt, sie waren wie so viele andere töricht kriegerisch, aber darüber hinaus verfehlten sie ihre eigentliche Pflicht, selbst logisch zu bleiben. Sie haben den Ast abgesägt, auf dem sie saßen. Sie waren bereit, die Grundlagen der Gesellschaft und der Sprache zu kappen, deren Zeugen und Hüter sie hätten sein sollen. Habermas vergißt dabei, daß Kants republikanischer Friede der Gesamtheit der Bürger die Sorge überträgt, ihre Prinzipien zu bewahren und in ihrem Sein zu erhalten. Weswegen das 20. Jahrhundert gezeigt hat, daß die Völker allesamt die unverbiegbare Moralität der erfahrenen Welt verraten haben. Wenn Habermas inbrünstig einen Sicherheitsrat (der UNO) herbeiwünscht, dessen Mitglieder am gleichen Strang ziehen müßten, kann man sich mühelos das Gelächter vorstellen, das den neuen Habermas des Jahres 2096 schütteln wird angesichts der unglaublichen

Leichtigkeit des alten, Probleme zu regeln und sie für gelöst zu halten. So kommt der deutsche Geist unerschütterlich wieder in Gang.

Daß die Wege und die Mittel des ewigen Friedens für unsere Zeitgenossen noch obskurer wirken als für Kant, ist unerheblich, ich wollte ironisch erhellen, wie sehr das utopische Programm als Programm und trotz seiner evidenten Utopie unerschüttert bleibt. Erkenne mit mir zusammen das unveränderliche Argument, das seit Leibniz und Kant eine derart unerschrockene Überzeugung begründet: Wenn Du aus Pflicht handeln willst, mußt Du, sei es auch bis in alle Unendlichkeit, die Möglichkeit postulieren, daß Tugend etwas mit Wirklichkeit zu tun hat. Und wenn Du Dich weigerst, zu reden, weil Du nichts zu sagen hast, eine unvergleichlich widersprüchliche Aktivität, muß Du glauben, daß die Worte Sinn machen, mußt Du Dich dem anderen öffnen, indem Du wechselseitige Verhältnisse der Anerkennung knüpfst, mußt Du voraussetzen, daß die Welt bereit ist, Dich anzuhören, und daß Deine Reden auf sie wirken. Das sind die Requisiten der Leibnizschen Harmonie in seiner *Theodizee*.

Ein Teufel, der sich einen Strick um den Hals legt aus Liebe zum Satz vom ausgeschlossenen Widerspruch (Apel) oder der sich zu lügen untersagt, weil er derart viel Vergnügen am Sprechen findet (Habermas), ist eine leicht beschränkte Figur im Theater der deutschen Philosophie. Um Mephisto dazu zu zwingen, die Waffen niederzulegen, überbieten sich unsere großen Denker an Raffinesse und Konzepten. Sie feilen ihre »Listen der Vernunft« als Teufelsfallen aus, sie wissen, daß die Schlinge weniger leicht zu legen ist, als es unsere Zeitgenossen erträumen.

Selbst wenn das Böse unreduzierbar widersprüchlich wäre, würde es nicht aufhören zu existieren, weil, bemerkt Leibniz, antinomische Begriffe aufeinanderfolgen können. Die Zeit verbindet sie. Die wirkliche Aufgabe der Kultur ist nicht darauf beschränkt, die Augen vor den tatsächlichen Übeln zu schließen, indem sie als logisch unmöglich dekretiert werden. Das Zeitliche, sagt Hegel, ist die Weltgeschichte, »die Schlachtbank, auf welcher das Glück der Völker, die Weisheit der Staaten und die Tugend der Individuen zum Opfer gebracht werden«[11].

Den Teufel zum Selbstmord treiben, die Schändlichkeiten von der Bühne zwangsweise zu verjagen, zivil und zivilisiert zu werden, den Stall des Augias auszumisten, all diese Anstrengungen erfordern definitionsgemäß Herkulesarbeit, die außerdem widersprüchlich ist. Die Menschheit befreit sich aus der Knechtschaft durch die Knechtschaft und kehrt gegen den Teufel die Waffen, die dieser erfand. Im Grunde existieren die Dämonen tatsächlich, man muß sie nur lehren, daß sie sich selbst opfern müssen, anstatt die anderen zu opfern.

Dieser gigantische, von unserer Bildung lancierte Bluff wird im »Prolog im Himmel« inszeniert. Goethe lädt dazu ein, die Verbrechen und das Umherirren seines Helden von oben herab zu betrachten. Als Individuum verirrt sich Faust und bewirkt seine Verdammung. Vermutlich. Aber als Vertreter der menschlichen Gattung, mit seinem langen Marsch zur Klarheit hin, stellt er sein Ansehen wieder her. Zumindest wird das durch Mephistos Visitenkarte unterstellt, dieser Kraft, die stets das Böse will und stets das Gute schafft. Gewinnen die Himmlischen die Partie? Ist Faust gut? Stellt sich der Pakt mit dem Teufel als menschlich rentabel heraus? Befördert die Bösartigkeit das Glück der Menschheit? Goethe lehnte es ab, die Moral aus seinem Werk zu ziehen. Gewonnene Wette? Verlorene Wette? Hat der Teufel gesiegt? Ist der Teufel besiegt? Keinesfalls unterschreibt der Dichter die »logischen« Beweise der Nichtexistenz des Bösen, die die rationalisierende Aufklärung (Leibniz) behauptete und die Mephisto selbst seinem Schüler zuflüsterte: Das Böse ist nur ein Traum der eingeschlafenen Vernunft; kaum wacht sie auf, schon verflüchtigt sich der böse Traum – »wir haben ja aufgeklärt!« Teufel nochmal, wir haben alles aufgeklärt!

Eben. Das vorgetäuschte Verschwinden des Bösen ist nur eine zusätzliche Bösartigkeit des Bösen, das nie so anwesend ist, als wenn es behauptet, abwesend zu sein. Wenn Faust mitten im Hexensabbat sein Gretchen als lebendig und mit abgetrenntem Kopf phantasiert, kehrt Mephisto beruhigend zurück und flüstert ihm zu: Allein die Abergläubigen geben der »Liebe zur Illusion«, der »Lust zum Wahn« nach. Die schlaue Figur weiß genau, daß die Liebe zur Illusion in sich selbst so wenig illusorisch ist, daß sie, wie das der Fall ist, zum Verbrechen zu bewegen vermag. Die Bedeutung des Teufelspakts liegt in dem Raum, der einem Bösen eingeräumt wird, dessen Realität vorher erkannt ist.

Fausts Prolog führt Gottes Urteil ein und führt in Gottes Urteil ein. Gott urteilt. Gott wird beurteilt. Zur Definition dieser relativen Symmetrie, in der Gottheit und Menschheit miteinander abrechnen, hat Leibniz den Titel seines Hauptwerkes gefunden: *Theodizee*. Gerechtigkeit von und durch Gott.[12] Der Doppelsinn ist beabsichtigt: Um Gottes Sache zu vertreten, um sich bescheiden zum Anwalt des Allmächtigen und nicht abrupt zum Richter des Richters einzusetzen, muß man sich zumindest vertraut machen, Zugang zum allerhöchsten Gericht bekommen. Leibniz spielt mit dem objektiven und subjektiven Genitiv, den sein »Gottesurteil« impliziert, und inthronisiert damit eine Vorstellung der Verantwortung, der eine große Zukunft versprochen ist: »Auch in unserer Zeit findet es mehr oder weniger statt, daß die Ehrfurcht vor dem Bestehenden nicht mehr vorhanden ist und daß der Mensch das Geltende als seinen Willen, als das von ihm Anerkannte haben will«, präzisiert Hegel.[13]

Das Gute jenseits des Bösen oder die Theodizee nach Leibniz

Unsere Betrachtung ist insofern eine Theodizee, eine Rechtfertigung Gottes, welche Leibniz metaphysisch auf seine Weise in noch unbestimmten, abstrakten Kategorien versucht hat, so daß das Übel in der Welt begriffen, der denkende Geist mit dem Bösen versöhnt werden sollte. In der Tat liegt nirgends eine größere Aufforderung zu solcher versöhnenden Erkenntnis als in der Weltgeschichte. Diese Aussöhnung kann nur durch die Erkenntnis des Affirmativen erreicht werden, in welchem jenes Negative zu einem Untergeordneten und Überwundenem verschwindet, durch das Bewußtsein, teils was in Wahrheit Endzweck der Welt sei, teils daß derselbe in ihr verwirklicht worden sei und nicht das Böse neben ihm sich letztlich geltend gemacht habe.

G. W. F. Hegel, *Vorlesungen über die Philosophie der Geschichte*, Werkausgabe, Suhrkamp, Frankfurt am Main, Bd. 12, S. 28

»Und wer nicht segnen kann, der soll fluchen lernen!« – diese helle Lehre fiel mir aus hellem Himmel ... Ich aber bin ein Segnender und ein Ja-Sager, wenn du nur um mich bist, du Reiner! Lichter! Du Licht-Abgrund! – in alle Abgründe trage ich da noch mein segnendes Ja-Sagen ...

Das aber ist mein Segnen: über jedwedem Ding als sein eigener Himmel stehn, als sein rundes Dach, seine azurne Glocke und ewige Sicherheit: und selig ist, wer also segnet!

Nietzsche, *Also sprach Zarathustra III, Vor Sonnenaufgang*, Werke, Schlechta, Bd. II, S. 415.

»Ende gut, alles gut«

Hollywood, *Code Hayes.*

Wie sind die Gunstbezeugungen der Vorsehung mit den bodenständigen Kalamitäten zu vereinbaren? Diese alte Frage, die Bayle im 17. Jahrhundert neu aufwarf, beantwortet Leibniz damit, daß er denjenigen, der sie stellt, zu einer unerläßlichen Elevation auffordert. Von Gottes Standpunkt aus ist die Schandtat des Sextus, der Lucretia vergewaltigte, ein notwendiges Böses, die *Conditio sine qua non* einer global positiven Weltordnung.

Als Goethe ein Jahrhundert später sich bereit erklärt, seinem Vertrauten Eckermann auf die Sprünge zu helfen, bietet er ihm eine ähnlich makrokosmische Vision an.

»Ich aber bete *den* an, der eine solche Produktionskraft in die Welt gelegt hat, daß, wenn nur der millionste Teil davon ins Leben tritt, die Welt von Geschöpfen wimmelt, so daß Krieg, Pest, Wasser und Brand ihr nichts anzuhaben vermögen. Das ist *mein* Gott!«*

Achtung! Das Elend der Welt wird nicht ausgeblendet, es wird nur in seine Schranken verwiesen – als nebensächlich in den Hintergrund gedrängt. Glaube nicht, daß wir uns in stoischer Manier damit begnügten, die Endlichkeit der Sterblichen ins Feld zu führen, jener armen, in einer Ecke des Bildes eingeklemmten, das Ganze zu bewerten unfähigen Wesen. Dann bliebe uns nur noch, den Kapriolen der Pseudoweisen selbstlos nachzukommen, die sich darauf konzentrieren, das zu rechtfertigen, was zu rechtfertigen unseren Horizont übersteigt. Für die »Sache Gottes« einzutreten, die »Theodizee« zu verantworten, bedeutet mehr. Der Grund des Bösen, dieses prächtige Geheimnis des Schöpfers, muß der Kreatur enthüllt werden.

Die Denker der Antike, insbesondere die Skeptiker und die Stoiker, faßten die Endlichkeit in Räumlichkeitsbegriffe. Die Kleinheit der mikroskopischen Wesen erlebt man dann als erdrückt von der Größe des Universums. Hingegen begegnet bei uns der Mensch seinen Grenzen, wenn er in die Zeit eintaucht.

* Goethe zu Eckermann, 20.2.1831, in: J.P. Eckermann, *Gespräche mit Goethe*, Aufbau, Berlin 1962, S. 600 f.

Die Beziehung zum Bösen verschwindet nicht, sie erfährt eine Umwandlung. In der Unruhe des Begehrens, Lockes *Uneasiness*, erkennt Leibniz das Unbehagen, das ein schwer zu ertragender Mangel hervorruft. Er betont, und das ist neu, die Positivität einer solchen Betrübnis. »Die Unruhe ist der hauptsächliche, um nicht zu sagen einzige Stachel, der den Fleiß und die Tätigkeit der Menschen antreibt. Denn welches Gut man dem Menschen auch vorstellen mag, er wird es nicht begehren und noch weniger sich anstrengen, um es zu genießen, wenn der Mangel dieses Gutes nicht von einer Unlust oder einem Schmerz gefolgt ist.[14] Zwischen Schmerz und Lust gibt es keine dauerhafte Lösung. Das eine würzt die Suche nach dem anderen. Mehr noch, die Beziehung des Mittels zum Zweck, weit davon entfernt, schlicht utilitaristisch zu sein, erweist sich als unmittelbar und ästhetisch. Der Kummer hält uns wach und bei Atem, in sich trägt er eine »Verwandtschaft von Lust und Schmerz«[15]. Jene, erinnert Leibniz, die Sokrates empfindet, als »die Füße ihn jucken«[16], von den Ketten befreit. »Im Grunde hätte man ohne diese halben Schmerzen keine Freuden.«[17]

Die psychologische Analyse stellt fest, Schmerz und Lust seien selten voneinander »rein«. Aus dieser faktischen Evidenz macht die Philosophie eine rechtmäßige Zugehörigkeit. Der Kummer »erweckt«, verhindert das »träge Werden«, jenes ontologische Ertrinken, das pausenlos auf das in die Zeit versunkene Sein lauert. Weil der Christ in Agonie liegt, sagt Pascal, weil das Fleisch in Agonie liegt, ergänzt Leibniz, dürfen wir, können wir nicht eindösen.

Ähnlich wie ich mich in der Zeit auf mich zurückbeziehe, stachle ich mich mittels des Schmerzes an. Unser »Pakt« mit dem Teufel, unser Sein in der Krankheit und im Schmerz ist unmittelbar an dem Phänomen ablesbar, eine Selbstbehauptung der Existenz. Unnötig, über seinen Schatten zu springen, um sein eigenes Leiden zu überfliegen! Vermeiden wir, sie von einem äußeren, außerweltlichen Gesichtspunkt aus zu legitimieren. Der Sinn des Schmerzes ist am Schmerz selbst abzulesen, als ein Kampf um das Leben. »Im Deutschen nennt man den Pendel einer Uhr Unruhe, das heißt ›inquiétude‹. Man kann sagen, daß etwas Gleichartiges in unserem Körper ist, das niemals vollkommen zur Ruhe kommt.«[18]

Leibniz begnügt sich nicht damit, eine andere Welt zu postulieren, die uns mit ihren jenseitigen Lichtern erhellen würde, im Herzen der Phänomene sucht er die Behauptung, die sie begründet, indem er ihr in ursprünglich aktiver Kraft entfaltetes Wesen erforscht – *vis primitiva activa*. Diese Kraft äußert sich unter dem Doppelaspekt einer dumpfen Regung – *appetitio* – und einer nicht unbedingt reflektierten Wahrnehmung. Bei den vernunftbegabten Wesen zeigt sich das doppelseitige Leben in der Dualität von Verstand und Wille. Von Leibniz an überdeterminiert das Primat des »Willens« das ganze deutsche Denken. Es bezeugt keinen suspekten, gar antiintellektuellen oder irrationalen »Voluntarismus«, sondern markiert eher eine neue Weise, seinen Verstand zur optimistischen Entschlüsselung des Realen anzuwenden.

Die Phänomene präsentieren sich chaotisch, die Wahrnehmungen folgen einander, indem sie sich nicht oder nur wenig ähneln. Keinerlei deduktive Ordnung hebt die Kontingenz des Manifesten auf, auf den ersten Blick organisiert keinerlei Logik dessen Kohärenz ... Und dennoch ist die Wissenschaft möglich, merkt Leibniz an. Die Anordnung der Unordnung ist das Werk einer Vernunft, die sich nicht darauf beschränkt, passiv, empirisch die Phänomene zu betrachten oder sie aus formalen Regeln abzuleiten, sondern sie zu entwerfen wagt: »Ich betrachte die Infinitesimalmengen als nützliche Fiktionen.«[19]

Das Wunder der mathematischen Physik ist, daß sich diese »Fiktionen« als realer erweisen als die Bilder der Realität, die lange und traditionell für wahr gehalten worden sind. Als der Mathematiker Leibniz eine unglaubliche Berechnung findet, die die sich »verschwundenen« Größen einführt, trifft der Physiker Leibniz die noch unglaublichere Feststellung, daß eine solche Berechnung anwendbar ist und daß sich tatsächlich die verschwindenden Mengen in der Welt der Dinge verflüchtigen. »Zuweilen undurchführbare Operationen bringen Dinge hervor, deren Konstruktion möglich ist oder deren Erklärung sich in der Natur findet: Minuszahlen, Bruchzahlen, inkommensurable, imaginäre.«[20]

Wir haben es gesehen, ähnlich wie die Sprache von der ihr innewohnenden Affirmation ausgehend interpretiert gehört, ähnlich engagiert sich die Vernunft bis hin zur Wurzel der Dinge, wenn sie den obskuren Willen – *appetitio* – aufbringt, der die vielfältigen Facetten ihres Zutagetretens organisiert (*perceptio*). Das Sein und das Erkennen werden von derselben positiven Kraft durchzogen – einem *Streben*, wird Goethe sagen. »Wer immer strebend sich bemüht, den können wir erlösen« (Faust). Die Theodizee ist nicht das Hin und Her zwischen dem Menschen und Gott, die einander fremd geblieben sind. Sie rekonstruiert die Bewegung der Enthüllung, die den Dingen den beharrlichen Grund, der sie sichert – *appetitio* –, und den Hintergrund der Phänomene, in denen sie sich äußert, zurückgibt – *perceptio*.

Die mathematische Vernunft spiegelt sich vorweggenommen in der Natur. Diese große Entdeckung von Leibniz vollendet die moderne Physik, leitet die technische Beherrschung eines Planeten ein, der unseren »nützlichen Fiktionen« unterworfen ist. Du weißt besser als ich, wie viele Exegeten diese Geschichtsphilosophie hervorgebracht hat. Linkshegelianer, Rechtshegelianer, Etatisten und Revolutionäre, Verkünder eines Epos, das seinem Ende zuneigt oder das das 20. Jahrhundert in den Horizont einer Rivalität zwischen dem russischen Asien und dem amerikanischen Außen-Abendland stellt. Ich erspare Dir ihre Expertenquerelen und, oft genug, Marktschreiereien. Ein einziges Detail interessiert mich. Es entgeht einem häufig, weil es unüberprüft akzeptiert wird. Es hängt mit dem Los zusammen, das ihm die verschiedenen Interpreten dessen, »was vergeht«, einstimmig zuweisen. Wörtlich genommen kommt »vergehen« von gehen, flankiert von einem negativen Präfix: ver. Nun bedeutet vergehen vorüberziehen, verschwinden. Wie Du gesehen hast, erfährt das Problem des unendlich Kleinen bei Leibniz hauptsächlich eine mathematische Behandlung, die Hegel ungenügend findet.[21]

Ich bitte Dich jedoch, hinter diesen methodischen Differenzen ein und dieselbe Faszination zu bemerken. Das rigorose Ausweichen, das das Rechnen offenbar vornimmt, wenn es eine kleinere Differenz als jede in einer Serie feststellbare Differenz mit null gleichsetzt, ist der Entdeckung des Steins der Weisen gleichzusetzen. Leibniz zufolge manifestiert sich auf diese Weise das Gesetz der »Kontinuität«, das die Schöpfung bestimmt. Hegel zufolge ist das der Moment, an dem die qualitativen Beziehungen die quantitativen ablösen, an dem die mechanische Physik vor der Chemie der Wahlverwandtschaften zurücktritt. Was heißt das? Es ist das Verhältnis von Tod und Geburt, das im Geheimnis der »verschwindenden Größen« ans Licht kommt.[22]

Die mit der Infinitesimalrechnung bewaffnete Vernunft wagt es, ins Wasser zu springen, scheint die Kontrolle über ihre Rechnung zu verlieren, spielt mit einer zweifachen Schätzung. Sie arbeitet im Ungewissen, taucht in dessen Nacht unter, und die Rechnung geht auf. Sie hat den Vorhang gelüftet, die Nase hinter die Kulisse gesteckt, das Unbekannte gepackt und sich in ihm wiedergefunden. Zur Wiedergabe einer derart sonderbaren Kapriole greift Hegel auf die Schlüsselbegriffe seiner Philosophie zurück. Beispielsweise: *aufheben*, überholen im simultanen Sinn von bewahren, sublimieren. Anderes Beispiel: *Auflösung*, zugleich Lösung und Auflösung. Der Mathematiker entdeckt unerwartet, daß der Wahn zu rechnen weniger wahnhaft ist, als es scheint, und daß sich seine berufliche Leidenschaft, seine Lust zum Wahn, wie Goethe sagt, als List der Vernunft, wie Hegel sagt, entpuppt.

In einem unvergleichlich gigantischen und pathetischen Ausmaß, unter Einsatz von Egoismen, Verbrechen und Kriegen, um in ihrem verheerenden Wirbel ein zivilisatorisches Werk zu vollbringen, erscheint die Geschichte »wie eine Schlachtbank, auf welcher das Glück der Völker, die Weisheit der Staaten und die Tugend der Individuen zum Opfer gebracht werden« (Hegel). Das himmlische Gericht des »Geistes« wird auf Erden mit Eisen und Blut verifiziert, ähnlich wie Goethes olympischer Prolog seine Weisheit durch die Katastrophen bestätigt erfährt, die das Paar Mephisto/Faust entfesselt. »Nicht die allgemeine Idee ist es, welche sich in Gegensatz und Kampf, welche sich in Gefahr begibt; sie hält sich unangegriffen und unbeschädigt im Hintergrund und schickt das Besondere der Leidenschaften in den Kampf, sich abzureiben. Man kann es die List der Vernunft nennen, daß sie die Leidenschaft für sich wirken läßt.«[23] Der Sinn der Geschichte, das ist die Geschichte eines Sinns, der sich mit unsinnigen Mitteln behauptet und bestätigt.

Kommunikation, Wissenschaft, Geschichte: Die entscheidenden Vorstöße der abendländischen Zivilisation werden als die übereinstimmenden Fassungen einer »Theodizee« verstanden, die dem nicht zu Rechtfertigenden eine überlegene Justiz entgegensetzt, die es legitimiert und ausschöpft. »… das Übel in der Welt überhaupt, das Böse mit inbegriffen, sollte begriffen, der denkende Geist mit dem Negativen versöhnt werden (…). Diese Aussöhnung kann nur durch die Erkenntnis des Affirmativen erreicht werden, in welchem jenes Negative zu einem Untergeordneten und Überwundenen verschwindet …« (Hegel).[24] Am Ende der Rechnung zählen die Toten nicht.

Das ist das erhabene und feierliche, vielfältig variierte, doch immer wiederholte Geheimnis, das das deutsche Denken ununterbrochen in allen Nischen der menschlichen Situation zelebriert: Das Böse und das Negative werden zurückgedrängt, begrenzt, zusammengedrückt – »verschwindende Größen«. Das ist Iphigenie, die bereit ist, für ihre Reinheit ihre Freunde zu opfern; sie, deren Reinheit darin besteht, die Menschenopfer abzuschaffen. Das ist *dx/dy*, was null gleich und ungleich null ist. Das ist auch Cäsar, dem die Begründung des Reichs gelingt, und der doch nicht an die Macht kommt.[25]

Schließlich rechtfertigt die Spekulation das Märchen, eine Disproportion besteht fort zwischen dem Input, unseren individuellen Leidenschaften, und dem Output, der Arbeit der Vernunft und der Zivilisation. Inzwischen ist der berüchtigte Flugschreiber, in dem die Zauberer arbeiten, beinahe, aber nicht ganz durchsichtig geworden. Der einzelne opfert sicher nur sich selbst, er ist egoistisch und leidenschaftlich, seinem »Verschwinden« aber haftet vage etwas von einem Wunder an. Das singuläre Sein stirbt. Die flüchtigen Institutionen, Staaten, Kulturen ziehen vorüber. Das Böse scheidet dahin, mischt Opfer und Henker im Beinhaus der Individualitäten. Nur das Substantielle bleibt, nur der Geist, nur der Sinn. Die Unvernunft und die Verworfenheit geben vor der »Erkenntnis des Affirmativen« nach und landen in Bedeutungslosigkeit und Vergessenheit. Dem Steinhauer Falconet gegenüber, der den freizügigen Skeptiker mimte, wandte Euer Diderot ein, daß das Individuum vergänglich, die Gattung Mensch aber unendlich sei und somit das auf den Altären der Vergangenheit geschlachtete Brandopfer den Menschen rechtfertige, der sich verzehre. Das moderne Individuum opfert sich stets nur der eigenen Ewigkeit. Der Gattung, sagst Du? Keiner animalischen, sondern einer geistigen Gattung, der Unsterblichkeit des Sinns, die durch die Hinrichtung der Unsinnigkeiten erprobt wird. »Das Vergehen, das Nichts, das nicht das Letzte ist, sondern vergeht.«[26]

Prä- oder poststabilierte Harmonie, hermeneutischer Zirkel, List der Vernunft: allesamt begründete Überzeugungen der deutschen Philosophie. Das ist der Grund, weshalb die säkularen Zusammenbrüche in Deutschland unsere musikalische und religiöse Seele nie restlos erschüttert haben. Wie Goethe, guter Kenner Napoleons, nahelegt, beherrscht der politische Teil die Tragödie. Sie endet schlecht, weil wir dort dem Schicksal, das heißt uns selbst, in Form eines anderen begegnen. Allein die Kunst, die Religion und das denkende Denken sind diese Gegenschicksale, die uns zum Erkennen unserer selbst, zur fröhlichen Wissenschaft erheben.

Wir kultivieren dann die Selbsterkenntnis als das Glück des Geistes, der im Spiegel des Universums seine triumphierende Himmelfahrt feiert. In diesen auserlesenen Momenten befinden wir uns tausend Meilen von der Tragödie entfernt und folgen Dante, wie er von Beatrice geführt wird.

Über allen Gipfeln ist Ruh.

Dieser Vers ist genauso berühmt wie unübersetzbar. Goethe sieht auf den Gipfeln (den Orten des Erhabenen) die Ruhe (den Frieden, den jede an ihren natürlichen Ruhepunkt gelangte Bewegung erfährt) und das Sein (Ist). Und von weither hört man schon ironischerweise, wie sich unbeabsichtigt der erste Vers der Nationalhymne ankündigt.

Brief IX

Auf der Suche nach der sozialen Bindung

Ein interkontinentaler Streit · Péguy gegen Jaurès · Schalamow gegen Dostojewskij · Kant gegen die Postkantianer · Die »Seh-Sucht« · Leben, Arbeit, Sprache: drei Fahrstühle zum siebten Himmel

Aus Paris

Endlich bricht Dein Brief ab. Nichts wäre einfacher gewesen, als ihn endlos fortzusetzen, aber dann hättest Du Deine Rede nuancieren müssen. Als Extra hättest Du die Ungerechtigkeit betonen können, die das Konzert der denkenden Denker lenkt. Schenkt man Hegel Glauben, ist dann Leibniz' Gott keine »Gosse, worin alle die Widersprüche zusammenlaufen«[1]? Nicht verlegen, der Chefdialektiker! Nachdem Hegel die endlosen Umwege oder den Leibnizschen »metaphysischen Roman« verspottet hat, der die diesseitigen Probleme weiter nach oben delegiert, ersetzt er, ohne mit der Wimper zu zucken, die prästabilierte Harmonie seines Vorgängers durch eine nicht minder außergewöhnliche poststabilierte Sinfonie. Bedeutet die Behauptung, die Menschen würden, ohne es zu wissen, ihre eigene Geschichte machen – das heißt eine einzigartige und an Sinn reiche Geschichte –, nicht, von einem Menschheitsorchester zu träumen, in dem jeder seiner Eingebung folgt, ohne Partitur und ohne sich um die benachbarten Improvisierer zu kümmern? Weshalb postulieren, daß aus einem derartigen Potpourri eine himmlische Melodie und keine unbeschreibliche Kakophonie entsteht? Dieses musikalische Wunder machte die Epigonen und Nachfolger verlegen, die um die Dirigierung eines halluzinierten Orchesters wetteiferten.

Eure Hermeneuten, von Schleiermacher über Gadamer bis Habermas betäubten sich ähnlich, sie hielten es für unbezweifelbar, daß zwei Menschen, die miteinander reden, einander hören. Und wenn sie einander hören, verstehen sie sich. Und wenn sie sich verstehen, haben sie klammheimlich ihre Differenzen beigelegt, um sich gegenseitig und implizit das Primat der Suche nach dem Wahren gegenüber der Verbreitung des Falschen einzugestehen. Worauf jeder die Medaille der guten, von böswilligen Streiten freien Nachbarschaft an die Brust des anderen heftet. Kurz: Verstehen heißt sich verstehen; Kommunikation ist gleich Kommunion. Kennt Ihr denn nicht die eingeschworenen Feinde, die einander genauestens kennenlernen und bedenken wollen, damit sie einander bequemer umbringen können? »Der Haß bewohnt den Gegner, erforscht seine Tiefen und zergliedert die feinsten Wurzeln der Absichten, die er in seinem Herzen hegt. Wir erkennen ihn besser als uns selbst und besser als er sich selbst erkennt. Er vergißt sich, wir vergessen ihn nie.«*

Das Vorurteil des Optimismus beschränkt sich nicht auf die philosophischen Höhen, die einem nicht alpinistischen Publikum verborgen bleiben. Die Literatur, die Kunst und die Politik unterhalten es. Endlose Menschenmengen begleiteten den Leuchtturm-Poeten, unser nationales Ruhmesblatt und Prophet der schließlichen Versöhnung, zu dessen letzter Ruhestätte:

L'archange ressuscite et le démon finit;
Et j'efface la nuit sinistre, et rien ne reste,
Satan est mort; renais, ô Lucifer céleste!**[2]

Drei Jahrhunderte lang berauschte sich Europa an erbaulichen Hymnen, die den Sieg des Tages über die Nacht feiern. Ihr besitzt nicht, liebe deutsche Freunde, die Ex-

* Heinrich von Kleist teilte diese Ironie, was sein Epigramm beweist, das mit dem Doppelsinn von »versprechen« spielt. »Was? Du nimmst sie jetzt nicht und warst der Dame versprochen? Antwort: Vergib, mein Lieber, man verspricht sich ja wohl.«

** Der Erzengel zu neuem Leben erweckt, und der Dämon geschlagen; / Und ich lösche die finstere Nacht aus, und nichts bleibt, / Satan ist tot; leb wieder auf, o himmlischer Luzifer.

klusivrechte der rosigen und kitschigen Träume. Allerdings seid Ihr im ganzen Kontinent dessen unbestreitbare philosophische Fürsprecher. Diese Originalität verleitet die Prediger aller Schattierungen und Länder dazu, ihre letzten Argumente bei Euch zu suchen. Wie 1800 Madame de Staël und 1900 die *Normaliens* sind zahlreiche unserer Zeitgenossen über den Rhein gepilgert, um die Erhebungen der Seele mit etwas Ernsthaftigkeit zu würzen und um ihre wogenden Busen in einen akademischen Panzer zu zwängen.

Gedanken ohne Grenzen

1826 schrieb Victor Cousin an Hegel: »Hegel, sagen Sie mir die Wahrheit. Ich werde davon alles an mein Land weiterleiten, was es verstehen kann.« Hegel darauf ironisch: »Herr Cousin hat sich einige meiner Fische genommen, aber er hat sie gut und loyal mit seiner eigenen Soße verwässert.« Trotz aller Abweisungen zieht sich in Frankreich eine verläßliche Faszination von der deutschen Philosophie durch diese Epoche. Kant, von dem Cousin behauptete, er sei einer der Urheber der französischen Revolution gewesen, wurde einer der Ziehväter des französischen Denkens, nicht nur deshalb, weil er zu den Autoren gehört, die in den Schulen gelesen wurden, sondern weil er über Renouvie einen entscheidenden Einfluß auf den größten Teil der Philosophen gehabt hat, so sehr, daß er in Frankreich an zweiter Stelle stand, genau hinter Descartes. Marx, Hegel und Nietzsche waren dann, besonders zwischen den beiden Weltkriegen, eine der Hauptquellen der Inspiration …

Es ist kaum möglich, den deutschen Beitrag zur französischen Philosophie klar herauszuarbeiten, man findet ihn überall. Er wurde viel wichtiger als der englische, dessen Präsenz man stärker in der Literatur spürte, da er das französische Denken bis zu den Wurzeln durchdrang. Die philosophische Union war in der Tat so eng, daß bestimmte französische Schriftsteller der dreißiger Jahre sogar ihren Geschmack an der »clarté« verloren und eine verquälte Dunkelheit Mode wurde und sich durchsetzte.

> Als die Franzosen sich von dem einen deutschen Einfluß befreiten, ersetzten sie ihn durch einen anderen. So wurde um 1900 Nietzsche das Symbol, unter dem man sich von Kant befreien konnte.
>
> Theodore Zeldin, *Histoire des passions françaises*, Bd. II, S. 131–132

Jaurès setzte dem »jeder für sich« der Franzosen die vorbildliche Moralität der Deutschen entgegen. »Luther ... hat ... das Verständnis wahrer Freiheit vorbereitet, das in der Ökonomie den Sozialismus ausmachen sollte.«[3] Solche scheinbar einträchtigen Predigten stifteten in den siegreichen Reihen der Dreyfus-Anhänger sehr bald Zwietracht. Charles Péguy, für vereinfachende Kurzschlüsse unzugänglich, zog sich den Zorn der offiziellen Theoretiker der Linken zu. Des »moralistischen Anarchismus« angeklagt, erwidert er heftig: »Werden wir jetzt an Stelle der christlichen Vorsehung eine laizistische Vorsehung in der Art des metaphysischen Monismus einführen?« Er geht noch weiter:

> Man könnte mit dem gleichen Recht sagen: Wenn alle Menschen Brüder sind, kann keiner sich anmaßen, den anderen zu unterdrücken; oder: Wenn alle Menschen Brüder in Jesus Christus sind, kann keiner sich anmaßen, den anderen zu unterdrücken; oder: Wenn alle Franzosen Kinder desselben Vaterlands sind, kann keiner sich anmaßen, andere zu unterdrücken; oder: Wenn alle Sozialisten das gleiche Generalkomitee haben, kann sich keine anmaßen, die anderen zu unterdrücken. Es gehören schon die Unschuld eines Kindes und die unverschämte Sicherheit, die ihr so liebt, dazu, um es zu wagen, derartige Heilmittel vorzuschlagen. Die gesamte öffentliche oder private Geschichte der Menschheit spricht gegen diesen gefährlichen Infantilismus. Die häuslichen Ressentiments, der

> innere Haß haben eine solche Schärfe, daß sie um vieles schrecklicher sind als die anderen bösen Gefühle.[4]

Diese Worte wurden Anfang dieses Jahrhunderts gesprochen. Das kriegerische, kolonialistische, totalitäre Unglück, das darauf folgte, gab der Anklage gegen den »Angelismus«, dem Ideal der Immaterialität, wegen gefährlichen Infantilismus recht. Satan hat seinen Geburts- und Wiedergeburtsschein immer noch nicht verschluckt.

Die Infragestellung des Optimismus geht weit über die französischen und deutschen kulturellen Mißverständnisse oder die endlosen, der internationalen Linken vertrauten Debatten hinaus. Kraft seiner Erfahrung und nach siebzehn Jahren Gulag aufgeklärt, hebt Warlam Schalamow ein langandauerndes Verleugnen hervor. Selbst Dostojewskij, der Fetischautor jedes russischen Dissidenten, soll die Wahrheit des Verbrechens und jene der Verbrecher verfehlt haben, denn »ein Verbrecher ist nicht ein Mensch, der einen Diebstahl begangen hat. Man kann stehlen, man kann sogar sehr systematisch stehlen, ohne ein Verbrecher zu sein, will heißen, ohne zu dieser Sorte verächtlicher Menschen im Untergrund zu gehören«, der Welt des Verbrechens. Was Schalamow entrüstet: »Von Gutenberg bis hin zu unseren Tagen ist die Welt des Verbrechens für unsere Schriftsteller wie für die Leser immer ein Buch mit sieben Siegeln gewesen. Die Autoren, die sich an dieses außerordentlich ernste Thema gewagt haben, haben es leichtfertig behandelt, sie haben sich von dem phosphoreszierenden Glanz des Ganoven verführen und mystifizieren lassen, haben ihm eine romantische Maske verpaßt und haben somit beim Publikum eine vollständig falsche Vorstellung von dieser verächtlichen und abstoßenden Welt, die nichts Menschliches hat, geweckt.«

Hinterfrage diese universelle Verblendung. Was macht

das Unmenschliche für die Menschen undenkbar? Weshalb vermögen derart zahlreiche kollektive Erfahrungen einer unglaublichen Grausamkeit kaum zu überzeugen, daß nicht jeder Übeltäter einen verkannten Jean Valjean in sich birgt? Weit von den gefallenen Engeln entfernt, bezeugen die Doktoren Mabuse eine ihnen eigene Erfindungsgabe in Sachen Verwüstung. Weshalb ihre Lust an Blut und Tod wollüstig poetisieren? Weshalb eine derartige Verbissenheit, Lumpen zu verklären? »Keiner der Romane Dostojewskijs enthält die Beschreibung von Verbrechern. Dostojewskij hat keinen gekannt, und wenn er einem begegnet wäre, hätte er sich als Schriftsteller von ihm abgewandt.«[5]

Es ist an der Zeit, die Zivilisation und die abendländischen Philosophien der Mahnung von Schalamow, dem Sträfling, zu unterziehen: Wie lange werden wir unseren Blick von dem Bösen abwenden?

Selbst wenn sie scheinbar modisch und wie von der Aktualität aufgedrängt wirkt, ist die Frage nach dem Bösen nicht neu. Sie geht den Ideologien, die vorgeben, sie zu ignorieren, und den Religionen, die vorgeben, sie zu beantworten, voraus. Das ist die älteste Litanei der Welt. Und Kant lächelt ironisch und treffsicher: »Daß die Welt im argen liege: ist eine Klage, die so alt ist, als die Geschichte, selbst als die noch ältere Dichtkunst, ja gleich alt mit der ältesten unter allen Dichtungen, der Priesterreligion.« Kant hebt sofort hervor, daß all diese poetischen und religiösen Antiquitäten mit der einen Hand das zurücknehmen, was die andere gibt, denn »alle lassen wohl die Welt vom Guten anfangen: vom Goldenen Zeitalter, vom Leben im Paradiese oder von einem noch glücklicheren, in Gemeinschaft mit himmlischen Wesen (...).« Indessen läßt sich der Philosoph nicht täuschen: Das Zugeständnis ist nur vordergründig, und diese »Gedichte«, Bibel und Theogonien zugleich, beschwören einen »Verfall ins Böse«, dessen Sturz, Beschleunigung und Bedrückung derart sind, daß uns scheint, JETZT nähere sich das Ende, der »Jüngste Tag«. »Dieses Jetzt aber ist so alt, als die Geschichte«, bemerkt Kant geistvoll.[6]

Das Böse, von Bösartigkeit, Verrat, Schmerz und Lüge eskortiert, ist ein Faktum. Evident. Unüberschreitbar. Der menschlichen Situation inhärent. Das ist eine Vorbedingung, von der aus gedacht werden kann, deren Vorhandensein jedoch nicht schlicht und einfach ignorierbar ist, ohne sich lächerlich zu machen.[7] Für die Kantsche Philosophie gibt es einige begründende, scheinbar unangreifbare Fakten, das Faktum der Vernunft beispielsweise, die mathematische Physik oder die »Stimme des Gewissens«. Das Vorhandensein des Bösen in der Welt ist eine ähnliche Urgegebenheit. Ich persönlich bin versucht, sie für bedeutender zu halten. Newton würde heute seine Welt nicht mehr erkennen: Die Stimme des Gewissens »babylonisiert«, sie hat einigermaßen Mühe, sich Gehör zu verschaffen, hingegen hagelt es Beispiele für das banale Vorhandensein des Bösen. Schalamows Frage ist der Stein, auf den unsere Kirche gebaut ist und von dem aus die der anderen hinterfragt gehört.

Hast Du in Deinen letzten Briefen Voltaires Kritik des Leibnizschen Optimismus nicht mit zu großer Unbekümmertheit und einer Spur Flegelei erledigt? Sicher beugte sich unser nationaler Ironiker munter den Erfordernissen der Satire und simplifizierte ungerechterweise ein Denken, das er im übrigen ziemlich genau beherrschte. Ich habe das Gefühl, daß er das Richtige trifft. Laß einen Augenblick das Schreckgespenst Pangloss beiseite, und befasse Dich mit der Philosophie, die hinter der Karikatur durchsickert. Denn was ist im Grunde ein Optimist? Nicht der selige Mieter der besten aller Welten, sondern derjenige, der sich vom Schlimmsten verschont wähnt, weil er dauerhaft über einen rechtskräftigen Mietvertrag für die Unterkunft verfügt, die am wenigsten schlecht ist. Im Grunde ist derjenige Optimist, der das Schlimmste für unmöglich hält. Erinnere Dich, Leibniz entledigte sich der Angelegenheit schnell: Gott übernimmt allein und ein für allemal den Übergang des Unmöglichen (des Widersprüchlichen) zur Koexistenz der Möglichkeiten. Gott berechnet, beseitigt das Schlimmste, das Chaos der Unmöglichkeiten, anschließend leitet er die am wenigsten schlechte der angemessenen Schöpfungen ein. Ist erst einmal diese Vorspeise zubereitet, wird die physische Welt der guten und bösen Begegnungen eine präregulierte Welt der Mitmöglichkeiten. Unmöglich, dort dem Unmöglichen zu begegnen. Gott hat es vorher vernichtet. Wenn der Mensch auf die Welt kommt, liegt das Schlimmste bereits hinter ihm.

Von seinem theoretischen und dunklen Putz befreit, ist das Szenario auf uns zugeschnitten. Der modische Optimismus behauptet nicht, daß alles gut und nichts böse sei. Er spielt den Bescheidenen. Er suggeriert, wir seien nach dem Gewitter geboren. Meine Lieben: Der Sturm, das war früher, die großen Ideologien sind gestorben! Seufzer der Erleichterung: Die Aktualität steckt nunmehr mit den Möglichkeiten unter einer Decke, alles ist möglich außer der Ankündigung, daß das Nichts möglich wäre. Die optimistische Behauptung nährt sich von der Negation der Negation: Das Unmögliche wird zunichte gemacht. Gott hat es am Vortag des ersten Tages erledigt, wenn nicht die Geschichte seine Entfernung in einer barbarischen Vorgeschichte übernommen hat. Wir Glückseligen! Das radikal Böse und die omnipotente Zerstörung gibt es, ja, ja, ja! Aber sehr weit weg in der Vergangenheit. Der Optimist im weitgefaßten Sinn harmonisiert im weitgefaßten Sinn. Er bringt die Wahrnehmung mit der Nichtwahrnehmung, das Unendliche mit dem Endlichen, das Maximum mit dem Minimum, das eine mit dem anderen, das Gute mit dem Bösen, den Tag mit der Nacht unter der einzigen Voraussetzung zusammen, daß die Harmonie gerettet wird, das heißt lebenslänglich siegt. Wir treten aus dem Nichts heraus, *ex nihilo*. Der Optimist meint: Qua Geburt haben wir es definitiv verlassen.

Leibniz gibt uns die erste, noch naive, weil unverhohlen wirkende Version eines Denkens, zu der Schelling später bemerkt: »Aber lieber wollte sie das Unbequeme ganz hinwegschaffen, das Unverständliche völlig auflösen in Verstand oder (wie Leibniz) in Vorstellung.«[8] Voltaire beging nur den Fehler, zu schnell ein unvergleichlich konsequentes intellektuelles System zu personalisieren, von dem Schelling schon 1815 erkennt, wie es um ihn herum herrscht, wenngleich er es bei sich selbst verkennt: »Der Idealismus ist das allgemeine System unserer Zeiten.«[9] Geschickt bezeichnet er damit weniger eine Sicht- und Auffassungsweise (später wird es Weltanschauung heißen) als eine Weise, nicht zu sehen, die Negation oder das Nichterkennen. Wovon? Das Nichterkennen »dieser positiven Neigung zur Finsternis«[10], »dies tatsächliche Widerstreben gegen alles Denken«[11], einer immerwährenden Kraft der Verneinung. Es wie Voltaire zu optimieren oder wie Schelling zu idealisieren bedeutet, »jenen sich selbst zerreißenden Wahnsinns, (der) noch jetzt das Innerste aller Dinge... beherrscht«[12], so systematisch wie möglich auszublenden. Die Idealisten, »mit der ewig wiederholten Versicherung von der Harmonie und wunderseligen Einheit des Weltalls«[13], IDEALISIEREN die Welt, das heißt, sie LEEREN sie von Schrecklichem, sie verdrängen, »daß der wahre Grundstoff alles Lebens und Daseins eben das Schreckliche ist«[14].

Der Idealismus ist die finale Methode des nicht dummen Optimisten, dem die Makel, welche das Werk der Menschen und das Werk Gottes verunstalten, nicht entgangen sind. Er minimiert die Risse der Schöpfung. Er reduziert sie auf weltliche, aber nicht weltweite, auf irdische, jedoch nicht himmlische Zwischenfälle, ähnlich wie Hegel zufolge die Leidenschaften das Einzelereignis stören, ohne die allgemeine Ordnung aus den Fugen geraten zu lassen.

Glanz und Elend des Idealismus

Der philosophische Geist kann, seiner Natur gemäß, in keinem Lande allgemein verbreitet sein. Indes gibt es in Deutschland eine solche Neigung zum Grübeln, daß die deutsche Nation vorzugsweise als eine metaphysische Nation betrachtet werden kann. Sie hat einen solchen Überfluß an Menschen, welche imstande sind, abstrakte Fragen zu verstehen, daß sich sogar das Publikum für die Argumente interessiert, die in Erörterungen dieser Art vorgebracht werden.

Jeder Mensch von Verstand hat seine eigene Ansicht von philosophischen Fragen. Schriftsteller der zweiten und dritten Ordnung haben in Deutschland noch Kenntnisse, welche gründlich genug sind, daß sie anderswo an die Spitze treten könnten. Die Nebenbuhler hassen sich in diesem Lande, wie in jedem anderen; aber niemand würde in die Schranken zu treten wagen, ohne durch gründliche Studien seine aufrichtige Liebe für die Wissenschaft, die ihn beschäftigt, bewiesen zu haben.

Es könnte scheinen, als ob ein philosophisches System, welches dem menschlichen Willen, soweit er frei und unabhängig ist, eine allmächtige Wirksamkeit zuschreibt, den Charakter kräftigen und von äußeren Umständen unabhängig machen müßte. Aber man hat Ursache zu glauben, daß politische und religiöse Institutionen allein den öffentlichen Geist zu bilden vermögen und daß keine abstrakte Theorie ausreicht, um einer Nation Tatkraft zu geben. Denn man muß gestehen, daß die Deutschen unserer Zeit durchaus nicht das haben, was man Charakter nennt. Sie sind tugendhaft und rechtschaffen, als Privatleute, als Familienväter, als Staatsbeamte; aber ihr gefälliger und zuvorkommender Diensteifer gegenüber der Macht verursacht ein schmerzliches Gefühl, besonders wenn man sie liebt und sie für die aufgeklärtesten spekulativen Verteidiger der menschlichen Würde hält.

Madame de Staël, *Über Deutschland*, Insel tb 623, Frankfurt 1985, S. 554/555 und S. 596

Der globale und unvergängliche, dem Universum zugewiesene Sinn zwingt die zerstörende Flamme unter Hausarrest.

Die Handbücher und Nachschlagewerke bezeichnen unter dem Etikett »deutscher Idealismus« die philosophischen Gedanken, die das Böse als Zwischenfall minimieren und das europäische 19. Jahrhundert und vermutlich unseres über ihre existentialistische, marxistische, heideggerianische und postmoderne Saat prägen. Jede Bezeichnung ist unpräzise, jeder Taufname wird mit vom Zufall bestimmt. Ich akzeptiere diese Willkür und begnüge mich damit, unter dem Begriff »Idealismus« weniger ein Gedankensystem als ein optisches System zu sehen. Hinsichtlich der Organisation der Begriffe neigt jeder Denker dazu, die ihm innewohnenden Widersprüche zu ignorieren, wenngleich er erbarmungslos diejenigen seiner Kollegen bemerkt. Untersuche daher lieber den gemeinsamen Wahrnehmungs- oder Nichtwahrnehmungsmechanismus hinter der intellektuellen Kohärenz oder Inkonsequenz der offiziell registrierten Systeme. Es handelt sich nicht darum zu wissen, ob und wie Leibniz, Schelling und *tutti quanti* das Sein und das höchste Sein, das Gute, das Schöne und das einzig Wahre konzipierten. Mir geht es darum aufzuspüren, wie unser Zeitgenosse, gestützt auf diese Fanale der Spekulation, es anstellt, nichts anzustellen, und wie er sieht, um nicht zu sehen.

Stimmt man mit Kant überein, daß Dichter, Religiöse und Philosophen von Anfang an der Herausforderung der zur Verzweiflung treibenden, fortwährenden Existenz des Bösen ausgesetzt sind, wollen wir untersuchen, wie die postkantischen Jahrhunderte die älteste Angst des Sterblichen, der sich als Sterblicher weiß, ausgelagert haben.

Pangloss, Ausbund von dümmlichem Optimismus, verkündet ohne Umschweife die Nichtexistenz des Bösen. Der, ich gestehe, raffiniertere deutsche Idealismus unterschlägt es sanft.

Deine großen Geister, mein Lieber, ernannten das Verschwinden zum höchsten Stadium und zur endgültigen Lösung für alle Probleme. Leibniz weihte das Verfahren ein, als er die bis dahin sich widersprechenden Vorgänge, die die neuen Prozeduren der Infinitesimal- und Integralrechnung ermöglichten, »verschwindende Größen« nannte. Die Wortspiele mit Grund und Abgrund unterwerfen sowohl die Dynamik der Geschichte (Hegel), die Geheimnisse der Mythologie und der Religion (Schelling) als auch das Familienleben dem Glanz eines solchen Zauberstücks. Die Kinder sind der Tod ihrer Eltern (Hegel) exakt in dem Maße, wie sich die Eltern über ihre Nachkommenschaft verlängern und neu leben. Somit entdeckten die großen deutschen Denker den Stein der Weisen, der die Dunkelheiten des Eros in erlösende Ekstasen verwandelte.

Ihr Zauberstab garantiert, daß die grausamsten kriegerischen und revolutionären Stürme ins Gelobte Land führen. Tod und Auferstehung, verkündet Dionysos. Marschiere und krepiere, werfen die nationale Begeisterung und der Glaube, der den Himmel zu stürmen verheißt, als Echo zurück.

Der »negativen« Philosophie, unter der Schelling Aristoteles, Descartes und Kant versammelte, mußte eine

»positive« Philosophie folgen, die eigentliche Aufgabe des deutschen Denkens. Zur Vollendung dieser titanischen Leistung mentaler Regenerierung mußte das Geheimnis der antiken Esoterik und der Initiationswege, die von der uferlosen Beunruhigung zur grenzenlosen Verzückung führen, neu gefunden werden. Der Ausgangspunkt: »alles Furchtbare, Schauern, Zittern, Angstschweiß und Entsetzen«[15]. Aber dann! »... dann aber kommt ein wundervolles Licht den Einzuweihenden entgegen oder glänzende Ebenen und Auen mit Stimmen und Chortänzen und ehrwürdigen, heiligen Leuten und göttlichen Erscheinungen.«[16] Dieser letzte und siegreiche Augenblick stellt eine paradiesische Beziehung wieder her, in der sich der Sterbliche von seiner Endlichkeit lossagt und die »Epoptie« oder vollkommene Vision der Vollkommenheit erlangt.[17]

Glaube nicht, ich möchte Deine Meisterdenker zu vulgären Kirmeszauberern reduzieren. Schmach über die kalifornischen Gurus! Die deutschen Philosophen verkaufen weder Rezepturen noch Arzneibücher, die unverzüglich die Tore zum siebten Himmel öffnen. Ihre Subtilität läßt sich selten zu diesen unwürdigen Methoden herab. Ganz im Gegenteil legen sie Wert darauf, eine relative Bescheidenheit hinsichtlich prophetischer Vision und Epoptie zu demonstrieren. Selbst Marx weigert sich gelegentlich, für den Unterhalt der Zukunft zu sorgen, und Nietzsche pflegt eine gewissenhafte Zurückhaltung. Keinen Augenblick hält er sich für den Übermenschen, der der Verkünder Zarathustra ankündigt.

Im Unterschied zur alten ist die moderne Epoptie kein optisches System, das sich dem Guten akkommodiert (dessen vollständige und vollkommene Sicht stets auf morgen verschoben wird). Hingegen wendet sie sich dem Bösen zu, um dessen Ausmaß einzuschränken und die

Sicht darauf zu verstellen. Dialektiken der Geschichte, Listen der Vernunft, initiatorische Ekstasen und Glaubensbekenntnisse überbieten sich darin, um die Übel des Daseins zu vorübergehenden Mißgeschicken zu verklären, die zwischen einem Vorher, das sie ignorierte, und einem Nachher, das sie loskaufen wird, eingeklemmt sind. »Dieses Streben selbst ist das unverwerflichste Zeugnis dafür, daß das menschliche Bewußtsein ursprünglich in dieser Erkenntnis gewesen ist und in ihr sein sollte.«[18]

Bemerke, wie sehr allein die Anstrengung von Belang ist. Es sind nicht mehr die Visionen des Guten und der Fülle, die zählen, sondern die Arbeit zu deren Erlangen. Mit ihr und durch sie, noch ehe sie vollendet ist, »überragen« wir die vorhandene Angst und Ruhelosigkeit.

Vielleicht wirst Du einwenden: wozu sich mit den verrückten Begriffen beschäftigen, die in zwar illustren, jedoch verblichenen Köpfen kreisten? Sie ruhen in Frieden in zwar geachteten, jedoch massiv ignorierten Büchern. Ich stimme Dir zu: der Einfluß der Philosophen und Denker, wer immer sie auch seien, ist im höchsten Maße beschränkt. Er grenzt an Bedeutungslosigkeit. Stärker als deren eigene Fähigkeit zum Handeln oder deren Macht, ein Handeln auszulösen, beschäftigt mich die Durchlässigkeit, über die so außerordentlich spekulative Köpfe sich in die Zwangsvorstellungen einfädeln, die dunkel und verborgen die große Öffentlichkeit quälen.

Partnerschaft: deutsche Philosophie und französische Politik
Ist der Saint-Simonismus junghegelianisch? Gewiß nicht, wenn damit eine genaue philologische Kenntnis von Hegels Texten gemeint ist oder man an Saint-Simons eigene ökonomische Überlegungen denkt. Hingegen verrät alles, was mit der Philosophie der Geschichte, deren Erschließen einer Zukunft, deren Überschreitung in eine Philosophie der Aktion

und der gesellschaftlichen Praxis, was mit dem Übergang der Metaphysik zur Ethik, über spinozistische, wenn nicht gar schellingsche Konzepte vermittelt, zusammenhängt, eine Parallelität mit dem später aufkommenden Junghegelianismus, der nur über ein tatsächliches Vordringen der deutschen Philosophie in das intellektuelle Leben unter der Restauration und der Juli-Monarchie erklärbar ist. Die Träger dieses Vordringens sind überwiegend Schüler von Victor Cousin, worunter zahlreiche Anhänger Saint-Simons aufzuzählen wären. Die privilegierten Beziehungen von Cousin und Fans, von C. L. Michelet und Lechevalier erlauben gar, sich die Frage zu stellen, ob die Vorzeichen des Junghegelianismus in Deutschland und Saint-Simons Lehre nicht zwei parallele Phänomene sind, die aus einem vergessenen Austausch gleichzeitig hervorkamen. Jedenfalls erlebte das Deutschland des jungen Marx, wie eine Lehre, zu deren Ausarbeitung es beitrug und mit der es sich zwecks ihres definitiven Übergangs zur Praxis auseinandersetzte, ins Land zurückkehrte, ohne daß es sie als seine erkannte. Eine Umsetzung des Hegelianismus, für die der Saint-Simonismus bereits eingetreten war. Zwar hat der deutsche Idealismus von dem geträumt, was die Französische Revolution vollbracht hat, der Saint-Simonismus jedoch versteht sich explizit als Neuaneignung des theoretischen Traums von der Praxis.

Michel Espagne, in: *Regards sur le saint-simonisme et les saint-simoniens*, Presses universitaires de Lyon, Lyon 1986, S. 68

Der deutsche philosophische Optimismus manifestiert die Grundeuphorie, die drei Jahrhunderte lang die europäische Zivilisation umtreibt. Was erzählen uns die gefälligen Helden der Idee? Schelling, den ich vorher zitierte, suggeriert, daß die von der Philosophie derart leidenschaftlich gesuchte Wahrheit allein kraft der zu ihrer Suche aufgebrachten Leidenschaft existiert. Der Beweis mittels entfalteter Hartnäckigkeit beruht, wie Du sagst, auf der performativen Selbstbehauptung oder, weniger galant ausgedrückt, auf dem berufsbedingten Idiotismus. »Da ich mich damit beschäftige, ist das, womit ich mich beschäftige, über jeden Zweifel erhaben.« Der Gedankengang mag schief scheinen; denn wenn ich sage, daß Du einen Vogel hast, bedeutet das noch lange nicht, daß Dir auf einmal ein Vogel aus dem Mund flattert.

Dennoch. Das aufgeklärte Europa geht darüber hinweg. Es nimmt seine Rede, seine Arbeit und sein Leben derart ernst, daß es sie ähnlich munter heiligspricht, wie der Denker sein Denken kanonisiert. Da man nicht reden will, um nichts zu sagen, muß notwendigerweise postuliert werden, daß die Sprache stärker bezeichnet als verwirrt und daß in ihr die Wahrheit über die Täuschung siegt. Ähnlich soll das Leben sich bewähren, sich fortsetzen, sich entfalten, das heißt den Tod besiegen und verdrängen.

Die Sprache, die im wesentlichen nicht lügt. Die Arbeit, die sich nicht zerstören läßt. Das Leben, das sich ewig reproduziert. Das sind die drei »Transzendentalien«, die die Erkenntnis des modernen Europas begründen.[19] Das sind die Verankerungen seiner literarischen und wissenschaftlichen Kultur. Das sind die fundamentalen Werte, worauf sich selbst seine perversen Ideologien berufen. Die rassistischen Diskurse stützen sich auf ein mutmaßlich reines und unzerstörbares Leben, dessen unvergängliche Eigenschaften qua biologisches Erbe weitergereicht werden. Die angeblichen Transparenzen einer Muttersprache, die nicht schwindelt, nähren die nationalistischen Ausgrenzungen und die integristischen Vorurteile. Der Kult der notwendig schöpferischen Arbeit entfesselt unbeabsichtigt eminent verwüstende Mächte. Es nützt nichts. Drei Primate sind scheinbar unerschütterlich: das Primat der offenen gegenüber der falschen Rede; das Primat der Produktionsverhältnisse gegenüber den Destruktionsverhältnissen; das des Lebensimpulses gegenüber den Todestrieben. Dies sind die drei tragenden Säulen eines globalen Optimismus, den Deine Philosophie krönt. Zweifel ist nicht angesagt.

Auf drei Wegen glaubt die Menschheit ihre Gebrechlichkeit zu überwinden. Indem sie die materiellen Existenzbedingungen erzeugt. Indem sie die Regeln der Kommunikation einvernehmlich übernimmt. Indem sie sich reproduziert. Arbeit, Sprache, Leben sind gleichsam Gattungstätigkeiten, mit denen der vergängliche einzelne *hic et nunc* das berührt, was ihn überschreitet. Die ephemeren Wesen, die eine sich ihnen entziehende Zukunft und Vergangenheit ergreifen, scheinen von einem Ewigkeitsstrudel aufgesaugt zu werden.

Das ist der Schlüssel zum spekulativen Geheimnis: Der schwache Sterbliche glaubt zu retten, wo er doch verschwindet, sich von seiner kümmerlichen Hülle lossagt und in der Ewigkeit der Gattung wiederauflebt. Weder das Leben noch die Sprache, noch das Können verschwinden mit seiner Existenz. Der moderne Philosoph fügt sein Körnchen Salz hinzu: Ein derart großes Geheimnis begrenzt sich nicht auf die letzte Minute der letzten Stunde, es beginnt in jedem Augenblick neu. Der Mensch fällt in der Vergangenheit pausenlos in Ohnmacht und kommt zu sich selbst zurück, von der Zukunft ausgehend, die er als sprechendes, lebendes, produzierendes Wesen entwirft. Deswegen zeichnet Schelling, nach Hegel, keinen jenseitigen Gott eines jenseitigen Lebens, kein totes, unbewegliches Wesen, sondern reflektiert in ihm das höchste Leben überhaupt. Die Gattung dient als Brücke zwischen der göttlichen Epiphanie und der menschlichen Existenz.

Gott und Mensch lehren sich gegenseitig zu leben, der eine über die Verkörperung, der andere über die Alchemie des Verschwindens. »Der Glaube an die allgemeine Fähigkeit der Materie, wieder in geistige Eigenschaften erhöht zu werden, hat sich durch alle Zeitalter mit einer Beständigkeit erhalten, die allein schon auf seinen tiefen Grund schließen ließe, und hängt so mit den liebsten und letzten Hoffnungen des Menschen zusammen, daß er wohl nie wird vertilgt werden können … Alles, was um uns vorgeht, ist, wenn man will, eine beständige Alchemie.«[20] Der totalen Vertilgung entzogen. *That's the question!*

Erinnere Dich an diesen platonischen Mythos, der den reinen Seelen als Belohnung eine philosophische Sauerstoffmaske zusichert: Am Ende ihrer irdischen Laufbahn, vor der nächsten Reinkarnation, erhalten sie das Privileg, die Nase aus dem Kosmos zu strecken, damit sie die Ewigkeit der ultrahimmlischen Wahrheiten betrachten können. Dieser kurze, jedoch erhabene visionäre Moment lebt im modernen Platonismus in dem Augenblick neu auf, in dem der vor schöpferischer Energie überquellende, poetisch besessene, vor Liebe vergehende Mensch mit seinem Gattungswesen fusioniert und sich verewigt.

Mit anderen Worten, der Mensch erzeugt die Früchte aus seinem Fleisch, aus seinem Genie, aus seinen Händen. Mit anderen Worten, der Mensch ist von DEM Menschen nicht zu lösen. So wie Grammatikfehler die Grammatik nicht umbringen, setzt sich auch im Krieg der Geschlechter die Fortpflanzung fort. Die Konkurrenz der Produzierenden heizt die Produktion an. Die Fortpflanzung, sicherer Boden, endlich gefundener Sockel des Optimismus, unterwirft sich, wie versprochen, Mephisto und wendet sich von ihren punktuellen Zerstörungen ab und dem Fortbestand des Ganzen zu.

Im transzendentalen Spiegel der Arbeit, des Lebens und der Sprache ist die menschliche Situation in ihrer Essenz wie in ihrer Existenz vor der Gefahr einer »totalen Vernichtung« bewahrt. Opa, sag mir, was ist Idealismus? Nichts einfacher als das, mein Kind: Idealismus ist, einen Sonnenaufgang zu sehen, wenn man eine Kerze anzündet, das sagt schon Nietzsche.[21]

Drei, das ist zuviel. Die der menschlichen Gattung als Gattung eingeräumte, quasi göttliche Immunität entfacht einige Querelen neu. Sobald ein »transzendentales« Register gezogen wird, werden dem auserwählten Medium schnell alle Tugenden zugewiesen und alle Laster betont, die die Konkurrenz aufweist. Für Nietzsche ist das Ganze im wesentlichen Leben, das Dasein hier und jetzt ist als ewiges zu erfahren, *haec vita sed sempiterna*. Das erlaubt ihm, die durch und durch servile und korrumpierende Arbeit, wenn nicht gar die häufiger lügende als wahrhaftige Sprache der Schmach preiszugeben. Für Marx ist das Allerheiligste die Selbstproduktion der Menschheit durch sich selbst. Worauf er den Kult der Sprache als Tempel der Wahrheit oder den der Natur als heilige Stätte des Lebens als täuschende Fetischisierung anprangert. Da ihr Beruf auf sie abfärbt, kosten die Professoren die »Ehre der Menschen«, die »heilige Sprache« (Valéry) aus und zeigen sich um so entschlossener, den »Produktivismus« oder die »Lebensimpulse« zu maßregeln. Die falsche Bindung wird noch komplizierter, denn jeder drängt sich in seiner bevorzugten Sphäre darum, die authentische von der unauthentischen Weise, sie zu feiern, zu unterscheiden: Nieder mit dem Bürger, der die Arbeit in Form des Goldes fetischisiert! Kampf den Christen, deren Unaufrichtigkeit ein Leben abgöttisch verehrt, das sie Gott opfern, damit er es ihnen als ewiges zurückgibt!

Das allgemeine Gemenge droht unentwirrbar zu werden, da sein Gegenstand nie in Frage gestellt wird. Alle setzen die Existenz des Unbezweifelbaren voraus. Alle glauben, daß der einzelne sich als fehlbar erkennt, gedenken aber seiner Gattung, die in irgendeiner Weise mit dem Wahren und dem Ewigen kommuniziert. Zwar versagt die Sprache ohne Schutzgeländer gegen die Lüge, der kollektive Produzent jedoch produziert in letzter Instanz das Wahre. Und wenn beide enttäuschen, gilt die Souveränität des Lebens als letzte Zuflucht.

Unermüdlich zanken sich die aufgeklärten Europäer und streiten um die Palme der höchsten Garantie gegen die »totale Vernichtung«. Ohne einen Augenblick zu untersuchen, ob die Voraussetzungen für eine derartige Sicherheit nicht auf einer einfachen Vermutung des Geistes basieren. Weshalb soll es wahrscheinlicher sein, daß etwas existiert, als daß nichts existiert, fragt man zuweilen in aller Eile, wie im Vorübergehen, ohne jemals die vielleicht trügerische Evidenz dieses »eher« zu hinterfragen. Sicher, es existiert etwas, angefangen mit uns selbst, die wir es behaupten; jedoch weshalb voraussetzen, daß wir »eher existieren als das Nichts«? Weshalb nicht »neben« oder »in Erwartung« des Nichts? In der Gewißheit dieses »Eher«, das selbstverständlich scheint, wird bereits unser unveränderliches Wesen und unsere Gattungsexistenz außer Frage gestellt.

Das Eigentliche des Optimisten besteht in der Vorstellung, daß wir »wahrscheinlicher als nichts« sind. Er hält dies für wohlbegründet. Der Optimismus im Quadrat der großen Spekulativen beabsichtigt, nachzuweisen, daß eine derart schmeichelnde Meinung wahr ist. Sie begnügen sich nicht damit, einen Tatbestand aufzuzeigen – Jean und Jacques sterben, aber der Mensch bleibt. Sie geben sich mit der biologischen Fortdauer nicht zufrieden, die bereits von Aristoteles an bis zu Diderot die allgemeine Gattung der Verletzlichkeit der Arten und Individuen, die sie umfaßt, entzieht. Eine solche animalische Ewigkeit scheint ihnen zu Recht ungewiß und wenig ruhmreich zu sein. Sie haben stärkere Argumente und zielen auf Erhabeneres ab. Die Beweislast bezüglich der menschlichen, daß heißt überanimalischen Unsterblichkeit fällt der Gattungsaktivität zu, die zur Charakterisierung des Menschen in seiner Menschlichkeit herangezogen wird:

1. »Am Anfang war das Wort.« Sobald die Individuen ein Wort riskieren, engagieren sie sich selbst nicht nur in einer Muttersprache, sondern in einer mütterlichen Sprache, die Teil einer Wahrheit ist, die über sie hinausgeht. Seit Leibniz wird die Sprache als performative Selbstbehauptung des Wahren begriffen. So unterschiedlich und polemisch die Urteile ausfallen, setzen sie sich nichtsdestoweniger als begründet voraus. Jedes führt seine Gültigkeit auf den einzigen Umstand zurück, daß sie sich nur *salva veritate* entgegenstehen. Die mangelhaftesten unter ihnen sind genötigt, der Tugend der vernünftigen Äußerungen die Ehre zu geben. So verbraucht und hohl die alltägliche Rede ist, birgt sie in sich die Möglichkeit einer sprechenden Rede, deren für die Leibniz-Anhänger mathematisches Privileg von Herder an auf die Kunst übertragen wurde, mit der Verpflichtung für jedes Volk, in seiner Sprache ein ursprüngliches Gedicht und eine implizite Weisheit neu zu entdecken. Somit: »Die Sprache der Chinesen ist ein Wörterbuch der Moral, das ist der Höflichkeit und guten Manieren.«[22]

2. Am Anfang war die Tat. Vorausgesetzt, man unterscheidet zwischen dem pragmatischen Handeln – einer mechanischen, Regeln unterworfenen Reproduktion – und dem gesetzgeberischen Vorgang, der diese Regeln einführt. Der aktive Optimismus geht über die Alternative der passiven Kontemplation und der servilen Agitation hinaus. Marx schreibt: »Das Zusammenfallen des Änderns der Umstände und der menschlichen Tätigkeit oder Selbstveränderung kann nur als revolutionäre Praxis gefaßt und rational verstanden werden.«[23]

Die authentische Praxis trägt in sich selbst die Theorie, ähnlich wie die reine oder geläuterte Sprache den Sinn befördert. Die Effektivität der Tat stellt sich keineswegs der Idealität der Spekulation entgegen. Nietzsche zufolge ist die Gattungsaktivität uneingeschränkt Idealisierung, schöpferischer Rausch, Sieg über das widrige Geschick. Mit der transzendental begriffenen Handlung zwingt der Optimismus der Welt sein Gesetz auf. Wenn er dafür auch seine Zerstörung riskieren muß, siehe 1917.

3. Am Anfang war das Leben ..., abermals gattungsbezogen, insofern es permanent sein eigenes Überleben sichert. Ähnlich wie der Organismus nicht die Existenz der anorganischen Materie leugnet, die er tatsächlich »organisiert«, maskiert das wesentliche Leben weder den Tod, den es überwindet, noch flüchtet es davor. »Dionysos ist eine Verheißung des Lebens: es wird ewig wiedergeboren und aus der Zerstörung heimkommen.«[24] So soll der Schmerz nicht verachtet, sondern geschätzt werden. So soll er optimistisch als Stimulans und Würze der Lebensenergie optimiert werden. So auch das Leiden, die Nostalgie, die Melancholie, alle zu Unrecht für traurig befundenen Leidenschaften, die über einen Bumerang-Effekt das lebendigste Leben preisen.

4. Am Anfang war die Offenbarung. Sie allein stattet die vorhergehenden Aktivitäten – sprechen, handeln, leben – mit dem Gattungsprivileg aus, die Menschlichkeit des Menschen zu manifestieren. Der einfältige, exoterische Optimist beschränkt sich darauf, den Glauben von Pangloss zu übernehmen: Das Gute siegt über das Schlechte. Der spekulative, esoterische Optimist enthüllt das Geheimnisvolle und das Heilige der profanen Haltungen: Das Primat des Guten über das Böse wird nicht mehr buchhalterisch festgeschrieben, man setzt sich nicht mehr der Lächerlichkeit aus, das Unberechenbare berechnen zu wollen. Innerhalb der Gattungstätigkeit selbst hat das Licht zu erscheinen. In mir und durch mich überwindet die sprechende Sprache die gesprochene Lüge. Beziehungsweise bewältigt der kollektive Produzent die zunichte gemachte Arbeit. Beziehungsweise findet

und beweist das Leben, das sich dem sich widersetzenden Leblosen entgegenstellt, sein Recht auf Ewigkeit. Die Listen der Vernunft (Hegel, Marx) und die Idealisierung großen Stils (Nietzsche) verwandeln die feindseligen Kräfte in zusätzliche Energien. Aus dem Hindernis machen sie ein Sprungbrett. Der unheilvollen Gefahr entnehmen sie die Ankündigung des absoluten Sieges.

Niemand vermochte besser als Schelling das Geheimnis wiederzugeben, das den plötzlichen metaphysischen Aufstieg von eigentlich banalen Haltungen motiviert: Ich rede, du arbeitest, er lebt, kein Grund zur Aufregung. Kein Grund, Gott zu spielen. Es sei denn, gewöhnliche Taten trügen eine außergewöhnliche Bedeutung in sich. Die nicht, wie in der klassischen platonischen Tradition, Sache einer anderen Welt ist, sondern die andere Wahrheit dieser Welt hier enthüllt, wie der moderne Platonismus meint. Die Gattungstätigkeit versteht sich als doppelbödig. Ich kommuniziere, also teile ich. Ich arbeite unter Leiden, also schaffe ich Wunderbares. Ich liebe, also verewige ich mich.

Glaubt nicht, daß diese Ausbrüche in Ruhe stattfinden. Sie entwickeln sich in der Polemik und stecken einen agonalen Raum ab. Das Außergewöhnliche entfaltet sich nicht außerhalb des Gewöhnlichen, sondern bekämpft und stürzt bewußt alle Verhältnisse um, entsprechend dem Gesetz der Offenbarung *per contrarium*. »Denn jedes Wesen kann nur in seinem Gegenteil offenbar werden, Liebe nur in Haß, Einheit in Streit«, bestimmt Schelling.[25]

Der naive Optimist hält es für unerläßlich, die traurigen Dementis auszublenden, die die Realität vorbringt. Der vornehme Optimist hilft uns aus dieser Verlegenheit und erklärt, »denn wo nicht Kampf ist, da ist nicht Leben (...). Wer keinen Stoff noch Kräfte zum Bösen in sich hat, auch zum Guten untüchtig sei.«[26]

Gelegentlich nennt Schelling, ähnlich wie Hegel, die antagonistische Komplementarität, die die Äußerung des Bösen als *Conditio sine qua non* der Offenbarung des Guten begreift, »dialektisch«. Gott braucht den Teufel, denn es »ist der höchste Triumph der Wahrheit, daß sie aus der äußersten Scheidung und Trennung dennoch siegreich hervorgeht.«[27]

5. Am Anfang war die Geschichte. Auf sich allein gestellt, droht das Gesetz der dialektischen Offenbarung den vornehmen Optimisten hängenzulassen. Er riskiert, ewig zwischen Schwarz und Weiß, Wahrem und Falschem, Begeisterung und Depression hin und her zu schwanken. Ihm bleibt nur die Erkenntnis übrig, daß die Beziehung zum anderen, so blutig sie auch sei, idealistisch eine Beziehung zu sich selbst ist. Wenn die Feindschaft Voraussetzung – der Schellingsche »Grund« – der Intimität ist, ist diese die Wahrheit, das höhere Prinzip der Feindschaft. Jede Offenbarung findet als Selbstoffenbarung statt. Allein die Zeit erlaubt, die Einheit widersprechender Begriffe zu denken, die sich im Augenblick, in der Krise, ausschließen und bekämpfen. Allein die Geschichte enthüllt die Harmonie, die der Zwietracht zugrunde liegt, wenn die Menschheit sich auf ihre Kosten weiterbildet, ihre Tugenden perfektioniert, indem sie ihre Laster vertieft und ihre Zivilisationen unter Verfeinerung ihrer Grausamkeiten entfaltet. Die Geschichte ist der hermeneutische Zirkel, in dem eine Sprache über die distanzierte Vermittlung ihres philologischen Wissens zur poetischen Wahrheit zurückfindet, die sie ursprünglich besaß.

Die Geschichte schließt sich in sich selbst ein und nivelliert sakrosankt die Nachgeschichte der frei und rational assoziierten Produzenten – in der das Böse nicht mehr existiert – auf die Vorgeschichte eines primitiven und spontanen Kommunismus, in dem das Böse noch nicht existierte. Die Geschichte verfolgt keinerlei Ziel, sie bewegt sich nirgendwohin. Sie ist die reine Offenbarung ihrer selbst, also bewegt sie sich von sich zu sich und läuft nur über sich selbst. Die Geschichte ist die ewige Wiederkehr (Nietzsche), eine sich als Subjekt setzende Wahrheit (Hegel), Selbsterzeugung einer Menschheit, die »sich nur Probleme stellt, die sie lösen kann« (Marx).

Papa, was ist philosophischer Optimismus? Das bedeutet, daß Probleme aufstellen bedeutet, ihre vorausgesetzte Lösung vorauszusetzen ... Das bedeutet, jedesmal, wenn man spricht, jedesmal, wenn man handelt, jedesmal, wenn man liebt, in einem hermeneutischen Zirkel ein Rad zu schlagen. Das bedeutet, sich vorzustellen, daß das schlimmste der unerläßliche Spiegel der Vollkommenheit ist, in der es schließlich untergeht. Das bedeutet zu spekulieren, Gott müsse Satan hervorrufen, um sich zu zeigen, ehe er ihn begräbt und besiegt. Das bedeutet, mit gelehrter Koketterie zu schließen, das Böse sei die einzige Erkenntnisweise des Guten – *Ratio cognoscendi* –, während das Gute der Daseinsgrund des Bösen sei – *Ratio essendi*.

Pangloss war vernünftig, verstand aber nichts von seiner Vernunft: »Nur kraft seines Willens ist der Ewige da, aber es hängt nicht von seiner Freiheit ab, sich eine andere Folge der Offenbarung zu erwählen als diejenige, die durch die Natur jener beiden Prinzipien bestimmt ist. Das Niedere ist in der Entwicklung notwendig vor dem Höheren ... Also muß auch notwendig der Zorn eher sein denn die Liebe, die Strenge eher denn die Milde, die Stärke vor der Sanftmut.«[28] Die Geschichte schreitet vorwärts, hin zu schlimmeren Ufern, sagt Marx. Die Massengräber, lieber Freund, sind genauso viele notwendige Stationen der Rückkehr zu sich selbst.

Am Anfang war Gott Feuer. Am Ende ist Gott Geist.

Zwischenzeitlich kultiviert sich Pangloss und erfaßt die Notwendigkeit dieser Folge, er läßt die Toten die Toten zählen, er läßt die Waisen verstummen, da er sie philosophisch gelehrt hat, die Waffen sprechen zu lassen.

Brief X

Und Voltaire erfand das Fernsehen

Das Europa von Lissabon bis Kolyma · Wie sich die Literatur als philosophischer erweist als die Philosophie, Beweis: *Candide* und *Archipel Gulag*

Du weißt, wieviel Gefallen ich an Euren großen Denkern habe. Ich gestehe das frei von jeglicher Ironie, ich glaube nicht, ihren Ruhm zu beeinträchtigen, wenn ich feststelle, wie unser 20. Jahrhundert unter dem Vorwand ihrer Autorität über das Jahrhundert von Pangloss siegte. Heidegger bietet die einzige Gesamtinterpretation des deutschen Idealismus, die seinem planetarischen Schicksal gerecht wird. Indem er eine Metaphysik des Willens – nach Nietzsches Art: Wille zur Macht und Wille zum Willen – aufspürt, liegt er richtig. Jedoch ist er vorschnell. Dieser Wille erweist sich in erster und letzter Instanz als Wille zur Offenbarung: »Denn ewige Zerrüttung, ewiges Chaos, ewige Qual und Angst ist unmöglich«, sagt Schelling.[1] Und weshalb unmöglich? Weil »aller Widerspruch … durch sich selbst sein Ende (findet)«. Und weshalb die Lösung garantieren? Weil der Ursprung von allem seine Sehnsucht nach der Offenbarung nicht aufgeben kann. Und warum? Weil er den Gegensatz will, damit daraus die Einheit hervorgehe.

Hätte Heidegger die Analyse seines Erbes bis zu diesem unvordenklichen, unüberschreitbar vorausgesetzten Wunsch, sich zu enthüllen, vorangetrieben, hätte er seine eigene Vorstellung von der »Enthüllung des Seins« in einem Nebengebäude des deutschen Idealismus einfrieden müssen. Sein Sinn für Verzicht oder Selbstkritik war zu bescheiden, um ihn einem derartigen Entschluß auszusetzen.

Es stand nicht von Anfang an fest, daß sich die Wahrheit gegen die Täuschung in Sachen Sprache durchsetzt.

Auch nicht, daß die Schöpfung stärker als die Zerstörung sei. Auch nicht, daß das Leben den Tod besiegt. Das optimistische Postulat einer Unfehlbarkeit der Gattung, die die individuellen Fehlbarkeiten überrage, verdient erwogen und kritisch gegengelesen zu werden. Lange bezogen sich die Streitigkeiten auf das Verkehrsmittel, nicht auf das Reiseziel. Die Gültigkeit der Eintrittskarten in das Jenseits der Gattung wurde angezweifelt, ohne dieses rätselhafte Jenseits zu hinterfragen oder anzufechten. Der Erste Weltkrieg ist nötig gewesen, damit das akademische, vornehme und herrschsüchtige Europa seine Sterblichkeit entdeckt. Es erkannte, daß die Nationen und Zivilisationen, nicht anders als die einzelnen, unter der Bedrohung einer »totalen Vernichtung« stehen.

Von Verdun bis Hiroshima näherte sich das Damoklesschwert gefährlich und wurde zum evidenten Schiedsrichter zwischen den Nationen. Es war auf planetarischer Ebene die Erwiderung auf die Sense, die von jeher auf die ergebenen Nacken lauert. Trotz der Offenkundigkeit der Todeserfahrung wurde die Nabelschnur der Ewigkeit der Gattung nie vollständig abgeschnitten. Valéry proklamiert zwar, die Zivilisationen seien »nunmehr« sterblich, nichtsdestoweniger behält er die Hoffnung, daß eine »Idee des Menschen« sie zu festigen vermag. Das in seinem Dasein schwankende Menschengeschlecht bleibt seines Wesens sicher. Auschwitz, das unvorstellbare Grauen des Zweiten Weltkriegs war nötig, damit auch die Idee des Menschen zerspringt.

Der für einen Augenblick entsetzte Bürger des 20. Jahrhunderts hat den Verdacht, fehlbar und verletzlich bis zur Idee hin, die er sich von sich selbst macht, zu sein. Er fragt sich, ob auf dieser alten Erde der Mensch nun tot sei oder nicht.[2] Nach Verdun befragte der Europäer die Ruinen und stieß auf seine Gebrechlichkeit. Nach Auschwitz befragen die Ruinen einen Überlebenden, der das optimistische Selbstbild zerreißt. Du wirst einwenden, er wird sich davon erholen. Vielleicht, doch in welchem Maße und um welchen Preis?

Das ideale Wesen des Menschen, dessen Verschwinden derart zahlreiche Intellektuelle beklagen, reduziert sich nicht auf die Blume, die der akademische Humanismus so liebt. Zur Definition der Humanität des Menschengeschlechts genügt es nicht, die wesentlichen Qualitäten mit existentiellen Energien zu verbinden. Noch weniger kommt es auf das Sortieren von Trivialem, Bedeutendem, Zufälligem und Permanentem an, damit das Phantombild des ursprünglichen Adams gezeichnet werden kann. Die idealistische Idee des Menschen bleibt eine Idee im eigentlichen Wortsinn. »Das schöne Wort der Griechen ›idea‹ sagt in der Tat nichts anderes als unser deutsches Wort Gesicht, und zwar in beiderlei Verstand, so daß es sowohl das Sehen und den Blick selbst als, was im Gesicht vorübergeht, bedeutet.«[3] Philosophisch gesehen starrt sich der Europäer, der Abendländer und bald jeder in den Trümmern, die er sät, selbst an. Er verliert das Gesicht. Physisch wie metaphysisch sieht er sich als »Kriegsversehrter«, wie jene vielen Kriegsversehrten von 1918, die als Tabakwaren- oder Lottoscheinverkäufer endeten! Die auf mörderische Losungen verdichtete heilige Sprache, der Kult der Arbeit, der die Vernichtungslager leitete, das Leben, von den Völkermorden zerfressen, die drei transzendentalen Werte, die drei Talismane der Gattung erlitten ein Fiasko. Sie erweisen sich als zumindest fälschbar, verderblich.

Bedeutet das, daß der Optimismus tot ist? Keineswegs! Der Optimist hat seine Tricks; er verfügt über vielfältige Auswege; er manövriert eine Maschine, die Sinn fabriziert. Sie zermahlt die schlechten Nachrichten und macht daraus gute. Ein solcher ein wenig alchimistischer Vorgang findet, wir sahen es, auf zwei Arten statt. Die eine naiv, die andere gelehrt. Die erste Methode ist die der reinen und schlichten Leugnung: Die unangenehme Information ist nur vordergründig betrüblich; sie birgt in sich die Ankündigung einer Wohltat. Die zweite Methode ist die subtilere der Verneinung: Das üble Ereignis wird als solches wahrgenommen, ehe es anschließend als Detail in ein befriedigendes Ganzes oder als notwendige Voraussetzung zu einer vollendeteren Vollkommenheit eingefügt wird. 1755 setzt Jean-Jacques Rousseau angesichts der dreißigtausend Toten des Erdbebens von Lissabon beide Argumentationstypen ein, um seinen unerschütterlichen Glauben in die göttliche Vorsehung aufrechtzuerhalten: 1. Diese Pseudokatastrophe soll als Geschenk des Himmels begriffen werden; sie erspart den Kranken, die Ärzte zu erdulden; sie erspart den Sterbenden die Qualen einer langen Agonie und die Notarkosten. 2. Die notwendige Strafe erteilt eine unverhoffte Lektion in Ökologie: ein Unglück, dank dem der Mensch zu leben lernt.[4]

Rousseau schlägt eine Brücke zwischen den molierischen Absurditäten der Pangloss und den hohen Spekulationen des deutschen Idealismus, der ihm seine Ehrerbietung erweisen wird. Er gleitet gutgläubig vom einen Register zum anderen und wendet dabei das einzige Postulat an, das in all seinen Facetten den Optimismus regiert: Das Böse ist nur im Horizont des Guten vorhanden und wahrnehmbar. *Sub specie boni.* Amen.

Mit ihren Großtaten von 1940 bis 1945 brach die Geschichte zwar alle Rekorde in Sachen Massaker, dennoch blühten die Überlegungen à la Rousseau bald wieder auf. In der Euphorie des Siegs über die Nazis gab man sich der angenehmen Vermutung hin, die Barbarei beschränke sich auf eine endgültig überholte Vergangenheit. Später wurde unter Zuhilfenahme des Manichäismus des

Kalten Krieges nicht weniger generös dem feindlichen Lager die Exklusivität des Verbrechens zugeteilt. Für die einen erklärte Stalin Hitler. Für die anderen rechtfertigte Hitler Stalin. Da zur Bewahrung eines von jeder Kompromittierung freien Ideals der Skandal eingeschränkt gehörte, verkündete die Rechte, die Konzentrationslagerdiktatur sei ein Kind der Linken, und die Linke beharrte darauf, das Umgekehrte nachzuweisen. Deshalb, meine Damen und Herren, überdeckte ein endloses Getöse häufig die Stimme von Solschenizyn. In unseren optimistischen Porzellanwarenläden wirkte der Mann wie ein Elefant.

Lissabon, der Gulag, das gleiche Trauma. Zweimal vertrieb ein restlos profanes und irdisches Erdbeben schließlich den Himmel. Gestern drohte der gutwillige und wohltätige Gott sich geschlagen zu geben. Heute riskiert der Gott der Geschichte, nicht mehr zu wissen, wo er die Füße hinsetzen soll. Zwar spielt die Masse der Opfer eine Rolle, doch noch stärker die Qualität des Ereignisses. Am 1. November 1755 brach die Hauptstadt Portugals zusammen. Es ist Allerheiligen. Die Kirchen zerdrücken die betenden Gläubigen, das Firmament fällt ihnen auf den Kopf. Voltaire gegen Rousseau. Und (der noch an die Vorsehung glaubende) Kant gegen (den bald kritischen) Kant. Goethe ist sechs Jahre alt, rückblickend datiert er auf diesen Tag sein Erwachen zur moralischen Unruhe, als sechzigtausend Menschen (er übertreibt), noch einen Augenblick zuvor sorglos und gesund, gleichzeitig ins Nichts geschleudert wurden.

1974 ist die rein faktische und quantitative Information nicht entscheidend: links wie rechts, die Elite weiß alles. Nur, daß Solschenizyn die Punkte auf die i setzt. Dem aufgeklärten Abendland zufolge wütet Kolyma im unüberschreitbaren Horizont des Marxismus. Wenn Lissabon, das genau an dem Tag aller Heiligen zusammenstürzt, die göttliche Vorsehung in Frage stellt, wie könnte eine als sozialistisch und sowjetisch gekrönte Welt der Konzentrationslager zwei Jahrhunderte derart geteilter Fortschrittlichkeit nicht anfechten? Die nationalsozialistischen Lager, das ging gerade noch, konnten eilig als lokale Barbarei, Ausrutscher, Vollendung einer Ausbeutergesellschaft, Sonderweg oder punktuelle Demenz klassifiziert werden. Die kommunistischen Lager berufen sich ihrerseits auf den Sinn der Geschichte und die pädagogischen Sonntage des Lebens, die, gib es zu, dadurch unausbleiblich beschmutzt werden.

Solschenizyn unterließ es, die bittere Pille zu versüßen, und brüskierte nicht nur die orthodoxen oder fanatischen Marxisten. Das Abendland der sechziger Jahre setzte in seiner Gesamtheit auf die Ost-West-Konvergenz der »Industriegesellschaften«. Die Ökonomie, die bei Liberalen wie in den unterschiedlichen sozialistischen Lehren die Schlüsselstelle innehatte, das vollständige Erbe der Systeme des vergangenen Jahrhunderts ging in dieselbe Richtung: Die allmähliche Fusionierung der »Infrastrukturen« oder »Technostrukturen« wurde unter der friedlichen politischen Koexistenz prognostiziert. Selbst die extreme Linke stimmte dem zu, wenngleich sie beide Blöcke gleichermaßen ablehnte, da sie die »Sklaverei« der Lohnarbeit nach amerikanischem Muster und die Sklaverei der Lagerarbeit nach sowjetischem Muster im Grunde für identisch hielt. Ford = Workuta! Der erste Band von *Archipel Gulag* schlug wie eine Bombe ein. Er ließ den wohlmeinenden Konsens zerbrechen.

Die Berufsoptimisten wetterten. Sie sind Legion, die im Gefolge von Pangloss sich darum bemühen, Billancourt nicht verzweifeln zu lassen, die dazu dienen, Auteuil und Passy nicht zu beunruhigen, die Schäflein zu besänftigen, der Wählerschaft zu schmeicheln und die Klientel zu beruhigen. Auf den ersten Blick erstaunlicher ist die geschlossene Front der namhaften Akademiker und ihnen vergleichbarer Personen gewesen. Mit der bemerkenswerten Ausnahme von Michel Foucault entrüsteten sich in Frankreich alle. Régis Debray herrschte die »Klageweiber des Frühlings« an, Jean-François Lyotard die »Medien«, die ihnen nachplappern. Gilles Deleuze hinterlegt in Buchhandlungen einen Text, der den Getreuen unentgeltlich übergeben wird: Er klagt »hohle« Konzepte an, genauso hohl »wie hohle Zähne«, er verdammt diejenigen, die »von Leichen leben« und sich erlauben, eine »Martyrologie, den Gulag und die Opfer des Gulags« zu erwähnen. Vordergründig bekennt er sich zur Linken und entrüstet sich »angesichts der Rechten, die ihren Zaster verteidigt«. In Wirklichkeit zielt der Einwand auf Tieferes, er glorifiziert den »wahren« Philosophen, denjenigen, der nuanciert und feinfühlig arbeitet, er geißelt die Zerstörer des guten Tons, die Abweichler, die »schlagende Argumente« bereithalten. Will heißen, bereits ein halbes Jahrhundert Lager und Dutzende von Millionen Massakrierte. Undezente Erwähnung! Gilles Deleuze ist darüber entsetzt: »Auf dem *Rive gauche* ist die Stimmung apokalyptisch.«

Da jene »Stimmung« über das linke Seineufer hinausschwappte, erreichte der erste Band von *Archipel Gulag* in französischer Übersetzung die Zahl von einer Million verkaufter Exemplare. Die Berliner Mauer stürzt in den Pariser Köpfen fünfzehn Jahre früher, bevor sie mit der realen Hacke niedergerissen wird. 1970 war die hiesige Intelligenzija mehr oder weniger marxistisch. 1977 erinnert sie sich kaum daran, es gewesen zu sein. Nichtsdestoweniger bleibt bei zahlreichen guten Autoren die Bezugnahme auf *Archipel Gulag* plump und ohne rechte Verankerung in der Philosophie. Jacques Derrida wiederholte die Anklage des »apokalyptischen Tons«.[5] Sein wie üblich kryptischer Text gibt dem, der ihn versteht, die Ehre: »Bekanntlich haben die apokalyptischen Schriften zugenommen, als die Zensur im Römischen Reich sehr stark war.« Im Breschnewschen Reich, folge bitte meinem Blick, war die Zensur ebenfalls wohlauf, daher ist eine verzweifelte Dissidenz nicht verwunderlich und ..., zehn Jahre danach, jedem sein Steckenpferd. Derrida kehrt zu Papa Marx zurück. Solschenizyn wird für ihn nur ein Mystiker à la Swedenborg und *Archipel Gulag* die modische Fassung der »Träumereien eines Visionärs« gewesen sein.

Unsere offiziell von allem abgekommenen und von nichts schockierten Postmodernen gaben sich ihren Aufwallungen hin. Schamhaft bis zur Prüderie wendet sich ihr keuscher Blick von den Gewalttaten des Jahrhunderts ab, ähnlich wie früher die viktorianische Gentry beredt über die Geschlechtsangelegenheiten hinwegglitt. Woher kommt ein derart universeller und sehr elitärer Widerwille angesichts der Kämpfe, die mit nackten Händen und offenem Visier gegen das letzte totalitäre europäische Reich geführt wurden? Die Einsamkeit der oppositionellen Schriftsteller im Osten ist eine philosophische gewesen. Sie litten unter dem kompakten und zuweilen hinterhältigen Unverständnis ihrer Kollegen. Und nicht ohne Grund! Sie erschütterten weitaus mehr als einen politischen Apparat und ein Lagerregime. Sie widersprachen einem grundlegenden Glauben, dem das Europa des 19. Jahrhunderts derart häufig seine kritische Intelligenz opferte, ehe auf dieser Spur unser Jahrhundert entgleiste.

Um welchen Glauben handelt es sich? Nicht allein um den Nationalsozialismus, nicht allein um die grausame kommunistische Dogmatik oder um die theologisch-ethnischen Rasereien, die die Ablösung übernahmen. Es handelt sich um eine tiefer verankerte Überzeugung, die unsere sehr generelle Passivität angesichts jener morbiden Triebe nährt. Alles geschieht, als würde weiterhin die Mehrheit der Europäer die Gewißheit hegen, daß nichts eigentlich Verderbliches oder Unheilbares geschehen könne.

Lissabon schockierte nicht der grauenhaften Realität wegen, sondern weil kein himmlisches Jerusalem vom Firmament herabstieg, um das Desaster zu erlösen. Somit eine wenig verheißungsvolle, von ihrem Happy-End abgeschnittene, abgetrennte Apokalypse. Die Lektüre von *Archipel Gulag* ist kaum erbaulicher, die ausgehungerten, vergewaltigten, erfrorenen Bälger sterben ohne Flügel am Rücken. Diesmal gelingt es den guten Nachrichten nicht, die schlechten zu vertreiben. Das Schlimmste wird nicht vom Guten kompensiert, das es erzeugen soll.

Solschenizyn überläßt Goethe und Hegel die illusorische »List der Vernunft«, die heimlich in den Kulissen das Unglück in Glück umwandeln sollte. Solch ein »dummologisches« Kunststück liegt dem deportierten Schriftsteller nicht. Er tröstet nicht. Er pflanzt seinen Leser vor der Hölle auf und flüstert ihm zu: Erkenne dich selbst, du bist die Falle, du bist der Hereingelegte, und du bist abermals der einzige, der versuchen kann, daraus zu entkommen. Iwan Denissowitsch verkörpert den Anti-Faust. Keinerlei postmodernes »Sesam, öffne dich!« führt nach oben, es bleibt allein das zugespitzte und heilsame Gefühl einer unreduzierbaren Verantwortung.

Der Untergang einer Stadt ist grausam. Das fleischfressende System der Deportation ist obszön. Nichts macht es wieder gut, und seine Unerträglichkeit wächst in dem Maße, wie diejenigen, die es erleiden, sich als dessen Ursprung entdecken.

Vor Kopernikus drehte sich die Welt um die Erde, die in ihrem Zentrum einen Herd der Korruption und des

Schmutzes barg, den der Kosmos zurückdrängte, komprimierte und dank irgendeiner theologischen Gnade verdrängte. Anläßlich der Erdbeben und Vulkanausbrüche kehrte das Abscheuliche an die Oberfläche zurück, wurde der Raum schwindelerregend und die Ordnung der Welt zum Problem. Der *Archipel Gulag* erneuerte den Schwindel. Der Wahn der Mächtigen und die perverse Hartnäckigkeit der Abgründe, die sich in Auschwitz und in Kolyma ein Stelldichein geben, dementieren die optimistische Prophezeiung eines Sinns der Geschichte. Die trockene Apokalypse, der unverklärte Tod, den der *Archipel Gulag* ausspuckt, leitet eine Rückbesinnung, eine kopernikanische Revolution im Verstehen der menschlichen Situation ein. Es sei denn, der Widerstand gegen totalitäre Fanatismen bleibt für uns eine zu umfangreiche Frage, und diese Vermutung drängt sich auf: Voltaire, Solschenizyn, gleicher Feind, gleicher Kampf!

Ich verkenne keineswegs, wie sehr die Religion eines Solschenizyn Voltaire widerspricht. Das ist nicht die Frage. Zwar widersprechen sie sich hinsichtlich der Idee des Guten, die jeder auf eigene Rechnung pflegt, aber dieselbe Vorstellung eines unheilbaren und nicht wiedergutzumachenden Bösen, dessen Rechtfertigung »zum Wohl der Sache« vergeblich und kriminell ist, nähert sie einander an. Du erinnerst Dich, vom Sprungbrett der *Theodizee* aus hatte der deutsche Idealismus seinen grandiosen Aufschwung genommen, als Leibniz dort auf die von Pierre Bayle bei Anbruch des modernen Europa neu erweckte und neu formulierte Frage »Woher kommt das Böse?« antwortete.

In Wahrheit blieb die Qual dieses großen Denkers stärker auf dem Boden der Tatsachen, sie war unmittelbarer als die Antwort des Philosophen der Harmonie. Der ewige Verfolgte, dessen Familie die französischen

Autoritäten teilweise als Strafe für seine Schriften exekutierten, dreht und wendet seitenlang das Rätsel, das sein »umherirrendes Bewußtsein« peinigte: Wie kann man intellektuell, religiös, moralisch, praktisch angesichts eines Bösen und mit einem Bösen leben, das abstößt und an dem man mitwirkt? Das 18. Jahrhundert riß sich die ganze Aufklärung lang sein *Dictionnaire critique* aus den Händen. Bayle zitierte sämtliche religiösen und philosophischen Kontroversen zur Frage aller Fragen, der des Bösen, die er offenließ. Ein derartiges Fehlen einer Lösung machte die Obsession durch eine evidente, stürmische, schmerzliche und unannehmbare Präsenz noch quälender.

Ob nach englischem Muster auf der faßbaren Erfahrung der menschlichen Güte oder nach deutschem Muster auf dem theoretischen Nachweis der Güte Gottes gründend: der Optimismus der Aufklärung umschiffte das Problem mehr, als daß er es löste. *A posteriori* verifizierte er die Ironie von Pierre Bayle: »Ein Christ hat vorrangig auf Unterordnung unter Gottes Autorität erpicht zu sein. Nicht glauben, was man sieht, hat ebenso häufig sein Motto zu sein wie glauben, was man nicht sieht.«[6]

Unterwerfung unter Gott oder die Idole des Fortschrittes, im Namen des Christentums oder der absoluten Erleuchtung der Aufklärung, die Nuance ist unerheblich, denn besessen von jenem neuen Willen, »nicht zu glauben, was man sieht«, verlassen wir das vertraute Terrain des klassischen Platonismus. Der *Staat* forderte den Philosophenlehrling auf, die Höhle zu verlassen und seinen Blick zur Sonne des Guten zu erheben. Das schwer wahrnehmbare, quasi unfaßbare Gute, diese Idee aller Ideen, lud ein, das Sichtbare besser zu sehen, vom Irrtum zur Wahrheit zu schreiten, hieße dies auch, letzterer zu folgen bis dahin, daß geglaubt wird, was man nicht sieht.

Die vom modernen Platonismus geforderte Verneinung ist heftiger, das Böse, das er registriert, hat verdrängt zu werden, bis hin zum Glauben, daß es nicht vorhanden ist, was darauf hinausläuft, »nicht zu glauben, was man sieht«.

Nachdem er zur Widerlegung von Pascals »Pessimismus« Locke gefolgt war und nicht ohne spöttisches Lächeln dem eifrigen Leibnizianismus seiner ihm teuren Madame du Chatelet Gehör geschenkt hatte, stolperte auch Voltaire über Bayles Erfahrung. Und auf diese Weise erfand er die Tele-Philosophie.

Siebzig Bände im Oktavformat und 92 im Duodezformat wurden nach seinem Tod veröffentlicht. Ihnen sind noch die hundertfünfzig Bände seines unvollständigen Briefwechsels hinzuzufügen. Ein ganzes Leben reicht kaum, um die unzähligen Texte zu lesen, mit denen Voltaire das eigene überschwemmte! Dieser multimediale Mensch greift zur Feder, so wie man heute telefoniert. Er wirbelt von einem Thema zum anderen gleich einem Kind, das alle Programme angesichts seines ersten Fernseherlebnisses durchgeht. Er spricht über alles, ähnlich wie die Tageszeitung, und über nichts, ähnlich wie ein Sonntagsblatt. »Das Leben ist entweder Langeweile oder Schlagsahne«. Mal kritisch, klagend, flüsternd, mal entschieden und gelehrt. Sein Gezwitscher macht schwindlig, ehe es unerwartet zum Nachdenken zwingt. Voltaire ertränkt einen in seinen Seiten.

Er wollte der Spiegel der Welt sein. Er hat sich selbst zur vollkommenen, polierten, durchsichtigen Widerspiegelung gemeißelt und damit verdoppelt, verdunkelt, als rätselhafter, getreuer, kristalliner und lichtdurchlässiger Zeuge des ihn umgebenden Schattens und Chaos. Verheddert er sich, und selbst wenn er sich verheddert, rettet er sich durch das Geistvolle und die Leichtigkeit seiner Striche. »Ich behaupte heute einen Gedanken, ich bezweifle ihn morgen, ich leugne ihn; und ich kann mich tagtäglich irren. Was die Systeme angeht, muß man sich eigentlich stets das Recht einräumen, über seine Ideen vom Vortag am darauffolgenden Tag zu lachen.«

Um sich von den Systemen der Welt freizuschaufeln, mußte der Mondäne sich von sich selbst lösen. Die Stunde seiner großen Depression 1748 fällt mit dem Tod seiner Freundin zusammen. Der ehemalige optimistische Widerleger Pascals wird zum Hypochonder, er hat düstere Gedanken: »Ich bin eins der unglücklichsten denkend Wesen, die es in der Natur gibt.« 1755 stürzt Lissabon über seinen Einwohnern zusammen. Das Erdbeben vertieft Voltaires Elend.

Éléments, animaux, humains, tout est en guerre
Il le faut avouer, le mal est sur la terre *

Die enorme Kühnheit, die ihn zur Widerlegung des absoluten *What ever is, is right* bemächtigt, ist kaum ermeßbar. Hinter der Euphorie des englischen Dichters Pope herrscht der Kult einer vormundschaftlichen und schützenden Natur. Noch weiter hinten thront die göttliche Vorsehung, die zahlreichen Religionen zu teuer ist. Und immer noch wirken hinten die Harmonien der Philosophien und der rettende Kosmos, in dem sich der Mensch geschützt wähnt. Und Platon. Und Leibniz. Und Bossuet. Und Rousseau. Und Genf und Rom und die Gnostiker und die Orthodoxen ... Rückblickend wie vorwärtsblickend bricht Voltaire mit dem Konsens der Jahrhunderte und dem gesamten denkenden Volk. Er erkennt nur einen einzigen zitierwürdigen Vorläufer an, Pierre Bayle, den Verfluchten, der das Prinzip der Toleranz und die Rechte des umherirrenden Bewußtseins etablierte.

* *Elemente, Tiere, Menschen, alles befindet sich im Krieg, zugegebenermaßen, das Böse ist auf Erden.* Gedicht über die Katastrophe von Lissabon.

Allein gegen alle? Voltaire kehrt die Situation um. 1759 ist *Candide* seine Kriegsmaschine. Die Erzählung resümiert seine Philosophie, schärft sein Denken, richtet es im Ewigen ein. Allein ist er, allein wird er bleiben, doch wie jeder. Und sofern jeder lesen kann, mit jedem. Mehr als eine Forderung nach dem Recht auf Irrtum ist *Candide* die *Ilias* und die *Odyssee* des unruhigen Bewußtseins.

Voltaire zerbricht die Klapper seiner Schriftstellerkollegen, seiner früheren jesuitischen Lehrer, des guten Jean-Jacques, des empfindsamen Diderot, sogar die der sinnlichen Atheisten, die sich allesamt um die Erhellung des Guten und die Erleuchtung des Glücks kümmerten. Seinen Konkurrenten zum Trotz, die über die materialistische, deistische oder theistische Formulierung einer Frohen Botschaft disputieren, wagt Voltaire die höchste Blasphemie: Er wird der Herold der universellen schlechten Nachricht sein.

Von seinem »metaphysisch-dummologen« Hauslehrer Pangloss begleitet, der auf die Nase fällt und behauptet: »Alles läuft bestens in der besten aller Welten«, durchquert Candide Europa, das eine Million uniformierter Verbrecher in Schutt und Asche legen. Der Siebenjährige Krieg erweitert die Offenbarung der Lissaboner Katastrophe: Das Böse, physisch, natürlich, politisch, sozial, gibt es. Ihm begegnet man müheloser als dem lieben Gott. Voltaire hat soeben das Fernsehen, die weltweiten Nachrichten erfunden. Allabendlich bei den 20-Uhr-Nachrichten läuft die Berichterstattung über Candides Abenteuer. Denn was teilt einem der Bildschirm mit? Daß die Flugzeuge pünktlich starten? Ach was! Das Bedeutende ist das Unerwartete, Unerhörte, wie jene Erdbebenerschütterung an den Antipoden, eine Hungersnot in Afrika, eine ethnische Säuberung mitten in Europa, ein Gemetzel, dem Erdboden gleichgemachte

Städte, Kältetote, ein ganzer Haufen Unfälle. Was beweist, daß nicht die Ordnung der Welt gemäß Pangloss sich ein Stelldichein gibt, sondern eher die Grausamkeit der einen, die Feigheit der anderen und das allgemeine Chaos.

Sollen den einschläfernden Chimären der Optimisten die schlechten Launen eines griesgrämigen Pessimismus entgegengesetzt werden? Ist die Sicherheit erst einmal aufgekündigt, soll man dann in Unbehagen erstarren? Nein! Abermals kehrt Voltaire die Situation um. Der Weg ins Paradies ist versperrt. Stimmt. Keinerlei gemeinsames Gutes, keinerlei unanfechtbare Wertetafel einigt die europäischen Völker? Egal! Je stärker die Ideale verblassen, desto lauter schreit das Leiden für den, der hört. Mangels eines Zusammenschlusses *für* etwas kann man sich *gegen* etwas verbünden und versuchen, die Alleen der Hölle zu blockieren. Da das souveräne Gute abwesend war, begann die Grausamkeit aufgrund ihrer selbst und das Böse aufgrund des Abscheus, den es hervorrief, zu schockieren: »Sie schreiben mir, daß Sie sich langweilen, und ich antworte Ihnen, daß ich wütend bin. Das sind die zwei Angelpunkte des Lebens, von der Fadheit zur Aufregung«, schreibt Voltaire an Madame du Deffand.

Der aufgebrachte Philosoph wird also zum engagierten, er eröffnet den Kampf für die Menschenrechte. Calas-Affäre: »Es hat sich herausgestellt, daß die Richter in Toulouse den Unschuldigsten aller Menschen gerädert haben. Nie seit der Bartholomäusnacht hat etwas die menschliche Natur stärker entehrt! Schreit auf, und mögen alle aufschreien!« Voltaire erfindet die öffentliche Meinung, indem er den Bürger zwingt, nicht die Augen zu schließen, wenn die Intoleranz hier und jetzt ins lebendige Fleisch schneidet. Das Böse gehört nicht verborgen, nicht verkleidet, nicht unter euphorischen Idealen vergraben, sondern bloßgelegt. »Ohne die Philosophie (Voltaire meint die eigene) hätte man zwei, drei Bartholomäusnächte pro Jahrhundert. Der Fanatismus entfacht die Zwietracht, und die Philosophie (weiterhin die eigene) löscht sie.« Zwar wechseln die Fanatiker je nach Ort und Zeit die Dogmen und Fahnen, doch wenig die Manieren. Zu den laizistischen Kriegen des 20. Jahrhunderts hätte Voltaire einen neuen *Traité sur la tolérance* geschrieben.

Von Deutschland und häufig sogar von der Sorbonne aus gesehen, gibt Voltaire einen kläglichen Philosophen ab. Seine letzten Auffassungen über Gott, die Seele, die Welt und die menschliche Natur wirken noch heute unendlich biegbar, interpretierbar und vermutlich widersprüchlich. Obwohl ihn Hegel, Schelling und Nietzsche würdigten, hat seine Autorität einen Beigeschmack von Mehrdeutigem und Zweifelhaftem. Für einen deutschen Kopf liegt sie eher im brillanten Schreiben als im brillanten Denken. Kant bezieht sich zwar selten, doch stets positiv auf Voltaire. Er zieht es vor, das eigene antidogmatische Erwachen auf Hume, das englische *Alter ego*, zurückzuführen, der damit zu einem respektableren, weil milderen Sprecher eines kritischen Geistes desselben Zuschnitts wird. Die Leichtigkeit und die blitzende Ironie schaden Voltaires Ruf als Gelehrter. Obwohl sie seine hauptsächliche philosophische Waffe schleifen. Einige meinen, die Erzählkunst sei eine reine Angelegenheit des Stils und die »Pailletten verbergen« eine konfuse und schwachsinnige Lehre. Sie irren sich, für Voltaire liegt der »Inhalt« in der »Form«. Zu Anfang der Erzählung wird der in Kunigundes Armen überraschte Held aus der besten aller Welten, dem Schloß Thunder-ten-Tronckh, vertrieben. »Aus dem irdischen Paradies vertrieben, lief Candide lange ziellos ...«

Voltaires Bericht verläuft umgekehrt zum Märchen, er sagt wahr, ohne das verlorene Paradies wiederzufinden, er reiht Abenteuer an Abenteuer. Er schließt sich nicht in sich selbst ein wie die Hegelsche Geschichte oder die Schellingsche Mythologie. Er hütet sich, entsprechend einer erlösenden Logik Schlüsse zu ziehen. Die voltairesche Denkweise neigt Hegel zufolge zum »unendlich Bösen«, mit Vergnügen plagt er uns mit einer menschlichen Situation ohne Anfang und Ende, im Unterschied zum Geist, dessen Ende im »unendlich Guten« eines hermeneutischen Zirkels zum Ursprung zurückfindet. Die scheinbar prinzipielle Inkohärenz des philosophischen Märchens gliedert präzise die Philosophie dieser Märchen, in denen die Redeweise und das Gesagte die Universalität eines Erdbebens attestieren, das zugleich die Menschen und die Sinne erschüttert. »Die Häuser stürzen, die Dächer fallen auf die Fundamente herab, die Fundamente fliegen auseinander.«

Lissabon hat bei Voltaire grenzenlose Besorgnis ausgelöst: Die Raserei der Dinge und der Menschen ist nicht lokalisierbar, läßt sich von einer mutmaßlich immunen und unwandelbaren Aktivität weder devitalisieren noch überwinden. Das Leben kann an seiner Wurzel angegriffen werden, Beweis sind die Pocken, für die Voltaire eine makkaronische Genealogie anbietet. Die heilige Sprache transportiert den Irrtum und die Lüge. Sie täuscht um so besser, wiederholt der Impertinente, der in Pascals Fußstapfen tritt, wenn sie nicht ständig täuscht. Und was die Arbeit betrifft, so empfiehlt er sie am Ende der Geschichte zwar – »pflegen wir unseren Garten« –, aber eher zurückhaltend, mehr als die einzige Entgegnung auf ein ständig drohendes widriges Geschick, als daß sie ein göttliches Produktionsverhältnis wäre, das jede vorstellbare Zerstörung transzendierte.

Candide prophezeit kein – die Gattung betreffendes

und transzendentales – Wiederherstellen der Ordnung, sondern stellt eine sehr allgemeine und sozusagen metaphysische Gewalt heraus, die die alten und modernen Optimisten grausam verspottet und widerlegt. Die deutsche Philosophie erwähnt kontinuierlich jene famose »Umkehrung des Platonismus«, die Heidegger zufolge selbst Nietzsche verfehlt. Voltaire liefert spontan den Schlüssel dazu. Der französische Geist weist von Beginn an die Platonismen zurück. Erstens durch sein Was, durch das, was er von sich gibt: die Behauptung des Primats der Unordnung gegenüber der Ordnung. Zweitens durch sein Wie, seine Methode, die hauptsächlich literarisch ist. Voltaire zeigt eher, als daß er beweist. Er liebt es, seine theoretische und akademische Inkompetenz auszubreiten, um die Säfte einer ähnlich universalen Insolenz wie die Pesterkrankungen, die sie bloßlegt, um so besser zu destillieren.

Nicht minder Philosoph als Leibniz, ist es Voltaire auf andere Weise, auf französische. Er scheint Feuer und Flamme zu spucken, ohne Vorgeschichte und ohne Echo. Diderot bleibt Optimist, Rousseau noch stärker, in melancholischer Weise. *Candide* kündigt den Konsens auf und siegt. Er stützt sich auf seit langem eroberte Positionen, er stattet sich mit dem bohrenden Blick meiner mir teuren Klassiker aus. Erinnere Dich an Montaigne, Descartes, Pascal. Nachdem sich die platonische Exaltation des wiederauflebenden Humanismus erst einmal beruhigt hatte, gaben diese drei Schriftsteller (selbst in Paris ist ihr Philosophenstatus kontrovers) dem Denken seinen Stil, seine Strenge und seine Adelstitel.

Sehr früh erkannten sie im Feuer der Religionskriege das Aufsteigen des europäischen Nihilismus: Grammatikerwahn (Montaigne) oder freiwillige Unterwerfung (La Boétie), innere Verblendung oder weithin geteilte Grausamkeit. Die Harmonie der Sphären, die mikromakrokosmische Verbindung, die schützende Hülle einer onto-theo-logischen Vorsehung schienen ihnen ein chimärisches Durcheinander, Ihr würdet Schwärmerei sagen. Ohne Respekt vor den Masken des Tages und der Tradition setzen sie sich dem entgegen: »Man stellt sich Platon und Aristoteles nur in der Tracht der bedächtigen Lehrer vor. Sie waren rechtliche und wohlerzogene Leute wie alle anderen, die mit ihren Freunden lachten, und wenn sie sich zurückgezogen haben, um ihre Bücher über die Gesetze oder die Politik zu schreiben, so geschah es wie im Spiele (...). Schrieben sie über Politik, so taten sie es gleichsam, um ein Narrenhaus zu ordnen, und wenn sie sich den Anschein gaben, als handelten sie von einer wichtigen Sache, so nur, weil sie wußten, daß sich die Narren, zu denen sie redeten, für Könige und Kaiser hielten« (Pascal, *Pensées*, 331).

Ja, Du hast richtig gelesen. Was ist die menschliche Situation für einen Klassiker? Kein harmonischer Kosmos, kein Kokon, sondern eine psychiatrische Anstalt. (Gelegentlich stimmt Kant zu.) Der anständige Mensch entdeckt sich in beachtlicher Entfernung vom Paradies, an den Toren der Hölle, er erwählt sich als deren beweglichen Wächter. »Könnte meine Seele den Boden verlassen, würde ich es nicht ausprobieren« erklärt Montaigne, der Autor der *Essais*. Um zu denken, muß der Boden verlassen werden, bekräftigen der hyperbolische Zweifel der cartesianischen *Méditations* und der Schwindel oder Schrecken der *Pensées*.

Verläßt das Denken den früheren festen Boden, gewinnt es seine Freiheit. Die Selbstliebe enttäuscht. Die Welt erweist sich als Trug. Gott kann täuschen oder abwesend oder verborgen sein. Und? Niemand hat Anlaß zu verzweifeln, weil es jedem freisteht, sich von sich selbst loszulösen, das weltläufige Umherirren aufzugeben und nicht den Gott zu mimen.

Radikal sein bedeutet zwar, den Ursprung zu ergründen, an die Wurzel zu fassen, jedoch gibt es zwei Verfahrensweisen. Die eine spricht die Natur heilig, gibt sich der Religion der Verwurzelung hin und taumelt in den Feiern zur Ehre der Kohlkopfpflanzer herum, über die Rabelais sich lustig machte. Ich fürchte, das bevorzugt die moderne Philosophie. Der andere Ausweg ist, sich auf sich zu besinnen, bis auf den Grund zu gehen, auch wenn es Entfernen und Transplantieren bedeutet. Die Meditation ist die methodische Praxis einer weder erduldeten noch aufgedrängten, sondern freiwilligen Entwurzelung. Die Kunst, mit Candide zu reisen, liefert davon eine Fassung für die breite Öffentlichkeit.

Die Strategie des Reisenden ist alter Machart. Es ist die Kühnheit, unangenehme Realitäten zu erkunden, Masken fallenzulassen, Mythen zu entmystifizieren und sich von seinen Illusionen zu trennen. Es ist die »Pietätlosigkeit« des poetischen Blicks, den Platon bei Homer, Hesiod und Aischylos verurteilt. Proklos, der letzte große Platoniker des untergehenden Griechenlands, erklärt, daß die Verurteilung der ganzen philosophischen und literarischen vorplatonischen Kultur auf ihre grundlegende Methode zielt, ihr *teratologein*, die Kunst, das Monströse und das Grauen, die absurden, fremden, widernatürlichen, furchtbaren und furchterregenden Fakten zu schildern.[7]

Die griechische Kultur vor Platon nimmt das Böse wahr, sie nimmt es als allgegenwärtig wahr. Die Mythen sind deshalb »indezent«, weil sie den Himmlischen »alles zuweisen, was in unserem Denken gedanklich mit dem Schlimmsten assoziiert und Sache des Unterlegenen, des Niedrigen ist«. Erinnere Dich an den bekannten Chor in *Antigone*: »Vieles ist ungeheuer, nichts ungeheurer als der Mensch.« Entnimm diesen Worten, wie sehr Platons Verwünschungen *a contrario* eine wesentliche

Wahrheit bezeugen: Die Idee des Bösen und nicht die des Guten führt das Abendland zum Verständnis der Welt.

Das Geheimnis der französischen und literarischen Umkehrung des Platonismus ist weniger unentwirrbar, als es scheint. Zwar bricht die Krise mit Voltaire aus, sie ist jedoch lange zuvor von Rabelais mit seinem *Roman de Renart* in die Wege geleitet worden. Die Insolenz des aufrührerischen Schriftstellers braucht die als solche katalogisierte Philosophie nicht wegen des herrschenden Optimismus entschieden oder gar siegreich zu verspotten, weil die alten und modernen Platonismen Reaktionen und nicht ein erstes Gegebenes der abendländischen Zivilisation sind. Die Umkehrung des Platonismus ist gleich der Umkehrung einer Umkehrung. Platon verlernen – ich meine den weisen, nichtironischen Platon, den die Tradition lehrt – heißt Homer, Aischylos und Sophokles neu kennenlernen, mit Sokrates und Montaigne ironisieren, die implizite Philosophie, die die Literatur transportiert, wiederbeleben. Die Differenz zwischen Geistvollem und Geist reproduziert eine zweitausendfünfhundert Jahre alte kulturelle Fraktur. Der traditionelle Deutsche beginnt mit einem Ja und behauptet platonisch das Vorhandensein einer Ordnung. Der Franzose findet gelegentlich die Kühnheit, mit Nein anzufangen, und stellt sich dann mit Hesiod dem Chaos entgegen. Der eine will Hirte des Seins und der andere Wächter des Nichts sein.

Ganz der Deine.

Brief XI

Die Begegnung von Dichter und Denker

Kein Canossa · Der Zweite Weltkrieg hat vielleicht nicht stattgefunden · Wer nicht seine Abgründe prüft, denkt nicht oder nicht mehr · Heidegger, Herz aus Stein und Drehscheibe · Celan, die Niemandsrose

Aus Berlin

Ich bezweifle, daß Deine Apologie Voltaires meine Mitbürger, allesamt Mitglieder der Bundesrepublik der Denker und Dichter, zu überzeugen und zu bekehren vermag. Dein König der *Comédie française* hat kein Gewicht. Mit seinem philosophischsten Roman mag er zwar auf Deutschland zielen, dennoch werden wir ihm dafür nie dankbar sein. Selbst dann nicht, wenn er, mehrere Jahrhunderte vorausschauend, die Insel schöner Gefühle beschriebe, in der sich die Mieter unserer sozialen Marktwirtschaft einschließen, sobald sie über die Garantie einer Rente und einige psychologische Begriffe verfügen. Wir verbringen ebenso glückliche Tage wie damals im Schloß von Thunder-ten-Tronckh, indes bleibt Dein sarkastischer Prophet bei uns verkannt. Wenn Du ihn darüber hinaus mit einem unerwarteten Vorwissen bezüglich der spontanen Zeugung der »aufgeklärten Despoten« und des äußerst wenig aufgeklärten Respekts, den unser Volk ihnen schenkte, ausstattest, schmerzt diese Kritik des Optimismus in der Politik unablässig unsere Ohren und strömt unserer Meinung nach weniger Weisheit als Böswilligkeit aus.

Die ersten Voltairianer, die wir kennenlernten, waren Abenteurer, denen, ob Intellektuelle oder zwielichtige Hungerleider, im Paris Ludwigs XV. kein Durchbruch gelang. Sie suchten ihr Glück in den germanischen Provinzen, wo die Konkurrenz der Korrumpierten als weniger rüde galt. Sie verachteten unsere kleinen provinziellen Höfe, schliefen mit unseren *Précieuses* und Blaustrümpfen und prellten die Bürger.[1]

Nichts, was Eurer Aufklärung einen guten Ruf sichern konnte, zumal diese Langfinger *missi dominici* von den etwas flinken Trommlern der Französischen Revolution, den diebischen Emigranten und Napoleons offen anmaßenden Kürassieren abgelöst wurden. Auf diese Weise ist Voltaire bei uns zum Privileg der *Happy few* und Greuel der breiten Massen geworden. Ich habe mir sagen lassen, daß Eure Philosophieprofessoren uns schließlich recht gegeben und munter Rousseau durch Gadamer, Diderot durch Habermas und Voltaire durch Heidegger ersetzten.

Wie Du bedaure ich die philosophische Geringschätzung, die *Candide* trifft. Die Gewalt, die zuweilen hier ausbricht, verdutzt die Welt und auch, nachdem es geschehen ist, uns selbst, die wir Generation auf Generation die furchtbaren Verse in Appollinaires Schinderhannes befragen.

Et toute la bande
S'attendrit à l'allemande
Avant d'aller assassiner. *

Der Dichter, der die Art der Rührung und nicht die des Mordes als deutsch bezeichnet, zeigt damit einen größeren Scharfsinn als die Historiker, Denker und Prediger, die Auschwitz in eine lokale Geschichte, in jenen berüchtigten *Sonderweg* einschließen, der das deutsche Volk von einer Verblendung zur anderen bis zum schließlichen Genozid geführt haben soll. Ein solches Szenario entlastet billig sowohl die Nachbarvölker als auch die Nachgeborenen, die die Uniform der Großväter ins Museum befördern. Solcherlei räumliche und zeitliche Exotisierungen des Verbrechens gegen die Menschheit scheinen

* Und die ganze Bande / Ist nach deutscher Weise gerührt, / Ehe sie morden geht.

mir in ähnlich gefährlicher Weise blind wie die vielfältigen Banalisierungen, die Metzeleien, Massaker, Blutbad und Endlösung gleichsetzen. Beunruhigender als die finsteren Schweine, die die Todeslager organisiert haben, sind die anständigen Leute, die es geschehen ließen, vorher, während und danach gerührt waren, und dabei ihre Rosen stutzten, Dichter feierten, das denkende Denken und die guten Manieren pflegten. Mord ist keine deutsche Spezialität, nie gewesen. Die Optimismen, die ihm den Weg bahnen, ja.

Die zwischen Rhein und Oder entstandene Krankheit von Meister Pangloss hat sich nicht lange auf dieses neue Jerusalem des Idealismus beschränkt. Tatkräftig und ansteckend hat sie dem modernen Europa die frohe Nachricht mitgeteilt, so daß sie nunmehr den ganzen Planeten infiziert. Zwar markiert der religiöse, später metaphysische und ideologische Optimismus einen besonderen deutschen Weg am Ende der Religionskriege, nichtsdestoweniger ist heute festzustellen, daß sich diese mentale Entscheidung über die fünf Kontinente ausbreitet. Allerorten dominiert die Tendenz, die ärgerlichen Dinge, wenn nicht aus der Realität, dann wenigstens aus unseren Gedanken zu vertreiben.

Werbungen, Wahlreden und aufbauende Literatur bevorzugen einvernehmlich die erfreuliche Seite der Ereignisse, die sie feiern oder verkünden. Und wenn Sekten, Kirchen oder deren mürrische Lehrer auf Niedergänge, Untergänge, Schrecken und Katastrophen hinweisen, bringen sie sofort irgendein Wundermittel in Umlauf. Imaginäre Höllen und fiktive Kataklysmen werden als Schreckbilder gezeigt, die die hohlen Reden, die folgenlosen Vorschläge und die nicht ernst gemeinten Versprechen aufwerten sollen. Diese äußerst gewöhnliche manichäische Strategie erlaubt dem Optimismus wiederaufzuleben: Das Leiden springt ins Auge, die Welt leistet dem Beistand, aber ich, der es benennt, ich verkörpere die Reinheit, die Unschuld und die Klarsicht. Tausend Weisen, die Realität unter Ausschluß seiner selbst zu verurteilen, bestätigen negativ den Glauben eines zeitgenössischen Pangloss, der, tapfer auf seinen Positionen beharrend, insinuiert: Gibt es nur noch einen Grund, optimistisch zu sein, werde ich dieser sein.

Die wirklichen Optimisten sind subtiler als deren fiktive Karikatur. Sie leugnen die Aktualität des Leidens nicht, sie verneinen sie; sie erkennen sie an und schränken sie sogleich ein, halten sie für eine »verschwindende«, Du sagtest es, Göße. Die Mißgeschicke, nebensächliche Zwischenfälle innerhalb des Raums oder vorübergehende Episoden innerhalb der Zeit, sind im Verhältnis zur großen kosmischen oder geschichtlichen Ordnung der Welt bedeutungslos. Hegels, Leibniz' oder Schellings Akrobatik besitzt kein Monopol auf glückselige Unterschlagungen. Die Wunden und Prellungen des Alltags sind auf ihrer Ebene heilenden Zauberkunststücken unterworfen, die mit den gelehrten Therapien der »List der Vernunft« verwandt sind.

Die Alchimie des Schmerzes, die das Leiden der anderen passiv hinnehmen und zuweilen sogar das eigene aktiv suchen läßt, stellt das Nonplusultra des optimistischen Katechismus dar.

Das Versteckspiel erhielt, entsprechend dem jeweiligen Sprachgeist, unterschiedliche Namen. Der Deutsche bevorzugt *Verneinung*, womit nach Freud ein Subjekt eine adäquat aufgenommene Realität, die es allerdings ausradieren will, annimmt, ohne sie anzunehmen. Im Französischen erweckt Jacques Maritain das Verb *excogiter* zu neuem Leben – *excogitation* ist gebräuchlicher –, womit eine übermäßige und gleichsam hämorrhagische Anhäufung von Überlegungen gemeint ist, die mit ihrer

Zungenfertigkeit und ihrer Überfülle das, worüber sie orakeln, begraben wollen. Die Griechen verstanden unter Euphemismus einen komplexen Vorgang, der zu stark vereinfacht wird, wenn damit lediglich die Aussage eines guten Omens verstanden wird. Beneviste weist darauf hin, daß es sich genauer darum handelt, »die Wirkung einer schauerlichen Heraufbeschwörung umzukehren«. Das Verb *euphemein* wird im Imperativ verwendet: Redet nicht von Unglück! Kündigt keine bösen Vorzeichen an!« Deswegen kann Euphemismus ebenso Schweigen bedeuten – man hält ein höfliches Schweigen ein – wie auch wohlmeinende Reden, die die bösen verdecken. Diese Haltungen des Umgehens drücken einen ersten Schrecken aus, den sie, ohne ihn auszugrenzen, überwinden, indem sie sich unermüdlich bemühen, die damit erneuerte Wunde zu verschließen.

Zweifelsohne hat Voltaire die durchtriebene Komplexität des optimistischen Systems gespürt, da im zweiten Teil von *Candide* der Manichäer Martin (»die Welt ist dazu geschaffen worden, uns zu ärgern«) und der venezianische Herr Pococurante (»nichts gefällt ihm«) auftauchen. Der unglückliche Optimist und der verzweifelte Optimist. Beide sind die symmetrischen und umgekehrten Dubletten von Pangloss. Unsere drei Marionetten stehen gleichermaßen über den Dingen. Sie betrachten das Ganze von einem Standpunkt über dem Ganzen und urteilen *a priori* mit verschränkten Armen. Das optimistische System will nur »Rosa« sehen, es verlangt das Gute und nichts als das Gute. Mangelt es daran, ist eine integrale Zurückweisung vonnöten. Der absolute Pessimist ist ein sich verkennender, unverbesserlicher Optimist. Er ist über alles desillusioniert, von seiner Forderung, daß alles vollkommen sein soll, einmal abgesehen. Die drei Gestalten mögen sich zwar zu widersprechenden Themen über die Welt bekennen – Ist sie gut? Ist sie böse? –, gleichwohl gibt Voltaire zu verstehen, daß ein darunterliegendes Prinzip jeden zum seitenverkehrten Spiegelbild der beiden anderen macht. Da sich keiner von ihnen offen in einer und für irgendeine Realität engagiert, schweben sie wie Fremde um die äußere Welt herum und über ihrer inneren Welt. Sie begehren wenig, lieben noch weniger, ihr Leben ist *sans souci*, sorglos, wie es der Name des venezianischen Herrn oder Friedrichs Palast ja schon sagen.

Die große Familie der Optimisten, ernüchterte (Martin) und nihilistische (Pococurante) eingeschlossen, teilt die gleiche Vorstellung von der besseren Welt, die sie als diejenige sieht, die am wenigsten Sorgen bereitet. Wem Sorgen bereitet? Pangloss und seine entgegengesetzten Kollegen bilden unfreiwillig eine Gemeinschaft von Verantwortungslosen, die einem höchsten Wesen – Leibniz' Gott oder einem bösen, manichäischen Demiurgen – ein Universum überläßt, das, ob göttlich oder teuflisch, Angelegenheit des Herrn, nicht die ihre ist. Nicht unsere. Womit Candides abschließende Ermahnung »Pflegen wir unseren Garten« sich grundlegend dem Quietismus der drei Burschen entgegensetzt, die die Regie eines fremden »Gartens« einem höchsten Fremden überlassen, der mal für gutwillig, mal für bösartig oder schlicht für abwesend gehalten wird. Die Sorge worum? Wie man auch immer seine Arbeit einschätzt, der Allerhöchste, der sich um alles zu kümmern hat, wird in erster Linie danach beurteilt, wie er die Dinge regelt, die mißlich sind, ihm obliegt die Aufgabe, uns vor den äußeren und inneren Kalamitäten zu retten. Ob er zu handeln oder zu versagen scheint, er hat *a priori* die Frage des Bösen zu lösen, achttausend Meilen oberhalb jeder bewohnten Erde. Die fröhliche, optimistische Wissenschaft, die nicht nur in Pangloss, sondern auch in Martin und Pococurante wohnt, sagt: Das Böse ist nicht unsere Angelegenheit.

Dem höchsten Gärtner fällt die Aufgabe zu, die Jauche zu verteilen, die Exkremente zu sammeln und den Müll zu verwalten.

Hätte Voltaire präziser aufgespürt, daß das Prinzip der heiligen optimistischen Allianz die Verantwortungslosigkeit gegenüber dem Bösen ist, hätte er drei Jahrhunderten herrschenden Denkens vorgegriffen und widersprochen. Dafür hätte er allerdings seinen militanten Antiklerikalismus dämpfen und anerkennen müssen, daß der entscheidende Punkt nicht das Bild des himmlischen Eigentümers ist, der beweihräuchert oder gegeißelt wird, sondern die Vorstellung vom Bösen, die projiziert (oder zurückgewiesen) wird. Die Affirmation oder die Negation Gottes als Rächer, Retter, Belohner oder Uhrwerk der Welt zählt weniger als die allgemeine Exkommunizierung des Teufels, die das wohlmeinende Europa an dem Tag vornahm, an dem es wissenschaftlich feststellte, wie sehr Luzifer frei von Schwefelgeruch und Pferdefüßen ist.

Von dem Augenblick an, in dem Voltaire den Aberglauben oder den religiösen Fanatismus zur Wurzel aller Übel erklärt – *écrasez l'infame!* –, erlaubt er sich eine ebenso willkürliche Vereinfachung wie jene, die den Verächtern des Atheismus vertraut ist: Entfernt den Ungläubigen! Im konkurrierenden Bekehrungseifer von Freidenkern und Gläubigen funkelt dasselbe wahnwitzige Versprechen einer restlos schönen, restlos runden, von den Bösen geläuterten Welt. Du wirst begreifen, daß Voltaire sich darin mit unserem großen Idealismus nicht messen konnte; Euer geistvoll Denkender beruft sich aber letztlich offenbar auf ein solches Programm und predigt mit größerer Naivität eine ähnliche Erlösung von Satan. Damit schlägt seine kritische Untersuchung des Optimismus fehl und erlaubt den Theoretikern, doppelt euphorisch zu werden, wenn sie sich über Mängel in den Überlegungen des Erzählers entrüsten, der es selbst jedenfalls ablehnt, die Betrüblichkeiten des Universums auszubrennen.

Erliegen die Deutschen wiederholt Überdosen an Optimismus? Muß so die begeisterte Aufnahme des Führers verstanden werden? *Heil! Heil!* Wogende Busen, entzücktes Lächeln, ausgestreckte Arme und leidenschaftliche Hochrufe? Die Diagnose ist nicht falsch, doch ein wenig kurz gegriffen. Viele erwidern, stärker solle ein mangelndes Selbstvertrauen inkriminiert werden. Hätte das Volk seinen eigenen Kräften vertraut, hätte es nicht auf Hitler alle künftigen Hoffnungen bis ans Ende der Zeit gesetzt. Andere wenden ein, wir hätten uns zwar im Ideal vergriffen, aber es sei nicht falsch gewesen zu idealisieren, es hätte genügt, den einen Optimismus gegen einen anderen zu tauschen, ohne unsere Seelen zu erschüttern. Um den Nerv zu treffen, mußt Du Deine Analyse vertiefen und darfst den Optimisten nicht aufs Wort glauben. Sie geben vor, einem positiven Programm zu huldigen und sich entsprechend einer Ordnung der Welt zu positionieren, ihre Motive erweisen sich jedoch vielleicht als weniger grandios.

Könnte dieser gewaltige Optimismus eine zwielichtige Leidenschaft sein? Weniger ein sublimer Elan als eine kopflose Flucht, eine Reaktion, die sich nicht als solche zu erkennen zu geben wagt, eine miese Zurückweisung? Eine Panik? Wovor? Vor der Panik. Genealogisch scheint sich in unserem Optimismus eine Angst im Quadrat niederzuschlagen, die die Furcht vor dem göttlichen Zorn (Oh, Luther!) mit den prosaischen, aber furchtbaren Erinnerungen an die kriegerischen Verwüstungen vereint. Es heißt, daß beim Westfälischen Frieden 1648 unser Land sechs von zehn Einwohnern verloren hatte. Deutschland war jahrhundertelang der Ort der großen Massaker.

Am Rande eines Abgrunds verwarf es seine Erinnerung, lehnte es ab, sie zu durchleuchten, und expatriierte sich in die Wolken der besten aller Welten, flüchtete ins Nirwana des Idealismus. Siehe, wieviel unsere Erhebung zum allerhöchsten Sein unserem Schrecken, in ein äußerstes Nichtsein zu fallen, schuldet.

Als Gegengewicht zu diesem aus Ängsten entstandenen, gespeisten, entwickelten, fortgeführten Optimismus wirkt Voltaire etwas leichtfüßig, am Rande stehend und überhaupt nicht betroffen. Hingegen setzen sich unsere Dichter diesem Rausch und diesen Blitzstrahlen aus. Zuweilen um den Preis ihres Lebens und ihrer Vernunft, häufig mit einer schneidenden und illusionslosen Hellsichtigkeit, an der es unseren den Glückseligkeiten geneigten Meisterdenkern fehlt. Da ist Kleist, wie er das Erdbeben von Santiago erwähnt, ähnlich wie *Candide* das von Lissabon. Da ist Büchner, der am Schluß von *Leonce und Lena* ironisch schreibt: »... und dann legen wir uns in den Schatten und bitten Gott um Makkaroni, Melonen und Feigen, um musikalische Kehlen, klassische Leiber und eine kommode Religion.« Und wieder einmal Heine: »Ich sah mal eine Karikatur, die eine fichtesche Gans vorstellt. Sie hat eine so große Leber, daß sie nicht mehr weiß, ob sie die Gans oder ob sie die Leber ist. Auf ihrem Bauch steht: Ich-Ich.«[2]

Paul Celan trat in den vierziger Jahren die Nachfolge an. In meinen Augen ist er der größte Dichter seit dem Zweiten Weltkrieg. Er bringt die säkulare Anfechtung zum Glühen. Entschlossen, niemanden zu schonen, auch sich selbst nicht. An einem Tag im Jahr 1970 bringt er sich um, er springt in die Seine. Von Anfang an beruft er sich auf eine neue Lyrik, die sich gegen jede Verkleidung, jede »Poetisierung« der Realität sträubt, mißtrauisch gegenüber der Exaltation des Schönen ist und sich von dem quälenden Wunsch nach Harmonie, von der Neigung zur Euphorie – Zum Wohlklang – lossagt. Er lehnt diesen Plunder ab, der um ihn herum weiterhin sorglos moduliert wird, während das Furchtbarste ausbricht. Was Terror betraf, war Celan im Bilde und ausgebildet. Seine Eltern, Juden aus Czernowitz in der Bukowina (wie Dein Vater), wurden in ein deutsches Lager gesperrt. Der Vater starb an Erschöpfung, die Mutter an einer Kugel im Nacken. Der Dichter liebte sie sehr, sie hatte ihm das Gefallen an der deutschen Sprache und die Verehrung für das Schreiben vermittelt.

Wer sein Herz aus der Brust reißt zur Nacht, der
langt nach der Rose.
Sein ist ihr Blatt und ihr Dorn,
Ihm legt sie das Licht auf den Teller,
Ihm füllt sie die Gläser mit Hauch,
Ihm rauschen die Schatten der Liebe

Wer sein Herz aus der Brust reißt zur Nacht und
schleudert es hoch:
Der trifft nicht fehl,
Der steinigt den Stein,
Den läutet das Blut aus der Uhr,
Dem schlägt seine Stunde die Zeit aus der Hand:
Er darf spielen mit schöneren Bällen
Und reden von dir und von mir
(Wer sein Herz)[3]

Nachdem er mit den nationalsozialistischen Lagern in der Region seine Erfahrungen gemacht hatte, floh der Dichter aus dem kommunistischen Rumänien und lebte in Paris. Im Oktober 1960 erhielt er in Darmstadt den Georg-Büchner-Preis. Er bedankt sich mit einer Rede, einem der wenigen Prosatexte, die es von ihm gibt. Er zitierte Büchners gefällige Formulierung, die ich Dir genannt habe, und betont, daß ihm die Version »kommode

Religion« besser gefalle als »kommende Religion« (die andere Transkriptionen bevorzugen). Die bereits von Büchner verabscheute religiöse Kommodität ist in Celans Augen das Ferment unserer optimistischen Taubheit. Sie macht unsere Kultur für das Entsetzliche unaufmerksam und unsensibel. Celan, Übersetzer von Shakespeare, Mandelstam, Char, Dostojewskij, eifriger Leser von Philosophen und Mystikern, arbeitet mit unterschiedlichen Registern, und wenn er verkündet, ein Dichter könne nur in einer Sprache, seiner Muttersprache, bei ihm die deutsche, schreiben, speist sich seine Inspiration doch aus der Vielfalt der Kulturen und des Wissens wie aus unterschiedlichen Quellen.

Vielleicht wußte er – wenn es sich aber um eine zufällige Übereinstimmung handelt, ist sie nicht weniger erhellend –, daß eine der wesentlichen abendländischen Meditationen über das Böse diesen Willen nach Kommodität anprangert, dem er den Wunsch nach Gerechtigkeit entgegensetzt. Wir befinden uns im Jahr 1085. Ein christlicher Philosoph, der damals die Frage nach dem Bösen aufwirft, reflektiert notwendigerweise über den Teufel, erörtert jedoch weder seine Hörner noch seinen Schwanz oder seinen Geruch. Er hinterfragt seinen »Sturz«, das heißt die Möglichkeit, die ein denkendes Wesen hat, sich vor und gegen Gott zu definieren oder das Böse trotz des Guten zu wollen, sich für das Nichts gegen das Sein zu entscheiden. Anselm, der Erfinder des berühmten »ontologischen Arguments«, später wird es »ontologischer Gottesbeweis« heißen, glättet nichts. Im Unterschied zu anderen Heiligen – vor ihm Augustinus, nach ihm Thomas von Aquin – erlaubt er sich, von dem »Guten für mich« zum »Guten an sich« verstohlen überzugehen. Nie verfällt er dem Paralogismus, der, von der Prämisse ausgehend, alles, was ich will, scheint mir gut, schlußfolgert: Ich kann nur das Gute wollen, worauf unmittelbar folgt: Wenn ich etwas Böses will, dann unbeabsichtigt, irrtümlicherweise, unbewußt. Selbst Fichte, der Theologie gegenüber wenig respektvoll, wird diesem Zirkel nicht entgehen, der das Gewollte als gut definiert und schließlich das Gute auf das Gewollte reduziert.

Sicher will man immer das eigene Wohl, daraus schließt Anselm aber nicht, daß man das Gute will. Man will nie den eigenen Schaden, daraus leitet Anselm aber nicht ab, daß man nie das Böse will. Ganz im Gegenteil. Der »Sturz des Teufels« (die Möglichkeit des Engels Luzifer zu fallen, indem er sich für die Perversion entscheidet) besteht genau in dieser Kluft zwischen dem Wunsch nach Gerechtigkeit (dem Guten) und dem Wunsch (nur) nach Kommodität (dem eigenen Wohl). Entweder für die Gerechtigkeit (*Justitia*) oder für das Kommode (*Commodum*) optieren, das ist die Wahl, die sich Anselm zufolge dem ersten Sünder stellt: eine ebenso rigorose Alternative wie das *»To be or not to be«*, dem sich Hamlet aussetzt. Und nicht minder emanzipatorisch, da sie als allererstes die Freiheit desjenigen bestätigt, der geprüft wird. Der Böse ist verantwortlich, wenn und nur wenn es ihm nicht unmöglich, nicht wider seinen Willen ist, das Böse zu wollen, das er tut. Sein Wohl zu lieben ist unvermeidbar, das führt aber nicht dazu, das Gute zu lieben, und das hindert nicht, das Böse zu lieben. Anselm urteilt ähnlich rigoros wie Eure Klassiker: Die Eigenliebe – oder die Verfolgung des Kommoden – impliziert keineswegs die Liebe zum Sein oder die Barmherzigkeit; sie macht es möglich, dieser zu widersprechen oder sie zu verdecken. Einer der frühesten europäischen Intellektuellen – Anselm dachte nicht mehr in den Grenzen des Römischen Reichs und auch nicht in den Grenzen eines späten Hellenismus – nimmt die Widerlegung des optimistischen Arguments vom Bösen wider Willen, der angeblich die Verbrechen, die er begeht, nicht wollen kann, vorweg.

Anselm, *ergo* Schalamow, *ergo* Celan: Die Ablehnung der Theorien der Verantwortungslosigkeit in Anbetracht des Bösen ist im Abendland alt, wenn nicht ursprünglich.

Die Kritik des »Kommoden« wird meistens verschoben und auf die Verurteilung des Konsumwahns reduziert. Das ganze Unglück des modernen Menschen soll angeblich daher rühren, daß er sich auf der Suche nach Firlefanz zur Garantie seiner Glückseligkeit, die ihm unvermeidlich untreu wird, seiner selbst entfremdet. Celan weiß wohl, daß ein Auto nicht glücklich macht. Er schreibt der trivialen Anfechtung der Konsumgesellschaft ein ganz kleines Körnchen Wahrheit zu. Aber er begnügt sich nicht damit. Die »kommoden« Illusionen, die unsere Zeitgenossen hegen, beschränken sich nicht auf die Raserei der Warenzirkulation. Die Träume und der Kitsch der traditionellen »poetischen« Sentimentalität, die himmlischen Harmonien und die frommen Süßlichkeiten, die politischen Parolen und die überaus gelehrten Predigten sind unvergleichbar wirksamere Weisen, sich abzulenken und zu betäuben. Angesichts des Ausmaßes der Desaster dieses Jahrhunderts muß man sich der Evidenz beugen: Die Kunst, die Religion, das Denken, diese vom deutschen Idealismus als unanfechtbar gefeierten *Absoluta* haben versagt. Weit entfernt davon, den Durchschnittseuropäer zu warnen und zurückzuhalten, erleichterten sie im Gegenteil seine Flucht, begleiteten seine Verzichte. Nunmehr ist es Aufgabe der Kunst, der Religion und des Denkens, eine Rückbesinnung einzuleiten und aufzuräumen.

Dieser selbstkritische Anspruch bestimmt die neue Vorstellung von Lyrik, die sich Paul Celan aufdrängt, die der farblosen Blumen, Embleme einer Anwesenheit, »hier ist die Rose, hier tanze« (Hegel), die jedoch eine Anwesenheit ohne Fülle ist, die eher eine Gemeinschaft in der Abwesenheit als Anwesenheit, Ekstase, Begeisterung erweckt.

Der Tauben weißeste flog auf: ich darf dich lieben!
Im leisen Fenster schwankt die leise Tür.
Der stille Baum trat in die stille Stube.
Du bist so nah, als weiltest du nicht hier.
Aus meiner Hand nimmst du die große Blume:
Sie ist nicht weiß, nicht rot, nicht blau – doch nimmst du sie.
(Der Tauben weißeste)[4]

Der Dichter lästert. Offen. Gelegentlich bekennt er sich zu diesem Begriff. Sein ganzes Werk vollendet den Anschlag, nicht auf die Schamgefühle, sondern auf die vom 19. Jahrhundert und von seinen Erben – die wir sind – verehrten Reinheiten. Nichts entkommt den Pfeilen von Paul Celan, weder die Kunst noch der liebe Gott, noch, Höhepunkt der Insolenz, das denkende Denken und sein Patriarch.

Juli 1967. Man kann sich mühelos die Schar von Einwänden vorstellen, die Celan überfallen, als er beschließt, Heidegger zu treffen. Der berühmteste lebende Philosoph der Welt hatte kein makelloses *Curriculum vitae* vorzuweisen. Weit davon entfernt. Obwohl er sich bemühte, sie auszuradieren, blieben seine öffentlichen Aufrufe zugunsten Hitlers, sein Beitritt zur NSDAP im Gedächtnis und spalteten das akademische Deutschland. Die einen hielten diese Sünden angesichts des Prestiges des Werkes für verzeihlich. »Heidegger war der größte Denker und der kleinste Mensch«, schreibt Gadamer. Die anderen entschieden sich für eine integrale Verurteilung von Werk und Denken des politisch höchst kompromittierten Professors. Die Frankfurter Schule blies das Halali und vergaß dabei, daß ihr Anführer Adorno selbst, zugestandenermaßen kurz, die Stiefel des Anführers der Hitlerjugend blank geputzt hatte.

Der sogenannte »Historiker«-streit kündigt sich an. Jeder frischt seine Tugendhaftigkeit neu auf, indem er das gegenüberliegende Lager belastet. In diesem panischen Getöse ist Celan eine Ausnahme. Er ignoriert nichts, will nichts vergessen, exkommuniziert jedoch nicht.

Celan fährt in den Schwarzwald, nach Todtnauberg, zum Zufluchtsort des Denkers. Er verlangt, oh, ganz diskret, nach Erklärungen. Auf eine Seite im Goldenen Buch, das der berühmte Greis seinen hohen Besuchern aufschlägt, schreibt er: »mit der Hoffnung auf ein kommendes Wort im Herzen, 25. Juli. Paul Celan«. Mit dem Gedicht, das er eine Woche später schreibt, bekräftigt er das:

die in dies Buch
geschriebene Zeile von
einer Hoffnung, heute,
auf eines Denkenden
kommendes
Wort
Im Herzen ...
(Todtnauberg)[5]

Dieses »Wort« – der Erklärung, des Mitgefühls, der Entschuldigung, der Reue? – ist nicht über die Lippen des Philosophen gekommen, der vorgab, nichts zu verstehen. Nach dem Tod beider Gesprächspartner vertraute Frau Heidegger Madame Celan an, daß ihr Mann weder wußte, daß Celan Jude war, noch, daß er seine Familie im nationalsozialistischen Sturm verloren hatte. War Heideggers Ignoranz vorgetäuscht, bezeugt sie seine Verlegenheit. War sie echt, setzt sie die Bewunderer eines Gastgebers in Verlegenheit, der mit wenig Neugier für den Dichter, den er feierlich empfängt, den Narzißmus bis zum Autismus zuspitzt. Hätte Heidegger nur wenige Zeilen gelesen, hätte er es gewußt. Celans verzweifelte Biographie kommt in den Versen selbst zum Vorschein.

Dank gewerkschaftlicher und korporativer Solidarität fand die Mehrheit der diplomierten Denker und Philosophen nicht allein bei uns, daß der Besuch einer Ehrerbietung des »jüdischen Dichters« dem »deutschen Denker«[6] gegenüber gleichkam. Einige bedauerten, daß Celan keinerlei Antwort auf seine »Bitte« erhalten habe. Andere vermuteten, Heidegger habe ihm vorbeugend in seinem Hölderlin-Kommentar geantwortet. Noch anderen gefiel es, das bedeutende Schweigen zu würdigen, denn die ontologische Meditation habe »kein Wort zu verlieren« in Anbetracht einer zu stark ontischen, subjektiven und den Umständen verhafteten Anfrage. Mit seiner Begegnung mit einem großen Denker, dessen große Gedanken seinen Kopf überfordert hätten, habe der Dichter nach Beruhigung gesucht.[7]

Der Hellenist und Freund Paul Celans, J. Bollack, gesteht, sehr lange perplex gewesen zu sein. Celan fuhr nicht nach Canossa. Sich dem Papst des Denkens zu Füßen zu werfen kam nicht in Frage. Er erwartete weder eine Heilung noch einen Ritterschlag. Im Gegenteil, er wollte Heidegger in die Enge treiben. Heißt das, daß er hoffte, die Antwort zu erzwingen und mit dem »Wort« zurückzufahren? Das wäre naiv gewesen und hätte die niemals dementierte Strategie des Meisters verkannt, der Band für Band die Radikalität seiner Ablehnung jedes öffentlichen Schuldbekenntnisses begründet. Wie hätte Celan, in den Wegen, Umwegen und Kehren des Heideggerschen Denkens sehr bewandert, einen Augenblick spekulieren können, der Schock einer kurzen Begegnung würde eine derart sorgfältig ausgebrütete Position stürzen? Nach langem Wundern und vielem Fragen gelangte Bollack zu dem Schluß, der Dichter habe das Fiasko antizipiert und gesucht, damit wir über das Schweigen des Philosophen stolpern. Dieses Schweigen, aus dem seine Poesie Sinn zieht, ist der Stein, auf den er die unsichtbare Kirche seines Denkens baut.

Sie rufen: Ihr lästert!
Wir wissen es längst.
Wir wissen es längst, doch was tut's?
Ihr mahlt in den Mühlen des Todes das weiße Mehl
der Verheißung.
Ihr setzt es vor unsern Brüdern und Schwestern –

Wir schwenken das Weißhaar der Zeit.

Ihr mahnt uns: Ihr lästert!
Wir wissen es wohl …
(Spät und Tief)[8]

Das Abenteuer muß umgekehrt gelesen werden. Der quälende Aufstieg des demütigen Dichters zum Äther der reinen Spiritualität verbirgt den umgekehrten Abstieg. Nachdem er Heidegger in seiner »Hütte«, seinem Zufluchtsort, aufgesucht hat, verurteilt Orpheus/Celan ihn zur Höllenfahrt. Er lädt ihn zu einem banalen Ausflug mit dem Auto ein, wandert anschließend mit ihm in den umliegenden Sümpfen. Eine Reise, die mit Hilfe des Gedichts in eine feierliche Neueröffnung einer peinlich genau verdrängten Vergangenheit umschlägt. Die Orte, durch die der Dichter und der Denker waten, sind verschlüsselt, was den beiden Hölderlin-Liebhabern nicht seltsam erscheinen dürfte.

Der Ort, Todtnauberg, der Berg der Totenwiese, beschwört auch die Naziorganisation Todt herauf, die so zahlreiche »Arbeits«-lager verwaltete. Das sumpfige

Hochmoor, wo der Spaziergang endet, erinnert an zahlreiche Gedichte von Celan und ans Lied der Moorsoldaten – Heidegger wird also mit der Nase auf seine Vergangenheit gestoßen; entweder begreift er und kann nichts sagen, oder er begreift nicht und kann ein weiteres Mal nicht sehen. In beiden Fällen verschanzt er sich, und Celan gelingt die Demonstration. Die langandauernde Blockade, die weder auf Dummheit noch auf gelegentliche Unaufmerksamkeit zurückzuführen ist, tritt klar zutage. Es ist eine mentale Burg, die Celans poetische Strategie anvisiert, umzingelt und angreift.

Was hält Celan Heidegger vor? Nazi gewesen zu sein? Mit seinen Reden und seinem Schweigen die zwischen 1933 und 1945 begangenen Greuel gutgeheißen zu haben? Sich geirrt zu haben? Nichts dergleichen! Der Dichter strebt keinerlei rückblickende Polizeirazzia an. Er gibt sich keiner postumen Abrechnung hin, er akzeptiert die Diskussion von Mann zu Mann, zwischen Dichter und Denker, mit einem Menschen, von dem ihm nichts unbekannt ist und den er nicht wie einen Pestkranken behandelt. Im Unterschied zu Adorno und Lukács oder, einige Stufen tiefer, Farias, inkriminiert er nicht die Integralität eines Werkes, er löscht nicht aus seinen Lektüren und Bezugsquellen das aus, was Heidegger vor, während oder nach seinem faschistischen Engagement schrieb. Er diskutiert die Interpretation von Hölderlin, ohne sie unter dem Vorwand zu annullieren, daß der Autor ein ausgewiesener Nazi ist. Sicher, er sieht das Vergehen. Celan nimmt es zur Kenntnis und lehnt ab, an Heideggers Seite fotografiert zu werden, indes, wie Sperber oder Jaspers, will er den Schuldigen nicht in dessen Schuld einsperren. Die subtile Mahnung des 25. Juli 1967 bezieht sich nicht hauptsächlich auf die Vergangenheit, so belastend sie auch ist, sondern auf die Gegenwart Heideggers. Celan versucht ein aktuelles Unvermögen zu erhellen, das mit dem Kriegsende beginnt und bis zum Tod Heideggers andauert.

Schändlicher als die gestrige Schande ist diese Verbissenheit, sie zum Schweigen zu bringen. Beunruhigender ist das nachträgliche Schweigen, bei dem man sich fragen muß, ob es allein Ergebnis einer Unfähigkeit ist, das Verbrechen aufzuklären, oder ob es der diskrete Hinweis auf eine sich endlos hinziehende Komplizenschaft ist. Celan, der seinen Scheinwerfer auf das Hier und Jetzt richtet und verdeutlicht, wie sehr die Beziehung zur Vergangenheit entscheidender als diese Vergangenheit selbst wird, erteilt damit dem politisch korrekten Wiederkäuen eine Abfuhr. Wir, Spätgeborene oder Überlebende, sollten nicht versuchen, uns als »besser« denn Heidegger zu krönen. *Chi lo sa?* Aber lernen wir, anders zu denken, als er zu denken und zu sehen lehrt.

Schluß mit der Prahlerei! Wenn dreißig, vierzig, fünfzig Jahre später die Schrecken des Zweiten Weltkriegs so wenig meditiert bleiben, droht dieses Ungedachte Richtung Zukunft weitergeführt zu werden. Wenn der kritische Sinn – wäre es auch der des größten Philosophen – auf die Liste der nicht erreichbaren Fernsprechanschlüsse gelangt, droht eine weiterhin beunruhigende Realität, die glaubt, sich alles erlauben zu können. Wie soll man, selbst partiell, das kontrollieren, wovon wir nicht einmal eine Vorstellung haben?

Als Heidegger auf die bedingungslose Begeisterung, die Hitler hervorrief, erneut eingeht, schreibt er »seine große Dummheit« nicht einer schlechten Wahl, der des Nazismus gegen die Demokratie, zu. Über letztere behauptet er bis zu seinem Tod nichts sagen zu können. Er suggeriert, daß die »Dummheit« Sache des Führers sei, von dem unabhängig die »innere Wahrheit und Größe dieser (nationalsozialistischen) Bewegung« wiederhergestellt und gepflegt gehört. Heidegger setzt sich daraufhin mit Nietzsche auseinander, seine Erklärung dreht sich um eine Anspielung: Hitler habe sich zu (naiv) nietzscheanisch und Nietzsche zu modern, anders gesagt, zu (naiv) »cartesianisch« gezeigt.

Hölderlin, als Statue des Komturs, verkörpert die authentische Germanität und wird zum symmetrischen und antinomischen Pendant des Denkers des Willens zur Macht aufgebaut. Hitler rennt ins Verderben, weil er zuviel Anleihen beim Gegner macht. Mangels einer radikalen Ablehnung des Abendlands und der Aufklärung bekämpft der Führer sie mit mentalen Waffen, die er ihnen entwendet und die sich gegen ihn wenden. Er geht in eine Falle, vor der allein der schwäbische Professor ihn hätte bewahren können. Die Niederlage des Nazismus unterzeichnet die Abendlandisierung des Planeten: In Heideggers Augen entzieht sich kein Verbrechen der universellen Herrschaft der Technik. Und die Nürnberger Richter stoßen zu Unrecht einen Gleichen, einen Bruder aus der Gesellschaft aus: »Ackerbau ist jetzt eine motorisierte Ernährungsindustrie, im Wesen dasselbe wie die Fabrikation von Leichen in Gaskammern und Vernichtungslagern, dasselbe wie die Blockade und Aushungerung von Ländern, dasselbe wie die Fabrikation von Wasserstoffbomben.«[9]

DASSELBE! Alles Elend der Welt auf dieselbe Stufe gestellt und gleichwertig! Die Juden und das Gemüse! Die landwirtschaftliche Mechanisierung und die Endlösung! Welcher Ausweg soll dann aus dem Gemetzel gesucht werden, wenn die Bemühung, es zu beenden, es angeblich ausweitet? Was tun? Bloß nichts, »allein ein Gott …«, antwortet orakelnd der Denker des Seins in einem post mortem veröffentlichten *Spiegel*-Interview.

Ein diffuser und konfuser Heideggerianismus wurde damit der gemeinsame Nenner von enttäuschten Marxisten, ihren Ärger hinunterschluckenden Ultrakonservativen, fundamentalistischen Ökologen und Akademikern, die ihre Neigung zum Rückzug mit dem Rückzug des Seins gleichsetzten. Geistige Rechtfertigung und Drehscheibe der Verantwortungslosigkeiten des *Fin de siècle* – Heidegger konnte Celan nicht verführen.

Brief XII

Die Begegnung von Dichter und Niemand

Rätselfrage: Streichen Sie in Anbetracht
der Tatsache, daß für das Wort Religion zwei
Etymologien vorhanden sind:
1. *re-ligare*, binden: die Religion ist die
herausragende soziale Bindung;
2. *re-legere*, sich sammeln, sich rückbesinnen:
die Religion ist innere Sammlung,
Skrupel, Beunruhigung,
die Paul Celan entsprechende Option an

Die Frage nach Auschwitz ist ausweglos, solange man sich mit zunehmend falsch klingender Arglosigkeit mit der Frage begnügt: Wer hat diese Greuel begangen? Wie durch einen bösen Zufall verirrt sich die Treibjagd auf den kriminellen Produzenten in alle Richtungen. Denunziert werden Hitler der Wahnsinnige, die kleine Bande, die ihn umgibt, die Revanchisten von nach 1914, die verlorenen Kinder einer ihrer Prinzipien untreuen Zivilisation, das »Frühlingsopfer« und die aufrührerischen Intellektuellen, der »rote« Revolutionär und der »braune« Nationalist, der Atheismus, eine lange antisemitische Tradition, das Großkapital, Deutschland seit dem *Berserker* der nordischen Sagen oder den grausamen Harii von Tacitus, das für Gottes Tod verantwortliche Europa, ohne das Abendland und seine hellenistischen Wurzeln zu vergessen.

Die Frage, in der Form »Wer hat es getan?«, »Wer hat es verursacht?« gestellt, ermöglicht, sie dem unendlich Kleinen – der infantilen Sexualität des künftigen Führers, seiner Berufung als gescheiterter Maler ... – oder dem unendlich Großen: der Geschichte der Menschheit samt ihren zweifelhaften Ursprüngen beliebig anzupassen. Und alles Dazwischenliegende zu versperren. Man hätte unrecht anzunehmen, diese endlose Debatte führe zu nichts, denn auf Anhieb versieht sie denjenigen, der erklärt, und diejenigen, die zuhören, mit einem Blankoschein der Nichtverantwortung. Ich selbst bin kein gescheiterter Maler; Hitler ist ein anderer. Wenn die großen weltgeschichtlichen Denker die Zivilisation als Ganzes anklagen, leisten sie dieselbe Arbeit, sie sprechen ihre Leser und den Mann auf der Straße frei, sie rechtfertigen sie, daß sie sich angesichts derart beeindruckender Mühlen des Unheils schnell geschlagen geben. Wer hat die Katastrophen dieses Jahrhunderts verursacht? Trotz der Vielfalt der willkürlichen Antworten bleibt die Schlußfolgerung verändert: wir nicht!

Es genügt, daß Celan die Zielscheibe auswechselt, damit das Nichtgesagte des gelehrten Tumults deutlich wird. Er fragt nicht: »Wer hat es getan?«, sondern: »Wer hat es geschehen lassen?« Er führt uns von einer Ethik der Produktion (wer macht das Böse?) zu einer Ethik der Rezeption, die ein erweitertes Verantwortungskonzept impliziert: Wer es geschehen läßt, nimmt es – sei es auch stillschweigend – hin, daß sich das Böse ausbreitet und siegt.* Bekanntlich setzten sie Nazis auf die Nacht und den Nebel, gestanden gar, daß sie selbst ihren Zeloten die Endlösung in ihrer grausamen Nacktheit nicht darstellen könnten. Sorgsam sind die Sprachverrenkungen und der bürokratische Kult des Euphemismus studiert worden, die den Behörden des Dritten Reichs die Durchführung ihrer Arbeit unter einer Normalität erlaubten: Es gibt keinen Schwerhörigeren als den, der nicht hören will. Die Untersuchung auf die Idiolekte der Hitlerischen Apparate zu reduzieren wäre jedoch falsch. Auch die große Öffentlichkeit in Deutschland, in Europa und in der ganzen Welt war bereit, das nicht zu erraten, was sie ahnen konnte. Sie zog vor, die Informationen, die durchsickerten, nicht zu prüfen. Es schien ihr natürlich, den

* Schon 1945 wies Hermann Broch auf die »verbrecherische Gleichgültigkeit« als die erste Sünde der Deutschen während der hitlerschen Periode. Von der Annahme ausgehend, die Mehrheit der Bevölkerung sei weder restlos nazistisch noch vollständig überzeugt und fanatisch gewesen, klagte er sie einer »bestialischen Indifferenz« angesichts der in ihrem Namen begangenen Verbrechen an (Hermann Broch, *Briefe über Deutschland, 1945–1949*, Suhrkamp, Frankfurt am Main, 1986, S. 25, 33).

Blick abzuwenden, sich die Nase zuzuhalten und die Ohren in anderer Richtung zu spitzen.

Die Arbeit der Verschleierung wurde flink und doppelt erledigt. Auf seiten der Zuschauer wie auf seiten der Akteure. Die »furchtbaren Geheimnisse« werden von den sich bekämpfenden Lagern ängstlich gehütet. Die Demokratien geben keinen Ton von sich. Das Rote Kreuz findet nichts auszusetzen. Die Frage »Wer hat Auschwitz gewollt?« gibt zu unendlichen Ausflüchten Anlaß. Ich habe das nicht gewollt. Ich wußte es nicht. Mir ist das nicht bewußt geworden. Ich glaubte, richtig zu handeln. Diese Prozeduren der Erklärung, nicht verantwortlich zu sein, brechen auf der Stelle ab, sobald nicht mehr erforscht wird, wer was getan hat, sondern wer das unsichtbar gemacht hat, was getan wurde. Nicht mehr: Wer hat das gewollt? Sondern: Wer wollte nicht, daß er nicht wollte? Die zugleich genauere und allgemeinere Verantwortung bezieht sich Anselm und Schalamow zufolge auf die implizite Hinnahme des Verbrechens, auf den Anteil derjenigen, die sich weigerten, ihm Aufmerksamkeit zu schenken. Für Celan Gott eingeschlossen:

Niemand knetet uns wieder aus Erde und Lehm,
niemand bespricht unsern Staub.
Niemand.

Gelobt seist du, Niemand.
Dir zulieb wollen
wir blühn.
Dir
entgegen.

Ein Nichts
waren wir, sind wir, werden
wir bleiben, blühend:

die Nichts die
Niemandsrose.

Mit
dem Griffel seelenhell,
dem Staubfaden himmelswüst,
der Krone rot
vom Purpurwort, das wir sangen
über, o über
dem Dorn.
(Psalm[1])

Die unversöhnliche Ermahnung für eine theologische Koketterie oder ein atheistisches Glaubensbekenntnis zu halten wäre falsch. Mit zuvor unbekannter, seltener Kühnheit und poetischer Kaltblütigkeit brachte der Dichter eine immense innere Revolution zur bescheidenen Sprache. Die Statistiker und die Soziologen stellen sie fest, ohne sie zu verstehen, und taufen sie summarisch »Entchristianisierung«. In aufeinanderfolgenden Wellen, nach dem Ersten, anschließend nach dem Zweiten Weltkrieg, von Latenzzeiten, entsprechend den lokalen, nationalen konfessionellen Umständen, unterbrochen, bricht Europa unwiederbringlich mit seiner traditionellen Weise, sich religiös zu behaupten.

Als habe die Gewalt des Jahrhunderts den Mann der Straße von der Hinfälligkeit der Institution und der wurmstichigen Schwäche der geistigen Schutzgeländer, die früher als Überlebensgarantien galten, überzeugt. Diese allgemeine Beunruhigung – seit dem Fall der Mauer erstreckt sie sich auf den europäischen Osten – wird keineswegs von der Allerweltsantwort beschwichtigt, die insinuiert, wären Stalin und Hitler gute Christen, weise Kantianer oder authentische Anhänger von Hölderlin gewesen, wäre man den Massakern entgangen. Das Rätsel blieb offen: Weshalb haben derart zahlreiche Zivilisierte, Christen, Kantianer, mit Goethe und Platon überfütterte, von Moral und Geschichte durchtränkte Idealisten den Aufstieg der blutrünstigen Hanswurste nicht vorhergesehen, ihn nicht gesehen, ihm nicht vorgebeugt, ihn nicht aufgehalten und bekämpft?

Der sehr einsame Paul Celan verleiht dem allgegenwärtigen Verlangen, angesichts des begangenen oder tolerierten Grauens unser Verhältnis zu Gott, zur Welt und zu uns selbst neu zu definieren, eine Stimme. Seine Dichtung verbindet die Fragen des anonymen Passanten und die des Philosophen: Es sind dieselben. Celan wandelt auf den Spuren von Pierre Bayle: Das Böse existiert, ich bin ihm begegnet, meine Familie wurde vernichtet. Celan fragt umfassender als Leibniz: Woher kommt das Böse? Und stellt die Frage nach dem Sein in ihrem vollen Umfang, ohne die Gottheit (Theodizee als Gericht ÜBER GOTT) auszulassen. Aber hier bricht seine Begleitung des deutschen Idealismus ab, dessen optimistische Lösungen, so nuanciert sie auch sein mögen, ihn voller Fragen zurücklassen.

Woher kommt das Böse? Zwar gehört die Frage zu den bedrängendsten, der Dichter stellt sie jedoch seiner Gleichung entsprechend, ohne sich auf den gelehrten Geist der Meister oder auf den übereinstimmenden Volksgeist zu berufen, den erstere im Volk und seiner Folklore idealisieren. Celans Dichtung klammert sich an ihren einzigartigen Atem. Sie gründet sich nie auf die Sprache eines ursprünglich gebliebenen oder allwissend gewordenen Wir. Sie baut allein auf die eigenen Kräfte. Sie stottert aus ihrer Not. Ein sehr kurzes Gedicht aus *Schneepart*, weist ein kristallenes Bekenntnis aus:

Die nachzustotternde Welt,
bei der ich zu Gast

gewesen sein werde, ein Name,
herabgeschwitzt von der Mauer,
an der eine Wunde hochleckt.
(Die nachzustotternde Welt)[2]

Auf den ersten Blick handelt es sich um ein Bekenntnis der Bescheidenheit, wenn nicht der Demut. Weder erschafft der Dichter die Welt, noch baut er sie neu oder begründet sie. Diese läßt ihn in der Schwebe, hin und her geworfen gleich dem Gast, der nur auf Durchreise ist. Der Gastgeber hat sein Verschwinden zu erwägen, das vom Futur zwei, einer im Deutschen selten verwendeten Zeit, unterstrichen wird. Der Dichter bewohnt den Kosmos nicht mehr, er hallt nicht von den himmlischen Harmonien wider, er kennt die Musik der Sphären nicht, er vernachlässigt das Glockenspiel der volkstümlichen Einmütigkeiten. Er nimmt sich selbst als einen Namen an einer Mauer vorweg, der verblassen wird, allein durch seine Gedichte existierend, die wiederum verblassen werden. Das In-der-Welt-Sein der Dichtung ist das Stottern. Das ist das Urteil, das der »Stotterer weißer Steine« über sein Werk und die Aussage des Dichters, den er liebt, fällt: Hölderlin.

Muß man hinter einer derartig beharrlichen Ablehnung, den Sieg zu erringen und den Ruhm des Parnaß zu erhalten, ein unmäßiges Gefallen an Demütigung, Schmerzverherrlichung, Selbstverleugnung vermuten? Der einzige zugestandene Aufstieg ist der einer Wunde, einer lebenden Lepra, die »nach oben« eine schwitzende Mauer, anders gesagt einen Grabstein, zerfrißt. Das ist keine krankhafte Demission. Sicher, die Wunde bleibt Wunde, und keinerlei List der Vernunft verwandelt sie in Stigmen und in Verheißung eines kommenden Glücks. Eben! Aus diesem Schmerz, der auf sich selbst besteht, schöpft der Dichter seine Kraft, die Welt nachzustottern.

In *Lichtzwang*, der letzten von Celan durchgesehenen und nach seinem Tod veröffentlichten Sammlung, behauptet er, daß die dichterische Stimme kraft ihrer Wunde eine Welt gewinnen läßt:

wunder Gewinn
einer Welt.
(Fahlstimmig)[3]

Wörtlich: »verwundeter Gewinn einer Welt«. Nur, daß *Wunder* auch das Wunderbare, die Überraschung bedeutet. Das Wunder aller Welt ist, daß das Sein ist, daß die Welt ist, lehrt Heidegger. Celan, der sich daran erinnert, hält dieses Wunder in einer Nußschale, der Mandel der Wunde. Das Wort und die Wunde sind dasselbe, und im selben stottert die Welt neu, daß keinerlei Schöpfer mehr erschafft. Die Welt und der Dichter sind dasselbe: eine offene Wunde, die offenbleiben muß.

Der Schmerz von Celan stellt eine Anfrage, verkündet aber keine Frohe Botschaft. Nichts in ihm führt die Intervention eines tröstenden Heiltherapeuten oder eines Theoretikers herbei, der ihn wieder in den Rahmen irgendeiner Ordnung des Kosmos oder der Geschichte stellte. Die Verzweiflung ist unverjährbar, sie ist es, die von oben herab die Höhen und aus dem Tiefsten die meditierenden Tiefen beurteilt. Sie ist es abermals, die das Sentimentale, das Novalis zum universalen Poetisierungsprinzip erhob, profaniert. Nunmehr ist das Gedicht »der Ort, wo alle Tropen und Metaphern ad absurdum geführt werden wollen«[4]. Gedicht, das gegendichtet. Licht, das als Gegenlicht erhellt. Celans Stil setzt permanent die Inversion, den Sarkasmus, Sinn- und Perspektivumkehrungen ein, weil die Verzweiflung streitbar ist. Ohne Selbstgefälligkeit, sie zieht aus sich selbst nicht die

Lust eines impliziten Auserwähltseins. Ohne Rücksichten, sie greift frontal das undurchsichtige und betäubte Schweigen an, das sie möglich und wiederholbar macht. Und die Nostalgie nach einem Goldenen Zeitalter und die Hoffnung einer erlösenden Zukunft partizipieren an der Flucht vor ihr.

Hätte Heidegger gewagt, Celan zu lesen, hätte er einen zusätzlichen Grund gehabt zu schweigen, ihm fehlte die Fähigkeit, eine rebellische Verzweiflung zwischen einem Vorher und einem Danach festzuhalten. Der Meister hätte mit Celan nicht den am armen Hölderlin abrupt vorgenommenen Vorgang wiederholen können: »… indem Hölderlin das Wesen der Dichtung neu stiftet, bestimmt er erst eine neue Zeit. Es ist die Zeit der entflohenen Götter *und* des kommenden Gottes. Das ist die *dürftige* Zeit, weil sie in einem gedoppelten Mangel und Nichts steht. Im ›Nicht mehr‹ der entflohenen Götter und im ›Noch nicht‹ des Kommenden.«[5]

Celan kennt die gelehrten Prozeduren auswendig, die den poetischen Schmerz für sich einspannen und ihm einen Sinn verleihen, dessen er sich scheinbar nicht bewußt ist. Er soll die Härte der Umstände und die Aktualität einer Krise bezeugen, er protestiert jedoch auch, also gedenkt er glücklicher Zeiten oder nimmt sie vorweg. Er sagt, auch wenn es wortwörtlich gar nicht dasteht, daß er nur ein vorübergehender Moment, ein böser Augenblick ist. Und, wie der Mann von der Straße sagt, alles hat seine Zeit. Hegel als großer Virtuose, die Marxisten angestrengter und die Soziologen mit einer unerschütterlichen Prosa, alle gehen munter dieser Übung der Einkapselung und Erlösung des zwar von seiner Zeit gezeichneten, jedoch vom Schicksal erlösten Dichters nach. Celan, der seinen Schmerz zum Maß aller Dinge, seines Vorhers, seines Nachhers, erhebt, verspottet diesen tröstenden Plunder.

... Aller-
orten ist Hier und ist Heute, ist, von
Verzweiflungen her,
der Glanz,
in den die Entzweiten treten mit ihren
geblendeten Mündern
(Und mit dem Buch aus Tarussa)[6]

Obgleich Verzweiflung stets nur persönlich erfahrbar ist, ist sie, weil sie Verzweiflung ist und als solche universal geteilt wird, poetisches Prinzip.

Celan stößt zu Villon und nimmt Platz unter den »Filous«, den »Gaunern«, die die Dinge von ganz oben her nehmen, von der Höhe ihrer Zukunft, von der Höhe eines versprochenen oder erträumten Galgens aus.

Eine Gauner- und Ganovenweise,
gesungen zu Paris emprès Pontoise
von Paul Celan
aus Czernowitz bei Sadagora
(Eine Gauner- und Ganovenweise)[7]

Eine solche Weise gibt sich spontan, sie konfrontiert alle manipulierenden Diskurse mit dem Tod, der aber verschwinden wird. Paul Celan macht das Schweigen des 20. Jahrhunderts zum Argument und verwandelt dieses *Argumentum e silentio* in den Gegenbeweis oder die ontologische, für alle Jahrhunderte gültige Gegenprobe. Der klassische Metaphysiker bemühte sich, Gott nachzuweisen, indem er für gültig befand, daß man dem größten vorstellbaren Wesen, das sich denken läßt, die Existenz nicht absprechen kann, ohne es zu reduzieren, ohne sich also zu widersprechen. Celan kehrt den Gedankengang um und schließt rigoroser, von der Wahrnehmung des größten Bösen ausgehend, auf die Nichtigkeit der Lehren, es in seinen Manifestationen zu beherrschen. Daher der unglaubliche Befehl: »Bete, Herr, / Bete zu uns« (*Tenebrae*).[8]

Paul Celan führt den Beweis, indem er das Absurde aufzeigt: Angenommen, man folgt den Postulaten des optimistischen Idealismus und der poetischen Poesie, dann folgt man ihnen auch darin, daß sie die Existenz des vergangenen und zukünftigen Bösen verneinen. Nun springt das Böse in seiner unerschöpflichen Absurdität aber ins Auge. Also sind die optischen oder mentalen Systeme, die es verneinen, noch absurder als das Böse. Die neue Lyrik bedeutet: »Gehuldigt wird hier der für die Gegenwart des Menschlichen zeugenden Majestät des Absurden.«[9]

Auf die Revanche der Gedichte an den verheerenden Gedanken reduziert, würde Celans Strategie an Schärfe verlieren. Eine Konkurrenz zwischen Denkern und Dichtern kommt nicht in Frage. Der Dichter behauptet sich denkend. Wenn Revanche, dann bezieht sie sich auf den Gründungsakt des Idealismus, mit dem Platon den Dichtern die Tore seines utopischen Staates verschloß. Dieser ursprüngliche Ausschluß wird subtil von den modernen Idealisten abgelöst, die den Künstler integrieren, indem sie ihn einer globalen Interpretation unterziehen, die weit über seinen Kopf und sein Werk hinausgeht.

Das Motiv des Verbots bleibt: Die Dichter haben das mehrdeutige Privileg, gut über das Böse, also schlecht über das Gute zu sprechen. Sie machen die Götter, die Welt, ihren Nachbarn und sich selbst schlecht. Raus mit ihnen! Für Celan ist das Lästern die eigentliche Aussage der Dichtung. Er sucht keine Zuflucht in den Besonderheiten seiner Biographie und beansprucht auch nicht die korporativen Privilegien einer Gilde inspirierter Menschen. Er stellt das optische idealistische System auf den

Kopf, ohne vorzugeben, die x-te Antwort zu liefern, ohne die Erbstreitigkeiten fortzusetzen. Schelling contra Hegel, Marx gegen beide und Bakunin gegen Marx, Nietzsche wieder einmal und Heidegger gegen ihn, aber alle gegen ihn, usw. Statt unter der endlosen Suche nach Lösungen zusammenzubrechen, befragt Celan die Frage rückblickend: Wer spricht, und wovon wird gesprochen?

Das Problem des Bösen muß von demjenigen, der leidet, übernommen werden, man darf es nicht den vielseitigen Quacksalbern überlassen. Auf dieser Fährte begegnet Celan nicht nur Beethoven, *durch Leiden Freude*. Er trifft auf die großen griechischen Tragiker: *Pâthei mâthos*, aus der Prüfung, aus dem Leiden entsteht das Wissen.* Celan kehrt die platonische Umkehrung um und stellt eine Priorität wieder her, die der Idealismus beharrlich entwertet. Die ganze, offiziell im *Staat* gepredigte Lehre (die nicht frei ist von einer diskreten Ironie) setzt sich für das Primat des *mathein* gegenüber dem *pathein*, des Wissens gegenüber dem Leiden, ein. Der Philosoph hat König zu sein, weil er weiß, demzufolge ist er der einzige, der die anderen lehrt, richtig zu leiden und ihr Leben und ihr Urteil dem Gemeinwohl der Polis zu opfern. Adieu, Ödipus! Adieu, Orest! Adieu, all ihr, die ihr über das entschiedene Nachdenken über schmerzliche Erfahrungen Zugang zu den Krümeln des Wissens habt.

Der einzige von der platonischen Polis anerkannte Schmerz ist das Elend, noch nicht zu wissen. Das ist auch das einzige Anrecht auf Verzweiflung, das Heidegger Hölderlin zubilligt, den er damit in einem spekulativen »Noch nicht« erstarren läßt. Jeder Idealismus – darin liegt sein radikaler Optimismus – ordnet das *pathein* der gewöhnlichen Sterblichen dem *mathein* der an Alpha und Omega reichen Weisen unter: Das große »Mathe-

* Aischylos, *Agamemnon*.

ma« der Idee der Guten erhellt und erwärmt die Gesamtheit der Menschen. Das Dumme an dieser harmonischen Konstruktion ist, daß der Schmerz redet, schreit und stammelt. Ihn der Gerichtsbarkeit des souveränen *mathein* zu unterwerfen heißt, daß man ihn zum Schweigen bringt. Deshalb fliegen diejenigen raus, die ihm Stimme verleihen. *Pathein* gegen *mathein*, das ist Poem gegen Noem. Welches geht welchem voraus?

Was bedeutet diese Umkehrung? In unserem sehr gut geschulten Deutschland gilt der geringste Etikettenverstoß schnell als Irrationalismus, jedenfalls sofern sich das etablierte und diplomierte Wissen dadurch in Frage gestellt fühlt. Hat unsere Universität ihren sagenhaften Aufschwung Anfang des 19. Jahrhunderts nicht unter den Auspizien des herrschenden Idealismus eingeläutet? Hält sie sich nicht für die endlich entdeckte Verkörperung der Platonischen Polis? Und wenn sie ihre Unvollkommenheiten unter reichlicher Zuhilfenahme von Klagen und Kreditanträgen ausbreitet, mißt sie sie dann nicht an der Elle dieses *Staates*?

Wenn Celan einer derart befriedigenden Harmonie zuwiderhandelt und sie stört, ist dieser *Outlaw* deshalb noch lange nicht »irrational«. Er spielt weniger als alle anderen den Guru und kennt keinen größeren Feind als die Schwärmerei, das visionäre Träumen. Er verachtet die wissenschaftliche Forschung keineswegs und macht sich bei Gelegenheit die Kenntnisse, die sie bietet, zunutze. Die Linguistik ist ihm vertraut, und seine Kenntnisse, was die Vorgeschichte angeht, bringen seine belesenen Kommentatoren zum Staunen. Dafür beugt er sich nicht dem herrschenden Vorurteil, das die Vernunft mit der Herrschaft des Mathemas gleichsetzt. Vielmehr stimmt er mit einem von Platon noch nicht umerzogenen Sokrates überein, der ausruft: »Ich weiß, daß ich nichts weiß!« und sich zu einem Nichtwissen bekennt, das dem etablierten Wissen überlegen sei, das verdächtigt wird, »Anemonen«, Blumen aus Wind und Leere, hervorzubringen.

Celan und Sokrates, wohnhaft im Lande *Kannitverstan,* sind nicht »irrational«, weder der eine, noch der andere. Celan bekämpft keineswegs die Vernunft, sondern die Übervernunft, die sich gegen den Verstand stellt, den genialen Geist, der die prosaischen Geister unter sich läßt, eine »positive« Philosophie, die der Suche ein Ende setzt, die der »negative« Philosoph Aristoteles als unaufhörlich verkündet. Celan bietet in voller Kenntnis der Tatsachen den strategischen Knoten der optimistischen Systeme klar und deutlich die Stirn.

Die Idee des Guten bestimmt die optimistische Optik, sie ist die Idee der Ideen, die Platon zum einzigen Prinzip des Denkens und des Seins erhebt. Zugleich äußerster Horizont jedes Wissens und unerschütterliche Begründung der Ordnung der Welt. Das mythische Bild, das er davon entwirft, illustriert diese Doppelfunktion. Die Sonne als höchster Stern erhellt (Wissen = Sichtbarkeit) und »nährt« (Wärme = Leben = Sein). In diesem Sinn ist das Gute das höchste Mathema – *megiston mathema* –, die Einheit, die die wesentlichen Aktivitäten des Menschen verbindet. Die Wissenschaften stützen sich rückverweisend darauf, um ihre Hypothesen zu begründen; die Polis, die sich danach richtete, besagen diese Hypothesen, wäre vor Zwietracht und Unruhen geschützt. Es sind nicht die Vorurteile einer beliebigen Meinung und auch nicht die Vorstellung, die sich jeder einzelne, seinen Präferenzen entsprechend, vom Gutsein macht, die das Gute definieren. Allein die Erkenntnis des Guten enthüllt die echten Harmonien und ermöglicht, daß man nun legitimerweise das gut findet, was auch bislang gut zu sein schien.

Platon legt Wert darauf zu betonen, wie schwer der Zugang zum Urprinzip ist, ehe er zur Dringlichkeit übergeht, sich unverzüglich um seine Erforschung zu bemühen: Ruhm dem Aufstieg der suchenden Seelen!* Die prästabilierte Harmonie Leibniz zufolge, das ewig Weibliche, das unter Goethes Feder nach oben strebt, die Bewegung des Absoluten oder das Ideal der Philosophen des 20. Jahrhunderts beweisen, wie unverändert die Ausstrahlung der Idee des Guten in den modernen Köpfen am Wirken ist. Indem Celan seinen Blick auf das Böse konzentriert, brüskiert er die etablierten Anstandsregeln.

Platon, auf den Kopf gestellt! Diese immer wieder erhoffte und immer wieder von der Moderne verfehlte Umkehrung zwingt Celan dazu, das, worauf er abzielt, wie auch die Art, wie er zielt, grundlegend zu ändern. Er muß das Wie der Erforschung (indem er dem *pathein* das Primat über das *mathein* zurückgibt) und ihren Horizont neu erfinden. Im schwankenden Blick des Dichters stürzen die Welten ein: »Wer auf dem Kopf geht, meine Damen und Herren, wer auf dem Kopf geht, der hat den Himmel als Abgrund unter sich«.[10] Die Wiederholung zeigt es, trotz ihrer Ungemütlichkeit erlaubt diese Haltung verschiedene Weisen der Fortbewegung: die des Revolutionärs, der die Welt von seinen Prinzipien aus neu aufbaut (Hegel), die des verlorenen Sohns, der die Revolution revolutioniert und die Welt wieder richtigstellen will (Marx), die von Pascal, der vom Anblick, »wer den Engel will, macht das Tier«, profitiert. Die Pirouette des Dichters ist ungezähmter, denn sie verbietet jeder Hoffnung, in einem stabil und harmonisch restaurierten Kosmos wieder auf die Füße zu kommen. Dem Psychismus des deutschen Idealismus, der nach oben strebt, den mehr oder weniger honorigen Elevationen der Eliten, de-

* Platon, *Der Staat*, VI, 509 b

nen das Erhabene fehlt, setzt Celan einen Willen entgegen, der streng nach unten weist: »... und unter mir himmelts und sternts wie daheim um Johanni!«[11]. Die Augen fliehen von unten nach oben. Von oben nach unten teilen sich die Dämpfe. Der Blick heftet sich an die Überreste einer zerfetzten Realität, die von nun an keinerlei Idee des Guten mehr verwaltet.

Der kosmische, in sich selbst geschlossene Raum der Alten barg die Ruhe, die Ordnung, die Wollust, die die neuen Platoniker lieber in der Zeit ansiedeln. Es ist Aufgabe der Weltgeschichte, die globale Steuerung wiederherzustellen, indem sie die schweren Momente des Negativen (Hegel), der Krise (Schelling) oder der Not (Heidegger) durchquert und transzendiert. Der berüchtigte Sinn der Geschichte – den jeder unter Verächtlichmachung der Väter und Rivalen, die zu Unrecht meinten, ihn zu besitzen, sucht –, ist nur die moderne, das heißt der Zeit angepaßte Fassung der Idee des Guten. Aufgrund der grausamen Erfahrung läßt Celan die Harmonien der Geschichte von Grund auf falsch klingen, während die antike Sphärenmusik in endgültigem Schweigen versinkt.

Die Euphorie, die sich im Idealismus unserer Meisterdenker bemerkbar macht, springt bereits auf ein 1781 geschriebenes Gedicht des jungen Schiller über, *Freundschaft*. Hegel übernimmt die letzten Verse, um sein großes Werk, die *Phänomenologie des Geistes*, 1806 abzuschließen. Das Gedicht, das Lessing und Herder viel schuldet, glorifiziert eine Geschichte, die die Wunden der Menschheit dadurch heilt, daß sie sie erzieht und zivilisiert. Sie heilt sogar Gott von seinen melancholischen Einsamkeiten. Dank ihrer triumphieren Liebe und Einheit:

Arm in Arme, höher stets und höher,
Vom Mongolen bis zum griech'schen Seher,
Der sich an den letzten Seraph reiht,
Wallen wir, einmüt'gen Ringeltanzes,
Bis sich dort im Meer des ew'gen Glanzes
Sterbend untertauchen Maß und Zeit.[12]

In einem kurzen, sarkastischen Gedicht nimmt Celan diese trügerische Idylle aufs Korn. Er feiert den »vieltausendjährigen Teig«, aus dem der »Hunnenfladen« gebacken wird. Er singt das »Hefen-Arioso«, ähnlich wie Hegel das Werk des Negativen anpreist. Er glorifiziert das Aufgehen des Teigs »immer noch aufwärts« und äfft die Koryphäen des Wirtschaftswachstums, des pädagogischen Fortschritts und der spirituellen Himmelfahrt nach.

Erstes und letztes Wort dieses burlesken Epos:

Ein ebensoalter
Kiefer, leicht verschlammt,
gedenkt aller Frühzeit
und bleckt gegen sie und sich selber.[13]
(*Ausgerollt*)

Oder der Teig fällt zusammen. Oder Attila verschlingt den Fladen. Der einzige Sinn, der der Geschichte zuerkannt werden kann, ist, daß sie keinen besitzt, daß sie nirgendwohin führt. Sie bleibt Vorgeschichte. Aus dieser Enttäuschung macht Celan kein Drama. Wem gegenüber und worüber sich beklagen? Er, den Ethnologie begeistert, hält die geschichtslosen – sogenannten primitiven – Gesellschaften unseren, die sich mit allzu geringem Aufwand ein allgegenwärtiges und allwissendes Schicksal erdichten, nicht für unterlegen. Statt der Vergangenheit die Zähne zu zeigen, sie verschlingen, verdauen, assimilieren und überholen zu wollen, könnte man doch von ihr lernen, wie Lévi-Strauss das tut. Warum nicht? Weshalb nicht in sie auswandern und begreifen, daß man nicht weniger prähistorisch ist als der so bezeichnete Mensch? Ein anderes Gedicht versetzt ans Ende der großen Eiszeit, vor jedem Handwerk, vor jeder Kunst, und begegnet dem Unbefriedeten, unseresgleichen, dem, der nirgendwohin gehört, unserm Bruder, dem Menschen, der aus dem Feuer geschlagen wird.

Nach dem Blut- und Schlammbad des Ersten Weltkriegs formuliert Heidegger eine schlichte und gesunde Erfordernis, die am Ende des Zweiten unbeachtet blieb. In den Augen des relativ jungen Philosophen der zwanziger Jahre konnte eine derart gewaltige Erschütterung das denkende Meditieren nicht ungerührt lassen, ohne seine definitive Disqualifizierung zu riskieren: »Denn wie steht es mit unserem Dasein, wenn ein solches Ereignis wie der Weltkrieg im wesentlichen spurlos an uns vorübergegangen ist?« Die schreckliche Aktualität motiviert die Zurückweisung der Gedanken von vor 1941. Sie legitimiert den Bruch mit dem Neokantianismus, der damals die deutsche Universität beherrschte: Erweist sich die idealistische Philosophie als unfähig, eine solche Explosion, die sie nicht vorauszusehen wußte, in ihre Bilanz aufzunehmen, um so schlimmer für sie! Valérys zu kurze Formel zur Sterblichkeit der Zivilisationen und Heideggers damalige Schriften – auch die künstlichen und geistigen Revolutionen, von denen die surrealistische nicht die geringere ist – sind Antworten auf die Nöte eines in Flammen stehenden Europas.

Kann sich der von dem, was passiert, angerufene Mensch aufrichten und wachsam, *wach* sein? In einem Manifest aus derselben Zeit definiert Heidegger die Aufgabe dessen, der dem Einsturz der früheren Überzeugung ausgesetzt ist: er möge zum Wächter des Nichts werden beziehungsweise wieder werden! Jeder solle in sich die Angst erforschen, die der weltweite Konflikt erweckt hat. Niemand darf sich der Möglichkeit einer allgemeinen Vernichtung verschließen, die eine solche Angst aufdeckt. Was gebraucht wird, ist »das Loslassen in das Nichts, das heißt das Freiwerden von den Götzen, die jeder hat und zu denen er sich wegzuschleichen pflegt.«[14]

Die schönen Seelen und die ruhigen Akademiker haben nachwirkend den philosophischen Imperativ der Angst gegeißelt. Zur Garantie ihres guten Gewissens behaupten sie, das sei präfaschistisch. Und zum Beweis nahmen sie Heideggers katastrophale Laufbahn: hierher, dozierten sie, führe die Metaphysik der Angst! Wirklich? Wer die Naziproklamation des Denkers mit Parteiausweis noch einmal aufmerksam liest, wer sich bei seiner bekannten Rektoratsrede aufhält, wird sich des Gegenteils bewußt: Weit davon entfernt, bei der Angst von 1925 zu verharren, macht der Nazi Heidegger von 1933 das genaue Gegenteil von dem, was er empfahl; er klammert sich an die Idole. Er badet im Optimismus und im Glauben an das Dritte Reich. Als er sich der Apologie des nationalsozialistischen Ideals verschreibt, ruft er die deutsche Jugend zu einer dreifachen Mobilmachung auf, Arbeitsdienst, Militärdienst, Wissensdienst. Jeder Platon-Leser erkennt in dieser Darstellung der »neuen« Ordnung die klassische Hierarchie vom *Staat*: Handwerker und Händler, Krieger/Wächter, Weise/Philosophen oder auch Bauch, Herz und Hirn.

Heideggers Nationalsozialismus berücksichtigt die zeitgenössische Erschütterung und ihr Gefolge an Unsicherheit nicht, sondern blendet sie aus und kehrt zu den ollen idealistischen Kamellen zurück. Als er dann Hitlers Pläne in Platons *Staat* entziffert, dankt der Philosoph ab. Er reagierte somit genauso durchschnittlich wie jeder andere Durchschnittsdeutsche, den die Panik vor dem Abgrund von Weltkrieg und Weltkrise erstarren ließ. Als sie entdeckten, daß es keine Sicherheiten mehr gab, wurden die Mitbürger unter dem Schock der bösen Botschaft schwach und stürzten sich in die tröstenden Arme dessen, der an ihrer Stelle die Verantwortungen übernehmen würde, vor denen sie flohen.

Heidegger räkelte sich in diesem mörderischen Trost, er hat das nie überstanden. Als er 1943 seine Antrittsvorlesung von 1929 nochmals veröffentlicht, fügt er ihr ein Nachwort hinzu, in dem er die Schlußrichtung ändert und seine Kehre ankündigt: Das Nichts ist »der Schleier des Seins«, die Angst zieht den Boden unter den Füßen weg, erschließt jedoch dem sich verkennenden Optimisten »jene Orte des Menschenwesens, innerhalb deren er heimisch bleibt im Bleibenden«[15]. In seinem *Brief über den Humanismus* (1946) verstrickt er sich tiefer: abermals »Wächter des Nichts«, aber vor allem »Hirte des Seins«.

Nun, als Wächter, hat Heidegger den inneren Konkurs erfahren, den er seinen idealistischen Vorgängern vorwarf. Er hat die zweite europäische Katastrophe weder vorherzusehen noch nachträglich zu bedenken gewußt. Die Schäfergeschichten des Hirten haben die Wachsamkeit des Wächters eingelullt.

Celans Wahl ist perfekt in ihrer Antinomie. Bis zuletzt bleibt der Dichter Wächter des Nichts und lehnt die Pose des guten Hirtens ab. Er hütet sich, irgendeine Zuflucht vor der möglichen – oder vorstellbaren – Zerstörung anzubieten, die auch nur einen blassen Schatten der Idee des Guten birgt, die der zweite Aufguß der Heidegger-Vorlesung als Sein bezeichnet und zugleich als noch schwierigere Vorahnung ausweist, als es Platons großes, sonnenbestrahltes Mathema gewesen ist. Die vom Schrekken des Ersten Weltkriegs entfachte Zerstörungsdrohung verstärkt sich um die Angst vor der allgemeinen Selbstzerstörung, die der Zweite offenbart. Für Celan entkommt nichts dem Zugriff des Nichts, das alles einzuhüllen droht, anstatt einen schützenden Schleier auszubreiten. Bis zum Zapfenstreich.

In einem der letzten Gedichte Celans spürt Gadamer scharfsinnig ein Testament auf, in dem Celan seinen kategorischen Imperativ übergibt – der Mensch wird »durchgründet vom Nichts«; sich auf das Nichts stützend, wird er zugleich vollständig von ihm durchzogen. Drohung des Nichts statt Hoffnung des Seins, Kampf mit dem Teufel statt Liebe zu Gott: Celan verkehrt die für Leibniz und Heidegger zentrale Frage. Der Dichter fragt nicht mehr, warum das Sein eher als nichts ist. Er fragt sich, warum das Nichts eher ist als alles und irgend etwas, wie das Nichts den Sieg davontragen, das heißt alles davontragen konnte. Wie der junge Heidegger nahelegte und schnell vergaß, bieten sich die Dinge und die Wesen nur auf dem Hintergrund ihres möglichen Verschwindens als denkbar und in einem Ganzen – einer »Welt« – seiend dar.

Celans Imperativ konfrontiert uns mit der Drohung von massenhafter Zerstörung und radikaler Selbstzerstörung. Er will sie weder abschwächen noch löschen, noch vergessen. Sie hat stattgefunden. Sie ist immer möglich. Wozu sich trösten? Wozu predigen, der Mensch halte sein Schicksal in seinen Händen, wenn man sich darüber gleichsam hinwegsetzt? Als genüge es, einigen Flüchtigkeitsfehlern zu entgehen. Als seien diese »Hände« nicht Teil des Schicksals, das das, was sie so sorgsam hüten, mißhandelt. Gadamer bringt zu Recht Celans Sorge mit der tiefen Beunruhigung, die die moderne Kunst erschütterte, zusammen. Alle arbeiten in der Dissonanz. Alle setzen sich von dem sinfonischen Ideal des wienerischen oder goetheschen Klassizismus ab, verlagern sich aus der Mitte des Versöhnungs- und Trosthorizonts, den Hegel der Ästhetik vorschrieb. Das Postulat der Harmonie ist verschwunden. Die Religionen, welche auch immer, sitzen in keinem besseren Boot. Ihre Fähigkeit, die frohe Botschaft zu wählen und verjährbare Gebote auszusprechen, wird erbarmungslos hinterfragt, wie Gadamer weiterhin hervorhebt, bevor er seine Überlegungen beendet. Und das ist schade für ihn! Ich wundere mich, daß er seine Fragen jäh abbricht und mittendrin anhält: Hatte der deutsche Idealismus nicht bis zu drei Sphären des Absoluten gezählt? Sicher die Kunst! Selbstverständlich die Religion! Aber auch das spekulative Denken! Gadamer bricht seine Analyse im Grunde in dem Moment ab, in dem er sich als früherer Heideggerschüler angesprochen fühlt.[16]

Als Celan die poetische Tugend des Stotterns dem Heideggerschen Auftrag, »das, was bleibt, zu begründen«, entgegensetzt, mißachtet er ein vom deutschen Denken und seinen internationalen Sprößlingen nie in Frage gestelltes *a priori*. Sprechen heißt, in einen Dialog einzutreten, denken sie, sich also dem Gesetz der Liebe zu beugen, so der junge Schiller in seinem Gedicht *Freundschaft*. Nicht anders verhält es sich anderthalb Jahrhunderte später für Walter Benjamin und seine Getreuen. »Es gibt ein benjaminsches Paradigma, das zugleich vollkommen deutsch geworden ist und die ganze Theorie der Frankfurter Schule determiniert, wonach die Sprache der Ort einer gewaltlosen Übereinkunft sei, und zwar der einzige. Wenn die Gewalt allerorten ist, ist die Sprache die utopische herausragende Insel, weil sie von ihrem Prinzip her ein Moment der Gewaltlosigkeit enthält.«[17] Die Bemerkung ist stichhaltig, nur daß sie die Faktoren verkehrt: Gerade weil Benjamin Deutscher ist, hält er die

Sprache für eine utopische, von der Gewaltlosigkeit beherrschte Insel. Die »characteristica universalis« nach Leibniz, die Hermeneutik, stellen zwei Jahrhunderte lang ein ähnliches Postulat zur Schau. Welches Celan zufolge eine zugleich müßige und gefährliche Illusion fördert. Der Dichter ist nicht der Sprecher eines mit sich selbst versöhnten Kollektivs. Dieses heilige Wir hinter oder vor seiner gegenwärtigen Not zu sehen nützt nichts. Das Vorher ist prähistorisch, und es gibt kein Später, über das er verfügen kann. »Kein später«.[18]

Exorzieren wir den Zauber des hermeneutischen Zirkels, der den sprechenden Subjekten eine gemeinsame Wahrheit unterlegt, ehe sie noch zu diskutieren beginnen. Celan weiß nicht, zu wem er spricht. Er wirft seine Verse, wie man eine Flaschenpost ins Meer wirft. Er schließt weder seinen eigenen Schiffbruch noch den seiner Ansprechpartner aus. Er weiß ebensowenig, wer zu ihm spricht. Er läßt sich von den Sinnlosigkeiten wie auch den scheinbar sinnvollen Botschaften durchdringen. »Er redet nicht, er spricht, und wer spricht, Geschwisterkind, der redet zu niemand, der spricht, weil niemand ihn hört, niemand und Niemand (...), und dann sagt er: Hörst du? (...) Hörst du, sagt er ... Und Hörst du, Hörst du, der sagt nichts, der antwortet nicht.«[19]

Gadamer behauptet: »Ein jedes Wort läßt das Ganze der Sprache, der es angehört, antönen, und das Ganze der Weltansicht, die ihm zugrunde liegt, erscheinen.«[20] Unerheblich, ob diese zugrunde liegende Substanz als Weltanschauung oder als Religion (Schleiermacher) oder als das Heilige (Heidegger) eingesetzt wird. Celan weist grundsätzlich den Gedanken zurück, daß die ganze Sprache in jedem Wort spricht. Er stellt sich kein Wir hinter dem einsamen Stottern vor, das ihm Stimme gäbe und Hilfe brächte. »Hörst du, der sagt nichts!«

Der erste Kommentar, den Gadamer dem Dichter widmet, ist besonders erhellend. Über seinen Text weht ein Hauch von Panik, der Hermeneut findet weder das Ich noch das Du und vor allem nicht das Wir, das er beharrlich bewahren will, da wir doch alle unter dem Dach der Sprache leben. Und wenn Celan lehrte, ohne Dach zu leben? Und wenn er die dichterische Sprache derart achtete, daß er sie nicht zwangsweise in ein öffentliches Obdach verwandeln könnte? Und wenn unser aller Erfahrung, die Gadamer als unwiderrufliche Evidenz hochhält, die alles erklären kann, ohne überhaupt diskutiert worden zu sein, wenn diese Instanz kollektiven Urteils genau nur dieses »utopische Inselchen« wäre, dessen Realität Celan von seinem ersten bis zu seinem letzten Vers leugnet?

Das letzte
Wort, das euch ansah,
soll jetzt bei sich sein und bleiben.[21]
(*An niemand geschmiegt*)

Was entdeckt derjenige, der sich aus dem optimistischen optischen System befreit? Er erreicht eine freiere Landschaft, neuer und älter zugleich als die Sphäre, um die sich das große platonische Denken dreht. Er sieht weiter. Er denkt weiter.

Wovon spricht Celan? Von seiner Mutter, die er so liebte? Von Auschwitz? Nicht nur. Von der Vorgeschichte, von Ossip Mandelstam, vom Gulag, von Villons Galgen, alles Themen, deren Beschwörung kaum angebracht ist und im konventionellen Sinn des Wortes kaum poetisch klingt. Was verbindet derart quälende Besorgnisse? Erinnerungen und Vorahnungen, die nie schmerzlos sind, allesamt Hinweise, die eine dem permanenten Unheil ausgesetzte, unaufkündbare menschliche Situation zutage treten lassen. Gern ist Celan in die Rolle des »jüdischen« Dichters gedrängt worden, der Anteil habe an der hermetischen Mystik des Sohar. Bequeme Platitüde! Das verkennt zu leichtfertig seine genau umgekehrt expliziten Äußerungen. Celan legt Wert darauf, die große russische Dichterin Marina Zwetajewa zu zitieren: »Alle Dichter sind Juden.«[22] Celan hat die Dichter nie zu übermenschlichen Genies gekrönt, im Gegenteil, sie sind Menschen unter Menschen, weniger gepanzerte, mittellosere, nacktere. »La poèsie ne s'impose plus, elle s'expose«, hat er ausnahmsweise auf Französisch formuliert.[23] Zwar setzt er gelegentlich Jude und Mensch gleich, doch frei von jedem jüdisch zentrierten oder mystischen Proselytentum. Er fordert auf, die Grundzüge der menschlichen Situation im Lichte der tausendjährigen Situation der besonders »ausgesetzten« Juden zu erkennen. Man ist immer der Jude für einen anderen und Niemandsrose.

Die »Offenbarung«, die die menschliche Situation in ihrer Universalität manifestiert, ist nie frei von Angst. »Die Erforschung des Nichts geht dem Nein voraus, das ihm anschließend entgegengesetzt ist.«[24] Wie ist eine Offenbarung zu verstehen, die nicht dem Phantasma der Versöhnung von Geist und Natur, von Himmel und Erde anhängt und nicht das Ende von Barbarei und Konflikten ankündigt? Celan ist dann und nur dann lesbar, wenn wir den hermeneutischen Zirkel des Optimismus verlassen, wenn wir den Mut finden, uns mit dem, was derart sorgfältig verdrängt wird, zu befassen. Was macht die Größe der großen Dinge, der *megala pragmata* der Wahrheit, Gerechtigkeit, Schönheit und Güte, aus, die Sokrates hinterfragt? Ein Paradox: Diese vorausgesetzten Übereinstimmungen sind die Fermente der größten Zerwürfnisse. Was macht für Thukydides die Größe des Peloponnesischen Krieges aus? Er wälzt die antiken Traditionen um, entwurzelt die Normen, avisiert und infiziert sämtliche Sphären des gesellschaftlichen Lebens und läßt das allgemeine Elend geballt zutage treten: Interventionskrieg, Bürgerkrieg, Pest, öffentlicher und privater Wahn.[25] Mit der Intuition der »schwarzen Milch«, dem in ein Todesurteil verwandelten Geschenk des Lebens, rehabilitiert Celan eine zentrale Wahrnehmung der abendländischen Geschichte: die der Geißel.

»Und mit dem Unheilsamen ist Himmel und Erde geschwängert, daraus unermeßliche Krankheitsbrut sich vermag zu entwickeln«[26], schreibt Lukrez, bei dem Hippokrates als Dichter wiederauflebt. Der Pesthauch kennt keine Grenzen, er kommt an den Toren der Welt, an der Quelle des Nils, an den Grenzen des Grenzenlosen auf. Die Plage präsentiert sich in einem offenen, unkosmischen Raum, der an Hegels »schlechte Unendlichkeit« erinnert, mit dem Unterschied, daß die bedrohliche Unendlichkeit nicht dem bösen Geist zuzuschreiben ist (im vorliegenden Fall von Schlegels absoluter Ironie verkörpert). Die unreduzierbare Möglichkeit der Plage kippt jede Reduktion *ad nominem.* Mikroben, Viren, Leidenschaften und Kriege haben nicht auf die bösen Geister gewartet; sie ironisieren auf eigene Rechnung und übertreten gott- und gesetzlos. Als »Ironie der Dinge«[27] bezeichnet Hugo von Hofmannsthal nach dem Ersten Weltkrieg die Geißel, die die fensterlose, türlose Welt explodieren ließ, in der ein Geist ohne Ironie döste.

Die Geißel entriegelt zwar den Raum, doch noch unwiederbringlicher hebt sie die Zeit aus den Angeln. »Denn hier« (d. h. im Frieden) begraben die Söhne ihre Väter, dort (d. h. im Krieg) die Väter ihre Söhne«. Von Hesiods *Theogonie* bis zu Goyas *Casa del Sordo* spukt Saturns mythische Gestalt, der seine Kinder frißt, durch das abendländische Bewußtsein der Zeit. Die Vorstellung einer Dauer, die erblüht und bis zu ihrer schließlichen Vollkommenheit voranschreitet, hat drei europäische Jahrhunderte gewiegt, deren Optimismus Saturns Umerziehung ausposaunte: »Was die Erziehung bei dem einzelnen Menschen ist, ist die Offenbarung bei dem ganzen Menschengeschlecht«, schrieb Lessing.[28] Der Planet hat gute Aussichten endlich zu begreifen, wie Saturn, was das Kauen anbelangt, seine Erzieher, und besonders, aber nicht ausschließlich, die martialischsten und revolutionärsten erzieht.

Alle vom deutschen Idealismus erträumten kreis- oder spiralförmigen Vorstellungen einer zwangsläufig aufsteigenden Zeit stolpern über Aristoteles' Aphorismus, Celans vorzeitigem Patron: »Es ist ja in der Zeit, daß alles entsteht und vergeht; deshalb haben einige sie als das *Allerweiseste* bezeichnet« – sind Aristoteles Hegels und Schellings Papiere vor ihrer Veröffentlichung zugespielt worden? – »..., der Pythagoreer *Paron* dagegen als das *Unwissendste*, weil man in ihr ans Vergessen kommt, und er hatte damit eher recht. Es ist somit klar, daß sie an und für sich eher von Vergehen die Ursache sein muß als von Entstehen ...«[29]. Ich unterstreiche: »Es ist somit klar«, daß sich die Zeit, ehe sie sich als produktiv erweist, zuerst als zerstörerisch erweist. Celan spricht dasselbe aus, und unsere Schulmeister, die darin einen pathologischen Pessimismus oder den sonderbaren Einfluß der jüdischen Mystik diagnostizieren, haben sich umsonst bemüht: Celan reflektiert über die Zeit ähnlich wie der griechische Philosoph. Daß sich seine Interpreten nicht zu dieser Höhe erheben, liegt daran, daß sie ein Konkubinat von Zeit und Ewigkeit halluzinieren, das ihren Durst nach Euphorika stillen soll.

Der unendliche Raum, der jede Grenze zersetzt, und die durchnichtende, destabilisierende Zeit sind die Bedingungen, die die Geißel in ihrer Rohheit möglich und sichtbar machen. Wir haben am besonderen Fall des deutschen Idealismus bewiesen, daß jedes optimistische System die Verneinung der Geißeln mit dem räumlich-zeitlichen Ummodellieren abzustützen hat, das sie unsichtbar macht. In der hermetischen und unwandelbaren kosmischen Zeit der modernen geschichtlichen Offenbarungen zerstört sich die Zerstörung selbst, bevor sie das Allumfassende angreift. Ähnlich wie die inkommensurablen, nach Leibniz »verschwindenden«, Mengen verblassen. Ähnlich wie die einfallenden Mongolen als »Geißel Gottes« sich schließlich zerstreuen, so wie die anfangs gewaltige Welle in tausend Tröpfchen zerfällt (Hegel). Na bitte! Was für ein Aufgebot an Phantasie, um die braven Leute zu beruhigen! Was für ein Berg jahrhundertelang angehäufter Überlegungen, um das Unglück wegzudenken! Nichts wird ausgelassen, um der menschlichen Klientel das Recht auf Immunität, Sorglosigkeit und Verantwortungslosigkeit zu garantieren. Nichts, vor allem nicht die Verneinung der Realität.

Da die Ironie der Dinge und Millionen von Toten erschwerend hinzukommen, überwältigt den Optimisten die Angst, die er verbannen sollte, und setzt den Menschen der Gefahr von Geißeln aus. Heideggers Trostversuch: Die Angst soll nur ein Vorspiel sein, das Nichts, das sie enthüllt, verschleiert das Sein. Celan findet an Kulissen, die ein Geheimnis verbergen sollen, keinen Gefallen mehr: Hinter den Geißeln ist nichts.

Niemand
zeugt für den
Zeugen.
(Aschenglorie)[30]

Niemand kämpft an seiner Stelle. Kein Schicksal zieht die Fäden, holt die Kastanien aus dem Feuer und das Sein aus den Katastrophen.

Die Wächter des Nichts erleuchten sich im Lichte des

Brands, sie gehen von der Erfahrung des Bösen und von dem Abscheu, mit dem es erfüllt, aus, um anschließend das als »gut« zu bestimmen, was diesem Bösen widersteht. Die alten und neuen Platoniker hingegen ernennen sich zu Hirten des Seins, sie gehen von der Erfahrung eines Guten und von der Anziehung, die es ausübt, aus, um anschließend das als »böse« zu bestimmen, was diesem ersten Guten fehlt.

Aus den Übeln deduziertes Gutes oder aus dem Guten deduziertes Böses? Der Streit zieht sich über drei Jahrtausende hin. Die Tragödie setzt sie nach der *Ilias* fort. Am Anfang von *König Ödipus* schwimmt der gutwillige König von Theben im Guten und verlangt, wie Agamemnon, schmeichlerische Seher. Teiresias, der Blinde, wiederholt ihm Kalchas' Ermahnung: Wir alle sind für die Pest verantwortlich, der Verantwortlichste aller Verantwortlichen aber ist der Chef, der König, du, Ödipus! Dieser, dessen Stolz es ist, seine Polis bestens zu verwalten, fühlt sich zu Unrecht in Frage gestellt und wittert ein politisches Komplott. Am Ende, nachdem er seine Mitwirkung am öffentlichen Unglück entdeckt hat, sticht er sich die Augen aus, verliert das Augenlicht, gewinnt jedoch die hellseherische Fähigkeit der Wächter des Nichts.

Die vom griechischen Ursprung an als Nichtvergessen wahrgenommene Wahrheit, *a-letheia*, erfordert, daß man der Unwahrheit des Vergessens, Hesiods Antrittsnacht, Gehör schenkt, von der aus und gegen die unsere Wahrheiten des Tages aufkommen. Hat Celan möglicherweise unwissentlich das vielzitierte Rätsel des Verneinungspräfixes a bei *a-letheia* aufgeklärt, das Heidegger erkannte, ohne es erhellen zu können?

Die Verlegenheit ist alt, »die Griechen gewöhnten sich schlecht an das, was in ihrem Denken nichtsdestoweniger eine durchgehende Tatsache ist: daß das Negative an erster Stelle da war«. Zugegeben, der Gemeinsinn findet es normal, erst etwas zu behaupten, ehe es verneint wird, da die Negation scheinbar nur eine Antwort auf die Falschheit der ihr vorausgehenden Affirmationen ist. Genauso scheint es weder logisch noch schicklich, dem Primat des Negativen über das Affirmative zuzustimmen. Es sei denn, der Optimist erweist sich als noch unvernünftiger und beteuert, man wüßte, ehe man suchte, das *mathein* beherrsche das *pathein*, die Harmonie des Guten verwalte die Dissonanzen der Übel. In Wirklichkeit badet das entstehende griechische Denken nicht im Optimismus. »Von Homer bis Solon (...) überwogen die Fälle, in denen *philotês* – Freundschaft – nichts als die Verneinung des Hasses war.«[31]

Die Affirmation folgt der Negation, ähnlich wie die Feindschaft der Freundschaft vorausgeht. Antigones *philotês* unterscheidet sich radikal von Schillers Freundschaft. Er beginnt mit der Liebe, genauso wie er mit der Liebe aufhört. Sie beginnt mit der Negation, ihre Liebe definiert sich als Ablehnung des Hasses: »Nicht mitzuhassen, mitzulieben bin ich da.« Ähnlich ist, Sokrates zufolge, die Philosophie Liebe zur Weisheit, vorausgesetzt, sie ist erst einmal als Haß des Irrtums erprobt worden. Die polemische Frage ist die unvermeidliche Voraussetzung, die bei dem Gesprächspartner, wenn die Prüfung nicht fehlschlägt, eine mögliche, aber ungewisse Weisheit der Liebe entstehen läßt.[32]

Daß die Geschichte tragisch ist, hat das Abendland pausenlos wiederentdeckt. All seine Bemühungen, sein saturnisches, schreckliches oder dämonisches Antlitz zu verbergen, verdoppeln nur den Schrecken. Die Flucht nach hinten, zu den unbefleckten Traditionen oder zum ursprünglichen Goldenen Zeitalter hin, bringt nichts. Das ist Thebens Versuchung; die von der Göttin Harmonie gegründete Stadt mag zwar ihre sieben Tore schließen, ihre manische Abschließung nach innen verpestet alles und stürzt Ödipus in die Endogamie. Auch die Flucht nach vorn ist aussichtslos. Die gierigen, räuberischen und eroberungssüchtigen Atriden brennen zwar Troja nieder, doch Argos entkommt dem gegenseitigen Sichauffressen nicht. Weder die fromme Anrufung der Vergangenheit noch die kriegerische Heraufbeschwörung der Zukunft ersparen das Duell mit dem Bösen von Angesicht zu Angesicht.

Daß Heraklit *polemos* (den Streit, die Konfrontation, den Konflikt, den Krieg) zum Vater aller Dinge erklärt, rührt daher, daß der abendländische Mensch voll und ganz im Streit existiert. Er hat Augen, um die Stürme, die das Kollektiv wie den einzelnen zu vernichten drohen, zu sehen, und gelegentlich auch das Herz, ihnen die Stirn zu bieten. Die Widersacher wechseln, verwandeln sich, und jeder von uns verbirgt mehrere davon im Hinterkopf. Aber die Widrigkeit bleibt. Vom Fortschritt der Künste getragen, aufgrund seiner industriellen und militärischen Erfolge unter Hochspannung, fühlte sich Europa drei Jahrhunderte lang sicher, und die großen Denker schmückten die verheißene Immunität aus. Europa nahm sie beim Wort und fuhr zur Hölle. Dreihundert Jahre sind eine kurze Zeit, Celan ist aufgewacht, älter und jünger als dieser Wahn des Guten, von dem ich hoffe, daß er vorübergeht.

Lange haben sich die Menschen des Abendlandes politische Autoritäten unterschiedlichen Stils erwählt, entsprechend einem unveränderlichen, im Grunde aber bescheidenen Anspruch: die Übel einzudämmen. »Erlöse uns, Herr, vom Hunger, von der Pestilenz und vom Krieg« – *a fame, peste, bello, libera nos, Domine.* Die modernen Staaten sind demagogisch noch einen Schritt weitergegangen und verkünden, daß die Geißel nicht nur bekämpft, sondern restlos beseitigt werden würde. Da ihnen das nicht gelingt, bezichtigen sie um die Wette die »anderen«, innere und äußere Feinde, die sie, um Trost zu spenden, in Extremfällen vernichten müssen. Es gibt Polemik und Polemik. Statt den gerade aktuellen Widersacher zu verteufeln, sollte man zur schwierigen Kunst zurückfinden, die Widrigkeit in ihrer wandelbaren Permanenz zu entziffern. Es lebe Celan! Mögen die Denker leben, die nicht so tun, als würden sie über ihren Schatten springen!

Brief XIII

Glücklich, wer wie Odysseus die Erde poetisch bewohnt

Wenn ich Dich richtig verstanden habe, wird man nicht zum Verantwortungslosen, weil man vor Optimismus strotzt. Umgekehrt ist der Optimismus ein Herr, der sich zunächst entschieden, und zwar methodisch dafür entschieden hat, verantwortungslos zu sein. Am Anfang steht die Abdankung, das übrige folgt. Danach werden die Tarnanzüge der optimistischen Optimisten, der pessimistischen Optimisten oder der nihilistischen Optimisten übergestreift. An der Elle der besten – mystisch prästabilierten oder schicksalhaft verschleierten – aller Welten gemessen, wirkt die Pflege eines Voltaireschen »Gartens«, anders ausgedrückt, die Entrüstung über ein Verbrechen, der Widerstand gegenüber dieser oder jener Geißel, die Einleitung eines Kampfes ohne vorhergehende Erfolgsgarantie lächerlich. Wer als Maß aller Dinge die höchste Vollkommenheit projiziert, ist allzu bequem am zarten, aber unersetzlichen Glanz eines vergänglichen und singulären Seins desinteressiert.

Verantwortlich sein bedeutet, sich für eine Existenz zu engagieren, gegen die Vernichtungsgefahren, die auf ihr lasten. Der positive Optimist verkennt die Gefahr, er ist nie dagegen. Der negative Optimist, in seinen absoluten Anforderungen eingerichtet, erkennt nichts, was Wert hätte, er ist nie für etwas. Beide Schulen, die von Pangloss und die von Martin, sichern bequem ihren Fortbestand, indem sie die integrale Verantwortungslosigkeit verkünden.

Die Deutschen besitzen keinerlei Monopol. Die Versuchung, sich zum Knäuel zusammenzurollen, läßt keinen einzigen Zeitgenossen aus. Eure Originalität beschränkt sich darauf, eine Passivität zu motivieren und fieberhaft zu rechtfertigen, die anderswo stillschweigend selbstverständlich ist. Monsieur Jourdan entdeckte dank Molière und seines Grammatiklehrers eines schönen Morgens, daß er Prosa produzierte, wenn er redete. Komm doch nach Paris, und enthülle den Franzosen als anerkannter Doktor des denkenden Denkens, wie sehr sie um die Wette heideggerisieren, ohne je auch nur eine lumpige Zeile des Meisters gelesen zu haben. Seit mehreren Jahrtausenden ist die feierliche Retrospektion ein nationaler Sport. Rosen in der Hand, Blumen am Knopfloch, mit feuchten Augen und den Kopf anderswo, eilen wir von einer Auferstehung zur nächsten. Kaum gewählt, beginnt ein Präsident seine Eigentümerrunde mit dem Aufstöbern illustrer Gräber. Mit obligatem Halt im Beinhaus der berühmten Köpfe. »Das dankbare Vaterland für seine großen Männer!«. Reconnaissance? Reconnaissance (wörtlich in etwa: gemeinsame Wiedergeburt, Anm. d. Übers.). Als so etwas wie Versöhnung, hegelianische Versöhnung, beschwört es auch das Andenken herauf, die andächtige Kommunion, die Obsession des Eremiten von Todtnauberg. Frankreich kehrt zu sich selbst zurück, betrachtet sich, stimmt mit sich selbst überein.

Es erfährt sein Spiegelstadium mit der Faszination eines Kindes, das mit zwölf Monaten entdeckt, daß eine Scheibe ihm sein Bild zurückwirft: Sich selbst annehmend jubelt es, glücklich, sich ebenso wie die anderen im Spiegel zu sehen. Das Kind wiederholt das Experiment, ehe es dessen überdrüssig wird; von pathologischer Fixierung abgesehen, hört es damit auf. Nicht so Frankreich. Es sucht den ehemaligen Raum und die verstrichene Zeit ab. Heute gibt es sich als Chlodwig, morgen als Robespierre. Es träumt sich als gallischer Hahn, römischer Adler, und anläßlich irgendeines Jubiläums wird es Euch Germanias geflügelten Helm streitig machen.

Zunächst hielt ich solcherlei Zeremonien für harmlose Manien, zuweilen ähnlich interessant wie eine Führung durch ein berühmtes Museum. Inzwischen argwöhne ich, daß wir zum kollektiven Heidegger umgeschlagen sind. Euer Professor rief inmitten des Desasters die Geister der denkenden Dichter an. Aug in Aug mit den großen Toten bezeugen wir ein verwandtes Gefallen an pompösen Heraufbeschwörungen und dem Tischerücken: Je depressiver Frankreich wird, desto mehr gedenkt es.

Auf der einen Seite Hölderin, Schelling und Hegel, auf der anderen Victor Hugo und Jules Michelet. Die glanzvolle Aufgabe des Erziehers der Nation, die bei Dir den Theoretikern und Nachdenklichen zufällt, zeichnet hier unsere Historiker aus. Als im vergangenen Jahrhundert die heiligen Schriften der Philosophie die Wiege des Geistes schmückten, flößten die von der historischen Wundertätigkeit praktizierten Exerzitien einer »integralen Auferstehung« unserer Nation eine ewig problemlose Seele ein.

Falls Du Dich gleichermaßen für die rechten wie für die linken Ideologien interessierst, blättere die verschiedenen »Histoires de France« durch. Jede Generation brütet eine eigene aus. Die bisher letzte lohnt, ein wenig zu verweilen. Ihr Architekt gestand, halb entzückt, halb betrübt, von der Mode eingeholt worden zu sein. Kaum veröffentlicht, wurde sie zum Baedeker der offiziellen Manifestationen. »Um nur den Zeitabstand zu nehmen, der den ersten Band (1984) von dem letzten trennt (1992), so wird jedes Jahr von einer mehr oder weniger glanzvollen Feier markiert: dreihundertster Jahrestag der Widerrufung des Edikts von Nantes, fünfzigster Jahrestag der Volksfront, Kapetinger-Jahrtausend, zwanzigster Jahrestag des Mai '68, Zweihundertjahrfeier der Französischen Revolution, hundertjähriger Geburtstag von General de Gaulle ...«[1].

Am Ende seiner Arbeit stellt sich der Historiker Fragen zu den Zusammenhängen, die unvermutet Phänomene dieser Art mit seinen Forschungen verbinden. Soll Frankreich, das, unermüdlich seine Geschichte wiederkäuend, als einziges Projekt nur noch den Schutz seines Erbes im Kopf hat, ausschließlich ein riesiger »Ort des Gedächtnisses« sein?

Der Historiker tappt in die eigene Falle, nach acht Büchern von je tausend Seiten wird er vom Gegenstand seiner Studie eingeholt und ist verblüfft, derart unschuldig seine Rolle in der großen Sache gespielt zu haben, die die französischen Energien am Ende dieses Jahrhunderts mobilisiert: das »Gedenken des Gedenkens« als Übergang von »einer aktiven Geschichte zu einer feststehenden Geschichte«.

Mit der Mentalität eines Rentiers und der Umsicht eines Antiquars setzt Frankreich, ohne es zu wissen, die Imperative, die sich die deutschen Denker auferlegten, in die Tat um. Der Historiker erbt die schwierige Aufgabe, den Willen, der die Jahrhunderte belebt, auszugraben, er enthüllt, daß dieser Wille sich als Wille eines Willens oder genauer, Schelling *dixit*, als Wille zur Selbstenthüllung behauptet. Sechzig Millionen Franzosen und sechzig Millionen Besucher jährlich als Zugabe verifizieren über Wallfahrten, Festivals, Ton-Dia-Rekonstruktionen, Heimattage, Gedenkwochen und Jubiläumsjahre, daß der Geist *intra muros* wohnt. Das Vergnügen wäre folgenlos, bedeutete ein derart intensiver Kult des Vergangenen nicht schon in sich, daß von nun an nichts mehr geschehen kann, da das Lebende definitiv über das Tote erfaßbar ist.

Religiös über das Bild gebeugt, das er in der Asche zeichnet, kehrt der Europäer der Zukunft den Rücken. Die kontemplative Übersättigung unterliegt nicht einem der deutschen Philosophie oder der französischen Geschichte eigenen Idiotismus, die Europäer allgemein finden am Spiel der Taufbegräbnisse Gefallen. Jeder klammert sich wie besessen an das Erbe, das ihm Identität verleiht, müßte er sich daran auch wie am Floß der Medusa festzurren.

Mitten in der Krise des sogenannten »Rinderwahns« wurde mit dem Finger auf Großbritannien gezeigt: Jahrelang hatte es seinen europäischen Partnern Tierfuttermehle geliefert, die es den eigenen Herden verbot, womit es die Verseuchung streute und schamlos bei Nachbarn und Freunden eine tödliche Infektion verbreitete. Der Premierminister Seiner Majestät verteidigte sich damit, daß er erklärte, die Identität und der Charakter einer jeden Nation des Alten Kontinents gehörten respektiert. So gerieten, schrieb er, beispielsweise die Deutschen, die mit ihrem Sinn für die »Natur« ja nicht hinterm Berg hielten, in Anbetracht der Umweltverschmutzung und des Waldsterbens in Panik; es sei daher nicht erstaunlich, daß ihre Oppositionellen sich nackt vor Bulldozer legen, um den Ausbau von Flughäfen zu verhindern! Die Franzosen, führte er fort, seien stolz auf ihre »kulturelle Ausnahmestellung«; also müßten die Quoten respektiert werden, die sie ausländischen Musikstücken auferlegen, um ihre eigenen Lieder durchzusetzen, die nicht genug geschätzt würden, offensichtlich nicht einmal von ihnen selbst. Bezüglich der Engländer, deren nationale Ehre sich im Beefsteak verkörpere, läge man ganz falsch, ihnen die verbissene Verteidigung ihrer Rinderzucht zu verübeln. Niemand murrte. Weder die Presse noch die Kollegen. Niemand wagte, eine derart durchsichtige Apologie gemeinsamer Verantwortungslosigkeit anzugreifen. Jedem seine Feier und für alle der Schiffbruch?

Gestatte mir ein innerfranzösisches Beispiel zur Illustration dessen, was ich sagen will. Du weißt, daß unser

Land hinsichtlich des Kampfes gegen die Gefahren, die die Verwendung von Asbest im modernen Bauwesen in sich birgt, im Vergleich zu seinen Nachbarn zwanzig Jahre hinterherhinkt. Der Skandal bricht schließlich aus, und die Entseuchung eines gigantischen Universitätskomplexes an den Ufern der Seine, mitten in der Hauptstadt, wird überstürzt beschlossen. Fünfzigtausend Menschen sind dort über die Fakultäten verteilt, darunter die alte und sehr prestigereiche naturwissenschaftliche Sorbonne. Die Türme von Jussieu wurden in den sechziger Jahren gebaut, es ist erstaunlich, daß fünfundzwanzig Jahre nötig gewesen sein sollen, um die Gefahr zu erkennen. Also werden Verantwortliche gesucht. Genannt wird die Nachlässigkeit der Politiker, die Unbekümmertheit der Journalisten, das Geschäftsinteresse der Bauherren. Die Asbest-Lobby und die Pseudoexperten, deren Schweigen sie entlohnte, werden angeklagt. Jede Partei gibt den Schwarzen Peter an die andere weiter, und die Debatte schläft mangels klarer Benennung der Verantwortlichen ein. Das Wichtigste wird verschwiegen.

Diese Naturwissenschaftliche Fakultät stellt eine der stärksten Zusammenballungen von Wissenschaftlern pro Quadratzentimeter auf französischem Gebiet dar. Verstehe das richtig: Kein einziger dieser Gelehrten kam auf die Idee, Alarm zu geben, es gab keine einzige Petition, um die Aufmerksamkeit der Behörden zu erregen oder, in Ermangelung dieser, die öffentliche Meinung zu mobilisieren. Fünfundzwanzig Jahre lang nichts! Ein vages Anti-Asbest-Komitee sorgte für Schlagzeilen in den Lokalzeitungen, ehe es über lange Jahre hinweg einging. Daß es überhaupt existiert hat, weist darauf hin, daß die Information zur Verfügung stand, und das mangelnde Echo beweist eine allgemeine und massive Gleichgültigkeit.

Den Gelehrten war es egal. Warum sollen Verwaltungen ihre bürokratische Trägheit und Journalisten ihr Nichtexpertentum abschütteln, wenn die Betroffenen, die Bestinformierten, diejenigen, die es am ehesten wissen könnten, die Diplomierten, die Ordensträger, die Akademiker, die Hohe Schule der Lehrkunst und die Forscher internationalen Rufs, nicht aufmucken? Jahrzehntelang geht es um ihr Leben, ein eventueller Lungenkrebs steht auf dem Spiel, aber sie scheren sich einen Dreck um ihr Los, das ihrer Familien und das ihrer Studenten. Was für ein wunderbares Alibi für die Minister und die Architekten, die selbst, wenn sie damit zu tun haben, doch nicht im gleichen Boot sitzen wie die unmittelbar Betroffenen.

Die brillanten, von der universitären Institution ordnungsgemäß auserwählten und in ihrem Amt bestätigten Köpfe verwalteten ihre asbestverseuchte Fakultät mit stoischer Ruhe. Niemand erwog, sie verantwortlich zu machen. Die öffentliche Meinung schoß die traditionellen Pfeile auf nicht minder traditionelle Sündenböcke ab. Nieder mit dem Großkapital und seiner Sucht nach Maximalprofit! Kampf einer unfähigen oder korrupten politischen Klasse! Was den Kosinus-Experten betrifft, der im Asbeststaub schmort, ohne die Nase von den Computern zu heben, so wurde sein Prestige keinesfalls angekratzt, und seine wissenschaftliche oder schlicht ethische Kompetenz schwebt unbefleckt über dem Gemenge und den Verdächtigungen. Mit der Erwähnung dieser Fakten will ich nicht eine Elite anklagen, die ansonsten genauso respektabel ist wie alle anderen, ich stelle nur ganz allgemein fest, wie sehr die Idee einer unmittelbaren und persönlichen Verantwortung unseren geistigen Horizont zu verlassen droht.

Ich habe anderswo das Rätsel analysiert, das sich angesichts der Übertragungsweise der HIV-Krankheit auf hohem Niveau ausgebildeten Ärzten stellt, die gleichwohl vollkommen gleichgültig gegenüber den Risiken waren, die Personen mit Bluttransfusionen eingingen, selbst wenn sie selbst dazu zählten. Eine solche Verleugnung, die Selbstmord wie Fremdtötung als Möglichkeit einschließt, illustriert die *Vanitas* einer zu simplen Aufteilung in Eigeninteresse einerseits und das Interesse der anderen. Der Verantwortungslose arbeitet auch gegen sich selbst; seine Verblendung wird gelegentlich durch eine aufrichtige und selbstlose Haltung verdeckt. Die innere Flucht vor den Folgen einer Handlung oder Handlungsunterlassung ist das Faible der zeitgenössischen Sensibilitäten: Die Neigung zur Demission erhält anhand des *Curriculum vitae* großer Philosophen, durch die gewöhnliche Wankelmütigkeit unserer würdigen Politiker, durch die sanftmütige Unbekümmertheit der unzähligen Professoren einen gewissen Nimbus oder kommt in der häufig zusammengepfuschten Information, mit der sich die Öffentlichkeit begnügt, zum Vorschein. Was passiert, ist egal, sofern ich mich selbst überzeugen kann, nicht dafür verantwortlich zu sein! Die absolute Verantwortungslosigkeit ist drauf und dran, zum gemeinsamen Ziel und zum äußersten Zweck der europäischen Menschheit zu werden.

Du weißt, wie anfällig die Beweise für die Unsterblichkeit der Seele sind. Seitdem die Gelehrten sich anschicken, die Unwissenden damit zu versehen, stolpern diese unentwegt über die extreme Schwäche der Argumentation. Sokrates schließt, daß uns keine Vorausgarantie das »schöne Wagnis« erspart. Und zweitausend Jahre später legt Pascal dar, es handle sich um eine »Wette«. Der moderne Europäer umgeht die Schwierigkeit: Er wird in Abwesenheit unsterblich sein. Statt sich weiterhin als ewig zu begreifen, blendet er sorgfältig seine Sterblichkeit aus und genießt es, *hic et nunc* so glückselig zu leben, wie es bisher den Olympiern vorbehalten war. Wie lange es dauert, ist unerheblich, solange ich lebe, gibt es keinen Tod. Wird der zweite Teil von Epikurs Ausspruch, der seine Subtilität ausmacht, weggelassen (solange wir sind, ist der Tod nicht, wenn der Tod ist, sind wir nicht mehr), verkommt er zu der sinnlosen Trivialität, es gäbe den Tod nicht. Mit anderen Worten: Denken wir nicht mehr daran. Mit anderen Worten: Denken wir nicht. Du wirst vielleicht einwenden, das hieße in Anbetracht des Kopfzerbrechens, das einem denkenden Menschen, der sich des Denkens enthalten will, bevorstehe, von einem Paradox zum anderen zu springen. Es gibt aber Anpassungen, der Physiker, der sich in seine Grundlagenforschung vertieft, atmet Asbest ein, ohne nachzudenken. Die Scheuklappen des Fachwissens bewahren ihn vor skurrilen Beunruhigungen.

Um die Wahrheit zu sagen, der Berufsidiotismus ist trotzdem keine ausreichende Garantie, ein unvermutetes Erwachen droht unsere Zeitgenossen kalt zu erwischen, sie bemühen sich, einem solchen Schock mit einer allgemeineren mentalen Strategie vorzubeugen. Das Zeremoniell des Gedenkens um des Gedenkens willen, dem sich die Franzosen so geschmeichelt hingeben, stellt das erforderliche Mittel zur Verfügung. Mit dem Feiern von diesem oder jenem Fetzen einer unfehlbar glorreichen Vergangenheit saugen wir unsere Ewigkeit ein. Wir »realisieren« Eure Philosophie. Wir sind der absolute Geist, der am Schluß der *Phänomenologie des Geistes*, in den letzten Zeilen des letzten Kapitels, den »Kelch dieses Geisterreiches …« erhebt und auf die eigene Gesundheit anstößt.

Hat erst einmal die List der *sons-et-lumières*-Schauen diejenige des Begriffs ersetzt, erliegt die von der Vergöttlichung der Geschichte abgelöste göttliche Geschichte, die Phantasmagorie unserer Narzißmen, dem Körnchen

Widerspruchsgeist, den Kleist in das »Marionettentheater« des deutschen Idealismus einschmuggelte. Wenn sich der Geist als Geist spiegelt und seine eigene Unendlichkeit kostet, geht es ihm schlecht. Wer in die göttliche Gnade eintaucht, ertrinkt als Hampelmann.

»Doch so, wie sich ... das Bild des Hohlspiegels, nachdem es sich in das Unendliche entfernt hat, plötzlich wieder dicht vor uns tritt: so findet sich auch, wenn die Erkenntnis gleichsam durch ein Unendliches gegangen ist, die Grazie wieder ein; so daß sie zur gleichen Zeit in demjenigen menschlichen Körperbau am reinsten scheint, der entweder gar keins oder ein unendliches Bewußtsein hat, d. h. in dem Gliedermann oder auch in dem Gott.«[2]

Bitte Deine Landsleute darum, unsere Manie der Feierlichkeiten nicht unüberlegt zu verspotten. Wir, ob Götter oder Hampelmänner auf dem Weg der »Pantheonisierung«, haben lediglich einen gewissen Vorsprung. Wir treffen uns in ein oder zwei Jahrzehnten wieder, wenn Ihr die Rückverwestlichung Eurer sechzehn Millionen dem Kommunismus Entronnenen vollendet habt. Ihr werdet genauso *Gros-Jean* sein wie wir nach dreißig sogenannten ruhmreichen Jahren, in deren Verlauf sich der (1945) Frankreich genannte Haufen materieller Ruinen zur vierten Weltmacht aufschwang. Unsere versorgten und schweigenden Mehrheiten erheben die innere Misere zum bequemen Alibi, um sich um die Dramen, die außerhalb wüten, nicht zu kümmern. Unter dem Vorwand, zu Hause aufzuräumen, rollen sie sich zusammen und geben ihre Kurzsichtigkeit als Realismus aus. Daß einer, der in Monaco eine Wohnung hat, sich als unversehrt, glücklich und fesch in einem in Flammen stehenden 21. Jahrhundert träumt, *va bene*! Daß die dritt- und viertgrößten Wirtschaftsmächte der Welt sich der Phantasie hingeben, so immun zu sein wie ein Ungeborenes in seiner Fruchtblase, verdient näher untersucht zu werden.

Unser Gefallen am Gedenken befriedigt auf billige Weise eine nekrophile Leidenschaft, in der der Scharfsinn der Alten den Wunsch, sich zu verewigen, aufspürt. Das bekannte Singen der Sirenen zog Odysseus nicht allein aufgrund der »unsterblichen« Schönheit seiner Harmonien an, sondern viel stärker aufgrund des verführerischen Angebots, ihm die Geschichte des trojanischen Kriegs, das heißt seine eigene Geschichte, zu erzählen. Die Sirenen lassen Odysseus sehen, »wie endlich in ihm selbst die Ewigkeit ihn wandelt.« (Mallarmé).[3] Der übliche Preis für eine derart faszinierende Extratemporalität läßt sich kaum unterschlagen, der Aufenthaltsort der Zauberinnen grenzt an einen Strand, der gebleicht ist von menschlichen Knochen und Überresten. Da eine definitive Identität sich erst *post mortem* einstellt, schmückt der Moderne die Orte des Gedächtnisses mit einer Sirenenseele aus. In die Vergangenheit eingetaucht, stellt er sich tot. Er läßt sich vom Jenseits ausknipsen.

Das Vergängliche im Ewigen einfrieren! Den verschwimmenden inneren Hauch als kosmischen Schnappschuß festhalten. Das Angebot der Sirenen zeigt das elementare Versprechen, das jede Ideologie, ob regional, national oder mit universalen Ambitionen, ihren Anhängern eintrichtert: Sie erzählt eine große, überwissenschaftliche Geschichte, eine mit Religion umkränzte Legende oder unwahrscheinliche folkloristische Märchen. Das Wesentliche ist das Photomaton, das die Zeit kurzschließt und es im Jahre 1995 einem metzelnden General ermöglicht, seine Niederlage auf dem Amselfeld von 1389 zu rächen, während sich ein französischer Fernsehzuschauer auf harmlose Weise mit einem fränkischen Eroberer identifiziert. Die ideologische Nachfrage verändert sich nicht. Sie belauert die Kristallkugel. Sie verlangt vom Seher Kalchas, daß er »die Gegenwart, Vergangenheit und Zukunft« weiß. Sie umgibt die Dichter und

Denker mit dem Nimbus der »Meister der Wahrheit«, die, den Sirenen ähnlich, erzählen, »was gewesen ist, was ist und was sein wird«. In der Dämmerung des Hellenismus behauptet Porphyrios, daß sein Meister Plotin gelehrter als Apollon ist, der Gott, der von sich sagt: »Ich allein kenne die Zahl der Sandkörner und die Größe des Meeres; ich verstehe den Stummen und höre dem zu, der nicht spricht.«[4]

Die griechische Kultur stellte sich von Anfang an einer derart absoluten Nachfrage entgegen, sie stellte Wissen dem Wissen gegenüber. Kalchas enttäuscht die Nachfrage, Agamemnon beleidigt ihn und droht ihm. Sokrates rühmt sein Nichtwissen, der Schierlingsbecher entlohnt ihn. Antigone überschreitet die Gesetze des Tages, jene, die Kreon, Führer der Polis, verkündet, sie setzt ihnen andere, unbeschriebene, unerschütterliche Gesetze, den *Nomos* des Hades, das Recht der Nacht, entgegen.

Die beiden Systeme des griechischen Wissens koexistieren nicht, und sie decken sich nicht. Sie kollidieren. Noch bevor Sokrates die etablierten Meinungen torpediert, zerstört Kalchas schonungslos Agamemnons Autorität und gutes Gewissen, und Teiresias verbietet Ödipus, sich im Zucker eines falschen Wissens zu karamelisieren. »Kennst du deinen Ursprung? Weißt du, mit wem du schläfst?«[5]

Der voreilige Schluß, der Seher wisse »mehr« oder sehe »weiter« als der gewöhnliche Mensch, der tyrannische Monarch und das Königsvolk, wäre falsch. Das hieße vorauszusetzen, das gewöhnliche Auge und das Auge des Sehers seien begierig, ein und dieselbe Landschaft zu entziffern. In Wirklichkeit bedeutet das zweite Sehen den Verlust des ersten. Kalchas, Teiresias, Ödipus, die Wissen erlangen, und Homer, sagt man, sind blind. Antigone ist in die Nacht des Grabes lebendig eingemauert. Wie Sokrates nimmt Kassandra ihren eigenen Tod vorweg. Nur um den Preis eines schmerzlichen Verzichts darauf, das gewesene, gegenwärtige und künftige Sichtbare zu beherrschen, erreicht man das »zusätzliche Auge«, um das Hölderlin Ödipus beneidet.

Odysseus führt diese radikale Umwandlung des Blicks vor, als er sich am Mast seines Schiffs festbinden läßt, um den Sirenen zuzuhören, ihre Verführung zu erkunden, ohne deren Beute zu werden. Hier verkehrt sich das optische System, »Inhalt« und »Form« tauschen die Plätze. Der unmittelbare Zauber des Lieds wird als solcher geschätzt, doch der sich ihm aussetzende Odysseus bleibt »Wächter des Nichts«, er erinnert sich an Circes Warnung. Hinter den Hirtinnen des Seins, die scheinbar gestern, heute und morgen »alles« entschleiern, spürt der andere Blick der Griechen das Beinhaus auf, das sie versorgen und verbergen. Die deutschen Kinder kennen diesen Refrain auswendig, Heine flüstert ihnen das Geheimnis der Loreley, der Rheinsirene, zu:

Und singt ein Lied dabei;
Das hat eine wundersame
Gewaltige Melodei.

Den Schiffer im kleinen Schiffe
Ergreift es mit wildem Weh;
Er schaut nicht die Felsenriffe,
Er schaut nur hinauf in die Höh.

Vordergründig haben die Sirenen versprochen, das trojanische Epos zu erzählen, genau das, dessen Dichter Homer gewesen ist. Mit einem Unterschied: Der Dichter widerspricht ihrem menschenfressenden Spiel. Er ernennt sich nicht zum allwissenden Zeugen eines allmächtigen Schicksals, das die schmerzlichen Entscheidungen und die kämpferische Ausdauer der Sterblichen annulliert. Wenn all das, was gewesen ist, ist und sein wird, vorherbestimmt ist, dann sind die Lebenden träge Marionetten, an deren Fäden die Himmlischen ziehen. Homer drückt ein umgekehrtes Gefühl aus: In Ermangelung des höchsten Risikos verbringen die Olympier ihre Zeit damit, sich Streiche zu spielen; zur Komik verdammt, lachen sie über ein Leben, das sie nicht verlieren können; um es ernst zu nehmen, brauchen sie die Menschen, deren Leidenschaften sie wie bei einer Vorführung aus der Ferne schätzen, da sie die süß-saure Echtheit einer verderblichen Existenz erahnen lassen.

Die Sirenen werden niemals erfahren, was Homer den Göttern offenbart, was Odysseus die Unsterblichen lehrt, deren Lager ihn nicht mehr hält, die traurig wahre Wahrheit, an die Achilles von der Hölle aus erinnert. »Suche mich nicht über den Tod zu trösten, strahlender Odysseus! Wollte ich doch lieber als Ackerknecht Lohndienste bei einem anderen, einem Manne ohne Landlos, leisten, der nicht viel Lebensgut besitzt, als über alle die dahingeschwundenen Toten Herr sein!« Achilles spricht jenseits des Grabes mit sich selbst, hatte er nicht die Wahl? Entweder eine im Anonymen verlängerte Existenz oder Ruhm in einem kurzen Leben. Achilles erhält seine Entscheidung aufrecht, er widerspricht sich keineswegs: Welchen Ruhm gewänne der Mutige, der ein hohles Leben opferte? Der furchtbarste Gegenstand der Furcht ist der Tod. Das genau, knüpft Aristoteles an, ist das Motiv, weshalb man mit Recht die mutig heißen wird, die angesichts eines schönen Todes furchtlos bleiben. Die große Entdeckung der Griechen kulminiert in der Schönheit der Sterblichen und in der Sterblichkeit des Schönen.

Odysseus überwindet die Versprechen von Ewigkeit, indem er sie als degradierend – Circe verwandelt seine Gefährten in Schweine – und verheerend enthüllt – die Sirenen töten. Das Angebot einer unsterblichen Existenz genießen bereits die Schweinchen, da sie nicht wissen, daß sie sterben werden. Das Angebot eines Allwissens hinsichtlich dessen, was gewesen ist, was ist und was sein wird, weist uns eine leichengleiche Ohnmacht zu und projiziert uns damit als Gestorbene.

Der griechische Mensch lebt in dem permanenten Horizont einer Vernichtungsgefahr, sie treibt die Polis um (die Pest), sie bewohnt den Geist der Allmächtigen (Aischylos zufolge bekämpft Prometheus Zeus' Plan, die menschliche Rasse vollständig zu beseitigen).

Die Sterblichen sind weder zur Flucht noch zum Kriechen gezwungen. Sie können die Herausforderung annehmen, ihre Sterblichkeit zur Elle jedes Dings machen und alle Menschen dazu zwingen, sie hinzunehmen. Selbst die Götter? Selbst die Götter! Auf einer komischen Ebene versperren Aristophanes' Vögel den Zugang zum Himmel und verhindern, daß die erhabenen Nasen die Rauchschwaden der Opferung zu riechen bekommen; das Ende der Gerüche führt die Olympier zur tätigen Reue. Auf der tragischen Ebene: Zeus wird mit Prometheus verhandeln müssen, der, obwohl gefesselt, ein Geheimnis besitzt, das, wenn nicht über das Leben, so zumindest über die Souveränität der Unsterblichen entscheidet. Als gehörte es sich, daß die Allerhöchsten die Vermittlung der Sterblichen benötigen, um ihre Zerwürfnisse zu beenden. Celan erweckt Aischylos zu neuem Leben, als er die Richtung des Gebets verkehrt, nicht mehr vom Menschen zu Gott, sondern von Gott zum Menschen hin. Nach zweitausendfünfhundert Jahren spürt diese scheinbare Blasphemie eine sehr alte Weisheit des Abendlands wieder auf: Der Ernst findet statt, wenn sich Antigone mit brennendem Herzen für den eisigen Tod starkmacht.[6]

Der Dichter entsteht aus der erbarmungslosen Konfrontation mit einem als allwissend, allmächtig und heimlich zerstörend vermuteten Wissen, das unsere Ideologien fortsetzen. Die Dichtung ist nicht die Berufskrankheit der Dichter, viele erreichen sie nicht, und nie besitzen sie ein Monopol.

Die Dichtung ist eine dem Sterblichen, der sich als solcher annimmt, angemessene Schöpfung. So wenigstens versteht es zu Beginn das griechische Denken. Das steht und leuchtet voll ausgeschrieben bei Platon, der häufig weniger platonisch ist als seine eifrigen Anhänger. »Du weißt doch, daß Dichten eigentlich alles Schaffen bezeichnet und daß das Schaffen etwas gar Vielfältiges ist. Denn allem demjenigen, was die Ursache dafür ist, daß irgendwas aus dem Nichtsein in das Sein übergeht, legen wir eine schaffende Tätigkeit bei, so daß eigentlich auch die Werke sämtlicher Künste Dichtungen und ihre Meister Dichter heißen müßten.«[7]

Kunst = *technê*, Werk = *ergon*, *poiêsis* = Dichtung, Schöpfung. Beinah jede hier erwähnte Vokabel ist ein Schlüsselbegriff der griechischen Literatur und Philosophie. Sie verdienen noch mehr Kommentare, als sie bekommen haben. Jedenfalls läßt sich die Hauptlektion kaum verfehlen: Jede menschliche – handwerkliche, künstlerische, politische, ethische – Schöpfung ist Poesie. Selbst die von Aristoteles später eingeführten Unterscheidungen ändern daran nichts. Die Produktion (die sich in einem dieser Produktion äußeren Ding vollzieht), ähnlich wie die Praxis (in der sich die Produktion innerlich als Selbstproduktion vollendet), sind zwei Fassungen ein und derselben »Poesie«.

Wenn sich die Sterblichen erziehen, wenn sie politisieren und ihr Umfeld verändern, stellen sie sich fortwährend dem Nichts, um das, was ist, hervorzurufen oder zu bewahren. Sie schreiten unentwegt vom Nichtsein zum Sein. Solche Poesie läßt sich nicht im üblichen

Sinn auf eine Schöpfung *ex nihilo* reduzieren, weil das »ex« das Voranschreiten minimiert. Der »Schöpfer« – der Gott der Theologen oder das Genie der Ästheten – zieht seine Schöpfung aus dem Nichts genau mit dem Vorhaben, es zu verlassen. Er schreitet, von einem Nichts ausgehend, das er meint, hinter sich zu lassen, voran. Er schreitet auf eine Ewigkeit zu, die er verlangt oder zu erreichen hofft. Er schreitet vom Diesseits zum Jenseits voran. Die ansteigende Bewegung des deutschen Geistes illustriert diesen sehr allgemeinen Anspruch. Das Aufkommen der Poesie hingegen zieht das Sein aus dem Nichts heraus, zieht sich jedoch nicht vom Nichts zurück, um es hinter sich zu lassen. Die Blumen welken, ihre Schönheit wird dadurch nur bewegender. Die Einzelnen sterben, die Lust am Leben kommt zu ihrem Leben dazu wie die Blüte der Jugend zur Jugend (Aristoteles).

Verschiedene Geißeln drohen die menschliche Gattung zu zerstören, daher erfindet sie die Medizin (gegen die Pest); die Arbeit und die Familie (*oikos*) gegen den Hunger; die Polis, die Politik und den Bürger-Soldaten gegen den Krieg; die Vernunft, die tragische Katharsis und die Lyrik gegen den Wahn, usw. Dessenungeachtet gibt es tausend Weisen zu wohnen, tausend Wohnmodelle. Die Einheit dieser zusammengewürfelten Vielfalt findet sich in der Poesie des Hauses, das, von nichts ausgehend, aber auch gegen das Nichts, Schutz bietet. Die Wohnung, ob Grotte oder Palast, ist das, ohne was wir schutzlos gegen die Winde, den Regen, den Blitz und die Diebe, gegen neidische oder böswillige Nachbarn und gegen die anmaßende Überwachung durch die Behörden sind.

»Gründet« der Dichter »das Bleibende«, das heißt eine Epiphanie, die unablässig gewesen ist, ist und sein wird? Nein! Was auch immer Heideggers etwas zu friedfertige, zu idyllische und zu bürgerliche Vorstellung vom

Bleibenden war, der Dichter beschränkt die Zeit nicht auf sich selbst. Er hütet sich davor, in der Ewigkeit unterzuschlüpfen. Er läßt das Verschwinden zutage treten. Die Zerstörung ist seine Beatrice, verkündet Mallarmé. Nicht um zu kapitulieren erhebt er sie so hoch, sondern um seinen Widerstand zu definieren und zu bestärken. Die Poesie »gründet« das, was ohne sie einstürzt.

Der Verantwortungslose wird in Anbetracht der Panik panisch. Er entflieht sowohl seiner Angst als auch seiner Verantwortung, die eine unteilbare Haltung des geistigen Widerstands implizieren. Das verzweifelnde Sein, bemerkte Kierkegaard, setzt ein doppeltes Verhältnis: Es verzweifelt über (auf dänisch *over*) etwas, in Beziehung auf etwas anderes (auf dänisch *om*, hinsichtlich von etwas).

Verzweiflung über das Irdische oder über etwas Irdisches ist eigentlich ja auch Verzweiflung am Ewigen und über sich selbst ...[8].

Der besorgte und verantwortungsvolle Mensch stützt dieses doppelte Verhältnis. Er ist über eine Existenz besorgt, die zerstört werden kann. Er fühlt sich verantwortlich für ... angesichts des Nichts. So ist uns ein geliebter Mensch um so teurer, wenn er uns zu verlassen droht, hebt Proust hervor. Kaum wird ihm eröffnet: »Mademoiselle Albertine ist fort!«, schon stürzt ihn dieser Verlust in die verheerenden Qualen einer Liebe, die er für verbraucht und ermattet hielt. Wie weggefegt ist das Netz aus Verdruß und Gleichgültigkeit. Die verschwundene Albertine funkelt wieder wie am ersten Tag und verführt noch stärker, »so daß die neue Lebensfülle der Frau, die fortgegangen ist, auf die Frau zurückwirkt, die vorher bei uns war.«[9] Das Verschwinden belebt die Wahrnehmung dessen, was zutage tritt, neu. Die Gewohnheit löscht sie, weil sie die Anwesenheit als selbstverständlich nimmt und das Risiko einer vollständigen Abwesenheit vergißt. In dem Maße, wie sich die Zeit verliert, in dem Augenblick, in dem sie sich als vollständig verstrichen erweist, findet Proust sie wieder, obwohl und weil sie verloren ist. Auf diese Weise erschließt sich ihm die Möglichkeit, *Die wiedergefundene Zeit* zu schreiben. Die Besorgnis, die Welt könnte verschwinden, ist die Voraussetzung ihrer Sichtbarkeit und Wärme. Jedes Ding bietet sich dar und gefällt im Horizont seiner möglichen Annullierung. Die Wahrheit der platonschen Sonne, die kommunizieren und wachsen läßt, die authentische »Idee des Guten« ist die Idee des Nichts, dessen Wächter der Dichter ist.

Im Abendland kämpft der Künstler gegen den Tod, die Polis entsteht immer wieder neu aus der Bekämpfung der natürlichen, politischen oder geistigen Katastrophen, jede Liebe bemüht sich, sich zu verewigen, doch nur »soweit wie möglich«. Ein Einzelleben behauptet sich als »poetisch«, indem es das Schicksal bezwingt, es fordert damit die allerhöchsten Mächte heraus und ermöglicht dem Sein, vor dem Hintergrund des Nichts, dem es widersteht, zu entstehen.

Die Poesie ist nie gegen die Versuchung der Unterwerfung, der Auflösung und des Zugrundegehens gefeit. Europa hat die weiße Fahne einer Niederlage, in die es einwilligte, häufig gehißt, weniger unter dem Druck einer äußeren Kraft als aufgrund der inneren Umschichtung desjenigen, der den Tod akzeptiert, um sich als ewig zu gefallen. Von 1945 bis 1989 rettete der Eiserne Vorhang die westeuropäische Gemeinschaft vor der Lethargie. Um weiterzukommen und sich auf den alten Kontinent auszudehnen, kann sie den glücklicherweise verblichenen äußeren Gegner nicht gegen imaginäre Ersatzgegner austauschen. Sie wird ebensowenig weiterbestehen können, wenn sie nur die finanziellen und technischen Regelungen und Koordinierungen akkumuliert. Die Europäer benötigen eine gemeinsame Vorstellung von den Hindernissen. Gemeinsam die Widrigkeiten denken zu lernen setzt ein eher kulturelles als ideologisches Europa voraus, das nicht für das Beste, sondern gegen das Schlimmste geeint ist.

Pflegen wir also unseren Garten, den einer Gemeinschaft der Weigerungen, die sich über das Unannehmbare zu verständigen hat – gleiche Übel für alle, ein gemeinsames Übel –, da das stets begehrte, immer umstrittene souveräne Gute lediglich unsere blutigsten Querelen angefacht hat. Bilde ich mir etwas ein? Sind wir in die ersten Rudimente der heiklen Gartenarbeit eingedrungen? Deutschland, Frankreich, Europa sind nicht am Ende ihrer Mühe. Unerheblich: »Jedermann geht aus dem Leben, wie wenn er eben erst geboren wäre«, stellt Epikur fest.[10]

Anmerkungen

Hitler bin ich

1. Heinrich Heine, *Über Deutschland*, Säkularausgabe, Akademie-Verlag, Berlin, 1972, Bd. 8, S. 229.

Brief I

1. Platon, *Die Gesetze,* 713 D, Sämtliche Werke, Lambert Schneider, Berlin, Bd. 3, 335.
2. G.W.F. Hegel, *Vorlesung über die Philosophie der Geschichte,* Werkausgabe, Suhrkamp, Frankfurt a. M., Bd. 12, S. 28.
3. André Glucksmann, *Die Meisterdenker*, Rowohlt, Reinbek 1978.
4. Jean-Francois Lyotard, *Le Figaro*, 30. September 1991.

Brief II

1. Peter Schöttler, »Désapprendre de l'Allemagne; les Annales et l'histoire allemande pendant l'entre-deux-guerres«, in: *Entre Locarno et Vichy*, ed. CNRS, Paris 1993, S. 440.
2. Vercors, *Das Schweigen*, Oprecht, Zürich/New York 1945.
3. Martin Heidegger, »Wege zur Aussprache«, in: *Denkerfahrungen*, V. Klostermann, Frankfurt am Main 1993.
4. Ebd., S. 17.
5. Ebd., S. 19.
6. Ebd., S. 19.
7. G.W.F. Hegel, *Phänomenologie des Geistes*, Werkausgabe, a. a. O., Bd. 3, S. 260.
8. Vercors, *Das Schweigen*, a. a. O., S. 18.
9. Martin Heidegger, *Wege zur Aussprache*, a. a. O., S. 20.
10. »Es ist kein Geschichtsbild mehr für Zuschauer. Nichts trennt uns mehr von diesen vor Verzweiflung und Schrecken schreienden Frauen gegen den absurd vom Himmel herabfallenden Tod ... Nichts wird erzählt. Kein äußerer Gott öffnet einen Ausweg. Dieses Drama ist unseres, unter einer aus Menschenhand gemachten Sonne. Zwischen dem Guten und dem Bösen sind nicht mehr jene Barrikaden, wo sich Delacroix mit dem Gewehr in der Hand an der Seite der Freiheit malt.« Pierre Daix, *Picasso*, Samogy, Paris 1964.
11. Art Digest v. 13.10.1939, zit. in: H. B. Chipp, *Guernica*, Cerde d'art, Paris 1992, S. 166.
12. Michel Leiris, zit. in: H.B. Chipp, *Guernica*, a. a. O., S. 152.
13. Jean-Paul Sartre, *Was ist Literatur?*, Rowohlt, Reinbek 1984, S. 167/168.
14. Charles Péguy, »Les suppliants parallèles« (1905), in: *Oeuvres en prose*, Gallimard, La Pléiade, Paris, Bd. 1, S. 869 ff.
15. Ebd.
16. Ebd.

Brief III

1. Äußerst suggestive Parallele zwischen Deutschland und Japan hinsichtlich der Vergangenheitsbewältigung in: Ian Buruma, *Erbschaft der Schuld*, Hanser, München 1994.
2. Jaspers-Zitate aus: Karl Jaspers, *Die Schuldfrage*, Piper, München 1987, S. 35.
3. Ebd., S. 62 f.
4. Manès Sperber, *La Psychologie du pouvoir*, ed. Odile Jacob, Paris 1995, S. 121.
5. Blaise Pascal, *Pensées*, Lambert Schneider, Heidelberg 1972, S. 409.

Brief IV

1. Norbert Frei, *Vergangenheitspolitik*, C. H. Beck, München, 1996, S. 405. *Reflexionen aus dem beschädigten Leben*, Suhrkamp, Frankfurt a. M. 1988.
2. Theodor W. Adorno, *Minima moralia*, Suhrkamp, Frankfurt am Main, 1951.
3. Theodor W. Adorno, »Kulturkritik und Gesellschaft,« in: *Prismen*, Suhrkamp, Frankfurt a. M. 1955, S. 91.
4. Daniel Jonah Goldhagen, *Hitlers willige Vollstrecker*, Siedler, München 1996. Als Diskussionsüberblick: E. Husson, *Unédculpabilité ordinaire?*, F. X. de Guibert, Paris 1997.
5. Karl Jaspers, *Die Schuldfrage*, a. a. O., S. 24.
6. Ebd., S. 45.
7. Hans Jonas, *Das Prinzip Verantwortung*, Suhrkamp Taschenbuch, Frankfurt am Main, 1984, S. 63.
8. Ebd., S. 8.
9. Karl Jaspers, *Die Schuldfrage*, a. a. O., S. 68.
10. Botho Strauß, *Der Aufstand der sekundären Welt*, Merkur, 1989.
11. Hans Jonas, *Der Gottesbegriff nach Auschwitz*, Insel, Frankfurt am Main

Brief V

1. Pierre de Ronsard, *Sonette der Liebe*, Die zweisprachigen Ausgaben, Churfürstenverlag zu Mainz, S. 41.
2. Blaise Pascal, Pensées, a. a. O. S. 385.
3. Paul Valéry, »Variétés«, *Oeuvres en prose*, Gallimard, La Pléiade, S. 580.
4. Blaise Pascal, *Vom Geist der Geometrie*, Claassen & Würth, Darmstadt 1948, S. 41.
5. Charles Perrault, Parallèle des Anciens et des Modernes, Neuauflage H. R. Jauss, Eidos Verlag, München 1964. Mitten im 18. Jahrhundert bekräftigt Terasson: 1. Homer ist amoralisch, 2. Homer ist verrückt! Siehe Noemi Hepp, *Homère en France*, Klincksieck, Paris 1968, S. 734–743.

6. Racine, *Die Thebais …*, Vorrede, in: Racines sämtliche Dramatische Werke in zwei Bänden, J. G. Cotta'sche Buchhdl. Nachfolger, Stuttgart und Berlin, 1. Band, S. 47.
7. La Bruyere, *Les charactères ou les moeurs de ce siècle* I, 10, H. Didier, Paris – Privat, Toulouse 1936, S. 80.
8. Jules Brody, *Lectures classiques*, Rookwood Press 1996. Siehe auch Philippe Sellier, *Pascal et saint Augustin*, Albin Michel, Paris 1995. Siehe auch Roland Barthes, *Sur Racine*, Poche Seuil, Paris 1963.
9. Jules Brody, a. a. O., S. 236–238.
10. Roger Vailland, *Les Pages immortelles de Suétone*, Buchet-Chastel, Paris 1962, S. 54.
11. Jules Michelet, *Histoire de la Révolution*, éd. Gallimard, »La Pléiade«, Bd. I, S. 403. Und auch: »An diesem Tag war alles möglich. Alle Unterschiede waren verschwunden; es gab keinen Adel, kein Bürgertum, kein einfaches Volk mehr. Die Zukunft war zur Gegenwart geworden …, war mehr als Zeit …, ein Blitzschlag und die Ewigkeit«, ebd., S. 430.
12. Baruch de Spinoza, *Tractatus politicus*, in: *Opera*, C. Winter Universitätsverlag, Heidelberg 1973.
13. *Die Maximen des Herzogs von La Rochefoucauld*, Nr. 77, Oldenbourg, München 1938, S. 29.
14. Blaise Pascal, *Pensées*, a. a. O., S. 843.
15. François d'Aubignac, *La Pratique du théâtre* (1657), Slatkine reprints, Paris 1996, S. 142.
16. Nicolas Boileau, *Traité du sublime*, traduction du Pseudo-Longin, in: *Oeuvres complètes*, éd. Gallimard, »La Pléiade«, S. 342.
17. Charles Péguy, *Victor Marie, comte Hugo*, in: *Oeuvres en prose*, éd. Gallimard, » La Pléiade«, S. 774f.
18. Blaise Pascal, *Pensées,* a.a.O., S. 183.
19. Friedrich Nietzsche, »Menschliches, Allzumenschliches« 20, in: Friedrich Nietzsche, *Nachgelassene Fragmente* Frj. 1880, in: Krit. Gesamtausgabe, Berlin 1971, Bd. V/I, S. 358.
20. Ebd.

Brief VI

1. John Langshaw Austin, *How to do Things with Words. Zur Theorie der Sprechakte*, Reclam, Stuttgart, 1985.
2. Blaise Pascal, *Pensées*, a. a. O., S. 654
3. Platon, *Phaidros*, 220–230, Sämtliche Werke, a. a. O., Bd. 2, S. 414.
4. François d'Aubignac, *La pratique du théâtre*, a. a. O., S. 43 und S. 210 ff.
5. Madame de Sévigné, Brief vom 24. Juli 1675: »Eine unserer Wahnvorstellungen ist der Wunsch, allen Dingen, die wir zu sehen meinen und die wir nicht sehen, in die Karten zu schauen, allem, was

in den Familien geschieht, wo wir Haß, Eifersucht, Wut, Verachtung anstelle all der schönen Dinge vorfinden würden, die herausgekehrt werden und als Wahrheiten gelten (...). Sie glauben, hier liebte man sich abgöttisch, doch sehen Sie hin: man haßt sich bis zur Raserei. Und so verhält es sich mit allem übrigen; Sie glauben, die Ursache dieses Ereignisses sei jenes Ding: es ist genau umgekehrt. Mit einem Wort, der kleine Dämon, der uns den Vorhang aufziehen würde, würde uns außerordentlich vergnügen.«

6. Miguel de Unamuno (1936), zit. nach: E. Fromm, *Anatomie der menschlichen Destruktivität*, DVA, Stuttgart 1974, S. 300.

Brief VII

1. F.W.J. Schelling, *Stuttgarter Privatvorlesungen*, (1810), in: *Schriften*, hg. v. M. Schröter, Beck, München 1965, Bd. IV, S. 359.
2. Charles Baudelaire, *Neue Anmerkungen zu Edgar Poe*, in: Sämtliche Werke, Wiss. Buchges., Darmstadt 1983, Bd. 2, S. 358.
3. Ebd.
4. Karl Jaspers – Hannah Arendt, Brief vom 29.8.1954, in: *Briefwechsel 1926–1969*, hg. von L. Köhler und H. Saner, Piper, München/Zürich 1985, S. 282.
5. G.W.F. Hegel, *Vorlesungen über Ästhetik I*, Theorie Werkausgabe, Suhrkamp, Frankfurt am Main 1970, Bd. 13, S. 297.
6. Bruno Bettelheim, *Kinder brauchen Märchen*, DVA, Stuttgart 1977, S. 159 und 160.
7. Eugen Drewermann und Ingritt Neuhaus, Das *Mädchen ohne Hände*, Walter, Olten 1988, Vorwort, S. 5; siehe auch Bettelheim: »Auch in vielen Märchen führt die Lösung, des Rätsels zu Heirat und Königreich. (...) Während aber im Mythos von Ödipus die Gestalt, deren Rätsel gelöst wurde, sich selbst vernichtet und eine Ehetragödie nachfolgt, ist die Enthüllung des Geheimnisses im Märchen für beide glückbringend, für den, der das Rätsel stellt, wie für den, der es löst« (S. 122).
8. Eugen Drewermann und Ingritt Neuhaus, *Frau Holle*, Walter, Olten 1982, S. 24.
9. Ebd.
10. Descartes, *Discours de la méthode* II/1, Phil. Bibl. 261, Meiner, Hamburg 1960, S. 21.
11. F.W.J. Schelling, *Über Dante*, in: Werke a.a.O., Bd. III, S. 573.
12. An den Rand eines Exemplars, das er dem Schauspieler Kruger schenkt, schreibt Goethe: »Alle menschlichen Gebrechen/sühnet reine Menschlichkeit«. Das Wort Gebrechen ist weniger stark als Verbrechen, während das Verb sühnen mystischer als heilen ist: Die geheimnisvolle Kraft der Menschheit ruft im Unmenschlichen das Gegengift hervor, das es auf menschliches Maß zurückbringt.
13. Theodor W. Adorno, *Noten zur Literatur*, Suhrkamp, Frankfurt a.M. 1981, S. 510.

14. G.W.F. Hegel, *Rechtsphilosophie*, § 137, Werkausgabe, Suhrkamp, Frankfurt am Main, Bd. 7, S. 255.
15. Ebd.
16. F.W.J. Schelling, *Philosophische Untersuchungen über das Wesen der menschlichen Freiheit und die damit zusammenhängenden Gegenstände*, (1809) in: G.W.F. Hegel, *Phänomenologie des Geistes.*
17. Ebd., Bd. 3, S. 36.
18. Ebd.
19. F.W.J. Schelling, *Philosophische Untersuchungen* ..., a.a.O., Bd. IV, S. 306 f.
20. Platon, Der *Staat* VII 538c, Artemis, Zürich/München 1974, S. 391.
21. Ebd.
22. Ebd., S. 392.
23. G.W.F. Hegel, *Enzyklopädie der philosophischen Wissenschaften* I, § 237, Zusatz, Werkausgabe, a.a.O., Bd. 8, S. 389.
24. Jean-François Marquet, *Le Destin de la philosophie chez Hegel et Schelling*, Schriften des 3. Internationalen Hegel-Kongresses, Lille, April 1968, éd. de la Faculté des lettres, Lille 1970.

Brief VIII

1. Gottfried Wilhelm Leibniz, *Nouveaux Essais sur l'entendement humain – Neue Abhandlungen über den menschlichen Verstand*, Buch IV, 16, hg. u. übersetzt von W.v. Engelhardt, u. H. Holz, Suhrkamp, Frankfurt 1996, Bd. I, S. 505.
2. Gottfried Wilhelm Leibniz, *Théodicée I*, 29, éd. Anbier, Paris 1962, S. 125 f. Siehe auch Hegel, *Wissenschaft der Logik, Suhrkamp, Frankfurt am Main* 1986, Bd. 2, S. 71.
3. Gottfried Wilhelm Leibniz, *Bemerkungen zu den cartesianischen Prinzipien*, Zu den Art. 31 und 35, in: *Hauptschriften zur Grundlegung der Philosophie*, Hg. E. Cassirer, Meiner, Hamburg 1996, Bd. I, S. 297.
4. G.W.F. Hegel: »Wir stellen uns dabei freilich nicht das allgemeine Diese oder das Sein überhaupt vor, aber wir sprechen das Allgemeine aus, oder wir sprechen schlechthin nicht, wie wir es in dieser sinnlichen Gewißheit meinen. Die Sprache aber ist, wie wir sehen, das Wahrhaftige ...« in: *Phänomenologie des Geistes*, Nr. 4, a.a.O., Bd. III, S. 85.
5. Gottfried Wilhelm Leibniz, *Philosophische Schriften*, G. Olms, Hildesheim, 1961, Bd. IV, 549 (Erwiderung auf Bayle).
6. Hans-Georg Gadamer, *Kleine Schriften*, Band 1, Siebeck, Tübingen 1976, S. 93.
7. Jürgen Habermas, *Kants Idee vom ewigen Frieden*, Suhrkamp, Frankfurt a.M. 1996.
8. Karl-Otto Apel, *Transformation der Philosophie*, Bd. 2, Suhrkamp, Frankfurt 1980, S. 404 f.

9. Ebd., S. 414.
10. Jean Lacroix, *Le Sens du dialogue*, La Baconnière, Neuchâtel 1969. »Das philosophische Ideal ist die Polis der Philosophen, das heißt der Menschen des Dialogs, in der jede Gewalt ausgeschlossen wäre. Dieses Ideal ist nur eine ›Idee‹ im kantschen Sinn: Wir können kaum hoffen, daß es eines Tages für die Gesellschaft konstitutiv sein wird, obwohl es unser Handeln stets in diese Richtung zu leiten hat« (S. 127).
11. G.W.F. Hegel, *Die Vernunft in der Geschichte*, hg. von J. Hoffmeister, Philos. Bibl. 171a, Meiner, Hamburg 1955, S. 80.
12. J. Brunschwig, *Introduction à la Théodicée de Leibniz*, G. F. Flammarion, Paris 1969: »Der Begriff bleibt mehrdeutig. Man kann ihn sowohl vorsichtig (Lehre von der Gerechtigkeit Gottes) wie auch kühn verstehen (Rechtfertigung oder Prozeß zur Rechtfertigung Gottes).«
13. G.W.F. Hegel, *Rechtsphilosophie,* § 138, Zusatz, Werkausgabe, a.a.O., Bd. 7, S. 260.
14. Gottfried Wilhelm Leibniz, *Nouveaux essais* ..., a.a.O., Bd. I, Buch II, 20, 6, S. 227.
15. Ebd.
16. Ebd.
17. Ebd.
18. Ebd., Bd. I, Buch II, 20, 5, S. 234.
19. Gottfried Wilhelm Leibniz, *Philosophische Schriften*, Bd. IV, a.a.O., S. 629.
20. Gottfried Wilhelm Leibniz, *Opuscules et fragments inédits*, hg. v. L. Cuturat, F. Alcan, Paris 1903, S. 350.
21. G.W.F. Hegel, *Wissenschaft der Logik I*, a.a.O., Bd. 5, S. 321: »Die Behauptung der Ehre der Mathematik, daß alle in ihr vorkommenden Sätze streng bewiesen sein sollen, ließ sie ihre Grenze oft vergessen.«
22. Ebd. S. 298. Hegel bemerkt zu Cavalieri und Newton: »Aber unter den Verhältnissen verschwindender Größen sei das Verhältnis zu verstehen, nicht *ehe* sie verschwinden und nicht *nachher*, sondern *mit dem* sie verschwinden (quacum evanescunt)«. Siehe auch Epikur: »Solange wir existieren, ist der Tod nicht da, und wenn der Tod da ist, existieren wir nicht mehr.« Brief an Menoikeus, in: *Werke*, hg. v. O. Gigon, Artemis, Zürich/Stuttgart 1968, S. 101.
23. G.W.F. Hegel, *Die Vernunft in der Geschichte*, a.a.O., S. 105.
24. Ebd. S. 48.
25. G.W.F. Hegel: Die historischen Gestalten »sind nicht glücklich geworden. Was sie sind, ist eben ihre Tat gewesen; diese ihre Leidenschaft hat den Umfang ihrer Natur, ihres Charakters ausgemacht. Ist der Zweck er- reicht, so gleichen sie leeren Hülsen, die abfallen. Es ist ihnen vielleicht sauer geworden, das Ihre auszuführen; und in dem Augenblicke, wo es geworden ist, sind sie früh gestorben

wie Alexander oder wie Cäsar ermordet oder wie Napoleon deportiert worden. Man kann fragen: Was haben sie für sich abgewonnen? Das, was sie gewonnen haben, ist ihr Begriff, ihr Zweck, das, was sie vollbracht haben. Gewinn anderer Art ... haben sie nicht erreicht.« (*Die Vernunft in der Geschichte*, a. a. O., S. 100).

26. G.W.F. Hegel, *Wissenschaft der Logik* I, a.a.O., Bd. 5, S. 142. »Die Idee hat ... auch den härtesten Gegensatz in sich; ihre Ruhe besteht in der Sicherheit und Gewißheit, womit sie ihn ewig erzeugt und ewig überwindet und in ihm mit sich selbst zusammengeht« (ebd., II, Bd. 6, S. 468).

Brief IX

1. G.W.F. Hegel, *Vorlesungen über die Geschichte der Philosophie*, Bd. III, Werkausg., a. a. O., Bd. 20, S. 255.
2. Paul Valéry, *Werke*, Insel, Frankfurt 1991, Bd. 5, S. 266; ferner Victor Hugo, *La fin de Satan*. Vom Tonfall abgesehen, verkündete Schelling in Goethes Fußstapfen nichts anderes: »Also bis zu seinem letzten Ende ... ist der Satan ein zur göttlichen Ökonomie selbst gehöriges Prinzip, dem gegeben ist, den Widerspruch, den Fluch, das Zerwürfnis, die Uneinigkeit zu erhalten, damit um so herrlicher sei der Sieg und der unendliche Triumph, in welchem die von dem Geist des Widerspruches fortwährend in Zweifel gestellte Sache Gottes hinausgeführt ist. Dann, wenn alle Zweifel aufgehoben, die Sache Gottes kar, offenbar und entschieden ist, dann hat der Satan sein Werk getan, seine Mission und mit ihr seine Macht hat ein Ende ...«, (*Philosophie der Offenbarung*, Buch II, 33. Vorlesung, Wissenschaftliche Buchgesellschaft, Darmstadt 1966, S. 250 f.)
3. Jean Jaurès, Die Ursprünge des Sozialismus in Deutschland, Ullstein, Frankfurt a. M., Berlin, Wien 1974, S. 34.
4. Charles Péguy, *Victor Marie, comte Hugo*, a. a. O.
5. Warlam Schalamow, *Essai sur le monde du crime*, Gallimard, Coll. »Arcades«, Paris 1997.
6. Immanuel Kant, *Die Religion innerhalb der Grenzen der bloßen Vernunft* (1793), in: *Werke*, Hg. E. Cassirer, Olms, Hildesheim, 1973, S. 3.
7. Das Böse, mit Kant, als »radikal« zu definieren, bedeutet, daß es unausrottbar in der menschlichen Situation verwurzelt ist. Das läßt sich nicht ausdrücklich nachweisen, sondern wird an vielfachen Beispielen anschaulich, denn es handelt sich um eine faktische Feststellung und nicht um eine theoretische Ableitung: »Daß nun ein solcher verderbter Hang im Menschen gewurzelt sein müsse, darüber können wir uns, bei der Menge schreiender Beispiele, welche uns die Erfahrung an den Taten der Menschen vor Augen stellt, den förmlichen Beweis ersparen« (I. Kant, *Die Religion* ..., a. a. O., S. 25).

8. F. W. J. Schelling, *Die Weltalter*, Werke, hg. von M. Schröter, a. a. O., Bd. IV, S. 588.
9. Ebd.
10. Ebd.
11. Ebd.
12. Ebd., S. 714.
13. Ebd., S. 715.
14. Ebd.
15. F. W. J. Schelling, *Philosophie der Offenbarung*, 20. Vorlesung, Wiss. Buchgesellschaft, Darmstadt 1966, Bd. I, S. 449
16. Ebd.
17. Ebd.
18. Ebd., 13. Vorlesung, Bd. I, S. 288
19. Michel Foucault, *Die Ordnung der Dinge*, VII, 6, Frankfurt a. M. 1974, S. 301: »Die Arbeit, das Leben und die Sprache erscheinen jeweils als ›Transzendentalien‹, die die objektive Erfahrung der Lebewesen, der Produktionsgesetze und der Formen der Sprache ermöglichen. In ihrem Sein sind sie außererkenntnismäßig (*hors connaissance*), aber dadurch selbst sind sie Bedingungen der Erkenntnisse. Sie entsprechen der Entdeckung eines transzendentalen Feldes durch Kant, und dennoch unterscheiden sie sich davon in zwei wesentlichen Punkten: sie liegen auf der Seite des Objekts und in bestimmter Weise jenseits davon; wie die Idee in der transzendentalen Dialektik totalisieren sie die Phänomene und besagen sie die apriorische Kohärenz der empirischen Mannigfaltigkeit. Aber sie begründen sie in ihrem Sein, dessen rätselhafte Realität vor jeder Erkenntnis die Ordnung und die Verbindung dessen ausmacht, was sie zu erkennen hat.«
20. F. W. J. Schelling, *Die Weltalter*, a. a. O., S. 660 f. Siehe auch *Philosophie der Offenbarung. 23. Vorlesung*, a. a. O., Bd. I, S. 529: »So ist das gegenwärtige menschlichen Leben nur ein Teil des menschlichen Gesamtlebens.«
21. Friedrich Nietzsche, *Der Wille zur Macht*, Kröner, Stuttgart 1959, S. 688.
22. J. G. Herder, *Ideen zur Philosophie der Geschichte der Menschheit*, XI, 1, hg. v. J. Meler, Darmstadt 1966, S. 285.
23. Karl Marx, *Thesen über Feuerbach*, Frühe Schriften, Hg. H.-J. Lieber, P. Furth, Wissenschaftliche Buchgesellschaft, Darmstadt 1971, Bd. II, S. 2.
24. Friedrich Nietzsche, *Der Wille zur Macht*.
25. F. W. J. Schelling, *Philosophische Untersuchungen über das Wesen der menschlichen Freiheit* ..., a. a. O., S. 265.
26. Ebd., S. 292.
27. Ebd., S. 306 f.
28. F. W. J. Schelling, *Die Weltalter*, Fragmente, a. a. O., Nachlaßband, S. 25 f.

Brief X

1. Ebd., S. 54.
2. André Malraux, anläßlich einer Konferenz am 4. November 1946: »Über alles, was wir sehen, über diese Gespensterstädte und diese Ruinenstädte hinaus breitet sich in Europa eine noch schrecklichere Gegenwart aus: Denn das verwüstete und blutige Europa ist nicht verwüsteter, nicht blutiger als die Menschengestalt, die es zu schaffen erhofft hatte« (*La Politique, la Culture*, Gallimard, Folio Essais Paris 1996, S. 151–152).
3. F. W. J. Schelling, *Philosophie der Offenbarung*, Vorlesung 14, a. a. O., Band I, S. 293 f.
4. Jean-Jacques Rousseau, Œuvres complètes, éd. Gallimard, Paris, *La Pléiade*, Bd. IV, »Lettre à M. de Voltaire«, S. 1061–1062. »Unter all den Menschen, die unter den Ruinen Lissabons begraben wurden, gibt es sicher eine ganze Reihe, die einem noch größeren Unglück entgangen sind; und obwohl eine solche Beschreibung etwas Anrührendes hat und die Poesie bedient, ist es nicht sicher, ob auch nur einer dieser Unglücklichen mehr gelitten hat, als wenn er, wie üblich, unter großen Ängsten auf den Tod gewartet hätte ... Gibt es ein traurigeres Ende als das eines Sterbenden, den man mit nichtigen Sorgen belastet, dem ein Notar oder Erbe kaum mehr die Luft zum Atmen lassen, den die Ärzte nach Belieben in seinem eigenen Bett ermorden, und dem barbarische Priester mit ihrer Kunst einen Vorgeschmack des Todes verschaffen?« und übrigens »Ohne von Ihrem Thema Lissabon abzuschweifen, geben Sie zum Beispiel zu, daß nicht die Natur dort die zwanzigtausend sechs- oder siebenstöckigen Häuser hingestellt hat, und daß die Verwüstungen sehr viel geringer, vielleicht gleich Null, gewesen wären, wenn die Einwohner dieser großen Stadt sich gleichmäßiger verteilt und leichter gebaut hätten.«
5. Jacques Derrida, *D'un ton apocalyptique adopté naguère en philosophie*, Galilée, 1983. Die Texte von Gilles Deleuze et al. in: *Faut-il brûler les nouveaux philosophes?*, Nouvelles éditions Oswald, 1978.
6. Pierre Bayle, *Dictionnaire historique et critique*, Amsterdam, Compagnie des Libraires, 5. Aufl., 1734, Artikel »Synergistes«, Bd. V, S. 152.
7. Proclus, *Commentaire sur La République*, 72, 15–20, Vrin-CNRS, Paris 1970, Bd. 1, S. 90.

Brief XI

1. Zum Spannungsverhältnis zwischen Frankophobie und Frankophilie in der deutschen Aufklärung und in der deutschen Gesellschaft des 18. Jahrhunderts, zu Voltaire, Lessings »Haßobjekt«, siehe Werner Krauss, Studien zur deutschen und französischen Aufklärung, Rutten und Loening, Berlin 1963, S. 401–468.

2. Heinrich Heine, *Zur Geschichte der Religion und Philosophie in Deutschland*, in: Heines Werke, Säkularausgabe, Akademie-Verlag, Berlin, Bd. 8, S. 205. Zu den Überlegungen von Anselm von Canterbury siehe *De casu diaboli*, in: Oeuvres, Bd. II, éd. du Cerf, Paris 1986, S. 275.
3. Paul Celan, Wer sein Herz, in: *Mohn und Gedächtnis*, Ges. Werke, Suhrkamp, Frankfurt a. M. 1983, Bd. 1, S. 51.
4. Paul Celan, Der Tauben weißeste, ebd., S. 61.
5. Paul Celan, Todtnauberg, in: *Lichtzwang*, a. a. O. Band II, S. 255.
6. Diese beiden häufig unausgesprochenen Qualitäten werden gebührend hervorgehoben: »Heidegger entgegen, dem Denker – und dem deutschen Denker –, kam Celan, der Dichter – und der jüdische Dichter –, mit einer einzigen Bitte ...«, Philippe Lacoue-Labarthe, Aléa, Nr. 5, 1984.
7. Jean Bollack faßt in *Lignes*, Ausgabe vom 29. Oktober 1996, die verschiedenen Interpretationen zusammen.
8. Paul Celan, Spät und Tief, in: *Mohn und Gedächtnis*, a. a. O. Bd. 1, S. 35.
9. Der Satz wurde 1949 ausgesprochen. Der Vortrag bleibt unveröffentlicht. Die Authentizität des Zitats wird nicht angefochten, siehe Pierre Lacoue-Labarthe, *La fiction du politique*, Christian Bourgeois, Paris 1987, S. 58.

Brief XII

1. Paul Celan, Psalm, in: *Die Niemandsrose*, a. a. O., Bd. 1, S. 225.
2. Paul Celan, Die nachzustotternde Welt, in: *Schneepart*, a. a. O., Bd. 2, S. 349.
3. Paul Celan, Fahlstimmig, in: *Lichtzwang*, a. a. O., Bd. 2, S. 307.
4. Paul Celan, *Der Meridian*, Rede anläßlich der Verleihung des Georg-Büchner-Preises, Darmstadt, am 22. Oktober 1960, a. a. O., Bd. 3, S. 202.
5. Martin Heidegger, »Hölderlin und das Wesen der Dichtung«, in: *Erläuterungen zu Hölderlins Dichtung*, hg. v. Vittorio Klostermann, Frankfurt a. M. 1971, S. 47.
6. Paul Celan, Und mit dem Buch aus Tarussa, in: *Die Niemandsrose*, a. a. O., Bd. 1, S. 290.
7. Paul Celan, Eine Gauner- und Ganovenweise, in: *Die Niemandsrose*, a. a. O., Bd. 1, S. 229.
8. Paul Celan, Tenebrae, in: *Sprachgitter*, a. a. O., Bd. 1, S. 163.
9. Paul Celan, *Der Meridian*, a. a. O., S. 190.
10. Ebd., S. 195.
11. Paul Celan, Wasser und Feuer, in: *Mohn und Gedächtnis*, a. a. O., Bd. 1, S. 76.
12. Friedrich von Schiller, Gesammelte Werke, Bd. 3, Sigbert Mohn Verlag, S. 353.
13. Paul Celan, Ausgerollt, in: *Fadensonnen*, a. a. O., Bd. 2, S. 193.

14. Martin Heidegger, Was ist Metaphysik, in: *Wegmarken*, Klostermann, Frankfurt a. M. 1967, S. 19
15. Ebd., S. 103, 107.
16. Paul Celan, Wirk nicht voraus, in: *Lichtzwang*, a. a. O., Bd. 2, S. 328. Kommentiert von Hans Georg Gadamer, Celans Schlußgedicht, in: *Argumentum et silentio*, a. a. O., S. 58–72.
17 W. Fietkau, in: *L'Acte critique sur l'oeuvre de Peter Szondi*, Cahiers de philologie, Lille 1985, Bd. 5, S. 260.
18. Paul Celan, *Lichtzwang*, a. a. O.
19. Paul Celan, *Gespräch im Gebirge*, a. a. O., Bd. 3, S. 171.
20. Hans-Georg Gadamer, *Wahrheit und Methode*, Tübingen 1965, S. 434.
21. Paul Celan, An niemand geschmiegt, in: *Die Niemandsrose*, a. a. O., Bd. 1, S. 245.
22. Das Zitat von Marina Zwetajewa steht auf Russisch über Celans Gedicht »Und mit dem Buch aus Tarussa«.
23. Paul Celan, Ges. Werke, Band 3, S. 181.
24. Jean Bollack, *La Blessure*, a. a. O., S. 163.
25. Thukydides, *Geschichte des Peloponnesischen Krieges*, Buch III, 81: »Der Tod zeigte sich da in jederlei Gestalt, wie es in solchen Läuften zu gehen pflegt, nichts, was es nicht gegeben hätte, und noch darüber hinaus. Erschlug doch der Vater den Sohn, manche wurden von den Altären weggezerrt oder dort selbst niedergehauen ...«
26. Lukretius, *Von der Natur*, VI, 663 f., Artemis, München 1993, S. 577.
27. Hugo von Hofmannsthal, *Drei kleine Betrachtungen* (1921), in: *Gesammelte Werke, Reden und Aufsätze II*, Fischer, Frankfurt am Main 1979, S. 138–141.
28. Gotthold Ephraim Lessing, *Die Erziehung des Menschengeschlechts*, in: *Werke*, Sonderausgabe, Die Tempel-Klassiker, Emil Vollmer Verlag, Wiesbaden, Bd. II, S. 978.
29. Aristoteles, *Physik*, Buch IV, 222b, Griechisch/Deutsch, Felix Meiner Verlag, Hamburg 1987, erster Halbband, S. 229.
30. Paul Celan, Aschenglorie, in: *Atemwende*, a. a. O., Bd. 2, S. 72.
31. Nicole Loraux, »Sur le non-Sens grec« in: *L'Écrit du temps*, Nr. 19, éd. du Minuit, Paris 1988, S. 27. Nicole Loraux hebt hervor, wie »die unerträgliche Vorstellung einer grundlegenden Negation« weiterhin die zeitgenössischen Linguisten und Philologen verlegen macht: »*Anainomai* bedeutet ›leugnen, ablehnen‹, und das positive *ainomai*, woraus es sich ableiten ließe und das ›behaupten, akzeptieren‹ bedeuten würde, existiert nicht«.
32. Zur philotês: Georges Glotz, *La Solidarité de la famille dans le droit criminel en Grèce*, Maspéro, Paris 1975, S. 2. Siehe auch Emile Benvéniste, »Philos«, in: *Le Vocabulaire des institutions indo-européennes*, éd. du Minuit, Paris 1969, Bd. 1, S. 335 ff. Nicole

Loraux, a. a. O., kommentiert seine Übersetzung des Verses 523 von Sophokles' *Antigone*.

Brief XIII

1. Pierre Nora, »L'ère de la commémoration« in: *Les lieux de mémoire*, III, 3,Gallimard, Paris 1992, S. 978, 995, 1001, 1009.
2. Heinrich von Kleist, *Über das Marionettentheater*, in: Sämtliche Werke in vier Bänden, Cotta'sche Bibl. der Weltliteratur, Stuttgart, vierter Band, S. 325/326.
3. Stéphane Mallarmé, Le Tombeau d'Edgar Poe, in: *Gedichte*, Franz.-Deutsch, L. Schneider, Gerlingen 1993, S. 127.
4. Porphyrios, *Leben des Plotin* 22, 1–7. Das Zitat von Apollon von Delphi ist Herodot entnommen (1, 46–47), der es Krösus zuordnet.
5. Sophokles, *König Ödipus*, 5. Akt.
6. Sophokles, *Antigone*.
7. Platon, *Das Gastmahl*, 205 b-c, in: Sämtliche Werke, Lambert Schneider, Berlin, erster Band, S. 702/703.
8. Sören Kierkegaard, *Die Krankheit zum Tode*, E. Diedrichs, Düsseldorf 1957, S. 60.
9. Marcel Proust, *Auf der Suche nach der verlorenen Zeit*; *Die Entflohene*, Suhrkamp, Frankfurt a. M. 1988, Bd. 9, S. 3311 u. 3320.
10. Epikur, Spruchsammlung, Nr. 60, in: *Werke*, Artemis, Zürich/Stuttgart 1968, S. 111.